Das Buch

Der Roman Alexanders des Großen, zweiter und letzter Band: Gisbert Haefs führt seinen gewaltigen Weltreich-Roman, der von der Kritik begeistert gefeiert wurde, in diesem zweiten spannenden Monumentalgemälde zu Ende. Die Presse-Stimmen zum ersten *Alexander*-Band mögen für sich sprechen: »Haefs' Antike ist kein glatter Marmor, sie lebt, frißt, grölt, lacht, liebt und verreckt ... *Alexander* ist ein veritabler Spionageroman, ein Politthriller, Schlachtengemälde, Helden-Epos und Schelmenstück, Parodie auf antike Chroniken, selbst antike Chronik, wundersames Mysterienspiel, philosophischer Diskurs, Reisebeschreibung und anderes, oft ironisch gebrochen, mit Anspielungen von Schiller bis Asterix durchsetzt. Aber beileibe kein unernster Bilderbogen für kindliche Gemüter.« (Frankfurter Rundschau)

»Gisbert Haefs ... kennt sich im Universum der Antike inzwischen wie in seinem Hausgarten aus ... Wenn er ein hellenisches Landgut malt, eine vorstädtische Weinkneipe durchstöbert oder eine Liebesstunde König Philipps mit der Heldenmutter Olympias zungenfertig protokolliert, trägt seine kräftig zupackende Prosa, die weder auf die heute so geschätzten Naturalia noch auf verwegene Bilder verzichtet, den Leser mühelos davon«. (Die Welt)

Der Autor

Gisbert Haefs, 1950 in Wachtendonk am Niederrhein geboren, studierte Anglistik und Romanistik, war während des Studiums Komponist, Chansonnier und Bierzapfer. Er ist Übersetzer aus dem Englischen, Französischen und Spanischen, Autor von Erzählungen, Kriminal-, Science-Fiction- und historischen Romanen. Schon mit seinem Karthago-Roman *Hannibal* feierte er große Erfolge. Gisbert Haefs lebt in Bad Godesberg.

Von ihm liegen im Wilhelm Heyne Verlag bisher als Taschenbuch vor: *Hannibal.* Der Roman Karthagos (01/8628). *Alexander.* Roman (01/8881), *Pasdan.* Roman (01/9146), *Das Doppelgrab in der Provence.* Kriminalroman (05/25), *Mörder und Marder.* Kriminalroman (05/45), *Und oben sitzt ein Rabe.* Kriminalroman (05/51).

GISBERT HAEFS

ALEXANDER IN ASIEN

Der Roman der Eroberung eines Weltreichs

WILHELM HEYNE VERLAG
MÜNCHEN

HEYNE ALLGEMEINE REIHE
Nr. 01/8882

Einzig berechtigte Taschenbuchausgabe
Wilhelm Heyne Verlag GmbH & Co. KG, München
Printed in Germany 1995
Umschlagillustration: Bildarchiv Preußischer Kulturbesitz, Berlin
Umschlaggestaltung: Atelier Ingrid Schütz, München
Gesamtherstellung: Ebner Ulm

ISBN: 3-453-07185-9

Inhalt

1. HERR DER ZEHNTAUSEND WESEN

Klarer kühler Morgen; durch Tür und Fenster drangen vom Innenhof das Schnarchen der alten Sklavin, ein Hauch von Salz und betauten Gräsern, Flügelschläge großer Vögel und der vielfältige Gesang der kleinen.

Pythias bat wortlos um Hilfe; Peukestas ging zur Mitte des Raums und verschränkte die Hände. Sie trat hinein, hielt sich einen Moment am Kopf des Makedonen fest und langte zur Decke hinauf. Ihre Sohlen waren hart und rissig.

Aristoteles folgte seiner Tochter mit den Augen, als sie die Luke aufstieß. Der Holzdeckel quietschte in den Angeln und krachte auf das flache Dach. Einige Vögel flatterten kreischend auf; im Innenhof endete das Schnarchen jäh in einem Gurgeln.

Vorhin, in der matten Helligkeit, die aus dem ummauerten Hof durch Tür und Fenster in den Raum spülte, war das Gesicht des Philosophen voller gewesen, kräftiger als während der Nacht. Nun, im scharfumrissenen Lichtbalken aus der Luke, sah Peukestas einen Sterbenden. Die Augen waren verglimmende Holzkohlen in unwirklicher Ferne, die Haut eine runzlige Wachsschicht, in deren Tönung die Fahlheit des Todes näherrückte. Wie ein fransiger Schatten huschte die Sklavin in ihren dunklen Gewändern durch den Raum und verschwand in der Küche, wo sie die Holzplatte der Hintertür aushakte; mehr Licht und ein Ruch von Gartenkräutern, Gemüse und Abfall füllten das Haus.

Pythias zupfte ihren weißen Chiton zurecht, ehe sie vor der Liege niederkniete. Sie blickte über die linke Schulter zurück zu Peukestas, ein trübes Flehen in den Augen. Die Sklavin erschien mit dem Abort-Bottich. Der Makedone nickte, wandte sich ab und ging in den Innenhof, nahm die Holzblenden aus dem Tor, trat unter den gemauerten Bogen und dann vor das Haus.

Es war kühl und feucht im Schatten. Die Sonne hing noch tief im Osten, jenseits des weißen Gebäudes, in dem der größte Denker der Hellenen auf den Tod wartete. Ein Adler kreiste über der dunkelgrünen Ebene, geleitet von einem Krähenschwarm. Peukestas' Pferd graste hinter dem hochgemauerten Brunnen am Fuß des Hügels. Einen Moment kamen ihm die Bewegungen des Tieres seltsam vor; dann bedachte er die zusammengebundenen Vorderbeine. Schwacher Südwestwind kräuselte die Küstenebene. Das Gemenge aus Müdigkeit, Erregung und äußerster Anspannung ließ Peukestas alles überscharf wahrnehmen. Er sah Huflattich und Löwenzahn am Hang, jedes Blatt des Strauchs neben dem Brunnen, jede Schattenmaserung des Farns darunter, jeden einzelnen Grashalm der Ebene; er hörte Ameisen hasten, unterschied das Zirpen trockener Grillenbeine von dem feuchter und den leichten Flug der hungrigen Lerche vom schweren des Vogels, der einen Wurm im Schnabel trug; er roch die Ausdünstung seines Reittiers, das feuchte Leder des Zügels, die verschlossene Süße der Strauchblüten. Der überscharfe Morgen starb stumpf in der Dunstschicht über dem Meeresarm – Eos war spröde, so früh; noch hatte sie mit ihren Rosenfingern den Ziegenbart des dösenden Poseidon nicht ausreichend gezaust.

Pythias rief ihn zurück ins Haus. Als er eintrat, breitete sie frische Decken und ausgeschüttelte Felle über ihren Vater. Die Sklavin kauerte vor der Feuerstelle. Sie hatte den Rost gereinigt, die Asche entfernt und streute Späne und Bastkringel auf zwei große Holzstücke. Aus der Küche brachte sie einen Wasserkrug, Brot und Fleisch auf einem Brett, eine Schale mit Früchten, eine Holzscheibe mit bräunlichen Würfeln. Wortlos huschte sie wieder hinaus, in den Küchengarten.

Pythias wies auf die Lukenöffnung; Peukestas verschränkte abermals die Hände. Als das Dach verschlossen war, holte sie ein paar Rollen Papyros. Aristoteles räusperte sich schwach.

»Nicht die, meine Tochter. Leg sie zurück und nimm aus dem Fach darunter.«

»Er ist jetzt bis zum Bauch wie Eis«, sagte Pythias leise. »Hilfst du mir beim Verschließen der Öffnungen?«

Peukestas unterdrückte ein Ächzen; er dachte an den kühlen Morgen, die Hitze des Tages, den stickigen Raum. Langsam, übergründlich brachte er die Blenden in Tür und Fenster an.

Pythias machte Feuer; danach stützte sie den Vater, damit er aus dem Metallbecher trinken konnte.

»Einen Würfel?« sagte sie.

Aristoteles zögerte, ließ sich in die Felle sinken. »Ich weiß nicht, ob dieser Trümmerhaufen einer Kräftigung bedarf ... Nun ja, ich will es versuchen. Es rettet die Süße der Nacht in die Bitternis des letzten Tags. Vielleicht.«

Pythias reichte ihm einen der bräunlichen Würfel.

»Was ist das?« Peukestas hockte sich auf den Schemel und goß Wasser in seinen Becher.

»Kydonische Äpfel, zu Mus zerstoßen, mit Honig vermengt, an der Luft getrocknet und mit Sesam bestreut.«

Peukestas kostete. Ein Zahn begehrte auf. Als der Makedone mit kaltem Wasser nachspülte, wurde aus dem Aufbegehren ein Aufstand.

»Ahhh. Mein Vater pflegte zu sagen, gegen Zähne sei nur die Zange wirksamer als Süßes. Ich glaube, er hatte recht.«

»Drakon, Hüter der Zähne ... Wo hatten wir die Geschichte unterbrochen, Sohn meines Freundes?«

»Wir sprachen von Alexanders Ende und Übergang nach Asien, und von Bagoas und den Amuletten. Aber das, sagtest du, sei eine andere Geschichte.«

Aristoteles lutschte an dem süßen Würfel, den er in der Linken hielt. Mit der Rechten zog er das Amulett aus dem Gewand und ließ es baumeln. Er starrte ins Auge des Horos; das goldene *ankh* glomm und leuchtete plötzlich, als das Feuer aufflackerte.

»Eine andere Geschichte, ja ...« Die Stimme des Sterbenden war matt, aber noch nicht kraftlos; sie war aschebedecktes Feuer, nicht ganz erloschen, das angefacht werden will. »Laß uns bei dem Übergang und seiner Vorgeschichte verweilen.« Aristoteles steckte das Amulett fort; Pythias breitete ein Fell auf dem Boden aus und setzte sich, den Rücken an die Wand gelehnt, neben den Durchgang zur Küche.

»Laß uns reden von dem, was die Menschen erzählen, und dem, was wirklich geschah.«

»Was meinst du?« Peukestas riß ein Stück vom Brotfladen ab und streckte die Hand nach dem Fleisch aus. »Die Vorbereitungen? Die königlichen Geschenke?«

»All dies. Es ist eine schöne Geschichte – Alexander, der viele Menschen war und viele Rätsel, verteilt und verschenkt die neugewonnenen Länder, und Perdikkas, *hetairos* des Königs, gibt das Geschenk zurück, weil auch er nicht mehr besitzen will als Alexander, dem die Freunde und die Hoffnung bleiben. Eine schöne, eine rührende Geschichte für die Menschen, die in bösen Tagen schöne Dinge erzählen wollen. Und obwohl noch immer viele leben, die damals dabeiwaren, läuft diese Fassung der Vorgänge bereits um. Eine befriedigende, gut ausgemünzte Lüge, Peukestas, ist weit kostbarer und einträglicher als der abgegriffene Obolos der Wahrheit.«

»Was ist denn in diesem Fall die Wahrheit?«

»Daß Alexander, Antipatros, Parmenion und nicht zuletzt Demaratos der Korinther, beraten von der Versammlung der wichtigsten Berater und Offiziere, den Schritt nach Asien jahrelang vorbereitet hatten. Das Netz der Kundschafter, von Demaratos über Asien geworfen, barg geschwätzige Fische. Sie erzählten, daß der neue Großkönig Dareios Mühe hatte, sich in den fernen Gebieten seines Reichs durchzusetzen. Daß die Herren der westlichen Satrapien zunächst allein mit Parmenions Heer fertigwerden mußten, das schon unter Philipp nach Asien gekommen war. Daß die meisten hellenischen Städte an der asiatischen Küste nicht bereit waren, einen Aufstand gegen die Perser zu wagen, solange Persiens Macht nicht gebrochen war.«

Der sterbende Philosoph schloß die Augen, als könne er so besser die Schätze seiner Erinnerung überprüfen. Schnell, halblaut, mit wohlerwogenen Sätzen schilderte er die Lage, die Alexander zwölfeinhalb Jahre zuvor hatte erkennen und verändern müssen.

Nach der Hinrichtung des Verräters Attalos war Parmenion, nun alleiniger Befehlshaber des Heers in Asien, weit nach Süden vorgestoßen. Die Satrapen des Westens ließen sich Zeit mit dem Gegenstoß; zu klein war Parmenions Heer, als daß es sie allzu sehr beunruhigt hätte, trotz der List und

Kühnheit des Feldherrn. Persische Kerntruppen, verstärkt von Aushebungen in den Küstenländern und einer großen Anzahl hellenischer Söldner unter der Führung des erfahrenen Memnon, brachten Parmenion zum Stehen und trieben ihn langsam zurück nach Norden, zum Hellespont, wo er sich mit seinen Kämpfern für den Winter verschanzte. Die persischen Kräfte, auf verschiedene Winterlager verteilt, waren zu weit entfernt, um Alexanders Übergang zu behindern; und Alexander kam früher als erwartet, als das Frühjahr kaum begonnen hatte. Wären sie näher gewesen, hätten sie den Übergang dennoch kaum verhindern können – Parmenions Heer konnte ihn abschirmen, oder es konnte aufbrechen und die Perser hinter sich herziehen.

»All dies«, sagte Aristoteles, »war zwei Jahre lang in allen Einzelheiten vorbereitet und geplant worden. Mit Landkarten, auf denen die Wege und Höhenzüge und Pässe verzeichnet waren, mit genauer Kenntnis aller Brunnen, aller Dörfer, aller Städte und ihrer Befestigungen; mit eingehenden Erforschungen der Familienverhältnisse und des Besitzes aller persischen Fürsten. Mit Berechnungen darüber, wieviel Vorrat und Kriegsgerät zu welcher Zeit an welchen Ort geliefert, welche Festungen und befestigten Häfen zuerst erobert, eh, befreit werden sollten. Und mit den Zielen.«

»Was waren diese Ziele – deiner Meinung nach?«

Aristoteles lächelte spöttisch. »Meiner *Meinung* nach? Frag nach meinem Wissen, Freund, nicht nach Vermutungen. Bei einigen Beratungen war ich anwesend, da ich einige Landstriche südlich der Troas – Mysien und Lydien – gut kannte. Von anderen Beratungen weiß ich, weil mir davon berichtet wurde. Nein, keine Meinung – Wissen, Peukestas. Ziel des großen hellenischen Rachefeldzugs gegen Persien zur Tilgung der alten Schmach – Rache für die Entweihung hellenischer Heiligtümer durch Xerxes – war von Anfang an die Eroberung oder Befreiung der hellenisch besiedelten Küstenlande, bis ins nördliche Syrien, zum Oberlauf des Euphrat. Nicht mehr, aber auch nicht weniger.«

Peukestas kaute darauf, und auf kaltem Fleisch. Er schluckte schwer. »Alexander hat aber doch von Anfang an ...«

Aristoteles unterbrach mit einer ruckartigen Handbewegung. »Er hat davon gesprochen – er und einige seiner jungen Freunde. *Aber:* Alle Vorbereitungen, alle Planungen endeten irgendwo in Kilikien. Niemand hat wirklich daran gedacht, nach Babylon oder gar Persepolis zu gehen. Der große hellenische Rachefeldzug, auf Betreiben Philipps und des alten, toten Isokrates vom Bundesrat in Korinth beschlossen, sollte nicht ins persische Herzland führen, sondern die Barbaren aus den hellenisch besiedelten Teilen Asiens vertreiben. Außerdem war für alles andere kein Geld da. Nicht einmal für den Beginn.«

»Ich weiß. Alexander hat später davon gesprochen. Daß er beim Übergang nur ein paar hundert Talente hatte, aber zweimal soviel Schulden.«

Aristoteles stieß ein trockenes Kichern aus. »Dann, junger Freund, vergiß die hübschen Erzählungen und bedenk die Vergabe neueroberten Landes in Thrakien noch einmal. Alexander wußte genau, wie die Leute denken. Wenn er diese neuen Königsländer seinen Freunden und Fürsten, oder auch reichen Händlern, verkauft hätte, um Geld für den Feldzug zu bekommen, hätten wahrscheinlich alle gesagt, das ist in Ordnung, wir verstehen das, es muß so sein; es hätte aber keinerlei Glanz darauf gelegen, und keine Tugend. Deshalb, Peukestas, hat er seinen Fürsten und Freunden, Gefährten und Offizieren die Ländereien *geschenkt.* Eine wahrlich königliche Handlung. Glanz, Ruhm, Preis und edelste Tugendhaftigkeit. Und nachdem er sie beschenkt hatte, konnten die Empfänger sich kaum weigern, ihm Geld zu leihen. Geld, Waffen, Vorräte. *Das* war Alexanders Großmut – in diesem Fall.«

Peukestas leerte seinen Becher, füllte ihn wieder aus dem Wasserkrug, den er in der Hand behielt. Einige Augenblicke spielte er scheinbar zerstreut mit dem Gefäß; dann setzte er es ab und sagte: »Ich kann ihn nicht tadeln.«

»Wer spricht von Tadel? Er hat klug gehandelt. Kluge Handlungen sind oft jene, die sich am wenigsten für schöne Geschichten zur Erbauung der Leute eignen. Aber auch die schönen Geschichten entspringen einer sehr klugen Handlung.«

Peukestas lächelte flüchtig. »Du meinst Kallisthenes?«

»Mein Neffe. Eitel, selbstgefällig, scharfzüngig und in das Drechseln feiner Sätze verliebt. Ihm hat es nichts ausgemacht, Vorgänge ein wenig zu verändern, solange sich das Ergebnis gut las. In seinen Briefen nach Athen hat er die Dinge so dargestellt, wie Alexander sie dargestellt haben wollte; dafür hat der König ihn nicht daran gehindert, hier und da bissige Bemerkungen einzuflechten; sie machten alles ja nur wahrscheinlicher. Kallisthenes, lorbeerbekränzter Historiograph, Neffe des Aristoteles – wer hätte den Hellenen besser die Taten des Makedonen verkaufen können? – Aber ich bin müde ... müde. Der Schatten schwarzer Schwingen.«

Aristoteles wies auf das Gestell mit Rollen, die nicht verbrannt werden sollten. »Nimm die aus dem oberen Fach. Schreiben von Dymas, Drakon, Kallisthenes, Ptolemaios. Lies; und dann frag.«

Am Nordufer des Hellespont, bei Sestos, liefen einige Tage lang alle Fäden zusammen. Die Stadt lag Parmenions Brückenkopf in Asien gegenüber; im Hafen und den angrenzenden Buchten hatten sich die Schiffe zur Versorgung und Beförderung des Heers gesammelt.

Dymas überbrachte Grüße an Parmenion: von Antipatros und Aristoteles. Er tat dies am ersten Abend, als Alexander und seine wichtigsten Berater im Lager außerhalb von Sestos mit dem alten Strategen zusammentrafen. Zu Beginn des nicht eben üppigen Mahls – Brotfladen, Trockenobst, Trockenfisch, Wein und Wasser – im schmucklosen Zelt des Königs sang Dymas, von Demaratos bedrängt, zwei oder drei Tanzlieder mit spöttischen Versen. Er beobachtete den Korinther, der Parmenion etwas zuflüsterte; wahrscheinlich etwas über Dymas' Vorleben, denn der alte Stratege musterte ihn anschließend aufmerksamer, als die bloße Musik es verlangt hätte, und lud ihn ein, »drüben in Asien« die Gastfreundschaft seines Zelts zu genießen.

Alexander wirkte zerstreut, in Gedanken längst auf dem jenseitigen Ufer. Er aß kaum, trank nur Wasser, hörte zu, schlüpfte dann – wie ein Schauspieler die Masken wechselt – nacheinander in mehrere Rollen: der junge König, der besorgte Männerführer, der gute Freund (Hephaistion saß neben ihm), der Bedächtige, der Verwegene, der Vorausblickende, der Zaudernde. Parmenion und Demaratos tauschten Kenntnisse und Ergebnisse der Fernaufklärung aus. Arsites, der Satrap des Hellespontischen Phrygien, Arsamenes aus Kilikien und Spithridates, Herr der lydischen und ionischen Satrapie, hatten sich mit dem rhodischen Söldnerführer Memnon und den übrigen wichtigen Beratern in Zeleia versammelt, jenseits des Flusses Granikos. Der größte Teil der hellespontischen Küste, von Perkote über Arisbe und das Sestos gegenüberliegende Abydos bis hinab zur Ebene von Ilion war gesichert, hellenisch, freundlich und von kleinen makedonischen Besatzungen gehalten; Parmenions verschanztes Winterlager befand sich an einer Bucht außerhalb von Abydos. Das Heer der Satrapen beherrschte das Hinterland und die Küste im Nordosten, ab der Stadt Lampsakos. Die fast ausschließlich phönikische Flotte des Großkönigs war weit entfernt: Nichts und niemand würde den Übergang nach Asien hemmen oder gar verhindern können. Alexander, der eben noch mit schmachtendem Blick an Hephaistions Lippen gehangen hatte, wurde zum kühlen Strategen; halblaut, aber scharf sagte er etwas zu Demaratos und Parmenion. Der alte Makedone hob die Brauen, der Korinther zuckte zusammen, dann lachten beide und nickten, wobei sie sich keine Mühe gaben, ihr Erstaunen zu verbergen.

Dymas verließ die Versammlung bald; draußen war es noch nicht völlig dunkel. Er hätte zu gern gewußt, was Alexander gesagt hatte, aber im Lärm der übrigen Zechgäste war es nicht zu hören gewesen. Er suchte Tekhnef und fand sie bei den Pferden. Sie hockte auf ihrem ledernen Gepäckbeutel und spielte leise auf der Doppelflöte; es klang nach neuen, noch nicht ausreichend biegsamen Stimmblättchen.

Die große, schlanke Frau mit schwarzer Haut, kurzem Kraushaar und tiefen Stammeskerben auf den Wangen erregte einiges Aufsehen in den Hafenschänken von Sestos. Nach der langen Zeit mit Alexanders Heer – seit Pella hatten sie nur die Kämpfer und den Troß gesehen – wollten Dymas und Tekhnef die Vorzüge der Stadt nutzen. Der Hafen wimmelte von Seeleuten und Händlern, die Geschäfte mit den

Truppen beiderseits des Hellespont machten, aber für gute Musiker gab es Platz. In einem zweistöckigen Gasthaus am Kai fanden sie ein Zimmer, das fast nur aus dem breiten lederbespannten Bettgestell bestand, dazu Wein und Essen für ihre Musik, die Gäste anlockte, und viele der Zuhörer warfen Münzen in die Schale auf dem Tisch, hinter dem Tekhnef den Doppelaulos zu Dymas' Kithara blies: schnelle, fröhliche, abwechslungsreiche Tanzweisen mit verwickelten Rhythmusänderungen. Ein Fischer setzte sich zu ihnen; er schlug eine fellbespannte Trommel und folgte ihnen durch die rhythmischen Labyrinthe, ohne sich oder sein schwarzzahniges Grinsen zu verlieren.

Am übernächsten Tag brach Alexander mit makedonischen Kerntruppen, etwa sechstausend Mann, nach Südwesten auf; das verwickelte, aufwendige, aber auch langwierige und langweilige Unternehmen des Übersetzens gab er in die Hände Parmenions und der beiden Stäbe. Dymas und Tekhnef schlossen sich dem König an, der nach Elaios zog, um von der gleichen Stelle wie die homerischen Helden nach Asien zu gelangen.

Es wurden Altäre errichtet, Trankopfer dargebracht, der Seher Aristandros verhieß unendliche Triumphe aufgrund der Lebern von Opfertieren und der Flugrichtung eines Vogelschwarms. Alexander und Hephaistion salbten und ölten sich, um tanzend den Gräbern von Achilles und Patroklos die gebührenden Ehren zu erweisen. Tekhnef wollte dem Schauspiel unbedingt beiwohnen; Dymas hatte weniger hochfliegende Wünsche und verabredete sich mit ihr für den Abend in Parmenions Zelt, etwa zwei Reitstunden nordöstlich im Winterlager. Als er aufbrach, sprach Alexander eben von den Vorzügen des großen Homeros, der – wiewohl Hellene – auch die edlen Gegner zu preisen vermocht hatte und den Sieg der Hellenen ja noch erhöhte, indem er darauf verzichtete, die besiegten Trojaner als asiatische Barbaren zu bezeichnen. Alexander schwor den versammelten Sechstausend, da zu beginnen, wo Achilles geendet hatte, und sie von Sieg zu Sieg zu führen; nur eines, sagte er, neide er dem Vieledlen Zornmütigen: daß er einen Sänger wie Homeros gehabt habe, denn was seien unsterbliche Taten, wenn sie nicht in würdiger Weise unsterblich bedichtet würden. Worauf Kallisthenes, wie üblich das Herz auf der Zunge, ein wenig spitz sagte, er wolle Prosa dreschen aus des Königs Großtaten – Verse seien für Halbgötter.

Dies trug sich kurz nach Sonnenaufgang zu. Als Dymas das Hügelgelände erreichte, in dem, unweit von Parmenions Winterlager, die neuen Kämpfer ihre Zelte aufgeschlagen hatten, waren dort viele erst beim Morgenmahl. Vor einem größeren Zelt mit purpurgesäumten Eingangsflügeln saß Alexanders Halbbruder Arridaios, von dem es hieß, er sei in seiner Jugend von Olympias vergiftet worden, damit er nicht als Erstgeborener, Sohn Philipps und der Tänzerin Philinna, Thronrechte beanspruchen könne. Arridaios galt als schwachsinnig oder bestenfalls halben Sinnes; Dymas hatte ihn sich immer als sabberndes Wrack vorgestellt. Er beobachtete ihn, vom Pferd aus, einen Moment lang sehr aufmerksam. Das Gesicht wirkte verschlossen, die Bewegungen beherrscht, und der Musiker fragte sich, ob nicht Arridaios ein weiterer Schauspieler war, einer von vielen, der die Maske des Blöden trug, um zu überleben, anders als viele edle Makedonen, Nebensprosse der königlichen Sippe.

Langsam ritt Dymas durch das geordnete Chaos des See-Lagers. Am mittleren Vormittag ging es eher ruhig zu. Die Morgenmahlzeit beendet, das Mittagessen noch nicht bereitet, zahlreiche Abteilungen zu Fuß, zu Pferd und mit Karren unterwegs, um im ausgebluteten Land noch etwas aufzutreiben, andere Einheiten zu besonderen Übungen irgendwo im Gelände; Fußkämpfer mit Schanzgeräten zerlegten Verhaue, lockerten und säuberten Pfosten, um sie auf Karren zu stapeln, und füllten an mehreren Stellen die zu Beginn des Winters ausgehobenen tiefen Gräben auf. In der Ebene außerhalb der Wälle suchten Tausende Reit- und Zugtiere nach übersehenen Halmen oder knabberten an Sträuchern und jungen Bäumen, deren Laub und Rinde sie längst abgeknabbert hatten. Um ins Lager zu gelangen, mußte Dymas den kleinen Bach durchqueren, der Parmenions Leute den Winter über mit Trinkwasser versorgt hatte und in die kleine Bucht mündete; jenseits des Lagers mündete dort auch der andere Bach, der, vom ersten abgeleitet, durch die Latrinen floß. Die Zelte des Berg-Lagers waren weißgraue und braune Tupfer in der Ferne.

Zwischen beiden Lagern verkehrten Meldereiter; und Leute vom jeweiligen Troß kamen und gingen, mit Fragen, Aufträgen, Listen, Gegenständen. Einige Feldbäckereien waren noch in Betrieb; zwei wurden, da sie genug ausgekühlt waren, für den morgigen Aufbruch zerlegt, Steine, Eisenplatten und Roste auf Karren geschleppt. Der Musiker schätzte, daß nicht einmal ein Drittel von Parmenions Leuten im Lager weilte; dennoch war es ein brodelndes, wimmelndes Chaos.

Ein Zug Troßsklaven, die Getreide, Früchte und Fisch zu einem der großen Kochplätze trugen, versperrte ihm den Weg. Dymas tätschelte den Hals seines Pferdes und spähte mit zusammengekniffenen Augen über die Träger hinweg. In der Mitte des Lagers, vor einem mit Holz verstärkten und verkleideten Zelt, sah er Parmenion an einem Tisch sitzen.

Als er endlich den kleinen Platz vor der Behausung des Strategen erreichte, glitt er von der Reitdecke, nahm den Sack, der all sein Gepäck enthielt, und die gefütterte Tasche mit der Kithara vom Rücken des Tiers und überließ es einem der halbwüchsigen Burschen. Nun erkannte er auch einige der anderen, die – mit dem Rücken zum Lager an Parmenions Tisch saßen: Philotas war dabei, der Sohn des Strategen, ein paar Schreiber, ein älterer makedonischer Reiterführer namens Lysandros, und der rundliche Hellene Eumenes. Auf dem Tisch, umgeben von Rollen und Schreibzeug, standen Becher und zwei Krüge, Wein und Wasser.

Parmenion blickte auf. »Ah, der edle Kitharode. Woher kommst du?«

Dymas deutete mit dem Daumen hinter sich. »Von Ilions trüben Auen, Herr der Schwerter.«

Parmenion grinste kurz. »Trübe Auen? Regnet es da, oder was?«

Dymas legte Sack und Kithara in eine Nische des Zelteingangs, setzte sich auf einen Hocker und goß Wasser und Wein in einen unbenutzten Becher.

»Auf dein Wohlergehen und deinen unsterblichen Ruhm, Stratege. Nein, es regnet nicht. Alexander hat heute früh Altäre errichten lassen; jetzt tanzen er und Hephaistion nackt und mit Kränzen im Haar um die Gräber von Achilles und Patroklos. Kallisthenes brüllt dazu Verse aus den Werken des hehren Homeros, und Aristandros zählt Krähen oder derlei.«

»Welch edles Tun«, sagte Eumenes. »Haben sie wenigstens zahlreiche Zuschauer?«

»Einige tausend Mann, ja. Rhythmisches Klatschen und alles, was dazugehört. Zum Lobe der Götter und Heroen. Inzwischen sind sie wahrscheinlich mit dem Tanzen fertig und plündern den Tempel der Athene.«

»Spotte nicht.« Parmenion faltete die Hände hinter dem Kopf, ächzte und drückte den Rücken durch. »Es sind die großen Gebärden, die das Heer liebt. Das Volk, ganz allgemein. Dann wird er also etwa jetzt seine Rüstung und seine Waffen der Athene weihen und zum Ausgleich dieses große Schwert empfangen, das man dort im Tempel gehütet hat? Das Schwert des Achilles?«

»Ich nehme an, damit sind sie inzwischen auch fertig. Was weißt du von diesem Schwert?«

Parmenion hob die Schultern; Philotas betrachtete seinen Vater von der Seite und lachte.

»Er mag es nicht sagen, also hörst du es von mir. Es gab da ein riesiges, rostiges, schartiges Ungeheuer von Schwert. Vor eineinhalb Jahren traf es sich, daß der Priester, der den Tempel hütete, sterbenskrank wurde; zufällig zu einem Zeitpunkt, als einer der vielen Freunde des Korinthers in der Nähe war. Da das Gebiet ...«

»... unter unserer Aufsicht stand«, sagte Parmenion, »und die Krankheit des Priesters eine war, die durch gewisse Kräuter bewirkt worden sein könnte ... Nun ja. Jedenfalls gab es einen neuen Priester, und durch die Wunder der Götter auch ein neues Schwert – nicht ganz so riesig, dafür aber ein scharfes, neues Wunderwerk der Kunst meines besten Waffenschmieds.«

Dymas schüttelte langsam den Kopf; dabei lächelte er. »Weiß er das?«

»Wer? Alexander?« Parmenion runzelte die Stirn. »Es war sein Einfall. Ein sehr guter dazu. Demaratos hat nur dafür gesorgt, daß die Idee durchgeführt werden konnte. – Dann werden sie also am mittleren Nachmittag hier sein, nehme ich an. Und wo ist deine schwarze Göttin?«

»Sie ergötzt sich am Anblick nackter Makedonenfürsten, der mich vertrieb. Sie wird mit ihnen herkommen. Ist für die Nacht vor dem Aufbruch Raum in einem der Zelte hier?«

Parmenion grunzte. »Seid meine Gäste. – Weiter, Eumenes.«

Der Hellene tippte mit dem zerkauten Schreibried auf eine Rolle. »Die Bedürfnisse der Heiler – vor allem Kräuter und reine Tücher. Es sind Berechnungen für die Zukunft; in den nächsten Tagen kann man sich darum kümmern. Die Schmiede jammern über zu wenig Eisen ...«

»Alle jammern immer.« Parmenion klang beinahe heiter. »Was ist das Nächste?«

Dymas stand auf, den Becher in der Hand. Er nickte den anderen zu und machte sich auf den Weg zu den Latrinen, um sich zu erleichtern. Bevor der Lagerlärm zu laut wurde, hörte er Eumenes über den Mangel an Brennstoff für Kochfeuer sprechen.

Als er von den Latrinen zum kleinen Hügel oberhalb der Bucht ging, ließ er sich den Becher neu füllen, an einem langen Tisch, wo Sklaven und Köche die Speisung der Offiziere vorbereiteten.

Vom Hügel hatte er sich einen weiten Blick auf den Hellespont erhofft, aber es war ein dunstiger Tag. In der Bucht lagen einige kleinere Lastkähne, teils im Wasser, teils halb auf dem Strand. Weiter draußen glitzerten zahlreiche Segel durch den dünnen Dunst nahe dem asiatischen Ufer; wie viele Schiffe es insgesamt sein mochten, ließ sich nicht schätzen. Zum ersten Mal bedachte Dymas die ungeheuren Schwierigkeiten der Versorgung. Das Heer befand sich nicht auf feindlichem Gebiet; das nördliche, Hellespontische Phrygien unterstand persischen Satrapen, war aber größtenteils von Hellenen besiedelt. Abydos und Arisbe, ebenso Perkote weiter nordöstlich, waren hellenische Gründungen mit hellenischer Bevölkerung und kleinen makedonischen Besatzungen, die Parmenion dorthin geschickt hatte. Städte, auf deren Hilfe und guten Willen man angewiesen war, und auf deren Lieferungen; Städte, deren fruchtbares Umland von Bauern bearbeitet wurde, die ebenfalls Hellenen waren. Unmöglich, zu Beginn eines großhellenischen Feldzugs solche Gebiete zu plündern. Außerdem war das Frühjahr noch jung; abgesehen von Gras für die Tiere gab es kaum etwas, das man hätte plündern können. Die Erntezeit war weit.

An Bord eines Kahns in der Bucht meckerten Schafe und Ziegen. Ein älterer Mann beugte sich über die Bordwand, winkte zu Dymas herauf, lupfte seinen Chiton und pißte einen scharfen Strahl ins Uferwasser.

Vor Parmenions Zelt hatten sich die Schreiber bis auf einen verzogen; Parmenion und Eumenes gingen die Mannschaftslisten durch, Philotas und Lysandros redeten leise über Vorfälle bei der Überfahrt. Dymas packte die Kithara aus, setzte sich auf den Schemel und begann zu stimmen, während Eumenes und Parmenion ihre Zahlen verglichen. Sie waren gleichermaßen schwindelerregend wie unglaubwürdig.

Parmenions Heer bestand noch aus 11 000 Fußkämpfern und 1000 Reitern, sämtlich Makedonen; nun kamen die Truppen Alexanders dazu. An Fußkämpfern waren es 12 000 Makedonen; 7000 Stammeskrieger – Odrysen, Triballer und andere – von den Grenzen Makedoniens, bewaffnet und ausgebildet wie die makedonischen Kämpfer; 5000 Söldner; 1000 Bogenschützen und Agrianen, die zähen Schleuderer und Speerkämpfer aus dem Norden; und 7000 Krieger aus Städten des hellenischen Bundes. Bei den Berittenen waren nur 600 Hellenen, davon 200 Athener; ferner 1800 Makedonen, 1800 Thessalier und 900 thrakische und paionische Krieger, leichte Reiter für Erkundungen und Aufklärung. Zusammen 43 000 Fußkämpfer und 6100 Reiter.

Dymas hatte nach dem Stimmen begonnen, ein kleines leichtes Tanzstück zu spielen; er brach in einem schrillen Mißklang ab. Eumenes drehte sich zu ihm um und fletschte die Zähne; Parmenion blickte auf.

»Es tut weh«, sagte der dicke Hellene.

»Mir auch.« Dymas schob die Kithara in die Ledertasche. »Wo sind all die makedonischen Krieger der letzten Jahre geblieben? Und – zweihundert Reiter aus Athen, die paar

Bundeskrieger aus anderen Gegenden: Ist das der große gesamthellenische Rachefeldzug?«

Eumenes grinste. »Ich als Hellene weiß sehr gut, weshalb dies so ist, wie es ist.« Er wandte sich wieder zum Tisch und zu den Rollen.

»Warum ist es so? Edles Mißtrauen?«

Parmenion zuckte mit den Schultern. »Edel? Nichts an alledem ist geheim; sonst könntest du nicht hier sitzen. Auch das Mißtrauen ist nicht geheim, Dymas. Alexander hat zwölftausend erfahrene Fußkämpfer und tausendfünfhundert Berittene bei Antipatros zurückgelassen, dazu etwa fünf- oder sechstausend Mann, die in hellenischen Städten als Besatzungen liegen. Das ist wegen der großen Liebe zwischen Hellenen und Makedonen. Wir haben eine Flotte zusammengekratzt, die uns, so gut es geht, den Rücken freihalten soll. Zehn makedonische Trieren, hundertdreißig Schiffe von überall her, und zwanzig aus Athen ...«

»Athen hat doch allein mehr als zweihundert Kriegsschiffe!«

»Möchtest du von einer Flotte abhängig sein, deren Treue nicht sicher ist? Was, wenn die guten Kampfschiffe der Perser kommen, gebaut und bemannt von erfahrenen phönikischen Seeleuten, und zweihundert athenische Trieren beschließen, daß ihnen die Perser eigentlich doch lieber sind als die Makedonen? Vielleicht, nachdem sie ein liebevolles Schreiben von Demosthenes erhalten haben?« Der Stratege beugte sich vor und hieb mit einer Papyrosrolle auf den Tisch. »Möchtest du, wenn du König oder Stratege wärst, durch Asien ziehen, Dymas, mit einer großen Menge unzuverlässiger Kämpfer? Die Perser haben fast zehntausend hellenische Söldner, gute Männer, geführt von einem guten und klugen Strategen, Memnon. Wenn es zur Schlacht kommt, können wir uns auf unsere Söldner, die Stammeskrieger und die Makedonen verlassen. Und die Thessalier, natürlich. Die Hellenen? Wir werden sie gut aufteilen, so, daß sie vielleicht keinen Nutzen bringen, aber jedenfalls keinen Schaden anrichten können. Wenn ich zehntausend hellenische Hopliten hätte, würde ich gar nicht in den Kampf ziehen; dann könnten wir uns gleich ergeben. Sie würden nämlich sofort überlaufen.«

»Weiter!« Eumenes fuchtelte mit Rollen und Schreibried. »Wir haben noch viel zu erledigen.«

Lysandros und Philotas hatten aufmerksam gelauscht; nun redeten sie wieder leise miteinander, während Parmenion und Eumenes die übrigen Listen verglichen, abstimmten und fortlegten. Dymas hörte zu, überwältigt von Zahlen und Notwendigkeiten. Für die 6100 berittenen Kämpfer gab es etwas mehr als 8000 Pferde, dazu je 2000 Zug- und Packtiere des Trosses. Die Anzahl der Köche, Sklaven, Bäcker, Schmiede, Lederwerker, Heiler, Helfer, Knaben, Treiber, Dirnen, Priester, Schreiber, Schreiner, Landvermesser, Musiker, Gaukler, Kräutersammler, Straßenbauer, Baumeister, Schauspieler, Bader, Belagerer, Bartscherer und all der anderen Nichtkämpfer belief sich auf fast 15 000 Menschen – zusammengefaßt unter Troß. Nach Eumenes' Berechnungen brauchte ein Mann etwa eineinhalb *choinikes* Getreide am Tag, ein Pferd oder Maultier fünf *choinikes;* je nach Jahreszeit und Verfügbarkeit mußten Gras oder Grünfutter in gleicher Menge für die Tiere beschafft werden, falls sie nicht grasen konnten, und für die Menschen brauchte man Früchte, Gemüse, Fisch, Fleisch: Dinge, die nicht lange aufbewahrt und deshalb immer nur durch Zukauf oder Plünderung beschafft werden konnten. Im fruchtbaren, grünen Nordphrygien war auch im Frühjahr Weideland ebenso reichlich vorhanden wie Wasser, so daß die Versorgung vor allem Getreide betraf. 12 000 Tiere brauchten jeden Tag etwa 60 000 *choinikes* Korn, 65 000 Menschen noch einmal 100 000 oder etwas weniger – zusammen über 3000 Medimnen für einen Tag.

»Wir werden morgen früh noch etwa dreißigtausend Medimnen haben, zehn Tage Vorrat, wie gewünscht«, sagte Eumenes. Er schien zufrieden. »Solange wir den Hellespont entlangziehen, können wir die Schafe und Rinder, die auf den Kähnen lärmen, nach Bedarf schlachten, und mit ein wenig Glück liefern uns Abydos, Arisbe und Perkote noch ein wenig dazu. Gut. Was ...«

Dymas berührte ihn an der Schulter. »Zehn Tage? Warum nicht mehr?«

Eumenes seufzte. »Es wäre schön, wenn du einfach schweigend zuhören könntest, Kitharode. Um mehr mitzunehmen, braucht man entsprechend mehr Tiere, die wieder mehr zu fressen brauchen. Das Verhältnis wird dann ungünstig. Noch etwas? Oder können wir jetzt weitermachen?«

Dymas lachte. »Eines noch, edler Eumenes. Warum nehmt ihr keine großen Herden mit – Rinder, Schafe, Ziegen?«

»Die fressen nur bei Tag. Aber wir brauchen die Tage, um Strecken zurückzulegen. Klar? Also, wie steht es mit dem Geld, Parmenion?«

Der Stratege knurrte leise. »Schlecht, wie sonst? Wie es sich für edle Makedonen gehört, denen der Fürstendienst eine Lust ist, leben die meisten Offiziere von eigenem Vermögen. Parmenion bezieht keinen Sold. Mich könnte sowieso keiner nach Wert bezahlen.« Er grinste schwach. »Die Soldkiste ist so gut wie leer, Eumenes. Bis jetzt sind die Männer bezahlt, und vielleicht reicht es noch einmal für drei oder vier Tage. *Meine* Männer, wohlgemerkt. Wieviel hat Alexander mitgebracht?«

»Siebzig Talente«, sagte Eumenes leise, fast verschämt.

Lysandros sog scharf die Luft zwischen den Zähnen ein; Philotas nickte langsam, und Parmenion schloß einen Moment die Augen.

»Siebzig Talente?« sagte er dann. »Laß mich rechnen.«

Er runzelte die Stirn; Eumenes kritzelte mit dem Ried auf einem Papyrosfetzen, und Dymas überschlug die Zahlen. Die Söldner mochten eineinhalb Drachmen am Tag bekommen, die einfachen Hopliten eine, die Reiter zwei, mit Abzügen für unerfahrene Hellenen und Zuschlägen für Altgediente.

»Etwa sechzigtausend – zehn Talente am Tag. In sieben Tagen, oder in acht, können wir also keinen Sold mehr zahlen?« Parmenion klang weniger erstaunt als müde.

»So ist es, edler Stratege.« Eumenes stand auf und klemmte Rollen unter den Arm; die übrigen nahm sein Schreiber. »Nun denn. Nachdem wir also alles abgeglichen und vereinigt haben ... Wir sehen uns.«

Parmenion nickte. »Wird sich nicht vermeiden lassen, Hellene.« Er blickte den beiden nach; Lysandros räusperte sich.

»Darf ich sprechen?«

»Natürlich; warum mußt du fragen?«

Philotas lachte. »Weil du der Stratege bist, Vater, und ich einer von Alexanders Gefährten, und Lysandros hat vermutlich etwas Unerfreuliches auf dem Herzen.«

Parmenion hob die Schultern. »Sprich. Das ist immer das Recht der Edlen und der Offiziere gewesen. Der König ist nur einer von uns.«

Lysandros wies auf das Lager allgemein. »Es gibt einige Unruhe unter den Männern.«

Parmenion kniff die Augen zusammen. »Ich dachte, ihr wärt alle ausgeruht.«

»Kein Scherz, Herr. Den Männern ist vieles gleichgültig, aber einige, und fast alle Offiziere, sind nicht glücklich darüber, daß all diese Hellenen jetzt zum Heer gehören.«

Philotas lächelte, aber als er sprach, war seine Stimme scharf. »Du meinst also, wir sollten sie alle wegschicken, Dymas und Eumenes auch, und nur vollblütige Makedonen behalten? Vielleicht Alexander als Ausnahme zulassen, weil er zwar nur halb Makedone ist und halb Molosser, aber immerhin ganz König? Was sind denn die anderen für dich – Vieh?«

Lysandros verzog keine Miene. »Natürlich nicht. Aber sie sollten höchstens als Kämpfer mitmachen, Hopliten, Peltasten, was auch immer, keinesfalls als Offiziere. Ich meine, am Schluß, wer weiß, kommt vielleicht noch jemand auf den Gedanken, Perser oder Ägypter oder überhaupt Barbaren zu Offizieren zu machen, und das wäre das Ende.«

»Ach, wäre es das?« sagte Parmenion. »Das Ende wovon genau?«

»Das Ende dieses großen und ruhmreichen Heeres.«

»Sorg dich nicht um dieses Heer, Freund. Heere enden in der Regel durch Niederlagen, oder durch Zersetzung, nicht aber dadurch, daß sie gute Kämpfer aufnehmen, die zufällig eine andere Sprache sprechen. Noch was?«

Lysandros nickte und beugte sich vor; er sprach nun fast vertraulich, mit einem schrägen Seitenblick auf den Musiker. »Ja, noch was. Seit zwanzig Jahren kämpfen wir jetzt zusammen, Parmenion. Kämpfen, marschieren, bluten, sterben ...«

Philotas gluckste. »Persönlich gestorben bist du aber selten.«

Pharmenion schüttelte den Kopf. »Sei still, Junge. – Was ist mit diesen zwanzig Jahren?«

»In dieser ganzen Zeit haben wir immer gewußt, was wir tun, worum es geht. Makedoniens Grenzen sichern, den Frieden sicherer machen, derlei. *Und* wir haben immer unseren Sold erhalten, früher oder später. Jetzt wissen wir nicht, um was es geht. Dieses Gerede, von wegen Rachefeldzug gegen Persien im Auftrag aller Hellenen, bah. Wir haben keine Ahnung, was auf uns wartet, aber wir wissen genau, daß bald kein Geld mehr da ist.«

Philotas öffnete den Mund, wütend, schwieg aber, als Parmenion ihn scharf ansah. Der Stratege schien ungerührt, fast heiter.

»Also, was Geld angeht – hast du Hunger, Durst, fehlt dir was? Nein? Gut, dann kann es ja nicht so schlimm sein, edler Fürst, Offizier, Makedone Lysandros. Und – um was es geht, wohin wir gehen? Eines ist: Geld. Alles Gold Persiens. Das Gold, das die Perser genommen haben, als sie die hellenischen Städte Asiens eroberten, als sie Hellas und Makedonien und die Tempel überall geplündert haben. Seit fast zweihundert Jahren waren sie eine Bedrohung, für uns alle, Hellenen und makedonische Hellenen, um es sauber auszudrücken. Wir werden diese Bedrohung jetzt beseitigen und alle befreien, die von den Persern unterdrückt waren. Und das, Freund Lysandros, wird uns Ehre einbringen, unsterblichen Ruhm, und mehr als unsterbliche Mengen Gold. Überleg mal – geh zwanzig Jahre zurück. Was warst du damals?«

Lysandros lächelte. »Jünger.«

»Ah, wohl wahr, gilt für uns alle. Du hast in einer schäbigen kleinen Burg an der sumpfigen Grenze gehockt; die meisten deiner Mitkämpfer waren Schafhüter, Söhne von Schafhütern und dazu verurteilt, Väter und Großväter von Schafhütern zu sein, die immer ängstlich Ausschau halten nach dem nächsten Essen, immer in Sorge wegen des nächsten Barbareneinfalls, der das Dorf zerstören würde. Philipp hat Krieger aus euch gemacht, die Grenzen und die Dörfer sind sicher. Kein Barbar wagt Makedonien anzugreifen. Und jetzt sehnst du dich nach deinen alten Lebensumständen? Noch etwas. Es ist kaum ein Jahr her, da gab es hier zwei Heere. Weißt du noch?«

Lysandros nickte langsam. »Ich hatte es fast vergessen.«

»Attalos und seine Männer, alle Makedonen, aber mehr einer bestimmten Sippe und ihren Absichten verbunden. Und wir. Jetzt, nach etwas mehr als einem Jahr mit Märschen, Angriffen, Rückschlägen, sehe ich keinen Unterschied mehr; ich sehe nur noch Makedonen. Und das« – er wies ungefähr nach Südwesten – »ist Troja. Das heilige Ilion. Wo Hellenen und asiatische Barbaren zehn Jahre lang kämpften. Unsere Vorfahren haben zehn Jahre gebraucht, um eine einzige Stadt zu erobern. Wir werden nicht einmal fünf Jahre benötigen, um alle Länder bis zum Euphrat zu befreien. In fünf Jahren werdet ihr alle reich sein, ihr werdet in Gold baden und nach Silber stinken. *Dann,* in fünf Jahren, komm wieder und erzähl mir vom Unterschied zwischen Makedonen und Hellenen im Heer. Heute bin ich sehr mild, mein Freund. Wenn du es bis dahin nicht besser weißt, in fünf Jahren, Lysandros, werde ich dir eigenhändig den Arsch aufreißen und geschmolzenes Gold hineingießen. Und jetzt geh mir aus den Augen.«

Als Lysandros gegangen war, begann Philotas leise zu lachen.

»Was erheitert dich, Sohn?«

Philotas stand auf, kam zum Tisch und legte die Rechte auf seines Vaters Schulter. »Ich habe selten einen so überzeugend etwas vertreten hören, woran er nicht glaubt.«

Parmenion ächzte leise. »Ich fürchte, du wirst mich noch oft Dinge verkaufen hören, die ich selbst nicht haben will.«

Philotas wurde ernst. »Was denn?«

»Diese wunderbare, biegsame, tödliche Waffe …« Er blickte über das Lager, zu den kaum sichtbaren Zelten am Hang der Hügelkette. »Noch ist es das Heer, das Philipp, Antipatros und Parmenion geschmiedet und geführt haben. Mit den alten Offizieren und der alten Kampfkraft. Noch. Du kennst ihn doch besser, Junge. Weißt du, was er plant? Mit euch?«

»Wen meinst du – wer ist ›euch‹?«

»Die jungen Gefährten. Die Zöglinge von Mieza. Die *hetairoi* Alexanders. Nicht die *hetairoi* des Königs; das sind alle edlen Makedonen. Ich meine euch, die jungen Löwen.«

Philotas lachte, versuchte ein Löwengebrüll auszustoßen, wie er es bei den Vorführungen wandernder Tierbändiger gehört hatte, ließ sich dann auf einen der Schemel fallen.

»Nichts hat er mit uns vor, Vater. Er wägt die Dinge und entscheidet nach Sinn und Ziel, nicht nach Vorlieben. Aber das weißt du doch ebenso gut wie ich.«

»Ich weiß es? Vielleicht wage ich nicht, zu glauben, was ich nicht genau weiß.«

Philotas beugte sich vor und starrte in die Augen seines Vaters. Dymas blickte wie gefesselt hin. Für einen Moment wirkte Parmenion unendlich alt, unendlich müde.

»Dann will ich es dir sagen. Einer, ich weiß nicht mehr wer, Leonnatos oder Meleagros, vielleicht auch Perdikkas, hat ihn gefragt – noch drüben, vor dem Übergang –, was unsere Aufgabe im Heer der Alten sein solle. Und Alexander sagte: ›Gehorchen und euch empordienen. Im Krieg gibt es keine Freunde, nur gute und schlechte Offiziere. Wer Antigonos oder gar Parmenion ersetzen will, muß sie erst einmal übertreffen.‹ Reicht dir das?«

Parmenion nickte. »Vorläufig.«

Dymas räusperte sich. »Der dumme Musiker bittet, fragen zu dürfen ...«

»Frag.«

»Was ist die Treue des edlen Parmenion?«

Der Stratege betrachtete ihn lange und eindringlich; dann sagte er, beinahe tonlos: »Parmenions Treue gehört Makedonien. Und dem König, der Makedonien verkörpert.«

Philotas holte Luft, schwieg aber. Dymas sog Fleisch der rechten Wange zwischen die Backenzähne und kaute einen Moment darauf. Dann lachte er.

»Eine gute Antwort auf eine schlechte Frage, Herr. – Ich nehme an, du legst keinen Wert darauf, daß ich die Zahlen und Überlegungen der edlen Herren Parmenion und Eumenes in Verse gieße und in den Lagern singe.«

Parmenion hob nur kurz die Brauen.

»Und nun?« sagte Dymas leise. »Zehn Tage Vorräte, sieben Tage Sold. Was wird dann?«

Philotas rümpfte die Nase. »Das entscheidet der König.«

»Was könnt ihr tun?«

Parmenion bleckte die Zähne; sie waren nicht mehr vollzählig, und einige sahen finster aus. »Tun? Warten. Marschieren. Hoffen.«

»Hoffen? Worauf?«

»Auf die persischen Satrapen. Daß sie uns schnell eine Schlacht liefern.«

»Und wenn nicht?«

Parmenion breitete die Arme aus. »Sind wir erledigt.«

Parmenion war die halbe Nacht mit Alexander in den Lagern unterwegs. Dymas und Tekhnef nutzten die Zeit, das Zelt und die Nähe. Die schwarze Südägypterin fühlte sich allerdings nicht besonders wohl in der rein makedonischen Umgebung des Strategen, wie sie sagte; sie zöge es vor, die nächsten Tage und Nächte bei anderen Heeresteilen zu verbringen. Dymas stimmte zu; ihm war es gleichgültig.

Das Zelt Parmenions, des Fürsten und Strategen, war karg. Die für den Winter an der Wetterseite angebrachte Holzverschalung und der hölzerne Vorbau stellten die einzigen Formen von Schwelgerei dar. Im Inneren gab es strohgefüllte Säcke, zusammengenähte Häute und ein paar Felle; leichte Truhen – Holzrahmen, mit Leder bespannt – zur Aufbewahrung von Kleidung, Schreibzeug und anderen notwendigen Dingen; Klappstühle und Klapptische; und Waffen. Auf einem der Tische standen ein Krug mit einem Viertel Wein und drei Vierteln Wasser, ein paar Becher, ein Brettchen mit Brot, kaltem Fleisch und Trockenobst, und ein Öllicht.

Dymas und Tekhnef hatten fast geschlafen, als der Stratege kam. Er knurrte etwas, trank ohne abzusetzen einen Becher leer, wickelte sich in seinen Umhang und streckte sich auf Säcken und Häuten aus. Als der Lagerlärm sie weckte, war Parmenion schon wieder verschwunden.

Dymas hatte einen umfangreichen Haushalt erwartet: Köche, Bader, Sklaven, vor allem eine Gruppe von Fürstenknaben: Söhne der edlen Gefährten des makedonischen Herrschers, die im Leibdienst zugleich auch ihre Ausbildung als künftige Offiziere und *hetairoi* erhielten, Unterpfand der Treue ihrer Väter und gelegentlich Gefäße der Lust des jeweiligen Herrn und Besitzers. Aber Parmenion vertraute seinen Schlaf, seine Ernährung und seine Sicherheit ergrauten Kriegern an, zumeist Thessaliern, zum Kämpfen zu alt und zur Heimkehr zu heimatlos. Einer von ihnen brachte Dymas und Tekhnef ein kleines Metallbecken mit kaltem Wasser, zur Reinigung, und trug das Tischchen mit dem nächtlichen Essensvorrat hinaus, unter das Vordach.

Das Feldherrnzelt war eine Insel im Chaos des Aufbruchs. Mindestens die Hälfte aller Abteilungen war bereits abmarschiert, aber dadurch schien sich die Zahl der im Lager befindlichen Kämpfer verdoppelt zu haben. Melder zu Fuß und zu Pferd woben ein undurchschaubares Gewirk von Fäden zwischen Einheiten, die schon unterwegs waren, Truppenteilen, die erst losmarschieren sollten, Troß und Versorgung, den Lastschiffen, die sämtlich noch in der Bucht lagen, den Verbänden in den Hügeln, den Reitergruppen, die mit dunklen Aufträgen in der Ebene umherzogen, den Stäben, die nicht dort waren, wo sie sein sollten …

Tekhnef setzte sich mit dem Rücken zum Lager; sie trank verdünnten Wein und aß Brot, kaltes Fleisch und ein wenig Obst. Dymas, stehend, war zu neugierig und zu aufgeregt, zwang sich aber zu einer Art Frühstück, wobei er den alten Thessalier mit Fragen löcherte.

Als Parmenion erschien, mit einem Schweif aus Offizieren, Helfern, Meldern und Männern des Trosses, tauchte ein großer, schlanker, dunkelhaariger Mann auf, mit dem Dymas schon einmal flüchtig zu tun gehabt hatte: Kleitos der Schwarze, einer der Führer der Hetairenreiter, aus Alexanders engstem Stab, hoher Offizier schon unter Philipp. Er nickte dem Musiker zu, lächelte Tekhnef an und schnippte mit den Fingern, um Parmenions Aufmerksamkeit zu erhalten.

Der Stratege hob die Hand, erteilte noch ein paar Befehle, entließ dann alle anderen und kam zum kleinen wackligen Tisch, auf dem ein Metallnapf stand. Er enthielt vielleicht eine halbe *choinix* Getreide; die Körner schwammen in einer Brühe aus Wein, Wasser und Kräutern und hatten zu quellen begonnen: Parmenions Morgenmahl.

»Gut geschlafen?« Er zwinkerte Dymas und Tekhnef zu. »Ihr müßt die geringe Gastlichkeit vergeben, aber …« Dann wandte er sich an Kleitos. »Was gibt's? Alles unterwegs?«

Kleitos ließ sich von dem Thessalier einen Becher reichen, nippte, runzelte die Stirn. »Dünnes Gesöff. – Ja, alles unterwegs. Das Hauptlager bei Arisbe ist aufgelöst; Alexander ist jetzt wahrscheinlich vor Perkote.«

»Neuigkeiten?« Parmenion schlürfte aus dem Napf, kaute gründlich, schluckte; all dies, ohne sich zu setzen oder das Lager einen Moment aus den Augen zu verlieren.

»Alles wie gewünscht.« Kleitos grinste. »Sind wir unter uns?«

Parmenion warf Dymas einen Blick zu. »Sind wir?«

Dymas deutete mit dem Becher auf Tekhnef. »Sie weiß, was ich weiß.«

»Gut.« Kleitos sah sich nach einem Stuhl oder Schemel um, setzte sich und blinzelte zu Parmenion auf. »Ein Schnellsegler. Die Güter von Arsites bei Daskyleion sind niedergebrannt; die von Memnon bei Lampsakos werden gehütet wie ... ach, wie auch immer. Demaratos schwört, daß die besprochenen Mitteilungen inzwischen in Zeleia sind; die Perser wissen jetzt alles, was sie wissen sollen.«

»Sind das die geheimen Reden, die ihr drüben, bei Sestos, ausgetauscht habt?« sagte Dymas.

Parmenion rümpfte die Nase. »Du bist sehr aufmerksam. Ja, darum ging es – teilweise. Aber du hast doch bestimmt noch mehr, oder?«

Kleitos kicherte. »Kluger alter Parmenion. Alexander will, daß du mit dem Hauptheer südlich an Lampsakos vorbeiziehst. Ich soll deinen Belagerungszug übernehmen und nach Lampsakos führen. Diades und Charias sind mit ihren Geräten schon vorausgeeilt.«

Parmenion kniff die Brauen zusammen. »Will er ernsthaft ...?«

»Nein, will er nicht. Wir haben keine Zeit – kein Geld – kein was auch immer. Wie du weißt. Er will die Perser nur ein bißchen kitzeln.«

»Gut. Und dann?«

»Wie geplant. Wenn die Perser tun, was sie tun sollen, heißt das.«

»Und wenn nicht?«

Kleitos hob die Schultern. »Wenn sie sich trotz allem an

das halten, was Memnon zweifellos vorschlagen wird, kenne ich einen, der sehr enttäuscht ist.«

»Wieso ist Alexander eigentlich so sicher, daß Arsites und die anderen Satrapen *nicht* auf den Rhodier hören werden?«

Kleitos blickte Dymas an. »Du kennst die Perser doch.«

»Ein wenig.«

»Was glaubst du?«

»Ich weiß nicht, über welche düsteren Geheimnisse ihr redet.«

Parmenion gluckste, kaute und deutete mit dem Kinn auf Kleitos.

Der Offizier leerte seinen Becher, rülpste und verschränkte die Arme. »Es ist ganz einfach. Und sehr schwierig«, sagte er langsam. »Hast du dich nie gefragt, warum wir gerade *jetzt* hier sind? Statt ein wenig früher oder viel später?«

Dymas schob die Unterlippe vor. »Gefragt schon, aber ich dachte, es wäre einfach eine Sache der Vorbereitung gewesen.«

»Du kennst unseren kleinen listigen *daimon* nicht.« Kleitos schüttelte den Kopf; einen Moment lang verrieten seine Augen so etwas wie Staunen, oder Bewunderung. »Er ... sein Vater, Philipp, hat nie etwas getan, ohne mindestens drei Dinge mit einem Schlag erledigen oder bewirken zu können. Alexander ist genauso, nur noch besser. Vorbereitungen sind eines – die Truppen, die Schiffe, die Vorräte. Das zweite, was er berechnet hat, sind ... deine früheren Mitarbeiter.«

»Die Kundschafter und Spitzel des Korinthers?«

»Und die der Perser. Es mußten bestimmte Kenntnisse so geschickt verteilt werden, daß sie die Perser nach und nach erreichen, gewissermaßen unauffällig. Eine Verwandte von Memnon, die auf Rhodos lebt, hat ein Geschenk des makedonischen Königs erhalten. Zum Beispiel. Oder jetzt die neueren Dinge – die Güter des Satrapen brennen, die von Memnon werden verschont. Wir haben hellenische Bundestruppen, wie ihr wißt; Memnons hellenische Söldner im Dienst des Großkönigs wollen angeblich zu uns überlaufen. Wollen sie natürlich nicht, aber Demaratos sorgt dafür, daß die Perser es glauben. Er sorgt auch dafür, daß sie ihre Reiterei überschätzen – weil angeblich Persiens Lanzenreiter das einzige sind, was Alexander wirklich fürchtet.« Er lachte. »Wir werden sehen ... Dann waren der Boden und das Wetter zu bedenken. Die Perser mußten schon aus den Winterlagern heraus, aber noch nicht völlig versammelt sein. Wir sind für sie zu früh, als daß sie Parmenions Brückenkopf hätten angreifen können, nach dem Winter, aber so spät, daß sie ihr Heer schon in der Nähe zusammengezogen haben. Wären wir früher gekommen, hätten sie vielleicht den Norden Phrygiens geräumt; wir brauchen aber die Schlacht sehr bald. Wenn sie sich stellen, wird bald danach das erste Getreide reif sein – sobald unsere Vorräte und die der Perser aufgezehrt sind. All dies und mehr war zu bedenken. «

»Ich dachte immer, Krieg besteht daraus, daß zwei Heere sich treffen und messen«, sagte Dymas. »Aber dieses Bild ...«

»Die Ernten, das Wetter, die Bewegungen des Gegners. Was wir im Moment versuchen ist, Mißtrauen zu säen, um den Sieg zu ernten. Memnon ist der beste Stratege des Großkönigs. Wir müssen ihn möglichst ausschalten, bevor es zum Kampf kommt.«

»Was könnte er tun? Was könnte er *anders* tun als die Satrapen?«

Parmenion stellte den leeren Napf auf den Tisch. Mit den Fingerspitzen strählte er sich den grauen Bart; dabei grinste er leicht. »Wenn ich Memnon wäre und im Heer des Großkönigs zu sagen hätte, wüßte ich, was ich täte.«

»Nun sag es schon.«

»Die Vorräte des Landes wegschaffen oder zerstören. Die Lagerhäuser niederbrennen. Die Felder vernichten. Mit einem kleinen Heer immer gerade außer Reichweite bleiben. Und mit der großen Flotte und den besten Truppen nach Makedonien übersetzen.« Er beugte sich vor. »Dieser Feldzug, unserer, wäre in drei Monden erledigt.«

Dymas schloß die Augen. »Sie werden nicht auf ihn hören, wenn er das vorschlägt.«

»Warum?« Kleitos' Stimme klang drängend.

Der Musiker öffnete die Augen wieder. »Alexander weiß es, nehme ich an. Hat er nicht als Knabe lange mit ... ah, Artabazos gesprochen?«

»Das hat er. Er beruft sich auf den edlen Perser. Und?«

»In den Ländern, aus denen sie kommen, in den iranischen Kernländern, sind guter Boden und Wasser heilig. Auch das Feuer ist heilig und darf nicht verunreinigt werden. Es ist die heilige Pflicht der Verwalter und der Krieger, den Landbau zu schützen.«

Kleitos seufzte auf; er schien erleichtert. »Das sagt Alexander auch, aber es ist gut, dies von einem anderen zu hören, der sich auskennt.«

»Du meinst also, sie werden nicht auf Memnon hören?« sagte Parmenion.

Dymas nickte. »Ein Satrap, der das verbrennt, was er schützen soll, kann sich gleich in sein Schwert stürzen.«

Einige Einheiten, vor allem Reitertrupps und Aufklärer, legten große Entfernungen zurück, schwärmten immer wieder aus, sicherten meilenweit voraus und nach Süden, während die Hauptmasse zunächst nach Nordosten den Hellespont entlangzog, abgeschirmt von den schnellen Truppen zur Rechten und den Trieren zur Linken. Neben den Kampfschiffen hielten sich, teils unter Segeln, teils gerudert, die zahllosen Lastkähne und Frachter in Ufernähe; abends versorgten sie das Heer mit Fleisch, Fisch und Trockenfrüchten. Die Hauptmasse – Troß und Fußtruppen – legte am Tag vielleicht sechzig Stadien zurück, eine Entfernung, die ein guter Marschierer in zwei Stunden bewältigen konnte. Wenn die ersten Zelte abgebrochen wurden, begannen die Bewohner der letzten mit dem Frühstück, und wenn die zuerst Aufgebrochenen mit dem Lagern begannen, meistens am frühen Nachmittag, setzten sich die letzten gerade in Bewegung.

Dymas und Tekhnef schlossen sich jeden Tag einer anderen Gruppe an. Auf dem Weg von Arisbe nach Perkote zogen sie mit den Wegmessern und Geographen, die Landkarten verfertigten und alles erreichbare Wissen über die Gegend sammelten. Die Männer gingen paarweise neben den Karren her, auf denen ihre Habseligkeiten und Werkzeuge lagen. Die Schrittzähler – immer zu zweit – trugen Schnüre mit Tonperlen verschiedener Farben und Größen. Ein kleiner Karren, dessen Räder höchstens zwei Fuß Durchmesser hatten, wurde von Sklaven hinter einem großen Karren hergezogen. An einem der Räder des kleinen Wagens war ein Sporn oder dicker Nagel angebracht, der nach innen wies und bei jeder Umdrehung des Rads mit hellem *ping* gegen einen von der Karrenkante baumelnden Eisenstab stieß. Auf dem großen Wagen saßen Männer mit Wachstafeln und Ritzstiften; einer machte bei jedem *ping* einen Strich auf sein Täfelchen, ein anderer kritzelte auf Zuruf der Schrittmesser Dinge auf sein Wachsbord. Dymas hätte gern mit dem berühmtem Baiton gesprochen, aber der Führer der Geometer und Bematisten ließ sich nicht blicken.

»Er ist beim König«, sagte ein junger Mathematiker, der einen der zahlreichen Meßtrupps beaufsichtigte. Er hatte einen starken athenischen Zungenschlag.

»Was macht er da? Sollte er nicht arbeiten?«

Der junge Mann lachte. »Dafür hat er doch uns. Du bist Dymas, nicht wahr? Ich habe dich vor Jahren in Athen gehört. Als du gegen Demosthenes gesungen hast – Spottverse.«

Dymas neigte übertrieben den Kopf. »Ich bin geehrt, daß die Männer der Wissenschaft schnöden Zeitvertreib in Wirtshäusern und gewisse Begleitumstände nicht vergessen. Wie kommst du aus Athen hierher?«

»Ich bin zu jung, als daß ich noch unter dem großen Platon, dem ich gelauscht habe, vieles hätte lernen können, wohl aber unter seinen Nachfolgern. Über gemeinsame Bekannte geriet ich auch an Aristoteles, der das Sammeln und Messen dem Bau schwebender Gedankenpaläste vorzieht.« Er gluckste. »Er schrieb mir, aus Mieza, daß Alexander auch allerlei Wissenschaftler mitnehmen wolle, und er hat mir die Möglichkeit vermittelt, meine Kenntnisse praktisch zu erproben.«

Dymas deutete auf die Schrittzähler, dann auf den kleinen Karren, dessen *ping* ihm in den Ohren weh tat. »Was hat es damit auf sich, Freund? Wie heißt du, damit ich dich anreden kann?«

»Eukleides. Also, der König will möglichst genaue Landbilder von uns haben. Entfernungen, Höhen, Tiefen, genauer Verlauf der Flüsse und Bergketten, Anzahl der Bewohner,

Umfang und Anlage von Städten und Dörfern, Art des Bodens und seiner Nutzung, Pflanzen, Nutztiere – einfach alles. Dies hier ist die Meßabteilung; für Tiere und Menschen sind andere zuständig.«

Er berichtete von den Vorbereitungen, den nötigen Vereinheitlichungen der Maße, erklärte Tekhnef und Dymas einige der Hilfsmittel.

»Wir stehen«, sagte er, »zum Beispiel auf einer Straße und wollen wissen, wie hoch ein Berg ist, der rechts von uns aufragt, und wie weit er von der Straße entfernt ist. Diese Lederschnur« – er deutete auf einen Pflock, um den vielfach gefärbtes Leder von der Dicke eines kleinen Fingers gewickelt war – »ist ein Stadion lang. Wir legen sie auf die Straße und peilen den angenommenen Mittelpunkt des Berges am Boden, also auf Höhe der Ebene an. Mit Hilfe von Peilstangen richten wir das Band dann so aus, daß die von beiden Enden des Bandes zum Berg führenden gedachten Strecken mit dem Band den gleichen Winkel bilden. Wenn wir die Grundstrecke und die beiden Winkel haben, können wir die Länge der Seitenstrecken berechnen – der Schenkel. Wo sie sich schneiden, den dritten Winkel bilden, liegt der Berg.«

Er hielt ein Gerät hoch, das aus mehreren mit engen Ringen und Schnüren verbundenen Holzstöcken bestand, die jeweils durch Kerben und bunte Striche vielfach unterteilt waren.

»Das ist zur Bestimmung der Höhe. Ein Mann preßt die Wange an den Boden, unmittelbar am Lederband; ein zweiter zieht dieses Gerät so weit auf, daß der Liegende den Gipfel des Bergs genau zehn Schritte entfernt hinter oder neben der Spitze des Meßstocks sieht. Wir bestimmen den Winkel, und da wir wissen, wie weit der Berg entfernt ist, können wir – jedenfalls ungefähr – die Strecke vom Gipfel zum Boden berechnen: die Höhe.«

Ein größeres Problem war die Vereinheitlichung der Wegmaße gewesen. Aus seiner Kenntnis der verschiedenen Meßweisen hatte Aristoteles bei den vorbereitenden Beratungen folgende Einheiten vorgeschlagen: Grundlage solle sein das attische Stadion, bestehend aus einhundert Orgyien; eine Orgyia bestehe aus sechs Fuß, der Fuß aus sechzehn Daktylen oder Fingerbreiten. Dreißig Stadien wiederum sollten ergeben eine Parasange, das ursprünglich nur ungefähre persische Maß der Wegstunde eines guten Marschierers.

»Das Rad des kleinen Karrens hat nicht ganz zwei Fuß Durchmesser; wenn es sich einmal dreht, hat es genau eine Orgyia zurückgelegt. Wir« – er kicherte leise – »bezeichnen diese Einheit inzwischen als ein *ping.* Man gewöhnt sich dran, übrigens; nach ein paar Tagen lassen die Ohrenschmerzen nach. Die Schrittzähler haben lange Zeit Ketten um die Fußknöchel getragen, mit Messerklingen vorn. Wenn ihr eure empfindsamen Nasen und Augen über ihre Füße beugt, könnt ihr bei allen viele kleine Narben sehen. So haben sie sich daran gewöhnt, Schritte einer bestimmten Länge zu machen – drei Schritte für eine Orgyia, die ursprünglich als ein Doppelschritt galt. Aber gerade auf unebenem Boden ist es oft unmöglich, regelmäßig lange Schritte zu machen.«

»Und die Perlenschnüre?« sagte Tekhnef. »Zum Zählen?«

»Ja. Eine Perle für dreißig Schritte, zehn Orgyien. Zehn Perlen für ein Stadion; nach zehn Perlen folgt auf den Schnüren jeweils eine dickere. Die Schnüre reichen immer für drei Stadien; dann rufen die Bematisten es den Männern auf dem großen Karren zu, die Striche auf ihre Wachstafeln machen. Abends werden die Ergebnisse auf Papyros übertragen, zusammen mit den Aufzeichnungen der Männer, die sich um Biegungen, Wasserläufe, Berge und Ortschaften kümmern.«

Die Grundlagen für die Berechnungen, sagte Eukleides, hätten vor Jahrzehnten schon Männer wie Pythagoras oder Thales geschaffen; er selbst habe sie mit Aristoteles' Hilfe für die tägliche Verwendung vereinfacht.

»Ich werde nicht mehr lange hierbleiben«, sagte er schließlich. »Was ich feststellen wollte, weiß ich jetzt. Im Herbst will ich wieder in Athen sein. – Macht ihr heute abend Musik?«

An diesem Abend unterhielten sie die Geometer und andere Wissenschaftler; Eukleides kannte erstaunlich viele schäbige Verse über einzelne Körperteile und ihre Verwendung zu Lust oder Schmach; Dymas prägte sie sich ein, und Tekhnef entzückte die Zuhörer, die nicht mit schrägen Bemerkungen geizten, durch ihr Flötenspiel ebenso wie durch wüste Erzählungen aus ihrer Heimat im Süden Ägyptens.

Am nächsten Tag banden sie die Zügel ihrer Pferde an den Karren, auf dem Drakon der Heiler saß und wie immer Kräuter, Zweige oder Halme kaute. Als sie sich zu ihm gesellten, war es ein Kirschzweig; er nahm ihn aus dem Mund, grinste sie mit starken, weißen Zähnen an und hielt den Zweig hoch.

»Was ihr hier seht, ist nicht nur gut für meine Zähne, sondern es wird uns auch den Sieg gegen die Perser sichern.«

»Was hast du vor?« Dymas half Tekhnef auf die Karrenfläche und zog sich selbst hoch. »Willst du einen Kirschblütenzauber machen, um die Satrapen zu blenden?«

Drakon lachte schallend. »Ich werde es erwägen, obwohl für derlei Unsinn Aristandros zuständig ist. Nein – was ihr hier seht, ist das kleine Geschwist des großen Baums, der festes, schweres Holz liefert. Übrigens auch guten Bast; in Gordion hat man ihn verwendet, um die Deichsel an einem bestimmten Karren zu befestigen. Von diesem Holz schleppen wir, zur Freude der Lanzenschäfter und Waffenschmiede, große Vorräte mit uns herum.«

»Quassel nicht so gelehrt«, sagte jemand, der hinter Drakon auf dem Karren lag. »Was ist mit dem Holz?«

»Wie wir wissen, o mein dummer Freund, besteht die Bewaffnung der edlen persischen Reiter aus gekrümmten Schwertern und vor allem aus jeweils zwei leichten Wurfspeeren. Leicht, gut in der Hand, aber schlecht zum Stoßen. Die Sarissen der Phalanx und die Speere der makedonischen Reiter sind aus diesem besonderen Kirschbaumholz – härter, schwerer; und die Reiterspeere sind auch länger als die der Perser. Woran ihr sehen könnt, daß ich durchaus kriegstüchtig kaue.«

»Bah«, sagte der Liegende. Er richtete sich auf, stützte sich auf die Ellenbogen. »Wann ist mein Fuß wieder heil? Ich kann dein Gerede nicht mehr ertragen, Drakon.«

»Oh, steig ab, lauf, entspann dich, und viel Vergnügen.«

»Was fehlt ihm?« sagte Tekhnef.

Drakon schob den Zweig in den Mundwinkel. »Zwei, nein, drei Dinge. Das geringste Übel ist, daß dieser Trottel sich einen Dorn in den Fuß getreten hatte, und er kam damit erst zu den Heilern, als die Entzündung fortgeschritten war.«

»Kein Dorn, ein Splitter«, sagte der Mann; er schnitt eine Grimasse. »Ein Scheißsplitter von einem dieser Scheißschiffe bei der Scheißüberfahrt.«

»Vier Dinge fehlen ihm.« Drakon zwinkerte. »Zweitens ist er dumm; drittens ist sein Wortschatz karg, wie ihr hört, um nicht zu sagen: bitterarm.«

»Und viertens? Na, komm, was fehlt mir noch?«

»Es fehlt nicht, das ist es ja; du hast davon zuviel. Du bist Kreter. Und alle Kreter lügen.«

»Ich lüge nicht.« Der Fußkranke grinste breit.

»Siehst du, du lügst schon wieder. Bist du Kreter?«

»Ja.«

»Dann lügst du, denn alle Kreter lügen. Also bist du kein Kreter, du hast nämlich ›ja‹ gesagt. Also lügst du, vor allem, wenn du die Wahrheit sagst.«

Der Kreter ächzte. »Hör doch auf damit, Mann. Wann sind wir endlich am Fluß?«

»Welcher Fluß?«

»Wo's die Schlacht geben wird.«

Drakon schüttelte den Kopf und blickte zu Tekhnef und Dymas; er schien verblüfft. »Ich weiß von keinem Fluß und keiner Schlacht.«

»Überall reden sie nur noch davon. Daß die Perser uns an einem Fluß erwarten. Gra, Gru, irgend so was.«

»Granikos«, sagte Dymas. »Sie haben sich irgendwo jenseits des Granikos versammelt. Aber wieso sollen sie da auf uns warten?«

Der Kreter zuckte mit den Schultern. »Weiß ich nicht; aber alle reden davon.«

Keiner wußte wieso, aber alle bestätigten es, abends, als Tekhnef und Dymas an den Feuern der Söldner saßen, Musik machten und mit den Männern tranken. Ägypter waren dabei, vor den Persern geflohen und im Süden der Peloponnes, auf der Halbinsel Tainaron angeworben, wie Zehntausende Söldner vor ihnen; die berühmten kretischen Bogenschützen, meist unmittelbar auf Kreta angeworben;

Fußkämpfer aus den Städten und Dörfern Achaias; illyrische Stammeskrieger mit riesigen Schwertern und Wieselfellkappen; Ausgestoßene, Verbannte oder flüchtige Verbrecher aus den hellenischen Städten Siziliens und Süditaliens, und neben den Sikelioten sogar eine Handvoll Etrusker und vier Römer; Land- und Heimatlose aus den Gebieten in Asien – Klazomenai, Smyrna, Ephesos, Halikarnassos; viele Hellenen und Mischblütige aus Lykien und Kilikien; streunende Phöniker; Hunderte von den Inseln Rhodos, Samos, Delos, Chios, Lesbos, Imbros, Kos, sogar aus dem Norden, von Samothrake, und ein paar ehemalige Seeräuber von Patmos; Hellenen aus den Pflanzstädten des Nordens, aus Byzantion, Odessos, Sinope, aus Kardia – Heimat des Eumenes –, aus allen Häfen des Euxeinischen Meers; Kelten; skythische und getische Kämpfer aus den Steppen nördlich des Euxeinischen Meers; Hellenen und Libyer aus Kyrene – ein ungeheures Gemisch von Sprachen, Trachten, Waffen, Gesichtsformen. Auch die meisten Nichthellenen beherrschten wenigstens einige Brocken der Umgangssprache.

Die Ebene, in der sie lagerten, war keineswegs gesprenkelt von Feuern wie der Himmel von Sternen. Es gab zu wenig Brennholz, und davon wurde das meiste für die Kochfeuer benötigt. Dymas erzählte – da saß er bei Achaiern, allesamt Hopliten – mit einem leichten Grinsen von den Gepflogenheiten der Karawanenmänner Arabiens und Asiens, die den Dung ihrer Tiere sammelten, trockneten und als Brennstoff nutzten.

»Wir sind Fußkämpfer und haben keine Tiere«, sagte einer der Männer; er hatte eine ausgezackte Narbe auf der Wange. »Und wenn wir welche hätten – baah.«

»Ihr werdet euch dran gewöhnen, später.«

Dann redeten sie wieder von der Schlacht, die bald an einem Fluß stattfinden würde. Natürlich gab es eine einfache Erklärung: Irgendwer hatte etwas von einem der Aufklärer oder Meldereiter aufgeschnappt. Aber so, wie die Männer davon sprachen, wurde der Fluß, der vermutlich eher ein Bach war, zum Strom am Rande der Welt, und die Schlacht zum gewaltigen Ringen zwischen Alexander, Herrn des Lichts, samt seinen Mitstreitern einerseits und einer düster drohenden Finsternis jenseits des Wassers. Einer der Achaier kam spät nachts von den Karren herbeigetorkelt, wo die Dirnen mit den Kämpfern zechten und kreischten, wenn nichts anderes anlag. Er lallte ein wenig, war aber noch gut zu verstehen.

»Zwei Tage. Dann, am dritten, geht's rund.«

»Wer sagt das?« knurrte einer der anderen.

Der Mann deutete mit dem Daumen über die Schulter. »Eine von den Frauen ... Hat sie aus nem Hammelknochen gelesen.«

Die Sterne begannen bereits zu verblassen, als Tekhnef endlich den kleinen Hügel fand, wo die beiden Pferde mit zusammengebundenen Vorderbeinen gegrast und gelegen hatten und nun den Morgenwind schnupperten. Sie wühlte sich auf der großen Lederdecke unter die Felle an Dymas' Seite. Im unsicheren Licht wirkten ihre Augen angstvoll.

»Was ist, Liebste?« Dymas hatte sich gesorgt und kaum geschlafen, sagte es aber nicht.

Sie drückte sich an ihn. »Ich war bei den Ägyptern«, flüsterte sie. »Heimweh austauschen. Und dann hab ich mich verlaufen. Es ist so ... riesig. Und wirr. Ich ersticke.« Sie bebte.

Dymas legte beide Arme um sie. »Wir treiben im tosenden Meer; keine Zeit, nach Luft zu schnappen. Aber die Strömung verändert die Welt.«

»Laß uns der Strömung von weitem zusehen.« Unter den Fellen nestelte sie an seinem Schurz. »Ich will wieder allein bei dir liegen, unter den Sternen oder zwischen Holzwänden, aber nicht umgeben von fünfzigtausend Kriegern. Durch die Hafenstädte ziehen, trinken, Musik machen, Geschichten hören, die Sonne sinken sehen über den Wellen.« Sie setze sich auf und streifte den Chiton ab.

Dymas streckte die Hände nach ihren Brüsten aus. »Schwarze Tränen des Zwielichts«, murmelte er.

Später, als sie keuchend und erhitzt nebeneinander lagen, erzählte er von der seltsamen Schlacht am seltsamen Fluß: einem Ereignis in der Zukunft, das vorzeitig zum fernen Mythos geworden war.

»Nach der Schlacht ... Nach der Schlacht gehen wir.«

Am nächsten Tag schien das Gewirr des Heerbanns noch zuzunehmen. Pausenlos jagten Meldereiter zwischen den aufbrechenden, marschierenden oder rastenden Gruppen hin und her. Einige Abteilungen erhielten offenbar besondere Befehle, marschierten schneller, ließen ihren jeweiligen Troß zurück; im Lauf des Nachmittags verschwanden sämtliche Söldner, und plötzlich bestanden die Marschsäulen nur noch aus Fußkämpfern. Von den makedonischen und thessalischen Reitern war nichts zu sehen; abends, auf der Suche nach einem Lager, trafen Dymas und Tekhnef lediglich einen kleinen Trupp berittener Burschen, die aber keine Auskunft gaben: Hochfahrende makedonische Adelssöhne, Königsknaben, hatten es nicht nötig, mit hergelaufenen Musikern zu reden. In der Heimat, bei Philipps Kriegszügen und auch auf den ersten Unternehmungen Alexanders hatte die alte Regel gegolten, daß jeder edle Krieger der Hetairenreiterei einen ebenfalls berittenen Burschen haben solle, die besten Fußtruppen einen Sklaven, Waffenträger oder Burschen für je vier Mann, die Hopliten der gewöhnlichen Phalanx einen für je zehn Krieger; für den Feldzug in Asien waren auch diese alten Regeln aufgehoben oder geändert worden, um nicht den Troß unendlich aufzublähen. Deshalb erlaubte die Anzahl irgendwo herumlungernder Burschen keine Rückschlüsse auf die Anzahl der Reiter, denen sie folgen mochten. Und keiner wußte, wo der König und Parmenion waren. Es schien aber auch keinen zu bedrücken; ein Unterführer der Phalanxabteilung des Perdikkas sagte, der Junge und der Alte wüßten schon, was zu tun sei, und man könne ihnen blindlings folgen. Nicht einmal die Abwesenheit des Taxiarchen Perdikkas, eines von Alexanders jungen Gefährten, schien eine Rolle zu spielen.

In der Dämmerung kam ein Melder zu dem Feuer, an dem Dymas und Tekhnef sich niedergelassen hatten.

»Der König wünscht eure Gesellschaft«, sagte er, ohne vom Pferd zu steigen.

»Woher weiß er, daß wir hier sind?«

»Er weiß immer, wo alle sind.«

Tekhnef und Dymas nahmen die Instrumente und folgten dem Reiter; ihre Pferde ließen sie zurück. Jenseits eines kleinen Hügelzugs standen die Zelte des Königs und der Stabsoffiziere. Ein Bach, der zwischen den Hügeln entsprang, schien zahllose Knaben und Männer mit Gefäßen anzuziehen; weiter unten drängten sich Pferde wie gestutzte Pappeln am Wasserlauf. Der Himmel zeigte noch Spuren des Tags; im Westen flackerte letztes Rot. Es war zu hell, außer für die kräftigsten Sterne und den Mond; die glimmenden Feuer rechts und links des Bachs wirkten vom Hügel wie gestürzte Sterne, und tausend Speerspitzen, Schmuckschilde, goldene und silberne Verzierungen an Zelten und Rüstungen vervielfachten und verzerrten die Lichter.

Der Melder glitt vom Pferd, deutete auf das größte Zelt und führte dann sein Tier den Bach hinab zu einer Art Koppel; Sklaven und einige Königsknaben bewachten dort wohl die kostbareren Tiere. Man hatte Pfosten eingerammt und Seile zwischen ihnen gespannt, die im schwindenden Licht nur noch zu ahnen waren.

Als sie sich dem Zelt näherten, kam der König mit schnellen Schritten, fast im Dauerlauf, von rechts herbei, offenbar aus einer Mulde zwischen den Hügeln. Sein Heiler und *hetairos* Philippos folgte keuchend. Alexander sprang über den Bach, blieb stehen, betrachtete eine dunkle Masse, die er in den Händen hielt, und wandte sich zu Philippos um.

»Übrigens gibt der Sud dieses Krauts, richtig verdünnt, seltsame Träume. Als ob man flöge. Unverdünnt kann er zu Wahnsinn führen.«

Philippos klackte mit der Zunge. »Das haben wir aber nicht von Aristoteles gelernt.«

Alexander lächelte; seine weißen Zähne blitzten im Widerschein der Feuer. »Ah, du hast nicht aufgepaßt, Freund.«

Philippos schnaufte; seine Brust hob und senkte sich schnell. »Doch, hab ich wohl. Für Gifte ist eher deine Mutter zuständig, nicht Aristoteles.«

Alexander drückte ihm das dunkle Zeug in die Hand und wischte seine Finger am Chiton. »Olympias weiß einiges über Gifte, aber Aristoteles weiß mehr. Er hat es nur nie so deutlich gesagt.«

»Dann muß ich zu klein und zu dumm gewesen sein, um es mitzukriegen.«

Der König lachte. »Gewesen? Bist du denn gewachsen und klüger geworden?«

Er wandte sich den Musikern zu, die auf ihn warteten. Als er nahe an Dymas herantrat, sah dieser, daß Alexander etwas kaute, und er roch den milden Atem: Minze.

»Dymas, Tekhnef, ich danke euch, daß ihr meiner Bitte gefolgt seid. Geht ins Zelt, laßt euch bedienen; ich komme bald nach. Sobald ich mich gesäubert habe.« Er blickte an sich hinab; der Chiton war verschmiert, die Sandalen von Lehm verkrustet, wie die Unterschenkel insgesamt.

»Wir danken für den ehrenvollen Ruf, Herr«, sagte Dymas.

Alexander nickte knapp und lief zu einem kleineren Zelt, neben dem großen aus Leder und weißen Tüchern, vor dem Posten standen. Licht fiel aus dem Eingang; als sie näher kamen, hörten sie gedämpftes Stimmengewirr.

Das Zelt des Königs war etwas mehr als doppelt mannshoch, zehn Schritte breit und sicherlich zwanzig Schritte tief. Den Boden bedeckten große, vernähte Lederstücke und Felle. Eine Vielzahl kleiner und größerer Tische standen zwischen den Sitzbänken, Schemeln und Klinen. Dymas kannte oder erkannte die meisten der etwa vierzig Männer, die dort saßen und lagen, bedient von Königsknaben. Parmenion war da, ebenso seine Söhne Hektor, Nikanor und Philotas; die Führer der sechs Phalanxabteilungen, Perdikkas, Koinos, Amyntas, Philippos, Meleagros und Krateros; die älteren Offiziere und Berater wie Demaratos, Antigonos und Demetrios; die Reiterführer Agathon, Philippos und Kalas; andere hohe Offiziere und *hetairoi* wie Klearchos, Attalos, Hephaistion, Ptolemaios, Laomedon, Seleukos, Kleitos der Schwarze und sein Neffe Proteas. Aristandros der Seher hockte wie eine windgezauste Krähe neben dem Eingang, in schwarzem Umhang und offensichtlich schwärzlicher Laune. In der Mitte, von schlichten Fellen bedeckt, stand die Kline des Königs, leer; Hephaistion lehnte rechts auf einer Liege, links rekelte sich Alexanders Halbbruder Arridaios. Er trank aus einem einfachen Zinnbecher, Wein troff vom Kinn auf das schon reichlich besudelte, ehemals weiße Obergewand; aber die Augen waren eisig und wachsam. Ein Offizier, der den größten Teil der Söldner befehligte, und der Lynkeste Alexandros halfen Proteas beim Trinken, von Kleitos mißmutig beobachtet. Der Lynkeste hielt den Becherarm des für Wein und schlechte Witze berühmten Mannes, während der andere aus einem irdenen Krug nachgoß: unverdünnten Wein. Arridaios zwinkerte, rülpste und deutete auf Kleitos' Neffen.

»Dhu dha« – er sabberte beim Sprechen; seine Zunge war zu lang – »eheh, Protheass, dhu bisst hier falssch: Wirth hätthsst dhu werdhen ssollen.«

Gleich am Eingang standen ein paar Tische und leichte Bänke für die Unterhalter: eine Harfenspielerin – neben Tekhnef die einzige Frau in der Runde –, zwei Sänger, zwei Schauspieler mit Komödienmasken lose am Hals, ein Magier, ein Trommler und zwei Männer mit Lyren. Dymas und Tekhnef setzten sich zu ihnen. Während der Musiker sich mit Wein und kaltem Braten bediente, überlegte er, ob die Abwesenheit bestimmter Männer etwas bedeuten mochte. Kallisthenes fehlte, ebenso der hinkende Schatzmeister Harpalos; Eumenes von Kardia und der Kreter Nearchos, die Führer der technischen Truppen und der Wissenschaftler. Alle Anwesenden gehörten zu den Kampfeinheiten, bis auf Arridaios, oder sie waren – wie der alte Demaratos und der vermutlich nicht eben kampftüchtige Proteas – *hetairoi* des Königs und damit Teil der Gefährtenreiterei, selbst wenn sie nicht in die Schlacht ziehen sollten. Entweder hatten die anderen besondere Vorbereitungen zu leisten, oder der König hatte absichtlich nur jene geladen, die in der bevorstehenden Schlacht wichtig sein würden.

Arridaios klatschte in die Hände und deutete auf die Musiker. Der Trommler und die beiden Lyristen begannen, die Frau mit der Harfe fiel nach der ersten Hälfte einer schnellen Tanzweise ein. Sie waren nicht schlecht, aber auch nicht gut. Tekhnef holte ihren Doppelaulos hervor, blies leise ein paar Töne, verzog das Gesicht und setzte die Flöten wieder ab; Harfe und Lyren, vorher wahrscheinlich aufeinander abgestimmt, waren fast einen Ton zu tief, als daß sie hätte mitspielen können. Nach dem Ende des Stücks nahm Dymas die Kithara und schlug ein paar Harmonien, die durchs Zelt wallten; Tekhnef spielte einige schnelle Läufe. Die anderen

Musiker begriffen und begannen umzustimmen, was bei der Harfe sehr lang dauern würde.

Dymas spielte einen beinahe feierlichen, schleppenden Tanz, den er vor Jahren in Halikarnassos gehört hatte, eine schräge Mischung persischer und karischer Tönungen. Tekhnef befestigte die lederne Gesichtsbinde, die Kiefer und Wangen hielt, so daß die Auletin, ohne sich um den im Mundraum entstehenden Druck (und die Verzerrung des Gesichts) kümmern zu müssen, alle Aufmerksamkeit den zu erzeugenden Klängen widmen konnte. Sie blies auf dem linken Aulos einen tiefen Dauerton; die rechte Flöte übernahm in höherer Lage Dymas' Melodie, mit kleinen Verzierungen. Der Mann mit der Trommel – einem mit Kalbfell gespannten Hohlrad – kannte sich offenbar in asiatischen Verfremdungen aus: Er verschob nach und nach die Betonung vom ersten auf den zweiten, dritten, vierten, dritten, zweiten Schlag, was Dymas mit einem freundlichen Grinsen begrüßte.

Eine der beiden Lyren nahm die Melodie auf; die zweite ließ sich nicht recht stimmen: Der Ball aus Schwarte und Harz, um den die vierte Saite gewickelt war, gab immer wieder nach. Schließlich knurrte der Musiker, ließ die Saite völlig schlaff und benutzte nur die übrigen. Als auch er die Melodie gefunden hatte, nickte Dymas übertrieben und hörte einen Moment auf zu spielen. Halblaut sagte er:

»Macht das immer so weiter, ja?«

Als die Lyristen blinzelten, verließ Tekhnef ihre höhere Lage. Ohne den Grundton der linken Flöte zu verändern, wanderte sie mit der rechten fast zwei Drittel der Klangstufen herab und spielte zuerst die Melodie, dann nur noch Verzierungen um diesen neuen Grundton herum. Was zunächst schmerzhaft befremdlich klang, wurde zu einem vielfarbigen, mehrschichtigen Töneteppich, als Dymas auf der Kithara eine dritte, abermals versetzte Stimme dazu spielte. Einer der Lyristen stolperte; im Zelt herrschte plötzlich angespannte Stille. Die ungewohnte Mehrstimmigkeit machte den Musikern zu schaffen; beide Lyristen schwitzten und schnitten Grimassen. Der Trommler grinste und begann mit Anderthalb-Schritt-Schlägen; schließlich fiel die Harfe ein, zaghaft, mit Einzeltönen aufwärts und abwärts wie eine lückenhafte Wendeltreppe, die sich mal nach links, mal nach rechts drehte.

Als das Stück endete, hörte man zunächst nur das erleichterte Schnaufen der Lyraspieler, die mit hellen Fingern aus einem chaotischen fremden Land heimkehrten. Dymas sah Parmenion nicken, wie viele andere; Proteas rülpste – wahrscheinlich war es höchste Anerkennung, daß er dies während der Musik unterlassen hatte –, die meisten starrten auf einen Punkt hinter den Musikern.

Eine Hand legte sich auf Dymas' Schulter; dann hörte er Alexanders Stimme. Der König mußte schon länger dort gestanden haben.

»Beifall wäre erniedrigende Beleidigung ob dieser Kunst.«

Alexander nickte den anderen Musikern zu, beugte sich zu Tekhnef, hauchte ihr einen Kuß auf die Stirn und ging dann zu seiner Kline. Er deutete auf die Sänger. Während er sich von einem Königsknaben den Becher mit reinem Wasser füllen ließ und an einem Fetzen Brot knabberte, brachen die Sänger allzu laut, allzu dramatisch in Homerisches aus, unbegleitet. Die Musiker legten die Instrumente beiseite und wandten sich dem Wein und den Speisen zu.

Bei den übrigen Darbietungen – Tekhnef und Dymas spielten noch mehrmals mit den anderen, allerdings ohne die Führung zu übernehmen; der Magier verwandelte hinter bläulichem, stinkendem Rauch einen Brotfladen in einen weingefüllten Becher; die Schauspieler sprachen etwas Derberes aus dem Werk des Aristophanes – wurde teils lauter, teils leiser geredet. Nichts kam an die überraschende Wucht und Vollkommenheit jenes ersten gemeinsamen Stücks heran; Tekhnef zwinkerte Dymas irgendwann spöttisch zu. Der Kitharist hatte das Instrument wieder in die Ledertasche geschoben und beobachtete die Männer, die in wenigen Stunden das Heer der Satrapen des Großkönigs sehen sollten, schlitzende Schwerter, blutige Lanzen, die vielen Gesichter und Stimmen des kreischenden Todes. Sie wirkten allesamt gelassen; einige waren nüchtern, andere leicht berauscht oder völlig betrunken, und er begriff jäh, daß es ihre Arbeit war, Männer zu führen und sich der Unsterblichkeit im Kriegstod zu stellen; wie es seine Arbeit war, Saiten zu stimmen und Klänge zu weben: kein Grund zur Erregung.

Und er beobachtete den König. Irgend etwas an Alexander war unausgesetzt in Bewegung – ein Muskel, ein Fuß, eine Hand, die hellblauen Augen; als ob ständig Kraft abfließen müsse, weil andernfalls das Gefäß börste. Immer wieder fühlte Dymas sich an einen geschliffenen Kristall erinnert, den er einmal besessen und verloren hatte, ein unendlich zartes und unendlich hartes Ding mit zahllosen Flächen, deren jede anders war, auf unterschiedliche Art vollkommen, immer neu und überraschend, wie das Licht wechselte. Ein Blick zu einem der dienenden Fürstenknaben, mit einer kaum wahrnehmbaren Handbewegung zum vier oder fünf Schritte entfernt liegenden Hephaistion: zwei Formen inniger Liebkosung, die für Momente ein flackerndes Dreieck im Raum entstehen ließen. Leise Worte und eisiger Blick, die Aristandros' mürrischen Monolog zu torkelnden Wörtern und stammelnden Gebärden machten. Anmut und Höflichkeit gegenüber den Älteren, vor allem Parmenion; spöttische Vertraulichkeit gegenüber den gleichaltrigen Gefährten. Kummerwolken im Gesicht, als Arridaios mit fahrigen Bewegungen aufbrach; offener Hohn, als Kleitos und Demetrios den besinnungslos betrunkenen Proteas wegschleppten, wie eine aufgelöste Gliederpuppe. Grimmiger Witz, als er von der vorgetäuschten Belagerung der Stadt Lampsakos berichtete – einer Belagerung, zu der er weder Zeit noch Lust noch die Mittel hatte, solange das Heer der Satrapen in der Nähe war – und von den fünfzig Talenten, die die reichen Händler für die Verschonung des Orts gezahlt hatten; Skepsis und Mißbilligung, als Antigonos der Einäugige von den Karren der Händler und Huren sprach, denen Harpalos angeblich zuviel abpreßte für das Recht, das Heer begleiten und versorgen zu dürfen. Ein leichtes Lächeln im entspannten Gesicht, den Kopf ein wenig schief gehalten, als er einer Zote lauschte, die Ptolemaios, Sohn des Lagos, aus einem makedonischen Bergdorf erzählte; jäh überspült von einer Woge des Leuchtens aus dem Inneren, als er einen von dem scheinbar unbeachteten Sänger entstellten Vers des Homeros verbesserte; Hoheit ohne Herablassung in der Gebärde, mit der er die Musiker und Unterhalter entließ, dann ein beinahe flehender Befehl der Augen, die Tekhnef und Dymas zum Bleiben anhielten. Wie erbärmlich einfach, einfältig dagegen die beiden Schauspieler mit ihren Masken.

Und noch etwas, das langsam in Dymas' vom Wein gedämpfte Sinne drang: die Kraft und Schönheit aller Bewegungen, Harmonie und Beherrschtheit; und der Duft. Die anderen Männer rochen nicht, oder sie stanken nach Schweiß, nach Pferden, nach ehrlichem Schmutz. Alexander hatte gebadet und sich von den feinen Fingern des Meisters Athenophanes kneten und salben lassen. Helle Haut, helles Haar, helle Augen, der helle Chiton, all dies nicht einmal durch die Schwärzlichkeit von Aristandros zu schwächen, dessen frühen Abschied keiner bedauerte.

Irgendwann stieß Tekhnef ihn an; sie lag neben ihm auf der breiten Kline, die vorher drei Offiziere getragen hatte.

»Schau mich an.« Die schwarze Frau aus dem Süden Ägyptens flüsterte kaum hörbar.

Dymas riß sich von Alexander los. »Was ist?«

Tekhnef legte eine Hand auf seinen Schurz, tastete nach dem Gemächt. »Ich liebe ihn auch, aber verlier dich nicht völlig in seinem Zauber.« Sie lächelte ein wenig.

Beide waren müde, aber sie spielten, als der König sie aufforderte. Nur er und Hephaistion lauschten; die anderen waren nach und nach gegangen, als letzter Perdikkas, nach ein paar heftigen, wenn auch leisen Worten, die Hephaistion mit einem Schulterzucken beantwortete. Wein und Müdigkeit nahmen der Musik die letzte Genauigkeit, aber Tekhnef und Dymas waren zu gut, und auch die Verschwommenheit glitzerte.

Am Schluß des langen, langsamen, schneckengleich in sich zurückgewundenen Stücks ging Hephaistion; er berührte Alexanders Schulter und nickte den Musikern kühl zu. Im Eingang blieb er stehen, um einen müden Melder und zwei Königsknaben durchzulassen, die Deckenrollen und Reisesäcke trugen.

»Ihr seid meine Gäste.« Alexander richtete sich auf, zupfte das Fell der Kline zurecht und wies mit dem Kinn zu den

Lasten. »Es ist spät, der Weg zu euren Pferden wäre lang. Die Tiere sind da?«

»Ja, Herr.« Die Knaben legten die Decken und Säcke nieder und zogen sich zurück, als Alexander die Hand bewegte.

Der Melder trat näher, legte die Hand an die Brust und reichte dem König eine zerknitterte Rolle.

»Die Anordnung des feindlichen Lagers, Herr.«

»Es ist gut; geh schlafen.« Alexander entrollte den Papyros, überflog die Mitteilungen seiner Aufklärer, runzelte die Stirn und legte die Rolle beiseite.

»Spielt«, sagte er. Mit den Fingerspitzen rieb er seine Schläfen, dann fuhr er sich mit den Händen über die Augen.

Tekhnef sprach halblaut; ihre rauhe Stimme klang nach Staunen und Mitleid. »Solltest du nicht schlafen, Herr? Du bist erschöpft, und wir alle brauchen deine Kraft.«

Alexander blinzelte; er ließ sich auf die Kline sinken und starrte hinauf ins Zeltdach. Die meisten Kerzen und Fackeln waren niedergebrannt; nur einige Öllämpchen flackerten noch.

»Die Nacht sickert in meinen Kopf.« Seine Worte waren kaum zu hören. »Die dunkle Hälfte des Kosmos. Mein dunkler Teil, der mich übernehmen will. Ich hasse Schlaf. Spielt.«

Dymas leerte seinen Becher und füllte Wasser nach statt des schweren Weins. Er spielte eine Folge gleitender Töne, weh und weit, schwarzer Wind auf Brackwasser. Tekhnef blies schrille Klagelaute darüber, wechselte bald in eine mildere Lage und folgte dem Kitharisten in ein schweifendes Nachtlied, die Halbträume vor dem Schlummer. Alexander lag mit geschlossenen Augen, seine Brust hob und senkte sich langsam, gleichmäßig. Dymas dachte zerstreut an die Geschichten, die man sich erzählte über die Nachtgewohnheiten des Königs und darüber, daß er den Wein schmähte, der anderen zu Schlaf verhelfen mochte, nicht aber ihm, der zu oft gesehen hatte, wie der Wein seines Vaters dunkle Hälfte, Zank und Gebrüll hervorbrachte.

Als das Stück eigentlich beendet war, nahm Dymas den Hauptteil noch einmal auf, änderte ihn ab, dumpfer und weicher, spielte abermals zu Ende, umwunden von Tekhnefs Verzierungen. Sicher, dem König zu Schlaf verholfen zu haben, ließen sie schließlich die Instrumente sinken. Tekhnef gähnte; Dymas konnte kaum noch die Augen offenhalten.

Alexander lag noch immer auf dem Rücken, die Augen geschlossen. »Ich danke euch, ihr Wohlmeinenden. Ihr seid müde, nicht wahr?« Er stand auf und kam zu ihnen, nahm Tekhnefs Hand, aber seine Worte richteten sich an Dymas, und irgendwie waren sie nicht überraschend.

»Das Flötenspiel ... Ich würde gern den Rest der Nacht mit der schwarzen Frau verbringen.«

Dymas spürte Tekhnefs Blick; seine Gedanken rasten durch die acht gemeinsamen Jahre. Mühsam löste er die Augen vom König und betrachtete die Frau, die Gefährtin, die Mitspielerin. Etwas zog ihm die Kehle zu; als er sprach, war es mehr ein Krächzen.

»Tekhnef ist ein Mensch, kein Besitztum. Ich habe nicht über sie zu verfügen.«

Tekhnef schloß die Augen; eine Träne rann über die Wange. »Die schwarze Frau liegt nur bei dem Kitharisten, oder sie liegt allein, Herr. Ich werde die Ehre, die der König mir erwiesen hat, bis zu meinem Tode hegen.« Sie berührte Alexanders Hand mit den Lippen.

Er streifte ihre Wange mit den Fingerspitzen und richtete sich auf. Dymas, stummer betäubter Betrachter, sah mit unfaßlicher Geschwindigkeit die Ausdrücke wechseln: der verblüffte Herrscher, der fröstelnd Wärme Suchende, der zürnend Verschmähte, der verlassene Junge, der müde Führer von zehntausend Kriegern. Wie das Antlitz des Teichs, vom Wind gepeitscht, das den Himmel spiegelt, an dem von Wind gejagte Wolken Fetzen bilden, die Sonne ver- und enthüllen, sich zu dichten Massen binden und wieder aufreißen, immer in Bewegung, immer getrieben.

Dann wirkte er nur noch nachdenklich; er verschränkte die Arme vor der Brust und ging auf und ab in dem engen Raum zwischen den Tischen und Liegen. Halblaut, wie verloren sagte er:

»Dies Ding, das ich bin, hält mich am Leben. Ein Gefäß, in dem zehntausend Wesen rasen und sich balgen, und jedes hat eine helle und eine dunkle Seite. Wenn mein Wille mich verläßt, wenn ich schlafe, fürchte ich oft, eine der Schlangen, ein *daimon*, wird die anderen und mich überwältigen. Ich weiß nicht, wer Alexander ist; mit Grauen und Abscheu denke ich an den, der dann Alexander sein wird. Der Tag scheucht die Schatten in die Abgründe, aber nachts ... Reden; Geschichten, erzählt von weitgereisten Männern der Nacht; die lichten Labyrinthe der Musik ...« Er seufzte. »Bänder, die das Gefäß zusammenhalten.« Wieder tasteten die Fingerspitzen nach den Schläfen; einen Moment schien es, als träten die Augen hervor. »Ich kann beschließen, nur von Apelles gemalt zu werden. Aber ob die Bilder gut sind, entzieht sich meinem Befehl. Ich kann Kallisthenes anweisen zu schreiben, aber seine Kunst wird niemals die des göttlichen Homeros sein; da versagt mein Befehl. Ich könnte sagen, ich will nur *eure* Musik; aber wäre sie noch gut, wenn ich es jeden Tag befehlen müßte?«

Dymas stand auf und ging zu ihm; er blieb zwei Schritte vom König entfernt stehen. »Herr, morgen oder wann auch immer wirst du deinen Kriegern befehlen, in die Schlacht zu gehen, dir zu folgen. Wenn die Schlacht vorüber ist und das Heer der Satrapen vernichtet, werden Tekhnef und ich deinen Sieg preisen und euch verlassen.«

»So bald? Warum?«

Dymas zögerte, suchte nach Worten. Tekhnef, irgendwo hinter ihm, sagte leise:

»Wir ersticken.«

Alexander hob die Brauen. »Ersticken?« Dann lächelte er müde. »Ah, ich verstehe. Zu viele Menschen?«

»Dies auch. Es ist nicht leicht zu beschreiben. Eine Stadt ist ein verworrenes, undurchschaubares Gerät, eine Maschine aus Rädern, Kolben, Riemen, Pflöcken, die ineinandergreifen, und alles hat seinen Platz und seinen Sinn; aber ebenso gibt es leere Plätze für jene, die nicht Teil der Maschine sind – Musiker, zum Beispiel. Dein Heer, Herr, ist noch undurchschaubarer; für uns jedenfalls. Und hier gibt es keinen leeren Raum für uns, auf Dauer. Wir müßten Teil des Räderwerks werden; das wäre das Ende unserer Musik. Oder wir müssen gehen.«

Alexander richtete sich auf. Plötzlich sprühten seine Augen; als er die Hände auf Dymas' Schultern legte, schien etwas vom König zum Musiker zu fließen: Feuer, Kraft, Wucht; und würgende Sehnsucht nach Grenzenlosigkeit.

»Ich bin das Räderwerk.« Alexanders Stimme: Liebe, Macht und Verheißung. »Ich bin jedes Teil und das Ganze. Es gibt darin Raum für Musiker; Raum und Gold. Willst du Feuer sein in der Sonne, Blut in der Wüste, ein Schrei auf dem Gipfel?«

Alle Müdigkeit war aufgehoben, es gab weder die Zeit noch ihre Folgen. Dymas sah nur den König, spürte unbändige Energie, roch Salz und Weite, ahnte unvorstellbare Musik.

Dann schob sich etwas in seine baumelnde Hand, hielt sie fest. Er blickte nach unten und sah Tekhnef, die neben ihm kniete. Das Feuer erlosch; Alexanders Hände auf seinen Schultern waren Menschenhände, und Dymas begann sich zu fürchten.

»Nein, Herr. Ich will zu Tekhnefs Aulos die Kithara spielen, in Hafenschänken Wein trinken und die Geschichten hören, die Frauen und Männer erzählen. Die immer neuen Geschichten, die sie jeden Tag erzählen über die täglichen Dinge, Arbeit, Liebe und Sterben.«

Alexander lächelte. Er nahm die Hände von Dymas' Schultern. »Komm, ich will dir etwas zeigen. – Keine Sorge, Tekhnef; er kommt zurück.«

Widerstrebend, wie es schien, ließ Tekhnef die Hand fahren. Mit Schritten, die immer noch frei waren von Schwere und Müdigkeit, folgte Dymas dem König zum hinteren Ende des Zelts, durch einen kleinen Ausgang, in die Nacht, in ein anderes, geringeres Zelt. Zwei Königsknaben schliefen dort, auf dem Boden zusammengerollt; ein Öllämpchen flackerte am Fußende von Alexanders Lager, das aus einfachen Decken und Fellen bestand. Auf einer schlichten Holztruhe lagen Waffen und Teile einer Rüstung.

Alexander nahm den gelbrot glimmenden Schild und hielt ihn hoch; die Kanten zeigten Rost. Er war kreisrund, etwa eine Armlänge im Durchmesser.

»Die anderen Waffen aus Troja waren falsch«, sagte der König. »Wie du wahrscheinlich weißt. Dies hier ist echt. Es ist vielleicht nicht der Schild des Achilles, aber er stammt aus der gleichen Zeit.« Die Stimme blieb leise, änderte weder Tonfall noch Nachdruck, die Knaben schliefen ruhig weiter; dennoch griff etwas nach Dymas. »Mein Schildträger wird in der Schlacht bei mir sein, mit den üblichen Dingen. Willst du diesen Schild für mich tragen, Dymas – einen achaischen Schild aus den Tagen von Ilions Untergang?«

Wie betäubt sank Dymas auf die Knie, streckte die rechte Hand aus und berührte den rostigen Rand. »Laß mich in der Schlacht neben dir gehen, Herr«, sagte er heiser. »Mit diesem Schild; bis ans Ende des Wegs.«

Er blickte auf; Alexander starrte irgendwo hin, ins Dunkel des Zelts, in die lichte Ferne.

Dann lachte er kurz und gepreßt; seine Augen kamen zurück, streiften Dymas, richteten sich auf den Schild, den er zu den übrigen Waffen legte.

»Steh auf, Kitharist. Nur Spielzeug. Der Schild ist ebenso unecht wie das andere. Geh zu deiner schwarzen Frau.« Etwas wie Spott oder Verachtung klang hinter den Worten.

Dymas stand auf, mühsam; er stolperte zurück ins große Zelt. Spielzeug. Er ging bergauf, gegen den Sturm, brauchte ein dunkles Jahr wirbelnder Gedanken, bis er wieder bei Tekhnef war.

Sie schaute ihm entgegen, aus den Falten einer Decke. Seine lag neben ihr, auf der Kline. Die Augen waren schwarz und schmerzten.

»Ich habe es bis hierhin gespürt«, sagte sie mit brüchiger Stimme. »Du zitterst. Komm.«

Dymas kroch zu ihr, in ihre Arme, suchte Zuflucht wie ein gehetztes Tier. Nach langem, knisterndem Schweigen murmelte er:

»Die zehntausend Wesen ... Es muß eisig sein in dieser Höhe, und einsam ... Wer sich ihm nähert, verfällt ihm. Wer ihn sehen will, muß ihm fern bleiben. Ich hab ihn geliebt, gefürchtet, bewundert, bedauert, alles in ein paar Augenblicken.«

»Und jetzt?«

Er ächzte leise. »Nur Entsetzen.«

2. DIE ENTHAUPTUNG

Im Morgengrauen ging ein leiser Nieselregen nieder. Ptolemaios, Sohn des Lagos, Gefährte des Königs, wickelte sich in einen grauen Umhang und ging zu dem zischenden Postenfeuer. Einer der Männer reichte ihm einen Becher mit Kräutersud, ein wenig Wein und Honig.

»Scheißzeug; macht die Wege tief.« Der Älteste der Posten hockte auf den Fersen neben dem Feuer; er wies mit dem Kinn ins nasse Grau.

Ptolemaios grunzte, rieb sich mit der Linken die Augen und schlürfte von dem Gebräu. »Schschsch. Heiß. Was für Wege?« Er grinste. Irgendwo wieherte ein Pferd, ein zweites antwortete, weiter weg. Der graue Nieseldunst wurde heller, aber nicht durchsichtiger.

»Dann eben Schlamm.« Der älteste Hoplit spuckte aus. »Hat Philipp schon immer gesagt – besser Schlamm als gar kein Dreck.«

Ptolemaios lachte. Aus der Gürteltasche holte er eine Handvoll Getreidekörner; langsam und gründlich kaute und malmte er, spülte immer wieder mit kleinen Schlucken nach. Der Fußkämpfer beobachtete ihn und schob die Unterlippe vor.

»Nett«, sagte er schließlich.

»Was?«

»Zu sehen, wie der edle Ptolemaios, Fürst und *hetairos,* im Regen hockt und den gleichen Fraß kaut wie wir.«

»Hmf. Ist Harpalos zurück?«

»In seinem Zelt; vor drei Stunden, ungefähr.«

»Sonst was Besonderes?«

»Nichts.«

»Und er?« Ptolemaios machte eine Kopfbewegung hinüber zum großen Zelt des Königs.

»Unterwegs.«

»Seit wann?«

Der Posten runzelte die Stirn. »Halbe Stunde, vielleicht ein bißchen mehr.«

»Hat er geschlafen?«

»Glaub ich kaum. Erst Musik, dann Reden. Als ich übernommen hab, hat er gesessen und geschrieben. Die beiden Musiker schlafen hinterm Eingang.«

Ptolemaios nickte. »Na gut. Warten. Die andern müssen nicht vorm Wecken aufstehen.«

Er erhob sich, schüttelte die Nässe von seinem Umhang und machte einen Rundgang. Auch die anderen Posten meldeten nichts Besonderes. Als er zum Bach kam, hörte er gedämpftes Schnauben und matte Hufschläge. Aus den grauen Schleiern tauchte Bukephalos auf, der helle ochsenköpfige Hengst, den Demaratos vor Jahren dem Königssohn geschenkt hatte. Alexander glitt vom Rücken des Tiers und ließ es trinken. Er trug nur einen ledernen Schurz und war wie üblich ohne Decke oder Zaumzeug geritten. Der kraftvolle Körper und der blonde Schopf waren naß.

»Ich bibbere, wenn ich dich nur sehe«, sagte Ptolemaios.

Alexander lachte kurz. »Du wirst weich, Freund.« Er wandte sich wieder Bukephalos zu, streichelte den Hals des Hengstes und flüsterte ihm etwas ins Ohr, wie es schien. Das Pferd schnaubte leise und suchte mit der Schnauze Alexanders Handfläche.

Ptolemaios holte Körner aus seiner Tasche und ließ sie in Alexanders Hand gleiten.

»Danke. Dein Mittagessen?«

»Hmh.«

Alexander schnalzte; mit Lippen und Zunge leerte Bukephalos die Hand; dann rieb er den Kopf an der Schulter des Königs.

»Ist Harpalos zurück?«

Ptolemaios deutete mit dem Daumen hinter sich. »Schläft in seinem Zelt.«

»Hast du Geld bei dir?«

»Alles, was ich besaß und bei mir trug, gab ich meinem König und Freund, o nackter Morgenreiter. Abgehärmt wate ich durch tauichtes Gras und nähre mich, dem Vieh gleich, von Körnern und Grünem.«

»Vielleicht sollte ich dir statt Kallisthenes das Dichten übertragen. Also, du hast nichts?«

»Was brauchst du denn so früh?«
Alexander rümpfte die Nase. »Nicht viel – ein paar Statere.«
»Nicht viel!« Ptolemaios spielte den Empörten. »Ein goldener Stater, das sind zwanzig Silberdrachmen – zwanzig Tage Sold, Herr.«
»Kriegst du Sold?«
Ptolemaios lachte. »Man hat mir unsterblichen Ruhm und die Enden der Erde verheißen; wer fragt da nach Sold?«
»Gut.« Alexander schnappte mit den Fingern und wandte sich ab; der Hengst folgte ihm. Ptolemaios ging neben dem König her, der sich Harpalos' Zelt näherte.
»Was hast du vor?«
»Stehlen, was sonst?« Alexander grinste, legte den Finger auf die Lippen und verschwand im Zelt des Schatzmeisters. Nach wenigen Augenblicken kehrte er geräuschlos zurück; in der offenen Handfläche zeigte er Ptolemaios fünf Goldmünzen.
»Hat nen schweren Schlaf, der Hinkende, wie? Wozu brauchst du das Zeug denn so früh?«
»Ich will nicht die Göttin der Morgenröte bestechen, falls du das meinst; es ist für die Musen.«
»Häh?«
»Mach den Mund zu, Ptolemaios; du siehst dämlich aus. Für die beiden Musiker, zum Abschied.«
»Sie sind gut; ein Jammer, daß sie gehen. Heute?«
»Sie haben gesagt, nach der Schlacht, aber ich nehme an ...«
Er sprach nicht weiter; Ptolemaios musterte sein Gesicht, die Haltung des Körpers, dann nickte er langsam. Alexander ging ins große Zelt; Bukephalos schlug mit dem rechten Vorderhuf auf den weichen Boden und spielte mit den Ohren.
Sie hatten vorzügliche Musik gespielt, die beste, an die Ptolemaios sich erinnern konnte, und sie waren als letzte beim König geblieben. Die schwarze Frau ... Vielleicht hatte sie, hatten beide Alexander etwas abgeschlagen, und er hatte sie dafür auf eine der zehntausend Weisen ein wenig gedemütigt. Es spielte keine Rolle; am Morgen vor dem Aufbruch zur Schlacht zählten die geknickten Seelen von Musikern weniger als ein Sandkorn am Wegrand.

Der Vormittag hatte bereits begonnen, als endlich die Sicht besser wurde. Von den Hügeln aus betrachtete Ptolemaios den Aufbruch des Heers, die Marschsäulen der Fußkämpfer, die immer wieder in Schlammlöcher sackenden Karren, die Reitertrupps, die galoppierenden Melder. Es war ein vertrautes Bild, geordnete Bewegung, unübersichtlich nur für solche, die es nicht kannten. Und obwohl es vertraut war, war es doch jeden Tag neu. Und es bewegte etwas in der Brust; etwas, das er nicht befragen wollte. Am Abend, vor dem Fest in Alexanders Zelt, hatte er versucht, einen immer wieder abgebrochenen Brief an den Meister des Fragens zu schreiben, seinen alten Lehrer Aristoteles; er war wieder nicht zum Ende gekommen. Vielleicht sollte er einfach den Versuch aufgeben, dem fernen Philosophen zu erklären, daß Ptolemaios, Sohn des Lagos, dankbar war für vieles und nun beschlossen hatte, gewisse Dinge nicht mehr zu befragen, nicht Philosoph zu sein, sondern Fürstensohn, Königsfreund und Männerführer. Er seufzte.

Als er zu seinem Zelt zurückkehrte, hatte der Knabe, der ihm als Bursche diente, die wichtigsten Dinge bereits verpackt; auch der unfertige Brief war eingerollt, das Schreibzeug verstaut. Ptolemaios gab ein paar Anweisungen; zwei Männer der Stabswache halfen dem Knaben und einem Sklaven beim Abbrechen des Zelts.

Die Musiker waren nirgends zu sehen.

Ptolemaios beschrieb dem Knaben den Weg und den Treffpunkt; dann ließ er ihn, den Sklaven und die Packpferde zurück und ritt zu der Schar der Hetairenreiter, die er anzuführen hatte. Ihnen brauchte er keine Befehle zu erteilen; sie wußten Bescheid und kannten bereits die genaue Uferstelle, die sie übernehmen sollten. Ptolemaios gab das Zeichen zum Aufbruch, folgte ihnen aber nicht, sondern ritt kreuz und quer durch das aufgeweichte Gelände, um zu ordnen oder zu helfen, wo es nötig war.

Bestimmte Truppenteile bewegten sich schneller als andere; aus den Verzerrungen der gewöhnlichen Ordnung versuchte er die genauen Pläne des Königs zu erraten. Irgendwann lachte er laut; das war, als er seine Kenntnisse der Anordnung des feindlichen Lagers und seine Mutmaßungen über Alexanders Absichten im Geist nebeneinanderhielt. Ein schräg nach links vorstoßender Keil, der das Heer der Satrapen aufreißen würde ...

Am Nachmittag kam es beinahe zu einer Katastrophe. Der König, der seine Anweisungen gegeben und sich dann wie Ptolemaios und andere bei vielen verschiedenen Einheiten unterwegs aufgehalten hatte, erreichte das flache, versumpfte Gelände am Westufer des Granikos fast gleichzeitig mit der Phalanxabteilung des Krateros. Ptolemaios sah Alexander mit dem riesigen Bären reden und hörte das brüllende Gelächter von Krateros weit übers Feld. Dann brach es jäh ab, als Alexander etwas bemerkte und sein Pferd herumriß. Ptolemaios ritt näher, ebenso andere Offiziere. Er sah Kleitos den Schwarzen, Parmenion, Perdikkas, und vom Fluß her näherte sich Demaratos.

Der Granikos floß hier fast genau nach Norden; flußauf und flußab war das Gelände höher und steinig. Der kleine See in der Ebene, kaum drei Stadien diesseits des Flusses, mochte einmal das ganze Flachland bedeckt haben; die von Büschen bestandenen Ufer und die grünen Flächen ringsum waren der geeignete Lagerplatz. Das jenseitige Ufer des Granikos war höher, eine nicht ganz mannshohe Bank aus Lehm und losem Gestein. Dort war das Heer der Satrapen aufgestellt; die Nachmittagssonne glitzerte auf Tausenden von Lanzenspitzen, Helmen und Rüstungen. Die Perser, Söldner und Hilfstruppen würden keinen Fuß ins Wasser setzen; Alexanders Kämpfer würden durch den Fluß waten müssen, der etwa dreißig Schritte breit war und nicht sehr tief, aber auch nicht seicht. Die Anordnungen des Königs waren klar gewesen – welche Truppenteile zu welchem Zeitpunkt welche Uferstelle besetzen sollten: Angriff unmittelbar nach der Ankunft.

Und jemand, vermutlich Parmenion – denn kein anderer hätte es gewagt –, hatte den größten Teil der Reiterei absitzen lassen; hinter einer Kette thessalischer Reiter und Söldnereinheiten begannen die Fußkämpfer der Phalanxabteilungen mit dem Lagern. Die ersten verschlammten Karren des Trosses trafen eben ein. Die Hypaspisten, Makedoniens beste Fußkämpfer unter dem Befehl von Parmenions Sohn Nikanor, bildeten einen zweiten Schirm hinter den Söldnern, aber ihre Waffenträger und die Karren mit Ersatzspeeren und allem anderen waren weit hinter ihnen geblieben, am Seeufer.

Alexander raste. Bis Ptolemaios nah genug war, um etwas zu hören, hatte das Geschrei geendet. Er würde Kallisthenes fragen, der mit buchstäblich gespitzten Ohren auf einem bräunlichen Pferd hing; oder vielleicht doch lieber nicht. Alexanders Augen waren blutunterlaufen, die Schläfenadern kleine böse Schlangen. Parmenion saß reglos auf seinem Rappen; der rote Umhang hing locker von den Schultern, Gesicht und Hände schienen entspannt. Um die Mundwinkel mochte ein winziges Lächeln zucken, es konnte aber auch ein Spiel der Sonne im ergrauten Bart sein. Hinter ihm, als einziger zu Fuß, stand einer der technischen Offiziere, Aristoboulos. Die Krempe des Schlapphuts verdeckte sein Gesicht; die Beine waren bis zu den Knien verschlammt.

»Die da drüben«, sagte Parmenion ruhig, »sind ausgeruht und haben gegessen. Unsere Männer waren nicht vier, sondern sechs Stunden unterwegs, und nicht auf gutem Boden, sondern im Schlamm. Sie sind erhitzt und müde; der Fluß ist eisig.« Er beugte sich vor; der Rappe stellte die Ohren auf. »Alexander, diese Schlacht ... Wenn wir siegen, ist es nur der Anfang. Es sind kaum iranische Truppen dabei, der Großkönig ist weit, Asiens Macht fast nicht gefordert. Wenn wir geschlagen werden, ist es das Ende. Deshalb.«

Alexander schwieg; er starrte den erfahrenen Strategen an, als ob er ihn mit Händen und Zähnen zerreißen wollte. Ptolemaios fühlte sich gestreift von etwas wie einem heißen Hauch; er wußte, wenn er dort säße, auf dem Rappen, spränge er jetzt ab, um Alexanders Knie zu berühren und in seinen Augen Befehle zu lesen.

Parmenion rührte sich nicht. Lange Zeit sprach niemand. Endlich räusperte sich Kleitos; er winkte Koinos herbei, der weiter entfernt scheinbar unbeteiligt den Nacken seines Pferdes getätschelt hatte.

»Kriegsrat. Was sagen deine Leute, Koinos?«

Der Führer jener Taxis, deren Männer hauptsächlich aus der Orestis stammten – wie er –, zögerte mit der Antwort. Er schob den schlichten Kesselhelm in den Nacken und hob die Brauen. Ptolemaios erwartete unbewußt das spöttische Lächeln, mit dem Koinos die Leistungen seiner Zöglinge während der Ausbildung in Beroia bedacht hatte; aber einer dieser Zöglinge war der zornige König, und andere wie Meleagros oder Perdikkas waren inzwischen ranggleich mit ihrem ehemaligen Führer. Ptolemaios hatte immer versucht, in gewissen Hinsichten Koinos nachzueifern, wie dies auch der »Bär« tat, Krateros. Koinos war ein vorzüglicher Männerführer, umsichtig, kaltblütig im Gefecht, hart und erfahren schon unter Philipp; anders als viele der jüngeren Offiziere – besonders Hephaistion, aber auch Leute wie Perdikkas – beharrte er jedoch nicht auf seiner edlen Herkunft, behandelte die einfachen Krieger nicht von oben herab. Er war beliebt bei den Hopliten – wie Parmenion, wie Krateros. Und wie Kleitos, der durch das eine Wort »Kriegsrat« alles zurechtgerückt hatte: Es war das Recht der Edlen und Offiziere, vor einer wichtigen Entscheidung den König zu beraten; es war ihr Recht, nicht immer seiner Meinung zu sein. Er mochte später die Gegenstimmen mißachten, aber er mußte sie hören.

Alexander bewegte sich; der Zorn des Achilles schwand. Der König zupfte an seinem braunen Regenumhang, streifte ihn ab und enthüllte den weithin leuchtenden vergoldeten Brustschutz. Er war zur Schlacht bereit gewesen, mußte sich nun fühlen wie ein schneller Läufer, der um eine Ecke gebogen ist und vor eine Mauer prallt, mit der er nicht rechnen konnte.

Ptolemaios stieß die Luft aus, die angehalten zu haben ihm nicht bewußt war. Parmenions Härte, Alexanders Zorn, Kleitos' Worte, Koinos' Zögern ... Plötzlich sah er einen Abgrund, in den beinahe alle gestürzt wären, und einen eisigen Augenblick lang zweifelte er, daß dieser Riß unter ihren Füßen sich wieder schließen lassen würde. Die alten Offiziere, das von Philipp und Parmenion geformte Heer einerseits, Makedonen mit ihren Vorzügen und Beschränkungen; auf der anderen Seite der junge König und seine jungen Freunde, Makedonen auch sie, aber hellenisch erzogen; dazwischen, mehr als unbehaglich dazwischen, all jene, die zwangsläufig auf beiden Seiten standen: Hektor, Nikanor und Philotas, Freunde des Königs und Söhne Parmenions; Kleitos, dessen Schwester Alexanders Amme gewesen war und der den Jungen immer bewundert und gefördert hatte, wie ein junger Onkel oder älterer Bruder; oder Ptolemaios, der sich zu Alexanders engsten Freunden zählte und in diesem Moment wußte, daß ihm das Heer ohne Parmenion unvorstellbar war. Mit der Spitze des rechten Zeigefingers rieb er die Stelle, wo seine Nase einmal gebrochen und zu einer Art Falkenschnabel geworden war.

Koinos schien zu befinden, daß das Schweigen lange genug gedauert hatte und alle wieder bei Sinnen sein mußten.

»Meine Leute?« sagte er. Er wies mit dem Daumen hinter sich. »Sie haben das Gold auf den Rüstungen der Satrapen gesehen und wollen Beute machen; sie denken an ihre Beutel, aber auch an ihre Bäuche. Sie sind müde und hungrig.«

Alexander nestelte an den Lederbändern, die den prunkvollen Helm mit den beiden weißen Federbüschen von einem Knopf des Brustschutzes baumeln ließen. »Lagern. Morgen früh greifen wir an.«

Ohne jemanden anzusehen, trieb er Bukephalos an, ritt zwischen Parmenion und Kleitos hindurch, fort. Kallisthenes öffnete den Mund, klappte ihn aber hörbar wieder zu, als Parmenion die Hand hob.

»An die Arbeit. Schweigen ist gut, wenn Dinge zu erledigen sind.«

»Was ich zu erledigen habe, ist nicht schweigsam«, sagte Kallisthenes. Er spitzte den Mund und starrte Parmenion an; dann grinste er. »Soll ich nach Hellas berichten, Alexander sei nach Überschreiten des Hellespont vom greisen, trottelig gewordenen Parmenion daran gehindert worden, dieses Rinnsal da zu überqueren?«

Kleitos legte die Hand an den Schwertgriff. Halblaut, durch die Zähne, sagte er: »Hüte deine freche Zunge, Schreiber. Nur die Achtung vor deinem Onkel ...«

»Laß Aristoteles aus dem Spiel. Wir sprechen von makedonischen Holzköpfen und dem, was ich Hellas von ihnen erzählen soll.«

Parmenion lachte. »Laß ihn, Kleitos. Er leidet an krankhaftem Beleidigungsdrang. Irgendwann wird er über seine Zunge stolpern. Schreib, was du willst, nur hindere uns nicht an der Arbeit.«

Kurz vor Sonnenuntergang kam Ptolemaios auf seinem Rundgang zum Lager der Taxis des Krateros; unter den 1500 Hopliten und ihren Unterführern waren viele alte Bekannte. Er tauschte eben mit dem langen Emes Erinnerungen an gewisse Knaben in gewissen Ausbildungslagern aus, als ringsum die Männer aufsprangen und zur Lagermitte drängten, unter großem Gejohle und Geschrei.

Alexander war erschienen, immer noch in schimmernder Rüstung. Bei ihm waren einige Offiziere des Stabs, außerdem Harpalos und ein paar seiner Leute, die einen schweren Handkarren zogen.

Alexander wartete, bis der Lärm sich gelegt hatte. Er wirkte gelassen, beinahe heiter, blinzelte Ptolemaios zu und klatschte in die Hände.

»Männer«, sagte er laut. »Freunde und Gefährten – ich weiß, viele von euch sind ungeduldig, aber es ist besser, sich ein wenig auszuruhen und zu stärken, bevor man einen Fluß durchquert.«

Einige Männer lachten; Krateros, der wie ein breiter Turm hinter Alexander aufragte, verkniff sich ein Grinsen.

»Ich weiß, daß ihr sofort das Wasser da durchqueren und einige kleinere Hindernisse am anderen Ufer beseitigen könntet.«

Wieder Gelächter und zustimmendes Murmeln.

»Die Götter waren gut zu uns; sie haben uns mit ihrem Regen erfrischt und dafür gesorgt, daß der Marsch nicht allzu langweilig war; Schlamm macht Dinge viel anregender, die sonst öde und gewöhnlich wären.«

Wie eine Kräuselwelle breitete sich Gekicher aus.

»Ihr seid frisch genug, um den Granikos zu überwinden und die Leute zu vertreiben, die auf dem anderen Ufer herumlungern. Es sind sogar einige gute Kämpfer dabei, Verräter – Söldner aus vielen hellenischen Städten. Aber fürchtet euch nicht, meine Kleinen; sie sind den Satrapen so kostbar, daß sie in den Hügeln bleiben, nicht am Ufer aufgestellt werden. Sie könnten ins Wasser fallen, naß werden, und ihre Schwerter würden rosten.«

Das Gekicher schwoll zu einer Flut des Gelächters an.

»Ich weiß, daß all dies für euch nur ein Abendspaziergang wäre, Freunde – aber danach wärt ihr vielleicht ein wenig müde und könntet den Sieg nicht so richtig genießen. Deshalb werden wir diese kleine Auseinandersetzung auf morgen früh verschieben. Unsere Feinde gähnen; sie langweilen sich; sie haben den halben Tag am Ufer gestanden und müssen die ganze Nacht damit rechnen, daß wir es uns doch noch anders überlegen. Morgen früh werden sie unausgeschlafen sein, unwirsch und in schlechter Verfassung. Deshalb wollen wir heute abend gut essen und gut trinken, und dann gut schlafen. Ich weiß, daß eure Vorräte knapp sind, aber das macht nichts; eßt, was ihr habt – morgen werdet ihr aus den reichen Vorräten der Perser Festmähler feiern!«

Er sah sich um, wartete, bis der Jubel und Beifall ebenso abgeklungen war wie das Lachen, dann wies er hinter sich, auf Harpalos, dessen Leute und den Handkarren.

»Es ist, wie ihr wißt, nicht üblich, vor einer Schlacht Sold auszuzahlen; sparsame Feldherren verschieben es lieber auf später, weil sich die Anzahl der Soldempfänger vorteilhaft verringern könnte. Lacht nicht, Freunde, ihr wißt, daß es so ist. Nun weiß ich aber, daß ihr morgen alle noch dabeisein werdet. Bis auf, vielleicht, einen oder zwei – Männer, die besonders großartig gekämpft und unsterblichen Ruhm errungen haben werden. Es ist also keine Verschwendung, wenn ich euch schon heute abend den Sold für die letzten fünf Tage und die nächsten fünf Tage auszahlen lasse. Tut mir nur einen Gefallen, Freunde – versucht morgen nicht, mit eurem neuen Reichtum die Perser zu bestechen. Auf Überläufer ist kein Verlaß.«

Die Leute von Harpalos, unterstützt von einigen Offizieren der Taxis, übernahmen die Auszahlung; Alexander wechselte noch ein paar halblaute Worte mit Krateros. Dann gingen er und Harpalos weiter zur nächsten Abteilung der Phalanx, wo der nächste Karren vermutlich bereits wartete.

Im Zwielicht der Sterne, des halbverhüllten Mondes und der Feuer schlenderte Ptolemaios durch die dünne Postenkette zum Fluß, wo er Kleitos und Demaratos fand. Drüben, auf dem anderen Ufer, standen ebenfalls Wächter, unscharf umrissen von tausend flackernden Feuern im Lager der Satrapen. Anders als bei den von Philipp und Parmenion geschmiedeten makedonischen Truppen schien es dort keinerlei einheitliche Ausrüstung zu geben. Einer der Posten trug lockere Tierfelle und eine spitze Mütze, dazu einen länglichen Schild und ein Bündel Speere; er war, soweit dies im unsicheren Licht zu sehen war, glattrasiert. Der nächste hatte einen langen schwarzen Bart, eine Art Kopftuch, matt glitzernde Rüstungsteile am Oberkörper und einen knielangen Rock; seine Waffe war der Bogen. Er stand, offenbar in ein Gespräch vertieft, neben einem Kämpfer mit lederner Gesichtsmaske, weitem, hellem Umhang und Krummschwert. Ein paar Schritte flußauf von ihnen trug der nächste Posten die gewöhnliche Ausrüstung eines hellenischen Hopliten – vermutlich einer der Söldner des Rhodiers Memnon.

Kleitos hockte auf einem flachen Stein am Ufer und starrte hinüber; Demaratos stand neben ihm.

»Na, wichtige Erkenntnisse?«

Kleitos wandte den Kopf. »Ah, Ptolemaios. – Erkenntnisse? Nur, daß die da drüben wahnsinnig sind. Alle Götter Asiens müssen ihnen ins Gehirn geschissen haben.«

Demaratos klackte mit der Zunge und watete ins Wasser. »He, Bruder«, rief er. »Woher?«

Der hellenische Posten beugte sich vor, ohne die hohe Uferbank zu verlassen. »Demophon, aus Korinth. Und du?«

Demaratos lachte. »Auch aus Korinth. Die Welt ist klein. Habt ihr wenigstens einen guten Überblick von den Hügeln, wenn ihr schon nicht zum Einsatz kommt?«

Der andere hob die Arme. »Geht so. Und fürs Zuschauen reicht der Sold allemal.«

Ein scharfer Ruf, vermutlich von einem Offizier; der Korinther grunzte, hob den Arm und trat ein paar Schritte zurück; Demaratos watete wieder ans Ufer.

»Was zu beweisen war«, murmelte er. »Wenn wir es nicht ohnehin schon wüßten.«

Sie hörten plötzlich ein unheimliches, schrilles Pfeifen, gefolgt von fernem Geprassel. Drüben wurden erregte Stimmen laut, dann kehrte Ruhe ein.

Kleitos wies nach Süden, wo flußauf die Ufer anstiegen. »Der Belagerungszug«, sagte er. »Und ein paar Kreter. Die haben Tuchröhren an Pfeile gebunden und schießen hin und wieder über den Fluß. Die Luft heult in den Dingern, wie in Flöten. Und die Belagerer buddeln Kies, dann schmeißen sie das Zeug mit einem Katapult rüber. Tut keinem weh, stört die aber beim Schlafen.«

»Wieso sind die alle wahnsinnig?« sagte Ptolemaios.

Kleitos schwieg; Demaratos bückte sich nach einem flachen Kiesel, den er über den Fluß warf. Der Stein sprang dreimal auf, ehe er versank.

»Sie hätten alles niederbrennen sollen, damit wir nichts zu essen finden. Haben sie nicht getan; ihre Götter wollen das nicht. Sie hätten uns folgen, verfolgen, zermürben sollen; statt dessen bieten sie uns die Schlacht. Sie haben einen guten Strategen, Memnon; dem mißtrauen sie, weil wir seine Besitzungen nicht niedergebrannt haben.«

Kleitos grunzte. »Vergiß nicht, du hast ein paar Gerüchte ausgestreut.«

Demaratos winkte ab. »Auch das, ja. Jedenfalls hören sie nicht auf ihn; die Satrapen sind gute Ortsverwalter, aber keine Krieger. Und sie haben ein paar tausend hellenische Söldner – unter Memnons Befehl die besten Fußkämpfer in Asien. Aber weil sie ihm und denen mißtrauen, stellen sie sie morgen nicht am Ufer auf, sondern lassen sie in den Hügeln warten.«

Ptolemaios zog den Umhang enger; ihn fröstelte. »Gibt es vielleicht noch andere Gründe dafür?«

Demaratos warf ihm einen schrägen Blick zu. »Gar nicht dumm, Junge. Ja, die gibt es. Sie rechnen damit, daß gepanzerte, dicht gedrängte, über dem hohen Ufer noch höher aufragende Reiter mehr Furcht einflößen als Hopliten. Und – sie wollen Alexander. Die Satrapen werden ganz vorn sitzen; sie wissen, daß Alexander, so, wie er veranlagt ist, selbst als erster auf sie losgeht.«

»Und wenn er fällt«, sagte Kleitos langsam, »ist der Krieg vorbei. Parmenion wird das Heer – den Rest – nach Makedonien zurückbringen, aber Asien ist dann sicher.« Er blickte Ptolemaios eindringlich an. »Du und ich und noch ein paar, wir werden unmittelbar neben ihm sein. Vor ihm. Hinter ihm. Du weißt, es wäre das Ende – für die meisten. Er ist unersetzlich. Außerdem ...« Er schwieg.

Demaratos legte eine Hand auf Kleitos' Schulter. »Alle lieben ihn, ich weiß. Aber du hast recht. Sie werden uns ans Ufer lassen, ins Getümmel ziehen, und wenn er fällt, stoßen die Söldner rechts und links vor und rollen die Flanken auf. Es darf nicht geschehen. Deshalb – gebt acht auf ihn. Ich werde das auch tun.«

Kleitos zuckte zusammen; Ptolemaios war sprachlos vor Verblüffung. Der Korinther, Handelsherr, Gastfreund Philipps und Alexanders, Kopf der Kundschafter Makedoniens, war 66 Jahre alt; wahrscheinlich hatte er nie den höchsten Einsatz gescheut, es hatte ihn aber auch noch keiner je im Kampf gesehen.

»Du?« sagte Kleitos. Er klang fast zornig. »Die Götter staunen ob deines Muts, Freund, aber – wer soll das Netz der Kundschafter auswerfen, einholen und neu knüpfen, wenn du fällst?«

Demaratos hob die Schultern. »Einer von euch – ihr beide kennt das Große Spiel. Wie Antigonos, der mit dem einen Auge mehr sieht, als gut für ihn ist.« Er lachte leise. »Nearchos weiß, was ich weiß. Niemand ist unersetzlich – außer *ihm*.«

Ptolemaios unterdrückte ein Gähnen. »Wo sind unsere Söldner?« sagte er schließlich, als das Schweigen unbehaglich wurde.

Demaratos blickte nach Norden. »Flußab. Die Aufklärer haben gemeldet, daß es dort eine Furt gibt. Und die Satrapen halten es nicht für nötig, sie zu bewachen.«

In der Nähe von Alexanders Zelt, an einem der Postenfeuer, erkannte Ptolemaios zwei Offiziere aus dem Stab von Parmenion. Einer lag auf dem Rücken, schnarchend; der Feuerschein erhellte sein Gesicht. Der andere hatte die Arme auf die hochgezogenen Knie gelegt und starrte in die Flammen. Einer der Posten sagte, Parmenion sei bei Alexander, schon lange; Ptolemaios zögerte einen Moment, hob dann die Schultern und ging in sein Zelt.

Am Morgen brachte ihm der Sklave verdünnten Wein, heiß, mit Kräutern und Honig, dazu einen Brotfladen und ein Stück kalten Braten. Ptolemaios aß, hockte sich zur Entleerung auf den breitrandigen Bottich, den der Sklave später reinigen würde, und sah dem Knaben zu, der die Waffen und Rüstungsteile bereitlegte.

Im allgemeinen Durcheinander zwischen den Zelten gelang es ihm bald darauf, einen der Königsknaben zu befragen. Es war der 13jährige Peukestas, Sohn des Heilers Drakon.

»Sie haben nur da gesessen und sich angestarrt, ohne ein Wort, bis zum Morgengrauen. Dann ist Parmenion zu seinen Leuten gegangen, und Alexander hat ein paar Momente geschlafen.«

»Schweigen und Starren? Uhhh.« Ptolemaios zupfte an seinem Helmband. Er erinnerte sich an einen kleinen Zorn Alexanders, an ein Starren, das ihm die Eingeweide des Geistes herausgerissen und seine Gedanken verwüstet hatte, und empfand etwas wie Ehrfurcht, ehrfürchtiges Staunen. Wer außer Parmenion hätte dem König trotzen können, stundenlang?

Auf halbem Weg zum Fluß holte er die anderen ein, die edelsten und besten, die Blüte der fürstlichen Gefährten. Er sah nur freudige Gesichter, hörte Scherze und Gelächter. Alexander ritt einen Falben, hatte offenbar beschlossen, Bukephalos zu schonen. Er trug seinen dunkelroten Umhang und schickte eben drei Melder mit letzten Anweisungen los.

Dann begann der Rausch. Undeutlich nahm Ptolemaios wahr, daß das jenseitige Ufer einen prächtigen Anblick bot: Tausende von Reitern, viele mit geschmückten, vergoldeten Brustpanzern, mit kostbaren Helmen, mit bunten verschiedensten Gewändern; später hörte er, es seien sechs große Truppenteile gewesen – flußabwärts, auf dem rechten Flügel, die Meder, dann die Baktrer, beide befehligt von Rheomithres; daneben die Paphlagonier unter Arsites, dem Satrapen des Hellespontischen Phrygien; dann die Hyrkanier unter Spithridates, Satrap von Lydien und Ionien; daneben die Reiter aus Kilikien unter ihrem Satrapen Arsames; zuletzt auf dem linken Flügel Reiter aus allen übrigen Gegenden unter Memnon.

Alexander trabte an, winkte aber den Gefährten, ein wenig zurückzubleiben und ihre Stellung am Ufer einzunehmen. Er ritt vor die aufgereihten Truppenteile, allein, warf plötzlich seinen Umhang ab und reckte den rechten Arm. Blendend warf sein vergoldeter Brustschutz die Sonne zurück; blendend stachen die weißen Federbüsche des Helms durch den Glanz: als wäre ein Gott erschienen. Die Makedonen jubelten und schrien. Langsam, unbeeindruckt vom Hagel der Steine und Lanzen, ritt der König weit nach links, dorthin, wo Parmenion wartete. Sein Flügel bestand aus drei Taxeis, thrakischen Reitern, hellenischer Bundesreiterei und den Thessaliern. Die beiden Männer grüßten einander; Alexander legte seine Hand auf Parmenions Arm, riß das Pferd herum und galoppierte zum rechten Flügel, den er lenkte. Dort standen die drei übrigen Taxeis, die Hypaspisten, die leichten Lanzenkämpfer, die paionischen Reiter, dann die Gefährtenreiter unter Philotas, schließlich die Bogenschützen und die Agrianen.

Aber all diese Einzelheiten, die Kallisthenes getreulich aufschrieb, erfuhr Ptolemaios viel später. Der Neffe des großen Aristoteles nahm nicht an der Schlacht teil; mit Schreibzeug und Schreibern hielt er sich hinter den Reihen auf und verzeichnete, was geschah, was er sah, was ihm berichtet wurde. Ptolemaios wartete mit klopfendem Herzen und rauschenden Ohren auf die Rückkehr des Königs, wie die anderen Gefährten, wie Alexanders Waffenträger Aretes, wie Demaratos, wie Kleitos, wie die Edelsten und Besten Makedoniens.

Plötzlich verschwand Alexander, war lange Momente nicht zu sehen, als die Bogenschützen, die rechts von den Gefährtenreitern gestanden hatten, zum Flußufer vorrückten und die Perser mit einem Pfeilhagel überschütteten. Sie hatten den Befehl erhalten, auf die Pferde zu zielen, um möglichst große Verwirrung anzurichten, und dies taten sie. Hinter ihnen, für die Gegner halb verdeckt, aber beunruhigend zu ahnen, stießen die links der Hetairenreiter aufgestellten vier Truppenteile unter Amyntas nach rechts vor, schräg zum Fluß, ins Wasser, griffen Memnons aufgereihte Truppen an, die den linken Flügel des Gegners bildeten und durch den jähen Ansturm weiter nach links gedrängt wurden, fort von den Kriegern unter Arsames. Ptolemaios sah die Lücke am anderen Ufer, dann sah er nichts mehr, hörte nichts mehr, war nur noch Blut und Kraft und Bewegung und Feuer.

Hinter Alexander, der in den scheinbar gegenläufigen Bewegungen wieder sichtbar wurde, rasten die Hetairenreiter los – nach links, nicht in den Fluß gegen Arsames' Truppen, sondern schräg flußabwärts, dorthin, wo die Hyrkanier von Spithridates standen. Einen Moment gab es ein Loch zwischen den persischen Abteilungen; die ersten Gefährten erreichten dort das Ufer und bildeten einen Kopf, dann einen Keil. Endlich entschied Arsames, einen Teil seiner Männer nach links zu schicken, Memnon zu Hilfe, die übrigen zu Spithridates, gegen Alexander. Der Rest von Alexanders Flügel, zunächst weit links von den Hetairen, befand sich nun neben oder hinter diesen und rückte in geschlossenen Säulen vor, in den Fluß. Parmenion wartete.

Irgendwie kamen sie ans Ufer, irgendwie überwanden sie die ins Wasser gerittenen ersten Reihen der Perser. Von oben regnete es Lanzen, die leichten Wurflanzen der Reiter des Großkönigs. Das Wasser schäumte auf, hier und da blutig, Kämpfer stürzten von rasenden Pferden, Ptolemaios schob einen Gefährten beiseite, der wie ein Standbild saß, eine Lanze in der Kehle, dann hinter den anderen ins Wasser kippte. Die Uferbank, Lehm und Geröll und Steine; kreischende Pferde und brüllende Männer, Todesschreie und Anfeuerungen in vielen Sprachen. Im dichten Knäuel rangen Pferd mit Pferd, Krieger mit Krieger, nachstoßende Hopliten drangen in die Lücken, rückten vor über die Toten, trieben mit den überlangen Sarissen die persischen Reiter zurück. Die Hetairen waren am Rand des Wirbels, im Wirbel, waren der Wirbel; die harten Stoßlanzen, die Schäfte aus Kirschholz besser als die leichten splitternden Wurflanzen der Gegner.

In der Mitte des Strudels war Alexander, weithin sichtbar dank der leuchtenden Rüstung und des blendenden Helms.

Die persischen Reiter wichen vor ihm zurück – nicht aus Furcht, sondern um den Weg für ihre Fürsten zu öffnen, die den König der Makedonen selbst besiegen wollten. Alexanders Lanze brach, in einem dieser Zweikämpfe. Er schrie – wie durch ein Wunder war es im Getümmel klar zu hören – nach seinem Waffenträger Aretes, aber der focht nicht weit entfernt, einen abgebrochenen Schaft in der Hand. Ptolemaios rammte seinem Gegner die Waffe in die Achselhöhle und wollte sein Pferd vorantreiben; aber da drängte Demaratos sich neben den König und reichte ihm seine Lanze.

Mithradates, Schwiegersohn des Großkönigs, raste an der Spitze eines Keils von Reitern in den blutigen Wirbel; Alexander wandte sich ihm zu, stieß ihm die Lanze ins Gesicht und warf ihn vom Pferd. Hinter ihm tauchte Roisakes auf und ließ das Krummschwert auf den Helm des Königs niedersausen; es gelang ihm aber nur, einen der weißen Büsche und einen Teil des Helms abzutrennen. Taumelnd, benommen, sackte Alexander einen furchtbaren Moment vornüber; dann riß er das Pferd herum und trieb seine Lanze durch den Panzer in Roisakes' Brust. Der Satrap Spithridates war bei Roisakes gewesen, hatte zwei Hetairen getötet und befand sich nun in Alexanders Rücken. Er hob die blutige krumme Klinge.

Kreischend brach das von einer Lanze getroffene Pferd unter Ptolemaios zusammen. Ringsum kreiste der wahnsinnige Tanz, über tote und sterbende, ausschlagende, schreiende Pferde. Er fühlte die Erde beben, aber es waren nur Nase und Zähne eines Gestürzten, die unter seinem Fuß brachen. Er sah Philotas, der sich auf seinem Pferd zurückbog und den Speer aus dem Auge eines Persers riß; er sah Seleukos mit Lanze und Schwert, Hephaistion mit einem aufgerafften Krummsäbel, den er beidhändig führte, Rücken an Rücken zwischen berittenen und stehenden Gegnern; einen Perser auf einem Bein, der über seinem toten Pferd stand und mit dem Schwert nach dem Blutstrahl aus dem Beinstumpf hieb, ehe er langsam, zäh, wie durch Sirupluft fiel; sah Nikanors Hypaspisten sich zwischen die persischen Reiter drängen, mit dem runden Schild Hiebe und Stiche von oben abwehren, das Schwert in die Beine der Reiter, in die Bäuche und

Sehnen der Pferde hacken; sah Perdikkas mit Schwert und Lanze auf der Uferbank, brüllend, vor der Sarissenwand seiner Hopliten; sah einen gestürzten Hetairen Gedärme in den Bauch zurückstopfen und einen zweiten Kopf von seiner Schulter grinsen, der zu einem Enthaupteten gehörte; sah durch blutige Schlieren den Unterkiefer eines Persers über dessen Brust nach unten rutschen und eine schaumige, blasige Spur hinterlassen; sah das Schwert sich zurückziehen und unter dem Punkt, wo der Kiefer gewesen war, in den Hals des Gegners fahren, und er begriff, ohne zu begreifen, daß es sein Schwert war.

Sah die blutige krumme Klinge in der Faust von Spithridates über Alexanders Kopf, kaum noch geschützt vom zertrümmerten Helm, hörte sich schreien, sah die Klinge unendlich langsam sinken und plötzlich wirbeln und blitzen und auffliegen wie einen verstörten Vogel, als Kleitos der Schwarze den Arm des Satrapen mit einem gewaltigen Schwerthieb von der Schulter trennte und dann die Spitze seiner Waffe unter dem Brustschutz in den Bauch des Fürsten grub. Ließ den Schrei steigen, sandte einen zweiten hinterher, der den ersten im Himmel umtanzte, und Alexander lächelte Kleitos an, als gäbe es Zeit für Lächeln.

Dann hatte er keine Gegner mehr; er schmeckte Blut und roch Blut und Eingeweide und Kot und feuchtheißes Eisen, der Blick klärte sich, das Rauschen in den Ohren wurde schwächer, die maßlose Lust und Gier zu töten ließen nach. Er stand mit ausgestrecktem Arm, das Schwert erhoben, und sah die Phalanxabteilung des Perdikkas gemessen vorrücken, die Sarissen gesenkt. Von den Reiterblocks der Perser, die weiter flußab gestanden hatten, strömten Verstärkungen herbei, als die Mitte der Schlacht zusammenbrach. Das war der Moment, auf den Parmenion geduldig gewartet hatte. In die aufgelösten, zur Mitte drängenden Truppenteile ließ er seine drei Taxeis vorstoßen, zertrümmerte die Reste des rechten persischen Flügels mit seiner Reiterei, führte diese dann hinter die Reihen des Gegners und überließ die strudelnde Flanke den Söldnern, die in der Nacht weiter nördlich die Furt durchquert hatten und nun das Schlachtfeld erreichten.

Irgendwer hatte ein Pferd verloren; Ptolemaios nahm das triefende Schwert zwischen die Zähne, schwang sich auf den Rücken des Tieres und galoppierte hinter Alexander her. Die Hetairenreiterei verwüstete die fliehenden Reihen der persischen Kämpfer; die Hopliten der Phalanx folgten. Alexanders Arme bewegten sich wie Tuchfetzen im Sturm; er deutete auf die Hügel. Ptolemaios' Pferd stolperte über etwas Weiches und schleuderte ihn zwischen tote Perser.

Als er sich aufrappelte, hinter den Gefährtenreitern hersah und sich langsam umdrehte, starrte er in Kleitos' Gesicht. Dessen Augen waren voller Staunen. Und Entsetzen. Er blutete aus mehreren leichten Wunden, an Händen und Armen. Sein Pferd hatte alle vier Beine in den Boden gestemmt, bleckte die Zähne und blies fleckigen Schaum.

Kleitos ließ sich vom Rücken des Tiers gleiten und schob den Helm in den Nacken. »Der Zorn des Achilles«, murmelte er; seine Augen folgten den Reitern und Fußkämpfern, die wie eine tosende Flut die Hügel umspülten. Die Hügel, auf denen fünftausend hellenische Söldner standen, in ordentlichen schimmernden Reihen. Hopliten, die unter Memnons Befehl das Flußufer hätten hüten und verteidigen können, die nicht in den Kampf eingegriffen hatten, nicht hatten eingreifen dürfen, weil der Sieg und der Ruhm und die Ehre den Satrapen und ihren Kriegern gehören sollten.

Ein paar Offiziere aus Parmenions Stab kamen langsam angeritten, gefolgt von Parmenions thessalischer Leibtruppe. Ptolemaios und Kleitos sahen, wie der alte Stratege zu den Hügeln schaute, ächzte und einen Moment die rechte Hand vor die Augen legte.

»O nein, das nicht. Oh, nicht das auch noch.«

Kleitos berührte das Knie des Strategen; seine Hand bebte. »Jemand muß das verhindern ...«

Parmenion entblößte die Zähne. »Ja. Aber wer soll *ihn* aufhalten?«

Im Durchgang vom kleinen zum großen Zelt blieb Alexander stehen, wandte sich um und sagte: »Verbrenn die blutigen Fetzen.« Dann trat er in den Kreis der Offiziere und Gefährten. Er trug frische Kleidung, hatte gebadet und leuchtete hell. Bis auf Hephaistion trugen die anderen ihren Schmutz, ihr Blut und ihre Wunden unbehandelt.

Alexander blickte sich um, wandte sich an die Schreiber, die neben dem Haupteingang standen. »Die Namen unserer Toten? Fertig? Gut. Ihre Familien erhalten allen Besitz, Sold für drei Monde und Befreiung von Steuern.« Langsam setzte er hinzu: »Sie sollen geehrt sein. Ihr Name lebt fort. Eumenes!«

Der fette Hellene war bereits gründlich betrunken; er lag auf einer Kline und hob mühsam den Kopf. »Alexander?«

»Bist du noch fähig, das alles abschreiben und einordnen zu lassen?«

»Für dich immer, o mein König-nig.« Er stand auf, taumelte ein paar Schritte, stürzte über einen Schemel und blieb auf dem Boden liegen.

Niemand lachte. Parmenion starrte in die Flamme eines Öllämpchens, beide Hände um einen Becher gelegt. Kleitos hustete.

»Was geschieht mit den gefangenen Hellenen?«

Alexander nahm den Silberbecher mit Wein, den Hephaistion ihm reichte. »Wo ist Kallisthenes?«

»Hier.« Aristoteles' Neffe hatte in einer Ecke leise mit Nearchos gesprochen; nun kam er zum König. Dabei stieß er Ptolemaios beiseite, der im Weg stand. Alle standen. Bis auf Eumenes. Fast alle tranken. Die Speisen auf den Tischen waren unberührt.

»Schnapp dir ein paar von *unseren* Hellenen, Offiziere der Bundestruppen, und stell fest, wer von den Gefangenen Athener ist. Absondern; ich weiß noch nicht, was wir mit ihnen machen. Die übrigen – gefesselt nach Makedonien, zur Zwangsarbeit, in den nächsten Tagen.«

Gemurmel begann, brodelte, erstarb wieder; alle Augen hingen an Alexander.

Parmenion nickte langsam. »Du hast recht, Alexander. Ich hatte es nicht gleich begriffen.«

Alexander lächelte und trank einen Schluck Wein.

»Was begriffen?« sagte Demetrios heftig. »Was hat es für einen Sinn, Alexander, wie ein toller Wolf über die hellenischen Söldner herzufallen, die nicht gegen uns gekämpft haben in der Schlacht, drei Fünftel zu töten und die anderen zu versklaven?«

Viele Offiziere knurrten zustimmend; andere nickten stumm.

Alexander hob die Brauen; er schien völlig unbeteiligt. »Ihr wißt doch alle, wie sehr uns die hellenischen Städte lieben, nicht wahr?« Ein paar Männer lachten. »Auch du weißt es, Demetrios. Athen ist wichtig. Wir müssen uns die Athener gewogen halten – so gut es geht. Die anderen folgen, wohin Athen geht. *Aber:* Die anderen müssen wissen, was sie erwartet, wenn sie als Söldner oder Verbündete der Perser antreten.«

Langsam entspannten sich die Gesichter; die meisten Männer schienen zu begreifen. Viele nickten, einige lächelten.

Parmenion sah Alexander lang an. »Hast du dies schon bedacht vor ... vor dem Gemetzel?«

Alexander stellte den Becher ab, trat zu Parmenion und legte ihm beide Hände auf die Schultern. »Ist das wichtig, Parmenion, mein Vater – solange es richtig ist?«

Perdikkas gluckste. »Wie willst du denn die Athener bei Laune halten? Sie werden weinen, wenn sie von unserem Sieg hören.«

Alexander drehte sich um; sein Lächeln war sehr schräg, sehr gehässig. »Mit einer Gabe – einer Gabe wie Honig, in dem viele Stacheln stecken.«

»Und zwar?«

Alexander schloß die Augen. »Dreihundert der besten erbeuteten Rüstungen für Pallas Athene, mit dem Schriftschild: Von Alexander, Sohn Philipps, und den anderen Hellenen außer den Spartanern, aus der Beute von den Persern, die Asien bewohnen.«

Zum ersten Mal brach Gelächter los. Antigonos der Einäugige klatschte in die Hände. »Außer den Spartanern ... Das ist gut, das gefällt mir. Den Spartanern wird es auch gefallen. Aber warum dreihundert Rüstungen, Freund?«

Alexander öffnete die Augen; er griff nach dem Becher, hob ihn und blickte Antigonos über den Rand hinweg an. »Dreihundert Unsterbliche, mein Freund, haben unter König Leonidas von Sparta die Thermopylen verteidigt, bis zum letzten Blutstropfen, gegen das Heer des Xerxes. Dreihundert Spartaner. Diesmal wollte Sparta nicht – nicht unter Führung der makedonischen Barbaren. Damals waren keine Athener dabei. Diesmal, Freunde, auch nicht – außer einigen Söldnern bei den Persern. Keiner bei uns. Deshalb dreihundert – für die Göttin Athens.«

Ptolemaios lehnte das Gesäß ans Kopfstück einer Kline; er nippte an seinem Wein und kaute immer wieder grinsend auf dieser kostbaren höflichen Unverschämtheit herum. Müdigkeit lähmte seine Glieder, nur der Kopf war wach, überwach. Ein Teil von ihm lauschte den klaren, wohlgesetzten Worten, mit denen der König den Freunden, Gefährten, Edlen und Offizieren dankte; ein zweiter Teil tastete sich zurück zur Schlacht, um noch einmal Grauen und Verzückung zu kosten. Die Gefechte ohne Zahl und Namen, in thrakischen Wäldern und illyrischen Schluchten, selbst der Tag in der Ebene von Chaironeia, sie alle waren ausgelöscht. Das Geschrei der Hauptleute, Schall und Tosen. Ein weiterer Teil wunderte sich über die Helligkeit des Zelts, die weiß durchscheinenden Stoffbahnen, erleuchtet nur von zwei kargen Öllampen. Dann begriff er, mit lautlosem Stöhnen, daß es früher Nachmittag war; daß nicht Abend und Feier und Feuer und Ruhe, sondern lange Stunden der Arbeit vor ihm und den anderen lagen. Der Kampf hatte etwa eine Stunde nach Sonnenaufgang begonnen, nicht länger als eine Stunde gedauert, noch einmal eine Stunde das entsetzliche Blutbad auf den Hügeln. In seiner Erschöpfung konnte er sich nicht einmal erinnern, wieder durch den Fluß gegangen oder geritten zu sein, um das Zelt des Königs zu erreichen.

Man hatte die Karren und den übrigen Troß fast bis zum Westufer des Granikos gebracht; Sklaven, Troßknechte, Fußkämpfer aus an der Schlacht kaum beteiligten Einheiten und Männer der technischen Truppen, allesamt Drakon unterstellt, hatten die nötigen Dinge über den Fluß geschafft und dort unter Aufsicht der Heller begonnen, die Verwundeten zu versorgen. Ptolemaios sah, wie Drakon einen von Eumenes' Schreibern festhielt.

»Du wirst die Liste der ruhmreichen Toten ergänzen müssen«, sagte er.

Philippos, Bindenschlangen um den Hals und allenthalben von Blutspritzern besudelt, ächzte leise. Drakon hob eine Braue und zog dann ein langes, glitzerndes Messer aus dem Gürtel.

»Hier, Junge. Du hast noch nicht alles gelernt.«

Dann wandte er sich ab und ging dorthin, wo Alexander neben ein paar Leichtverwundeten kauerte, mit ihnen sprach und lachte, sich erzählen ließ, welchen Heldentaten sie ihre Wunden verdankten. Philippos starrte einen Moment in den Himmel, bewegte lautlos die Lippen, betrachtete den langen Dolch. Ptolemaios verlor ihn für kurze Zeit aus den Augen; endlich kamen die Männer, auf die er gewartet hatte: der lange Emes und ein weiteres Dutzend Hopliten aus der Taxis des Krateros. Auf Befehl des Königs sollte Ptolemaios mit Hilfe einiger Gefangener und unterstützt von eigenen Leuten die gefallenen Perser sammeln und sichten, die Edlen und die Schlichten trennen, die Namen der toten Führer verzeichnen und alle zur Bestattung vorbereiten. Krateros und seine Leute hatten erst spät in die Schlacht eingegriffen und waren nicht allzu erschöpft; außerdem konnte Ptolemaios sich darauf verlassen, daß Emes und die von diesem ausgesuchten Kameraden schlimmstenfalls die Hälfte der wertvollen Dinge einstecken würden, die ein beliebiger anderer Trupp hätte verschwinden lassen.

Aber für seinen Geschmack waren ohnehin zu viele Männer auf dem Schlachtfeld. Perdikkas ließ drüben an den Hügeln von Gefangenen und ein paar Makedonen die toten Söldner plündern, zusammentragen und eine riesige Grube ausheben. Drakon und Philippos mit anderen Heilern und Helfern kümmerten sich um die Verwundeten; Alexander, Parmenion und andere gingen umher und sprachen mit den Überlebenden; Hephaistion stand neben dem wachsenden Berg aus Waffen und Rüstungsteilen der gefangenen und gefallenen hellenischen Söldner und beaufsichtigte deren Bewachung und Versorgung. Ptolemaios unterdrückte ein Grinsen; die hochmütigen Edlen Hephaistion und Perdikkas hätten gewiß andere Tätigkeiten vorgezogen. Aber insgesamt …

Er steckte zwei Finger in den Mund und pfiff, lang und schrill. Von den weit über zweihundert Männern, die auf dem Schlachtfeld umherwanderten, sich immer wieder bückten und dann weitergingen, zuckten viele zusammen und schauten herüber.

Erigyios, der langsam das Ufer entlangritt, trieb sein Pferd zu Ptolemaios.

»Ist was?«

Ptolemaios deutete allgemein über das Feld. »Kannst du dir ein paar Mann schnappen und all die zusammentreiben, die nicht Drakon oder mir helfen?«

Erigyios kniff die Augen zusammen. »Plünderer, was? Da wird gründlich gefleddert. Fehlt hinterher alles in der Kriegskasse. Ist gut; ich kümmer mich drum.«

Wenige Momente später entstand, wie aus dem Boden gestampft, eine Sperrmauer zwischen Schlachtfeld und Fluß; Erigyios hatte in der Nähe lagernde Thessalier aus Parmenions Kerntruppe aufgetrieben.

Erleichtert wandte sich Ptolemaios wieder seiner Aufgabe zu. Der persische Offizier neben ihm – aus der Leibwache des geflohenen Satrapen Arsites – weinte, als er aufgereiht nebeneinander liegende Gefallene abschritt. Er raufte sich die Haare und zerriß sein Brustgewand. Aus der Zeit, da Laomedon ihnen in der Verbannung Persisch beigebracht hatte, waren Ptolemaios genug Brocken geblieben, um sich mit dem Mann zu verständigen; nach und nach begriff er, was den Offizier so sehr erschütterte.

Es war nicht die Menge der Toten. Ein Gefallener ist ein schlimmer Anblick, zwei, drei, vier ebenfalls, und irgendwie wird es in der Wiederholung, nach der fünften oder sechsten Schlacht, nicht leichter für den, der sie anzufassen, auszuziehen und zu begraben hat. Aber die Menge vervielfacht das Entsetzen nicht. Bei Chaironeia und in Thrakien hatte Ptolemaios Schlimmeres gesehen, größere Leichenberge, auch gräßlichere Verletzungen. Es mochten vielleicht 600 gefallene Perser sein, die hier zusammengetragen wurden; Perdikkas' Leute bei den Hügeln hatten fast 3000 tote Söldner zu verarbeiten.

Es war nicht die Menge; es waren die Namen und Gesichter. Die mit dem Großkönig verwandten Tausendschaftsführer Roisakes, Niphates und Petines. Spithridates, Satrap von Lydien und Ionien. Mithrobarzanes, Satrap von Kappadokien. Mithradates, Schwiegersohn des Großkönigs Dareios. Arbupales, Sohn des Dareios und Enkel des Artaxerxes. Pharnakes, Bruder der Gemahlin des Dareios. Omares, Führer aller Söldnertruppen im persischen Westheer.

Je länger die Liste wurde, desto deutlicher begriff Ptolemaios, was das wirkliche Ergebnis der Schlacht war. Die in Hellas unbesiegten, unbesiegbaren Reiter und Fußkämpfer, von Philipp und Parmenion zu einer wunderbaren Waffe geschmiedet, hatten ihre Unbesiegbarkeit in Asien bewiesen, geführt von Alexander. Die Verluste der Gegner waren geringer als in vielen Kämpfen mit vergleichbarem Einsatz – aber es war das einzige Heer zwischen dem Hellespont und Babylon. Von den fast vierzig Tausendschaften, die geflohen waren – neben den 2000 Hellenen hatte man kaum 500 Perser gefangen –, würden die meisten im Land versickern, heimkehren in die Küstenstädte, in denen man sie angeworben oder ausgehoben hatte; andere mochten Zuflucht suchen in Festungen, sich örtlichen Strategen unterstellen und auf neue Befehle des Großkönigs warten. Aber bis Dareios selbst aus den Tiefen Asiens ein neues Heer heranführte, würde es keinen großen geordneten Widerstand mehr geben, nur Belagerungen und Scharmützel.

Denn sie hatten das Westheer des unermeßlichen Reichs enthauptet. Memnon, dem die Perser aber mißtrauten, war entkommen, ebenso der Satrap des nördlichen Phrygien, Arsites. Alle anderen Führer, die das westliche Asien einigen und ein neues Heer hätten aufstellen können, lagen hier, in tapferem Kampf gefallen. Ptolemaios dachte an die 56 Hetairen, 137 sonstigen Reiter und 211 Fußkämpfer, Makedonen und Verbündete, die nicht mehr lebten; die meisten von ihnen gefallen bei den Hügeln, gegen die hellenischen Söldner, deren Angebot, sich zu ergeben, Alexander abgelehnt hatte. Zu viele, viel zu viele, aber andererseits: der Preis. Kallisthenes würde zweifellos die Anzahl der toten Feinde verdoppeln, die der eigenen Gefallenen dritteln, Alexander die Auseinandersetzung mit Parmenion und die Schlacht an einem

Tag gewinnen lassen; sei's drum. Er würde in gewisser Weise recht haben, ohne es – als Nichtkämpfer – zu wissen. In seinen schönen Berichten, weniger Aufzeichnung denn Instrument der Beeinflussung, wäre es inzwischen der nächste Tag, da die Schlacht ja nachmittags stattgefunden haben würde. Der Tag nach der Schlacht, mit hochtrabenden Reden und der feierlichen Bestattung der Gefallenen beider Seiten. Es war der nächste Tag für Ptolemaios, und für viele andere, die sich kaum noch auf den Beinen halten konnten – als hätten sie in wenigen Stunden mehrere Tage zurückgelegt, ohne auszuruhen; vielleicht ein halbes Leben.

Zwischen toten Pferden fanden Emes und seine Leute einen Mann von Nikanors Hypaspisten; er war bei Bewußtsein, heulte dumpf, als sie ihn bewegen wollten, und er war entsetzlich verstümmelt. Ptolemaios pfiff wieder und winkte Philippos herbei, der nicht weit entfernt neben einem anderen Verletzten gekniet hatte. Die Hand des Arztes, der wie so viele andere in Mieza Schüler des Aristoteles gewesen und an anderes gedacht hatte, krampfte sich um den Griff des langen Messers; die Knöchel traten weiß hervor.

Er legte die andere Hand auf die Stirn des Wimmernden. »Sieht nett aus, Mann«, sagte er. »Ich glaub aber, ich kann dir helfen. Wird einen Moment weh tun. Also, halt mal kurz die Luft an, Augen zu, und denk dran: nicht lachen.« Der Verwundete entspannte sich; Philippos stieß ihm die lange glitzernde Klinge ins Herz.

»Zweihundertzwölf«, murmelte Ptolemaios.

In der Nähe der Grabhügel, im Schein von Fackeln und Feuern, sichteten die Leute von Harpalos die besseren Teile der Beute (abzüglich der 300 Schmuckrüstungen, sämtlich vergoldet, die nach Athen geschickt werden sollten), während die Waffenschmiede und ihre Helfer die Vorräte an schlichten Rüstungen, Schwertern, Lanzen und sonstiger Ausrüstung prüften: was noch verwendbar war, was eingeschmolzen werden konnte, was nicht einmal dazu taugte. Bis auf diese beiden Trupps, dazu die Gefangenen und ihre Bewacher sowie die Verwundeten und ihre Pfleger, hielten sich alle anderen wieder auf dem Westufer auf, im Lager.

Ptolemaios torkelte vor Müdigkeit; aber bevor er in seinem Zelt zusammenbrechen durfte, gab es noch etwas zu tun. Er tat es ungern, aber er wußte, wie knapp die Vorräte an Münzen und münzbarem Metall waren, wie dringend sie die Beute brauchten; und daß man trotz der Aussagen von Gefangenen das Feldherrenlager der Perser noch nicht gefunden hatte. Dort mußte der Kriegsschatz sein – wenn es nicht den Geflohenen gelungen war, alles mitzunehmen. Aber darum würden er und Philotas sich am nächsten Tag kümmern.

Er zog den dunklen Umhang enger, verdeckte sein Gesicht mit der schlaffen Kapuze und näherte sich dem Feuer, an dem die Leute saßen, die Emes ausgesucht hatte. Niemand sah ihn kommen. Die Kämpfer hockten auf den Fersen, auf Decken, auf dem Boden, tranken Wein und Wasser, aßen Brot und kaltes Bratfleisch, getrocknete Früchte, einer knabberte an einer Zwiebel, die er irgendwo auf dem Schlachtfeld – vielleicht im Beutel eines Gefallenen – gefunden haben mußte.

Emes, ein riesiger Rücken und lange flackernde Schatten, hielt einem der Kameraden etwas hin. »Pack mal an; ich ziehe.«

Der andere faßte zu; Emes zerrte und zerrte und grunzte schließlich. »Götter! Sitzt ja vielleicht fest! Wie hat der die je drauf gekriegt?«

Er zog das Messer aus dem Gürtel und hielt den Gegenstand des Gezerres hoch. Es war eine Hand, am Gelenk abgeschnitten. Auf jedem der vier Finger steckten zwei Ringe, nur der Daumen war ärmlich nackt. Emes trennte den kleinen Finger von der Hand. »Nicht zu reden von kämpfen. Könnte einer von euch ein Schwert halten, mit dem … Gepäck?«

Sie lachten. Einer der Männer fuhr mit den Fingerspitzen über einen Schwertgriff, der mit rötlich und grünlich schimmernden Steinen besetzt war. »Kommt drauf an.« Er hob die Schultern. »Angeben kann man bestimmt fein damit, aber kämpfen?«

Drei der Männer zählten Münzen aus einem Lederbeutel; sie machten zwölf Häufchen daraus. Andere untersuchten die Lichter des Feuers in den Krümmungen vergoldeter Rüstungsteile. Ein Hoplit klopfte den Brustpanzer eines Fürstenpferdes ab, offenbar reines Gold; der neben ihm zeigte den mit Gold und funkelnden Steinen geschmückten Kopfputz eines Pferdes herum.

Endlich war es Emes gelungen, die Ringe von den Fingern zu lösen. Er hielt einen ins Licht. Der Stein schien zu flakkern; das verwandelte Feuer troff aus ihm in die Nacht, wie flüssiges Lodern eines fernen Sterns. »Nett. Aber wie teilen wir den ganzen Kram?«

»Ich hab nen Vorschlag für euch Gauner«, sagte Ptolemaios.

Sie zuckten zusammen, fuhren herum; er streifte die Kapuze ab und stand mühsam auf. Hinter sich hörte er Schritte.

»In dem Beutel da, was ist das? Die Münzen? Statere? Dareiken? Jedenfalls Gold. Jeder eine, Jungs; den Rest« – er schälte sich aus dem Umhang und warf ihn neben Emes auf den Boden – »packt ihr da rein; ich bring ihn zu Harpalos.«

Keiner sagte etwas; sie starrten auf ihre Füße oder auf einen Punkt hinter Ptolemaios. Er drehte sich um; dort stand Hephaistion, die Augen düster, die Lippen zu einem schmalen Strich gepreßt.

»Wird's bald?« Ptolemaios wandte sich wieder den Hopliten zu. Langsam, widerstrebend, sammelte Emes die kostbaren Dinge ein und ließ sie ohne hinzusehen in den Umhang fallen.

»Weitermachen.« Ptolemaios grinste müde, bückte sich, band den Umhang zum Beutel und gähnte. »Und laßt euch nicht mehr bei so etwas erwischen, Freunde. Plünderung gibt's nur, wenn sie ausdrücklich erlaubt oder befohlen wird.«

Hephaistion begleitete ihn ein paar Schritte. »Nur um diesem Abschaum keinen Zwist zwischen Offizieren vorzuführen, hab ich nichts gesagt«, knurrte er. »Bist du wahnsinnig? Die gehören alle ausgepeitscht – und du gibst jedem zwanzig Tage Sold!«

»Danke für dein Schweigen am Feuer«, sagte Ptolemaios durch die Zähne. »Das ist kein Abschaum; es sind Makedoniens beste Krieger.«

»Bauernlümmel.«

»Nimm alle Bauernsöhne aus der Phalanx, hochedler Hephaistion; was bleibt dann noch, um Schlachten zu gewinnen?«

»Kein Grund, sie wie edle Männer zu behandeln!«

»Tu mir einen Gefallen, ja? Nachdem du, edler Fürstensohn, Zögling des Aristoteles, *hetairos* und Buhlknabe des Königs, am Feuer so nett geschwiegen hast – halt doch einfach die Fresse. Erzähl's Alexander, wenn du willst, aber ...«

»... worauf du dich verlassen kannst!«

»... aber laß mich in Ruhe. Du hast mir nichts vorzuschreiben.«

Vor Morgengrauen weckte ihn der Knabe. Ptolemaios fühlte sich immer noch zerschlagen; mürrisch leerte er einen Becher mit heißer Flüssigkeit und kaute auf etwas Zähem, ohne das geringste zu schmecken.

Philotas wartete bereits; mit ihm warteten zwei Abteilungen Hetairenreiter und eine Abteilung Thessalier, zusammen 150 Mann. Sie ritten durch den Fluß, vorbei an den Gräbern, an den Hügeln; sie folgten einem Hinweis, den Drakon von einem leichtverletzten Perser erhalten hatte. Zwei Stunden später, als das Morgengrau zum Morgen wurde, erreichten sie etwa dreieinhalb Parasangen südöstlich des Flusses ein Tal mit einem Bachlauf; dort fanden sie Spuren und galoppierten weiter.

Das Fürstenlager der Perser, eilig abgebrochen und auf Karren und Packtiere geladen, war ein langer, langsamer Zug zwischen braungrünen Hängen. Diener, Sklaven, ein paar Mann Bedeckung, vielleicht drei Dutzend geflüchtete Kämpfer – mehr nicht. Mit ein paar Männern ritt Ptolemaios weit über die Spitze des Zuges hinaus und fand frische Hufspuren und die Abdrücke von Karrenrädern.

»Da gibt's noch mehr«, sagte er, als er zu Philotas zurückritt, der Anweisungen gab und zusah, wie die Karren und Tiere in einem Halbkreis geführt und zur Rückkehr zum Granikos gezwungen wurden.

Parmenions Sohn grinste. »Du klingst gierig. Herakleitos sagte, Krieg sei der Vater aller Dinge. Gier muß die Mutter sein.«

Ptolemaios lachte. »Sehr schön, Philotas. Nebenbei – ich liebe diese Mutter; wenn ich die Augen behalten darf, werd ich da glatt zu Oidipus. Außerdem – was immer da zu finden ist, wir brauchen es.«

Philotas nickte und deutete auf die Karren. »Nach dem ersten Durchsuchen sieht's so aus, als ob hier nur kleine Mengen Münzen wären. Kein Kriegsschatz. Wo mag der sein?«

»Wieviel Mann kann ich haben?«

»Reichen fünfzig?«

Ptolemaios hob die Schultern. »Muß wohl reichen. Schick mir noch ein paar, sobald du welche entbehren kannst.«

Philotas beugte sich zu ihm herüber und schlug ihm auf die Schulter. »Gutes Jagen!«

Sie galoppierten los, überquerten einen kleinen Fluß, folgten einem langgestreckten Hügelzug, kamen in ein grünes Tal mit niedergebrannten Häusern – einige rauchten noch – und jagten durch einen nicht allzu hoch gelegenen Paß. Von dort sahen sie, was sie gesucht hatten: einen weiteren Zug mit Karren und Packtieren. Die wenigen Berittenen, die ihn begleiteten, leisteten kaum Widerstand, als die Hetairenreiter sie umzingelten und den Zug anhielten.

Ein besonders prächtiger Karren, eher ein Schiff, mit acht Rädern und vier Achsen, gezogen von zwölf Pferden, erregte sofort Ptolemaios' besondere Aufmerksamkeit und Zuneigung. Mit einigen Begleitern ritt er dorthin, befahl den drei Männern, die den Wagen lenkten, sofort abzusteigen, und ließ einen seiner Leute mit dem Schwert den schweren, bestickten Vorhang öffnen.

Innen war ein Palast, mit kostbar geschnitzten Möbeln und Truhen. Auf einem Lager aus unbezahlbaren, feinstgeknüpften Teppichen lag ein sehr fetter, alter, kahlköpfiger Mann. Er war in gelbe und schwarze Tücher aus Seide gewickelt und trug Ringe an sämtlichen Fingern und in den Ohren. In einer Hand hielt er einen wunderbar gearbeiteten Rankenkelch aus Gold, in der anderen ein halbes gebratenes Huhn. Zwischen seinen haarigen Beinen kniete eine nackte Sklavin, die sich mit Mund und Händen um sein Wohlergehen bemühte. Der fette Mann zeigte keinerlei Überraschung oder Empörung, als der Vorhang zerschlitzt wurde. Er knurrte etwas; das Mädchen kroch über sein rechtes Bein und verbarg sich hinter dem Teppichstapel. Beinahe freundlich wedelte er mit dem Huhn, hob den Kelch, trank Ptolemaios zu.

»Wie ersprießlich, auf der Straße liebenswerten Fremden zu begegnen«, sagte er. »Trübsinnig ist es, ja, und ohne jedes Ergötzen für einen alten Mann, allein zu reisen.«

»Wahrlich, sehr ohne Ergötzen.« Ptolemaios sprang vom Pferd auf den Palastkarren. »Überhaupt einer der trübsinnigsten Anblicke, die ich je sah. Wer bist du?«

Der fette alte Mann lächelte wieder und neigte das kahle Haupt. »Bagoas lautet der nicht erwähnenswerte Name. Fünfundsechzig Jahre habe ich vergeudet, ehe mir das Vergnügen ward, dein edles Antlitz schauen zu dürfen.«

Ptolemaios grinste, kratzte sich den Kopf und öffnete den Mund. Die Pferde, unruhig ob des Getümmels um sie her, machten plötzlich ein paar Schritte, ehe die Makedonen sie wieder zum Stehen bringen konnten. Der Karren rumpelte über einen Stein; Ptolemaios wäre fast gestürzt, konnte sich aber aufrecht halten, indem er nach dem kostbaren Tuch über sich griff. Es riß; blauer Himmel wurde sichtbar.

»Alt und brüchig, ohne jeden Wert«, sagte Bagoas. »Ich schulde dir Dank für die Güte, daß du mir die erbärmliche Beschaffenheit des Tuchs zeigst.« Er biß in sein Huhn; die Augen waren kalt und scharf. Ptolemaios nickte langsam und rief einen Befehl.

Der Palastkarren bewegte sich – ein Halbkreis, zurück nach Nordwesten.

»Es ist unziemlich, der Eile zu frönen, wenn man in guter Gesellschaft ist«, sagte Bagoas. »Laß mich teilhaftig werden deiner Honigstimme, edler Makedone. Habe ich vielleicht wesentliche Dinge vergessen beim Aufbruch heute früh?«

Ptolemaios grinste wieder. »Ich will den Honig meines Namens in dein Ohr ergießen, o würdiger Bagoas. Ptolemaios, Sohn des Lagos – damit ich nicht unhöflich erscheine.«

Bagoas nickte überaus freundlich. »Sehr zuvorkommend. Und welche Ehre. Jener Ptolemaios, von dem es heißt, sein richtiger Vater sei Philipp?«

Ptolemaios starrte ihn einen Moment fassungslos an.

Bagoas lächelte. »Eine unverdiente Ehre, wahrlich. Und – reisest du allein, oder mit feinen Gefährten?«

Ptolemaios grinste, mit entblößten Zähnen. »Feine Gefährten, ja, und viele. Du brauchst es gar nicht erst mit schäbigen Schlichen zu versuchen, falls du das vorhattest.«

Bagoas leerte seinen Kelch. »Schliche? Der arme alte Bagoas kennt viele Lieder, auch ein paar Tanzschritte, aber Schliche?«

Auf dem langen Rückweg zum Granikos ließ Ptolemaios zwei Reiter neben dem Karren. Bagoas blieb auf seinen Teppichen hocken und zeigte sich nicht. Gegen Mittag kam ihnen Philotas mit mehreren Dutzend Hetairen entgegen.

»Ich hab nen sehr schrägen Fisch an Land gezogen«, sagte Ptolemaios mit einem Grinsen.

»Sieht aus, als ob da ein bißchen Geld drin wäre.« Philotas ritt neben ihm, nach einem schnellen Blick in den Wagen. »Bist du sicher, daß du alles hast?«

Ptolemaios nickte. »Ich hab ein paar Leute weiter vorreiten lassen – keine Spuren mehr, außer von verstreuten Flüchtenden. Nee, das da drin dürfte alles sein. Und *das da* ist sehr schwer und stinkt nach Macht und Reichtum.«

Philotas hob die Schultern. »Soll Alexander sich mit befassen. Ich frag mich bloß, wo der Rest der Perser abgeblieben ist.«

»Früher oder später finden wir die irgendwo, keine Sorge.« Ptolemaios lächelte. »Die müssen für sich selber sorgen. Oder hattest du vor, sie liebevoll zu pflegen?«

3. WAHRHEITEN UND WAFFEN

Für den größten Teil des Heeres war der Tag nach der Schlacht ein Tag des Ruhens und Räumens. Abteilungen aller Reitertruppen – Aufklärer, Hetairen, Thessalier, Thraker, Hellenen – waren im Land unterwegs, um festzustellen, wohin die fliehenden Perser sich wandten, wo die entkommenen Führer wie Memnon oder Arsites sein mochten, ob wirklich alle Teile des gegnerischen Lagers gefunden waren, und überhaupt, was sich in der weiteren Umgebung abspielte. Die übrigen Kämpfer schliefen, aßen, würfelten, reinigten sich, belästigten die Versorger, warteten darauf, daß nach dem Sieg endlich die Händler des nördlichen Phrygien ihre umwallten Städte verließen und zu ihnen kamen, ohne Furcht vor der Rache des Satrapen.

Arbeit gab es jedoch für die Offiziere der Truppen und Stäbe, natürlich für die Heiler und Pfleger, außerdem für die Versorger und Teile der übrigen Nichtkämpfer. Die aus sieben bisher gefundenen Lagern herbeigeschafften Vorräte des Gegners waren zu sichten, aufzulisten, umzupacken; die Beute an Münzen oder nach Schmelzung münzbarem Metall mußte gezählt und gewogen werden; Schmiede und Waffenmeister prüften die Güte von vielen tausend Schwertern, Panzern und Speerspitzen – letztere wurden, wenn sie noch verwendbar waren, von den minderwertigen Schäften gelöst, mit neuem Lanzenschuh versehen und erhielten dann den harten Schaft aus Kirschholz. Alexander war mit seinen engsten Beratern den ganzen Tag im Lager unterwegs, immer gefolgt von Eumenes oder mehreren von dessen Schreibern, zur verläßlichen und umfassenden Führung der Königlichen Tagebücher, und von Kallisthenes und seinen Helfern.

Artistoteles' Neffe blieb ungewöhnlich still – weniger weil er, Parmenions Rat befolgend, seine Zunge hütete, sondern weil die Menge, Vielfalt und Verschiedenheit der Dinge ihn überwältigte: Chaos für ihn, Kosmos für die Männer des Heers.

»Merk dir die Zahlen, oder schreib sie auf.« Alexander lächelte spöttisch, als er sah, wie Kallisthenes und seine Männer die tragbaren Pulte umhängten und in den Ledertaschen kramten, ob dort auch genug Wachstäfelchen seien. »Und bevor du später alles auf Papyros festhältst, wollen wir die Zahlen vergleichen. Sie stimmen nämlich nie.«

»Was stimmt an ihnen nie?«

Alexander kaute auf der Unterlippe; dann lachte er. »Man muß sie berichtigen, für die Empfänger deiner Briefe. Du wirst zum Beispiel feststellen, daß nur fünfundzwanzig Hetairenreiter im Kampf gefallen sind.«

»Aber ...«

»Ich weiß, die Zahl der Toten ist größer. Aber – die übrigen wurden verletzt und starben *nach* der Schlacht. Sie gehören also nicht in die Liste – jedenfalls nicht in die Briefe, die du nach Athen schickst, zum Ergötzen der Hellenen, die ob des gewaltigen Sieges in Treue und Begeisterung verstummen sollen. Ferner, und das kannst du nicht wissen, werden etwa doppelt so viele Perser gestorben sein, wie bisher gestorben sind.«

Kallisthenes grinste; das Spiel gefiel ihm. »Woran sind sie gestorben, und wann?«

Alexander breitete die Arme aus. »Bei unseren Männern sind wir genau, weil wir genau sein können. Hier können wir unterscheiden, wer in der Schlacht, gleich nach der Schlacht oder Tage später stirbt. Beim Gegner nicht, weil wir nicht dabei sind. Hier dürfen wir keine genauen Unterschiede machen, verstehst du, weil Genauigkeit allzu kleinlich wäre. Nach alter Erfahrung sterben viele bei der überstürzten Flucht; andere verirren sich in der Gegend und verhungern oder verdursten. Wenn, sagen wir, fünfhundert Perser gefallen sind, kannst du von tausend Toten ausgehen.«

»Muß man das immer verdoppeln?«

»Nein, keineswegs. Das hängt von den Umständen ab. Wenn um uns Wüste wäre, müßten viele Flüchtende verdursten – mehr als fünfhundert. Wenn, andererseits, das Gemetzel besonders furchtbar gewesen wäre, könnte eine Verdoppelung leicht dazu führen, daß mehr Gegner gefallen sind, als zunächst überhaupt in die Schlacht zogen. Dann muß man das Heer der Feinde entsprechend vergrößern.«

Kallisthenes hüstelte; Eumenes warf ihm einen beinahe hämischen Seitenblick zu. »Es ist also auf jeden Fall tunlich, der Wahrheit auszuweichen, um nicht mit ihr zusammenzuprallen?«

Alexander lachte. »Viele haben sich dabei verletzt. Aber was ist Wahrheit? Hier ist Wahrheit das, was wir wissen müssen, um handeln zu können – wir brauchen die genauen Zahlen. In Hellas, vor allem in Athen, ist Wahrheit das, was uns und unserer Sache nützt.«

Kallisthenes achtete auf die feinen Unterschiede; seine Briefe an Aristoteles enthielten zumeist beide Wahrheiten. Ihm berichtete er, wie Alexander mit jedem Führer jeder Ile sprach, die aus 16 Reihen zu je 16 Mann bestand, und wie die Ilarchen berichteten, daß etliche Reihen nunmehr verkürzt seien. Nur bei den Fußkämpfern gab es größere Einheiten – zwei Ilen eine Pentekosiarchie, deren drei zusammen eine Taxis. Daß die »Fünfhundertschaft« tatsächlich aus 512 Kämpfern bestand (und jede der sechs Taxeis der makedonischen Hopliten somit aus 1536 Männern), störte ihn zuerst rein sprachlich, aber er gewöhnte sich ebenso daran wie an die Reihenführer, die *dekadarchoi* genannt wurden, obwohl sie nicht 10, sondern 15 Kämpfer führten und selbst der jeweils sechzehnte waren. Nichts, so beschloß er bei sich, würde ihn in diesem Zusammenhang je wieder erstaunen, denn (so schrieb er seinem Onkel) »der *logos* ist unendlich dehnbar, der Geist schweift wie er will, und um das Zusammenleben großer Menschenmengen in Frieden oder Krieg zu erfassen, muß er furchtbar schweifen. Allein die Feststellung, daß die schwere Sarissa, die sechs Schritte lang ist, nur von Fußkämpfern mit beiden Händen gehalten werden kann, ist so erstaunlich wahr, daß demgegenüber die Tatsache einer Ile der thrakischen Reiter, die *sarissophoroi* heißen, weil sie zu Pferd einhändig eben jene Sarissa verwenden, als von ungewöhnlich heftiger Nichtigkeit befallen erscheint. Auch daß die Hopliten der gewöhnlichen Phalanx sämtlich Fuß-Gefährten heißen, was früher der Name der unberittenen Leibwache des Königs war, ist eine dieser weiträumigen Schweifereien; die Leibwache bilden heute, neben den edlen Reitern, die schildtragenden Hypaspisten, und damit sie sich nicht nur durch leichtere Bewaffnung und größere Schnelligkeit von den Hopliten unterscheiden, besteht bei ihnen eine Taxis nur aus vier, nicht wie sonst aus sechs Ilen. Wie in diesem schweifenden Durcheinander allerdings jemand genaue Zahlen, Bedürfnisse, Notwendigkeiten und Vorzüge zu ermitteln vermag? Dazu bedarf es eines weitschweifenden Geistes, edler Aristoteles; aber ich sehe, ich schweife ab. Daher will ich dir ohne Umschweife ferner mitteilen, daß bei einer Reihe von sechzehn Kämpfern der erste der erste, der zweite aber der letzte ist, der dritte hingegen der zweite. Der erste, wichtigste Kämpfer und Führer, der *dekadarchos*, führt die Reihe in den Kampf; der zweitwichtigste Mann geht am Ende, um unziemliche Ausbrüche von Albernheit oder Müdigkeit bei den vor ihm Gehenden zu mindern …

Sie sind wahrlich die Blüte, die Dekadarchen; ich glaube nicht, daß einer von ihnen schreiben kann oder sich nach dem Arschwischen die Finger reinigt, mit denen er es vollbrachte. Alexander – und die Götter wissen, er ist kein Demokrat – kennt sie dennoch fast alle mit Namen; statt als minderes Vieh behandelt er sie als Waffenbrüder, darin Parmenion gleich, den die Jahre im Feld jener Feinheit beraubt haben, die selbst den tüchtigen Demokraten zwischen wertem und unwertem Umgang unterscheiden läßt. Andere, edlere, deren Geist nicht schartig und abgewetzt ist, mißbilligen derlei zutiefst; so sah ich, als der König mit einem Bauerntölpel von Dekardarchen namens Emes belanglose Scherze über des Großkönigs goldenes Bildnis machte, zu dessen Besitz jenem Emes die Gunst des Lagiden Ptolemaios verholfen, düsteren Unmutes Hauch des Hephaistion ebenmäßige Züge bewölken. Auch besaß dieser Emes die Dreistigkeit, den König ohne jede Ehrerbietung mit Namen anzureden und zu verlangen, Alexander möge doch bald entsprechende Bildnisse seiner Anmut fertigen und an die groben Krieger verteilen lassen. Philipps Sohn lachte herzhaft, wie über einen guten Scherz, und klopfte dem Tölpel gar noch auf die Schulter.«

Den ganzen Tag sprach Alexander mit den Führern von Reihen, von Zügen (vier Reihen), von Gruppen oder Halb-Ilen (vier Züge), von Ilen, von Pentekosiarchien, von Taxeis; er lobte und tadelte, lauschte erlogenen Heldengeschichten, ritt durch den Fluß, um abermals nach den Verwundeten zu schauen, wobei er zu Kallisthenes' Entsetzen selbst Hand anlegte, um widerliche Wunden widerwärtiger Hopliten mit Kräutern und Umschlägen zu versehen, und zu Kallisthenes' Ungemach waren eine Handvoll Getreide und ein Becher Wasser, im Stehen eingenommen, die einzige Nahrung während des Tages.

Unter all den Dingen, deren Bedeutung er bezweifelte und deren Zusammenspiel im Gefüge des Heers er kaum erfaßte, verlor Kallisthenes irgendwann völlig den Überblick, und die Geduld. Er hatte das undeutliche Gefühl, wichtige Entwicklungen zu sehen, die er aber nicht in Worte fassen konnte; weniger für seinen Onkel Aristoteles, der ohnehin mehr von allem verstand als Kallisthenes, wohl aber für die wichtigen, mit dem Abschreiben und Verteilen der Briefe in den hellenischen Städten betrauten Männer wollte er auch die Dinge des Kriegs darlegen, die gewaltigen Neuerungen, die Philipp begonnen hatte und die Alexander – wie sein Vater mit Parmenions Hilfe – fortsetzte und ausbaute: die gleichzeitige Verwendung unterschiedlicher Truppen und Waffen zu verschiedenen Zwecken. So ritzte er mit dem Eisengriffel wirre Zeichen in die Täfelchen, rüstete die schnellfüßigen agrianischen Speerwerfer mit dem schweren Kirschholz-Xyston der Hetairenreiter, Thessalier und Hypaspisten aus, machte kurzerhand aus Paionen Thraker und aus Odrysen Illyrer, erklärte die Ile makedonischer Bogenschützen zu Kretern, schlug die Kreter den Leichtbewaffneten zu, verwandelte alle Kataphrakten aus schweren Reitern zu Belagerungsgeräten, warf schließlich seine Tafeln auf den Boden und trampelte unter Wutgeschrei darauf herum, wobei er im Geist bereits einen Brief entwarf, an einen Freund in Athen. Diesem würde er mitteilen, wie sehr er sich nach den schlichten Wirrnissen von Masken und Gewändern, Duftwässern und Rebsorten, Versmaßen und Redefiguren sehne, und daß er statt haariger Kriegerbeine endlich wieder die Vorzüge der enthaarten Schamteile attischer Buhlmaiden begehre. Für seine ihm vom König auferlegten Pflichten verließ er sich im übrigen auf die drei Schreiber, deren Aufzeichnungen er später mit denen des Stabs von Eumenes vergleichen würde.

Nearchos blies gestreuten Sand vom letzten Papyros, als er Demaratos lachen hörte. Der alte Korinther deutete ins Gewimmel des Lagers; er mußte ungeheuer scharfe Augen haben.

»Was ist?«

Demaratos gluckste. »Da. Kallisthenes tanzt.«

Antigonos blickte von seinem künstlichen Auge auf, das er in der linken Handfläche rollen ließ. »Wo?« Er kniff das heile Auge zusammen; dann lachte er auch.

Nearchos stand auf, trat hinter Demaratos und blickte dessen Arm entlang. Er schnalzte leise.

»Hat wahrscheinlich wieder was nicht verstanden und ist wütend, aber immer über andere, nie über sich.«

Antigonos räusperte sich. »Seltsam, wie nah in einer Familie höchste Geistesschärfe und anmaßender Stumpfsinn liegen können. War er immer schon so?« Der ergraute makedonische Offizier blinzelte den Kreter an.

Nearchos setzte sich wieder auf seinen Schemel und legte den Papyros zu den übrigen. »Immer ist ein langes Wort. In Mieza war er zeitweilig zu ertragen; da waren wir ja die dummen Jungs, und er durfte uns etwas beibringen.«

»Warum hat Alexander ihn mitgenommen?«

Nearchos hob die Schultern. »Wegen Aristoteles, nehm ich an. Und aus einer Art Treue; immerhin haben wir ja jahrelang zusammengehockt.«

Demaratos schüttelte sanft den Kopf. »Unterschätzt ihn nicht; seine Zunge ist wie der Zahn einer Viper.«

Antigonos gluckste. »Wahr, edler Demaratos; dafür ist sein Geist hurtig wie, ah, eh, sagen wir, schnellfließend wie Hirsebrei und scharf wie der Blick dieses Auges.« Er hielt den kleinen Ball aus glasiertem Ton hoch, mit dem er gespielt hatte.

»Aber das wiegt der werte Kallisthenes mühelos auf.« Nearchos grinste. »Durch erlesene Eigenschaften wie Eitelkeit und Anmaßung, beispielsweise.«

»Nichts schöner, als an einem lauen Nachmittag die Minderwertigkeit anderer lästernd zu feiern.« Demaratos klopfte auf den Klapptisch. »Wir haben zu arbeiten, Freunde!«

Nearchos starrte auf das künstliche Auge, das Antigonos eben hochhielt und auf sich selbst richtete. »Mann, du machst mich wahnsinnig. Warum steckst du das Ding nicht endlich ein?«

Antigonos seufzte. »Es tut weh. Jedes der künstlichen Augen, die ich bisher hatte, hat weh getan.«

»Dann wirf es weg.«

Antigonos verzog den Mund. »Wegwerfen? Ah, vielleicht in anderer Form wegwerfen, ja – soll ich es dir schenken? Für eines deiner Eier, zum Beispiel?«

Demaratos knurrte. »Erledigt eure Spiele des Abschneidens und Tauschens später. Zur Sache! Haben wir die Kundschafter alle, Nearchos?«

Der Kreter nickte. »Namen, Aufenthalt, letzter Bericht, neue Anweisung.« Er legte die Hand auf die gestapelten, mit einem flachen Stein beschwerten Rollen.

Demaratos lächelte. »Dann wißt ihr soviel wie ich. In der nächsten Schlacht muß ich mich nicht mehr so vorsehen.«

»Du bist unersetzlich, alter Mann, und für einen Korinther ziemlich gut.« Antigonos zwinkerte mit der leeren Augenhöhle. »Was fehlt noch?«

»Die Frage, wohin das Netz der Kundschafter berichten soll.«

Antigonos warf das Auge hoch und fing es auf. »Eine schwierige Frage. Wie hast du das denn gemacht, wenn du in Hellas unterwegs warst? Du bist ja nicht immer in Korinth gewesen, auch nicht in Pella.«

»Das ist wahr, aber man konnte nach Korinth oder Pella berichten, und was wichtig war, wurde weitergeleitet. Und wenn ich ansonsten unterwegs war, konnte ich immer angeben, wo etwa ich wann etwa sein würde. Nur – jetzt, auf diesem Zug?« Er zuckte mit den Schultern. »Wir müssen Orte und Zeiten angeben können. Wie geht es weiter?«

»Das wird sich in den nächsten Tagen finden«, sagte Antigonos. »Beim nächsten oder übernächsten Kriegsrat. Bisher hat Alexander nicht viel dazu gesagt, oder?«

»Ein bißchen.« Nearchos zog eine übersichtliche, an Einzelheiten überreiche Karte unter dem Papyrosstapel hervor. »Zwei Dinge sind klar. Wir müssen die wichtigsten Städte haben; das sind vor allem die Hauptstädte der Satrapien und die Häfen – die Satrapen sind die einzigen, die Widerstand leisten können, sie haben das Geld, Dareios wird für die gefallenen Satrapen neue ernennen; und die Häfen brauchen wir, um unsere rückwärtigen Verbindungen halten zu können und die persische, das heißt phönikische Flotte auszuschalten. Das wäre erstens. Zweitens ist nach allen Berichten und nach dem, was wir durch im feindlichen Lager gefundene Karten wissen, das Binnenland weitgehend unwegsam – Dürregebiete, steinige Hochebenen, Bergketten.«

Demaratos hatte die Augen geschlossen und die Arme vor der Brust verschränkt; er regte sich nicht, und Nearchos begriff, daß all dies eine Prüfung war. Er wollte einen Blick mit Antigonos wechseln, aber der erfahrene Offizier grinste nur leicht.

»Ah, du weißt also auch schon alles? Kleiner dummer Kreter Nearchos, bitte weitermachen mit der Prüfung?«

Demaratos hob ein Lid, das unendlich schwer zu sein schien. »Alle Kreter lügen, wie wir wissen; deshalb unterziehen wir dich dem Verfahren der Wahrheitsfindung. Mach weiter.«

Nearchos ächzte; dann deutete er auf verschiedene Punkte der Karte. »Tyaly Drayahya«, sagte er. »Sparda. Yauna. Karka.«

Antigonos gluckste wieder. »Der Kleine kann Iranisch, toll. Wozu zählst du die Satrapien auf?«

»Weil es um sie geht. Die daskylische Satrapie im Norden, die sardische, die ionische, die karische. Das sind unsere nächsten Ziele. Ich nehme an, hier oben wird es ein paar Aufräumarbeiten geben – vielleicht schickt Alexander Parmenion nach Daskyleion, um Arsites einzufangen und die Lage zu bereinigen. Der Rest des Heers dürfte der Küste folgen, zurück nach Lampsakos und Ilion, dann immer nach Süden. Es ist das beste Verfahren; die Flotte kann uns dabei abschirmen und versorgen. Wissen wir, wo die persische Flotte ist?«

»Im Süden, weit, weit im Süden.« Demaratos gähnte, ohne die Augen zu öffnen. »Phöniker und Kyprer haben Sonderwünsche, man hat es nicht eilig, man ist ohnehin so hoch überlegen, daß ein wenig Zuspätkommen eher den Reiz erhöht. Weiter.«

»Vielleicht kommen wir bis Milet, ehe die phönikische Flotte eintrifft. Dann wird es ... schwierig.«

»Was würdest du tun? Kreter sind ja nicht nur feine Lügner, sondern auch gute Schiffer.«

Nearchos zögerte. »Sie haben die besseren Seeleute, ihre Flotte ist fast dreimal so groß, und unsere besteht vor allem aus unzuverlässigen Hellenen. Ich weiß es nicht.«

Demaratos öffnete die Augen. »Das ehrt dich. Zuzugeben, daß man etwas nicht weiß, ist der wichtigste Hinweis darauf, daß man bereit ist zu lernen.«

»Also, jetzt haben wir Ende Daisios«, knurrte Antigonos.

»Thargelion«, sagte Nearchos; er grinste. »Ich habe mich nie mit euren Monatsnamen anfreunden können.«

»Bah. Sagen wir, bis Ende Gorpiaion – das ist Metageitnion, für euch? Oder meint ihr, wir brauchen länger, bis Milet?«

Nearchos hob die Brauen und deutete zum Nordrand des Lagers, wo Alexander und seine Begleiter sich eben aufhielten, um mit den Thessaliern zu reden. »Frag den Häuptling.«

»Schreib.« Demaratos rümpfte die Nase. »Auf alle Briefe, Kreter: ›Apelles malt die Karyatide aus Shkudra, wie sie der Artemis den Kater opfert.‹ Klar?«

»Überhaupt nicht.« Antigonos bleckte die Zähne. »Was soll das? Was ist mit Apelles, welche Karyatide, was für ein Kater?«

»Du mußt noch viel lernen, Freund.« Demaratos schüttelte den Kopf und machte ein Gesicht, als wäre ein naher Verwandter gestorben, ohne ihm etwas zu hinterlassen. »Shkudra ist die ehemalige Satrapie Thrakien und Makedonien, nicht wahr? Die Karyatide ist im Zweifelsfall eine Frau – ein Mädchen – *koré*, das Sternbild, das dem Löwen folgt; also dem Kater. In Ephesos gibt es den zerstörten Tempel der Artemis, wie sogar makedonische Barbaren wissen sollten. Und der berühmte Apelles hält sich zur Zeit in Ephesos auf. Wie ich Alexander kenne, wird er sich von ihm malen lassen. Also Ephesos – das ist nicht weit von Milet. Man wird uns finden. Ich frage mich nur, ob das nicht für Leute, die eines der Schreiben abfangen, zu durchsichtig ist.«

»Wenn ich es schon nicht verstehe ...«

»Eben.« Demaratos kicherte. »Da du, werter Antigonos, es

nicht begreifst, besteht die Gefahr, daß jeder Perser es mühelos versteht.«

Die Sonne war bereits untergegangen, als der lange Zug das Lager erreichte. Die hohen Offiziere und Berater, vor dem Zelt des Königs versammelt, tranken Wein, aßen Brot und warteten darauf, daß die halben Ochsen, die Hühner und Lämmer – reiche Vorräte schienen den Satrapen ebenso wichtig gewesen zu sein wie Ruhm, Ehre und Tod – über den Feuern endlich gar wurden. Alexander beriet mit Parmenion im Zelt; Nearchos hörte hin und wieder ein paar Wortfetzen.

Philotas und Ptolemaios ritten mitten in die Versammlung; ihnen folgte ein langer schwerer Wagen, gezogen von allzu vielen Pferden.

Parmenion und Alexander kamen aus dem Zelt, als der Lärm anschwoll. Philotas und Ptolemaios glitten von den Reittieren und bauten sich grinsend vor dem König auf.

»Na, habt ihr was gefunden?«

»Dies und das«, sagte Philotas.

»So, wie ihr beide grinst, muß es etwas Größeres sein.«

Ptolemaios lachte laut. »Ziemlich groß, Alexander. Und fett dazu. Ich glaube, wir haben einen guten Fang gemacht. Berge von Münzen, Sklaven, Teppiche, feine Tücher, Duftwässer, überhaupt alles.«

»Können wir gut gebrauchen. Aber warum grinst ihr so?«

Ptolemaios streckte die Hand aus. »Komm, herrlicher Fürst, schau selbst.«

Alexander folgte ihm zum Wagen. »Was ist da drin? Eine alte Frau?«

Ptolemaios kicherte schrill. »Nicht ganz.« Er öffnete den schweren Ziervorhang. Bagoas blinzelte ins Licht der Feuer und Fackeln, lächelte und neigte den Kopf, ohne von seinen Teppichen aufzustehen.

»Der König der Makedonen. Nicht der Mangel an Sonnenlicht oder der Überfluß an Feuer blendet meine trüben alten Augen, o Herr, sondern die Pracht deiner Schönheit und deines Ruhms.«

Alexanders Gesicht gefror zur Maske, während rings um

ihn die Offiziere johlten. »Dann schließ die Augen und sag mir, wer du bist.«

Bagoas lächelte immer noch. »Wie ich bereits deinem werten Gefährten Ptolemaios sagte, ist mein Name kaum der Erwähnung würdig. Bagoas – ein reichlich dünner Name, der kaum meinen Leib umfaßt, meinen Zwergengeist hingegen erstickt.«

Philotas gluckste. »Ist er nicht süß?«

Alexander nickte sehr langsam; er sah sich um und winkte Demaratos herbei.

Bagoas patschte auf seine Kissen und Teppiche. »Magst du dich nicht zu einer kleinen Plauderei mit einem wertlosen Kadaver niederlassen, o Strahlender?«

Alexander wechselte einen Blick mit Demaratos, der neben ihn getreten war; als der Korinther die Schultern hob, deutete Alexander auf seine Wachen. »Durchsuchen.«

Ptolemaios schaute verblüfft, Philotas pfiff leise. Nearchos ging zu Demaratos und sah zu, wie die Wachen des Königs auf den Wagen stiegen. Sie warfen Bagoas nicht gerade hinunter, waren aber auch nicht sanft. Seine Augen wirkten eisig; er verzog jedoch keine Miene, hob nur die Hände in mildem Staunen.

»Durchsuchen? Mich? Natürlich, bitte sehr, aber ihr werdet nicht viel von Wert finden. Laß mich jedoch zunächst deine Hand küssen, Herr – wie es einem fetten alten Niemand zukommt, wenn er der Verkörperung der Herrlichkeit gegenübersteht.«

Alexander bedeutete den Wachen, mit der Durchsuchung fortzufahren. Einige der Männer stöberten auf dem Wagen herum, zwei hielten Bagoas fest, zwei weitere wickelten ihn aus seinen Gewändern. Im Kreis der Offiziere – fast alle waren aufgestanden und näher getreten – war das Lachen und Johlen erstorben. Man hörte Holz im Feuer knacken, irgendwo zischte tropfendes Fett in einer Flamme. Parmenion, mit schmalen Augen, nickte offenbar beifällig und wandte sich dann ab, um eines der ersten durchgebratenen Hühner zu nehmen; er riß ein Bein ab und reichte es Alexander.

Unter den Schichten von Seide, die seinen Körper umgaben, hatte Bagoas eine stattliche Waffensammlung verborgen, die nach und nach zum Vorschein kam: drei Dolche, ein Kurzschwert, eine Art Glasnadel mit Griff, zwei kleine Flaschen, die möglicherweise Gift enthielten, eine Lederscheide mit einer verfärbten, wahrscheinlich vergifteten Pfeilspitze, ein weiterer kleiner Dolch im rechten Ärmel, eine Metallbürste mit feinsten Borsten im linken, schließlich ein Körbchen, das an einem Lederstreifen um seinen Hals hing, vor dem fürstlichen Wanst, zuvor unter den Kleidungsschichten nicht einmal zu ahnen. Nackt bis auf einen Lederschurz stand Bagoas vor dem König.

»Vorsicht«, sagte Ptolemaios scharf. Er nahm den Korb, zog den hölzernen Schließpflock heraus und warf alles ein paar Schritte weit weg zu Boden. Eine kleine Schlange wand sich heraus; einer der Wächter tötete sie mit einem Schwerthieb.

»Fieses Tier; absolut tödliches Gift.« Drakon der Heiler kniete neben der Schlange nieder, betrachtete sie, rupfte dann einen Grashalm aus, roch daran, schob ihn in den Mund und kaute. Er stand auf, nickte dem König zu. »Sehr spannend. Die Götter haben dich mit klugem Mißtrauen gesegnet. Darf ich?«

Alexander nickte; Drakon zog sein Messer und zerschnitt Bagoas' Schurz.

»Immerhin.« Er grinste. »Die meisten, die Bagoas heißen, sind Eunuchen – der hier nicht.«

Vorsichtig packte er eines der Handgelenke des fetten Persers, der zwischen Lanzenspitzen stand und sich nicht rührte. Drakon untersuchte die Finger, dann die der anderen Hand. Als er aufblickte, lag etwas wie ehrfürchtiges Staunen in seinem Gesicht.

»Gehört das alles ihm?« Er deutete auf den Waffenstapel. »Nettes Kerlchen. Ihr Götter, was für ein Biest! Sogar seine Fingernägel sind geschliffen und vergiftet. Sag mal, mit wem warst du verabredet?«

Bagoas zuckte mit den Schultern. Die Fettmassen wabbelten kaum; sie schienen mehr Muskeln zu bergen als zunächst vermutet. Alle Freundlichkeit war verschwunden; Bagoas' Stimme klang herb.

»Verabredet? Ich war mit euch allen verabredet. Ein Jammer, daß du so aufmerksam bist, und so gründlich, Herr.

Und ich sage dir meine Achtung. Wer mich überlebt, hat es verdient.«

Alexanders Gesicht zeigte noch immer keine Regung. Er winkte weitere Wachen herbei. »Ich vertraue ihn dir an, Drakon. Zieh ihm die Haut ab, siede ihn, stutz ihm die Fingernägel, spül seine Gedärme mit Essig, was immer du für sinnvoll hältst, um ihn von seinem Gift zu befreien. Aber laß ihn leben. Ich will mich mit ihm unterhalten.«

»Kein Grund für Grausamkeiten, herrlicher König.« Bagoas reckte die Hände in die Luft. »Ich sage ihm alles, was an mir verborgen ist. Nur laß mich zuerst deine Hand küssen.«

Alexander hob eine Braue; ein verqueres Lächeln spielte um seine Mundwinkel. »Haltet seinen Kopf.« Er trat zu Bagoas, der sich im Griff der Kämpfer nicht mehr rühren konnte. »Nun mach den Mund auf. Ich habe bei Aristoteles einiges über Kräuter und Gifte gelernt. Oh, was für hübsche Fangzähne.« Die beiden oberen Eckzähne von Bagoas waren zu Spitzen geschliffen und verfärbt. »Irgendein Gift, gegen das du dich gestählt hast, nehme ich an. Bringt ihn weg. Aber zerbrecht ihn nicht.«

Drakon grinste. »Darf ich?« Er bewegte die rechte Hand, als ob er etwas ausreißen müßte.

Alexander lächelte sanft. »Ach ja, deine Sammlung bester Zähne. Natürlich. Er hat zuviel davon im Mund. Aber sieh dich vor.«

Demaratos nickte Nearchos zu und legte eine Hand auf Alexanders Arm.

»Wenn du gestattest, wollen wir ihm dabei zusehen und einige Fragen stellen.«

Alexander faßte sich ans rechte Ohrläppchen. »Ist er *der* Bagoas?«

Demaratos wiegte den Kopf. »Ich glaube nicht, aber ...«

»Gut. Fragt ihn viele Fragen. Und erzählt mir die witzigsten seiner Antworten.«

Einer der Männer auf dem großen Wagen stieß einen leisen Schrei aus, Überraschung und Freude. Unter dem Teppichlager, das etwa drei Schritt lang und zwei breit gewesen war, befanden sich vier Holzkisten mit Eisenbeschlägen. Jemand reichte eine Axt hinauf.

Die Kisten waren bis an den Rand gefüllt mit goldenen Dareiken; Nearchos schätzte, daß jede der Kisten etwa vier Talente fassen konnte, vielleicht auch fünf. 20 Talente in Gold, entsprechend 400 Talenten Silber. Er rechnete, 400 mal 6000 Drachmen – fast sechsmal soviel, wie Alexanders Schatz zu Beginn des Zuges in Asien betragen hatte; mehr als 40 Tage Sold für das gesamte Heer. Und doch, wie wenig angesichts des Benötigten. Er dachte an die übrige Beute, die sie nach der Schlacht gemacht hatten. Insgesamt mochte es nun viel besser aussehen, aber selbst wenn die Münzvorräte für 60 oder vielleicht 70 Tage ausreichten: Der Weg bis Milet allein wäre länger, es gab kein zweites persisches Heer zu schlagen, kein zweites Lager zu plündern, wohl aber die Flotte mit 160 Schiffen und fast 30 000 Mann zu bezahlen, wie das Heer. Er streifte Bagoas, der alles betrachtete, mit einem Seitenblick; der Perser schien weder überrascht noch besonders betrübt.

Alexander dehnte sich; er faltete die Hände hinter dem Kopf. »Ich hatte mich schon gewundert, daß er so gar nicht aufstehen mochte.«

Ptolemaios hustete. »Es tut mir leid, Freund. Ich glaube, ich war ein bißchen unaufmerksam, angesichts des feisten Leibs.«

Alexander legte ihm eine Hand auf die Schulter. »Wir alle lernen unaufhörlich, Ptolemaios. Ich bin froh, daß du unaufmerksam warst, denn gerade das hat mich mißtrauisch gemacht. Wenn er in Ketten gestanden hätte, könnte ich ihm vielleicht die Hand zum Kuß gereicht haben.«

Einer der Krieger auf dem Wagen klatschte in die Hände. Er und zwei oder drei andere hatten mit Äxten und Schwertern im Boden gestochert; sie hoben einige Bretter. Darunter, die ganze Länge und Breite des großen Wagens, war eine unterarmhohe Schicht Goldmünzen auf Goldbarren, darunter erst der eigentliche Boden, verstärkt durch Eisenstangen.

»Jetzt verstehe ich die vier Achsen und all die Pferde«, sagte Philotas heiser.

Alexander lächelte. »Ein guter Fang, Freunde. Genug für etliche Tage.« Er wandte sich um, nickte Drakon zu und wies auf Bagoas. »Behandle ihn nur halb so unsanft. Immerhin hat er uns ein feines Geschenk gemacht.«

Kurz vor Mitternacht betrat Nearchos das große Königszelt. Er wußte, daß er im Licht der Öllampen und Fackeln bleich war, und vermutlich sah man seinem Gang die weichen Knie an, aber er riß sich zusammen.

»Mit Empfehlungen von Drakon, Demaratos und Bagoas dem Huldreichen.« Er legte ein Tuch auf den Tisch neben Alexanders Kline.

Der König öffnete es mit spitzen Fingern. »Nett. Hat er es genossen?« Er betrachtete vier verfärbte Zähne und zehn zugeschliffene, verfärbte Fingernägel.

Parmenion stand auf, schob Seleukos und Erigytos beiseite, die ihm den Weg versperrten, sah die vierzehn kleinen, blutigen Gegenstände und schnitt eine Grimasse.

»Er dürfte herzlich gelacht haben. Mit deiner Erlaubnis ...« Er neigte den Kopf.

Alexander sprang auf und berührte Parmenions Schulter. »Gute Tage, Parmenion mein Vater – und komm schnell nach!«

Er blieb stehen, bis der alte Stratege das Zelt verlassen hatte, zusammen mit einigen Offizieren, die vor Morgengrauen die ausgewählten Truppenteile – ein Belagerungszug war bereits aufgebrochen – nach Daskyleion führen sollten.

»Was sagt er denn?«

Nearchos wartete, bis Alexander sich wieder hingelegt hatte; dann zog er einen Schemel heran, setzte sich und griff nach einem Becher mit Wein. Sein Hände zitterten ein wenig; der Blick des Königs war beinahe mitleidig.

»Neben vielen ...« Die Stimme versagte; Nearchos räusperte sich und hustete mehrmals. Ptolemaios sprang auf und klopfte ihm den Rücken; von Hephaistion kam ein verächtliches Schnauben. Antigonos zwinkerte, als wolle er sagen: Mach dir nichts draus.

»Neben vielen anderen Männern und Verschnittenen namens Bagoas gab es vor allem drei, die erwähnenswert sind. Bagoas der Hurtige, Bagoas der Heile und Bagoas der Huldreiche.«

Einige Offiziere lachten; Perdikkas und Krateros schlugen einander kichernd auf die Schultern.

»Wie wär's mit Perdikkas der Schnüffelnde und Krateros der Schnarchende?« sagte Laomedon, der hinter ihnen saß.

Alexander winkte ab; seine Hand war schlaff. »Weiter.«

»Bagoas der Hurtige stieg unter Großkönig Artaxerxes auf, vor etwa zwanzig Jahren. Der Verschnittene lenkte die Dinge in der Hauptstadt, wenn Artaxerxes unterwegs war. Also: oft. In dieser Zeit diente Bagoas der Huldreiche dem König bereits als Schatzmeister des Heers, und Bagoas der Heile lenkte die Kundschafter – die Spitzel überall in den Ländern am Meer, soweit sie für Persepolis wichtig waren. Demaratos kennt ihn natürlich seit langem, ist ihm aber nie begegnet.«

Alexander bewegte die Finger der Rechten; er wechselte einen Blick mit Hephaistion. »Weiter, Nearchos.«

»Offenbar hat es nie Zweifel daran gegeben, daß Bagoas der Heile ein treuer Diener des Großkönigs ist; jedenfalls hat er alle Veränderungen unvermindert überstanden. Der große Eunuch und der Huldreiche dagegen haben zuviel Einfluß, Macht und Vermögen angehäuft; Artaxerxes wurde mißtrauisch und wollte möglicherweise beide beseitigen lassen. Sie haben davon erfahren.«

»Von wem?« Alexander setzte sich auf und runzelte die Stirn. »Hat er das gesagt?«

»Er behauptet, es nicht zu wissen.«

»Unwahrscheinlich.«

»Demaratos hat da auch seine Zweifel, aber ... Nun ja. Wer, außer Bagoas dem Heilen, der immer alles wissen muß, hätte es wissen können? Vielleicht war er dem Großkönig doch nicht so treu ergeben. Jedenfalls – die beiden erfuhren, daß sie ausgeschieden werden sollten ...«

»Ausgeschieden!« Alexander lachte. »Ein hübsches Wort für einen derartigen Vorgang.«

»Stammt von Bagoas dem Huldreichen. Sie haben Geld und Einfluß aufgeboten und Artaxerxes beseitigt; wahrscheinlich hat Bagoas der Hurtige selbst zum Dolch gegriffen, aber das ist ungewiß; der Huldreiche war nicht in Persepolis, als es geschah. Der Hurtige hat dann Arses auf den Thron gebracht, für eine ... Übergangszeit. Arses ließ sich aber nicht so leicht lenken wie erhofft. Also haben der Huldreiche und der Hurtige auch diesen Großkönig gestürzt. Ermorden *lassen,* diesmal. So kam Dareios zur Macht, aber er war nicht die Wahl der beiden, sondern der Fürsten des

Ostens – er hatte am Rand der Welt Krieg geführt und sich dabei ausgezeichnet, wie man sagt. Der Hurtige stützte ihn, weil ihm nichts anderes übrigblieb; der Huldreiche schloß sich dem Eunuchen an. Beide haben wohl erwartet, in ihren alten Stellungen zu bleiben, aber dann ließ Dareios den Hurtigen umbringen ...«

»Zustände wie in Makedonien«, sagte Kallisthenes laut. Niemand lachte; Alexander blickte einen Moment unwillig.

»Und der Huldreiche mußte enger als zuvor mit Bagoas dem Heilen zusammenarbeiten, der offenbar das Vertrauen des Großkönigs in sehr hohem Maße genießt. Von ihm, dem Herrn der persischen Kundschafter, hat er den Auftrag erhalten, die Gelder des westlichen Heeres zu verwalten; und den Auftrag, sich notfalls fangen zu lassen, um gewisse Dinge, die nicht durch das Schwert zu schaffen waren, durch Gift zu erledigen.«

Alexander preßte die Lippen zusammen und schüttelte mißmutig den Kopf. »So hilflos, wie du dreinsiehst, weißt du offenbar ebenso gut wie ich, daß diese Geschichte Lücken hat. Das ist ein Selbstmordunternehmen, selbst wenn alles gelingt. Zu so einer Aufgabe meldet man sich entweder freien Herzens, oder man wird dazu verurteilt; wer aber dazu verurteilt wird, bleibt nicht in einer Stellung, in der er über die Schätze der westlichen Satrapen und ihrer Kämpfer verfügt.«

Nearchos lächelte hilflos. »Auch Demaratos weiß da nicht weiter; ohnehin rätselt er seit Jahren über die Beweggründe für gewisse Taten seines persischen Gegenspielers. Des Heilen.«

»Ich werde dem Huldreichen einige Fragen stellen; morgen. Ihr habt vielleicht nicht nachdrücklich genug gefragt.«

Nearchos blickte zu Boden; seine Halsmuskeln arbeiteten. »Wir haben so gründlich und nachdrücklich gefragt, daß er im Moment keine weiteren Fragen beantworten kann; er ist ohnmächtig.«

Vom Ergebnis weiterer Verhöre erfuhr Ptolemaios in den nächsten Tagen nichts; Alexander hatte ihm eine halbe Ile Hetairenreiter unterstellt, dazu ein paar kretische Bogenschützen auf Beutepferden sowie ortskundige Führer. Tagsüber durchkämmten sie das zunehmend unwirtliche Land weiter südlich, fanden kaum erwähnenswerte Dinge, nur wenige versprengte Flüchtlinge und fast nichts Eßbares. Abends ergänzte er die Briefe an Aristoteles, an Antipatros und an Freunde und Verwandte in Pella. Manchmal sahen sie von einer Anhöhe aus im Norden einen Teil des langen, langsamen, bunten Wurmes, der sich vom Granikos zurück nach Westen wand. Es war eine Lust, durch die klare Luft der Öde zu reiten und nicht so viele Menschen um sich zu haben; Ptolemaios begriff sehr gut, daß Alexander seine jungen Gefährten und Freunde erproben mußte, mit kleinen Aufgaben wie dieser, ehe er ihnen größere Einheiten unterstellen konnte. Deren erfahrene Führer auch nicht so ohne weiteres zu ersetzen waren.

Bei Abydos stießen sie wieder zum Heer; Alexander nutzte die Reste von Parmenions Winterlager für einen zweitägigen Aufenthalt, für die Erledigung hinderlicher Dinge und zur Vorbereitung des weiteren Zugs. Ptolemaios berichtete – kurz, im Stehen, nachmittags – und erfrischte sich durch ein Bad im Hellespont. Danach ließ er sich von anderen Offizieren auf den neuesten Stand bringen.

Noch für den Abend, spätestens für den folgenden Tag wurde Parmenion erwartet: Seine Aufgabe war bereits erledigt. Arsites, Satrap des Hellespontischen Phrygien, hatte sich nach der verlorenen Schlacht in seine Hauptstadt Daskyleion begeben, ohne lange mit den örtlichen Behörden zu sprechen. Er hatte seine Frauen und Kinder sowie den größten Teil der Sklaven an Bord eines Schiffs bringen lassen, das vom einige Parasangen entfernten Hafen in Richtung Byzantion fahren sollte; sie hatten Gold und Briefe mitgenommen, an befreundete Händler. Arsites war dann in den nahen *paradeisos* geritten, das königliche Jagdgehege, begleitet von zwei Sklaven und einigen Männern seiner Leibwache. Im kleinen Palast des *paradeisos* hatte er einen Brief an Dareios geschrieben und sich in sein Schwert gestürzt.

Da nach dem Tod des Satrapen – und dem Tod vieler Führer am Granikos – niemand einen geordneten Widerstand leiten konnte, hatten die Städte der Satrapie ihre Tore geöffnet. Parmenion ließ kleine, später zu verstärkende Besatzungen zurück, übergab die von persischen Beamten oder einheimischen Tyrannen geleiteten Verwaltungen den sofort entstehenden demokratischen Ausschüssen und brach nach Abydos auf.

Dort befaßte Alexander sich mit den Problemen des Nachschubs und der rückwärtigen Verbindungen. Die Flotte setzte die gefesselten hellenischen Söldner des Großkönigs und ihre Bedeckung nach Sestos über, für den langen Marsch nach Makedonien, in die Bergwerke und Steinbrüche.

Ptolemaios schloß sich Alexander an, der mit einigen Beratern und Drakon – der Arzt kaute auf einem dünnen Kirschzweig – die Verwundeten besuchte und je nach Zustand verteilte. Einige sollten im Lager bleiben, bis zur Genesung; anderen überließ der König die Wahl zwischen Heimkehr nach Makedonien (es waren die am schwersten Verwundeten, die keinen weiteren Marsch oder Kampf würden bestehen können) und Ansiedlung in den Städten am Hellespont, als Teil der Besatzungen.

Philippos tauchte von irgendwo auf; drei Sklaven folgten ihm. Sie schleppten dicke, aber offenbar nicht allzu schwere Säcke.

»Allerlei Kräuter«, sagte der junge Heiler. »Teils aus den Bergen, teils aus den Vorräten der Perser.«

Alexander nickte, öffnete einen der Säcke, roch am Inhalt. »Gut. Denkst du an ...?«

»Alles.« Philippos grinste und winkte einen der Sklaven herbei. »Die beiden Säcke sind für Aristoteles. Ich frag mich bloß, was er daraus macht. Ein Perser – Heiler – hat gesagt, die wären gut gegen dies und das, aber es sind Kräuter, die wir nicht kennen.«

Alexander lächelte. »Ach, der alte Aristoteles liebt derlei kleine Rätsel. Schafft sie zu Eumenes.«

Der fette Hellene, schweißgebadet, überwachte Sklaven und Schreiber, die Bündel von Papyrosrollen in Wachstuchbeutel einnähten. Als Philippos, Ptolemaios und der Sklave mit den Kräutersäcken erschienen, rang er die Hände.

»Wozu soll das nun wieder gut sein?«

»Zu nichts, wahrscheinlich.« Philippos bleckte die Zähne. »Alexander findet aber, Aristoteles sollte sie trotzdem kriegen. Das sind Kräuter.«

Eumenes knirschte mit den Zähnen. »Also noch was nach Athen. Was bin ich eigentlich – Briefzusteller? He, mach den Sack da noch mal auf.«

Einer seiner Schreiber ächzte, nahm ein Messer und öffnete die Verschnürung eines großen Ballens.

»Noch was nach Athen?« sagte Eumenes.

Auf einem Karren, nicht weit entfernt, hockte Kallisthenes; er hob den Arm. »Hier. Wartet noch einen Augenblick. Ich beende gerade einen langen Brief an Aristoteles.«

Eumenes schnitt eine Fratze. »Marschiert eigentlich dieser ganze Haufen durch Asien, bloß um Aristoteles zu unterhalten?«

Am nächsten Morgen brach das übliche Chaos des Aufbruchs aus. Zusammen mit Leonnatos und Perdikkas – dessen Taxis einen Tag später folgen sollte, als Nachhut zu Fuß – und einigen anderen Offizieren übernahm Ptolemaios den immer beliebten Sondereinsatz des Zusammentreibens streunender Kämpfer und des Verjagens der Huren und Händler. Dort, wo die Karren der Händler in Reihen und Kreisen standen, zwischen eilig aufgebauten Hütten und bunten Zelten, sah noch nichts nach Aufbruch aus.

Leonnatos blieb vor einem Zelt stehen, lauschte kurz und brüllte dann in den Eingang.

»Los, rauskommen, Abmarsch!«

Eine Stimme, die Ptolemaios bekannt erschien, klang von innen.

»Grad bin ich gekommen, dann kann ich auch gehen. Scheiße.«

Im Eingang tauchte der lange Emes auf, gekleidet in ein überlappendes Grinsen, die Gewänder in der Hand. Hinter ihm spähte eine Frau heraus, ebenso reich an Nacktheit wie an Jahren und Gewicht.

»Feine Herren!« Sie entblößte ein schadhaftes Gebiß. »Wollt ihr ein wenig Erleichterung suchen?«

»Erleichterung?« Perdikkas spuckte aus. »Dies, und Behaglichkeit, könnte ich schon brauchen – aber hier? Gah.«

Leonnatos lachte. »Sei nicht grob zu ihr, Freund. Du könntest in Verlegenheit kommen …«

Perdikkas deutete auf einen großen Käfig voller Rebhühner und sonstiger eßbarer Vögel, der eben auf einen Karren gestemmt wurde. »Ich könnte auch mein Horn mit dem Messer zuspitzen und Enten ficken. Los, Männer, Beeilung.«

Weitere Krieger tauchten aus Zelten auf, darunter eine Dreiergruppe, die Abschied nahm von einem wahrhaft ungeheuren Berg an Weiblichkeit. Leonnatos bekam Stielaugen.

»Drei auf einmal? O ihr Götter!«

Ptolemaios kicherte. »Götter? Die drei da? Na ja ...«

Die Händler – die vor allem Fleisch, Getreide, Gemüse, Obst, Brot feilboten, aber auch Messer, billigen Schmuck, Süßigkeiten oder Amulette – ließen sich Zeit. Einer, der mit verschränkten Armen an seinem Karren lehnte und den Maultieren beim Fressen zusah, sagte laut:

»Wir haben keine Eile. Wir folgen – langsam. Ohne uns kommt ihr nicht weit.«

Perdikkas hob die Schultern. »Wir sind ohne euch bis hierhin gekommen, oder?«

»Ah, jetzt ist es aber anders. Ihr habt euch mit den Persern und ihrem Heer vergnügt. Kein Heer mehr übrig, also, was haben die Krieger jetzt, wenn sie Vergnügen suchen? Was brauchen sie? Frauen und Händler – keine Offiziere.« Er lachte.

Drei Tage später, außerhalb von Antandros, lagerten sie oberhalb der Küste; es war dunstig, und das ferne Lesbos ließ sich nicht einmal ahnen. Alexander empfing Abgesandte der Stadt; als sie wieder gegangen waren, nicht ohne Geschenke und frische Vorräte zu hinterlassen, brachte einer der Königsknaben Ptolemaios die Aufforderung, ins Zelt des Königs zu kommen.

Dort gab es gebratene Vögel, Lamm, Rinderteile, ausreichend Wein, um eine ganze Ile zu ertränken. In Ständern loderten Fackeln, auf allen Tischen zwischen den Klinen standen jeweils zwei Öllampen. Ptolemaios begrüßte Alexander, ließ sich auf der ihm gewiesenen Liege nieder und schaute sich um. Es war nicht ganz die übliche Versammlung; Parmenion und Philotas waren da, nicht jedoch Hektor und Nikanor. Alexanders Halbbruder Arridaios fehlte ebenso wie Proteas und etliche der hohen Offiziere. Ptolemaios nickte den Freunden, Gefährten und Beratern langsam zu: Hephaistion, Krateros, Perdikkas, Kallisthenes, Drakon, Philippos, Eumenes, Baiton der Bematist, Nikias von den Belagerern, Kleitos, Koinos, Meleagros, Amyntas, Kalas ... In der Mitte, nahe bei Alexander, zwei eher ungewohnte Gestalten in der Runde: Aristandros der Seher, diesmal in hellen Gewändern, und Bagoas, ein schrumpfender Berg mit nagellosen Fingern und schillernden Seidenkleidern.

Die Unterhaltung schien sich wieder um die Hintergründe für Bagoas' Anwesenheit, Gift und Gold gedreht zu haben. Der Perser hob den Becher und schüttelte ausdauernd den Kopf.

»Ich sagte es schon so oft, daß es mir wie ein uraltes Lied vorkommt – ich weiß es nicht. Ich wurde vom Gipfel der Gunst gestürzt, Herr, und ich habe nicht gefragt, wie tief ich fallen sollte. Ich habe getan, was man mir als Möglichkeit des Überlebens bot.«

Demaratos und Nearchos, halb hinter einer herunterhängenden Zeltbahn verborgen, machten Geräusche des Zweifelns; Antigonos setzte sich auf und beugte sich vor, bis er fast von der Kline fiel.

»Aber all diese Teile, die du uns anbietest, fügen sich nicht zu einem sinnvollen Bild zusammen, Perser! Du verlierst Macht und Einfluß – aber du erhältst die Aufsicht über die Gelder des Westheers. Du bist den Satrapen unterstellt, die du bisher aus der Ferne befehligen durftest – aber sie müssen dich fragen, wenn sie Geld ausgeben wollen. In der Vergangenheit hast du ihnen geboten, vielleicht auch dem einen oder anderen einen Gefallen getan – und wir sollen glauben, daß sie nun weder Rachsucht noch Dankbarkeit zeigen? Du bist ihnen unterstellt, sagst du, in Wahrheit aber gleichgestellt, sage ich – und dennoch wappnest du dich wie ein gedungener Meuchelmörder mit Gift und Dolchen? Du hast angeblich den Auftrag, Alexander und möglichst viele andere von uns zu töten – bewegst aber deinen Arsch nicht von den Teppichen und den Geldkisten?«

Bagoas bewegte den Arm, der den Becher hielt; seine Gewänder sprühten in allen funkelnden Farben des Regenbogens. Ptolemaios sah, wie Alexander die Augen verengte.

»Es könnte sein« – Bagoas' Stimme klang wie glattes Öl

und schartige List –, »daß all dies, die Schätze und dieser arme Leib, ein Geschenk an euch sein sollen ...«

»Von wem?« Demaratos machte nicht einmal den Versuch, Spott und Zweifel aus seiner Stimme herauszuhalten.

»Vielleicht von Bagoas dem Heilen?« sagte der Perser.

Der Korinther schnaubte. »In all den Jahren hat Bagoas uns nur ein Geschenk gemacht – die Warnung vor dem Mordanschlag auf König Philipp. Wozu ... ach, es ist alles zu wirr.«

Alexander streckte die Rechte aus. »Laß mich dein Gewand fühlen, Bagoas.«

Der Perser wälzte sich von seiner Liege und ging zum König. Alexander nahm den Stoff zwischen Daumen und Zeigefinger, rieb, tastete, betrachtete; etwas wie Sehnsucht lag plötzlich in seinem Blick.

»Das ist Seide, nicht wahr? Aber unendlich viel feiner als all die Stückchen, die ich bisher gesehen habe. Wo webt man dieses Tuch? Welche Pflanze liefert die Fäden?«

Bagoas wickelte sich aus seinem Obergewand und reichte es dem König. »Ein minderwertiges Geschenk, Herr; möge es dir zur Freude gereichen und dich daran erinnern, daß ein nutzloser fetter Mann deiner mit Bewunderung und Ehrfurcht gedenkt.«

Alexander runzelte die Stirn. »Gedenke meiner, indem du Fragen beantwortest. Und – danke für die Gabe.«

Bagoas watschelte zu seiner Liege zurück und ließ sich seufzend nieder. »Es heißt, kleine Würmer, die bestimmte Blätter verzehren, scheiden die Fäden aus, Herr ...«

Kallisthenes keckerte laut. »Wie man aus Scheiße etwas machen kann, was teurer ist als Gold ...«

»Genaues weiß ich nicht. Es kommt aus einem Land jenseits von Indien, weit jenseits der Grenzberge Irans.«

»So viel zu sehen«, murmelte Alexander. Dann fuhr er sich mit der freien Hand über die Augen und wischte den Ausdruck der Sehnsucht weg.

»Dieser schrumpelnde Greis«, sagte Bagoas, »bedauert o wie so tief, daß er dich ansonsten nicht überzeugen kann. Mein armseliges Zungengewackel ist deinem Ohr wie Essig, und wo sollte ich Honig finden?«

Alexanders Lächeln war beinahe verächtlich. »In meinen Ohren brauche ich weder Honig noch andere Klebrigkeiten, Bagoas – nur die einfache Wahrheit.«

Bagoas strahlte breit. »Die Wahrheit, Herr der Makedonen? Die Wahrheit ist eine für den obersten Strategen des Bundes von Korinth; eine andere für den Sohn Philipps. Und wieder eine andere für den Sieger am Granikos. So viele eurer Philosophen und unserer Priester haben uns so viele verschiedene Wahrheiten dargereicht – oder feilgeboten. Wie könnte ich ...?«

Aristandros klatschte in die Hände; er schnitt eine Grimasse. »Am Ende sind all diese verschiedenen Wahrheiten nur kleine Stückchen der einen großen Wahrheit. Aber ich fürchte, du hast bisher nicht einmal versucht, uns deine kleinen Wahrheiten zu sagen, Bagoas. *Ich* habe bis jetzt nur Lügen gehört – kleine Lügen, die etwas Großes verbergen sollen.«

Alexander betrachtete das düstere Gesicht seines obersten Sehers mit einer Mischung aus Erwartung und Billigung. »Und was verbirgt er, nach deiner Meinung?«

Aristandros hob die Schultern und starrte in seinen Becher. »Er ist wie Wein, Bagoas – Bagâvayâh. Schwer, mit vielerlei Geschmack, man kann ihn anschauen, aber nicht hindurchsehen, und wenn man zu viel von ihm zu sich nimmt, verursacht er Erbrechen und kreiselnden Kopfschmerz.« Aristandros blickte auf und lächelte schief. »Ich glaube, er verbirgt vieles vor uns, aber auch vor sich selbst. Ich bin nicht sicher, daß er selbst weiß, was er eigentlich anstrebt. Was ist es denn, edler Perser – was hält dich in Bewegung? Ist es Gier, Durst nach Wissen, Hunger nach Macht?«

Alexander nickte und musterte Bagoas. »Also?«

Bagoas stülpte die Lippen vor und zwinkerte Aristandros zu. »Gier? Durst nach Wissen? Hunger nach Macht? Ach, braver Aristandros, du unterschätzt mich. Was ist das schon – Wissen, Macht, Reichtum, Weisheit, Einfluß? Nichts, verglichen mit dem, was ich begehre.«

Parmenion stützte sich auf einen Ellenbogen; mit einer zweifelnden Grimasse sagte er: »Es muß ja gewaltig sein ... Laß uns, edler Bagoas, gnädiglich wissen, wessen du begehrst. Was ist denn größer als diese verworfenen Dinge?«

Langsam, überdeutlich sagte Bagoas: »Etwas, was ihr nicht verstehen werdet, außer vielleicht Eumenes. Ihr alle seid Krieger. Ich bin nur ein fetter alter Mann, harmlos und ohne Freunde. Und ich suche das, was so nah ist und doch so fern.« Er blickte nun völlig ernst. »Ich will nur leben. Überleben. Dauern.«

Perdikkas spuckte aus. »Das ist das Gerede eines Feiglings.«

Alexander musterte Bagoas mit Augen, die scharfe Schlitze waren. »Ist das alles? Nicht Ruhm, nicht Macht, nicht Weisheit? Nur ein langes Leben? Ewiges Leben, in unsäglicher Dauer und Schande?«

Bagoas breitete die Arme aus. »Einfach dies, zu sein und nicht zu enden. Das ist die wesentliche Voraussetzung für alles andere. Du kannst weder Reichtum noch Ruhm noch Weisheit noch Macht erlangen, wenn du gestorben bist, Alexander. Das mußt du vor dem Tod erledigen. Also schieb ihn hinaus und gewinn mehr Zeit für die Dinge, an denen dir liegt. Der Tod ist nicht das Ende, sagen unsere Priester; aber er ist das Ende aller faßbaren, irdischen Dinge.«

»Was sagen denn eure Priester?« sagte Philippos. »Ich habe so viele tote Männer aufgeschnitten und nie etwas namens Seele gefunden. Was sagen deine Priester, Perser?«

Bagoas schloß die Augen, als müsse er gründlich nach innen blicken. »Es gibt viele Priester und vielerlei Gerede. Da gab es den alten Glauben, den uns Mithra der Stier schenkte, Mithra, der Herr des Bundes; und auch Anahita gab ihn, die Göttin der Liebe und Fruchtbarkeit. Alte, uralte Götter, so alt wie Ägyptens Apis oder der kretische Stier Minos, und was auch immer ihre ursprünglichen Lehren gewesen sein mögen, wissen heute nicht einmal die Priester. Und weil sie es nicht wissen, dies aber nicht zugeben dürfen, vermengen sie dies und das. Mithra, heißt es, wurde aus einem Felsen geboren, und er hatte zehntausend Augen und Ohren. Den Großen Stier, erste Schöpfung der geheimen oberen Götter, hat er überwältigt und in eine Höhle gesperrt. Später zerschnitt er ihm die Kehle, und aus dem Blut des Stiers entstanden alle Pflanzen.«

Bagoas öffnete die Augen, richtete sich auf und lächelte ein wenig spöttisch. »Aber all das ist ungewiß. Mithra, das heißt

›Freund‹, aber wessen Freund? Er ist der Gott der warmen, lebenspendenden Luft, aber sein Heiligtum ist die Höhle. Ihm zu Ehren scharen sich immer wieder die Menschen in Höhlen zusammen, opfern Stiere und berauschen sich mit *hauma*, einem Trank, der aus giftigen Pilzen gewonnen wird; im Rausch empfindet man, daß man fliegt. Und andere Dinge, die den hochmögenden Verschnittenen mißfallen, da sie ihnen abgehen.« Er grinste und hob die Schultern. »Aber insgesamt sind die alten Götter nichts als Bilder, Sinnbilder der Lebenskraft, der Lust, Anlässe für sinnlose Orgien. Die ich dem Sterben bei weitem vorziehe, aber das ist nicht der Gehalt, den die Priester hineinlegen. Dann kam Zarathushtra, ein Prophet, der neue Dinge verkündete, die vielleicht nur die alten in neuem Gewand waren. Aber auch seine Verkündigung liegt so lange zurück, daß die Überlieferung ungenau ist. Manche sagen, er sprach von einem geheimen höheren Gott, der zwei widerstreitende Kräfte in die Welt sandte: Ormuzd – Ahura Mazda –, Herr des Hellen Oberen, des Guten, und Ahriman, Herr des Dunklen Unteren, des Bösen. Andere sagen, Ormuzd sei der Obere Gott selbst, Ahriman sein Widersacher. Mithra ist Helfer des Ormuzd. Wieder andere sagen, der Prophet habe lediglich die beiden Teile des alten Mithra getrennt und Ormuzd für die warme Luft, Ahriman für die dunkle Höhle genommen. Gleichviel – die alten Götter sind Elemente des Lebens, der Pflanzen, der Tiere, der Menschen, aber nicht des Geistes. Vielleicht ist auch der Große Stier, den Mithra immer wieder tötet, das Leben, das der Geist des Menschen unterwerfen und zähmen muß, indem er Gesetze und Ordnungen schafft ... Der Gott des Geistes, der Reine Geist, der All-Weise Herr, nennen wir ihn Ormuzd; er will, daß wir mit Rechtem Sinn leben und handeln. Sein Gebot, sein Reich und seine Lehre ist *rtam*, das ist die Rechte Ordnung, und ihre Durchführung ist seine Herrschaft unter den Menschen. Daß man sein Tagewerk erledige, mit Freude, als reine und saubere Pflicht. Daß man keine Tiere opfere, sondern bete und sich versenke. Kein *hauma*, sondern Gedanken. Daß man Früchte darbringe – die Reinheit des Geistes ist wie die Flamme des Feuers, genährt von unreinen Dingen wie Holz oder – Menschenleibern, aber die Flamme muß über den Dingen schweben. Also beten wir den All-Weisen Herrn an, der alle Dinge schuf; wir verehren ihn, indem wir ihm Früchte darbringen auf unseren nackten Feueraltären, indem wir Brot rösten, indem wir Datteln aufschlitzen, oder andere Früchte, damit er ihre Seelen, ihren Duft, ihren Geist atmen kann. Sagen wir, wie einige Priester es sagen: Der All-Weise Herr sandte zwei Große aus, Ormuzd und Ahriman, den Hellen Herrn und den Dunklen Herrn, und wir müssen einem von beiden folgen, uns für das Gute oder Böse, die Lauterkeit oder den Schmutz entscheiden. Den Geist oder den Körper – das Denken oder die Befriedigung der Sinne. Nachdem wir gestorben sind, kommen unsere Seelen zum Abgrund des Grauens, der überspannt ist von der Brücke des Erwählers. Der Erwähler ist der dritte Große, den der All-Weise ausgesandt hat; ein Geist, der die Seelen prüft und wägt und gemäß ihren Verdiensten in den ewigen Lichtgarten oder die ewige Finsterhöhle schickt.« Bei seiner langen Rede hatte Bagoas den Oberkörper langsam vor und zurück geschaukelt; seine Stimme war rauh und fern gewesen, in einem fremden Singsang, der kaum ins Hellenische finden wollte. Nun blickte er auf, lächelte in die schweigende Runde und hüstelte.

»Natürlich glaube ich kein Wort von alledem. Aber es ist eine nette Geschichte, und wie alle Göttergeschichten und Lehren dient auch diese dazu, den Staat zu erhalten und die Menschen zur Achtung der Gesetze zu bringen. Man muß den Tod heiligen, damit die Menschen ihn nicht fürchten; man heiligt ihn am besten, indem man ihn zu einem Tor, einem Übergang in ein anderes Leben erklärt, und wenn dort die Seelen nach ihren Verdiensten gewogen werden, bedeutet das, daß sie vor dem Tod tugendhaft und gesetzestreu sein müssen. Todesfurcht ist die Fessel, die das Raubtier Mensch bändigt. Und Verklärung des Todes ist der Köder, der Helden in die Schlacht gehen läßt.«

Aristandros nickte sehr langsam, sagte aber kein Wort. Alexander blickte zwischen seinem Seher und dem fetten Perser hin und her; dann lächelte er, aber es war ein trauriges Lächeln.

»Es gibt also keine Wahrheit in euren Göttern und großen Geistern?«

Bagoas zuckte wieder mit den Schultern. »Wer kann das sagen? In allem findet der Suchende die Wahrheit, die er hineinlegt. In all diesen Geschichten ist immer noch ein Gott hinter den Göttern; vielleicht ist er wirklich da – irgendwo; vielleicht ist bei ihm die Wahrheit. Es mag so sein, es mag anders sein, es mag eine Wahrheit und eine Ordnung geben, die wir noch nicht erkennen können, oder, vielleicht ... vielleicht gibt es keinerlei Wahrheit und keine Ordnung, nur ein wirres Chaos, in dem wir Ordnung träumen, um nicht unterzugehen. Wir armen Sterblichen werden dies herausfinden, wenn wir gestorben sind. Nichts, oder Etwas, nach dem Tod. Aber es ist noch keiner zurückgekommen, um davon zu berichten. Deshalb ziehe ich es vor, zu währen, zu dauern, zu überleben, zu rätseln, zu glauben oder nicht zu glauben oder aufbauend zu zweifeln; mein Durst nach Wissen in diesen Fragen ist kleiner als mein Durst nach Wein. Und anders als mein Hunger nach Speisen kann mein Hunger nach Erhellung warten – sehr lange.«

Mit einem gerade noch wahrnehmbaren Hauch von Verachtung sagte Parmenion: »Leben wie eine Pflanze ... Du willst also keine großen Dinge tun, um dich selbst zu erfüllen, dich selbst zu erschaffen? Kranke pflegen, Städte bauen, deinem Volk zu Gesundheit verhelfen, Hungernde speisen, Schiffe lenken, ruhmreichen Tod in der Schlacht finden oder in Versen als Wohltäter der Welt gepriesen werden – nichts von alledem, nur andauern wie, nun ja, wie ein Stein, ein Pilz, ein Fisch?«

»Bin ich denn ein Fisch?« Bagoas grinste. »Ich schwimme, also bin ich ein Fisch? Ich denke, also bin ich ein Gedanke? Ist es das? Ich bewege mich nicht, also bin ich ein Stein? Oh, Parmenion, größter der Strategen des Königs, ich will dir meine Wahrheit sagen: Ich will nicht in Reichtum sterben noch in Elend, nicht in Ruhm noch in Schande. Am liebsten stürbe ich gar nicht.«

Sanft, fast liebevoll sagte Alexander: »Für einen, der den Tod fürchtet und nur leben will, bist du sehr tapfer gewesen, Bagoas. Wenn es dir gelungen wäre, mich oder sonst jemanden hier zu vergiften, wärst du eines gräßlichen Todes gestorben und hättest dir tausendmal gewünscht, nur Nägel und Zähne zu verlieren.«

Drakon kicherte trocken. »Das hat ihm trotzdem nicht gefallen, Alexander. Er wollte mich beißen.« Aus einer wassergefüllten Schale nahm er ein paar Blätter – Salbei, Minze, Thymian –, schob sie in den Mund und begann zu kauen.

»Nun ja, er hat sein Gift verloren und will uns mit Honig beschmieren. Ich weiß, er besitzt immer noch seine beiden besten Waffen – die Schneide der Zunge und die Phalanx der Gedanken.« Alexander blinzelte. »Aber ich will nur die Wahrheit von dir, Bagoas.«

Bagoas lächelte. »Ich habe sie dir gegeben. Ich kann sie in herben Worten wiederholen, wenn du willst, Herr. Wie ich zu Beginn des Abends sagte: Du wirst nirgendwo offene Arme finden, und nirgendwo Antworten. Du wirst den ganzen Weg freikämpfen müssen, sogar gegen die hellenischen Städte Asiens. Alle Antworten, alle Wahrheiten wirst du selbst erfinden und erschaffen müssen. Und du hast noch nicht einmal den Saum des iranischen Reichs berührt.«

»Nicht? Nicht einmal den Saum?« sagte Ptolemaios. »Und was ist mit der Schlacht, die wir gewonnen haben?«

Bagoas runzelte die Stirn und machte eine Handbewegung, als ob er Sand fallen ließe. »Ein paar iranische Kämpfer und hellenische Söldner, die zufällig in der Nähe waren. Wie weit seid ihr gekommen? Hundert Parasangen? Hundertfünfzig? Weniger? Wißt ihr denn, daß es so, wie ein Adler fliegt, mehr als tausend Parasangen sind von hier bis zur Grenze Indiens, wo das Reich des Königs Darayava'ush endet? Und ihr seid keine Adler, tapfere Makedonen. Ihr werdet jeden Schritt gehen und um jeden Schritt kämpfen müssen, auf Straßen, die sich schlängeln, durch Berge, die die Unterseite des Himmels berühren, durch Eis und Schnee, durch brennende Wüsten, die trostloser und unfruchtbarer sind als die Worte eurer Philosophen. Zehntausend Meilen Müdigkeit für euch, ehe ihr auch nur die Herzlande Irans seht, Parsa und Medien. Die Berge, die Wüsten, die großen Flüsse, die ihr überqueren müßt, die mächtigen umwallten Städte, die euch nicht einlassen werden. Und Darayava'ush hat noch nicht einmal begonnen, ein Heer gegen euch aufzustellen. Eure große Schlacht … sie war nur ein Scharmützel. Vierzigtausend Krieger, fünfundvierzig, das ist euer Heer?

Wenn Darayava'ush euch entgegenkommt, früher oder später, wird das nur die Anzahl der Kämpfer seiner Vorhut sein. Vielleicht haut ihr euch einen Weg durch diese Vorhut, aber dann trefft ihr auf hunderttausend Krieger, die euch erwarten, und hinter ihnen noch mehr.«

Dann lachte er plötzlich, legte den Kopf halb auf die rechte Schulter und blickte lauernd auf den König. »Aber vielleicht wollt ihr ja gar nicht so weit. Was sind eure Kriegsziele? Ionien? Kilikien? Die von Hellenen erschlossenen Küstengebiete?«

Alexander machte eine wischende Armbewegung. »Später. Du klingst wie – eine Verheißung des Untergangs. Wir wissen, daß Persien groß und stark ist, aber damit werden wir uns befassen, wenn es soweit ist.«

Parmenion knurrte leise. »Er hat aber in einigen Punkten recht, Alexander. Zum Beispiel, was uns hier erwartet. Die Hellenenstädte in Asien, die zu befreien oder zu erobern sind, was aufs gleiche hinausläuft. Sie kommen mit den Persern zurecht, können leben, und sie zahlen dem Großkönig und den Satrapen weniger Steuern, als zum Beispiel Athen von denen verlangte, die Mitglieder des Attischen Seebunds waren.«

Bagoas schnitt eine Grimasse. »Wenn Geld so ein Problem ist ...«

Eumenes hielt einen abgenagten Hühnerschenkel hoch; mit vollem Mund sagte er: »Ist es, klar. *Und* ein Vergnügen. Wieso?«

Wie beiläufig sagte Bagoas, als das Gelächter verklungen war: »Nun ja, diese bescheidene Gestalt ohne jede Bedeutung könnte möglicherweise ...«

Alexander hieb auf den kleinen Tisch; ein Becher stürzte um. »Hör mit diesem Gerede auf, Bagoas. Sprich geradeaus. Ich weiß, du denkst krumm, aber begradige deine Zunge, sonst laß ich sie schienen.«

Bagoas lächelte zuvorkommend. »Ganz wie du wünschst, erhabener Herr. Wer bin ich, dir zu widerstehen? Deshalb will ich es ganz geradeaus sagen: wieviel?«

Perdikkas sprang auf und schrie: »Wieviel *was?*«

Ptolemaios deutete auf Bagoas, mit einem hämischen Grinsen. »Ich schätze, er wird uns jetzt fragen, wieviel wir haben wollen – als Gegenleistung für den Verzicht auf weiteren Vormarsch.«

Alexander lächelte dünn. »Nur theoretisch, Bagoas – wieviel, meinst du, würde dein König zahlen?«

Bagoas hob die Schultern. »Ich weiß es nicht. Was sind Makedoniens Jahreseinkünfte? Tausend Talente Silber? Zweitausend?«

Eumenes fuchtelte mit einem fetttriefenden Hühnerflügel. »Also, eh, ja, ungefähr, was, Harpalos?«

Er sah sich um, aber Harpalos war nicht im Zelt.

Bagoas rieb sich die Nase. »Hmmm. Ein Kämpfer erhält eine Drachme am Tag – im Durchschnitt, ja? Ein Talent reicht also für sechstausend Männer für einen Tag. Sagen wir, es sind zweiundvierzigtausend Krieger – sieben Talente am Tag, ungefähr zweitausendfünfhundert im Jahr. Mehr als Makedonien einnimmt. Ohne das Heer kannst du Hellas nicht halten, König; Makedonien würde wieder bedeutungslos. Und wenn du das Heer halten willst, um Hellas klein und Makedonien groß zu sehen, mußt du Kriege führen und Beute machen ... Wenn nun der große Alexander, seine edlen Freunde und Offiziere sich aus Asien zurückzögen – zehntausend Talente?« Er schaute sich um, betrachtete die Gesichter, sah Erstaunen, Unglauben, Verachtung, Begeisterung. »In Gold – das sind zweihunderttausend in Silber.«

Ins drückende Schweigen hinein knurrte Parmenion etwas; Eumenes legte sich auf seine Kline, hielt den Hühnerknochen über sich und sagte leise: »Uuu-allallallei!«

Hephaistion begann zu kichern; Krateros klackte mit der Zunge.

»So viel Geld?« sagte Kallisthenes. »Du meinst, Dareios würde das an uns vergeuden?«

Bagoas seufzte. »Vergeudung, ja. Aber er könnte in seiner unergründlichen Weisheit beschließen, genau dies zu tun.«

Wieder zog Schweigen wie ein klammer Nebel durchs Zelt. Endlich sagte Alexander, immer noch mit dem dünnen Lächeln:

»Nun, meine edlen Freunde? Was sagt ihr dazu?«

Philotas blickte Parmenion an. »Vater?«

Parmenion starrte blicklos ins Leere. »So viel, für so wenig«, murmelte er.

Aristandros setzte sich auf. Er lächelte, aber seine Stimme war schneidend. »Parmenion sagt es. So viel für so wenig. Ist also Persien, dessen Saum wir nicht berührt haben, ein weites Gewand, in das wir wie Läuse zu kriechen uns anschicken? Wer zahlt so viel Gold, um Läuse zu vertreiben? Mir scheint, wir sind doch ein wenig mehr als Läuse.« Er blickte Bagoas an, dessen Gesicht gefror. »Ist es so, Bagoas? Und sag mir noch eines: Wenn Dareios so viel zahlen könnte, um Läuse loszuwerden, wieviel würde er dann zahlen, um nicht von Kriegern heimgesucht zu sein?«

Alexander nickte. »Und wieviel hat er überhaupt?«

Bagoas ächzte und lächelte gleichzeitig; sein Gesicht war fleischgewordene Wonne und schrumpelndes Ungemach. »Edle Makedonen, laßt mich eines fragen. Wenn es denn gestattet ist, daß einer wie ich ...«

Krateros gähnte: »Götter, jetzt geht das schon wieder los!«

Bagoas rümpfte die Nase. »Wenn es sein muß ... Was sind denn nun eure Ziele – am Ende?«

Alle schauten auf Alexander, aber der schwieg. Hephaistion wartete, ob Parmenion spräche; schließlich, als das Schweigen andauerte, räusperte er sich.

»Unser König, Alexander, Herr der Makedonen, ist auch bevollmächtigter Stratege aller hellenischen Truppen – mit Ausnahme derer von Sparta –, und der Heilige Rat zu Korinth hat ihn und uns beauftragt, Unrecht gutzumachen.«

»Unrecht? Welcherlei furchtbare Dinge etwa?« Bagoas' Stimme war dick von Verachtung. »Hat jemand eine Bettzeugrolle gestohlen? Auf die Schwelle eines Tempels gepißt? Das Schamhaar einer hellenischen Dirne gezaust? Vor wieviel hundert Jahren?«

»So ähnlich.« Aristandros stand von seiner Liege auf, ging zum Perser und starrte auf ihn hinab. »Hast du vergessen, daß seit zweihundert Jahren nichts in Hellas ohne persische Einmischung geschehen konnte? Daß ihr Makedonien zur Satrapie gemacht und unsere Vorfahren ...«

»Du bist doch aus Telmessos, oder?« sagte Bagoas. »Asien, du Makedone!«

»... unsere Vorfahren gezwungen habt, gegen ihre hellenischen Brüder Kriegsfolge zu leisten? Vergessen, daß Xerxes nicht nur hellenische Krieger tötete und hellenische Städte verwüstete ...«

»... wie es in jedem Krieg geschieht«, murmelte Parmenion.

»... sondern auch getan hat, was niemand tun darf – daß Xerxes Tempel schändete und die heiligsten Gegenstände, Götterbilder, Altäre, Statuen von Vorkämpfern, all dies nach Persien schaffen ließ? Altäre und Standbilder, die allen heilig und ewig unserem Schutz anheimgegeben waren? Hast du das vergessen, fetter Mann? Die Heiligtümer wurden geschändet, wie auch die Heiligtümer Ägyptens, als König Artaxerxes dies uralte und verehrungswürdige Land unter seinem Stiefel zertrat. Hast du es vergessen? Vergessen, daß er den heiligen Apisstier metzelte? Und es mag sein, daß die hellenischen Städte Asiens Frieden gemacht haben mit euch – weil sie müssen. Aber Milet, Ephesos, Halikarnassos, Priene, sie alle waren da, ehe auch nur einer deiner Vorfahren von einem iranischen Reich zu träumen wagte. Zweifelst du auch nur einen Lidschlag lang daran, daß sie zu wählen wissen, wenn sie die Wahl zwischen hellenischer Freiheit und barbarischer Knechtschaft haben?«

Bagoas seufzte leise, fast mild. »Eine beeindruckende Rede, Seher. Ja, großer Aristandros von Telmessos, ich zweifle. Denn Menschen wählen immer das, was weniger schmerzt, was weniger kostet, was weniger unbequem ist. Und für die Städte an den Küsten Asiens ist es einfach, dem Großkönig Steuern zu zahlen, aber es wäre sehr teuer, sehr mühsam und sehr blutig, die Dinge zu ändern ...«

»Es mag einfacher sein, aber in der Bequemlichkeit von Sklaven liegt keine Tugend.«

»Wer fragt nach Tugend, wenn sie Hunger bedeutet? Das wären also deine Ziele, Alexander? Die Hellenen Asiens befreien?«

Alexander gähnte und rieb sich die Augen. »Das, und ein paar andere Dinge. Vor allem aber ist es nun mein Ziel und allerhöchster Wille, euch alle gehen zu sehen und ein wenig zu ruhen.«

Sie leerten ihre Becher, standen auf und verließen das Zelt.

Ptolemaios, der in dieser Nacht die Lageraufsicht hatte, half Eumenes auf die Beine; der Kardier war zu vollgefressen und vollgetrunken, um selbst aufzustehen. Schließlich waren außer Alexander und Hephaistion nur noch Ptolemaios und einige Königsknaben im Zelt, die er anwies, das Lager hier zu bereiten, nicht im kleineren Schlafzelt. Er blieb am Eingang stehen; während die Knaben und Sklaven ein breites Lager auf dem Boden aufschlugen und Alexander entkleideten, löschte Ptolemaios die Fackeln, indem er sie in einen Wassereimer tauchte.

Hephaistion saß auf dem Rand des Lagers und betrachtete den König. Alexanders Gesicht war müde, erschöpft, alt. Er lächelte und nahm Hephaistions Hand.

»Keine Sorge, Freund. Ich will nur ruhen, noch ein wenig reden, deine Nähe spüren, die die Nacht aus meinem Kopf treibt. Mehr nicht.«

Hephaistion löste seinen Gürtel, streifte die Sandalen ab und legte sich neben Alexander, der an die dunkle Zeltdecke starrte. Nur drei Öllampen brannten noch; alle Sklaven und Knaben waren gegangen. Hephaistion langte nach der schweren Decke, breitete sie über Alexander und sich, legte dann die Hand auf die Brust des Freundes.

»Wo wäre ich ohne euch?« sagte Alexander. »Es wäre kalt und einsam. Es *ist* kalt und einsam.«

»Geben wir dir nicht genug Wärme?«

»Ja. Und nein. Ah, ich weiß nicht. Vielleicht ist es der Wind.«

»Welcher Wind, Lieber?«

»Wenn man sich bewegt, auch wenn die Luft still ist, fühlt man, wie sie zu Wind wird. Je schneller du gehst, desto stärker wird er. Ich habe das Gefühl, seit Philipps Tod nur noch gerannt zu sein. Was hab ich verloren, was gewonnen?«

Ptolemaios lauschte hinaus in die Nacht; sie war windstill. In der Ferne hörte er, gedämpft, die Wellen des Meeres, näher wieherten ein paar Pferde. Dann der regelmäßige Schritt der Wächter.

»Macht hast du gewonnen, Alexander, und du verstehst sie sehr gut zu nutzen. Aber ...«

Alexander knurrte leise. »Ja. *Aber.* Ohne Macht war alles

einfacher. Kann ich jemandem trauen? Was ist der Sinn, der Nutzen der Macht? Ruhm, Gerechtigkeit, Freiheit?«

»Unterhaltung«, sagte Ptolemaios halblaut; Alexander hob den Kopf und blickte zu ihm herüber. »Die Menschen wollen alles gleichzeitig, aber vor allem keine Langeweile. Über die gerechten Könige, unter deren Herrschaft niemand fror oder hungerte oder Unrecht litt, erzählt man nur, daß sie gerecht waren. Die hörenswerten Geschichten erzählt man über Fürsten, die ihr Volk außerdem von der Bürde der Langeweile befreit haben – durch Krieg und andere Spiele.«

Alexander ließ sich wieder aufs Lager sinken. »Manchmal denke ich mich zurück nach Mieza, wo Aristoteles uns lehrte und wo wir spielen konnten, alles sei ernst. Dann denke ich, ich habe mehr verloren, als ich je wiedergewinnen kann.«

»Das ist so«, sagte Hephaistion, »es ist aber auch anders. Du bist weiter gekommen als Philipp, fast so weit wie Philipps Träume reichten. Du bist, wo Achilles nicht war.«

Alexander klang schläfrig. »Wirst du mit mir gehen, mein Patroklos?«

Hephaistion beugte sich über ihn und küßte seine Stirn. »Bis ans Ende. Aber vergiß die Hindernisse nicht – denk an Bagoas.«

Alexander grunzte. »Keine Sorge, ich vergesse nichts. Niemals. Ich weiß, wie wir die Städte behandeln müssen.«

»Wie?«

»Später ... morgen. Bagoas – seine Zunge ist lauteres Gift. Wir müssen ihn nach dem Amulett fragen.«

»Dem ... diesem ägyptischen Ding, das deine Mutter trägt?«

»Und Aristandros ... Sprich nicht von Olympias, Freund.«

Hephaistion ächzte. »Lieber nicht, nein. Aber all dies Gerede über Geld ... Bagoas hat Mißtrauen gesät – sehr klug. Er wird zusehen, wie die Saat aufgeht. Wir müssen aufpassen, Alexander. Jemand könnte auf den Gedanken kommen, dich zu töten und die größte Belohnung zu erhalten, die je gezahlt wurde.«

Alexander wandte den Kopf, zum Eingang. »Darüber wacht Ptolemaios, in dieser Nacht. Geh, mein Freund; laß uns allein.«

4. PELLA

Mehr als drei Monde nach ihrem formlosen Abschied von des Königs Heer erreichten Tekhnef und Dymas das makedonische Herzland. Der Axios führte im Hochsommer nicht allzuviel Wasser; statt sich zwischen Bauernkarren und allerlei Fußgängern auf der Fähre zu drängen, trieben sie ihre Pferde durch eine Furt im Schwemmland oberhalb der Mündung.

»Mittlerer Nachmittag«, sagte Dymas; er zügelte sein Pferd und betrachtete die neuen Häuser aus Holz und Lehmziegeln, die am Ostrand des Hafens von Pella errichtet waren. »Hier hat sich einiges getan. Bleiben wir im Hafen, ohne Musik?«

Tekhnef musterte ihn mit einem schiefen Lächeln. »Wettest du mit dir?«

»Du kennst mich zu gut, schwarze Göttin.« Er lachte. »Ja, ich wette. Auch ohne Musik kommt morgen einer, der uns zu Antipatros holen soll. Sagen wir, morgen nachmittag; und wahrscheinlich schon gegen Mittag einer von Olympias.«

Tekhnef blickte hinaus aufs Wasser, wo neben dem alten Hafenbecken vielleicht ein zweites, zumindest aber eine neue lange Mole entstand. »Ich setze dagegen«, sagte sie halblaut. »Olympias? Einer von ihren Leuten morgen mittag, gut, aber einer von Antipatros morgen früh.«

»Angenommen. Was ist der Einsatz?«

Tekhnef kicherte. »Wenn du verlierst, teilst du diese Nacht mein Lager. Wenn ich verliere, teil ich deines.«

Zu Beginn von Philipps Herrschaft war Pellas Hafen ein halb verlandetes Becken gewesen, mit einem bröckelnden Kai, ein paar Lagerhäusern, Läden und Schänken: ein minderwertiges Anhängsel der unbedeutenden Stadt, mit der es durch einen Kanal verbunden war. Becken und Kai waren von Philipp sofort wieder nutzbar gemacht worden, nicht nur für den Handel, sondern auch für die zunächst unwichtige Kriegsflotte. Bis zum Beginn des Asienzugs hatten mehrere Straßenzüge und Häuserblocks den alten Umfang der Hafensiedlung verdoppelt; im letzten halben Jahr war eine eigene Stadt daraus geworden, abermals verdoppelt und ins trockengelegte Sumpfland ausgedehnt. Am ostwärts verlängerten Kai aus Steinquadern – im Westen begann der Kanal, der die Ausdehnung hemmte – fanden Tekhnef und Dymas Unterkunft in einem neuen, zweigeschossigen Gasthaus mit Stallungen. Bis auf wenige Blumen und ein paar verpflanzte Stauden waren die Zierbeete des Innenhofs noch kahl; der Sklavenjunge, der einen Krug mit Wasser vom gemauerten Hofbrunnen zu ihrem Raum im Obergeschoß brachte, warnte sie.

»Wasser sumpfig, nicht gut trinken, nur waschen.«

Dymas warf ihm eine silberne Halbdrachme zu; der junge Thraker biß darauf, grinste und ließ sie in den Falten seines Schurzes verschwinden. »Ihr ander Wasser?«

»Und Wein.«

Der Raum mit den getünchten Wänden war hell und sauber, ebenso das flache Bettgestell, ein lederbespannter Holzrahmen; die Decken rochen wie frisch gewaschen, und auch eine gründliche Suche brachte keine Schlummertierchen zutage. Während Dymas die Instrumente in und auf die schlichte Holztruhe legte, sich entkleidete und vor dem Waschtisch mit Krug und Schale reinigte, nahm Tekhnef den mit durchscheinender Schweinsblase bespannten Rahmen aus der Fensteröffnung und betrachtete den Hafen, den Kai und die Menschen.

»Ägypter«, sagte sie erstaunt. »Ein Schiff ... könnte aus Kreta sein. Phöniker. Ein attischer Händler, ein Schiff aus Karchedon. Es ist nicht mehr der Rand der Welt; es ist der wichtigste Hafen eines Reichs geworden. Sieben, nein, neun Kriegsruderer, an den Molen und draußen ... Wein, Tuch, Gewürze, Schmuck – wo sind wir gelandet, Dymas?«

»Es ist der Hafen der Hauptstadt, wie du sagst, und der wichtigste Nachschubhafen für Alexander. Ich frage mich nur, wie sieht es in der eigentlichen Stadt aus?«

»Was meinst du?«

Dymas grunzte. »Wenn jetzt alle Waren im Hafen bleiben, müßte der Handel in Pella selbst sehr ärmlich geworden sein, oder?«

Als der Sklave mit Wein und Trinkwasser erschien, kramte Dymas eine weitere Halbdrachme hervor und gab sie ihm, damit er ein gutes Wort für die Behandlung der Pferde einlegte. Der Thraker blickte zwischen Tekhnef und Dyrnas hin und her, nickte, schien einen Moment die dichten schwarzen Haare auf dem Körper des Musikers zu zählen und das Gewicht seines Gehänges abzuschätzen, kaute auf einem Vorschlag herum, den er dann doch nicht machte, und ging. Dymas grinste und legte den Riegel vor.

»Was wird das?« sagte Tekhnef; sie löste sich von der Fensteröffnung.

»Ausziehen, waschen. Du riechst nach Pferd.«

»Und dann?« Lächelnd streifte sie den schmutzigen knielangen Chiton ab, den Schurz, die Sandalen.

»Ach, mal sehen.« Dymas ließ sich auf das Lager fallen. »Vielleicht kommt uns was dazwischen – mit der Wette, meine ich. Deshalb sollten wir die wichtigeren Dinge vorher erledigen.«

Auf dem Marktplatz in der Mitte des Kais – hier hatte man einige ältere Gebäude abgerissen – versank Tekhnef in Wehmut und Erinnern vor dem Stand eines Ägypters, der grelle Bilder auf Papyros feilbot, Gestalten und Schriftzeichen der alten Überlieferung, daneben auch kleine tönerne Nachbildungen des Sphinx genannten Löwenmannes, Götter- und Herrscherfiguren aus weichem Stein, bunte Flaschen mit »Wunderwerken für Nase und Haut, Düfte, wie sie nur die Meister vom Nil zu mischen verstehen«. An anderen Ständen gab es Fisch von der Küste, Obst und Gemüse aus dem Hinterland, Wein aus der Gegend, aber auch aus Rhodos und Attika. Ein paar große Männer mit wallendem Blondhaar, vermutlich Kelten, hockten auf dem Rand ihres Karrens, der Käfige trug mit Dachsen, Wieseln, zwei jungen Wölfen und einem kleinen Bären. Das Geschrei von Gänsen, Hühnern und gemästeten Tauben war nur eine Sprache von vielen – Makedonisch, Obermakedonisch, Attisch, Küsteniranisch, Assyrisch, Aramäisch, Chaldäisch, Phönikisch, Thrakisch, Illyrisch … Ein Riese mit schwarzem Kraushaar, schwarzem Bart und goldenen Ohrringen bot feiste Bilchmäuse an; er hatte die Fingernägel und die Zähne schwarz gefärbt. In brüchigem Attisch – auch sein Persisch war kaum besser – nannte er Preise, beschrieb die Köstlichkeit der in Wein und Lauch anzugarenden, dann mit Kräutern scharf zu bratenden Tierchen, röhrte Bruchstücke uralter Geschichten – eines der Tiere stamme in direkter Linie von der Sippe ab, die über Jahre Lieblingsspeise der vergessenen Könige Lydiens gewesen sei – und zog mehr Kundschaft durch sein Äußeres und sein Gebrüll an als durch seine Ware. Dymas, neugierig geworden, verwickelte ihn in ein Gespräch und erfuhr, er heiße Nhiyar (oder so ähnlich), sei einem persischen Händler nach langer Sklaverei entsprungen und komme von irgendwo am Halys, in Kappadokien, wo es noch ein paar Dörfer mit prächtigen Menschen seinesgleichen gebe, allesamt große Steinschleuderer, Dudelsackspieler wie er und Trinker, die letzten der *luviya,* die lange vor den – Dymas ebenfalls unbekannten – *khattu* dort geherrscht hätten, unendlich lange vor allen bekannten Völkern. Ein blasses kleines Mädchen zupfte ihn irgendwann am Ärmel, fuchtelte mit einer Trommel, und Dymas wanderte weiter zum Stand eines Karchedoniers.

Der Mann trug eine topfartige Filzmütze, das gegürtete wadenlange Wollgewand und lederne Halbstiefel; trotz der Hitze des Sommers schien er nicht zu schwitzen. Er hatte wenige rätselhafte Gegenstände auf seinem Tisch aufgebaut, darunter einen hellgrauen Metallkegel, kaum höher als eine halbe Elle, oben spitz zulaufend, die Seiten mit seltsamen Zeichen versehen, einer Dymas unbekannten Schrift, die eingeätzt schien. Als er den Kegel berührte, spürte er eisige Kälte; als er ihn in die Hand nahm, stieß er einen leisen Ruf der Überraschung aus. Der Metallkörper war unglaublich schwer; noch lange, nachdem er ihn wieder abgesetzt hatte, war der kreisrunde Eindruck in seiner Handfläche zu sehen. Daneben stand eine Pyramide aus Porphyr, auf einer Eisenplatte; ebenfalls auf der Platte war eine Eisenspirale befestigt, die einen winzigen, unendlich genau ausgeführten Vogel trug, mit ausgebreiteten Flügeln.

»Was ist das, Freund?« sagte Dymas; unwillkürlich sprach er Westphönikisch, und mit den lange nicht mehr benutzten

Wörtern kamen die Erinnerungen an seine Kindheit und Jugend.

Der Karchedonier lächelte nicht, zeigte auch keine Überraschung, daß jemand ihn hier in Pella in der Zunge seiner fernen Heimat anredete. Er drückte mit dem Zeigefinger der Rechten den Vogel und die Spirale abwärts, auf die Eisenplatte; als er losließ, schnellte das aus zahllosen verschiedenfarbigen Steinchen und Metallsplittern bestehende Tier hoch, die Spirale schaukelte, ein Flügel des Vogels streifte die Pyramide aus Porphyr, und das Reibgeräusch klang wie der winzige Schrei eines winzigen Lebewesens. Dymas lief es kalt den Rücken hinab; seine Hand tastete nach der von Tekhnef.

»Der Vogel Phoinix«, sagte der Karchedonier. »Wenn er durch die Berührung mit seinem Flügel die ganze Pyramide abgetragen hat, ist ein Tausendstel der Ewigkeit vergangen.«

Tekhnef sog hörbar die Luft zwischen den Zähnen ein; Dymas schüttelte den Kopf und betrachtete die anderen Dinge: eine Schale mit öliger Flüssigkeit, in der eine Nadel schwamm, die unbeirrbar nach Westen wies, ganz gleich, wie sehr man die Schale drehen mochte; ein winziger Totenschädel aus feinem Silber, mit roten Steinen als Augen, die dem jeweils letzten Betrachter folgten; ein flaches, um eine Mittelnadel drehbares Goldquadrat, das nach zahllosen schwindelerregenden Kreiselbewegungen zu einem Kreis erstarrte. Und ein verwirrendes System von Drähten und Kugeln, insgesamt neun, um eine große gelbe Kugel in der Mitte angeordnet; die Drähte, die die neun anderen Kugeln trugen, waren ein wenig abgeflacht, eher Ellipsen denn Kreise; die zweite Kugel war trüb gelbrot, die dritte leuchtend blau und grün, die vierte ein böses Rot, die fünfte – riesig im Vergleich zu den Nachbarn – zeigte ein flammendes Dämonenauge und hatte wiederum ein eigenes System kleinerer Drähte um sich, wie auch die sechste.

»Was ist das?«

Der Karchedonier starrte in Dymas' Augen. »Das ist die Schmach des Adherbal, Dymas.«

Der Kitharist ächzte lautlos; Tekhnefs Hand war einen Moment lang der einzige feste Punkt im wirbelnden Kosmos der Schlieren und Gedanken.

»Mich gibt es nicht mehr«, sagte er heiser.

Der Karchedonier entblößte die Zähne; sie waren stark und gelblich. »Das wissen wir. Aber der Herr der Pferde möchte sich gern mit dir unterhalten. Nicht jetzt, später – oder früher. Eine Bitte, ein Rat, keine Anweisung.«

»Unterhalten? Worüber?«

Der Händler hob die Schultern. »Viele Dinge. Dinge wie der Sonnenaufgang über Kanopos, die Vaterschaft Amûns, langes Leben im Auge des Falken, derlei.«

»Wo?«

»Diese Nadel« – der Karchedonier wies auf die Schale mit der öligen Flüssigkeit – »zeigt nach Südwesten; das ist hier, zwischen den Häusern, nicht so deutlich auszumachen. Sie deutet immer auf einen schwarzen Luftstein im Tempel der Tanit.«

Dymas drehte sich um; er zog Tekhnef mit sich, weg vom Markt, von den Leuten, den Kai entlang nach Osten, bis zum Ende der Bebauung. Sie saßen im warmen Sand, die Füße in den schwappenden Wellen des Meers; die Sonne war nicht der strahlende Sonnenstern des makedonischen Königs, sondern eine bösartig glühende Scheibe, Unheil im Westen, zerschlitzt und aufgeteilt ohne Verminderung durch die Masten und Stengen der Schiffe im Hafen.

»Werde ich das denn nie los?« murmelte Dymas nach langem Schweigen.

Tekhnef schöpfte mit beiden Händen Sand und ließ ihn langsam durch die Finger rinnen. »Verlierst du deine Haut, deine Erinnerungen? Deine Musik?«

»Ich will nicht. Nicht mehr.« Er ließ sich auf den Rücken fallen und hieb die flachen Hände in den Sand.

Tekhnef kniete; sie hob den Chiton hoch, immer höher, bis über dem Rand des hellen Leibschurzes, unter dem Nabel die Narben zu sehen waren, scheußliche Zackenspuren, hinterlassen von der Ältesten ihres Volkes, die nicht gewollt hatte, daß das Mädchen in der Ferne Kinder gebäre, außerhalb der Gemeinschaft.

»Kann ich meine Haut abstreifen, meine Narben?«

Sie ließ den Chiton fallen und kauerte auf den Fersen. Leise und eindringlich sagte sie: »Du bist das, was du getan und erlebt hast. Du kannst es nicht in den Wind werfen.«

»Kann ich nicht eine neue Welt machen? Wie Alexander? Muß ich die alte weiterschleppen?« Er klang wie ein schwermütiger Knabe.

»Alexander? Vielleicht verändert er die Welt, aber sie ist nicht neu. Und – er ist Niemand. Oder so viele, daß er Alle werden muß, um irgendwann Einer zu sein. Was eine umständliche Redeweise ist für: Es gibt ihn nicht; er ist ein vielfacher Traum, ein zahlloser Albtraum, ein Gefäß mit wechselndem Inhalt.« Sie streckte sich neben ihm aus und legte eine Hand auf seine Brust. »Du bist. Auch durch den Mut, dich selbst und die Dinge anzunehmen. Deshalb liebe ich dich – etwas, das ein Mann ist, ein Mut und eine Musik. Wenn du den Mut verlierst, wird auch die Musik schwinden. Dann werde ich dich verlassen, Dymas.«

Der Schankraum des Gasthauses füllte sich nur langsam; wahrscheinlich zogen viele, die hier schliefen, für abendliche Speisung und Unterhaltung andere Schänken vor, die eher in der Mitte des Hafens lagen. Nach längerem Feilschen einigten sie sich mit dem Wirt auf ein üppiges Mahl: Näpfe mit Fischbrocken in einem Sud aus Wein, Lauch und Kräutern; frische Brotfladen mit klein gehacktem, scharf gewürztem Rindfleisch; gebratene Tauben, in Speck gewickelt und mit Teig und Kräutern gefüllt; Dickmilch mit frischen Beeren und Obststückchen; dazu reichlich Wein und frisches Wasser, nicht aus dem Hofbrunnen. Der Schankraum war erhellt durch Fackeln, die in Brusthöhe in Bronzefäusten an den Wänden steckten, durch Öllämpchen auf den Nadelholztischen und durch eineÖlleuchte, die in der Mitte des Raums auf einem Tischchen stand: ein Behälter aus gelblichem Glas oder durchscheinendem hauchdünnem Stein, gefüllt mit Rosenöl und einem langen Docht. Es gab keine Musik; die Gäste unterhielten sich leise, machten nur hin und wieder freundlich derbe Bemerkungen über die Schankmädchen, deren Umhänge eher Nebel waren denn Tuch und insgesamt eine besondere Art der Nichtbekleidung.

Tekhnef schien versonnen oder zerstreut; sie aß, ohne sich

den Speisen zu widmen. Dymas beobachtete die übrigen Gäste: ein ägyptischer Händler mit Bronzehaut, weißem Kopftuch und schweren Ringen; vier Offiziere von Kriegsruderern; ein blasser Mann mittleren Alters mit Mausgesicht und Tinte an den Fingern; ein Kaufherr aus dem Ort, mit Frau und halbwüchsigem Sohn; ein weitgehend stummer Thraker, wahrscheinlich ebenfalls Händler; ein junger Hellene, vielleicht Handelsschiffer; und drei Makedonen gesetzten Alters, die ebensogut Offiziere außer Dienst sein konnten wie Beamte der Verwaltung oder Grundherren.

»Immerhin hab ich ja damit nicht schlecht verdient«, sagte Dymas kaum hörbar, als eines der Mädchen die Näpfe weggeräumt hatte. Es waren seine ersten Worte seit dem Strand, das Feilschen und Bestellen nicht mitgerechnet.

»Die Sorge, von Auftraggebern langwierig gebunden zu werden, ist mit Mut vereinbar.« Tekhnef lächelte; es war, als ob sie tief aufatmete.

Dymas berührte ihre Hand. »Ich danke dir – für dies und jenes. Ein kluges Wort ersetzt mehrere Messerstiche.«

Sie zeigte ihm die Zungenspitze. »Zwei Jahre«, sagte sie dann, immer noch leise und am Nebentisch nicht mehr zu hören, »seit man dich nach Aigai schickte. Seither nichts, oder?«

Er räusperte sich und betrachtete seine Hände. »Man könnte natürlich dem einen oder anderen etwas erzählen – wenn man etwas sieht. Gegen gute Münzen. Unverbindlich, ohne einen dauernden Auftrag daraus entstehen zu lassen.«

Einer der drei Makedonen stand von seinem Tisch auf – er hatte allein gegessen, schien nichts mit den beiden anderen gemein zu haben – und kam mit seinem Weinbecher herüber.

»Aber warum ich?« sagte Dymas, ein wenig lauter und fast erbost.

Der Makedone berührte seine Nase mit dem Rand des Bechers. »Weil Augen, die einmal zu sehen gelernt haben, mehr sehen als andere. Darf ich mich zu euch setzen?«

Tekhnef kicherte leise; Dymas seufzte.

»Von wem willst du uns grüßen?«

Der Makedone zog einen Scherenstuhl heran, ließ sich nieder und beugte sich vor. »Vom Strategen Europas.« Seine

Stimme war kaum mehr als ein Flüstern. »Von wem denn sonst?«

Tekhnef kicherte immer noch. »Wir haben beide verloren«, sagte sie mit einem Glucksen.

»Was habt ihr verloren?«

»Wetten. Ob zuerst einer von Olympias oder von Antipatros zu uns kommt. Aber wir hatten erst mit morgen früh gerechnet.«

Der Makedone grinste. »Eines der Mädchen hier arbeitet auch für Olympias; seit ihr angekommen seid, werdet ihr beobachtet.«

Dymas nickte; sein Gesicht war mürrisch. »Na gut. Und?«

»Ihr solltet morgen früh nach Pella reiten; der Stratege erwartet euch, am späten Vormittag.«

»Bedauerlich.« Dymas deutete mit dem Kinn auf den ägyptischen Händler. »Für den Strategen, meine ich. Wir werden ihn enttäuschen müssen. Ich wollte den Handelsherrn dort drüben fragen, wann sein Schiff ausläuft. Und ob er uns gegen Bezahlung mitnimmt.«

Der Makedone verschränkte die Arme. »Sein Schiff läuft morgen früh aus; ohne euch.«

»Bist du sicher?«

»Eure Pferde ...«

»Die können wir verkaufen.«

Der Makedone schüttelte den Kopf; eine Art spöttischer Trauer zog über seine Gesichtszüge. »Macht es euch und mir doch nicht so schwer. Muß ich denn das Schiff von einem Kriegsruderer anhalten lassen?«

Antipatros empfing sie im großen Beratungsraum der Königsburg, die auch unter dem gleißenden Sommerhimmel zu düster war, um den Vorstellungen von einem Palast zu entsprechen. Über die Glatze des alten Strategen hatte sich ein Netz feinster Schweißperlen gebreitet, mit denen er hin und wieder ein bräunliches Tuch befeuchtete, ohne sie mindern zu können. Die Fensteröffnungen des dunkel getäfelten Raums waren dunkel verhängt; vor den Fenstern standen Wasserschalen mit Blüten, die der stickigen Luft einen Beigeschmack von Dung gaben.

Antipatros trug nur einen ledernen Schurz. Das Alter des Körpers zeigte sich in der weißgrauen Behaarung; der Rest war Muskeln, Sehnen, Narben, kein schlaffes Gewebe: der Leib eines harten, junggebliebenen Kriegers.

Tekhnef erfrischte sich mit Getränken und Früchten in einem kleinen Nebengemach, außer Reichweite von Olympias' Spitzeln, frei von der Langeweile, die sie im Beratungsraum empfunden hätte, wie sie sagte. Pella, zu ruhig an diesem heißen Vormittag, hätte sie vielleicht zu einem Bummel verlockt, aber nicht allein, nicht jedenfalls, solange sie damit rechnen mußte, zur Königsmutter gebeten oder geschleppt zu werden.

Antipatros kam sofort zur Sache. Er hatte einen kleinen Stapel Tetradrachmen auf dem langen Beratungstisch aufgetürmt, deutete kurz auf die Silbermünzen und fragte Dymas aus. Es ging vor allem um die Dinge, die der Musiker in Thrakien gesehen und gehört hatte, auf dem Weg vom Hellespont nach Pella. Dymas berichtete, ausführlich und genau; schließlich füllte Antipatros die Becher wieder mit Fruchtsaft und Wasser und fletschte die Zähne.

»Nichts, was uns unbedingt sofort aufregen müßte ... Immerhin klingt deine Wiedergabe gewisser Gespräche in Schänken weniger fröhlich als das, was die Offiziere und Verwalter berichten. Nun ja ...« Er starrte auf die Tischplatte, schob Täfelchen und Stifte hin und her. »Zwei Jahre? Drei?«

»Bis zum großen Aufstand?« Dymas runzelte die Stirn. »Es hängt von vielen Dingen ab. Ein riesiges Land, in dem ihr zu wenig Leute verteilt habt. Die Fürsten ... sie fürchten euer hartes Heer, aber sie sehnen sich danach, wieder selbst die Gesetze zu erlassen. Ein Wirt sagte so etwas wie ›Besser das Unrecht des eigenen Herrn als die Gerechtigkeit der Fremden‹.«

Antipatros nickte. »Eine Empfindung, die ich begreife. Nun denn mehr Truppen kann ich nicht hinschicken; wir sind ohnehin überall zu dünn verteilt, verstehst du, ein zu großer Brotfladen, mit kaum erkennbaren Fleischteilchen belegt.«

Dymas grinste. »Laßt sie doch frei.«

»Das würde das Problem nicht lösen.« Antipatros lehnte sich zurück und kratzte zwischen seinen Brusthaaren. Mit dem Kinn wies er auf den Münzenstapel. »Sie sind zu nah an den Förderstellen im Pangaion; sobald wir uns aus Thrakien zurückziehen, kommen die Thraker wieder über uns, wie so oft; und abgesehen von allem anderen brauchen wir die Landverbindung, für den Nachschub – jedenfalls solange die Perser und Phöniker mit ihrer Flotte fuchteln.«

Dymas legte beide Hände um den Becher, der sich nachts mit kühlem Wasser vollgesogen hatte, dieses nun ausschwitzte und den Saft kühl hielt. »Sie wären jetzt zwischen Hammer und Amboß – du von Westen, Alexander von Südosten. Sie werden warten, bis Alexander tief in Asien steht und nicht mehr eingreifen kann.«

Antipatros schob den Münzenstapel über den Tisch. »Wenn du auf deinem weiteren Weg wichtige Dinge siehst ... Wohin wollt ihr?«

Dymas hob die Schultern. »Vor deiner freundlichen Einladung hatten wir erwogen, ein Schiff zu besteigen und zu fahren, wohin es fährt ... jetzt? Ich weiß nicht. Wahrscheinlich reiten wir, langsam, mit vielen Schänken und viel Musik. Allgemein nach Süden – Athen im Frühling?«

»Wir wollen das Unangenehme mit dem Nutzlosen verbinden.« Antipatros lächelte ohne Freude. »Olympias wird euch sprechen wollen; sie webt ihr Netz weiter, und manchmal habe ich mehr damit zu tun, es zu zertrennen, als mit den Geschäften des Staats.«

»Was ist Alexanders Meinung?«

»Ich soll die Mutter des Königs ehren und an der Einmischung in den Staat hindern.« Der Stratege schnitt eine Grimasse. »Manchmal läßt sich das schwer verbinden – das Ehren und das Hindern. Aber ... Nun gut. Heute abend seid ihr meine Gäste, ihr werdet im Palast übernachten. Keine Widerrede, Dymas. Es gibt ein kleines Fest, mit Erzählungen eines weitgereisten Mannes und, hoffentlich, ein wenig feiner Musik von euch.«

»Wenn es sein muß ... Wer bin ich, daß ich deine Anweisungen mißachten könnte?« Er steckte die Münzen in seine Gürteltasche.

»Ganz recht. Der Weitgereiste ist ein Händler, Schiffer, Schreiber und Geograph aus Nikaia. Er heißt Knephalos ...«

»Welches Nikaia? Das bei den Thermopylen?«

»Nein, das weit im Westen, Tochterstadt von Massalia.«

Dymas pfiff leise. »Wahrlich ein weitgereister Mann.«

»Er kennt Sardonien, Kyrnos, die italischen Länder, die sikeliotischen Städte, sogar Karchedon. Was mich zu einer anderen Frage bringt, die ich fast vergessen hätte. Was wollte Bonqart von dir?«

»Wer?« Dymas setzte sich auf.

Antipatros lächelte müde. »Der Händler aus Karchedon.«

»Du weißt, daß ich mit einem Karchedonier gesprochen habe?«

»Ich weiß alles, Kitharist. Weil ich alles wissen *muß*. Obwohl es vieles gibt, was ich lieber nicht wüßte.«

Dymas kaute auf der Unterlippe. »Dann weißt du sicherlich ...«

»... daß du für Demaratos, für Hamilkar und für Bagoas gearbeitet hast? Weiß ich. Bonqart ist ein wichtiger Mann, nicht die rechte Hand, aber sicherlich der rechte kleine Finger von Hamilkar.«

»Die Welt ist eng, Stratege. Die Oikumene erscheint mir manchmal als kleiner trüber Tümpel.«

Antipatros stand auf. »Was erwartest du? Es gibt drei Mächte in der Oikumene. Makedonien, Persien und, im Westen, Karchedon. Makedonien, das bin ich, hier und jetzt. Ich muß alles wissen, was zwischen der libyschen Wüste und den Küsten Asiens geschieht.« Er grinste knapp. »Hamilkar und ich, wir haben uns nie gesehen, aber wir kennen einander sehr gut. Manchmal tauschen wir Gedanken aus. Also, was wollte Bonqart?«

»Mir sagen, daß Hamilkar mit mir über viele Dinge reden will. Ammons Vaterschaft, zum Beispiel, und das lange Leben im Falkenauge.«

Antipatros holte tief Luft und setzte sich wieder. »Dieses unsägliche Amulett ... Olympias hat es, ein halbes Dutzend windiger Priester und Seher, Aristoteles; die geheimen Aufklärungsdienste der drei großen Mächte beschäftigen sich damit. Was macht es denn nur so wichtig?«

Das Fest fand im Burghof statt. Über den Feuern, lange vor Sonnenuntergang angefacht, drehten sich halbe Ochsen, Lämmer, Ferkel und gemästete Vögel; Sklaven und Diener schleppten Näpfe und Schalen mit Obst, frischem und säuerlich eingelegtem Gemüse zu den Tischen. Es gab Berge von süßem Gebäck, Seen von Milch, Wasser, Wein und Säften, genug Brotfladen, um damit Thessaliens Senken auszulegen. Auf dem ersten Absatz der großen Treppe spielten Tekhnef und Dymas einige schnelle Tänze, folgten dann Antipatros' Einladung und ließen sich an seinem Tisch nieder, während andere Musiker, Gaukler und ein keltischer Magier die Gäste unterhielten. Immer wieder blickte Dymas hinüber zur Königsmutter.

Olympias mußte inzwischen vierzig Jahre alt sein, vielleicht auch etwas mehr, aber sie bewegte sich wie eine junge Frau. Das Alter hatte ebensowenig Spuren hinterlassen wie die Kämpfe und Ränke; oder wenn, dann waren diese Spuren getilgt, verkleidet, verschalt von der Kunst des Schminkens. In dem kurzen Gespräch mit ihr war es Dymas, wie er glaubte, durchaus gelungen, nichts von Bedeutung zu sagen; dennoch hatte er das Gefühl, von den Messern ihrer Augen entkleidet, ausgeweidet und in kleinste Stücke zerteilt worden zu sein.

»Was für ein Weib«, sagte er leise, als er bemerkte, daß auch Tekhnef immer wieder zu ihr hinschaute.

»Was für eine Hexe.« Antipatros gluckste. »Sie ist schön, nicht wahr? Fast noch hinreißender als damals, als Philipp sie von Samothrake holte. Aber ich kenne sie, und ich lobe dich, Dymas.«

»Lob? Wofür?«

Antipatros lachte. »Sie ist zornig; sie kocht vor Zorn. Wenn sie ein Misthaufen wäre und ihr Zorn Hitze, wäre dieser ganze Burghof unbewohnbar vor Drang, Gestank und Erstickung. Sie wollte vieles von dir wissen, und du hast ihr offenbar nichts gesagt. Wahrscheinlich zieht sie sich bald zurück.«

Aber sie zog sich nicht zurück; sie blieb, um den Erzählungen des weitgereisten Knephalos zu lauschen, der von seinen Fahrten und Funden berichtete: ein langer, dünner

Mann mit schütterem Haar, Sichelnase, blassem Bart und lebhaften Augen. Im linken Ohr trug er einen goldenen Ring, an dem er bisweilen zerrte, als ob er die gesamte Kopfhaut abstreifen wolle. Mit witzigen Abschweifungen und weiträumigen Armbewegungen erzählte er von drei Dirnen des Hafens Lindos, vom Sonnenaufgang über der gewaltigen Kriegsflotte, von den Phönikern im Dienst des Dareios, von seiner Fahrt nach Halikarnassos, wo er blieb, obwohl er weiter nach Norden hatte segeln wollen.

»Aber da waren ja die anderen – nichts für ungut, edle Fürstinnen und Fürsten, ich meine euch, die Flotte der Verbündeten. Kein gutes Gewässer für Handelsreisende, nein nein.«

Er berichtete von den wechselnden Stimmungen in Halikarnassos, von den Nachrichten aus dem Norden, von der Spaltung der Bevölkerung in Anhänger und Gegner der Perser. Von der Verblüffung, als man hörte, daß es der großen Flotte nicht gelungen war, Milet zu entsetzen – Milet, dessen Hafen von der viel kleineren Bundesflotte gesperrt wurde, die anzugreifen in dem engen Gewässer vor dem Hafen unmöglich gewesen wäre. Von der noch größeren Verblüffung, als man erfuhr, daß Alexander anschließend die Bundesflotte aufgelöst und heimgeschickt hatte.

»Da wußten wir, daß wir es mit einem ebenso verzweifelten wie kühnen Gegner zu tun hatten. Um Vergebung, daß ich ›wir‹ sage; ich spreche aus der Sicht der Stadt.«

»Wieso verzweifelt?« sagte einer der Offiziere.

»Wenn er Geld und Zutrauen zu den Hellenen besäße, könnte er eine größere Flotte aufbieten. Beides fehlt ihm, Geld und Vertrauen; deshalb hat er die Hellenen heimgeschickt, mit ihren Schiffen. Und beschlossen, durch Eroberung der ganzen Küste die phönikische Flotte der Perser ohnmächtig zu machen. Wenn sie keinen Hafen mehr haben, nirgendwo Vorräte ergänzen oder Wasser finden können, sind sie nicht einzusetzen. – Und dann waren sie plötzlich da, vor Halikarnassos.«

Die gnadenlose Hitze des achten Mondes hatte das Gras verdorren lassen. Viele Quellen waren versiegt. Am Tag und in den Nächten, in denen ein schwacher auflandiger Wind wehte, stank es rund um Halikarnassos nach faulendem Tang, nach Fisch und abgestandenem Wasser. Das Meer hatte sich in einen blauschimmernden Spiegel verwandelt, der das grelle Licht und die Hitze verdoppelte. Seit zehn Tagen leistete die Hafenstadt erbitterten Widerstand. Die Makedonen waren keinen Schritt weitergekommen.

Das Funkeln der Sonnenstrahlen auf Waffen und fremde Stimmen weckten Ephialtes auf. Der Athener sprang von seinem Lager, riß das Schwert an sich und hastete die Holzleiter zum Dach hinauf. Knephalos folgte ihm; als unfreiwilliger Gast der Stadt war auch er belagert und versuchte, sich als Helfer, Berater und Schreiber von Ephialtes nützlich zu machen. In der Stadt war es ruhig; über die dicken Mauern aus Steinquadern kamen die ersten Sonnenstrahlen. Mit einem schnellen Rundblick sah Ephialtes, daß alle Wachen auf den Dächern, auf der halbkreisförmigen Mauer und den Felsen der beiden Vorgebirge standen.

»Was bedeutet das Lärmen, Mann?« schrie er, beide Hände am bärtigen Kinn. »Greifen sie endlich an?«

»Vielleicht später. Sie waren am Hafen, in der Nacht. Jetzt kommen sie zurück.«

»Der Graben im Norden?«

»Sie füllen ihn noch immer auf. Sollen wir ihnen die Arbeit sauer machen?«

»Noch nicht. Erst müssen wir beraten.«

Der befestigte Hafen öffnete sich nach Nordwest. Die Stadt erhob sich wie ein Theater in halbkreisförmigen Straßen und immer höheren Rängen, zwischen uralten Bäumen bis zur Stadtmauer. Sie war gegen die Felder und ebenen Flächen durch einen zwanzig Schritt breiten und zehn Schritt tiefen, felsigen Graben geschützt. Die beiden Männer, die auf einem der obersten Häuser standen, konnten fast ungehindert über die Mauern und hinaus aufs Meer blicken. Zuerst starrten sie dorthin, wo die Fremden schufteten. Ein Windhauch brachte den stechenden Geruch des Schweißes heran.

Es sah aus, als wolle der kleine Sohn Philipps die Stadt belagern, bis sie geschleift werden konnte.

Hütten aus Balken und nassen Fellen schützten die Makedonen vor den Pfeilen und Steinschleudern der Verteidiger.

Unaufhörlich schleppten Hunderte schwitzender Männer Steine und Erde in Körben heran und schütteten einen breiten Damm im Graben auf. Dort würden die Belagerungsmaschinen aufgestellt werden.

Auf der Innenseite der Ringmauer wuchs der Turm der Verteidiger. Die Söldner bauten ihn unter dem Befehl des Mannes aus Rhodos, Memnon. Eine hölzerne Pyramide, auf deren Plattformen Katapulte, Pfeilschleudern und Krieger stehen sollten. In der Nacht war wenig gearbeitet worden, jetzt kamen die Zimmerleute und die Schmiede wieder zusammen. Von einem Mauerturm ertönte ein häßliches Schnarren, dann erschütterte ein harter Schlag die Ruhe des beginnenden Tages, und heulend raste ein Schwarm kurzer Pfeile von der Mauer hinüber zu den schuftenden Makedonen. Die Männer sprangen fluchend in die Deckung der nassen Felle.

»Sie haben am Granikos gesiegt, vor drei Monden«, murmelte er und sah die langgestreckten Wolken der rosenfingrigen Eos an. »Und sie werden auch Halikarnassos schleifen, die Rasenden.«

Er ahnte, daß dieser Tag nur ein Glied war in einer langen, ehernen Kette, und das Ende würde Tod und Chaos. Vielleicht auch für ihn. Jeder starb seinen eigenen Tod. Ephialtes schob das Schwert in die Gürtelscheide und kletterte zurück in den winzigen Wächterraum. An den Wänden standen und hingen Waffen, auf einem Wandbrett stand ein Krug. Der Athener trank. Dann legte er Waffen an und ging zur Burg, unten am Hafen. Die Stadt wimmelte von Kriegern des Dareios in ihren farbenprächtigen Rüstungen und Kleidungsstücken, und von Söldnern mit wettergegerbten Gesichtern.

Kaum war er einige Schritte gegangen, ertönte hinter ihm wildes Geschrei. Er blieb stehen, drehte den Kopf und sprang in eine offene Tür. Ein kantiger Felsen, groß wie der Oberkörper eines Kindes, wirbelte mit dumpfem Heulen durch die Luft, kam schräg herunter, überschlug sich und prallte gegen den steinernen Bogen über zwei Säulen. Steinbrocken, Teile des Simses und abgerissene Figuren schlugen, eingehüllt in Staub und Sand, zu Boden. Gackernd flogen Hühner in alle Richtungen, ein Pferd scheute, und fluchende

Männer sprangen zur Seite. Die Säulen taumelten. Eine fiel knirschend um und zerschmetterte zwei Schafe, die blökend stehengeblieben waren. Langsam kollerte der zerplatzte Steinbrocken die abschüssige Straße hinunter.

»He, Ephialtes, wohin gehst du?«

»Hinunter, zu Memnon. Er soll uns sagen, was wir gegen den Knaben aus Pella tun. Keiner hier kann ruhig schlafen.«

»Dareios wird kommen und die Makedonen zurückschlagen.«

»Der hat anderes zu tun«, knurrte Ephialtes und würgte den Rest eines Fluches herunter.

Die Mauern und ihre Türme, die Zinnen und die Aufschüttungen hinter dem wuchtigen Ringwall bevölkerten sich mit bewaffneten Kriegern. Die hölzerne Pyramide wuchs von Tag zu Tag. Man traute der augenblicklichen Ruhe nicht und hängte nasse Felle an die Balken und vor die Plattformen. Überall hämmerten die Handwerker die Pfeilschleudern und die Teile der Katapulte zusammen. Nur aus Nordost oder aus dem Westen konnten die Makedonen angreifen. Die Stadt war entschlossen, ihnen bis zum letzten Blutstropfen zu widerstehen. Kinder und Jugendliche sammelten Steine und Felsbrocken und schichteten sie nahe den Katapulten zu großen Haufen.

Die Belagerungstürme der Makedonen wurden herangeschafft und zusammengesetzt. Kleinere Katapulte wurden im Lager der Makedonen gebaut und in Stellung gebracht. Auch die Angreifer hatten Mengen von Steinen und Felsbrocken gesammelt; die ebenen Flächen und die Feldraine vor den Mauern waren voll davon.

Ab und zu gaben die Bedienungsmannschaften einen Schuß ab. Sie mußten die Wurfweite ihrer Geschütze einstellen.

Innerhalb der Mauer wurden die schweren Stützpfeiler verbreitert, mit Stufen versehen und verstärkt.

Die Truppen des kleinen Makedonen kamen sieglos von dem westlichen Hafen zurück, der sich nur zum Schein ergeben hatte. Der Stadtgraben wurde aufgefüllt, zwischen den Zelten loderten Feuer und stiegen Rauchsäulen in den Himmel, der ohne Wolken war und von dem die Sonne erbarmungslos herunterstach. Die Katapulte hatten sich eingeschossen und fegten mit einem dauernden Hagel kleiner Felsen, die man mit Hämmern gespalten und so in kantige Geschosse verwandelt hatte, die Verteidiger von den Mauern. Jeder weitere Tag zeigte beiden, den Verteidigern und den Angreifern, die Fortschritte der seltsamen, insektenhaften Bauwerke aus Bohlen, Balken und Tauwerk.

Die Pyramide hinter den Stadtmauern wuchs. Sie überragte die Zinnen um dreißig Ellen. Hinter den nassen Vorhängen aus Fell und den Brettern sahen die Verteidiger hervor, und die Pfeilschleudern richteten sich auf die näher kommenden Belagerungstürme. Während diese auf breiten Rädern und eisernen Achsen heranrumpelten, prasselten Steinbrocken gegen die Mauern, durchschlugen Dächer, verwundeten und töteten Verteidiger oder prallten von den Schutzbrettern vor den Pfeilschleuderkatapulten ab.

Unaufhaltsam näherten sich von mehreren Seiten die Belagerungstürme, deren Flanken von zerbeulten Schilden strotzten. Die Männer, die sie schoben, waren unter den vorspringenden Schutzdächern versteckt. Die Verteidiger wichen immer wieder von den Wällen, wenn die Hagelschauer der Pfeile und der Steinbrocken aus der Ebene kamen. Die Makedonen steigerten ihre Anstrengungen und ihre Wut von Tag zu Tag. Die Hitze wurde kaum geringer, nur einmal ging ein kurzer Regen nieder.

Die Belagerungstürme erreichten ein breites Mauerstück zwischen den Toren und den Tortürmen.

Aus dem untersten Bereich schoben sich mannsdicke Balken, die an Stricken hingen. Sie schwangen vor und zurück, und die Metallköpfe donnerten gegen die Mauer.

Jeder Schlag zertrümmerte ein Stück des Gesteins, machte es bröckelig und ließ es herunterrieseln, zerstörte weitere Teile des Quaders und trieb ihn aus dem Verbund der Mauer hinaus. Auf jeder Seite des schweren Balkens wuchteten dreißig ausgeruhte makedonische Krieger die Ramme hin und her, vorwärts und zurück. Einen ganzen Tag lang schnellten die Arme der Geschütze hoch, schlugen die Schenkel der Pfeilschleudern an und rissen die Sehnen nach vorn, heulten die kurzen Pfeile mit den eisernen Spitzen über die Mauern und durch die schmalen Gassen von Halikarnassos. Die Nacht kam; eine der furchtbaren Nächte, in denen es keinen Schlaf gab. Zwei Stützpfeiler und ein großer Teil der Mauer selbst waren halb zerstört und konnten jede Stunde zusammenbrechen.

Mitten in der Nacht, im nachlassenden Schwirren der Pfeile und Steine, tauchten auf dem wankenden und durchlöcherten Wall Männer auf. Sie schützten sich mit schweren Schilden, griffen hinter sich und schleuderten besonders lange Fackeln auf die Belagerungstürme. Kochendes Öl spritzte und entzündete sich. Die Fackeln loderten und qualmten, und es wurden immer mehr, die wie seltsame, stürzende Sterne durch die Finsternis wirbelten. Die trockenen Felle brannten wie Zunder. Sie stanken und qualmten so stark, daß die Krieger aus den Maschinen sprangen und versuchten, den Pfeilen von den Mauern zu entgehen. Die Maschinen fingen zu brennen an. Das lodernde Öl lief die Balken entlang und sickerte zwischen die Holzbohlen.

Dann brachen die Mauern zusammen.

Über die Quadern, durch eine gewaltige Staubwolke hindurch, sprangen und rannten die Verteidiger. Sie waren schwer bewaffnet, und ihr Vorstoß wurde von Hunderten Bogenschützen gedeckt. Sie schleuderten Speere, kaum daß sie vor dem Hintergrund der schwelenden Lagerfeuer die Wachen erkannten. Tödlich trafen die heulenden Pfeile von der Mauer. Schwärme von Verteidigern begannen die Brokken und Quadern wegzuschleppen. Hinter der eingestürzten Mauer konnte man im fahlen, zuckenden Licht der Feuer und Fackeln und der hochzüngelnden Flammen der Belagerungstürme eine halbrunde, zweite, weiter zurückgesetzte Mauer sehen.

Als die ersten Zelte in Flammen aufgingen und die langen, geschliffenen Klingen der Sarissen blinkten, und als das Stampfen von schweren Schritten das Kommen der makedonischen Phalanx ankündigte, zogen sich die Verteidiger Schritt um Schritt zurück. Ihr Rückzug wurde von den verbliebenen Mauern und der neuen Sperre unterstützt, und aus dem Lager kamen die Befehle, die Belagerungsmaschinen mit dem Trinkwasser der Makedonen zu löschen.

Nur wenige Verteidiger, aber viele Angreifer lagen als dunkle Bündel auf dem zerwühlten Land.

Tagelang besserten Verteidiger und Angreifer die Maschinen und Mauern aus. Die Toten wurden begraben, und jeder, der das Geschäft des Krieges und der Belagerung kannte, sah die Zeichen: Es wurde mit mehr Wut, mehr Verbitterung gekämpft. Der Würgegriff der Eroberer schloß sich enger um Halikarnassos.

Einige Nächte später schritten Krieger aus der Taxis des Perdikkas, zwei völlig betrunkene Makedonen, durch einen Teil des riesigen Lagers. Sie galten als gute Kämpfer und als Freunde, die den letzten Trunk Wasser mit ihrem Nebenmann ebenso teilten wie die Wunden, die sie in zahlreichen Kämpfen empfangen hatten. Sie schrien und torkelten noch nicht; aber ihr Mut war ins Unermeßliche gewachsen. Schnell schlossen sich ihnen andere an, die nicht wußten, worum es ging. Die Krieger schafften es, den anderen und einer großen Menge von Männern, die sich um sie versammelten, einen Plan schmackhaft zu machen. Schnell verstreuten sich die Männer, bewaffneten sich und versammelten sich, außerhalb des Lagers. Sie wollten es denen von Halikarnassos zeigen – der neue Schutzwall sollte noch diese Nacht geschleift werden.

Hunderte Makedonen, viele von ihnen berauscht vom guten Wein. Außer ihren Waffen trugen sie Fackeln und Feuerbrände, die sie aus den Lagerfeuern herausgerissen hatten. Ein langer Heerwurm näherte sich dem riesigen Loch in der äußeren Mauer. Die Stille der Nacht wurde von den drohenden, dröhnenden Schritten der Makedonen, vom Waffenklirren und den heiseren Schreien durchbrochen.

Der Boden vor der Stadt war durch ein nächtliches Gewitter naß und tief geworden. Die Verteidiger zeigten sich nicht, als die ersten Krieger im nassen Schlamm ausrutschten. Sie ließen sich auch nicht blicken, als die Makedonen an der Mauer standen und versuchten, die mitgebrachten Leitern anzulegen. Als die Verwirrung der Angreifer den ersten Höhepunkt erreicht hatte, wagten die Verteidiger den Ausfall.

Sie kamen von überall.

Sie kletterten über Strickleitern von der neuen Mauer herunter, sie stürzten aus den schmalen, neuen Toren, sie schwangen sich an Seilen von den Auslegern des Katapults ebenso wie von den Türmen mit den Spuren der langen Belagerung. Zwischen den Kämpfern tauchten Bogenschützen auf und schossen auf die Makedonen. Die Pfeilschleudern tönten dumpf. Die Löffel der Katapulte hoben sich und ließen Steine auf die Angreifer prasseln. Der Gegenangriff, an dessen Spitze sich nach kurzer Zeit Memnon selbst setzte, trieb die Makedonen unter schweren Verlusten zurück. Mehr Fackeln wurden gebracht, und die Fläche unterhalb der Mauer verwandelte sich in eine tödliche Ebene.

Frauen und Männer aus Halikarnassos fluteten hinter den Kriegern nach draußen und schleppten die toten Angreifer in die Stadt. Diejenigen, die noch lebten, wurden erschlagen. Dann erst flammten die Fackeln in der Mitte des makedonischen Lagers auf. Hörner zerfetzten die Mitternacht. Befehle gellten, das Klirren der Waffen weckte auch diejenigen, die am tiefsten schliefen.

Schnell bildeten sich die Reihen der Hopliten. Vor den Sarissen, die senkrecht hochgestellt waren, rannte ein kleinwüchsiger Mann mit fliegendem Haar hin und her, dessen Befehle mit angsteinflößender Geschwindigkeit ausgeführt wurden. Im Laufschritt näherten sich die ersten Reihen den Kämpfenden, den Flüchtenden und den Nachrückenden. Die langen Sarissen senkten sich, das makedonische Angriffsgeschrei schnitt durch das Tosen.

In den nächsten Tagen und Nächten änderte sich das Wetter. Mehr Wolken trieben über den Himmel, in den Abenden und Nächten wetterleuchtete es weit auf dem Meer, und es gab mehr Wind und Gewitter. Die Donnerschläge und das Hämmern der Rammen wetteiferten miteinander. Die Makedonen steigerten ihre Angriffe. Ihre Maschinen warfen und zertrümmerten ohne Pause; die Mannschaften wechselten einander ab. Aber die Verteidiger waren mutig und schnell.

Und sie waren erfahren in der Kriegführung. Sie wagten blitzschnelle Ausfälle. Die Söldner der Stadt konnten es an Erfahrung und Kampfesmut mit den Makedonen aufnehmen. Zudem wagten sie sich nicht sonderlich weit aus dem

Schutz der Mauern hinaus. Ihre Kameraden deckten jeden Schritt der keilförmigen Streitgruppen.

Wenige Tage später, gegen Abend, unternahmen die Verteidiger, von Ephialtes angeführt, einen Ausfall von großer Geschicklichkeit. Es begann damit, daß die hölzerne Pyramide hinter der Mauer zu einem rasenden Ungetüm wurde, das einen Regen aus Steinbrocken und wahre Schwärme von Pfeilen über die Angreifer warf. Eine Masse schweigender und zu allem entschlossener Verteidiger brach aus den Toren hervor, Fackeln in den Händen. Die Krieger rannten auf die Belagerungstürme zu, die vor den Mauern im Nordosten standen und sich scharf gegen den Himmel des Sonnenuntergangs abhoben. Die ersten Fackeln flogen in die Türme und setzten abermals das trockene Holz in Flammen. Die Wachen der Makedonen, die von dem Angriff abgelenkt worden waren, kämpften gegen die Verteidiger und starben an den Pfeilen und Steinbrocken, die aus der Stadt auf sie herunterkrachten. Um die Belagerungstürme brachen erbitterte Kämpfe aus, Mann gegen Mann.

Eine zweite Gruppe verließ die Stadt, als das Getümmel um die Maschinen und Türme am größten war.

Hunderte Krieger drängten sich durch das westliche Tor, sammelten sich im Schatten der Mauer und griffen an, die Lanzen gesenkt und die Schwerter quer über den Köpfen. Sie bildeten einen Keil und bewegten sich in einem leichten Bogen auf die Stelle zu, an der die Belagerungsmaschinen zu brennen begannen, an der die ersten Sarissenträger aus dem Lager eintrafen, an der die Verteidiger und Angreifer sich ineinanderkrallten. Das Klirren der Schwerter und das Keuchen der Kämpfer bildeten inmitten der Flammen und der dunkler werdenden langen Schatten eine Insel des Todes.

Als Memnon erkannte, daß nicht die alten, kampferfahrenen Makedonen in den Kampf rannten, sondern die jüngeren Krieger, rissen seine Leute das Tor auf. Wieder brach eine ausgeruhte, todesmutige Gruppe von einigen hundert Kämpfern aus der Stadt hervor und griff in den Kampf ein. Die Angreifer wurden zurückgetrieben, während noch einige von ihnen versuchten, die brennenden und glühenden Maschinen zu löschen. In einem weiten Halbkreis vor den

Mauern schlachteten sich die Angreifer und die Verteidiger ab. Dann prallte die dritte Gruppe auf die Kämpfenden.

Chaos brach aus. Befehle wurden gar nicht oder falsch befolgt. Dann bildete sich eine neue Kampflinie. Alte Krieger fällten ihre Sarissen, rückten aneinander, bis sich ihre Schultern berührten, und rückten mit grimmigem Nachdruck vor. Wieder sah man bei ihnen einen nicht sonderlich großen Mann, der knappe Befehle schrie und genau wußte, was hier und jetzt zu geschehen hatte.

Eine erste Reihe von vierzig oder mehr bildete sich, bald darauf eine zweite, dann eine dritte, und schließlich kamen an beiden Flanken weitere Gruppen zusammen. Ihr Schrittmaß änderte sich, wurde schneller, und eben an dieser neugebildeten Schlachtreihe richteten sich die fliegenden Makedonen wieder auf. Sie wichen den erfahrenen Kameraden rechts und links aus und sammelten sich hinter den Reihen. Die Verteidiger, deren erste Welle in die Klingen der Sarissen rannte und starb, gerieten ins Stocken. Inzwischen war der letzte rote Glanz der Abenddämmerung vergangen; nur noch die nahen Berggipfel und hohe Wolken spiegelten das Blutrot der Sonne wider, die ins Meer tauchte.

Die Männer aus Halikarnassos zogen sich zurück. Binnen kurzer Zeit wurde aus dem geordneten Rückzug eine Flucht, die immer stärker in Panik abglitt. Verteidiger und Angreifer stolperten über Leichen und über Verwundete. Die ersten Verteidiger erreichten die Stadtmauern und suchten die Tore.

Nach wie vor standen Bogenschützen und Peltasten auf der Mauer. Faustgroße Steine heulten durch die beginnende Nacht, Pfeile bohrten sich mit trockenem Krachen durch die harten Lederpanzer und fuhren ins Fleisch. Aber die Verteidiger auf den Zinnen und Türmen konnten nicht mehr zwischen Feind und Freund unterscheiden und trafen auch ihre eigenen Leute.

Die Tore flogen auf, während sich hinter ihnen die Schwerbewaffneten aufstellten. Auf der Mauer erschienen mehr Fackeln. Das Durcheinander nahm zu.

Die ersten zogen sich zurück, schlüpften durch die engen Tore, wurden von den hinter ihnen Stehenden zurückgerissen in den Schutz der Stadtmauern und der Häuser und

Gassen, deren Stufen voller Trümmer waren. Die Männer auf den Türmen und Mauern verdoppelten ihre Bemühungen, die Makedonen abzuwehren. Vor den Toren ballten sich die Verteidiger zusammen, und nur wenige von ihnen drehten sich herum und wandten sich gegen die Angreifer, um zu kämpfen. Als die Makedonen nachrückten, schlossen sich die Tore.

Niemand hatte den Befehl gegeben. Die Verteidiger, zwischen Makedonen und Mauern, wurden derart bedrängt, daß sie sich kaum wehren konnten in der fürchterlichen Enge. Ephialtes fiel im Kampf mit mehreren Makedonen, die nicht erkannten, wen sie da niederhieben. Um die Stadttore entbrannte ein furchtbarer Kampf; die Makedonen schleppten einen hölzernen Widder herbei und hämmerten zwischen den Kämpfenden und Toten gegen die Pforte.

Anführer erschienen und schrien hinauf zur Mauer: »Unser Herrscher verlangt, daß ihr die Stadt übergebt. Dann wird er Gnade walten lassen.«

Persische Flüche erschollen durch die Nacht. Die Hellenen schienen zu zögern, und einige von ihnen schossen weiterhin auf die Angreifer. Die Tore dröhnten unter den harten Schlägen der Ramme. Es herrschte vor den Eingängen der Stadt eine heillose Verwirrung. Mehr Fackeln wurden herbeigeschleppt und angezündet. Ohne daß die Angreifer es merkten, führten die Perser einen Plan aus, der ihrer Bedrängnis entsprungen war. Die Mauer war eingebrochen, vom Tod des Ephialtes hatten sie erfahren, und sie schienen Verrat innerhalb der Stadt zu befürchten. Plötzlich schlugen riesige Flammen aus dem Turm der Katapulte und machten daraus binnen kurzer Zeit ein brennendes Gerüst, dessen flackernde Glut auch das Geschehen vor der Mauer beleuchtete. Für wenige Augenblicke stockte der wütende Angriff, denn die Makedonen glaubten nicht, was sie sahen.

Der Wind peitschte die Flammen höher. Brüllend und knatternd zuckten aus fast allen Häusern an der Mauer lange Feuerzungen.

»Die Perser brennen die erste Verteidigungslinie nieder!«

»Zur zweiten Nachtwache – sie nützen die Wut des Windes aus!«

Ein tiefgestaffelter Bogen aus geräumten Häusern brannte. Ebenso loderten die Dachsparren der Waffenhalle. Die Menschen flüchteten auf die Burg nahe dem Hafen. Orontobates, der persische Satrap, konnte auf die Flotte rechnen und auf die noch höheren, wuchtigeren Mauern, von denen die zwei kantigen Vorgebirge mit ihren senkrecht abfallenden Wänden geschützt wurden. Die ersten Fackeln flogen in die Häuser, als der Wind sich vor der Mauer staute und riesige Funkenschwärme hochwirbelte.

Inmitten seiner Reiter erschien Alexander. Die glühende Hitze sprengte die Mauern. Alexander gab seine Befehle.

»Hört mit der Ramme auf und brecht die Mauern nieder. Es soll eine große Fläche eingeebnet werden, damit wir leichter die Vorgebirge berennen können. Tötet die Brandstifter, wenn ihr sie faßt – aber niemand vergreift sich an den Bürgern der Stadt!«

Als Knephalos geendet hatte, schnitt die helle Stimme der Königsmutter durch das eher beifällige Gemurmel der Offiziere; wie ein Messer durch Butter.

»Zu viel Trümmer, Händler, und zu wenig Herrlichkeit. Ich betrachte es als Dreistigkeit eines hergelaufenen Lumpen, den edlen Gastgebern in dieser Weise von den Taten ihrer Freunde und Verwandten zu berichten.«

Knephalos erstarrte; lähmendes Schweigen hing über dem Hof. Der Mann aus Nikaia holte tief Luft.

»Fürstin«, sagte er, mit einer unausgeführten, bestenfalls halb angedeuteten Verbeugung, »ich hatte angenommen, euch alle hier durch einen Bericht über das, was ich gesehen habe, zumindest nicht zu langweilen. Ich hatte gedacht, Lobgesänge in den überlieferten Formen, Heldenpreis und Götterbeschwörung seien euch ausreichend bekannt und müßten nicht wiederholt werden. Ich bedaure sehr, euch gekränkt zu haben. Damit dies nicht wiederholt werden kann, bitte ich um Erlaubnis, euer Fest und eure Stadt verlassen zu dürfen.«

Olympias bewegte die Hand; die Gebärde mochte alles mögliche bedeuten – geh; sieh dich vor; morgen bist du tot …

Antipatros klatschte und griff zum Becher. »Wir wollen auf das Wohl des kundigen Erzählers trinken. Ich finde, er hat denen von uns, die den Krieg und die Grauen der Belagerung kennen, ein kostbares Geschenk gemacht: die Wahrheit. Ich höre am Gemurmel, daß die Krieger auch dieser Meinung sind. Was denkt der ehrwürdige Medios?«

Der Älteste der Fürsten, Vorsitzer des Staatsrats und wichtigster Berater, beugte sich vor und hob ebenfalls den Becher.

»Wenn dieser windige Hellene, Kallisthenes, Neffe des weit größeren Aristoteles, seine Berichte mit weniger Rhetorik und halb so viel Wahrheit, wie Knephalos sie vortrug, verfassen könnte, wäre uns allen mehr gedient. Wir haben über Dinge wie Nachschub, Bündnisse, Besoldung und die Zukunft zu entscheiden; dabei helfen uns heroische Preislieder nicht. Ich danke dir, Nikaler, für die kostbaren Kenntnisse, die du uns vermittelt hast.«

Olympias trank nicht mit; ihr Gesicht war eine Steinmaske. Sie wandte sich plötzlich an Dymas.

»Vielleicht kann der Kitharist, der auch Kitharode ist, das Gleichgewicht herstellen.« Die Stimme war wie erstickt in Haß und Gier.

Tekhnef berührte Dymas' Bein mit dem Fuß. Der Musiker zögerte, suchte Antipatros' Augen. Der Stratege Europas lächelte dünn.

»Ich bin sicher, ein kluger Sänger hat ebenfalls eigene Ansichten über die Wichtigkeit der Dinge. Nicht wahr, Dymas? Nur zu; keine Besorgnis, Freund. Antipatros legt keinen Wert auf hirnlosen Preis.«

Dymas schloß die Augen; seine Finger beschäftigten sich mit den Metallwirbeln, stimmten die Saiten schärfer. Ohne besondere Betonung, wie betäubt vom Versuch, Mut aufzubringen, sagte er:

»Ich habe mehrere Dinge gedacht. Es sind schlechte Verse daraus geworden, aber wenn ihr sie unbedingt hören wollt ... So habe ich zum Beispiel begrübelt, was der große König der Makedonen, siegreich heimgekehrt und im Ruhm gealtert, am Ende seines Lebens denken könnte. Wenn ihm die göttliche Kraft entronnen ist, wie Sand zwischen den Fingern.«

Er zupfte die offenen Saiten; dann begann er mit einer leisen, klagenden, im Kern jedoch harten Melodie.

Ameisen kichern, wenn du sie zirpend bedrohst,
da du früher den Donner zersungen, die Sonne
unter die Meere gebrüllt hast. In deinen Fingern
jubelten Lyra und Schwert, nun biegt sich kein Halm.
Löwen hast du gezähmt zum Ergötzen der Frauen,
jetzt geben Ammen dir Käse aus Löwinnenmilch.
Besser, niemals geboren zu sein, als an Zähne
sich zu erinnern und zahnlos nicht sterben zu können.

Antipatros verkniff sich ein Grinsen; er nickte nur. Der alte Medios schielte hinüber zu Olympias, die die Augen verdrehte.

»Was hat das mit meinem Sohn, dem Gefäß des Ammon, zu tun?« Sie schrie beinahe. »König, Held, Stratege, Priester! Und du redest von einem zahnlosen Greis!«

Dymas, ungläubig, hörte Tekhnef sagen:

»Aber auch den Strategen hat er besungen, Fürstin. Und er hat ihn gut besungen; er lobt ihn, weil euer König nicht protzt wie mancher andere Heerführer, und in diesem Gesang läßt er ihn nicht zahnlos werden, sondern ruhmreich und mutig in Asien sterben.«

Olympias zeigte die Zähne und schwieg; Antipatros gluckste leise. Medios, auch im Sitzen auf seinen Stock gestützt, rammte dessen Spitze heftig auf den Boden.

»Wir wollen es hören!«

Dymas seufzte, streifte Tekhnef mit einem mißmutigen Blick und begann zu spielen. Die Melodie war, leicht abgewandelt, die eines bekannten feierlichen Preislieds, getragen und erhaben.

Wer als Stratege, die Beine gespreizt, sich stampfend
voranschiebt,
Locken schüttelt, die Brust wölbt und Wolken zu bürsten sich
rühmt,

gilt mir nicht viel. Es lebe dagegen der Zwerg, der die Männer
mutig zum Sieg führt, der krummbeinig zwar, doch fest auf
der Welt steht.
Weniger wiegt, wer Asiens Winde und Wasser und Weiten
wahnhaft durchwandert, dem willige Weiber die Wunden
umwinden;
mehr der Mutige, Mast im Gemetzel, der Männer ermuntert,
der sich zuletzt mit fünf Fuß von Asiens Erde vermählt.

Es gab Beifall von den Offizieren, hier und da kicherte jemand. Olympias saß starr; ihre Augen sprühten Gift.

»Ist das die einzige Zukunft, die du siehst, Sänger und Seher?« sagte Antipatros.

Dymas fühlte sich verloren, nutzlos, zum Tode durch Ersticken in Seide oder Ertrinken in Jauche verurteilt. Er haßte Tekhnef, die ihn antrieb, und Antipatros, der ihn als Werkzeug gegen Olympias nutzte, und vor allem sich selbst, weil er Dinge geschehen ließ, statt sie zu bestimmen.

Mit spröder Stimme sagte er. »Es gibt da noch einige Verse; sie sind unfertig, und es ist keinerlei Weisheit oder gar Weissagung darin. Nur ... Dinge, die ich empfunden habe.«

Seine Finger machten sich selbständig; er schloß erneut die Augen, starrte nach innen, in einen bodenlosen Schlund aus Ängsten und verschüttetem Trotz. Die Finger spielten eine spöttische Tanzweise in den oberen Lagen; dann ließ er die metallbesetzten Kuppen abwärts gleiten, die Saiten ächzten und quiekten, durch Umkehr und Abwandlung wurde der Tanz zum feierlich-gequälten Totenlied.

Der Hundsstern bellt. Erhaben ziehen Die Andren vorüber.
Krios, der Widder des Ammon – ihm zieht man das Goldene
Vlies
über die Ohren. Minos und Mithras schlachteten Tauros;
Knochen, mehr bleibt nicht von Knaben und Maiden im
Labyrinth.
Kastor und Polydeukes, die Didymoi, fuhren nach Osten,
wo sie gespalten vergingen. Zerquetscht wurde Karkinos, als er
mit seinen Krebsklauen schroff des Herakles Ferse verletzte.

Leon der Mächtige, schmachvoll verendet am Dorn in der Pfote,
sterbend zerfleischt er Kore die Maid, die ihm Heil bringen könnte,
und Chelai, die Klauen von Skorpios, wie eine Waage
ausgerichtet am Himmel, reißen sie vollends entzwei.
Skorpios selbst, dessen Schwanz den gewaltigen Jäger bezwang,
wird von den Pfeilen des Toxotes, der ihm folgt, überwältigt.
Aber der Bogner stirbt auf den Hörnern des Bocks Aigokeros,
der in dem Wasser verendet, das Hydrochöos vergießt.
Ichthye schwimmen darin – als Aphrodite und Eros
vor Typhon flohen, dem Drachen, entkamen sie ihm nur als Fische.
Aber sie kommen nie mehr an Land, nie mehr zu uns Menschen,
nur wie vom Tode berauscht ertrinken wir trunken in Liebe.
Lieben, Schlafen und Sterben sind das dreiköpfige Dunkel,
Kampf ist der hellichte Tag, bewußtlos das, was nicht Kampf ist.
Licht im Dunkel, Stern in der Nacht oder logos im Chaos
möchtest du sein, heller Heros, um Dunkel und Licht zu vermählen?
Dann mußt du sterben, so wie vor dir die vergöttlichten Sterne.
Widdergefäß, vom Stier gezeugt, von der Löwin geboren,
tausendfach Kastor und Polydeukes in deiner Brust
– Lehm oder Labsal, Hauch oder Brand für die Oikumene,
ob du Skorpion wirst, ob Krebs, ob Bogner, ob Wasserträger:
Tausende Lichter und Finsternisse in einer Amphore,
Herr der zehntausend Wesen, Knecht der zehntausend Schrecken,
Sonnenstern auf deinem Wappen, schwärzeste Nacht im Gemüt,
Untergang im Sonnenaufgang suchst du; von Westen gekommen
mußt du im Osten den Westen verfinstern, um Halbgott zu werden,
dem die unsterblichen Götter Heimstatt am Himmel gewähren:
Stern unter Sternen. Doch sind die Götter von Menschen erfunden,

menschengleich. Wären wir Molche, kröchen die Götter in
Höhlen.
Sterne sind glühende Schlacke, öde ist der Olymp,
sicher sind nur dein Untergang und die Verfinsterung aller.
Der Drache Mond, den du träumtest, hat deine Sterne
verschlungen;
er scheidet Nacht aus, die bald schon in deiner Seele versickert.
Besser tritt sengend und klaffend dem Hundsstern bei, als
Geselle.

Antipatros sagte, langsam und gewichtig:

»Ist es so? So könnte es sein. Man sollte sich ... vorsehen.«

Medios kicherte – ein hämisches Greisenkichern, ein häßliches Geräusch. »Mag sein – mag sein. Du solltest die Vorwerke verstärken und die Mauern bemannen, Freund.«

Dymas öffnete die Augen, wie aus einem Albtraum erwachend. Tekhnef betrachtete ihn nachdenklich; in ihren Augen las er Fragen, eine Spur von Ermunterung, eine Andeutung – eine verhallende Erinnerung? – von Liebe.

Der Platz, auf dem Olympias gesessen hatte, war leer.

5. DER AUFTRAG DES LAGIDEN

Eher zerstreut überflog Peukestas die nächste Rolle, auch sie von Dymas beschrieben; die Ansichten des Musikers, an den er sich von mehreren Begegnungen her erinnerte, mochten unter anderen Umständen fesselnd sein, ebenso seine wirren Erlebnisse. Ein langer Blick auf Aristoteles, der immer mehr zerfiel oder – Peukestas suchte nach einem Vergleich; ein altes, einst kostbares, nun fadenscheiniges Tuch, zu oft zu heiß gewaschen, ausgefranst und eingelaufen. Die Umrisse des Schädels schienen von innen Haut und Fleisch zu zerschneiden, um nach außen zu gelangen; in den Augen war etwas wie die übergroße Flamme, die fast alles Öl verzehrt hat und nach dem letzten Lodern den Docht verlassen wird. Dymas' Erlebnisse, sein Schwanken, seine Zweifel und Nöte, seine und Tekhnefs Musik in thessalischen Schänken, derlei berührte den Makedonen kaum. Zu viele Fragen, zu wenige Stunden, ehe der Philosoph in die Schatten eingehen würde.

Andererseits ... Von den Rollen, den kostbaren, allzuvielen Rollen, die Aristoteles ihm zu lesen und wahrscheinlich zu behalten gegeben hatte, irrte sein Blick zu den anderen, die der Verbrennung harrten, und dann zum Hals des Philosophen. Im stickigen Halbschatten war die feine Kette kaum zu sehen.

»Immer noch das Amulett?« Aristoteles' Stimme kam wie eine rauhe Bö, an Klippen zerschellt und zu Windsträhnen geborsten. Pythias, von der Mühsal der Tage, der Nachtwachen und des Kummers überladen, bewegte sich unruhig im Schlaf, wachte jedoch nicht auf.

»Immer noch, immer wieder. Ich las eben von Antipatros' Ausruf, ehe dieser Händler aus Nikaia über Halikarnassos redete. Was hat es denn nun damit auf sich?«

»Später, später. Du bist noch zu früh in der Geschichte der Dinge und Menschen, um die Größe und Nichtigkeit dieses Geräts zu erfassen.« Die Hand tastete nach der Kette; die Finger zitterten, als Aristoteles das *ankh* mit dem Auge des

Horos hervorholte. »Dymas hat das Rätsel gelöst, aber es war ihm keine Freude. Mein bisweilen scharfzüngiger, bisweilen dümmlicher Neffe hätte sein Vergnügen daran gehabt, aber er lebte nicht mehr.«

»Kallisthenes? So spät ist das Amulett erklärt worden?«

»So spät, ja. Aber Kallisthenes hatte an vielen Dingen sein Vergnügen; sein Ende wäre weder bitterer noch ersprießlicher gewesen, wenn er gewußt hätte.«

»Hat er wirklich zwei Fassungen, zweierlei Berichte über die Vorgänge nach Hellas geschickt?«

Aristoteles ließ das Amulett fallen; es lag auf dem Fell, das ihn bis zum Hals bedeckte. »Oft; manchmal nur eine, manchmal auch drei. Seine Beweggründe waren nicht immer eindeutig zu ermitteln. Er hat die Wahrheit so gründlich verbogen, daß heute in ganz Hellas niemand etwas anderes glauben mag als das, was er in Umlauf brachte.«

Peukestas zwinkerte. »Die Worte der heimkehrenden Krieger sollten doch ausreichen, das eine oder andere zurechtzurücken, oder?«

»Wen kümmern die zweifellos entstellenden, unzuverlässigen Berichte alter Kämpfer, wenn längst die wahre Wahrheit bekannt ist, verfaßt von einem namhaften Hellenen?« Aristoteles hustete; wahrscheinlich sollte es ein schwaches Gelächter sein. »Und wen, frage ich dich, wird es in der absehbaren Endlichkeit der Zukunft bekümmern, ob Parmenion die Schlacht am Granikos gegen Alexanders Willen aufschob oder nicht? Ob Alexander in Gordion den Knoten zerschlug oder nicht? Ob Parmenion ihn nach der Schlacht bei Issos an der Verfolgung des fliehenden Großkönigs hinderte oder nicht?«

»Geschichten!« Peukestas beugte sich vor; einen Moment war er versucht, die Hände zu ringen. »Geschichten, Aristoteles, die ich nicht kenne – ich, der ich dabei war! Ich weiß, daß Alexander den Knoten nicht zerschlagen hat, daß er Dareios nicht verfolgen wollte! Aber ich wußte bis jetzt nicht, daß diese ... Märchen, Lügen, in Hellas umlaufen!«

Aristoteles hob eine Braue. »Erregung führt zu nichts, mein junger Freund. Bedenke: Kallisthenes hatte eine Aufgabe. Wie auch Harpalos.«

»Harpalos?«

»Später, später. Die Aufgabe meines unrühmlichen Neffen war es, den Hellenen einen strahlenden Heros zu zeigen, einen Halbgott – nicht die mehr oder minder wichtigen Sachverhalte. Die richtigen oder falschen Entscheidungen eines makedonischen Strategen? Unwichtig, für Hellas. Nicht die Tatsachen zählen, sondern die großen Gebärden. Wenn es keine gab, hat er sie erfunden; manchmal, wenn er die Gebärden mißbilligte oder nicht richtig verstand, hat Kallisthenes auch eine dritte Fassung gemacht. Die erste, an mich, berichtete durchaus trocken über die Vorgänge. Die zweite, für Hellas, bauschte alles ins Übermenschliche auf. Die dritte, für bestimmte Freunde in Hellas und nebenbei auch für mich, verzerrte die zweite ein wenig, ließ gewissermaßen hinter dem Heros einen zwielichtigen *daimon* erscheinen.«

»Ich werde euch Hellenen nie verstehen«, knurrte Peukestas. »Ausgerechnet du, als Sammler von Tatsachen ...«

Aristoteles lachte schwach. »Aber ich rede nicht von mir; es ging nicht um mich, sondern um den, ah, das Volk. Mir haben viele Dinge weh getan – vergiß nicht, Parmenion war ein guter Freund, wie auch Antipatros; Alexander war ... eine Erscheinung, die mich staunen ließ und in vielem noch heute fassungslos macht. Auch für andere habe ich Freundschaft empfunden. Ptolemaios, Kleitos, Antigonos gehören oder gehörten dazu – Freundschaft zwischen gleichen, oder zwischen Lehrer und erwachsenem Schüler. Alexander? Er war zu viele verschiedene Männer; für den einen oder anderen habe ich Freundschaft empfunden, Liebe, Verehrung; für andere Verachtung oder Mißbilligung, für alle aber Staunen.«

Er deutete auf das niedergebrannte Feuer, dann auf einen Rollenstapel im Gestell. Peukestas stand widerwillig auf, um den unerträglich heißen Raum noch heißer zu machen. Pythias blinzelte kurz, schloß aber sofort die Augen wieder und schlief weiter.

Während der Makedone Asche beseitigte und ein neues Feuer entfachte, sprach der Philosoph von den Musen und den Gesetzen, die nicht für alle und alles gleich seien. Kallisthenes, sagte er, habe nicht Historiographie betrieben, sondern preisende Prosa, epische Werbung für den König der Makedonen, den die meisten Hellenen noch immer ablehnten. Diese Gesetze verlangten, daß – wie an der Perlenschnur des Schrittzählers nach einer Anzahl kleinerer Perlen eine große sein muß – Höhepunkte und Flachstrecken ausgewogen verteilt seien. Was auch immer die Wirklichkeit gewesen sei, nach den Gesetzen der Prosa, die einen Heros preisen solle, dürfe Parmenion am Granikos nicht recht behalten; nach den gleichen Gesetzen habe die vom König und seinen Beratern gemeinsam getroffene Entscheidung, nach der Einnahme von Milet die Flotte aufzulösen und heimzuschicken, als dramatische Auseinandersetzung stattzufinden; und der wegen der Unzuverlässigkeit der hellenischen Schiffsbesatzungen und des Geldmangels unausweichliche Beschluß, angesichts der unendlich überlegenen phönikischen Flotte im Dienst des Großkönigs das Küstenland, die Häfen und die Quellen zu besetzen, durfte ganz einfach nicht strategische Weisheit sein, sondern mußte dem unerforschlichen halbgöttlichen Ratschluß des Königs entsprungen.

»Mich haben viele Dinge entzückt und entsetzt, oft zugleich. Es war wie bei seinem Vater – immer mit geringstem Aufwand möglichst viele Wirkungen gleichzeitig erzielen. Er übernimmt den Aufbau und die Verwaltung der persischen Satrapien, die erfahrenen Beamten und die seit Jahrhunderten erprobten Verfahren – aber zugleich entmachtet er die neuen, von ihm ernannten Satrapen, indem er sie stärker macht.«

Peukestas kehrte zu seinem Schemel zurück. »Du sprichst in wohlklingenden Rätseln, weiser Mann. Erhelle mich. Inwiefern hat er Kalas, zum Beispiel, gestärkt und entmachtet?«

»Die Satrapen des Großkönigs waren immer überlastet, und sie waren zu mächtig. Sie beherrschten, für den König, ihre Gebiete, lenkten die Verwaltung, sprachen Recht, erhoben Steuern, sorgten für Sicherheit und Ordnung, und führten die von ihnen ausgehobenen oder ihnen vom Großkönig gesandten Truppen. Alle Macht in einer Hand – und wie oft ist es zu Aufständen der Satrapen gegen die Großkönige gekommen?«

Peukestas wiegte den Kopf. »Das stimmt, und so hatte ich es nie betrachtet. Alexander hat die Macht aufgeteilt; fast immer, jedenfalls. Die Grenzen und Verwaltungen der alten Satrapien beibehalten, und für diese Gebiete jeweils einen Strategen, einen Schatzmeister und einen Staatshüter eingesetzt. Drei, nicht einer; und keiner kann ohne die anderen handeln. Klug, zweifellos, aber ich sehe nicht, daß über diese mehrfache Klugheit hinaus viele verschiedene Wirkungen damit erreicht werden. Auch weiß ich nicht, was daran dich entzückt, was dich entsetzt.«

Aristoteles strich mit zitternden Fingern über das Fell, das seine Brust bedeckte; einen Moment betastete er das Amulett.

»Nicht? Es ist doch so einfach, Peukestas. Die Strategen unterstehen dem Bundesfeldherrn, dem König Makedoniens – also Alexander. Die Schatzmeister unterstehen dem königlichen Schatzmeister – damals Harpalos. Die Verwalter haben dem König zu berichten – wiederum Alexander. Es kann keine Aufstände in den Satrapien geben, jedenfalls nicht wie unter den Persern. Aufstände gegen Alexanders Verwalter ja, aber keine Aufstände von diesen gegen ihn. Kalas, der die Satrapie des nördlichen Phrygien erhielt, war ein altgedienter makedonischer Offizier – unbedingt vertrauenswürdig, niemals in Gefahr, auf Einflüsterungen von Hellenen oder Persern zu hören. Ebenso Antigonos im großen Phrygien, ebenso die zahllosen Strategen, die einzelne Festungen oder Städte erhalten haben. Nearchos ... nun, Nearchos war ein anderer Fall; fünf Jahre lang hat er Lykien und Pamphylien verwaltet, die wichtigsten Teile der Landverbindung zwischen der hellenischen Hälfte der Oikumene und dem Inneren Asiens. Ein enger Freund, unbedingt verläßlich, außerdem – wie wir wissen, wie du gelesen hast – zusammen mit Antigonos der wichtigste Mitarbeiter des klugen Demaratos. Sammler und Bewerter von Kenntnissen ... an welchem Platz wäre er besser einzusetzen gewesen? *Aber* – all dies, mit Ausnahme der Ernennung des Kreters, hatte noch zusätzliche Wirkungen. Und diese haben mich entzückt, durch das feine Verhältnis zwischen geringem Aufwand und großer Wirkung.«

Peukestas schüttelte stumm den Kopf.

»Du siehst es noch immer nicht? Du, gläubiger Verehrer des toten Königs, weißt nicht, wie groß und wie umsichtig er tatsächlich war? Ich will es dir sagen. Alle wichtigen Maßnahmen – größere Kämpfe, die Belagerungen von Milet und Halikarnassos, den Zug nach Sardeis, die Eroberung der südlichen Küste – hat Alexander entweder selbst geleitet oder dem einen Mann übertragen, der ihm als Stratege ebenbürtig war: Parmenion. Die anderen, kleineren Unternehmungen ließ er jüngere Offiziere leiten. Mit gemischten Truppen, so daß keiner der Taxiarchen oder Ilarchen sich zurückgesetzt fühlen konnte, denn es war ja nie die ganze Taxis oder Ile eingesetzt, immer nur Teile davon, zusammen mit Teilen anderer Truppen. Auf diese Weise hat er seine jungen Gefährten erprobt – Perdikkas, Ptolemaios, Seleukos, Erigyios, Krateros, all die anderen. Und sobald er wußte, daß sie größere Aufgaben übernehmen konnten, hat er nach und nach die alten Offiziere, die Philipps und Parmenions Heer geführt hatten, zu Statthaltern und Satrapieverwaltern gemacht. Das Heer Philipps und Parmenions, jene furchtbare Waffe, wurde nicht verändert, aber nach und nach traten Alexanders Freunde an die Stelle der alten Männer, und nach und nach wurde es Alexanders Heer. Gleichzeitig waren die altgedienten Männer mit ihren engen Beziehungen zu den Häusern Makedoniens die besten Leute, wenn es darum ging, die Verbindungen zu halten. Dies, junger Freund, hat mich entzückt.«

»Und was hat dich daran entsetzt?«

Aristoteles seufzte. »Die Barbarisierung. Die von der ersten derartigen Ernennung an absehbare Veränderung der Ziele.«

Peukestas zögerte. »Du meinst ... Ich dachte immer, die Entscheidungen hierzu seien erst später gefallen.«

Aristoteles stützte sich auf die Ellenbogen. »Sie wurden erst später sichtbar, aber sie waren, kühn und schrecklich, zu Beginn bereits angelegt. Alexander hat es gewußt und gewollt; er hat alles so gelenkt.« Er ließ sich wieder in die Decken und Felle sinken. »Schau, es ist ein gesamthellenischer Rachefeldzug unter makedonischer Führung. Die Küstenländer Asiens von der persischen Herrschaft befreien; die Schändung der Tempel rächen; den Einfluß des Großkönigs zurückdrängen; all dies, ja – aber nicht mehr. Philipps Traum wird es gewesen sein, die persische Königsstraße von Sardeis bis Gordion zu ziehen, die Berge und die Küste Kilikiens zu erreichen, vielleicht – im äußersten Fall eines verwegenen Traums – am Ufer des Euphrat zu stehen. Was ist dazu nötig, neben dem Sieg in der einen oder anderen Schlacht? Die Zertrümmerung der von den Persern aufgebauten Dinge. Alexander hat sie nicht zertrümmert, sondern übernommen – er hat lediglich die Köpfe ausgetauscht. Er hat den hellenischen Städten, in denen ein persischer oder mit Persien zusammenarbeitender Tyrann saß, ihre alte Demokratie zurückgegeben. Alexander der Befreier. Er hat aber die Städte, in denen eine persienfreundliche Demokratie herrschte, mit einem einheimischen oder makedonischen Tyrannen ausgestattet. Alles, mein Freund, lief darauf hinaus, daß hier ein neues Reich begründet wurde – nicht Vertreibung der Perser und Freiheit für alle Hellenen, sondern Ersetzung der persischen durch die Herrschaft Alexanders.«

Peukestas schwieg, ein wenig verdutzt. Er dachte an die Neuordnung der Städte und Länder; an die Wiedereinsetzung der Fürstin Ada, Königin von Karien, in die Herrschaft über Halikarnassos – Ada, die Alexander zu ihrem Sohn machte, damit zum Thronerben, damit zum rechtmäßigen Mit-Herrscher …

»Dies, Peukestas, hat mich entsetzt – nicht erst später, als es allen offensichtlich wurde, sondern sofort. Es war von Anfang an kein Feldzug, an dessen Ende der siegreiche Stratege und König heimkehren und bis an sein Ende glücklich leben würde; es war von allem Anfang an ein Feldzug zur Errichtung eines neuen, von Hellas und Makedonien losgelösten Reichs. Früher oder später, sagte ich mir damals, wird er, der die Verwaltungen der Satrapien übernimmt, auch einen besonders fähigen Satrapen übernehmen, einen Barbaren. Dann wird ein Perser, von Alexander eingesetzt, als Stellvertreter des hellenischen Bundesfeldherrn, als Stellvertreter des Königs der Makedonen, Hellenen und Makedonen Befehle erteilen dürfen – können – müssen. Und sie werden gehorchen, weil sie müssen. Hellas, Licht und Vernunft, entstand aus dem ewigen Krieg gegen barbarisches Dunkel. Mit ein paar makedonischen Kriegern, sagte ich mir, würde Alexander das unendliche Asien nicht halten können; früher oder später würde er in Heer und Verwaltung Barbaren einsetzen müssen, gleichberechtigt; und unter dem Mantel von Alexanders Friede würde das Dunkel, im Krieg immer zurückgeschlagen, Hellas überfluten. Und genau dies ...« Er tastete wieder nach dem Amulett; dann schloß er die Augen und ächzte. »Aber ich will nicht vorgreifen. Lies die nächste Rolle, Peukestas. Ptolemaios hat sie geschrieben, und dann Rollen von anderen. Lies, du Zeuge der Dinge, damit du weißt, daß Aristoteles nicht von den Entstellungen des Kallisthenes abhängig war.«

Endlich wieder Bewegung. Es war, als ob die Frühlingssonne nicht nur den Schnee, sondern auch die gefrorenen Energien des Heers auftaute. Mit der Schneeschmelze traten die Flüsse und Bäche über die Ufer; hier und da zeigte sich erstes Grün. In ein paar Tagen, längstens Wochen konnten die Pferde wieder grasen, mußten nicht mehr nur von Heu und Korn leben. Ptolemaios beschattete die Augen mit der Hand und spähte voraus; zwei Kundschafter ritten auf der Königsstraße. Die fast überall befestigte Strecke vom fernen Persepolis bis nach Sardeis lag hier, unweit von Gordion, an vielen Stellen im eisigen Schatten kleiner Bergfestungen. Sinnlos, gegen Gordion vorzurücken, ohne diese Burgen ausgeschaltet zu haben; ebenso sinnlos, sie im Winter anzugreifen. Aber nun waren mehrere Gruppen gemischter Einheiten aus den Winterlagern aufgebrochen; in den nächsten Tagen sollten die erwarteten Verstärkungen aus Makedonien eintreffen, dazu Nachrichten von Parmenion; nun endlich endete das verschneite Warten, das fröstelnde Zählen von Tagen und Nächten.

Alexander hatte ihm thessalische Reiter, Hetairen, Aufklärer, einen kleinen Belagerungstrupp und leichte Fußkämpfer unterstellt, Makedonen und Söldner, insgesamt fast 500 Mann. Zwei Dörfer mit Burgen hatten sie in den letzten Tagen erobert und besetzt, die Festungen zerstört; eine, die stärkste Burg blieb noch. Vor Morgengrauen waren die Kundschafter losgeritten; daß nur zwei zurückkehrten, war ein gutes Zeichen. Er wartete, bis sie ihn erreicht hatten.

»Die Wege sind frei, Herr.« Der Mann – ein Thraker – grinste flüchtig. »Wir haben drei Männer abgefangen. Einer war wohl nur zufällig unterwegs; die beiden anderen kamen von einem der Dörfer, gestern, und wollten die Leute warnen.«

»Gute Arbeit.« Ptolemaios nickte dem Unterführer zu, der neben ihm wartete. »Aufbruch.«

Zwei Stunden später überquerten sie die kleine Steinbrücke, die von den übrigen Kundschaftern gehalten wurde. Vor ihnen stieg der Weg in Windungen an, immer aufwärts, immer steiler. Ein Bergnest, mit Wällen und einer Burg; unbedeutend an sich, aber es konnte Perser aufnehmen, und von hier aus mochte ein kluger Führer immer wieder die Straße sperren, Nachschub und Nachrichtenübermittlung stören ...

Die Berge ringsum waren kahl; eine karge, schrundige Landschaft. Wovon mochten die Leute leben? Wahrscheinlich gab es jenseits des Kaffs ein fruchtbares Stück Hochebene, Viehweiden, Anbauflächen. Ptolemaios zuckte mit den Schultern und gab die letzten Befehle.

Seine Truppen rückten vor, verteilten sich unterhalb der Wälle, noch außer Reichweite von Steinen oder Pfeilen. Der Dekadarch, den er losgeschickt hatte, um die Leute zur Übergabe aufzufordern, kam vom Tor – einer scheußlichen Sache aus Hölzern, Metallfetzen und Bruchsteinsäulen – zurückgerannt, verfolgt von Pfeilen und zwei oder drei Speeren.

Ptolemaios seufzte und befahl den Angriff. Innerhalb weniger Augenblicke hatten die Belagerer ihre Packtiere entladen; mehrteilige Sturmleitern wurden ineinandergesteckt, Katapulte zusammengebaut, während andere Männer kopfgroße Steine zusammentrugen. Eher auf gut Glück schossen Bogenschützen Brandpfeile über die Mauern.

Ptolemaios hatte dem langen Emes und seiner Doppelreihe den Schutz des Widders übertragen. Die Hopliten hielten mit einer Hand die Schilde über den Kopf, mit der anderen packten sie die Griffe des zwölf Schritt langen Rammbocks:

mit Eisenbändern verstärktes Holz mit einer Bronzespitze. Von den Mauern flogen Steine, Pfeile, Gefäße mit heißem Wasser und übleren, stinkenden Flüssigkeiten. An sieben Stellen wurden Sturmleitern angelegt, während die kleinen Katapulte zunächst größere Steine in die Stadt schleuderten, dann mit Ladungen aus schartigen Steinen, Nägeln, Metallsplittern die Verteidiger von den Mauern zu treiben suchten.

Eine der Leitern, links von jener, auf die Ptolemaios als erster stieg, wurde von oben umgestoßen, aber die Makedonen waren noch auf den untersten Streben gewesen und stürzten nicht tief. Ptolemaios hielt Xyston und Schild über den Kopf, das kurze Schwert zwischen den Zähnen; schnell klomm er die Leiter hinauf. Weit rechts hörte er den Widder gegen das scheußliche Tor krachen. Etwas splitterte.

Es war eine kurze, fast lästige Arbeit; im Dorf und in der Burg hielten sich keine persischen Krieger auf. Die Dörfler wehrten sich eher halbherzig; erst als Ptolemaios befahl, die Burg und die Wälle zu zerstören, kam es zu einem wirklichen Gefecht, aber da waren die Makedonen und Verbündeten längst im Ort.

»Laßt sie laufen«, sagte Ptolemaios, als die Dörfler endlich flohen – diejenigen, die noch lebten, die noch fliehen konnten. »Mitnehmen, was wir brauchen können; und macht schnell.«

Dichte Rauchwolken hingen über der Burg; die erfahrenen Belagerer suchten und fanden die Stellen, an denen die Wälle leicht zu stürzen waren. Andere Männer trieben Rinder, Ziegen und Hühner aus dem Ort. Emes wehrte eine alte Frau ab, indem er sie einfach mit dem Arm wegschob, als sie kreischend und mit Nägeln und Zähnen versuchte, ihm ihre wenigen Tiere wieder abzujagen. Einer der Leichtbewaffneten, ein Agriane, drehte sich wie beiläufig um und durchbohrte sie mit seinem Speer. Immer noch kreischend brach sie zusammen; das Kreischen wurde zum Wimmern, sie kratzte am Speerschaft. Dann schrie sie noch einmal, als der Agriane den Speer herausriß.

Emes starrte ihn an. »Wozu war das denn gut?«

»Für die Alte.« Der Agriane spuckte aus.

»Bitte?«

»War gut für sie. Jetzt vermißt sie ihre Ziegen nicht mehr.«

Der Hauptteil der Truppen zog mit der lebenden und toten Beute die kurvenreiche Straße zurück zum Hauptlager; Ptolemaios und ein paar seiner Reiter nahmen eine Abkürzung über die Berge. Auf der Höhe des Passes, wo der Ziegenpfad zwischen Blöcken hindurchführte, sahen sie Kallisthenes. Der Schreiber hockte auf einer flachen Felskante und blickte nach Westen, in den Sonnenuntergang jenseits des Tales, wo zwischen den Zelten die ersten Feuer brannten. Er hatte sein Schreibbrett auf den Knien; die geglättete Rolle war mit Eisenklammern befestigt, das Tintentöpfchen stand auf einem steinernen Auswuchs zu seiner Rechten. Er schrieb aber nicht, sondern kaute auf dem Ried und starrte wie verloren in den fernen Westen. Als er die Pferdehufe hörte, zuckte er zusammen und fuhr auf.

»Ah, Ptolemaios. Ich dachte schon ... Alles erledigt?«

»Natürlich; was denn sonst?«

»Könnte doch sein, daß du den Ausflug zu einer gewöhnlichen oder ungewöhnlichen Sorte Schabernack genutzt hast, Makedone.«

»Irgendwann wird deine Zunge so spitz sein, daß sie dir von innen die Wangen durchbohrt.« Ptolemaios deutete voraus, auf den Talgrund. »Sieht nach Vermehrung aus.«

Kallisthenes kicherte. »Vermehrung; wie passend. Ein Vortrupp der Jungvermählten ist zurück; die Masse folgt in ein paar Tagen, mit Koinos, Meleagros und Ptolemaios dem Leibwächter. Zweifellos haben sie im Winter für Vermehrung in Makedonien gesorgt; und sie haben mit ihren Heldentaten geprahlt.«

»Erfolgreich?«

»In deinem Sinn – ja.«

Ptolemaios bleckte die Zähne. »Sie haben also gute Arbeit geleistet und bringen Verstärkungen mit. Was wäre Erfolg in deinem Sinn?«

Kallisthenes breitete die Arme aus. »Rollen mit fesselnden neuen Werken – Tanzmädchen mit fesselnden Fesseln – so etwa.«

Am folgenden Tag kehrten die letzten der »Aufräumtrupps« zurück; abends versammelten sich die Offiziere und Berater im Zelt des Königs. Alexander wirkte gelöster als zuletzt; die Untätigkeit der letzten Wochen, die nach einem milden Winter plötzlich Schneemassen und Frost gebracht hatten, war beendet. Leonnatos, einen Becher mit heißem Würzwein in der Hand, stieß Ptolemaios mit der Schulter an.

»Ich glaube, es geht los«, sagte er leise. »Wird auch Zeit. Auf dem Marsch sind ein paar Dinge leichter.«

Die Männer mußten nicht mehr mit erfundenen Aufgaben beschäftigt werden; die Offiziere mußten nicht wie Kindermädchen verhindern, daß die gelangweilten Krieger einen Wochenvorrat an einem Tag fraßen und dann um die versteckten Reste stritten; die Anzahl der Schlägereien und Messerstechereien würde abnehmen ...

Erst in den letzten, allzu ruhigen Tagen, da die jähe Wiederkehr des Winters das Heer wenige Tagesmärsche vor Gordion in einem Tal festfrieren ließ, war er dazu gekommen, seine Versprechungen gegenüber Aristoteles zu erfüllen, hastig hingekritzelte Aufzeichnungen zu vergleichen, zusammenzustellen, zu ergänzen, von den wichtigen Dingen zu berichten. In der erzwungenen Untätigkeit, in der Stille des abendlichen Lagers, wenn die Rauchsäulen senkrecht in den eisblauen Himmel stiegen, die ersten Sterne sich zeigten und die letzten Handgreiflichkeiten unter gelangweilten Kriegern beendet waren, begriff er staunend, welche Strecke sie seit dem Granikos zurückgelegt, welche Taten sie vollbracht hatten. Während des Zuges mit seinen ständig wechselnden Anforderungen war ihm alles wie selbstverständlich erschienen, eines ergab sich aus dem anderen, und niemand fand Zeit, über Ungeheuerliches nachzudenken. Nun war es, als zögen die Männer, Städte und Landschaften durch sein Zelt:

Sardeis – die wichtige Stadt im Hinterland, am Ende der Königsstraße, deren Verwalter Mithrines Alexander entgegenzog, um Stadt und Schatz und Satrapie zu übergeben – deren Satrap, Spithridates, am Granikos von Kleitos dem Schwarzen getötet worden war;

Ephesos – besetzt von hellenischen Söldnern, die bei Alexanders Nahen flohen, weil sie fürchteten, ihnen drohe das gleiche Schicksal wie Memnons Söldnern am Granikos; dort ließ Alexander im Artemis-Tempel, der angeblich in der

Nacht seiner Geburt niedergebrannt und seither ein Trümmerhaufen war, Opfer abhalten; die ionischen, lydischen und aiolischen Städte – befriedet von zwei Heeresgruppen unter Parmenion und Alkimachos; überall wurden städtische Demokratien eingerichtet, und Alexander erließ ihnen die Jahresabgabe, die sie bisher an den Großkönig entrichtet hatten. Es war eine der listigen Taten, die zu Jubel über den Befreier führten – den Befreier, der dringend Geld brauchte und sich derlei Gebärden nicht leisten konnte. Aber als freie hellenische Städte mußten die befreiten Orte dem Bund beitreten und Beiträge zum großhellenischen Kriegszug leisten; diese Beiträge waren nicht geringer als die früheren Abgaben …

Die Eroberung von Milet, die furchtbare Belagerung von Halikarnassos; die Ernennungen und Umbesetzungen – Kalas für das nördliche Phrygien, mit hellenischen Bundestruppen außer den Argivern; Asandros, Parmenions Bruder, für Lydien, mit Pausanias als Befehlshaber der Besatzung aus Argivern, mit Nikias als Schatzmeister: alte zuverlässige Offiziere, aus dem Heer entfernt, Platz für neue, junge Leute, gleichzeitig Befreiung des makedonischen Heers von lästigen hellenischen Bundestruppen.

Dann die Trennung, nach der Einnahme von Halikarnassos: Parmenion mit Hetairen, Thessaliern, Thrakern, Odrysen und den meisten anderen Stammeskriegern, dazu dem größeren Teil der Belagerer, zog wieder nach Norden, bis nach Sardeis, um das Hinterland zu befrieden; Alexander mit den übrigen marschierte die lykische und pamphylische Küste entlang, um sie für die persisch-phönikische Flotte zu sperren und anschließend landeinwärts zu ziehen, nach Gordion, wo im Frühjahr Parmenion wieder zu ihm stoßen sollte, ebenso die für den Winter heimgeschickten Neuvermählten, die in Makedonien zu rühmen und zu preisen und Verstärkungen anzuwerben hatten.

Telmessos, Heimat des Sehers Aristandros, wo Nearchos auf den Gedanken kam, eine Gruppe Tanzmädchen samt deren Sklavinnen in die Akropolis zu schicken, als Geschenk eines wohlmeinenden Bürgers der Stadt an den persischen Befehlshaber der Festung. Schmale scharfe Messer wurden in den Flöten verborgen; als die Perser nach dem Essen und reichlich Wein schwerfällig wurden, öffneten die Tanzmädchen mit dem Inhalt ihrer Flöten die Herzen der Besatzer und die Tore der Festung.

Dann Xanthos, dann Phaselis, und dorthin sandte Parmenion seinen Sohn, Philotas, den Führer der Hetairenreiter – einer der höchsten Offiziere als Bote, aber seine Botschaft war ungewöhnlich.

»Du hast uns etwas mitgebracht, Freund?«

Philotas stand auf, nickte zwei Männern am Zelteingang zu und wartete, bis sie gegangen waren.

»Ein etwas seltsames Geschenk – und einen Rat an dich, Alexander.«

»Wie lautet er?«

Philotas grinste. »So spricht Parmenion, der Stratege: ›König, Freund, Sohn – Heil und Grüße. Deine Befehle werden ausgeführt, das Land gesichert. Wir sehen uns in Gordion. Verfahre mit dem Geschenk, wie du es für sinnvoll hältst. Und bedenke: Wenn du Wein willst, mußt du nicht unbedingt die Amphore zerschlagen; es genügt oft, den Stöpsel zu ziehen.‹ Ende der Botschaft.«

Der Zelteingang wurde zurückgeschlagen; Philotas' Leute führten zwei an den Händen Gefesselte herein. Der eine war ein Perser, der andere ein makedonischer Offizier, den alle sehr gut kannten: Alexandros der Lynkeste. Auf Bagoas' Gesicht zeigte sich nichts als offenes, fast kindliches Erstaunen, so ehrlich, daß es nach Ptolemaios' Meinung nur gespielt sein konnte.

»Dies ist das Geschenk meines Vaters. Ein edler Perser, der seinen Namen mit Sisines angibt, wurde von unseren Reitern abgefangen. Es bedurfte einiger ... Überredung, bis er uns die Botschaft sagte, die er zu übermitteln hatte. Eine Botschaft von Dareios an Alexandros den Lynkesten, der seit Kalas' Ernennung zum Satrapen die thessalische Reiterei führt, Freund und *hetairos* des Königs und, wie wir nicht vergessen wollen, Bruder der Verschwörer und Königsmörder Heromenes und Arrhabaios.«

Trotz der stickigen Hitze war es einen Moment so, als ob

sich Kälte über die Männer senkte. Alle starrten Philotas an, dann den Perser und Alexandros, der keine Miene verzog.

»Die Botschaft lautet sinngemäß: Dareios bietet Alexandros tausend Talente in Gold, den Thron Makedoniens und die unverbrüchliche Freundschaft des Großkönigs.«

Philotas konnte nicht weitersprechen; es war auch nicht nötig. Alle wußten, was die Gegenleistung sein sollte; es dauerte sehr lange, bis die Flüche, die Schreie von Zorn und Empörung, die gehässigen Bemerkungen, der ganze Wirrwarr von fünfzig Stimmen sich legte.

Alexander blieb kühl. Er wechselte einen Blick mit Demaratos (der alte Korinther hob kurz die Schultern) und bedeutete den Wachen, Sisines wieder abzuführen. Dann sah er sich um, streckte die Hand aus; Hephaistion zog einen Dolch und reichte ihn dem König. Jäh stürzte die Nacht mit ihrer Stille und Kälte ins Zelt. Alexander ging zwischen den Klinen und Tischen, mit langsamen, kurzen Schritten, zu Alexandros, der nun ohne Bewacher am Eingang stand, die mit Lederschnüren gefesselten Hände vor dem Bauch.

Zwei Schritte vor dem Lynkesten blieb Alexander stehen, wandte sich halb um und betrachtete seine Offiziere und Berater mit einem spöttischen Lächeln.

»Die Ratschlüsse eines Barbarenherrschers ... Sisines kennt uns; er war vor Jahren als Gesandter des Satrapen von Ägypten bei meinem Vater. Daher weiß er, daß es diese und jene Meinungsverschiedenheit zwischen den großen Häusern Makedoniens gibt. Philotas, ich schulde dir Dank für die Übermittlung deiner Botschaft; und niemals werde ich Parmenion, dem großen Strategen und Vater des ganzen Heeres, ausreichend danken können für seine Umsicht und Wachsamkeit.«

Die Verblüffung der Männer war fast greifbar; Ptolemaios beobachtete das Mienenspiel von Bagoas, von Demaratos, dann wieder das des Königs. Welcher der unzähligen Teile Alexanders war dies nun? Nicht der Stratege, nicht der Jugendfreund, nicht der Herrscher, nicht der Zweifler; in diesem Moment hatte er eher Ähnlichkeit mit einem listigen alten Wolf, einem, der seit Jahrzehnten mit Männern vom Schlag eines Demaratos würfelt oder feilscht und dabei nie verliert.

Alexander drehte sich zum Lynkesten um, der ihn mit aufgerissenen Augen anstarrte; das Gesicht war bleich, der dünne schwarze Bart gesträubt, die Zunge zuckte über die aufgesprungenen Lippen. Dann senkte sich der Blick, wie magisch angezogen, auf die Spitze des Dolchs, die im flackernden Licht glühte.

Mit zwei schnellen Bewegungen durchtrennte Alexander die Fesseln; dann schob er den Dolch in seinen Gürtel und umarmte den Lynkesten. »Willkommen, Freund und Gefährte. Wer einen Brief eines Verräters erhält, ist darum selbst noch kein Verräter. Deine Entscheidung nach Philipps Tod wiegt mehr als die Botschaft eines Barbaren. Geh, erfrisch dich in meinem kleinen Zelt; dann komm zu uns und hilf bei den Beratungen.«

Auf Alexanders Befehl hin blieben nach Mitternacht Leonnatos, Krateros, Laomedon, Demaratos, Hephaistion und Ptolemaios beim König zurück. Nachdem die letzten der anderen gegangen waren, herrschte einige Zeit Schweigen; schließlich sagte Demaratos:

»Klug gehandelt, Herrscher der Makedonen. Du wirst ihn aber mit neuen Aufgaben betrauen müssen.«

Alexander goß ein paar Tropfen Wein in seinen Wasserbecher, schwieg aber.

Krateros sog an einem Zahn, verzog das Gesicht und beugte sich vor: »Ob es nicht doch besser wäre, du stellst ihn vors Gericht der *hetairoi* und ...« Er fuhr mit dem Finger über seine Kehle.

Laomedon gluckste. »Krateros, dein Zahn macht dich grimmig, fürchte ich. Sprich mit Drakon; er reißt ihn dir aus und setzt einen neuen ein, den er aus irgendeinem edlen Maul gebrochen hat. Männer sind leider nicht so leicht zu ersetzen.«

Hephaistion legte eine Hand auf Alexanders Arm. »Nur Rücksicht auf die Sippen daheim? Oder hast du andere Gründe?«

»Vielleicht ist Alexandros wirklich unschuldig; immerhin gilt, was ich gesagt habe – nicht jeder, der einen Brief von, sagen wir, Demosthenes erhält, ist unbedingt Teil einer Verschwörung. Wenn Dareios es auf diesem Weg versuchen will, ist Alexandros der offensichtliche Empfänger einer solchen Botschaft; das ist schon richtig. Aber jetzt, Freunde, überlegt. Die edlen Häuser der Lynkestis, und ein paar andere, würden mich lieber heute als morgen tot sehen. Wie wir alle wissen. Und dann würden sie versuchen, einen ihrer Leute auf den Thron zu setzen. Wer ist der erste Anwärter?«

»Alexandros«, sagte Demaratos. Er lächelte flüchtig. »Ich sagte doch, klug gehandelt.«

»Versteh ich nicht.« Krateros ballte die Fäuste. »Antipatros hält in Pella alles mit eiserner Hand zusammen – gegen die Lynkesten, gegen die Freunde des Demosthenes, gegen, ah, deine edle Mutter, Alexander ...«

»Ich weiß. In ihren Briefen zetert sie durch halb Asien hinter mir her.« Alexander hob eine Braue. »Und?«

»Alexandros als Führer der thessalischen Reiterei? Alexandros als einer der wichtigsten Offiziere? Mit seiner Vipernsippe daheim? Ist die Gefahr nicht zu groß?«

»Die Gefahr wäre anders größer«, sagte Ptolemaios. »Ich glaube, ich weiß, worauf der Korinther hinauswill. Solange Alexandros lebt und unter uns weilt, ob schuldig oder unschuldig, wird in Pella niemand versuchen, einen anderen Lynkesten auf den Thron zu setzen. Wir müssen ihn aber im Auge behalten.«

Krateros knurrte: »Die Nacht ist voller Dolche. Wem willst du ihn anvertrauen?«

Alexander blickte Leonnatos an. »Kannst du ihn verwenden? Er spricht Aramäisch, kann sich benehmen, ist gebildet. Und in der politischen Abteilung, als dein Mitarbeiter, braucht er außer bei Kampfeinsätzen keine Waffen zu tragen.«

Leonnatos seufzte. »Schon gut, ich hab's verstanden. Er muß auch nicht jeden Tag in deine Nähe kommen; unwichtige Berichte gehen von Schreiber zu Schreiber, wichtige berichte ich dir selbst.«

»Eine andere Frage.« Demaratos räusperte sich. »Was machst du mit dem Knoten?«

»Was für ein Knoten?« Krateros runzelte die Stirn.

»Parmenions Ratschlag ...« Alexander lächelte. »Wer

Wein will, muß nicht die Amphore zerschlagen, sondern den Stöpsel ziehen. Ich glaube, das betraf nicht nur Alexandros.«

»Parmenion ist ein kluger Mann.« Demaratos strählte seinen Bart mit den Fingernägeln. »Es geht um den Knoten von Gordion, Krateros. Im Tempel dort steht ein uralter Wagen; die Deichsel ist wie üblich mit einem Pflock befestigt, aber um den Pflock haben tausend kluge Männer mit feinen Fingern einen Strick aus Kirschbast und Leder gewickelt und tausendmal neu verknotet. Eine Prophezeiung sagt, der werde Asien beherrschen, dem es gelingt, den Knoten zu lösen.«

Krateros ächzte. »Müssen wir also erst die Stadt erobern, dann den Tempel niederreißen und anschließend tausend Knoten lösen?«

»Wie lautet die Prophezeiung genau?« sagte Alexander. »Ist es nicht so, daß vom Knoten gar nicht die Rede ist?«

Demaratos zuckte mit den Schultern; Laomedon kratzte sich den Kopf.

»Ich glaube«, sagte er langsam, »wenn ich mich an die eine oder andere Unterhaltung mit Persern erinnere ... Also, ich meine, es heißt, wer die Deichsel vom Wagen lösen kann. Aber das läuft doch aufs gleiche hinaus.«

Hephaistion grinste bösartig. »Kannst du nicht Asien erobern, ohne auf Prophezeiungen zu achten?«

»Das Heer fühlt sich zweifellos besser, wenn alle Vorzeichen, Götterstimmen und ewigen Ratschlüsse berücksichtigt werden.«

»Dann nimm das Schwert – zerhau den Knoten.«

»Demaratos?«

Der Korinther blinzelte. »Eine Möglichkeit, Alexander; es ist wahr, Hephaistion könnte recht haben. Aber ...« Er faltete die Hände und legte die Fingerspitzen an die Nase. »Du weißt, was die Perser daraus machen werden, nicht wahr? Demosthenes nicht zu vergessen. ›Tausend weise Männer mit feinen Fingern haben zweihundert Jahre lang daran geknüpft, und jetzt kommt dieser makedonische Barbar und zerstört das Kunstwerk mit einem Schwerthieb. So wird er ganz Asien behandeln, wenn ihr ihm nicht Widerstand leistet.‹ Das werden sie sagen.«

Alexander lächelte. »Dann werden wir uns etwas anderes

einfallen lassen müssen.« Seine Gedanken schienen weit fort zu sein.

Sisines wurde am folgenden Morgen von den Makedonen mit Lanzen durchbohrt; Philotas reiste zurück zu Parmenion, mit Erigyios, der die Stelle des Alexandros einnehmen sollte; das Heer zog weiter an der Küste entlang, berauschte sich – diejenigen jedenfalls, die dafür empfänglich waren – an der Großartigkeit des Landes und des Meeres, das unter günstigem Nordwind zurückwich, damit Alexander das Vorgebirge des Klimax auf der Seeseite umrunden konnte, dann nach Norden, landeinwärts, mit zahlreichen Scharmützeln und Bergfestungen, mit der Einnahme der wichtigen Stadt Kelainai, die dank ihrer Mauern als unbezwinglich galt, aber nach zehn Tagen der Einschließung kampflos aufgab, bezwungen von Alexanders Geduld, von Hunger und von Durst. Antigonos der Einäugige blieb in Kelainai, mit 1500 Mann, um die Verbindungen offenzuhalten,und das eigentliche Phrygien zu befreien: als Satrap von Groß-Phrygien.

Demaratos war vorausgeritten, mit einer kleinen Truppe unter dem Befehl des Schwarzen Kleitos. Einen halben Tagesmarsch vor Gordion traf er abends wieder im Lager ein, das sich zwischen Äckern und Wiesen am Rand der Königsstraße erstreckte.

»Wie sieht es in Gordion aus?« sagte Alexander; er selbst goß Wein in Becher und reichte sie Demaratos und Kleitos.

Der Korinther lächelte. »Die Stadt ist offen und wird dich vielleicht nicht gerade mit Jubel, aber doch friedlich begrüßen.«

»Zum Glück.« Kleitos nahm einen langen Schluck. »Die Wälle sind gut, schwer zu nehmen. Es wäre ein blutiger Kampf.«

»Da ist doch noch etwas.« Alexander musterte den Korinther mit zusammengekniffenen Augen.

Demaratos stellte den Becher ab und fuhr sich durch den grauen Bart. »Dein Scharfblick verdient Bewunderung, Herr der Makedonen. Ja, da ist noch etwas; Berichte von Kundschaftern – du weißt, unsere geheimen Freunde hier und da. Ich hatte sie angewiesen, alles Wichtige nach Gordion zu melden, in der Erwartung, daß meine dortigen, ah, Freunde uns die Tore öffnen würden.«

»Und? Was ist mit den Berichten?«

Demaratos betrachtete seine Finger. »Wirre Gerüchte über Maßnahmen des Großkönigs – in den iranischen Kernländern, aber auch auf dem Wasser. Noch ergibt alles keinen rechten Sinn; er scheint aber jetzt dem Rhodier Memnon die Kriegsführung im Westen übertragen zu haben.«

Alexander nickte. »Der einzig vernünftige Zug; ich hätte das schon längst getan. Nicht gut für uns, aber ... Du weißt noch nichts Genaues?«

»Nein. Ich nehme an, Parmenion wird ebenfalls Nachrichten bringen. Und in den nächsten Tagen kommen zweifellos weitere Kundschafterberichte.«

Am frühen Nachmittag verließ Alexander das Lager, das sie vor der Stadt aufgeschlagen hatten. Mit den wichtigsten Beratern ritt er auf der Königsstraße den Würdenträgern des Orts entgegen, die seit Stunden zwischen den Gräbern der alten phrygischen Könige warteten. Keiner wußte, weshalb Alexander sich so lange mit seinem Seher und einem alten Bauern aus der Gegend beraten hatte. Der Himmel verfinsterte sich immer weiter; es wäre sinnvoll gewesen, die Stadt zu betreten und die Feierlichkeiten hinter sich zu bringen, ehe das Unwetter losbrach.

Vor dem alten assyrischen Torbogen begann das Gedränge; Menschen allen Alters wollten den jungen Herrscher betrachten und bewundern, der dem Großkönig trotzte und bereits so viele Wunder bewirkt hatte.

Als Alexander, die Würdenträger und die wichtigsten Begleiter zur Akropolis hinaufstiegen, folgten ihnen zahlreiche Phrygier, aber auch makedonische Kämpfer, die in die Stadt gekommen waren.

Vor dem Zeus-Tempel stand der Wagen, den angeblich König Midas besessen und dem Gott geweiht hatte. Zufällig stand Ptolemaios neben Aristandros, als der Hof sich zu füllen begann. Er sah, wie der Telmessier in den Himmel blickte und nickte.

»Was befriedigt dich, Aristandros?«

Der Seher zwinkerte. »Ein wetterkundiger Bauer hat uns gesagt, es werde nicht nur Regen, sondern auch ein Gewitter geben. Etwa in einer halben Stunde – ab jetzt.«

»Und? Was gibt es da zu nicken?«

»Er wird wohl recht behalten – und du wirst sehen.«

»Sollte der Wagen nicht im Tempel stehen?«

Aristandros lächelte. »Die Priester haben ihn herausgeholt, damit mehr Leute sehen können, wie Alexander am Knoten verzweifelt, wie so viele vor ihm.«

Alexander und die Zeus-Priester hatten einige vermutlich höfliche Worte gewechselt; nun schritt der Makedone um den uralten, wurmstichigen Wagen herum. Ein Wunder, dachte Ptolemaios, daß das Gefährt die Fahrt aus dem Tempel in den Hof überstanden hatte. Ein Wunder ferner, daß Alexander völlig ungerührt wirkte, beinahe sorglos; dabei stand hier allerlei auf dem Spiel. Die Prophezeiung, die Herrschaft Asiens, der Glaube der Makedonen an den von Göttern begünstigten König, die Hoffnung nicht weniger Phrygier auf das Versagen des vorwitzigen Makedonen ...

Alexander kniete nieder; bevor er sich dem Knoten widmete, schaute er noch einmal zum düsteren Himmel hinauf. Aristandros berührte Ptolemaios an der Schulter, blinzelte und drängte sich weiter vor, bis er am Heck des Wagens stand.

Dort, wo der alte zerfressene Pflock Deichsel und Karren verband, hatten kluge, feinfingrige Männer einen dicken Ball aus Kirschbast und Lederschnüren, mit tausend Knoten, um die Verbindung geschlungen; oben und unten war vielleicht je eine Fingerbreite des Pflocks zu sehen. Alexander berührte den Knoten hier und da; ringsum wurde Gemurmel laut, einige Gesichter zeigten Spannung, andere deutlichen Hohn.

Ptolemaios ging dorthin, wo Hephaistion, Kleitos, Koinos und andere Offiziere standen. Er sah, wie Krateros die Hand an den Schwertgriff legte, das Kurzschwert zog, es Alexander reichte; er hörte, wie der König sagte: »Parmenions weiser Rat – wer Wein will, soll die Amphore entstöpseln, nicht zerschlagen«; er zweifelte, als Philipps Sohn sich scheinbar ratlos erhob, den Kopf kratzte, in den Himmel blickte und sich an den obersten Priester des Tempels wandte.

»Wie lautet die Prophezeiung genau?«

Mit merklichem Hohn sagte der Priester: »Wer die Deichsel vom Wagen trennt, wird Asien beherrschen.«

Aristoboulos zupfte an Ptolemaios' kurzem Ärmel. »Was ...« Dann schwieg der Wissenschaftler, denn Alexander kniete wieder nieder. Ein Regentropfen klatschte neben ihm auf den hartgestampften Boden.

»Wagen und Deichsel trennen, wie?« sagte der König: »Nicht: den Knoten lösen.«

Mit seinen feinen, kräftigen Fingern ergriff er die eben noch sichtbare Spitze des Pflocks und rüttelte daran; von Würmern zerfressenes, uraltes, morsches Holz rieselte an der Unterseite des unfaßlich verwickelten Bast-und-Lederballens zu Boden. Alexander rüttelte stärker; dann nickte er sanft und zog den zerfressenen Pflock langsam nach oben aus dem Knoten. Er stand auf, lächelte den Priester an, bückte sich, zerrte an der Deichsel, die nicht mehr vom Pflock gehalten wurde, und zog sie aus dem Knotengeflecht.

Kallisthenes zischelte: »Mit dem Schwert wäre es schöner für Hellas gewesen, aber ...«

Ringsum herrschte immer noch sprachloses Schweigen. Alexander ließ die Deichsel fallen; der Zeuspriester hob die Hände. Aristandros trat vom Heck weiter vor und rief:

»Der Herr über Asien! Wartet, ob die Götter sprechen! Zeus, der du auch Ammon bist, sieh da – dein Sohn!«

In diesem Moment riß der Himmel auf. Giftgelbe Blitze zuckten vor den schwarzen Wolkenmassen von Horizont zu Horizont. Dann krachte der Donner, betäubend, wuchtig, erwartet und doch unglaublich. Der Zeuspriester kniete nieder; Aristandros hob die Hände zum Himmel; Alexander stand lächelnd neben dem Karren und genoß das Staunen, das Geschrei und den kühlen Regen.

Die »Neuvermählten« hatten 3000 makedonische Fußkämpfer, 500 Reiter und 150 Freiwillige aus Elis mitgebracht: willkommene Verstärkung. Die Verluste aus den Kämpfen waren dadurch mehr als wettgemacht, die Verluste durch zurückgelassene Besatzungen allerdings nicht. Immerhin, als Parmenions Truppen bei Gordion eintrafen, hatte das

Heer fast wieder die Stärke des Vorjahrs erreicht; und mit dem Troß, den Händlern, Dirnen, Gauklern und Musikern, den Neugierigen, Bittstellern und Abenteurern waren nun weit über 70 000 Menschen in und um Gordion eingetroffen, die vom Land leben mußten, ohne Stadt und Land allzu sehr zu behelligen. Einkäufer von der Versorgung, die immer größere Kreise um Gordion ritten, kamen oft zu spät: Händler waren vor ihnen dagewesen, hatten Getreide, Gemüse, Obst, Hühner, Schafe, Rinder aufgekauft und gaben sie zum doppelten Preis an die Kämpfer weiter. Die Führer der einzelnen Abteilungen mußten ihre Leute beaufsichtigen, damit es weder zu Reibereien untereinander noch zu Streit mit den Phrygiern kam; sie hatten über alles und jedes zu berichten, die nächsten Schritte vorzubereiten, mit den Stäben und dem König zu beraten. Diejenigen, die wie Ptolemaios keine eigenen Einheiten befehligten, waren noch stärker gefordert, da sie jederzeit überall eingreifen, schlichten, ausgleichen, beschaffen, planen, besorgen, beaufsichtigen mußten.

Am Tag nach Parmenions Eintreffen erschien einer der Schreiber des alten Korinthers bei Ptolemaios, der gerade im Stehen eine Handvoll Körner und zwei Schluck Wasser zu sich nahm.

»Demaratos sehnt sich nach deinem Anblick.«

Ptolemaios kaute zu Ende, raufte sich die Haare, übertrug die Aufsicht über die Latrinen einem jungen Offizier und folgte dem Schreiber in die Stadt; Demaratos hatte sich in einigen ungenutzten Räumen der Akropolis eingerichtet. Aus den Fenstern blickte man weit über die dunstige Ebene, die wie ein Flickenteppich dalag: Baumgruppen, Äcker, Wiesen, Zelte, Zelte, Zelte … Der große Raum war kahl und karg, Decke und eine Wand notdürftig ausgebessert, es gab weder Verputz noch Einrichtung außer einem Gestell mit Rollen, einem Tisch, vier Schemeln und einem flachen Lager. Fenstersimse und der Boden nahe den Fensteröffnungen waren bedeckt mit Vogelkot.

»Setz dich.« Demaratos, mit Ried und Papyros beschäftigt, deutete auf einen der Schemel.

Ptolemaios trat von einem Fuß auf den anderen. »Keine Zeit, keine Zeit«, knurrte er. »Was willst du von mir?«

Der Korinther blickte auf, musterte ihn von Kopf bis Fuß und lächelte spöttisch. »Der Drang des Königs nach ständiger Bewegung überträgt sich auf seine jungen Gefährten, wie? Setz dich. Du wirst dich setzen, hörst du? Und du bleibst sitzen, bis ich mit dir fertig bin.«

Ptolemaios knirschte mit den Zähnen. »Zuviel zu tun. Wenn ich mich setze, steh ich nicht mehr auf.«

»Du wirst dich setzen und einen Schluck Wein trinken; dann wirst du beginnen zu gähnen. Und du wirst mir zuhören. Das ist ein Befehl, hörst du? Alexander hat dich mir unterstellt.«

Ptolemaios ächzte; er setzte sich auf die Vorderkante eines Schemels, den Rücken durchgedrückt, und verschränkte die Arme. »So?« Er gähnte.

Demaratos nickte. »Schon besser. Also: Es gibt viel zu tun.«

»Fangt schon mal an.« Ptolemaios grinste und rieb sich die Augen. Dann trank er einen Schluck aus dem Becher, den der Korinther ihm reichte.

»Wir haben ein paar kleine Probleme, die wichtiger sind als deine Latrinen. Kannst du jetzt zuhören?«

Ptolemaios nickte; Demaratos stand auf und ging hinter seinem Tisch auf und ab, die Hände auf dem Rücken. Er hielt zunächst einen kurzen Vortrag über die Wichtigkeit von Kenntnissen. Politik, sagte er, sei Krieg mit anderen Mitteln; man müsse immer wissen, was der Gegner plane, was er könne, was seine Möglichkeiten und seine Geheimnisse seien. Deshalb gebe es geheime Kundschafter; manchmal seien sie sogar nützlich, was man von Politikern und Offizieren nicht sagen könne. Wie Ptolemaios seit einiger Zeit wisse, habe der alte korinthische Handelsherr Demaratos in Jahrzehnten die geheimen Dienste Philipps aufgebaut und geleitet – die nun für Alexander arbeiteten. Es gebe gute und schlechte Mitarbeiter; einer der besten sei der Musiker Dymas gewesen, der leider nicht mehr mitmachen wolle.

»Das Netz hat mehrere Knoten, Junge; einen hält Antipatros in der Hand, einen ich. Die beiden wichtigsten sind im Moment bei Nearchos und Antigonos; sie versorgen uns mit Botschaften, halten uns gleichzeitig mit dem Schwert den

Rücken frei. Ich werde nicht ewig leben; das ist allein dadurch erwiesen, daß bisher keiner nicht gestorben ist. Deshalb, und weil es nie genug gute Leute geben kann, suche ich immer wieder nach Männern, die mir heute helfen und morgen ohne mich allein weitermachen können.«

»Warum ich?«

Demaratos schob das Kinn vor und deutete auf den jungen Makedonen. »Du, Ptolemaios, Sohn des Lagos, hast in Illyrien von Laomedon ein wenig Iranisch gelernt, nicht wahr? Der König, dein Jugendfreund, hat dich geprüft; du kannst Latrinen und Küchen leiten und eine Tausendschaft gegen eine Bergfestung führen. Die Männer, die dir untergeben sind, lieben dich, weil du sie als deinesgleichen behandelst und Tugend der Anmaßung vorziehst. Perdikkas ist der bessere Truppenführer; aber er hat eine Taxis. Ebenso Krateros. Hephaistion mag den schärferen Verstand haben, aber er verwendet ihn nur im Gespräch mit Alexander. Du bist – noch – nicht gut genug, um eine Taxis zu führen; oder vielleicht bist du gut genug, aber es ist keine Taxiarchenstelle frei. Für die Latrinen und andere ähnliche Dinge bist du zu gut, zu schade. Du bist in einer edlen Familie aufgewachsen, kennst seit deiner Kindheit die Scheußlichkeiten der Politik; mit deiner krummen Nase und deinem treuherzigen Blick wirkst du so, als ob du dich niemals verstellen könntest. Du bist klug genug, um meine Rede zu durchschauen und Absichten dahinter zu vermuten, aber dumm genug, mein Geschwätz über dich trotzdem für schmeichelhaft zu halten. Kurz gesagt, du bist geeignet.«

Ptolemaios lachte laut. »Danke, danke; was hast du mit mir vor?«

Demaratos blickte ihn lauernd an. »Wer sind meine besten Helfer – hier und jetzt?«

Ptolemaios runzelte die Stirn. »Deine Helfer? Was willst du hören – Namen, Ämter, Aufgaben?«

Demaratos schnaubte; er wirkte ein wenig ungeduldig. »Komm, benutz deinen Verstand.«

»Du bist der alte Korinther Demaratos, Gastfreund des Königs. Daß du die Kundschafter leitest, wissen nur wenige. Hmf. Wer hilft dir dabei?« Ptolemaios starrte an die häßliche, brüchige Decke. »Laomedon? Er ist zuständig für die Gefangenen; er wird sie wohl auch verhören.«

Demaratos nickte. »Weiter.«

»Leonnatos und Seleukos? Von Alexander immer wieder mit politischen Aufgaben betraut – auch von dir?«

»Weiter!«

»Eumenes, als Sammelstelle aller wissenswerten Tatsachen? Harpalos, weil er das Geld hütet und zu mehren versucht, die geheimste aller Tätigkeiten?« Er grinste.

Demaratos nahm seinen unterbrochenen Vor- und Rückmarsch wieder auf. »Nicht schlecht. Und jetzt hör zu. Es gibt da einige Meldungen ... Wahrscheinlich laufen längst Gerüchte um, aber das ganze Bild muß im Moment unter uns bleiben. Alexander ...«

»Kennt er es?«

»Das ganze Bild?« Demaratos grunzte. »Mein junger Freund, hier geschieht nichts, was Alexander *nicht* wüßte.«

Dies war das Bild, das er Ptolemaios mit Worten malte, und je weiter es Gestalt annahm, desto kälter schien der Raum zu werden.

Kleandros, einer der Hetairenführer, hatte die Neuvermählten nach Makedonien begleitet und war von Pella südwärts geritten, durch ganz Hellas, bis zum Vorgebirge Tainaron im Süden der Peloponnes, wo sich arbeitsuchende Söldner aufhielten und anwerben ließen. Er hatte kaum Söldner auftreiben können, wohl aber erschreckende Nachrichten. Dareios hatte endlich seinen besten Mann, Memnon aus Rhodos, zum obersten Strategen des Westens gemacht und mit Vollmachten und Geld ausgestattet. Memnon ließ Söldner werben; Memnon schickte Botschafter in alle wichtigen Städte; Memnon unterstützte alle, die unterstützt werden konnten, mit persischem Silber und Gold. Memnon verfügte über die von phönikischen Städten gestellte persische Flotte, mehr als 300 Kampfschiffe. Agis, König von Sparta, bereitete die Erhebung des südlichen Hellas gegen Makedonien vor; sein Heer war in den letzten Monden verdoppelt worden; seine Flotte – fast 200 Schiffe – sperrte die Zufahrt nach Tainaron für alle, die nicht wie er gegen Makedonien waren. Athen hatte im Schatten der Ereignisse seine Flotte auf fast 400 Schiffe vergrößert. Sparta, Athen, Boiotien, sogar Teile des alten makedonischen Verbündeten Thessalien warteten nur auf das Zeichen. Memnon ging gründlich vor, besetzte von Süden nach Norden die Inseln vor der Küste Asiens – Rhodos unterstützte ihn, Kos und Samos waren zu ihm übergegangen, ebenso Chios; Mytilene auf Lesbos wurde belagert, von den wichtigen Küstenstädten Ioniens waren etliche bereits in Memnons Hand, darunter Priene und Milet. Nach der Besetzung Mytilenes blieben noch Ephesos, Halikarnassos und einige andere zu sichern oder zu sperren; dann sollte das von Memnon geführte Heer aus Persern und Söldnern nach Euboia übersetzen, und ganz Hellas würde sich erheben. Gleichzeitig sammelte Dareios in Susa das größte Heer seit dem seines fernen Vorgängers Xerxes, wobei er sich vor allem auf den Rat eines tüchtigen athenischen Strategen namens Charidemos stützte.

»Nun, wie gefällt es dir?« sagte Demaratos, als Ptolemaios beharrlich schwieg.

»Der Traum eines jeden Strategen.«

»Was? Unsere Lage?«

»Nein; die von Memnon und Dareios. Wenn die Dinge sich so entwickeln, kommt wahrscheinlich noch ein Aufstand in Thrakien hinzu; dann ist Makedonien eine Insel, wir haben keine Verbindung mehr zu Antipatros und stecken in den Bergen Asiens. Eine kleine Nuß in einer riesigen Zange.«

Demaratos gluckste. »Nett gesagt. Was, o Sohn des Lagos, würdest du tun, wenn du Alexander wärst?«

Ptolemaios stand auf, ging zu einem der Fenster, blickte hinaus auf die Ebene, die Zelte, den dünnen Strich der widerlichen Latrinen; dann lehnte er sich mit dem Gesäß an den Sims und sah Demaratos ins Gesicht.

»Geführt von Alexanders Feuer und Parmenions Eis sind wir unbesiegbar. Ich würde die Hellenen vergessen; sie kommen wieder auf die andere Seite, sobald der Wind sich dreht. Ich würde Antipatros vertrauen; er kann Makedonien halten – nicht ewig, aber lange genug. Vielleicht ...« Er zupfte an seiner gebogenen Nase. »Ich weiß nicht, wieviel Geld Harpalos gehortet hat, aber vielleicht könnte man Antipatros Geld zur freien Verwendung schicken – für Sold, für Bestechungen, derlei. Der Hellespont müßte gehalten werden; dazu brauchen wir die aufgelöste Flotte der Bundesgenossen, oder eine eigene. Sie muß nicht groß sein, aber groß genug. Nearchos, Antigonos, Kalas und Asandros brauchen Geld, um weitere Kämpfer anzuwerben; oder Kämpfer, die wir aber nicht entbehren können.«

Demaratos kniff die Augen zusammen; er lächelte kaum merklich. »Und weiter, Freund des Königs?«

»Ein Vorstoß nach Süden, ans Meer. Susa ist weit; um ein riesiges Heer zu versorgen und marschieren zu lassen, braucht Dareios Zeit; Geld hat er genug. Wir ... wir müßten durch Kilikien ans Meer vorstoßen, die Landverbindung zwischen Iran und Ionien zertrennen und die phönikischen Städte angreifen. Wenn Tyros, Sidon und Byblos bedroht sind, werden sie die Schiffe heimrufen, und Persien hat keine Flotte mehr. Dareios wird auch kommen, nach Syrien oder Phönikien, und wenn das Heer des Großkönigs vernichtet ist, hängt Memnon in der Luft.«

Demaratos kicherte leise. »Klingt wie ein Spaziergang, aus deinem Mund.«

»Es wird furchtbar, und blutig, und aufreibend. Aber« – er deutete mit dem Daumen aus dem Fenster – »wer soll *uns* besiegen, solange Alexander und Parmenion uns führen?«

»Kühn, mein Freund, verwegen und – ja, klug. Es fehlt aber etwas.«

»Was?«

»Zum einen: Glück.«

Ptolemaios lachte gepreßt. »Glück? Wer sich nicht auf sein Glück verlassen mag, sollte zu Hause bleiben. Kühnheit und kluge Planung sind ohne Glück vergeudet. Was wird Alexander tun?«

»Ungefähr das, was du vorschlägst. Amphoteros, Krateros' Bruder, ist seit gestern abend unterwegs zum Hellespont; er wird dort die Flotte neu aufbauen und leiten. Hegelochos reitet mit ihm, er und seine Leute schleppen fünfhundert Talente in Silber mit sich – für neue Schiffe und für die Truppen bei Abydos. Proteas ist auch dabei; er hat sechshundert Talente für Antipatros, und Anweisungen.«

»Proteas?« Ptolemaios lachte. »Bei allen Göttern ...«

»Er ist nicht dumm; das, was er von seinem Verstand noch nicht vertrunken hat, könnte nützlich sein, und bei dem scharfen Ritt kommt er nicht zum Trinken.«

»Und wir?«

»Wir marschieren in ein paar Tagen los – nach Nordosten. Ankyra, an der Grenze zu Kappadokien und Paphlagonien; um das Binnenland halbwegs zu sichern. Dann? Nach Süden, wie du vorgeschlagen hast.«

Ptolemaios nickte. »Gut. Es freut mich, daß ich nicht völlig versagt habe bei dieser Aufgabe. – Du sagtest eben, ich hätte etwas vergessen, zum einen Glück. Was denn noch?«

Demaratos setzte sich hinter seinen Tisch und fletschte die Zähne. »Edle und verwegene Gedanken, Makedone, sowie Glück helfen nicht aus derartigen Klemmen. Wir werden ein paar häßliche Dinge tun müssen.«

Ptolemaios hob die Schultern. »Das kennen wir doch; die Ränke der edlen Häuser Makedoniens ... Wie häßlich?«

»Parmenion kennt Charidemos und ein paar seiner wichtigsten Leute; außerdem kennt er die Dinge und die Menschen und hat keine falschen Träume, was die Schlechtigkeit des Kosmos angeht. Er hat einen Teil entworfen; Alexander hat zugestimmt. Ich werde es dir erzählen, wenn du von deiner Reise heimkehrst.«

»Reise?«

»Solltest du den falschen Leuten in die Hände fallen, wäre es nicht gut, wenn du noch mehr wüßtest; du weißt ohnehin zuviel. Du wirst ein paar Begleiter aussuchen und auf der Königsstraße nach Sardeis, von dort nach Ephesos reisen – so schnell es geht.«

Ptolemaios holte tief Luft. »Was soll ich dort tun?« Seine Stimme war belegt.

Demaratos zögerte; langsam sagte er: »Diesen Teil, Freund, hat Alexander beigetragen. Erdacht. Ich, das heißt, du und ich, wir werden ihn ausführen. Es ist sehr häßlich, und sehr kühn. Ich wäre nicht im Traum darauf gekommen – obwohl es naheliegt, aber ...«

»Sprich!«

»Alexander wies darauf hin, daß neben Persien, Hellas

und Makedonien noch ein Spieler mit am Würfeltisch sitzt. Ein wichtiger Spieler, an den keiner von uns gedacht hat.«

»Nun sprich doch endlich!«

Demaratos sprach, und Ptolemaios war sprachlos.

Die Hetairen Ophellas und Sakadas, der lange Emes und fünf von ihm ausgewählte Hopliten – Fußkämpfer, aber gute Reiter – und Ptolemaios jagten nach Westen. Alle waren bewaffnet, wie reisende Händler, trugen aber keine Rüstungen. Das Päckchen mit Kräutern, vom König selbst zusammengestellt, das Alexander ihm beim Aufbruch gegeben hatte, steckte in einem Lederbeutel, den Ptolemaios um den Hals trug, unter dem Brustgewand. Am zweiten Tag holten sie Hegelochos, Amphoteros und Proteas ein, die mit ihren zahlreichen Packtieren nicht so schnell reisen konnten. Am fünften Tag ritten sie durch einen Engpaß; mitten in der Schlucht, im Schatten spitzer Felsen, lag ein Baum auf der Straße. Sakadas sah ihn zu spät, konnte sein Pferd nicht mehr zügeln, wurde vornüber geschleudert, als das Tier kreischend gegen das Hindernis prallte, und blieb mit gebrochenem Genick liegen. Einer der Hopliten starb mit einer Miene der Verwunderung, die Finger am Schaft des Pfeils, der ihm die Kehle durchbohrte. Beide blieben unbestattet, wie die acht Wegelagerer, die der Kampfkraft und dem Zorn der vermeintlichen Händler nicht gewachsen waren. Ihre Pferde und das des Hopliten ließen sie laufen, Ophellas erlöste das Reittier des toten Hetairen von den Schmerzen zweier gebrochener Beine und vom Leben; die Geldbeutel der Räuber – und der toten Kameraden – nahmen sie an sich.

In Sardeis erhielten sie frische Pferde und einige Ratschläge von Asandros, der kurz zuvor die Besatzung in Ephesos hatte verstärken lassen. Sie wichen daraufhin von ihrer geplanten Strecke ab und erreichten Notion, den Hafen der Stadt Kolophon, an einem schwülen Spätnachmittag. Ptolemaios, Emes und ein Hoplit begaben sich sofort zum Hafenmarkt; Ophellas und die übrigen blieben bei den Pferden in einem Gasthaus vor den Mauern.

Die Hafenbucht von Notion war gewissermaßen getäfelt;

zahllose Schiffe ankerten hier, um kriegerischen Verwicklungen zu entgehen.

Ptolemaios fragte nach dem Fischer Paralos und wurde zu einem kleinen Schiff gewiesen, das in Ufernähe bereitlag zum Aufbrechen.

Emes und der andere Krieger blieben am Strand; Ptolemaios watete durchs flache Wasser zu dem einmastigen Küstenboot hinaus. Unmittelbar neben dem Schiff reichte ihm das Wasser bis über den Nabel. Der alte Mann, der mit einem Jungen – vielleicht sein Enkel – sandgefüllte Ballastkörbe trimmte und dabei durch die wenigen verbliebenen Zähne pfiff, warf ihm einen ausdruckslosen Blick zu, als er eine Hand auf die Bordwand legte.

»Bist du Paralos der Fischer?«

»Jedenfalls nicht Paralos der Zeuspriester. Was willst du?«

Ptolemaios schlug mit der flachen Hand aufs Wasser. »Darf ich an Bord kommen?«

Der Alte richtete sich auf. »Ich will gleich raus; wenn du mich nicht aufhältst ...«

Ptolemaios stemmte sich hoch und kroch über die Bordwand. »Willst du Nachtfische fangen, mit golden zwinkernden Augen?«

Paralos verzog das Gesicht. »Wenn es davon nur mehr gäbe ...« Er wies auf die unübersehbare Menge der Schiffe – große und kleine Ruderboote, Frachtsegler, Lastkähne, zwei oder drei halbwracke Kampfschiffe undeutlicher Herkunft. »Dieses dumme Volk vertreibt die Fische. Schwer genug, sie dazu zu kriegen, daß sie wenigstens eine schmale Ausfahrt für die Fischer freilassen. Was willst du?«

»Goldene Fischaugen loswerden, die mich beschweren. Grüße von einem Fischhändler aus Korinth bestellen.«

Paralos blinzelte. »An wen etwa?«

»Er meint, du wüßtest, ob hier in letzter Zeit jemand ein Seepferd gezähmt und an eine Palme gebunden hat.«

Paralos seufzte und hielt die offene Hand hin; Ptolemaios zog zwei goldene Dareiken aus dem hohlen Gürtel und legte sie in die rissige Pranke des Fischers. Der Gegenwert von vierzig Drachmen – mehr als ein Mond des Arbeitens und Verdienens. »Und dies, wenn wir wieder zurückgekommen sind.« Er zeigte dem Fischer eine weitere Münze, ebenfalls aus Gold; auf einer Seite war eine Palme zu sehen, auf der anderen der Kopf eines Pferds.

Paralos knurrte etwas; dann sagte er: »Guter Landwind; Aufbruch.«

Ptolemaios wandte sich zum Ufer und gab das vereinbarte Zeichen; Emes winkte zurück.

Sie fuhren hinaus, zwischen den anderen Schiffen, in den Sonnenuntergang. Ptolemaios ließ seinen nassen Chiton vom Abendwind trocknen und trank ein paar Schluck aus der Lederflasche, die Paralos ihm reichte. Als es dunkel geworden war, flaute der Wind ab. Seufzend ergab Ptolemaios sich in sein Los, ergriff den Riemen, auf den Paralos deutete, und begann zu rudern. Er hatte jedes Zeitgefühl verloren und war nur noch Keuchen und Muskelkrampf, als der Fischer das Rudern einstellte und voraus deutete.

Unter dem Licht des abnehmenden Mondes und der Sterne trieb eine dunkle Masse auf dem glatten Wasser: fünf schwere Kampfschiffe mit je drei Ruderdecks – Trieren, so dicht nebeneinander, daß sie wie ein einziger Schiffskörper wirkten. Der Junge, der das Schiff wortlos gesteuert hatte, schlug Feuer, zündete ein Öllicht an, hob es und schwenkte es im Halbkreis. Jemand an Bord des nächsten Schiffs brüllte etwas; Paralos brüllte etwas zurück. Ptolemaios verstand nicht eine Silbe.

Abermals Gebrüll von der Triere. Paralos knurrte und griff wieder zum Riemen; ein paar Schläge und die geschickte Steuerung durch den Jungen brachten das Fischerboot längsseits; von oben – Ptolemaios mußte den Kopf in den Nacken legen, um die Bordwand der Triere hinaufschauen zu können – warf jemand ein Seil. Paralos schlang es um den Mast und wies mit dem Kopf auf die Strickleiter, die von der Triere abgelassen wurde.

Wie in einem Traum, den ein anderer träumt, stieg Ptolemaios die Leiter hinauf. Oben wartete ein Mann in hellem Chiton, mit ledernem Brustschutz; auf der linken Schulter glitzerte eine Spange. Er trug einen dunklen Vollbart und hatte Ringe in beiden Ohren. Sein Hellenisch war gut, die kehlige und trotzdem weiche Aussprache gehörte in den fremden Traum.

»Was willst du und wer bist du?«

Ptolemaios sah sich um, ehe er antwortete. Die während des Einsatzes verschlossenen Sitzschächte der Ruderer – Luken und Wandelgänge bildeten dann ein glattes Kampfdeck – waren hier und da offen; die Männer aller drei Ruderdecks lagen unter dem Sternenlicht und schnarchten; einige, vermutlich durch das Gebrüll geweckt, hatten die Köpfe gehoben und blickten herüber. Im Bug und unter dem erhöhten Achterdeck glitzerten die Waffen und Rüstungsteile der zur Besatzung gehörenden Fußkämpfer; auf dem Achterdeck, beim Schuh des nicht umgelegten Masts und vorn oberhalb des Rammsporns standen Posten. Ptolemaios bedachte, daß die Ruderer keine Sklaven waren, auch nicht wie bei den Hellenen oder Makedonen besoldete Ruderkämpfer, sondern so etwas wie *hetairoi,* die besten Söhne der mächtigen Stadt im Westen. Einen Moment lang fühlte er sich wie unter fremden Brüdern; dieser unsinnige Gedanke half ihm aus dem seltsamen Traum zurück in die Wirklichkeit der silberschwarzen Nacht.

»Ein makedonischer Pferdehändler will von Palmen reden und Adherbal schmähen.«

Der Offizier grinste knapp. »Warten.« Er wandte sich um und ging zum Achterdeck, sprach mit einem Mann, den er offenbar zunächst wecken mußte, ging dann zur anderen Schiffsseite und redete ins Dunkel. Nach einiger Zeit kam er zurück und führte Ptolemaios vorbei an den Schläfern zur entfernten Bordwand, etwa in Höhe des Masts. Lose, leise knirschende Bretter waren dort verlegt; mit unguten Gefühlen kletterte der Makedone hinüber auf das zweite Schiff, wo ein weiterer Karchedonier wartete, ihn durch ein stummes Nicken begrüßte und zur anderen Seite geleitete. Noch einmal schwankende Planken über der schmatzenden See, dann endlich der Gang zu einem Achterdeck, die Stufen hinauf, zu einem kleinen Klapptisch, zu zwei Stühlen.

Der Mann, der ihn erwartete, sah dem Offizier an Bord des ersten Schiffs sehr ähnlich: dunkles Haar, dunkler Bart, Ringe in den Ohren, heller Chiton, allerdings kein Brustpanzer. Er mochte zwischen 30 und 40 Jahre alt sein. Die Augen waren schwarz und wach; die Hände, die Wasser und Wein mischten und Ptolemaios einen Pokal reichten, fein und doch kräftig.

»Sprich, Makedone – und dreh den Kopf zur Seite, daß ich deine Nase sehe.«

Ptolemaios hob die Schultern und blickte zum vierten, dann zum zweiten Schiff, dann wieder zu seinem Gegenüber. »So?«

»Es ist recht, Ptolemaios, Sohn des Lagos. Willkommen an Bord.«

Fast gespenstisch fühlte er sich an die Begegnung mit dem fetten Bagoas erinnert, der ihn ebenfalls schnell erkannt hatte. Ihm fiel ein, was Demaratos im Laufe der langen Unterrichtung gesagt hatte: Alle Dienste müssen die wichtigsten Leute der anderen Seite kennen.

»Ich bin geschmeichelt, daß ihr mich für ausreichend wichtig haltet«, sagte er. »Darf ich deinen Namen wissen?«

Der Karchedonier lächelte. »Hamilkar – das mag genügen. Wer schickt dich?«

Ptolemaios zögerte einen Moment; er fühlte einen Hauch von Kälte und Erschrecken. »*Der* Hamilkar?«

»Mag sein. Wer schickt dich?«

Das Bewußtsein, dem Lenker der Aufklärer und Kundschafter jener Macht gegenüberzusitzen, die einen Teil Siziliens, Sardonien, halb Kyrnos, das südliche Iberien und Libyen westlich von Ägypten beherrschte, hatte eine seltsame Wirkung: Ptolemaios war wie befreit. Der lagidische Fürstensohn konnte offen sprechen, zu einem karchedonischen Fürsten, der so weit über allen Versteckspielereien stand, daß nur die gewöhnlichen Vorsichtsregeln zu beachten waren, aber nichts anderes – nichts, was nötig gewesen wäre, sich einem anderen gegenüber auszuweisen, dessen Verläßlichkeit bezweifelt werden mußte.

»Demaratos. Und Alexander.«

Einen halben Moment lang zogen sich die Augen des Karchedoniers zusammen; das Öllämpchen, das ein Bewaffneter auf den Tisch gestellte hatte, war hell genug, um dies zu zeigen.

»Was sollst du mir sagen?«

Ptolemaios holte den kleinen Lederbeutel hervor und legte

ihn auf den Tisch. »Diese Kräuter hat der König selbst gesammelt; ihre Verwendung, oder die anderer Dinge, oder auch die Nichtverwendung – all dies legt er in deine Hände.«

Hamilkar nahm den Beutel, öffnete ihn, roch, zuckte zurück und schloß ihn wieder. »Bah. Ich kenne genug, um ... Nun ja. Weiter.«

»Dies ist die Botschaft. Wenn einer deiner Vettern, etwa aus eurer Mutterstadt Tyros, durch gutes Zureden oder andere Mittel den Rhodier von seinem derzeitigen Vorgehen abbringen kann, soll es für« – Ptolemaios zögerte – »zehn Jahre weder Einmischung noch Unterstützung geben.«

»Warum hast du gezögert?«

»Demaratos sagte, ich solle fünf Jahre bieten und mich auf zehn heraufhandeln lassen.« Ptolemaios lächelte. »Es erschien mir würdelos dir gegenüber.«

Hamilkar hob kurz die Brauen. »Weiter.«

»Kein Vordringen jenseits der Grenzen bei Kyrene – bei den Altären, genauer; keine Unterstützung aus den makedonisch beherrschten Teilen von Hellas für die Sikelioten – gleich ob Syrakus oder sonst jemand. Keine Sonderzölle für eure Händler in unseren Häfen. Weitgehender, wenn auch nicht hemmungsloser Austausch von Kenntnissen.«

Hamilkar zog die Oberlippe zwischen die Zähne. »All dies für – das?« Er berührte den Beutel.

Ptolemaios hob die Schultern. »Gewisse weitere Gefälligkeiten wären denkbar.«

»Zum Beispiel?«

»Die Auslieferung eines fetten Persers.«

Hamilkars Stirn zeigte senkrechte Falten. »Ihr habt Bagoas den Huldreichen, nicht wahr?«

»Was könnten wir vor dir verbergen?«

»Nur die wichtigen Dinge.« Hamilkar kicherte leise.

»Wie kommt es, wenn ich fragen darf, daß Karchedons wichtigster Mann so weit im Osten weilt? Mit Kampfschiffen und Begleitern?«

»Wenn wichtige Dinge geschehen, die einen berühren, sollte man – nachsehen. Und notfalls nachhelfen. Die Öffnung der bisher von den Persern beherrschten Häfen ... Zehn Jahre, sagst du?«

»Zehn Jahre.«

Hamilkar schwieg eine längere Zeit. Schließlich sagte er halblaut: »Hellas, Iran, Karchedon. Drei Spieler. Drei Gewichte, die ich heute, in dieser Nacht, verschieben soll? O ihr Götter!«

»Was kannst du in dieser Nacht verschieben?« Ungewollt klang ein wenig Spott aus Ptolemaios' Frage.

Hamilkar beugte sich vor; mit Nachdruck sagte er: »Vieles, Sohn des Lagos. Hellas und Karchedon, das ist ein altes, häßliches Spiel, vierhundert Jahre der Feindschaft. Aber ... es ist ein Feind, den wir kennen. Makedonien, wenn es Hellas übernimmt, ist neu. Ich verhehle nicht, daß wir die Taten deines Königs mit Bewunderung und einer gewissen Freundlichkeit betrachten. Wenn ihr – damit meine ich Hellas als Gesamtes, Ptolemaios – wenn ihr zunehmt, wird Iran vermindert; Karchedon bleibt. Makedonien hat keinen alten Haß gegen uns; es wäre also gut. – Ich gebe dir, was du haben willst, und nehme, was dein König bietet. Gibst du mir Bagoas, lege ich noch etwas dazu.«

»Was?«

Hamilkar grinste. »Wir haben ein paar Leute bei Arsames, der für Dareios die Kilikischen Pässe hüten soll ... Wenn ihr Tarsos erreicht, wißt ihr, ob wir Wort gehalten haben oder nicht. Dann laßt Bagoas frei. Laßt ihn einfach laufen. Und wundert euch nicht, wenn er verschwindet – in Tarsos.« Er leerte seinen Becher und stand auf.

Ptolemaios erhob sich ebenfalls, ein wenig langsamer. »Demaratos grübelt«, sagte er. »Und er wüßte gern, ob du ihm beim Grübeln helfen kannst.«

Hamilkar rümpfte die Nase. »Das Grübeln des Korinthers ... Seit vielen Jahren Anlaß zu schnellem harten Denken bei uns. Was grübelt er?«

»Gewisse Dinge im Zusammenhang mit Bagoas dem Heilen. Vor allem das Amulett – *ankh* mit Horosauge. Läßt man die Bildelemente weg, ergibt es eines der alten Keilschriftzeichen für ›Gott‹.«

»Ich weiß. Olympias hat eines; der Widerstand in Ägypten gegen den Großkönig benutzt dieses Zeichen. Und?«

»Bagoas der Heile hat auch so ein Ding am Hals, wie der

Musiker Dymas irgendwann feststellte. Demaratos kratzt sich jeden Tag morgens, mittags und abends ein paar Momente den Kopf und denkt darüber nach. Darüber, und über die zahlreichen Münzen, mit denen Bagoas der Huldreiche – angeblich auf Anweisung des Heilen – von uns aufgegriffen wurde, als wir gerade dringend Münzen brauchten.«

Hamilkar blickte ihn ausdruckslos an und sagte mit flacher Stimme: »Sobald wir Genaueres wissen …«

Die beiden Hopliten hatten am Strand geschlafen. Der getreue Emes aß eben einen gerollten Brotfladen, gefüllt mit gehacktem, scharf gewürztem Fisch, als Ptolemaios kurz nach Sonnenaufgang an Land watete. Emes sprang auf, gab dem anderen die Lederflasche, stopfte den Rest seines Frühstücks in den Mund, kaute und schluckte mächtig und lief dann dem Lagiden entgegen.

»Na, Häuptling?«

Ptolemaios nickte und gähnte; einen Moment hielt er sich an Emes' Schulter fest. »Bei euch alles in Ordnung?«

»Ja. Und du? Müde siehst du aus, Herr, und so, als ob dir nicht ganz wohl in deiner Haut wär.«

Ptolemaios deutete auf die Uferstraße, wo die frühen Garküchen in den Morgenhimmel dampften und stanken.

»Essen, trinken, schlafen.« Er gähnte wieder und rieb sich die Augen. »Hast du erreicht, was du erreichen wolltest?«

Ptolemaios nickte. »Wir können zurückreiten. Etwas langsamer.«

Emes grinste. »Gut für meinen Arsch. Wahrscheinlich darf ich nicht fragen, worum es eigentlich geht, oder?«

»Besser, du weißt es nicht.«

Emes blinzelte. »Raten darf ich doch, oder?«

Ptolemaios hob die Brauen, schwieg aber.

»Zum Beispiel, daß ich in den nächsten Tagen ungern Memnon wäre.«

Ptolemaios legte den Finger an die Lippen. ›Und in ein paar Monden sehr ungern Bagoas‹, dachte er.

6. KÖNIGSGEBÄRDEN

Überdrüssig der üppigen Kargheit spartanischen Schwelgens; angewidert von wimmelndem Käse und kokelndem Braten; ekelgeschwängert durch würzloses Brot und zerkochtes Gemüse; garstig ob breiiger Körner, grämlich ob schäbigen Weines; trübsinnig dank der billigen Dirnen und ihres Gezappels; wegen des Pfühles, des herben, aus Ledern und Fellen verhärmt; waidwund geritten die Schenkel – Phallos, o schwärende Schwiele! Mürrisch von Menschen groben Gemüts und von Makedonismen; ewig umzingelt von dräuendem Drang und Gedrängel –

Kallisthenes bewegte lautlos die Lippen; dann seufzte er. Sein Blick, magisch angezogen von waberndem Blau jenseits der flirrenden Küstenebene, kehrte zurück zum tragbaren Schreibpult, zu leeren Rollen, Tinte und Ried. Er saß im Schatten des toten Assyrers, angenehm kühl im heißen Herbst. Hier hatte er auch die Nacht verbracht, mit einem einheimischen Führer und einigen Männern des vorausgeschickten Aufklärungstrupps, die im Morgengrauen weitergeritten waren. Sardanapalos – der Einheimische nannte ihn Ashurbanipal – stand auf der Höhe eines kleinen Passes, aber es war eher ein Hügelzug denn ein Gebirge. Jenseits der bleigrauen Felsen fiel die Straße zu einem weiten Tal mit mehreren Wasserstellen ab, wo das Heer lagern sollte; der Staubwurm, der die Ebene furchte, näherte sich bereits dem Fuß der Hügelkette. Bald, kurz vor Sonnenuntergang, würden die beiden Könige einander begrüßen: der kleine lebende Makedone und der große tote Assyrer. Kallisthenes kicherte in einer Art schäbiger Vorfreude; der Einheimische hatte ihm gesagt, was die Gebärde des Assyrers bedeutete, und er hatte ihm die keilförmigen Zeichen der Inschrift vorgelesen – wie ein dumpfes Grollen – und übersetzt. Die kleine Ortschaft, durch die das Heer eben zog, wurde darin erwähnt, ebenso das große, fernere Tarsos, das sie am Morgen des Vortags verlassen hatten. Die Gebärde war nicht mehr eindeutig auszumachen; möglicherweise schnippte der Assyrer mit Daumen und Mittelfinger der Rechten oder bildete mit ihnen einen Ring. Allerdings war der größte Teil des Mittelfingers abgebrochen; was blieb, schien gereckt, als ob der Finger aufgestellt gewesen wäre. Angeblich lagen die Gebeine des Königs unter dem Sockel mit den Zeichen; das Standbild, zwei Männer hoch, war eher symbolisch für königliche Macht und Würde denn Wiedergabe persönlicher Eigenart: eine Gestalt mit entrücktem Blick, feinem Krausbart, strengen Zügen, angedeutetem Brustpanzer, Stab in der Linken, Schwert im Gürtel, Beinschienen, hohen Sandalen.

»Mal sehen, was er sagt«, murmelte Kallisthenes. Der kleine Makedone, dem er vor Jahren Unterricht erteilt hatte, in Mieza ... Er wußte, daß er ihm unrecht tat – inzwischen wußte er es wieder, aber dazu hatte es der Entfernung und der Einsamkeit bedurft; Alexanders Nähe verzerrte alles. Das stickige, überfüllte Tarsos, in dem es Demaratos gelungen war, den fetten Perser zu verlieren, den sie seit dem Granikos mit sich schleppten; das stickige überfüllte Heerlager außerhalb der Stadt, in dem Alexander mit dem Tod gerungen hatte; die Männer und Händler und Dirnen; Dreck, Staub, Waffen und Pferde ... Er schloß die Augen, sah wieder das große Zelt des Königs, mit schmucklosen Bahnen aus Leinen und Leder, mit schmucklosen Liegen, billigen Klapptischen; das öde Essen, den schlechten Wein aller Gegenden, durch die man gerade zog; Alexanders kleineres Zelt, schmucklos, eine harte breite Liege, auf der Hephaistion oder einer der Königsknaben die einzige Behaglichkeit besorgte; der hölzerne Bottich, in dem Alexander badete; das karge lederbespannte Gestell, auf dem er sich von seinem Bademeister kneten und salben ließ ...

Wieder seufzte er. All dies gehörte zum Heer, zum Zug, zu den Eilmärschen; unvermeidlich. Er mochte sich nach hellgewandeten Freunden sehnen, nach der Kunst des Verweilens unter attischem Himmel, nach anmutigen duftenden Buhlerinnen und besserem Wein und feineren, köstlich gewürzten Speisen, insgesamt nach anderem Umgang. Aber nun, gestärkt von Einsamkeit, konnte er wieder zugeben, daß Alexander sich mit Männern von einzigartiger Bildung umgab. Der König selbst schlief immer mit seinem Schwert und der von Aristoteles und Kallisthenes erstellten *Ilias;* die mit ihm in Mieza Erzogenen wie Hephaistion, Krateros, Ptolemaios, Perdikkas mochten andere Vorlieben haben, beherrschten aber die Werke von Homeros, Euripides, Sophokles und anderen Großen auswendig. Musiker, Schauspieler, Dichter, ebenso Gaukler und Magier waren immer dabei, außer in den hastigen Nächten der Eilmärsche; desgleichen Philosophen, Mathematiker und allerlei sonstige Wissenschaftler. Hier, im Schatten des Sardanapalos, kühl und gelassen, gab Kallisthenes sich selbst gegenüber zu, daß Feinheit und Scharfsinn der Abendrunden vermutlich alles übertrafen, was Athen zu bieten hätte.

Und nicht nur Feinheit, sondern auch Fremdheit. Er mußte Aristoteles unbedingt von diesen bärtigen alten Männern berichten, den *Männern der Nacht,* wandernden Erzählern und Dichtern Asiens, die Alexander um sich versammelt hatte und die ihn zerstreuten, wenn die Schwärze der Nacht in seinen Kopf kriechen wollte.

Er zupfte an dem Papyros, der auf dem Pult befestigt war und seit Stunden des Beschriebenwerdens harrte; dann nahm er einen Schluck Wasser-und-Wein aus der Lederflasche, die – sagte man – geformt war wie der Kriegshafen des großen Karchedon und deshalb auch so hieß: *kothon.* Vielleicht hieß sie aber auch so, weil sie geformt war nach dem Vorbild der alten Trompeten gleichen Namens, und weil man sie wie diese an den Mund setzte.

Er schüttelte den Kopf, ein wenig unwillig; die Gedanken liefen wieder davon. Mühsam besann er sich auf die letzten langen Schreiben, da er sich nicht wiederholen wollte. Zuletzt hatte er von Alexanders Krankheit berichtet – *pneumonía* nach Meinung Drakons und des königlichen Leibarztes Philippos, Entzündung der Lunge. Verschwitzt und erschöpft nach langem Ritt hatte er sich oberhalb von Tarsos in die Fluten eines Flusses gestürzt, der eisiges Schmelzwasser aus den Bergen Kilikiens führte. Ohnmächtig und von Krämpfen geschüttelt hatten sie ihn aus dem Wasser geholt; nachts begann das brennende Fieber. Parmenion, der zur Sicherung der Verbindungen mit einem Heeresteil vorausmarschiert war, fing gleichzeitig einen persischen Spitzel ab, der unter Qualen gestand, er habe Philippos Gold anbieten sollen oder bereits angeboten, damit der Arzt Alexander vergifte. Alexander las Parmenions Brief, während Philippos einen Heiltrank bereitete; dann nahm der König den Becher und gab Philippos den Brief. Der Heiler las, während der König trank; als Philippos gelesen hatte, war der Becher leer. Alexander sagte: »Was wäre ich ohne meine Freunde?« Und Philippos sagte: »Tot. Hast du getrunken? Gut.«

In einer Art Nachschrift hatte Kallisthenes berichten wollen von der Stimmung im Heer – von den beiden harten Hopliten, die sich wie besorgte Väter über ihren Liebling unterhielten, aber auch wie Kinder, die ohne seine leitende Hand verloren wären in der Fremde; die gesprochen hatten von Ada, der karischen Königin, die Alexander als Sohn angenommen und versucht hatte, ihn zum Ausruhen zu bewegen und ihm Speisen und Getränke aufzuzwingen; er brauche das, ja, und zwar sehr, aber was der Pflegemutter nicht gelungen sei, könnten auch sie beide bei aller Liebe nicht schaffen; und daher sei es vielleicht gut, daß das Fieber ihn aufs Lager binde und daß der Heiler ihm Brühe einflößen könne. Er hatte sich gegen den Bericht entschieden, weil er annahm, daß derlei Einzelheiten seinen Onkel kaum berühren würden.

Zuvor hatte er, mit ätzendem Spott, vom dreisten Glück des kleinen Makedonen geschrieben, vom dreifach dreisten Glück. Wie Memnon der Rhodier, Persiens bester Stratege, nach einem Festmahl mit seinen phönikischen Flottenkapitänen im Hafen von Milet erkrankte und wenige Tage später starb. Wie der Athener Charidemos, Stratege des Landheers in Susa, Dareios gegenüber alle Vorsicht und Ehrerbietung fahren ließ, weil einer seiner Begleiter ihm gesagt hatte, nur so könne er mit seinen Vorschlägen Gehör finden; wie sich unter den Habseligkeiten des Charidemos ein Brief fand, in dem der Athener beschworen wurde, die Vereinbarungen mit Hephaistion nicht einzuhalten – unterzeichnet von Aristion, einem Pflegesohn des Demosthenes, seit kurzem in Hephaistions Gefolge; wie Charidemos in Susa hingerichtet wurde und prophezeite, diese Ungerechtigkeit werde Dareios Thron und Leben kosten. Und wie schließlich Arsames, der die Kilikische Pforte mit wenigen hundert Kämpfern in alle Ewigkeit gegen die Makedonen hätte halten können, dort nur eine schwache Besatzung zurückließ, um auf schlechten Rat hin die von Memnon am Granikos vorgeschlagene, in Kilikien jedoch völlig falsche Strategie der verbrannten Erde durchzuführen, bis die vom eigenen Feldherrn ausgehungerte Restbesatzung die Pässe freigab und floh, als die Makedonen sich näherten.

Was sollte er noch berichten? Die genaue Aufteilung der einzelnen Heeresgruppen für die Aufräumarbeiten in Kilikien? Den Grund, weshalb Kallisthenes mit Alexanders Heeresteil von Tarsos nach Westen zog, statt Parmenion zu begleiten, der ostwärts Richtung Syrien unterwegs war, um Pässe zu sichern und festzustellen, wo genau das gewaltige Heer des Dareios stand – noch am Euphrat oder schon fast an der Küste? Berichten von einer zähen Unterredung mit Arridaios, Alexanders Halbbruder, der langsam und tückisch dachte und nur unbeugsamer Überlebenswille war, ohne Raum für Feineres? Berichten von jenem Abend in Tarsos, als der genesene Alexander die geschmeidigen Geister seiner zehntausend Innenwesen tanzen und glitzern ließ wie einen vielfach geschliffenen Kristall – in einer immer wieder verzweigenden, immer wieder heimkehrenden Rede über Unsterblichkeiten und Todesnähen? Kallisthenes entschied sich dagegen; der Bericht über diesen unglaublichen Abend hätte das Eingeständnis enthalten müssen, daß der König stundenlang frei in makellosen Hexametern gesprochen und daß der feinsinnige Kallisthenes dies erst im nachhinein bemerkt hatte.

Die ersten Trupps zogen durch den kleinen Paß; sie enthoben Kallisthenes der Notwendigkeit, weiter nutzlose Gedanken zu denken. Er stand auf, packte sein Schreibzeug und die sonstigen Dinge zusammen, holte das Pferd, das am jenseitigen Hang graste, und wartete.

Alexander ritt an der Spitze der nächsten Gruppe; nicht weit von ihm waren Demaratos und Ptolemaios zu sehen. Der König warf einen Blick zu Kallisthenes hinüber.

»Ah, hier treibst du dich herum. Hast du im Schatten der Felsen die flüchtigen Musen geschändet?«

Seine Begleiter lachten. Kallisthenes zögerte einen Moment, um seine Antwort ebenfalls als Vers geben zu können.

»Mit des Assyrers mächtigem Schatten hab ich geredet«, sagte er dann; er wies auf die hohe Gestalt. »Über das Strömen der Zeit, über die Kühnheit und Größe uralter Herrscher und über der heutigen Könige Zwergwuchs.«

Niemand lachte. Bukephalos schnaubte und tänzelte auf der Stelle; Alexander tätschelte den Hals des Hengstes und grinste knapp.

»Darob verschlug's dem Assyrer die Sprache, er schweiget verbissen. Oder sagt er noch was? Was bedeuten die Zeichen da auf dem Sockel?«

Kallisthenes räusperte sich. »Ein kundiger Mann hat sie mir übersetzt; sie beziehen sich auf vieles, unter anderem auf eine Gebärde, die der König mit den Fingern der Rechten gemacht hat.«

Alexander blinzelte. »Was sagen die Zeichen?«

Kallisthenes hob den Arm. »Dieses. ›Ich, Sardanapalos, erbaute an einem Tag Tarsos und Anchiale, an einem anderen zerstörte ich sechzehn Städte. Du, Spätergeborener – iß, trink und fick, der Rest wiegt nicht mehr als *das*‹, nämlich die Gebärde.«

Das zunächst verhaltene Gelächter der Offiziere wurde immer lauter; Alexander lächelte und schaute hinaus aufs Meer. Dann hob er die Hand und grüßte Sardanapalos mit der gleichen Fingerbewegung.

»Heil dir, betrüblich Verwester – meine Städte werden länger stehen als deine.« Er wandte sich an seine Begleiter. »Denkt bei Gelegenheit, etwa in Soloi, an seine Ratschläge, damit die von euch Gezeugten länger von uns reden als von ihm. Weiter!«

Soloi wollte zunächst die Tore nicht öffnen, erhielt eine makedonische Besatzung und mußte 200 Talente zahlen. Während Alexander zehn Tage darauf verwandte, die Hügel und Berge nördlich der Stadt von persischen Streiftrupps und Wegelagerern zu säubern, kehrte Kallisthenes mit Demaratos und einigen anderen Beratern zurück nach Tarsos. Den alten Korinther zog es in den Hafen, am Unterlauf des Kydnos, nur wenige Parasangen von dessen Mündung ins Meer entfernt und für Seeschiffe nutzbar. Kallisthenes begleitete ihn, begab sich aber bald zurück ins Lager vor der Stadt.

Demaratos spottete über den weitgereisten Hellenen, der in der Fremde nur Hellas suche, die Eigenarten anderer Länder und Leute aber nicht wahrnehmen wolle. Kallisthenes blieb einen Moment neben ihm stehen, vor der Hafenschänke; er betrachtete den eisigen Fluß, dessen Wasser der König zu gut geprüft hatte, sah die bärtigen Seeleute, die vertäuten Handelsschiffe, den Schmutz und Kot der Kaistraße, die fensterlose Seitenwand der Schänke aus Holz und Lehmziegeln, die Mischung von Menschen aus allen Gegenden Asiens.

»Und was, bitte, ist daran bemerkenswert, o Demaratos?«

Der Korinther setzte sich schnaufend auf einen Poller. Lastträger – sonnverbrannt, mit nackten Oberkörpern, gebeugt unter Säcken oder mit Ballen auf dem Kopf tänzelnd – zogen an ihnen vorüber. Vor der Schänke feilschte ein makedonischer Hoplit mit einer jungen Frau, die nur eine hellrote Schärpe um die Lenden und ein weißes Tuch um die Brüste trug. Die Nägel der Finger und Zehen waren schwarz gefärbt, Lippen und Lider grün; das Gesicht – bräunliches Zwielicht, seit Ewigkeiten vertraut wie die Nacht und erweckend wie der Morgen – barg wilde Lebensgier, die zerstören mußte, um nicht zerstört zu werden; all dies die gemurmelten Worte des alten Korinthers.

»Sie hat wahrscheinlich ein Viertel hellenisches Blut, ein Viertel assyrisches, ein Viertel phönikisches, ein Viertel phrygisches. Der Mann dort, mit dem weißen Kopftuch und dem langen Gewand – ein arabischer Händler; ob er die Küsten kennt, an denen Weihrauch gewonnen wird? Drüben, an dem Pfosten, das könnte ein Karchedonier sein, daneben ein Sikeliot, vermutlich aus Syrakus. Ewig im Krieg, aber hier stehen sie und reden. Die Ägypterin drüben – keine Dirne, eine edle Frau, Gattin wahrscheinlich eines reichen Kaufherrn, der viel über die Perser wissen muß, weil er sonst nicht hier und in Ägypten handeln könnte. Bauern aus dem Hinterland; schau, wie sie die Augen aufreißen und die Mädchen vor der Kaschemme drüben begaffen. Und du sagst, was ist daran bemerkenswert?«

Kallisthenes lachte halblaut; er spuckte in den Fluß. »Alles, was über Ägypter, Perser, Phrygier und andere wissenswert ist, hat Herodotos verzeichnet, mein Freund; heute sollte uns an ihnen nur das fesseln, was sie mit uns verbindet – der Hauch von Hellas, die Feinheit und Überlegenheit des hellenischen Seins. Sind wir denn nicht deshalb hier? Um Asien vom Joch der Barbaren zu befreien, um die Schande zu tilgen, um diese Länder hellenisch zu machen?«

Demaratos stand auf und klopfte ihm auf die Schulter. »Geh zurück ins Lager, träum von Hellas, Neffe des großen Aristoteles. Ich fürchte, er hat dich nicht genug geprügelt, als du klein warst. Eines Tages wirst du erwachen, erwachsen, und dann stellst du vermutlich fest, daß der Tod nur eine Armlänge entfernt ist und dein Leben vergeudet war.«

Im Lager fand Kallisthenes Aufruhr und Empörung. Harpalos der Hinkende, Jugendfreund des Königs, Schatzmeister des Heers und einer der wichtigsten Berater, war zusammen mit einem ebenfalls geldmehrenden Hellenen namens Tauriskos geflohen; sie hatten Gold und Silber mitgenommen, soviel sie nur tragen konnten; sie sollten den Hafen mit einem phönikischen oder karchedonischen Schiff verlassen haben.

Daß die höheren Offiziere – Koinos, der in Abwesenheit der anderen das Lager befehligte, oder der Lagide Ptolemaios, der ihm half, nicht viel Aufhebens davon machten, konnte Kallisthenes verstehen: Sie lebten seit mehreren Tagen mit dem Wissen und hatten sich daran gewöhnt. Was er nicht verstand, war das ewige Grinsen des Lagiden, wenn die Rede auf Harpalos kam; auch begriff er nicht, daß Demaratos nach ein paar abfälligen Bemerkungen das Lager wieder verließ und in den Hafen zurückkehrte, und noch weniger, daß Alexander, den der Verrat des alten Freundes furchtbar treffen mußte – den König, der sich bedingungslos auf seine Freunde verließ! –, bei seiner Rückkehr nach Tarsos den Bericht anhörte, eine spöttische Rede hielt über die Fährnisse, die einem nicht seefesten Hinkenden aus Wogen und schwankenden Planken angedeihen mochten. Dann sprach er über die nächsten Schritte.

Das Gefühl, Dinge nicht zu verstehen, war Kallisthenes

durchaus bekannt. Oft handelte es sich dabei um etwas, das er nicht verstehen wollte – Verästelungen asiatischen Denkens, wenn es derlei überhaupt gab, oder Gepflogenheiten der ausnahmslos barbarischen Völkerschaften, die Alexanders Schwert dem hellenischen Geist gefügig machte. Es gab auch Dinge im Lager oder auf dem Marsch, Dinge des Heeres, die ihn so wenig kümmerten wie ein Wind, der ferne Palmen borstig macht: fremde Palmen, entlegener Wind, unwichtige Borsten. Und es gab Dinge, die man ihm nicht erschloß – Feinheiten der Planung etwa, oder Anordnungen rein kriegerischer Art. Hierbei unterschied er zwischen zwei Formen mangelnden Erschließens: absichtliche und unabsichtliche Verweigerung von Kenntnissen. Die absichtliche hatte er hinzunehmen; geheime Beschlüsse, Kriegsrat im engsten Kreis, die widerwärtigen und eines tugendhaften Kämpfers unwürdigen Ränke des Demaratos zum Beispiel, die der Geheimhaltung bedurften, um überhaupt durchführbar zu sein. Die unabsichtliche Verweigerung von Kenntnissen nahm er ebenfalls hin, da es sich um Dinge handelte, die ihm gleichgültig waren. Dinge, zu deren Verständnis Kenntnisse nötig gewesen wären, die er weder besaß noch erwerben wollte. Wenn es bei den Beratungen, denen er beiwohnte, um solche Fragen ging, starrte er meist in den Wein oder die Weite, entsann sich verblichener Verse oder ergänzte stumm, mit abweisendem Lächeln, die Figuren eines Spiels, das nach und nach in seinem Geist Gestalt annahm.

Die wichtigsten Offiziere und Berater nahmen daran teil, ohne es zu ahnen. Das Spiel würde, sobald die Figuren fertig geformt waren, im Kopf auf einem erdachten Brett aus hundert Feldern stattfinden. Über die Regeln hatte er sich noch keine Gedanken gemacht, da er sich immer noch mit dem Spiel vor dem Spiel befaßte, mit der Gestaltung der Figuren. Tierfiguren waren es, bildhaft, nicht ohne Symbolkraft vorgestellt, stumm in geschliffenen Hexametern beschrieben. Zu den Figuren gehörten: Parmenion, der listige graue Eber aus den makedonischen Bergen (den Briefwechsel mit Aristoteles unterschlug Kallisthenes als störend); Demaratos, warzige Kröte mit dreifach gespaltener Zunge; Hephaistion, eitler aufgeputzter Kranich, der bisweilen hüpfte, um zu beweisen, daß er fliegen könnte, wenn er nur wollte; Krateros, brummiger Bär, berstend von Kräften; Koinos der stattliche Stier, vier Beine fest auf dem Boden; Ptolemaios – ein Problem, Wiesel oder Widder?

Mit diesem Spiel befaßte er sich auch bei den nächsten Beratungen, die in den Marschpausen stattfanden, abends, wenn das Lager vom Sturm zum Zephyr abflaute. Er hörte die Berichte aus der Ferne, über die Kämpfe zwischen makedonischen Truppen und den persischen Nachfolgern des toten Memnon; er war dabei, als Parmenions Bote meldete, Dareios rücke im syrischen Flachland vor und komme bald in die Nähe der beiden Pässe, durch die er zur Küste vorstoßen könne. Während der Beratungen schrieb Kallisthenes – seine Helfer, soweit sie anwesend sein durften, zeichneten die wichtigeren Einzelheiten auf – vollendet gehässige Briefe an Freunde, voll gewundener Sätze und triefend von Anspielungen.

Aristoteles teilte er so mit, man befinde sich in einem unwichtigen Küstenkaff, dessen Namen niemand je gehört habe noch je hören werde, an einem bedeutungslosen Fluß, und Alexander feilsche mit Parmenion um die richtige Verteilung der Truppen. Es sei dies eine ihrer liebsten Beschäftigungen; neuerdings gehe man dazu über, einzelne Truppenteile unabhängig voneinander einzusetzen, betreibe sinnlose Spiele wie »wenn Koinos mit seiner Taxis durch die Berge über A nach X marschiert, wieviel Verpflegung braucht dann die Taxis des Perdikkas, um den Weg über B nach X so zurücklegen zu können, daß sie einen halben Tag vor Koinos dort eintrifft« und ähnlichen Unfug mehr. Dabei sei es doch ganz offensichtlich, daß ein zusammenhängendes, ungeteiltes Heer mehr Wucht und Kampfkraft habe und derlei Spitzfindigkeiten überflüssig mache, wogegen die angeblichen Vorzüge selbständiger kleiner Einheiten Gespinste seien. Auch habe Aristandros die Mystik der Zahlen entdeckt; und zwar besonders der Zahl Drei. Dies sei ebenfalls beraten worden; ein Zeichen für die nicht ausreichend hellenisierte Barbarei mancher Makedonen. Drei Nachtigallen habe der Seher gehört, drei Schwäne habe der Priester gesehen, drei Lämmer habe der Weissager geschlachtet; die dreifache Drei verheiße Glück an diesem Ort – ausgerechnet dem unwichtigen Dorf am bedeutungslosen Fluß!

Zu des edlen Onkels Erbauung und um sein allzeit nach Tatsachen hungerndes Denken zu sättigen, fügte Kallisthenes die Reinschrift der Aufzeichnungen seiner Schreiber bei. Er selbst überflog sie nur kurz; es schien sich wieder um eine jener unflätigen Kriegslisten zu handeln …

Parmenion, der die Pässe im Norden besetzt hatte, ließ seine Truppen zurück, um mit dem König zu beraten. Das gewaltige Heer des Großkönigs näherte sich; Dareios hatte aber keine Eile, oder er zauderte. Um die Beweglichkeit der Kämpfer zu erhöhen, hatte er den Troß, den Schatz, die meisten Frauen unter Bedeckung nach Damaskos bringen lassen; nun wartete er in den syrischen Ebenen – worauf? Jedenfalls, sagte Parmenion, seien alle Städte des Gebiets durch die Nähe des mächtigsten Heeres der Zeit in ihrem Widerstand gegen die Makedonen gefestigt.

Alexander schwieg eine Weile; sein Blick suchte nacheinander die Gesichter der Berater und Offiziere, die mit ihm im Zelt waren: die Taxiarchen Koinos, Krateros, Perdikkas, Meleagros, Amyntas und Ptolemaios der Seleukide; Parmenion; seine Söhne Nikanor, Führer der Hypaspisten, und Philotas, Führer der Hetairenreiter; Protomachos, Ariston, Antiochos, Attalos, Sittalkes und die übrigen Führer der einzelnen Abteilungen; die »Politiker« um Demaratos – Seleukos, Leonnatos, Ptolemaios der Lagide, Laomedon; die anderen hohen Stabsoffiziere wie Kleitos, Hephaistion, Antigenes und Lysimachos; Eumenes und seine Schreiber.

»Was würdest du tun, Parmenion mein Vater, wenn du Dareios wärst?« sagte Alexander schließlich.

Parmenion schnitt eine Grimasse. »Sei froh, daß ich Parmenion bin; wäre ich Dareios, wärst du verloren. Er hat fast dreimal soviel Kämpfer wie wir – erstklassige hellenische Söldner dabei; er hat allein an Reitern soviel wie wir überhaupt an Kämpfern. Ich, Alexander mein Freund und König – ich würde die Pässe stürmen und besetzen und dich begleiten. Ich würde dich nicht angreifen – nur begleiten, so daß du keine Stadt nehmen, keinen Schluck Wasser trinken, kein Huhn erwürgen kannst ohne Behinderung. Früher oder später müßtest du dann angreifen, über die Berge kommen, in die Ebene gehen, wo seine Reiter überlegen sind. Tag und Nacht, auf dem Weg, würden die Reiter dein Heer belästigen – und meines, also das des Dareios, würde sich nicht zur Schlacht stellen, sondern immer weiter zurückweichen. Und dann, König der Makekonen, wenn du mit deinen Leuten am Rand der weg- und wasserlosen Wüste stehst, den Feind nicht findest, aufgibst und umkehren willst, *dann* würde ich dir eine Falle stellen und dich mit der Übermacht zerquetschen.«

Alexander nickte langsam, nachdenklich. »So ähnlich würde auch ich es machen, aber es ist gut, es von dir zu hören, Parmenion. Wir wissen also, was wir auf keinen Fall tun dürfen. Nicht in die Ebene gehen, uns nicht auf eine Strategie der Zermürbung einlassen, nicht warten. Was können wir tun?«

»Angreifen«, sagte Krateros. »Bloß – wo und wie? Wenn er sich zurückzieht, wie Parmenion es täte ...«

Sie beredeten das Problem, vor und zurück, immer wieder, von allen Seiten. Kallisthenes verglich Laomedon mit einem Kater, der feist sein müßte, um seine Bestimmung zu finden, und den Führer der Agrianen, Attalos, mit einem Specht, dessen heftige Kopfbewegungen und Gebärden ins Leere stießen, da sie sich nicht gegen Holz, sondern gegen Sand richteten. Er hatte längst nicht mehr zugehört, als Alexander sich an Demaratos wandte.

»Wie lange brauchst du, um sicherzustellen, daß Dareios bestimmte Kenntnisse erhält?«

Der Korinther wechselte einen Blick mit Parmenion. »Ist er noch da, wo er deiner Kenntnis nach zuletzt war? Gut – sagen wir: drei Tage.«

»Wie lange braucht er, um hierher zu kommen, wenn er sofort aufbricht, Parmenion?«

Der alte Stratege bleckte die Zähne; im Zelt war es still geworden. »Hierher, nach Issos? Wenn das, was du ihn wissen lassen willst, ihn tatsächlich herlockt ... Fünf Tage.«

»Also acht, insgesamt.« Alexander lehnte sich zurück, auf die Ellenbogen gestützt, und starrte ins rauchige Dunkel unter dem Zeltdach.

»Was brütest du aus, o mein Sohn?« sagte Parmenion; seine Stimme war beinahe liebevoll.

Alexander setzte sich wieder auf; er lächelte. »Folgendes werden wir tun, meine Freunde. Parmenion – du ziehst deine Truppen ab, gibst die Gegend um den Paß frei. Wir lassen unsere Verwundeten und Kranken und ein wenig Vorräte hier, mit geringer Bedeckung; dazu alle Schiffe, die wir auftreiben können. Es werden Schuppen, Scheunen und Lagerhallen gebaut; außerdem legen wir, andeutungsweise, einen Flußhafen an, in der Mündung. Du, Demaratos, nutzt deine Leute, um den Perser wissen zu lassen, daß wir Issos zu unserem wichtigsten Nachschubplatz ausbauen. Dann marschieren wir ab, nach Süden, und besetzen den südlichen Paß nach Syrien.«

Parmenion holte tief Luft; er sagte nichts, nickte nur und strahlte den König an.

»Was ... warum denn das?« sagte Eumenes, der an einem Hühnerknochen nagte und offenbar nur einen Teil der Ausführungen mitbekommen hatte.

»Zweierlei«, sagte Alexander gelassen. »Wenn wir dieses Nest hier, Issos, ausbauen, *muß* Dareios versuchen, es einzunehmen. Damit schneidet er uns gleichzeitig die rückwärtigen Verbindungen ab; und er nimmt die ungeheure Menge an Vorräten, Waffen und Geld weg, die wir angeblich hier lassen. Wenn er es tut, steckt er in dem engen Flußtal hier, wo er seine Reiter nicht wie in der Ebene einsetzen kann; dann kommen wir zurück.«

»Ich«, sagte Parmenion, immer noch mit strahlendem Lächeln, »wenn ich Dareios wäre, würde das Heer in der syrischen Ebene lassen und nur mit einem kleinen Teil der Truppen Issos nehmen. Was dann, Junge?«

Alexander stand auf, ging zu Parmenion und legte ihm beide Hände auf die Schultern. »Dann, Parmenion mein Vater, ziehen wir durch den südlichen Paß nach Damaskos und nehmen ihm die Stadt, den Troß und den Schatz. Dann liegt Phönikien vor uns, die wichtigen Häfen, die ihre Schiffe sofort zurückrufen müßten. Dann, spätestens, *muß* Dareios sich auf uns stürzen – zu unseren Bedingungen.«

Auf dem Marsch ging der Herbst zumindest für ein paar Tage in Winter über. Eisiger Wind aus dem Inneren Asiens fegte über die Küstenberge, zwanzig Stunden peitschenden Regens machten die Wege tief und mühsam. Kallisthenes hatte den Lederumhang eng um sich gezogen, überließ es seinem Pferd, den Tieren der Offiziere zu folgen, und begrübelte halb dösend das, was ihn am meisten fesselte: die feine Seele des Kallisthenes, der mit makedonischen Barbaren durch asiatischen Dreck zog, statt sich mit guten Freunden hellenischen Geistes zu erbauen und feinsinnige Schriften feinsinniger Verfasser über feinsinnige Charaktere zu lesen.

Der Regen hörte auf, als sie Myriandros erreichten, eine weitere nebensächliche Stadt an der nebensächlichen Küste. Es war später Nachmittag; Alexander ließ oberhalb der Stadt in der Flußebene das Lager aufschlagen und ritt hin und her, um die erschöpften, verdreckten Kämpfer aufzumuntern und mit den Führern zu sprechen. Kallisthenes begleitete ihn ein kleines Stück des Wegs, bis zur Taxis des Krateros, wo der König, ebenso verschlammt wie seine Männer, vom Rücken des lehmbeschmierten Bukephalos aus eine kurze Rede hielt.

»Ihr seht aus wie … ich.« Gelächter. »Allesamt gut ausgeruht, gesund und von Schlammbädern erfrischt, was? Ich hoffe, der Wind dreht wieder auf und weht dann vom Meer, damit er unseren köstlichen Duft nach Asien hineinweht. Freunde – ihr werdet euch gleich waschen. Ich selbst habe dafür gesorgt, daß hier ein Fluß fließe, wo gestern keiner war; all dies tat ich in meiner königlichen Milde und Besorgnis um euer aller Wohl, und eure Reinlichkeit. Waschen werdet ihr euch, ihr Drecksäue, bis euer Glanz die eulenäugige Pallas im fernen Athen blendet. Und rasiert euch, Jungs. In ein paar Tagen wollen wir den Persern die Bärte zausen; dann wünsche ich, daß ihr alle glatte Wangen habt, damit sie euch nicht an den Stoppeln festhalten können. Männer, ihr stinkt – los, ins Wasser mit euch!«

Kopfschüttelnd, mit einem verkniffenen Grinsen ritt Kallisthenes wieder flußab. Hinter sich hörte er das Lachen und Kichern und Tuscheln verebben; durch die Magie seiner Person und seiner Rede hatte Alexander die Müdigkeit beseitigt, die Erschöpfung nach dem langen Marsch, nach Morast und Dreck aufgehoben. Der Hellene beschloß, sich zu reinigen. Er ließ sein Pferd bei den Schreibern und Sklaven zurück und machte sich zu Fuß auf den Weg in den Ort.

Myriandros mochte 4000 Einwohner zählen – Bauern, Fischer, Handwerker, ein paar Händler, ein Dutzend Schänken. Außerhalb der lückenhaften, lange nicht instand gesetzten Mauern (die Besatzung aus Persern und phönikischen Söldnern war geflohen) gab es einen größeren Karawanenhof, und insgesamt war alles so grau und öde wie die Abenddämmerung: ein allmähliches Verfinstern der Wolken, keinerlei Sonne zu sehen, kein Untergang. Am Strand – einen Hafen gab es nicht – lagen zahlreiche kleine Boote, weiter entfernt ankerten ein paar größere Schiffe. Von weitem sah er Demaratos, der auf einem umgedrehten Kahn hockte, Holzwürmer zählte und Sand ins Wasser warf.

In einer der Schänken fand Kallisthenes ein halbwegs reinliches Zimmer mit einem Bett und Decken, die nicht erst ausgeräuchert werden mußten; der Wirt – halb Assyrer, halb Phöniker – besorgte eine halbwegs reinliche Dirne, die dem Hellenen bei der Entspannung behilflich war; später aß Kallisthenes im Schankraum einen Napf mit verschiedenen, gut gewürzten Fleisch- und Gemüsearten und betrank sich dann mit einem kretischen Händler, der den großen hellenischen Aufstand, die Besetzung Kretas durch die Spartaner und den baldigen Untergang des makedonischen Heers vorhersagte.

Kallisthenes schlief bis in den Vormittag, frühstückte ausgiebig und ließ sich nicht durch Anzeichen von Unruhe im Ort und außerhalb stören. Als er am frühen Nachmittag wieder hinausging ins Lager, fand er dort nur noch einen seiner Schreiber, zwei Sklaven und die zugehörigen Reittiere vor. Das Heer war verschwunden.

Auf dem Ritt hinter den nach Norden gezogenen Truppen her berichtete der Schreiber, morgens sei eines der Aufklärungsschiffe am Strand von Myriandros eingetroffen. Das Heer des Dareios habe am Vortag Issos erreicht, die zurückgelassenen Kranken und Verwundeten niedergemetzelt, die Vorräte geplündert und werde wohl einige Tage dort rasten.

»Was sagt Alexander?«

Der Schreiber hob die Schultern. »Was soll er sagen? Er

war entsetzt, wie alle – darüber, daß die Perser all die wehrlosen Kameraden ermordet haben. Das Heer war gestern mittag müde, gestern abend frisch gewaschen, rasiert und erheitert; heute kocht es vor Wut und will so schnell wie möglich Rache.«

Kurz vor Mitternacht holten sie die Truppen ein, die einen Paß ungefähr dreieinhalb Parasangen südlich von Issos besetzt hatten und offen lagerten, ohne Zelte, nur mit ein paar Feuern, abgeschirmt von weit vorgeschobenen Posten. Die Aufklärer waren die ganze Nacht unterwegs; kurz vor Morgengrauen, nach nicht mehr als fünf Stunden Schlaf, brachen die Makedonen wieder auf. Kallisthenes, durch die Umstände ans Ende des langen Zugs geraten, konnte auf den schmalen, abwechselnd schlammigen und steinigen Wegen nur den gemächlich vorrückenden Troß überholen, der lange nach den Kämpfern am Pinarosufer eintreffen würde. Erst als der Weg die Berge verließ und zum schmalen Küstenstreifen abfiel, war es dem Hellenen möglich, sein Pferd schneller voranzutreiben.

Unmittelbar südlich des Pinaros war der Küstenstreifen vielleicht fünf Stadien breit; auf einem der letzten Hügel vor Erreichen des Flußtals sah Kallisthenes eine Gruppe von Meldern und Stabsoffizieren; immer wieder ritten einige los, andere kamen von irgendwo, erhielten offenbar Anweisung und verschwanden wieder. Als der Hellene die Hügelkuppe erstiegen hatte, fand er dort nur noch Demaratos und Hephaistion vor, umgeben von einem kleinen Melderstab; irgendwo weiter rechts, auf einem der nächsten Hügel, hockte Eumenes auf einem flachen Felsen.

Was immer Hephaistions Aufgabe oder Anliegen gewesen sein mochte, erfuhr Kallisthenes nicht; ehe er die Gruppe erreichte, hob der Makedone den rechten Arm, rief Demaratos etwas zu, zeigte die weißen Zähne in einer Art Lächeln und galoppierte davon. Kallisthenes sprang vom Pferd und trat neben Demaratos, der einen Fuß auf einen Stein gestellt hatte und in die Flußebene hinabschaute.

Unter den Wolkenfetzen, von abflauendem Meerwind getrieben, glitzerten in den unterbrochenen Strahlen der Sonne – es mochte zwei Stunden vor Sonnenuntergang sein – Tausende Lanzen, Helme, Schilde. Der Boden war durch den Fluß und den langen Regen so feucht, daß die Truppenbewegungen keinen Staub aufwirbelten; selbst die Zelte des persischen Heers, zwischen den Fußhügeln im Norden, schienen zum Greifen nah.

»Wer zu spät kommt«, sagte Demaratos, »den bestraft die Geschichte, über die er nicht berichten kann. Wo hast du gesteckt, Hellene?«

Kallisthenes antwortete nicht; mit angehaltenem Atem blickte er hinab zu den Ufern des Pinaros.

»Du siehst die Vorzüge kleiner selbständiger Einheiten«, knurrte Demaratos. »Und er hat alles im Kopf ...«

Zumindest in einer Hinsicht hatten die Perser ganze Arbeit geleistet: Das Dorf Issos war spurlos verschwunden. Nördlich der Flußmündung ballte sich die Reiterei, zwei große Truppenkörper nebeneinander, dahinter in der Mitte ein dritter.

»Ihr Götter!« Kallisthenes' Stimme war heiser. »Und ich hatte die Meldungen über ihre Stärke für aufgebläht gehalten!«

Demaratos folgte seinen Blicken und gluckste. »Das sind die Kämpfer zu Pferd, unter Nabarzanes. An die dreißigtausend, etwa soviel wie unser ganzes Heer. Dareios hat sie gut aufgestellt, da am Strand – keine Hügel, keine Häusertrümmer mehr, sie können sich bewegen. Ganz ordentlich.«

Kallisthenes seufzte. »Was hab ich verpaßt?«

Der Korinther fuchtelte mit beiden Armen. »Alles was bisher geschehen ist natürlich, Dummkopf.«

Während sich unten Truppenteile vor und zurück bewegten, seitlich in andere Stellungen rückten und offenbar zum Kampf vorbereiteten – Kallisthenes hielt es für Wahnsinn, wegen der späten Stunde und des langen Marschs –, gab Demaratos ihm die nötigen Erklärungen.

Kundschafter hatten die Anordnung des persischen Lagers gemeldet, aus der einiges zu entnehmen war – Truppen, die den rechten Flügel bilden sollen, werden selten hinter dem Gelände des späteren linken Flügels lagern. Unterwegs, beim Eilmarsch zurück nach Norden, gab Alexander knappe Befehle, die Reiter in halben Ilen, die Fußkämpfer in halben Pentekosiarchien rückten vor und wußten zwei Parasangen südlich des Kampfplatzes bereits genau, welche Stellen sie später einnehmen sollten. Alle Einheiten trafen ein, fanden mit den jeweiligen anderen Hälften vielleicht eineinhalb Stadien vor dem Ufer des Pinaros zusammen und bildeten die sechzehn Glieder tief gestaffelte Phalanx mit geringen Zwischenräumen zwischen den Blöcken. Die Perser, mit Schanzarbeiten beschäftigt und offenbar von der schnellen Rückkehr der Makedonen überrascht, traten am Nordufer an, zunächst abgeschirmt von Speerwerfern und Bogenschützen.

Demaratos deutete auf einige Stellen am Flußufer, wo unfertige Verhaue das Land schändeten. »Es ist spät, wir sind lange unterwegs; da kommt der Troß.« Er wies mit dem Daumen hinter sich; Karren und Packtiere tauchten auf. Kallisthenes erkannte Drakon an der Spitze eines Zugs von Heilern und Pflegern.

»Das ist also nur eine Art Probe?«

Demaratos grinste. »Die Zweikämpfer, die sich aufbauen, einander anbrüllen, sich auf die Brust schlagen und dann essen und schlafen gehen, damit der Kampf am Morgen stattfinden kann? Das glaubt Dareios. Und das ist gut so.«

Kallisthenes raufte sich die Haare. »Wenn ich etwas nicht ausstehen kann, dann das wirre Gerede eines alten Korinthers.« Er lief zu seinem Pferd, sprang auf und ritt hinab ins Flußtal.

Rechts, in den Hügeln südlich des Pinaros, sah er plötzlich Bewegung; die Perser hatten einige Hundertschaften Leichtbewaffneter vorgeschoben, um den Gegner zu beobachten und die rechte Flanke der Makedonen zu beschäftigen. Kallisthenes kniff die Augen zusammen; er war nicht sicher, glaubte aber, leichte Reiter und Agrianen zu sehen, die gegen die Hügelstellung vorrückten. Absicherung, oder sollte da tatsächlich bald gekämpft werden?

Auf halber Höhe hielt er noch einmal. Er sah die Masse der persischen Reiter weit links, jenseits des Pinaros; daneben, hinter einem Vorhang aus Bogenschützen, die leichtbewaffneten Kardaker; in der Mitte, sicherlich ebenfalls an die 20 000 Mann stark, zwei Blöcke hellenischer Söldner, mühelos an der einheitlichen Hoplitenrüstung zu erkennen, und zwischen ihnen die Leibwache, die Unsterblichen des Dareios, auf Pferden und Kampfwagen. Am linken Flügel der Perser schließlich noch einmal Bogenschützen und Leichtbewaffnete, dahinter eine zweite Reihe, die ganze Länge der Aufstellung: Zehntausende asiatischer Fußkämpfer. Es mußten insgesamt an die 100 000 Mann sein, die dort drüben standen. Plötzlich waren die groben Makedonen aus den Bergen des Nordens keine Barbaren mehr, sondern Hellenen wie er, und er dachte an Gesichter und Namen und Abende. Und daran, daß diese Makedonen Alexanders zwischen ihm und den asiatischen Tausendschaften standen; daß er nie wieder die Agora und die Akropolis und das Theater des Dionysos sehen würde, wenn die dreifache Übermacht sich durchsetzen sollte. Eine kalte Faust tastete nach seinem Magen, quetschte ihn, drehte ihn im Leib herum. Er sah das Häuflein hellenischer Söldner auf Seiten der Makedonen, vielleicht sechs oder sieben Pentekosiarchien, hinter der Phalanx stehen, zum Eingreifen und Retten und Lückenstopfen; er sah ein paar Hundertschaften hellenischer Söldnerreiter am linken Flügel, den 30 000 persischen Berittenen gegenüber; er sah die Fußkämpfer der linken Hälfte, wie immer unter Parmenions Befehl – thrakische Speerkämpfer, kretische Bogenschützen, die vier Hopliten-Taxeis von Amyntas, Ptolemaios dem Seleukiden, Meleagros und Krateros; dann, Teil des rechten Treffens unter Alexander, die Taxeis von Perdikkas und Koinos, Nikanors Hypaspisten, die Hetairenreiter des Philotas, dahinter Paionen und Odrysen, schließlich ganz rechts makedonische Bogenschützen und Agrianen. Er sah und schaute und starrte, aber er nahm nichts wahr, nur ein Gewirr von Rücken und Helmen und Pferden.

Eben rasten hinter den Reihen, für die Perser nicht zu sehen, die schweren thessalischen Reiter nach links hinaus, um Parmenions schwachen linken Flügel gegen die Berittenen des Nabarzanes zu verstärken. Sein Herz klopfte im Hals, in den Schläfen, in den Ohren. Undeutlich, durch ein metallisches Rauschen hindurch hörte er Alexander und Parmenion sprechen, vom langen Marsch und der Übernachtung am Granikos und davon, daß Dareios nicht mit einem Angriff rechnen konnte; dann ritt Parmenion zum linken Flügel, langsam, gelassen, wie zu einem Becher Wein mit ein paar Freunden, und Alexander, gefolgt von wenigen Hetairen, durchquerte die Phalanx, ritt am Flußufer entlang, rief Offizieren und einzelnen Männern irgend etwas zu, glänzte in seiner vergoldeten Rüstung, mit dem weißgeschmückten Helm. Kallisthenes hörte nur Fetzen, etwas wie »gründlich gewaschen« und »persische Bärte« und »empfindsame Nasen Asiens«, dann hörte er das nach beiden Seiten wie Buschfeuer auflodernde Gelächter und bildete sich ein, ungläubige Gesichter auf dem anderen Ufer zu sehen, aber das war zu weit fort. In den Hügeln, rechts, griffen plötzlich leichte Reiter die persischen Vortrupps an, wie beiläufig, so, als habe es nichts mit der Welt, dem Nachmittag und dem Ort zu tun. Alexander und seine Begleiter – Hephaistion war dabei, Ptolemaios der Lagide, Leonnatos, dann verschwanden sie unsichtbar hinter den massierten Kämpfern – ritten vor die Ilen der Hetairenreiter. Die persischen Bogenschützen am anderen Ufer schossen immer wieder Pfeile über den Fluß, in hohem Bogen, als wollten sie prüfen, wie weit die Geschosse flogen. Der Wind hatte sich gelegt; einen beklemmenden Moment lang war in der tiefen Stille des Spätnachmittags nichts zu hören als das milde Rauschen des Pinaros sowie hier und da ein metallisches Schrappen, ein Schnauben, eine Ahnung von Gemurmel. Gleich, dachte er, würden, müßten, sollten sich die Heere langsam aufzulösen beginnen, hinter den Schirmen der Leichtbewaffneten ins Nachtlager ziehen, sich gegen den Morgen und das Gemetzel festigen.

Ein Erdbeben, eine Springflut, ein Sturm; das gräßliche *Allallallei* der Makedonen, dann wieder unglaubliche Stille, kein Kampfgeschrei nach dem Gebrüll. Schweigend – nur Keuchen und vereinzeltes Gewieher – rasten die schweren *hetairoi,* die Besten der Besten, in den flachen Fluß, aus dem Stand, ohne die geringste Andeutung; der Keil bildete sich, mit Alexander und Hephaistion an der Spitze, verschwand einen Augenblick hinter aufspritzendem Wasser, war an Land, am Nordufer, galoppierte nicht mehr geradeaus, sondern nach links: der schräge Angriffskeil, der nicht auf die Kardaker, nicht auf die hellenischen Söldner, sondern unmittelbar auf Dareios und seine Unsterblichen zielte, während die persischen Bogenschützen taumelnd, niedergeritten, zersprengt zurückströmten und die ersten Reihen der Hellenen und Kardaker behelligten und verwirrten. Mit wahnsinniger Geschwindigkeit, dabei lautlos wie ein gespenstischer Traum, näherte sich der Keil dem Mittelpunkt der persischen Stellung, wo die Kampfwagen und die goldenen Rüstungen glänzten.

Sechs, sieben, acht Atemzüge lang regte sich nichts außer den Hetairenreitern und dem zerfetzten Vorhang der Bogenschützen. Alles schien gelähmt, gefroren, fassungslos, unfähig zu einer Bewegung. Endlich, wie Schleppnetze an langen Tauen, folgten die Hypaspisten und die beiden rechten Phalanxabteilungen den Hetairenreitern.

Dann ging die Welt unter. Kallisthenes, der feinsinnige Hellene, kühler Beobachter barbarischer Vorgänge, verlor alles Gefühl für Zeit und Abläufe; er war nur ein schreiender Teil des Chaos. Später, in den nächsten Tagen, als er und seine Schreiber zusammen mit denen des Eumenes Offiziere und Kämpfer befragten, die Listen der Gefallenen aufstellten und sich bei Gefangenen umhörten, gewann er eine Art Überblick: der kühle Vorstoß der hellenischen Söldner Persiens gegen die schwächste Stelle der makedonischen Reihen, dort, wo der stürmende rechte Flügel und der abwehrende linke auseinanderzureißen drohten; Parmenion der Amboß, der die Schläge der Reiter und Fußkämpfer auf sich zog, damit der Pfeil Alexander zum Herzen des Großkönigs fliegen konnte; der Zusammenbruch der Kerntruppen, der Unsterblichen um Dareios, unter der unfaßbaren Wucht des Angriffs der Hetairen, die Flucht des Großkönigs, der in den Hügeln vom Wagen sprang, Schild und Mantel und alles andere abwarf, um auf einem Pferd mit wenigen Begleitern entkommen zu können; die Verfolgung der Fliehenden, abgebrochen, um Parmenions bedrängte Einheiten herauszuhauen; die Dunkelheit, die die Trümmer des riesigen Perserheers vor der völligen Vernichtung rettete …

Auf Beschluß der Offiziere war Kallisthenes zusammen mit dem Königsknaben Peukestas, Drakons Sohn, abgestellt worden, um Alexanders Zelt zu hüten und den König abzufangen, während die anderen das Fest und die Überraschung vorbereiteten.

»Du bist ohnehin zu nützlichen Arbeiten nicht zu gebrauchen, Hellene«, sagte Demaratos.

Rechts und links des Flusses brannten tausend Feuer; als seien nicht nur einzelne Sterne, sondern die ganze Milchstraße zur Huldigung herbeigekommen, loderten Fackeln an Lanzenschäften: mehrere Doppelreihen, die Wege durch das nächtliche Gelände zu kennzeichnen. Im Eingang des Königszelts saß Kallisthenes auf einem Schemel, trank Wein, blickte in das vielfarbige Leuchten der zehntausend mit Gold und Edelsteinen geschmückten Rüstungen, Schwertgriffe, Zierlanzen und Zaumzeugteile, die überall herumlagen und die Feuer spiegelten; Peukestas stand meist stumm und reglos hinter ihm, machte nur manchmal eine kurze Bemerkung, die der Hellene gleich wieder vergaß.

Im Fackellicht hatte man mit der Beseitigung der Gefallenen begonnen, die lebensfähigen Verwundeten zusammengetragen, die Schwerverletzten erlöst. Weiter nördlich drängte sich eine düstere Masse, Tausende erbeuteter Pferde, größer, stärker und schneller als die kleinen europäischen Tiere. Landwärts neben den Pferden lag die zweite Koppel, jene für die entwaffneten und scharf bewachten Gefangenen. Unentwegt waren Männer unterwegs – Heiler, Helfer, Träger, Sklaven; an den Feuern briet man Fleisch aus den üppigen Vorräten des persischen Lagers, der Wein strömte in reißenden Flüssen und spülte Trauer, Erschöpfung und Zurückhaltung fort.

Ein Teil des makedonischen Trosses war aufs Nordufer geschafft worden, darunter das große und das kleinere Zelt des Königs. Alexander, zusammen mit einem Teil der Hetairenreiter, war nach dem Ende der Schlacht am linken Flügel noch einmal in die Nacht geritten, um Dareios zu suchen, allerdings ohne allzu große Hoffnung. Und gegen Parmenions Rat; der alte Stratege sah den jungen König umlauert von fünfzigtausend Persern, die die Flucht unterbrechen mochten, um nach der Niederlage durch einen einzigen Speerstoß doch noch den Sieg zu erringen; er sah Alexander im unwegsamen Dunkel dahinjagen, in eine Schlucht stürzen, von einer unebenen Brücke fallen, sich den Hals unter seinem getaumelten Pferd brechen.

Aber Alexander kam zurück, kaum eine Stunde nach dem Aufbruch. Überall sprangen die Kämpfer auf, umringten ihren König, riefen ihm etwas zu, wollten ihn vom Pferd heben und auf die Schultern nehmen. Kallisthenes sah im Fackellicht, wie Alexander langsam, vorsichtig von Bukephalos glitt, und zog sich mit Peukestas ins Innere des Zelts zurück. Es dauerte eine Weile, bis der Aufruhr sich legte und Alexander die Krieger und die Hetairen vorläufig verabschiedet hatte. Sie hörten Schritte, die Stimme des Königs, halblaut und gepreßt, die Hephaistions, hell und scharf, dann ein dumpfes Geräusch, als ob jemand über etwas gestolpert sei, den gequälten Schrei eines aus der gnädigen Ohnmacht erwachenden Verwundeten, Hephaistions Stimme – »uh, dem hängt ja das Gekröse raus; schafft ihn weg!« – und Alexanders Befehl: »Laßt ihn! Was ist mit dir, Freund?«

Eine aufgerauhte Stimme sagte: »Herr, ein Geschenk nach dem Sieg?«

Alexander: »Natürlich, mein Freund. Was wünschst du?«

»Dein Schwert.«

Sanft, beinahe väterlich tröstend sagte Alexander: »Du sollst es haben, siegreicher Krieger.« Etwas klirrte, jemand stöhnte dumpf; dann sagte Alexander, immer noch sanft und sehr traurig:

»Bringt ihn zu den anderen; morgen werden wir ihnen Ehren erweisen.«

Die Schritte kamen näher; Hephaistion knurrte etwas über mindere Burschen, mit denen Fürsten sich nicht abgeben sollten, und Alexander seufzte.

»Du weißt immer noch nicht, was es heißt, König zu sein, nicht wahr?«

Hephaistion lachte kurz auf; ein Tuchstück raschelte wie bei einer schnellen Armbewegung.

»Wenigstens hätten sie dein Zelt erleuchten können, Achilles.«

Alexander trat ein, gefolgt von Hephaistion. Die einsame Fackel in der Zeltmitte beleuchtete zwei blutbespritzte Krieger. Hephaistion schien unverletzt, nur besudelt; Alexander blutete aus mehreren Wunden: ein Schnitt im Gesicht; ein Lanzenstich, der die Schulter getroffen hatte; eine Dolchwunde im Oberschenkel, von dem er eben einen tiefroten Fetzen abwickelte. Er hinkte stark; dabei stützte er sich mit der linken Hand auf Hephaistions Schulter.

»Heil dem siegreichen Herrscher«, sagte Kallisthenes, »der des Großkönigs Scharen, Asiens Horden bezwang, wie Sturm dürre Blätter verwirbelt.«

Hephaistion stöhnte; Alexander preßte die Lippen zusammen.

»Ist Kallisthenes mein Lorbeer? Dann hätte ich lieber verloren«, sagte er mit flacher Stimme. »Was ist hier los?«

»Deine edlen Freunde bereiten ein Fest für dich vor. Dieser Knabe und ich sollen dich geleiten, daß du nicht in die Irre gehst.«

Alexander machte eine matte Handbewegung; Kallisthenes ging voraus, Peukestas spielte Nachhut. Nach etwa dreihundert Schritten endete die Gasse der Fackeln; die Umrisse eines riesigen Zelts hoben sich vom bestirnten Himmel ab. Aus dem Inneren drang gedämpftes Licht.

»Wenn du gestattest ...« Kallisthenes machte ein paar schnelle Schritte, um den schweren Vorhang vor dem Eingang zu heben; in diesem Moment flog der Stoff beiseite, ein grauhaariger, fetter Perser in Seidengewändern kam heraus, warf sich auf den Boden, berührte ihn mit der Stirn und hob die Hände vor Alexander; dabei sagte er in gutem Hellenisch, aber mit beinahe weinerlicher Stimme:

»Ich wage es nicht, dem ruhmreichen Sieger, dem König der Makedonen, das mindere Zelt des Großkönigs zu öffnen.«

»Warum wagst du es nicht, Hüter des Horts?« sagte Alexander mit einem unterdrückten Lachen.

»Es ist schäbig und ohne allen Glanz, Fürst des Nordens; lediglich das karge Feldzelt. Die besseren Unterkünfte, in denen die Behaglichkeit des Leibes gefestigt und gemehrt werden kann, befinden sich in Damaskos.«

»Steh auf. Es ist gut. Was für Dareios im Feld reichte, wird auch mich zufriedenstellen.«

»Ich wage es nicht«, murmelte der Perser, aber dann stand er auf, verneigte sich mehrmals und gab den Weg frei.

Das Zelt war geteilt; aus dem Hintergrund, der größeren Hälfte, hörte man Stimmen, das Klirren von Bechern, aber alles matt, gedämpft durch schwere Vorhänge. Im vorderen Teil schien Dareios häufiger gebadet und geschlafen zu haben. Kallisthenes sah sich um und seufzte; aus den Augenwinkeln nahm er Alexanders Gesicht wahr, das zu einer Maske des Staunens gefror.

Das kleine, karge Feldzelt des Großkönigs bestand außen aus verzierten, bestickten Lederbahnen. Die Pfosten aus schwarzem Holz waren mit geometrischen Schnitzereien verziert, mit Gold und Silber und bunten Steinen besetzt; sie verloren sich in der Höhe des Zelts, im oberen Dunkel. Großdochtige Öllampen aus vielfarbigem Glas, aus dünnen Bernsteinplättchen, aus goldbezogener Menschenhaut erhellten das Zelt. Die Innenwände waren weiße Tücher: Leinen mit Goldfäden und Silbersäumen; über dem breiten Bett – schwarzes Holz, helles Holz, Einlegearbeiten aus Elfenbein und edlen Metallen, die Pfosten wie Säulen, über und über besetzt mit Steinen und Perlen, belegt mit Polsterkissen, weichen Decken und blendend weißen Leinenlaken – hing ein Bild, ein hauchfeines Webstück aus Seide. Es zeigte Bergkuppeln, einen See von unglaublich zartem Blau, eine Landschaft gelassener Seelen und entspannter Anmut. Überall hingen Felle von Löwen, Leoparden und Tigern, daneben und dazwischen kleine bunte Vögel, kunstfertig ausgestopft und hergerichtet, große goldene Wappenschilde mit seltsamen Schriftzeichen oder Symbolen, goldene Zierschwerter mit funkelnden Griffen, ein mannshoher Spiegel aus poliertem Silber in einem goldenen Rahmen. Der Boden bestand aus sieben oder neun Schichten von schweren, in allen Farben glimmenden Teppichen. Überall an den Seiten standen dunkle, beschnitzte, mit Silberbändern und Goldbeschlägen versehene Truhen. Auf einer lagen prachtvolle, goldbestickte Gewänder, auf einer anderen des Großkönigs Schreibpult: schlichtes schwarzes Holz, goldener Tintenbehälter, eine zugeschnittene Adlerfeder zum Schreiben, ein goldener Stift zum Ritzen der Wachstäfelchen.

Muskelbepackte Sklaven mit brauner und schwarzer Haut schleppten zwei Wannen herbei – Wannen, in denen man ausgestreckt liegen konnte, anders als in den hölzernen Sitzbottichen des makedonischen Königs. Diese Wannen waren aus reinem, warm glänzendem Gold. Zwölf hellhäutige, mit kostbarem Schmuck behängte, ansonsten nackte Sklavinnen knieten vor den Truhen; auf ein Zeichen des fetten Persers krochen sie auf Knien herbei, um Alexander und Hephaistion zu entkleiden.

Auf einem Eisenofen mit Löwenfüßen und Adlerschwingen (als Türen) standen Metallgefäße voll von erwärmtem Wasser, auf dem Boden daneben Kannen mit kaltem. Zarte Tische mit geschwungenen, beschnitzten Beinen trugen Hunderte Salbtöpfchen und Tiegel; der Duft, der ihnen entstieg, mischte sich mit dem der Lampen, deren Öl man mit allerlei anderem versetzt hatte: Rosenwasser, Kinnamon, Sesam ...

Wie betäubt ließ Hephaistion sich von den Sklavinnen entkleiden; Alexander winkte die Mädchen beiseite, löste selbst Rüstung und Chiton und sagte dabei versonnen, fast verträumt:

»*Das* also heißt es, König zu sein.«

»Und *das* heißt es, König zu bleiben.« Kallisthenes schnippte mit den Fingern; sechs makedonische Hopliten mit Helm, Brustschutz, Beinschienen, Xyston und Kurzschwert traten aus schattigen Winkeln hinter Stoffbahnen hervor, legten die Faust aufs Herz und zogen sich leicht grinsend wieder zurück.

Peukestas, unauffällig verschwunden, erschien wieder; ihm folgte Alexanders Freund und Arzt Philippos, der die Wunden des Königs reinigte, die Wasserwärme prüfte, während des Bads von Verletzungen und Heldentaten einzelner Männer sprach und nach dem Bad Alexanders Wunden behandelte, ehe er ihn (und Hephaistion) den feinen fetten Fingern des Salbmeisters von Dareios überließ.

Auch das große Zelt war mehr als prunkvoll; es war ein Königstraum. Auch hier dicke vielfarbige Teppiche, auf denen die Berater, Offiziere und Freunde Alexanders barfuß gingen, nachdem sie zunächst mit einem Grinsen oder Mienen des Unbehagens Fußwaschungen durch unterwürfige Sklaven erduldet hatten; auch hier geschmückte Wände, Gold und edle Steine. Zwischen den Klinen – gepolstert und mit schweren Stoffen belegt – standen keine klapprigen Tischchen, sondern schwere dunkle Gestelle mit hellen Einlegearbeiten (Laomedon, der sich besser auskannte als die meisten, sprach von Elefantenbein); auf ihnen türmten sich goldene und silberne Platten mit süßem Gebäck, eingelegten und mit durchsichtigem Zucker überzogenen Früchten, köstlich gewürzten Fleisch- und Teigspeisen. Überall liefen Sklaven herum und gossen aus goldenen und silbernen Krügen wohlschmeckende, duftende Weine in Becher, die silberne Bäumchen oder goldene Tierköpfe waren, mit getriebenen Ranken, mit Früchten oder Augen aus funkelnden Steinen.

Auf diesen Liegen fläzten sich Makedonen mit blutigen Gewändern; aus diesen Bechern tranken sie, von diesen Platten und Schalen aßen sie. Auf Eisenbecken, gefüllt mit Holzkohle und Weihrauch, lagen von unten erhitzte Roste, auf diesen dünne Zedernstäbchen. Säulen aus vergoldetem Holz verzweigten sich zu drei, fünf oder sieben Armen mit feinstens nachgebildeten Fäusten, die aus Kien- und Zedernholz geformte Fackeln mit eingeschlossenen Weihrauchkügelchen trugen. Auch hier, auf kostbaren Ständern oder schweren Truhen, die vielfarbigen Öllampen, die alles mit unwirklichen Lichtspielen überzogen und jedem zahlreiche Schatten verliehen.

Asiatische und hellenische Musiker, Gaukler und Feuerschlucker, biegsame Tanzmädchen unterhielten sie während des Mahls. Alexander mußte heftige Schmerzen haben; ihm war jedoch nichts anzumerken. Allerdings trank er ausnahmsweise Wein, auf Zureden von Philippos. Viele der anderen schliefen auf den Klinen ein, oder sie verabschiedeten sich vom König und wankten erschöpft in ihre Zelte. Als es später und leiser wurde, hörte man zunächst schwach, dann immer deutlicher Frauen weinen.

Irgendwann richtete Alexander sich von der Liege auf und hob die Hand. »Was ist das? Diese Klagen?« Er versuchte aufzustehen, faßte an den verbundenen Oberschenkel und sank zurück.

Laomedon räusperte sich; sein Gesicht war betont ausdruckslos. »Die Mutter, die Frau und die Kinder des Großkönigs. Wir haben ihre feinen Zelte neben deinem aufgebaut.«

Alexander starrte ihn an, als hätte Laomedon eben behauptet, Arabiens Wüsten bestünden aus Käse. »*Wer* ist das?«

Parmenion schnaubte. »Du hast richtig gehört. Die wichtigen Dinge hat er nach Damaskos geschickt – den Schatz und die schwere Ausrüstung. Heute, bei seiner Flucht, hat er ein paar unbedeutende Kleinigkeiten zurückgelassen. Mutter, Frau, Kinder.«

Alexander sah aus, als ob er sich übergeben müsse. »Er hat *was* zurückgelassen? Mutter, Frau und Kinder?«

»Unfaßlich, nicht wahr? Und noch ein paar andere Sachen. Dieses karge Zelt, zum Beispiel. Und ein bißchen Gold und Silber, Münzen und Gefäße – und andere Frauen, zum Vergnügen unserer Männer ...«

Leonnatos deutete auf die Zeltwand, aus der die Klagelaute zu kommen schienen. »Wir wußten nicht so recht, wohin mit ihnen. *Deine* Beute, Alexander. Wir können sie ja nicht einfach zu den gefangenen Kriegern stecken.«

Alexander fuhr sich mit der Hand über die Augen. »Man kann eine Schlacht verlieren und Herrscher bleiben. Aber *das* ... Er hat kein Recht mehr, sich Herr über was auch immer zu nennen.«

»Ich glaube«, sagte Laomedon halblaut, »sie weinen nicht aus Angst vor dem, was sie erwartet, sondern aus Trauer – vielleicht auch Empörung, wer weiß. Trauer sicher; sie haben seinen Wagen gesehen, seine Rüstung und seinen Schild. Ich dachte, sie sollten das haben ...«

»Du sprichst Persisch, Leonnatos?«

Leonnatos nickte.

»Gut.« Alexanders Wangenmuskeln zeichneten sich deutlich ab. »Geh zu ihnen. Sag ihnen von Alexander, daß Dareios geflohen ist, daß er aber lebt, soweit wir wissen. Wir haben ihn weder lebendig gefangen noch tot aufgefunden. Sag ihnen auch, sie haben nichts zu befürchten; sie behalten ihre Diener und ihren Besitz und werden behandelt als königliche Gäste.«

Leonnatos ging; Parmenion rümpfte die Nase und wandte sich an den König.

»Wann?«

Alexander seufzte. »Übermorgen.«

Parmenion nickte.

Kallisthenes hob die Hand. »Worüber redet ihr da?«

Ptolemaios stieß ihn an. »Damaskos«, sagte er leise. »Die Schätze, die Waffen, die Festung, die die Wege zwischen Babylon, Ägypten und den nordwestlichen Ländern hütet. Klar, dummer Hellene?«

Leonnatos kehrte zurück. Das Weinen im anderen Zelt war leiser geworden, ohne jedoch zu enden. »Ich habe es ausgerichtet, aber ich fürchte, sie glauben mir nicht.«

Alexander ächzte und setzte sich auf. Hephaistion glitt von seiner Kline und stand neben ihm, half ihm auf die Beine.

»Wir gehen beide«, sagte Alexander; er stützte sich auf die Schulter des Freundes, biß die Zähne zusammen und verließ aufgerichtet das Zelt. Kallisthenes folgte, ebenso Laomedon und Demaratos. Sklaven oder Diener, darunter ein grauhaariger Perser mit feinem Gesicht und straffer Haltung, gingen ihnen voraus, öffneten das Frauenzelt; der Grauhaarige sagte etwas auf Iranisch.

Im Hintergrund des reichen Zelts stand verschleiert die Frau und Schwester des Großkönigs, Stateira, von der man sagte, sie sei die schönste Frau Asiens. Sie hatte die Arme um ihre Kinder gelegt, zwei Töchter und den Sohn. Sisygambis, die Mutter des Dareios und der Stateira, trug schlichte helle Trauergewänder und hatte ihren Schmuck abgelegt. Ein weißes Tuch verhüllte das Haar; nur das Gesicht war zu sehen, und im Gesicht vor allem die großen schmerzvollen Augen. Sie blickte Alexander an, dann Hephaistion; beide trugen nur neue weiße Chitone. Alexander hatte das Zelt als erster betreten, wie ein Herold; Hephaistion war stattlicher und kam als zweiter.

Sisygambis warf sich vor ihm auf den Boden, berührte seine Füße und murmelte etwas, das in einem trockenen Schluchzen unterging.

Hephaistion, sichtlich verlegen, deutete auf Alexander; der Grauhaarige sagte noch einmal etwas auf Iranisch.

Sisygambis schaute zu Alexander auf; in fast makellosem Hellenisch sagte sie: »Verzeih meinen unverzeihlichen Fehler, großer König.«

Alexander lächelte, beugte sich vor, reichte ihr die Hand und zog sie hoch. Er legte den Arm um Hephaistions Schulter. »Sorg dich nicht, Fürstin. Auch er ist Alexander.«

Mehrere Atemzüge lang sagte niemand etwas. Alexander und die Königsmutter sahen einander in die Augen; langsam hellte sich Sisygambis' Gesicht auf. Auch Alexander wirkte gelöster.

Der Grauhaarige trat einen halben Schritt vor. »Dies, o edler König, ist die Mutter des Großkönigs. Da ihr Hellenen, und ich bitte um Vergebung, unsere Namen nicht aussprechen könnt, wie sie ausgesprochen werden sollten, will ich euch sagen, daß ihr Name auf Hellenisch Sisygambis lauten müßte. Aber ...«

Alexander unterbrach ihn mit einer knappen, unmißverständlichen Handbewegung: als schnitte er etwas ab.

»Wir brauchen dich hier nicht; geh hinaus und zähl die Sterne.«

Dann wandte er sich zu Sisygambis. »Überaus edle Tshissagambysh« – er lächelte sanft –, »du wirst uns und vor allem mir eine große Ehre erweisen, indem du unsere Gastfreundschaft annimmst. Du, deine Tochter und deine Enkelkinder. Ich habe befohlen, euch nicht wie Gefangene, sondern wie königliche Gäste zu behandeln. Als Sohn einer Königin bedaure ich zutiefst die Handlungsweise des zweifellos edlen Darayava'ush, der seine Mutter und seine Frau mit den Kindern zurückgelassen hat. Als König preise ich mich jedoch glücklich, denn es ist eine seltene Ehre, solch edle Gäste bewirten zu dürfen.«

Sisygambis machte eine kaum vernehmbare Verbeugung. »Ich danke dir, Herr der Makedonen. Aber sag mir – was weißt du vom Schicksal meines Sohnes?«

Alexanders Gesicht verfinsterte sich. »Er ist geflohen. Um schneller fliehen zu können, hat er einige Dinge fortgeworfen. Seinen Schild, seinen Mantel, seinen Wagen. Und euch.«

Sie schloß die Augen. Mit rauher Stimme sagte sie: »In dieser furchtbaren Schlacht müssen viele Edle gefallen sein. Freunde und Verwandte.«

Alexander nickte; sein Ausdruck war wieder sanft. »Ja, Tshissagambysh, auf beiden Seiten sind viele edle Krieger gestorben.« Er sah sich um, deutete auf Laomedon. »Dieser Fürst wird dich morgen geleiten, wenn du nach denen suchen magst, die du gekannt und geschätzt hast und denen du gemäß ihrem Wert und deinem Glauben Ehre erweisen willst.«

Sisygambis seufzte auf, schien wieder knien zu wollen, blieb dann doch stehen und schenkte Alexander ein trauriges Lächeln.

»Du bist großmütig. Ich danke dir von Herzen, edler König.«

Alexander neigte kaum wahrnehmbar den Kopf. »Nenn mich Alexander – Mutter.«

In der Nacht erwachte Kallisthenes zwischen schnarchenden Makedonen. Er zählte sie nicht, aber es mochten fast zwanzig Männer sein, die den Heimweg zu ihren Zelten nicht mehr gefunden hatten. Sie lagen auf den Teppichen, hingen über den Klinen, kringelten sich unter den Tischen. Posten hüteten ihren Schlummer – Posten am Eingang und am Durchgang zum kleineren Teil, wo Alexander und Hephaistion auf des Großkönigs breitem Lager ruhten und leise redeten. Die Lampen waren gelöscht, bis auf zwei im Hauptteil und eine im Schlafzelt; ein Sklave sprang auf, als Kallisthenes sich erhob. Der Hellene winkte ab, trat aus dem Zelt, um sein Wasser in die Nacht zu schlagen, die von müden Feuern und anmaßenden Sternen wund war.

Als er zurückkehrte, wählte er eine freie Liege näher an Alexanders Schlafstatt, weiter weg von den schlimmsten Schnarchern. Dennoch konnte er lange Zeit nicht wieder einschlafen.

Nebenan hörte er eine Bewegung; er blinzelte und schaute hinüber. Alexander lag auf dem Rücken und starrte in die unendliche Nähe des Zeltdachs hinauf; Hephaistion hatte sich aufgesetzt und spielte mit einer Rolle.

»Soll ich lesen, Achilles? Dies ist das Buch, in dem gesagt

ist, wie Odysseus einschläft und Athene sich aufmacht, um Nausikaa vorzubereiten.«

Alexander strich über die Decke, kratzte mit den Nägeln an einem Goldfaden. »Nicht jetzt, nein, aber trotzdem Dank. Ich will weder hören, wie Nausikaa ihre zweifelhafte Jungfräulichkeit verliert, einen wertlosen Gegenstand; noch wie Odysseus schläft. Aber ich beneide ihn. Ich wollte, ich könnte schlafen. Wein bewirkt es nicht – bei mir.«

Hephaistion legte den Papyros beiseite. »Immer noch dein Vater?«

»Philipp ist drei Jahre tot, und wir sind heute abend weiter, als er je kommen wollte. Nein – hin und wieder höre und sehe ich ihn noch, besoffen, das eine Auge blutrot, die Adern wie Gewürm, und er röhrt wie die Brandung und brüllt wie ein Stier ... Aber das ist es nicht, Patroklos. Der alte Korinther hat es vor Jahren gesagt, oben in Illyrien; daß Wein zur Freundschaft gehört, wie ein Lächeln, eine Hand oder ein langes Zuhören. Der Nüchterne im Kreis zechender Freunde wird immer einsamer; mittrinken als Trankopfer für die Götter und Göttinnen der Freundschaft.«

Er schwieg eine Weile; Hephaistions Hand strich über die Stirn des Königs.

Schließlich sagte Alexander, halblaut: »Die Nacht ist eine Viper; außerhalb des Feuerkreises lauern schwarze Löwen. Wein vertreibt die Viper nicht und zähmt nicht die Löwen, aber er macht die Wahrnehmung weniger scharf. All die Alexanders in mir zappeln jetzt nicht. Sie sind kein Schlangenknäuel, sondern wie ... wie Lanzen in einem Gestell. Vielleicht ist es der Wein; ich werde das weiter erproben.« Er kicherte. »Hilfst du mir – in den nächsten tausend Nächten?«

Hephaistion brummte etwas; es mochte Zustimmung sein. Dann sagte er: »Mit welchem Alexander rede ich jetzt, Achilles?«

»Da ist einer, der will in die Weite. Einer will Säuglinge schlachten. Greisinnen schänden. Götter stürzen. Dareios verfolgen. Babylon neu erbauen. Gedichte sprechen. Rosen riechen.«

Die Stimme veränderte sich; Kallisthenes lief es eisig den Rücken hinauf und hinab.

Zahnloses Mümmeln: »Heißer Wein; ein Knabe, der mir die Sohlen kitzelt; Männer der Nacht, die Geschichten erzählen von der Welt, die wie eine Erbse ist« – zaghaft, verloren, verzweifelt: »unter tausend anderen Erbsen, ein *daimon* hat sie gekocht und gefressen, und wir, auf der Suche nach Göttern, wissen nicht, daß wir in seinem Gedärm zersetzt werden.« Unendliche Gier, unendliche Wut: »Das Meer schlürfen, die Berge zermalmen, die Wüsten in meinem Samen ertränken.« Heiser, tückisch, lockend: »Schöner Held, mit harten Muskeln und hellem Haar – ist es überall hell und hart bei dir? Laß mich dich lutschen, Freund – *mit* Zähnen.« Stammelnd, ängstlich: »Der Drache Mond, Vater; er ... er brütet ein Ei aus, ein böses Auge; es wimmelt, es starrt mich an, starrt mich an vom Boden eines Brunnens, ein Schacht voller Eiter, ich stürze, ich ...«

Hephaistion schüttelte ihn. »Komm zu dir, komm zurück, Freund! Soll ich Arridaios holen?«

Alexander antwortete mit einem Ächzen; Kallisthenes wünschte sich weit fort, gleichzeitig näher zu den beiden, die auf dem breiten Bett des Großkönigs mit dem *daimon* rangen. Er preßte die Handflächen gegen die Schläfen und versuchte zu verstehen, was dort vor sich ging, versuchte an Arridaios zu denken, den schwachsinnigen Halbbruder, als Kind – wie man sagte – von Olympias vergiftet, damit der Weg Alexanders zum Thron frei sei; Arridaios, der zäher Lebenswille war und sonst nichts, dem Gift und Magie die Seele genommen und ... Der Hellene erstarrte; ein wahnsinniger Gedanke – wäre es möglich, daß die molossische Hexe die Seelen aller von ihr Getöteten, Vergifteten, Gemarterten in Dunkel gebunden und gezwungen hatte, ihm zu dienen, ihn zu erfüllen, zu überfüllen – den Sohn, der für sie nicht Sohn Philipps war, sondern Gefäß des Gottes? Warum wollte Hephaistion den Halbbruder holen, jetzt, in der Nacht, als Heilmittel, zur Abschreckung, aus weichem düsteren unhellenischen unbegreiflichen Grund?

Alexanders Stimme klang wieder vernünftig, wenn auch schwach. »Ah, laß es gut sein, Patroklos. Mein Kopf ist eine Amphore, und sie ist überall rissig. Durch die Risse sickere ich hinaus in etwas Graues, Schleimiges; und etwas Anderes sickert in mich hinein. Die Nacht dringt in meinen Kopf – wenn ich mich nicht wehre.«

»Die dunkle Unterseite der Welt und der Dinge ...« Hephaistion, der kalte anmaßende Hephaistion, klang erschüttert und mehr denn besorgt – liebevoll? Fürsorglich?

»Wenn all das, was Aristoteles uns gelehrt hat, wenn Wissen und Verstand – sagen wir, *logos* – wenn all dies Licht ist, was ist dann dieser dunkle Saum, dunkle Schaum, der in mir schwappt und näher kommt und mich verschlingen will?«

»Wenn man müde ist, breitet die Schläfrigkeit ihren Mantel aus, unter dem man ruhen kann. Das ist deine Dunkelheit.«

»Aber du vergißt, was Homeros sagte, Patroklos, und du solltest es nicht vergessen, weil es mit dem Tod des anderen Patroklos zu tun hat, Freund: Schlaf und Tod sind Zwillingsbrüder. Schlafen ist sterben, jedenfalls ein wenig.«

Hephaistion gluckste leise: »Dann stirb jede Nacht ein wenig, Achilles, wie wir alle. Wenn du den einen Zwillingsbruder umarmst und an dich ziehst, könnte der andere dir länger fernbleiben.«

Alexander seufzte. »Aber woher weiß ich, welchen der beiden ich zu mir lasse? Mein Verstand ist ein Öllicht; der Schlaf löscht es – bin ich dann nicht tot? Und während ich ein wenig tot bin, wer ist dann *ich?* Vielleicht bin *ich* dann woanders, in einer Gegend von grauem Schleim und von Drachen, die Augen ausbrüten, aus denen Augen schlüpfen ... Wer verwüstet in dieser Zeit meinen Körper, wer führt das Heer in die Irre?«

»Bedenke, was Aristoteles sagte. Der Mensch ist inwendig ein System von Waagen und Schalen, und es muß ausgewogen sein, sonst beginnt der Wahnsinn. Wachsamkeit, Freund, muß aufgewogen werden durch Ruhe und Schlummer.«

Alexander lachte. »Du bist ein guter Tröster, aber ich glaube dir nicht. Wenn ich wache, wenn ich denke, stehe ich in der gleißenden Mittagssonne der Vernunft, aus der es kein Entrinnen gibt. Ich sehe meine Macht und meine Schuld, ich kann mich nicht verbergen vor meinen Ängsten oder meiner Schande. Aber wenn dieser Rand des Dunkels näher kommt, wird er mich verschlingen – all das, was wach *ich* ist; und unter diesem Mantel werde ich kauern und krächzen und kriechen. Ein *daimon*-Mantel. Vielleicht die Hand des Dunklen Herrn Ahriman; vielleicht haben die Perser recht, wenn sie so in Symbolen von Licht und Dunkel denken ... oder empfinden. Licht, das ist *ich* und meine vernünftige Herrschaft über mich; Dunkel, das ist *ich* unter der Herrschaft von etwas Grauenhaftem, Fremdem; ein *daimon*, Ahriman, Thanatos, Hades. Wenn ich wache, sehe ich, wohin ich renne; wenn ich schlafe, kann ich nicht sehen, wohin was auch immer treibt. Deshalb will ich nicht schlafen. Deshalb habe ich Angst vor dem Schlaf.«

Hephaistion beugte sich vor; er küßte Alexanders Stirn.

»Dein Vater sagte immer, er könne schlafen, weil Antipatros für ihn wache. Kannst du nicht schlafen im Wissen, daß ich für dich wache?«

»Das wird mich nicht besser schlafen lassen. Aber, Patroklos, ich werde das Wachen sehr viel mehr genießen.«

Nach längerem Schweigen sagte Hephaistion: »Und Wein? Einer der Knaben? Eine Frau? Nicht zu vergessen – der Erbe, den Parmenion und Antipatros und Olympias wollen? Wein, selbst wenn er dir nicht schlafen hilft, macht das Dunkel vielleicht weniger bedrohlich; ein Knabe könnte dich besser, weicher wärmen als ich; eine Frau ...«

Alexander unterbrach ihn. »Ihr – du und die anderen – gebt mir die Wärme, die ich brauche, um den Kitt, der die Risse der Amphore heilen soll, biegsam zu machen, knetbar, nützlich. Der Lustknabe, die Frau für eine Nacht – wann wäre ich denn enthaltsam gewesen?«

»Ich rede von einer Frau, Alexander; einer Königin, Mutter deines Erben. Nicht von einer Gespielin deiner Drüsen.«

»Das würde mich an einen Ort binden. Ich will weiter; ich *muß* weiter.«

»Königin und Kinder können an einem festen, sicheren Ort bleiben. Während du weiterziehst.«

»Ah, jetzt sind es schon mehrere; Kinder.«

»Warum nicht? Überleg doch – was, wenn dich heute ein Speer getötet hätte?«

»Antipatros ordnet Europa; Parmenion und Krateros und

Philotas würden, mit deiner und der anderen Hilfe, das Heer heimbringen; die Makedonen würden einen neuen König wählen.«

»Bekümmert es dich nicht? Ist es dir gleichgültig, wer der neue König wäre? Warum nicht dein Sohn?«

»Was kümmert mich, was nach meinem Tod geschieht? Wenn ich, wie die Philosophen sagen, ein Mensch bin wie alle, werde ich vergangen sein wie alle und nicht mehr teilhaben an den Dingen. Wenn ich, wie Olympias und Aristandros versichern, das Gefäß eines Gottes bin und selbst ein Gott sein werde, kann ich vom Olymp herabschauen und mich an den Fehlern meiner Nachfolger ergötzen.«

Hephaistion schnaubte: »Du *willst* nicht darüber nachdenken.«

»Ich fürchte mich vor dem, was damit verbunden wäre.«

»Fürchten? O ihr Götter – die Furcht des Furchtlosen! Wovor bitte fürchtest du dich?«

»Vor all dem hier – der Üppigkeit des Zelts, der neuen Art, König zu sein.« Seine Stimme wurde ernst, fast hart. »Verstehst du nicht, Patroklos – das System von Waagen, Balken und Schalen in mir ist ausgewogen, meistens jedenfalls, weil ich es beherrschen kann. Jede Änderung müßte neu ausgeglichen werden. Ich rede nicht von Änderungen des Orts; wir können ans Ende der Welt ziehen, Titanen bekämpfen, die Götter stürzen und Berge zu Sand zermahlen, ohne daß es wirklich etwas ändert. Aber dies hier – ein weiches Lager, üppige, erlesene Speisen, der Übergang von Wasser zu Wein, dies sind Änderungen, vor denen ich mich jetzt schon fürchte. Eine Frau … die Liebe oder der Haß einer Frau, die Liebe, die ich einem von mir gezeugten Kind würde geben wollen: Das wären ungeheure Veränderungen. Sie wären vielleicht gut, Veränderungen auf der lichten Seite; aber sie müßten durch neue Gewichtungen auf der Seite des *daimons* ausgeglichen werden. Und mir graut vor dem Gedanken an all die Alexanders, die dann aus meinem Schatten kriechen könnten.«

7. SÄNGER IM ZWIELICHT

Es war der scheußlichste Winter, an den Dymas sich erinnern konnte; und der letzte mit Tekhnef. Pella, Aloros, Aigai, Methone, Dion, Herakleia, dann zur Tempe-Mündung; bis hierhin reichte der stickige, überheiße Herbst. Sie machten abends Musik für den Unterstrategen des von makedonischen Kerntruppen gesicherten Flußtals, des einzigen einfachen Durchgangs nach Thessalien und Hellas; unter glimmenden Sternen, in erstickender Nacht gingen sie schlafen, auf einer baumbestandenen Terrasse oberhalb des Flusses. Sie erwachten fröstelnd, in Nieselregen, niedrigen fetten Wolken und eisigem Nordwestwind. Sie ritten nach Larissa, wo sie zwanzig Tage blieben, in den Schänken spielten und sich bei Tuchhändlern und Schneidern mit Winterkleidung eindeckten.

Seit jener Nacht im Hafen von Pella hatten sie kaum noch miteinander gesprochen, außer über äußerliche Dinge und die Notwendigkeiten des jeweiligen Tages. Tekhnef schien abzuwarten, war aber entweder nicht willens oder nicht in der Lage, die Entwicklung zu beeinflussen. Dymas schaute sich gewissermaßen über die Schulter, bemerkte die Veränderungen, den Verfall, fühlte sich aber seltsam gelähmt.

Nicht einmal die Zerstörung seiner Musik berührte ihn wirklich. Die Finger und die Saiten beschäftigten sich miteinander, seine Seele war am anderen Ende der Welt. Die Stücke, die sie spielten, wurden zu unbehausten Gebäuden, durch die Tekhnefs Aulos wie ein Wind aus dem Norden strich. Zunächst hielten die Mauern, die Steine, die Verfugungen; nach und nach, innerhalb der wenigen Tage in Larissa, begannen die Gemäuer zu bröckeln: Die Finger und Saiten fanden nicht mehr recht zueinander, der von den verwöhnten Athenern als feinster Kitharist der Oikumene bezeichnete Musiker stümperte, brachte unsaubere Töne hervor, bis es auch den nicht eben verwöhnten Besuchern der Schänken von Larissa auffiel.

»Was wird aus uns?« sagte Tekhnef; sie hatte sich auf den

linken Ellenbogen gestützt und betrachtete Dymas. Er lag auf dem Rücken und starrte hinauf ins Dachgebälk. Die Luft in der kleinen Kammer über dem Schankraum war schal; das Öllicht flackerte im Zug von der Fensteröffnung. Im Winkel neben der Tür lehnten die Instrumente an der Truhe aus Flechtwerk, auf der die Kleidungsstücke lagen.

»Nicht mehr viel, oder?« Dymas veränderte seine Lage nicht. Er spürte Tekhnefs Blicke; seine Haut schien sie wahrzunehmen. »Es ist vorbei.«

»Was ist vorbei?«

»Alles.« Er machte eine fahrige Handbewegung; das Lager aus Strohsäcken, Lederdecke und Fellen knisterte. »Du solltest mich verlassen.«

Sie sog Luft zwischen den Zähnen ein; er hörte das scharfe Beinahe-Pfeifen. »Willst du dich aufgeben?«

»Du wirst neunundzwanzig, Tekhnef; ich werde siebenunddreißig. Du wirst noch ein paar Jahre Frau bleiben, ich bin bald Greis. Vierzig ist die Grenze ...«

Sie berührte seine Brust, wickelte ein paar der schwarzen Haare um ihren Zeigefinger, zupfte, zog die Hand zurück, steckte den Finger in den Mund und beschrieb mit der Fingerspitze, mit Speichel und scharfem Nagel eine Schlangenlinie auf Dymas' Körper, von der rechten Brustwarze zum Nabel und weiter zum Glied, das sich seit vielen Nächten nicht mehr regte, nicht mehr zum Phallos werden wollte.

»Greis? Philipp war – sechsundvierzig? Als er sich zum letzten Mal vermählte und ein Kind zeugte. Antipatros ist sechsundsechzig und hält mit eiserner Hand Makedonien, Thessalien und Hellas zusammen – Thrakien nicht zu vergessen; Parmenion ist sechsundsechzig, er reitet in die Schlacht und liebt die Frauen.«

Dymas grunzte leise. »Meine Finger ...« Er hob die linke Hand, ließ sie wieder sinken. »Sie sind schlaff, wie *der* da. Ein löchriger Schlauch, der den Wein nicht mehr hält. Ich bin erledigt, Frau.«

»Du bist erledigt, wenn du dich aufgibst!«

Ein paar Momente sann er über die vielen Töne ihrer Stimme nach: Überdruß, Verzweiflung, Besorgnis, wunde Leidenschaft, halbverschüttete Hoffnung ...

»Da ist nichts aufzugeben, da ist nichts festzuhalten, Tekhnef. Da ist – nichts.«

Sie schwieg, löschte das Licht, wickelte sich in Felle. Vielleicht weinte sie ein wenig, ehe sie einschlief. Dymas lag reglos neben ihr, starrte ins Dunkel und trieb dahin. Wörter, Bilder formten sich; treideln, nein, trudeln auf abschüssigen Gedanken, kein Saum, kein Pfad; Kiel ohne Boot, eine glitschige Helling hinab; das Segel zu neuer Fahrt, das Tekhnef hatte hochziehen wollen, war nasses graues Tuch der Gleichgültigkeit, das ihn erstickte, und er kauerte darunter am Fuß, nein, am Schuh des Masts, der sich nicht mehr aufrichten ließ. Er lachte lautlos; etwas, nicht er, suchte nach Gründen, wie so oft zuvor. Musik: einzelne Halme, die sich unter seinen Fingern nicht mehr zur Garbe verwandeln lassen wollten. Wein: Er konnte trinken bis zum Überlaufen, bis zum Erbrechen, aber auch der schwerste Wein hatte keine Wirkung mehr – als wäre nichts mehr da, das noch betäubt oder erregt werden könnte. Liebe? Wenn es einen Weg gäbe, könnte er sich nicht vorstellen, ihn anders denn mit Tekhnef zu gehen, aber vor ihm war kein Weg, nur ein formlos schwarzgrauer Sumpf, unendlich ausgedehnt und belanglos. Er erinnerte sich an einen Dymas, der sikeliotischer Knabe war. Ein anderer, Sklave in Karchedon. Dymas der Handwerker. Dymas der Musiker. Dymas der Seefahrer. Dymas der Spitzel. Die Kithara unter den Fingern. Eine Feile in der Hand. Rudergriffe und Segeltaue, salzige Gischt und der kalte Wind zwischen den Sternen. Tekhnef in seinen Armen. Alexanders Schwert; die glatte geschliffene Feinheit des Hamilkar wie ein Dolch in Seide gehüllt; Bonqarts wahnsinnige Gegenstände; Antipatros wie Öl und Eisen, unbeugsame Härte und listige Geschmeidigkeit; Olympias die Viper; Demaratos und Bagoas der Heile und Demosthenes; Kleonike in der gräßlichen Nacht von Kanopos. Zuviel, von allem zuviel. Spuren eines Dymas, der mit Tekhnef verschmelzen und ewig währen wollte; Spuren eines Dymas, der die Kithara spielte und todlose Verse sang; Spuren eines Dymas, der lauschte und spähte und meldete; Spuren eines Dymas, der Säge oder Schwert in der Hand hielt; Spuren eines Dymas, der sich auflöste zu einem riesigen Luwier und einem buckligen Zwerg. Er war viele gewesen, nun war er keiner; das Band, das die Garbe gehalten hatte, zerrissen von vielen Händen zu vielen Fetzen. Die Nacht das bodenlose Auge des Polyphemos, und Niemand auf einer langen Reise.

Tekhnef blieb in der Schänke. Der Morgen war naß und grau, Larissas Straßen ein Gemenge aus Mist und Lehm. Dymas zog den Umhang enger. Nach ein paar Schritten war er bis zu den Knien beschmiert von Schlamm, von Kot, von Abfällen der Nacht, vom Inhalt der aus Fensterhöhlen geleerten Töpfe. Wo die schmale Straße, an der die Schänke zwischen anderen Häusern lag – alle aus Holz und Ziegeln, alle zur Seite oder vornüber geneigt, als müßten sie einander stützen –, die Agora erreichte, zertrümmerte ein Maultier mit festen Tritten Teile der vom Gestell gestürzten Auslagen eines Töpfers. Das Tier hatte ein rotes Band in der Mähne. Der zeternde, fuchtelnde Töpfer kam aus dem Haus gestürzt, raufte sich Haare und Bart und schlug mit geballten Fäusten nach dem Vieh.

Ein halbnackter Junge trieb ein paar zottige, regentriefende Ziegen vorüber, zum Laden des Schlachters. Auf der Agora, die sonst auch als Marktplatz diente, war kaum Betrieb; nur zwei oder drei Bauern, die Ledertücher über ihre Karren gespannt hatten, warteten auf Käufer für ihr Herbstgemüse.

An der nächsten Ecke, neben dem kleinen Heratempel, dessen bunter Giebel wie ein Sommerschrei im Nieselregen war, streifte Dymas die verschlammten Sandalen ab, wischte sich Beine und Füße mit einem Tuch, das vor ihm schon etliche andere benutzt hatten, wrang es aus, legte es wieder auf den Rand des mit tiefbraunem Wasser gefüllten Bottichs und betrat das große Gebäude. Neben mehreren Schreibern und Fernhändlern arbeitete hier auch der Vertreter eines korinthischen Bankhauses. Es war jenes Bankhaus, das die weitverzweigten Geschäfte des edlen Demaratos betreute; wie Dymas irgendwann erfahren hatte, gehörte es einer Gruppe von Händlern, deren wichtigster Demaratos war; wer sonst?

Das Erdgeschoß des Gebäudes war eigentlich nicht mehr als eine hohe Säulenhalle. Rechts und links, getrennt durch leichte, kaum mannshohe Holzwände, befanden sich je zwei

Dutzend Läden, Arbeitsräume, Werkstätten, Schreibstuben und derlei; der Mittelgang wimmelte von Bettlern, Bauchladenmännern, Käufern, Neugierigen – die zum Teil nur Schutz vor dem Regen suchten – und beweglichen Ladentheken, auf denen Feldfrüchte, Brot, Wein und anderes feilgeboten wurde, was bei anderem Wetter die Agora geziert hätte.

Der grauhaarige Bankherr, eher wohl ein kleiner Angestellter, hockte auf einem Holzschemel hinter seinem Schreibtisch. Er trug einen Wollmantel und Fellstiefel. Sein Blick, durchtränkt von unendlicher Langeweile, hob sich nur mühsam von der Tischplatte mit ihren Tafeln, Rollen, Rieden und Stiften.

»Dein Begehr, Fremder?« Die Stimme war heiser, erkältet; die Nase rot. »Möge es dir und mir diesen köstlichen Tag erhellen, was immer es sei.«

Dymas holte das Lederröhrchen hervor, das an einer Schnur von seinem Hals hing. Darin bewahrte er einige Papyrosschnipsel auf, die er dem Bankmann vorlegte.

»Hmf. Der sehr ehrenwerte Dymas ... Ein altes Guthaben, beglaubigt und besiegelt von, oh, Demaratos selbst. Eine Ehre, eine Ehre. Ergänzt ... Zinsen nachgetragen ... Weitere Einzahlungen ... Du bist länger nicht in einer Bank gewesen damit, edler Herr Dymas.«

»Die letzten Einzahlungen und dieser Schuldschein« – Dymas klopfte mit der Fingerspitze auf einen Papyrosfetzen – »haben, wie du siehst, in entlegenen Gegenden stattgefunden. Ich hatte dort den Hauptzettel nicht greifbar.«

»Was kann ich für dich tun? Brauchst du Geld? Soll ich alles zusammentragen, neu berechnen?«

Dymas nickte. »Berechne doch bitte mein Gesamtguthaben, über das ich neu verfügen muß.«

Der Bankherr nahm einen Stift und eine Wachstafel, legte sie zurecht, holte aus einer Schublade des Tischs einen Rechenrahmen mit verschiedenfarbigen Tonperlen, runzelte heftig die Stirn und rechnete.

»Die Gebühr für diesen Vorgang«, sagte er halblaut, zerstreut, »beträgt ein Hundertstel des Guthabens, höchstens jedoch fünf Drachmen ...«

»Zieh sie ab. Ein Hundertstel wäre zuviel.« Dymas grinste ohne innere Anteilnahme.

Endlich legte der Mann den Stift beiseite und verstaute den Rechner wieder. »Erstaunlich ... Der Umgang mit wohlhabenden Männern vermag selbst den trübsten Tag zu erhellen. Dein Guthaben, edler Herr Dymas, beträgt, pfm, hrrm, neun Talente elf Mi ...«

»In Drachmen, bitte.«

»In Drachmen, bitte sehr. Fünfundfünfzigtausend einhundertdreiundsechzig Drachmen und vier Obolen. Die fünf Drachmen habe ich bereits abgezogen.«

»Gut. Ich möchte eine neue Gutschrift, besiegelt und überall gültig, über fünfzigtausend. Den Rest solltest du mir gleich auszahlen. Die Gutschrift muß lauten ...«

Der Bankmann hob die Hand. »Edler wohlhabender Herr Dymas, das sind zwei weitere Dienstleistungen – zweimal fünf Drachmen.«

Dymas knirschte mit den Zähnen. »Wegelagerer sind bescheidener.«

»Sie sind ja auch ärmer.« Der Grauhaarige lachte.

Dymas seufzte, dann wies er den Mann, an, wie die Gutschrift auszufüllen sei.

Abends, wie immer, Musik und Wein und Speisen. Der Wirt, der sich Umsatz versprach, übernahm Verpflegung und Unterbringung der Musiker, die Zuhörer zahlten hin und wieder, wenn es ihnen besonders gut gefiel, für einen oder mehrere Becher Wein; während Tekhnef auf dem Doppelaulos noch einen letzten schnellen Tanz spielte, ging Dymas mit seinem breitkrempigen Lederhut in der Hand von Tisch zu Tisch. Etwas in ihm lenkte die Hand, bewegte den Mund und dankte; ein zweiter Teil stellte fest, daß die Musik (oder die Laune der Gäste) besser schien als am Vorabend, aber fern von allem, was vor nicht allzu langer Zeit gewöhnlich gewesen wäre. Eine Halbdrachme war die größte Münze im Hut, der Rest nur Obolen, insgesamt vielleicht zweieinhalb oder drei Drachmen.

Der Mann, von dem die Halbdrachme stammte, mochte um die dreißig Jahre alt sein. Er trug Lederpanzer und Gurt, aber keine Waffen. Das gebräunte Gesicht, von einem gepflegten schwarzen Bart umrahmt, war freundlich und fein geschnitten; das linke Ohr fehlte, und als er sich bewegte, rutschten Panzer und Chiton so weit zur Seite, daß Dymas die schlimme Narbe auf der linken Schulter teilweise sehen konnte: wie von einem Schwerthieb, der nach Abtrennen des Ohrs die halbe Schulter gespalten hatte. Mit der eingeübten, längst von Teilnahmslosigkeit überdeckten Wahrnehmung des Spitzels bemerkte Dymas die schlanken, sauberen, gepflegten Finger des Mannes und den Blick, der an etwas erinnern zu wollen schien, als habe der Mann ihn schon einmal gesehen, getroffen, gehört.

Der Wirt brachte ihnen Näpfe – eine dicke Gemüsesuppe mit Fleischbrocken – und zwei Becher; Dymas und Tekhnef aßen und tranken eine Weile schweigend, am letzten Tisch im Winkel neben dem Feuer.

»Wohin?« sagte Tekhnef schließlich. Dabei schaute sie sich im Raum um, an den rohen, unbehandelten Tischen, spärlich beleuchtet von ein paar Öllampen und Wandfackeln, mochten insgesamt fünfzig Leute sitzen, die meisten Männer, von diesen die meisten Bauern und Handwerker.

»Wie, wohin?«

»Wir sind schon zu lange hier. Wie du weißt. Wie der Wirt durch Miene und Haltung sagt und zweifellos später, spätestens morgen früh laut sagen wird.«

Dymas nickte. »Mag sein. Ja. Vielleicht. Ich weiß nicht.«

Tekhnef schnitt eine Grimasse; die weißen Zähne blitzten im Gesicht. Dymas, der wie beiläufig aufschaute, sah eine der Stammeskerben auf der Wange sich winden wie eine Natter.

»Du solltest nach Athen – wenn ich deine Auskünfte über die Wünsche des edlen und mächtigen Antipatros richtig verstanden habe. Ich will nach Athen – raus aus dem Hinterland. Du gehst in Athen unter, so wie du zur Zeit bist; dort wird man dir nicht einmal ein paar Obolen in den Hut werfen, sondern sagen, geh, spiel woanders oder mit dir selbst.« Sie hatte sich vorgebeugt; ihre Stimme war leise und scharf; Dymas zuckte nicht einmal zurück. Die Schneide der Rede hätte ihn wenigstens ritzen sollen; das wußte er; aber er spürte nichts, nur Überdruß und Gleichgültigkeit.

»Also, wohin?«

Ein Räuspern. Tekhnef blickte auf; neben ihr stand der Bärtige, dem das linke Ohr fehlte. Er hielt einen Becher in der einen und einen Krug in der anderen Hand.

»Darf ich mich zu euch setzen?«

Dymas hob die Schultern; Tekhnef nickte und wies auf einen unbenutzten Schemel.

»Es muß die Umgebung sein«, sagte der Fremde. Er setzte sich und goß Wein aus dem Krug in alle drei Becher.

»Was muß die Umgebung sein?« Tekhnef betrachtete ihn aufmerksam; plötzlich kniff sie die Augen zusammen. »Ich kenne dich ... Aus Asien?«

Er lächelte; es war ein angenehmes Lächeln, und Dymas spürte eine kurze Regung. Nicht Wiedererkennen, sondern jenes Neu-Erkennen, das einem sagt, ein fremder Freund ist erschienen, mit dem lange Nächte des Redens und Trinkens zu genießen wären. Aber die Regung wurde sofort wieder von der klammen Teilnahmslosigkeit erdrückt.

»Aus Asien, ja.« Er deutete auf sein Ohr. »Dieser häßliche Mangel war damals allerdings noch nicht eingetreten.«

»Wo hast du das Ohr gelassen?«

»Bei Halikarnassos, schwarze Göttin. Ich habe eine halbe Ile thessalischer Reiter geführt – bis dorthin. Gehört habe ich euch, und gesehen, natürlich, an vielen Plätzen auf dem Marsch des Beginns – zwischen Pella und Sestos, bei Abydos, auf dem Weg zum Granikos. Dann nicht mehr.« Er zögerte. »Damals habe ich euch bewundert –«

Dymas lachte. »Du bist sehr höflich, Fremder.«

»Jason.«

Dymas nickte und schwieg; Tekhnef verwickelte den Thessalier in ein längeres Gespräch, dem der Musiker nur zerstreut lauschte. Es war eine der üblichen Geschichten, mit einigen unüblichen Teilen. Jason, Fürst einiger Bergdörfer und Burgen am Osthang des unwirtlichen Pindos-Gebirges zwischen Thessalien und Epeiros, war dem Ruf des Königs gefolgt, der auch gewählter Oberherr Thessaliens war. Unter Kalas, später unter dem Lynkesten Alexandros, immer unter Parmenion hatte er am Granikos gekämpft, bei Milet, in kleineren Scharmützeln auf dem Weg, dann bei der Belagerung von Halikarnassos und Kämpfen in der Umgebung; er war verwundet worden – der Säbelhieb eines persischen Reiters. Drakon hatte ihn geheilt, soweit es nicht das Ohr betraf. Dann war eine Botschaft eingetroffen, von seinem Verwalter: Ein Fieber hatte die Fürstin geraubt, seine kluge, zerbrechliche Frau, von der er mit Wärme und Traurigkeit sprach. Ein neunjähriges Mädchen und ein siebenjähriger Junge, die Burg, das Land, die Bewohner ... So hatte er, als Alexander die Neuvermählten des Heers für den Winter in die Heimat schickte, vom König den Abschied erbeten.

»Es wird ein kalter, ruhiger Winter werden; ohne Geschichten außer denen vom Landbau und den Herden, ohne Musik, ohne *sie*, an die mich die Kinder immer erinnern werden.« Jason leerte seinen Becher, füllte wieder nach und hob die Schultern. »Aber genug von mir. Wo werdet ihr den Winter verbringen?«

Zehn Tage später erreichten sie Jasons Burg, einen grauen Kasten auf grauem Fels, umgeben von grauen Quadermauern, erbaut aus grauen Bruchsteinen und altersgrauen Eichenbalken, unter grauem Himmel an einem grauen Hang. Das Land, über das Jasons Vorfahren seit Jahrhunderten geherrscht hatten, war arm und karg – Dörfer mit Bergbauern, die Ziegen und Schafe besaßen, ein wenig Wein an Steilhängen, Gemüse und Getreide auf terrassierten Feldern, ein langes schluchtartiges Tal voller Eichen, unter denen sie Schweine weiden ließen, eine versteppte Hochebene für Pferde, ein Steinbruch, eine Zinngrube und zwei fast erschöpfte Silberadern. Fünfzig harte Kämpfer, furchtlose Reiter, waren mit ihm aufgebrochen. Drei hatten den höchsten Preis entrichtet und die höchste Ehre errungen; acht, alle mit Verletzungen aus den Kämpfen in Asien, ritten mit ihm zurück. Sie brachten Grüße von den übrigen, und sie brachten neben Geschichten, Beuteteilen, Münzen und Ehren etwas mit, das mehr wog als alle Erfahrungen und Metalle: Für ihre und ihres Fürsten Tapferkeit hatte Alexander Jasons Herrschaftsgebiet für fünf Jahre von allen Abgaben befreit.

In den Dörfern, durch die sie kamen, wurden der Fürst und die Kämpfer herzlich, fast liebevoll begrüßt. Sehr ersichtlich kehrte hier kein Tyrann heim. Er strahlte, wenn er die Männer in ihren Dörfern entließ, mit ein paar guten Worten, ein paar Münzen aus eigener Tasche, einer flüchtigen Umarmung; er lächelte, wenn unterwegs bei einem einsamen Bauernhof Wasser, Wein, Brot und der köstliche Schinken des Landes gereicht wurden; er schwieg, als sie sich unter grauem Himmel der Burg näherten, auf einem schmalen Weg voller Geröll; er weinte, als er seine Kinder umarmte und an sich preßte; er blieb lange stumm, nachdem er am Grab der Frau gestanden hatte, die neben seinen Eltern und Großeltern und Urahnen lag.

Die Burg war klein, bei aller äußeren Kargheit aber innen behaglich und geschmackvoll. In den äußeren Mauern waren Ställe für Vieh und Pferde, daran schlossen sich im gepflasterten Hof die aus einem wilden Gemisch von Bruchsteinen, Ziegeln und Holz gebauten Werkstätten und Wohnungen der Diener an, die ihren Herrn allesamt wie einen besonders geliebten, besonders vermißten Bruder oder Vetter, nicht aber wie einen Herrscher empfingen. Der kaum als Palast zu bezeichnende innere Teil der Burg, ebenfalls aus Steinen, Ziegeln und Holz gebaut, war dreigeschossig. Statt Türen gab es schwere Ledervorhänge; die Gänge und Säle waren mit bunten Wollteppichen ausgelegt; die Räume enthielten jeweils ein breites Bett – lederbespannte Holzrahmen, mit Kissen und Decken –, eine oder mehrere uralte beschnitzte Truhen, Waschtisch mit Krug und Schale, Nachtsitz für die Notdurft. Im Hauptraum hingen neben dem gemauerten Kamin alte, rostige, schartige Schwerter und Messer, Kampfäxte und Speere der Vorfahren, an den Seitenwänden teure Teppiche aus fernen Ländern. Es gab einen großen schwarzen Tisch, und Scherenstühle aus geschnitzter Eiche und weichem verzierten Leder. Klinen fehlten – in Thessaliens Bergen lag man nicht zu Tisch.

Dymas bemerkte alles, mit dem geübten Blick, verzeichnete es gewissermaßen, blieb aber losgelöst und unberührt. Auch als er sah, daß die nach den Eltern benannten Kinder Philinna und Jason – wohlerzogen von der verstorbenen Mutter, zurückhaltend gegenüber den Fremden, dabei aber freundlich, liebevoll gegenüber dem heimgekehrten Vater, insgesamt nicht zu vergleichen mit den oft verzogenen, rotzigen Bälgern aus makedonischen Fürstenhäusern – nach wenigen Stunden Tekhnef zu lieben begannen und daß die Ägypterin sich veränderte, umgeben von den Kindern, die sie selbst nie würde haben können, verharrte er in seiner dumpfen Teilnahmslosigkeit. Abends saßen sie vor dem Feuer im großen Raum; manchmal machten sie Musik, nicht besser und nicht schlechter als in Larissa, und Jason berichtete von den Dingen des Landes. Von der Einsamkeit und den harten Wintern, unfreundlichen Nachbarn, Räubern aus Epeiros (in den meisten Dörfern standen »epeirotische Fichten«, so benannt, weil man an ihnen Räuber zu hängen pflegte), von Bären und Wölfen – all den Dingen, die die Bewohner gelehrt hatten, daß nur der überleben konnte, der mit den anderen gut zusammenarbeitete; von den Handelsgütern des Landes – Schinken, Würste, Holzkohle, Bausteine, leichter Wein, Pferde und Metalle –, die sie gelehrt hatten, daß weitgereiste Händler schlimmer sind als Wölfe, Bären und Räuber zusammen; von den Aufgaben des Fürsten, der überall Hand anlegte, im Steinbruch wie bei der Bärenjagd, und der alle Verhandlungen mit fremden Händlern für seine Leute führte, wofür er fünfzehn Hundertstel des Ertrags erhielt – den Zehnten für den Herrscher, für fünf Jahre erlassen, und den Zwanzigsten für sich.

Dymas begriff die Veränderungen in Tekhnef; er wußte auch, daß sie nur deshalb eintraten, weil er nicht mehr der Dymas war, den sie acht Jahre geliebt hatte. Oder jedenfalls, daß diese Veränderungen anders verlaufen wären, wenn nicht er sich zuvor verändert hätte. Er bemühte sich halbherzig, an den Gesprächen zwischen Jason und Tekhnef teilzunehmen. Am Tag nach einem Abend, da Tekhnef die Kinder besonders liebevoll verabschiedet und sich mit Jason besonders innig unterhalten hatte, brachte er sogar ein wenig Energie auf – genug, um mit einem alten Diener über den Bergpfad zu reden, der nach Epeiros führte; genug, um abends etwas zu spielen, was fast wie Musik klang; genug für erstaunte Blicke von Tekhnef und Beifall von Jason, als er Verse sang, zu einer wehmütig fernen Melodie – Verse, entstanden aus einer albernen Geschichte, die ein Händler in Larissa erzählt hatte.

»Sonne, leb wohl!« Kleombrotos aus Ambrakia rief es,
stürzte zum Sterben sich dann hoch von der Mauer herab.
Ach, er hatte kein furchtbares Unheil erlebt, nur die Zeilen
Platons gelesen, worin der die Unsterblichkeit preist.
Niemand behaupte, es hole der Tod nur die Guten zu eilig.
Hier liegt ein Trottel im Grab; schlag darauf dein Wasser ab.

In dieser Nacht begann es zu schneien; in dieser Nacht versuchten Tekhnef und Dymas, zum ersten Mal seit vielen Nächten, der Göttin der Liebe ein tätiges Opfer zu bringen, aber vergebens.

Es schneite zwei Tage lang; am Nachmittag des dritten Tages brach aus dem Westen ein Sturm über das Land, blies den Schnee von den Bergen, türmte ihn um die Burg und im Hof zu Wällen. Abends hatte Dymas keinerlei Hunger; etwas bohrte und sengte in ihm. Er wollte es mit Wein ertränken und spürte zum ersten Mal nach langer Zeit eine Art Wirkung; vielleicht bildete er es sich aber nur ein. Tekhnef und Jason saßen einander am Feuer gegenüber; Dymas wußte nicht, was Miene war und was Spiel der Flammen, wollte es aber auch nicht wissen. Halb betrunken ergriff er die Kithara; die Finger, die ihm nicht gehorchten, spielten eigene Töne, befremdlich, keiner ihm bekannten Tonart zugehörig. Das Lied, das er sang, war ihm ebenfalls unbekannt, und vielleicht sang nicht er, sondern es – irgendein es.

Schau, man hat eine der hoben Zedern zerschnitten.
Duftholz wurde sie für die Gewänder der Gattin,
Truhen und Speerschäfte und ein herrlicher Aulos,
Rahmen für eine Lyra, Bogen für Pfeile,
Balken im Schiff, ein Wanderstab für den Sänger,
kunstvoll gedrechselter Phallos für einsame Nächte,
Pflöcke in Deichseln und ein Gestell für Papyros
– dieses und mehr. Nur ein paar Fetzen von Borke,
Wurzeltrümmer und Zweige sind noch geblieben,
treiben durch eisige Nacht in schwarzem Gewässer,
steuerlos, vollgesogen. Bald bin ich ertrunken.

Irgendwann in dieser Nacht erwachte er von zuviel Wein; das Bett war neben ihm leer. Er leerte seine Blase in den Nachtbottich und stand eine Weile reglos neben der Truhe. Dann nahm er Krug und Waschschüssel vom Tisch. Aus dem Hohlgürtel und mehreren Beuteln holte er die Münzen, teilte sie in zwei gleich große Mengen, verstaute eine Hälfte wieder, schob unter die andere, einen stattlichen Berg im Wert von mehr als dreitausend Drachmen, den Papyros aus Larissa mit der Aufschrift Guthaben von Tekhnef der Schwarzen, Ägypten. Die übrigen Dinge – Kurzschwert, Messer, Ersatzkleidung, die Felltasche mit der Kithara – waren schnell gesammelt.

Er verließ das Zimmer, das er mit Tekhnef geteilt hatte. Etwas, das er nicht benennen konnte, trieb ihn dazu, den Ledervorhang vor Jasons Tür vorsichtig, unmerklich anzuheben. Ein letzter Blick auf die Geliebte vieler Jahre? Ein Zwang, sich selbst zu quälen? Das Bedürfnis, die Demütigung auszukosten, einen Stachel ins Fleisch des Niemand zu treiben – Stachel, der Widerhaken haben würde, den Niemand nicht herausreißen konnte, der Niemand foltern und vielleicht zum Leben zwingen oder endlich in das Dunkel des Vergessens und Nicht-Mehr-Seins stoßen würde.

Zwei Öllichter brannten in Jasons Raum; als er den Vorhang bewegte, zitterten die Flammen. Als er den Vorhang bewegte, hörte er, was das schwere Leder zurückgehalten hatte. Was er hören wollte und zu hören haßte. Sah, was zu sehen er ersehnte und fürchtete; was ihn einen Atemzug lang schweben ließ und dann in den Abgrund stürzte.

Er hörte das tiefe, bauchige Knurren des Thessaliers und das kehlige Keuchen der Ägypterin. Sah Tekhnef auf Jason in jener Haltung, die Hellenen »phönikische Stellung« nannten. Ahnte den Kopf zwischen ihren Schenkeln, den Phallos in ihrem Mund.

Der alte Diener, verschlafen, aber nicht überrascht, half ihm, die Hufe des Pferdes mit Decken zu umwickeln, als eine Art von Schneeschuhen. Er brachte ihm Getreide, Brot und kalten Braten, füllte die Lederflasche mit Wein und öffnete das Tor. Der Sturm hatte geendet; in der klaren kalten Vollmondnacht war die Lücke zwischen den Gipfeln, wo der Bergpfad nach Epeiros führte, deutlich zu sehen.

Die Stadt, die mit den hellenischen Gebieten Süditaliens jenseits des Meeres Handel trieb, hieß Dyrrhachion und Epidamnos, wurde als Tochterstadt von Korkyra und Korinth beansprucht, von beiden im Wettbewerb um Handelsgüter gehaßt und durch Niederlassungen für den Güterverkehr mit den illyrischen Ländern genutzt. Die Fürsten der Taulantier verfluchten die in ihrem Gebiet liegende stark befestigte Stadt, die ihnen trotzte, schätzten bisweilen die dort gebotenen vielfältigen Lustbarkeiten und priesen den Hafen und die Händler, die feine Dinge ins Land brachten und Wegezoll zahlten, ohne allzu laut mit den Zähnen zu knirschen. Die Taulantier waren auch die einzigen, die unter den neuen Umständen litten und nur deshalb von weithin hörbarem Zähneknirschen absahen, weil man ihnen sonst Schneide- und Backenzähne gezogen hätte. Seit drei Jahren flossen die Erträge des Wegezolls, als Schutzgebühr erhoben, nach Pella; Alexander hatte die Taulantier bekriegt (wie sie sagten) und befriedet (wie die Makedonen behaupteten). In einem Moment der Zerstreutheit und voll der Freude über die Beruhigung im Hinterland hatten die Archonten von Dyrrhachion einer makedonischen Gesandtschaft die Tore geöffnet: fünfhundert Gesandte, die nach und nach eintrafen und, als sie vollzählig waren, eine Besatzungstruppe im Auftrag des zähen alten Antipatros wurden. Etwa die Hälfte von ihnen hütete die Akropolis der Stadt wider die Umbilden des Wetters und der Meinungen; die übrigen, in wechselnden Einheiten, begleiteten gegen Schutzgebühr die Händlerzüge durchs Land. Alexanders Onkel und Schwager, der epeirotische Herrscher Alexandros, hätte es vorgezogen, seine Grenze drei Tagesmärsche nach Norden zu verschieben, doch war es ihm nicht möglich gewesen, den zehn Tagesmärsche östlich, in Pella, getroffenen Entscheidungen zu widersprechen.

Die Bewohner von Epidamnos oder Dyrrhachion schließlich ergaben sich ins Unvermeidliche, da es ihnen durchaus Vorteile brachte. Nicht aus Stolz, sondern zur Stärkung des städtischen und persönlichen Vermögens hatten sie immer wieder versucht, die Annäherungen Korinths und Korkyras zurückzuweisen; Stolz spielte für die hellenischen, epeirotischen, illyrischen, keltischen, etruskischen, latinischen, makedonischen und vielfach gemischten Bewohner kaum eine Rolle. Wichtiger war die Unabhängigkeit, auch von fernen Gebilden wie dem Korinthischen Bund, weil sie die Stadt der Verpflichtung enthob, Truppen zu stellen und Abgaben zu zahlen. Die aus Pella angereisten Gesandten – unter ihnen mehrere dem in Asien weilenden König und seinem Statthalter zu Pella verantwortliche Richter und Steuerpächter – erhoben nun neben allerlei Schutzgebühren auch den Zehnten, ersparten der Stadt dafür jedoch die Anwerbung und Besoldung eigener Truppen; die wenigen Kampfschiffe blieben im Dienst, aber immerhin bezahlten die Makedonen die Hopliten selbst, die sie an Bord schickten.

Zwischen Stadtmauern und Akropolis, beide eher gewöhnlich und dem Zweck untergeordnet, war die übrige Stadt ebenso buntscheckig wie die Bevölkerung. Es gab Tempel für alle hellenischen Götter, dazu Weihestätten und offene Altäre für zwei Dutzend Gottheiten anderer Gebiete. Im »ägyptischen Viertel« lebten nur noch wenige Ägypter, dafür Ost- und Westphöniker, Iberer, Sardonier, Syrer, Kreter und sogar zwei oder drei persische Familien. Schwarze und weiße Haut, tausend Schattierungen von Braun, durch Mischungen abermals vervielfacht wie die seltsamen Haarfarben und Sitten und Gewänder; ein Labyrinth von Dachgärten auf den zweigeschossigen, aneinandergeklammerten Häusern aus Holz und Ziegeln; wenige Schritte entfernt die hellen, geräumigen Häuser mit Wasserspielen im grünen Innenhof, wo die reichen Händler wohnten; Werften und Werkstätten, Schmieden und Schänken, zwanzig Zungen und all jene Formen des Todes, die das Leben ausmachen.

In dieser Stadt wurde Dymas wiedergeboren. Im Frühsommer kam er an, barfuß und hinkend, mit speckiger Mähne und struppigem Bart, die Fetzen eines Chitons am Leib, in der aufgenähten Tasche klirrende, seltsam geformte Gegenstände aus Metall. Später erinnerte er sich dunkel an Köhler in den Berglanden zwischen Thessalien und Epeiros, an Räuber in den molossischen Sümpfen, an ein geschlachtetes und gegessenes Pferd, an ein Feuer, in dem die Kithara verbrannt war. Er wußte noch, daß er nach dem Verschwinden der Räuber die Stimmwirbel aus der Asche gekramt hatte; er konnte sich jedoch nie die zahlreichen verschorften Wunden erklären, die seinen Körper bedeckten.

Ein paar Tage lebte er im Schatten der Mauern, wühlte im Abfall nach Eßbarem, murmelte vor sich hin; als zwei Bettler einem Sklavenhändler aus Korinth versprachen, für zehn Drachmen, oder acht, wenigstens aber fünf würden sie ihm einen verstörten Mann zeigen, den man nur ein wenig aufpäppeln müsse, damit er arbeiten könne, versteckte ihn eine alte Frau, die keine Zähne und nur ein Bein hatte, unter Hundekadavern. Abends flaute der seit Tagen wehende stickige Landwind ab; bei Sonnenuntergang setzte kräftiger Westwind ein. Er brachte den Geruch von Salz, später, als er fast zum Sturm wurde, das Geräusch der Brandung. Mitten in der Nacht erwachte Dymas, roch und hörte und wühlte sich zwischen den toten Hunden hervor und kroch auf allen vieren die Stadtmauer entlang zu den verstrüppten Dünen, zum Strand, zum Meer. Im Morgengrauen torkelte ein Händler aus Delos, trunken von Wein und Gesängen und Heimweh, aus einer Schänke und wählte den Weg über die Zugbrücke an der Hafeneinfahrt, um zu Wohnung und Warenlager auf der Südseite zu gelangen. Er stolperte über Dymas, der auf der Brücke lag, im unruhigen Wasser darunter sein vielfach gebrochenes Spiegelbild zusammenfügen wollte und leise summte.

»Weg da«, knurrte der Händler. Er schwankte, hielt sich am gespannten Tau zwischen Geländerpfosten fest, rülpste, schmeckte wieder den Wein, den allzu vielen Wein der allzu langen Nacht, erinnerte sich an eines der Lieder und grölte in den milchigen Morgen:

»Edle Gefährten, beim Weine vereint, laßt uns jammern und klagen, morgen geht es an Bord – trotz ich dem salzigen Tod, werden mich Asasiens Barabarbaren, eh.«

Dymas gluckste.

»Heh?« sagte der Delier. »Was, heh?«

»Glücklich der Mann, der huldreiche Knaben und glänzende Münzen, bissige Worthunde und Freunde in Asien hat«, murmelte Dymas.

Der Delier bückte sich taumelnd. »Worthunde?« Er spuckte aus. »Jagdhunde!«

»Nachthunde«, sagte Dymas. »Taghunde. Worthunde. Grufthunde. Mordhunde. Brothunde. Weinhunde.«

»Weinhunde? Hundewein, was?« Der Händler blinzelte und stieß Dymas mit dem Fuß an.

»Fußwein.«

Der Händler kicherte. »Weinfüße wanken westwärts. Kannst du wanken?«

Dymas antwortete nicht; langsam drehte er sich auf den Rücken und schaute ins Gesicht des Betrunkenen.

»Waschen«, sagte der Delier. »Waschen und wanken. Wein, baah. Komm.« Er schnippte, wandte sich ab und schlingerte ans Brückenende, stolperte auf den Kopfsteinen des südlichen Kais, richtete sich auf, musterte die Fensterhöhlen der schmalen, bunten Häuser, brüllte etwas über die schielenden Augen der Schönen der Nacht, machte ein paar Tanzschritte und drückte sich in einen kaum schrittbreiten Durchgang zwischen den Gebäuden. Dymas kroch hinterher, auf Händen und Knien.

Am Ende des Durchgangs, der zur nächsten Straße führte, lag rechts das kleine Wohnhaus des Deliers an einem ummauerten Hof mit Lagergebäuden und Schuppen. Als der Händler am Vormittag auf den Hof kam, das Haar wirr, die Augen rot, die Kleidung von Erbrochenem besudelt, saß Dymas im Schatten auf den Fersen, den Rücken an die Schuppenwand gelehnt.

Der Delier warf ihm einen schrägen Blick zu, ging zur Zisterne – einem großen Ziegelbehälter, oben mit einem Trichter für Regenwasser versehen, auf gemauerten Beinen – und zog den Pflock aus dem Ausfluß. Auf den Kopf, den er darunterhielt, träufelte nur ein zusammenhangloses Rinnsal.

»Götter! Hunde! Schweineärsche!« Der Händler rammte den Pflock wieder ein und hob die Hände. »O Abwesenheit, o allzu großes Vertrauen!« Er ließ die Hände sinken, trampelte einen Moment vor der Zisterne herum und deutete auf Dymas. »Du da, raus hier! Wie kommst du überhaupt her?« Er wandte sich um und sah, daß das Hoftor nur angelehnt war. »Ahhh.«

Dymas bellte leise.

Der Delier stutzte; dann grinste er. »Ha. Der Weinhund.

Oh, mein Kopf; ich darf nicht lachen. Es gibt auch keinen Grund dafür ...« Er spitzte den Mund, legte den Kopf schief und hustete. »Weinhund, hast du einen Namen?«

»Argos.«

»Argos? Der auf dem Mist schlief und den Herrn erkannte?« Der Händler gluckste. »Nun ja, ein Name ist so schlecht wie ein anderer. Kannst du arbeiten?«

Dymas hob die Schultern.

»Dumme Frage. Wer kann nicht? Aber wer will?« Der Händler kniff die Augen zusammen. »Ich bin Aristippos. Aus Delos, falls du es nicht schon an meinem Singsang gehört hast. Mir gehört dies alles hier« – er machte eine weltumfassende Gebärde mit beiden Armen –, »und ich war leichtsinnig genug, es für einige Zeit einem Verwalter und zwei Sklaven anzuvertrauen. Du siehst ... ah, Götter, wie du aussiehst! Die Räuber, die ich beherbergt und bezahlt habe, scheinen dich beim Abzug erwischt zu haben. Mal sehen, Argos, ob du Hund oder Mann bist, wenn du dich gewaschen hast.«

Eine Stunde später hatte Dymas sich mit einem scharfen Messer rasiert, mit einer Schere notdürftig das Haar gestutzt, mit Wasser aus einem Brunnen der Stadt gewaschen; Aristippos gab ihm einen Becher mit sehr verdünntem Wein und lieh von einer Nachbarin einen Haussklaven aus, der frisches Brot, Früchte, gebratenen Fisch und einen Fleischtopf aus einer Garküche beschaffte. Dymas wurde menschenähnlicher; später, als sie aßen, berichtete Aristippos vom Verwalter und den Sklaven, vom Geschäft, von Waren, von einer Reise mit einem kleinen Frachtsegler in den Norden, von der Rückkehr, vom Landwind, der sie tagelang hemmte, vom Sturm, mit dessen ersten Böen sie endlich in den Hafen kamen, vom Entsetzen angesichts geplünderter Gelder und leeren Hauses und unbeaufsichtigten Lagers ...

»Immerhin – sie haben Münzen genommen, ein paar kleinere Gegenstände, was man so tragen kann, und dann wohl die Stadt verlassen. Die Nachbarn haben ein Auge auf die Lager geworfen, es fehlt nichts weiter. Nur großes Zerwühlen und Durcheinander. – Du siehst fast wieder wie ein Mensch aus, Weinhund Argos. Was hast du gemacht, bevor du zum Bellen gesunken bist?«

Dymas rieb sich die Schläfen. »Ich war krank«, sagte er dumpf. »Fieber, Hunger, Räuber, Frost in den Bergen, irgendwas in den molossischen Sümpfen. Vorher?« Er spielte in der Tasche des abgetragenen, aber sauberen Chitons, den Aristippos ihm gegeben hatte, mit den Wirbeln der Kithara. »Vorher, lange her ... vorher war ich einmal Musiker, Sänger, Trinker, Spitzel, Seemann, Messerstecher. Davor, noch länger her, Sklave und Handwerker. Ich war viele, jetzt bin ich niemand. Wenn du mich in deinem Lager arbeiten lassen willst ...«

Aristippos schnaubte. »Zuviel Mystik – viele, niemand, baah. Musiker und Sänger, sagst du? Hattest du einen Namen, einen großen oder kleinen?«

Dymas hob die Schultern. »Argos ist gut, für jetzt.«

»Na schön. Argos. Kannst du am Ende sogar lesen und schreiben?«

»In mehreren Sprachen.«

»So?« Aristippos schnitt eine Grimasse. »Große Reden, wie?« Er runzelte die Stirn, dann sagte er etwas in einer harten Sprache.

Dymas lächelte schwach. »Ich glaube, es ist Illyrisch, aber diese Zunge ist mir fremd.«

Aristippos nickte. »Immerhin, gut geraten. Was denn? Latinisch? Etruskisch? Keltisch?«

Dymas schüttelte den Kopf. »Ich habe mich mehr im Süden und Osten aufgehalten. Persisch, Ägyptisch, Ostphönikisch auch, aber besser Westphönikisch, wie es in Karchedon gesprochen wird.«

Aristippos hüstelte. »Wir werden sehen ... Nützliche Zungen, zweifellos, aber mein Persisch, auf Delos so hilfreich, ist eingerostet. Bruchstücke, zu wenig, um dich zu prüfen.«

»Der treffliche Herr der delischen Waren«, sagte Dymas auf Persisch, »wird aber ohne Zweifel genug verstehen, selbst wenn das eigene Sprechen durch mangelnden Gebrauch Schaden gelitten haben sollte.«

Aristippos sagte: »Ha.«

Sie räumten das halbverwüstete Lager auf, zunächst nur, um Platz zu schaffen. Aristippos fluchte immer wieder, rief die Götter an, beschwor sie, die beiden Sklaven von Termiten fressen zu lassen und dem Verwalter mit heißen Löffelchen die Zähne und Hoden zu nehmen. Offenbar war doch mehr verschwunden, als er zuerst angenommen hatte. Aber allein der Vorrat an delischer Töpferei (»alles bezahlt, alles meins, hah«) stellte ein Vermögen dar: Krüge, Näpfe, Schalen, Lampen, Amphoren, gleich ob Ziergegenstände oder zum Gebrauch, vollständige Reihen eines der größten Töpfer, mit Bildketten aus allen Mythologien des östlichen Meeres, überzogen mit einer geheimen, nur diesem Töpfer bekannten Glasur wie geschmolzene Seide. Es gab auch billigere Töpfereierzeugnisse; hinter ihnen und deshalb von den vermutlich eilends aufgebrochenen Finsterlingen übersehen ein paar kleinere Kisten mit Gewürzen und Weihrauch; Säckchen mit großen Salzkristallen aus Arabien; Gestelle mit feinen Glasfläschchen aus Ägypten; kunstvolle Erzeugnisse aus Holz, Leder und Elefantenzähnen; hauchdünne, dabei noch beschnitzte und mit bunten Steinen und Goldhaut geschmückte Straußeneier aus Karchedon; Papyros in allen Gütestufen ... Aus dem Schiff, das im Hafenbecken lag, holten sie am Nachmittag die Ballen und Kisten, die Aristippos gehörten; seine Reisegefährten, ebenfalls Händler, hatten ihre Teile bereits entfernt. Es waren Tierfelle aus dem Norden – von Bären, Luchsen, Wölfen –, keltischer Goldschmuck und Bernstein. Dymas brachte alles im Lager unter, räumte hin und her, schuf Ordnung und begann mit der Neuanfertigung von Listen, da die alten zerrissen waren; den Wert der Güter mußte Aristippos später eintragen. Der Händler blieb längere Zeit verschwunden; bis er zurückkehrte, hatte Dymas eine grobe Liste fertiggestellt und angefangen, die Zisterne zu füllen, indem er immer wieder zwei Eimer, an einem Joch über der Schulter getragen, am Brunnen auf dem Platz, in den die Nebenstraße mündete, füllte und zum großen Behälter schleppte.

Aristippos brachte eine alte Kreterin mit, ausgeliehen von einem befreundeten Händler; sie sollte bis auf weiteres das Haus in Ordnung halten, kochen, reinigen. Der Händler nickte, als Dymas mit den Eimern zum nächsten Brunnengang aufbrach, und begab sich ins Lager.

Es war weder Öl noch Mehl im Haus, kaum Wein, und die

übrigen Vorräte waren verdorben. Die Kreterin räumte auf und brachte Abfall weg; bei Einbruch der Abenddämmerung schickte der Händler sie zu einer Garküche, um »anständiges Essen, für drei, hörst du« zu holen. Sie aßen auf der Dachterrasse; es gab Wasser, Wein und Fruchtsaft, Fleischbällchen in Weinblättern, gebratenen Fisch in einer leichten Weintunke, Brot und Früchte. Dymas aß schweigend; der Händler und die Kreterin unterhielten sich über Leute und Vorgänge in der Stadt, Klatschgeschichten. Der Delier behandelte die alte Sklavin wie seinesgleichen, nannte sie »Mutter« und erwähnte irgendwann, sie gehöre zur Familie seines Freundes, dessen Amme sie gewesen sei.

Die alte Frau ging früh schlafen. Dymas und Aristippos saßen noch eine Welle beisammen, tranken Wein, zählten die Lichter auf den tausend flachen Dächern der Stadt, blickten zu den Sternen und genossen einmütiges Schweigen.

»Weinhund«, sagte der Händler plötzlich, »hab ich dich getreten, letzte Nacht, als ich über dich gestolpert bin?«

Dymas lächelte. »Kaum. Es war Glück für mich, und ich danke dir.«

»Hmf. Grrr.« Aristippos schwenkte den Becher. »Zufall, Glück, die Hand der Götter, was auch immer. Du hast gut geräumt; deine Listen sind ordentlich, deine Schrift ist besser als meine. Die Zisterne ist gefüllt, und du bist kein Schwätzer. Argos, ich bin zufrieden.« Er beugte sich ein wenig vor, als ob er so die Dunkelheit der Nacht beiseite drängen könnte. »Heute habe ich hundert Drachmen auf den Kopf des treulosen Verwalters ausgesetzt. Die Sklaven sollen in ein Bergwerk gehen; wenn man sie findet. Ich bin nicht rachsüchtig, aber ich vergesse nichts.«

Dymas nickte.

»Reden wir vom Geld. Ich weiß, daß du eines Tages gehen wirst. Solange du bleibst ... Gewöhnlich zahle ich einem Lagerarbeiter vier Obolen, einem Verwalter eine Drachme am Tag. Ohne Kost und Unterkunft. Du kriegst eine Drachme, kannst hier wohnen und essen. Gut?«

Dymas nickte wieder; er deutete eine winzige Verbeugung an.

Aristippos schien keine überschwengliche Antwort zu erwarten; er kratzte sich den Nacken, zupfte an seinem Ohrläppchen und trank einen Schluck. »Willst du vorab etwas? Oder jeden Tag?«

Dymas zögerte. »Hmmm … Heiß baden, durchkneten, ein paar frische Sachen zum Anziehen?«

Aristippos grunzte. »Morgen früh geb ich dir drei Drachmen.« Er beschrieb ihm den Weg zu einem Badehaus, »in dem Reinlichkeit Vorrang hat vor Räuberei«.

Dymas blieb fast ein Jahr bei Aristippos, als Helfer und Verwalter, schließlich fast als zweiter Geschäftsleiter. Im Herbst erhöhte der Delier den Lohn auf eineinhalb Drachmen; als Dymas nach zähem Feilschen einem römischen Händler den größten Teil der feinen Töpferwaren verkaufen konnte, schrieb Aristippos ihm ein Drittel des Gewinns gut. Vom Sklavenmarkt brachte der Delier bald eine junge wilde Keltin und einen stämmigen, dunkelbraunen Gätulier aus dem fernen Nordwesten Libyens. Die alte Kreterin ging zurück zu ihrer Besitzerfamilie; Dymas zog aus dem Haus in eine Kammer hinter dem Lager um, wo ihn die Geräusche nächtlichen Gemenges im Gemach des Aristippos nicht störten. Einmal, ehe er umzog, begab er sich, halb erregt von den Klängen, in eine der zahlreichen Hafenschänken, die zugleich Lusthäuser waren. Die Akarnanierin, die sich seiner annahm, war nicht mehr ganz jung, sauber, kunstfertig und um sein Wohl besorgt, aber es kam nichts zustande. Bisweilen versuchte er abends, Verse zu denken oder zu schreiben, auch dies vergebens.

Etwas fehlte; er wußte es, oder spürte es zumindest, hatte aber keine Ahnung, was es sein mochte. Ein Händler aus Pherai, vorsichtig befragt, berichtete vom Wohlergehen des thessalischen Bergfürsten Jason, dessen neue Gemahlin, eine schwarze Göttin, Burg und Land durch ihre Anmut wider jede Unbill befestigte. Die Nachricht löste zwiespältige Gefühle aus, brachte aber keine innere Klarheit; dies war nicht *es*. Meldungen aus der Ferne, von makedonischen Herolden verkündet oder verlesen, bewegten ihn zwar, waren aber auch nicht *es* – weder die bedrohliche Lage Alexanders, als die persische Flotte das Meer und die östlichen Küsten wieder beherrschte und halb Hellas in den Aufstand zu tanzen drohte, noch die seltsame Krankheit und der plötzliche Tod des Rhodiers Memnon, auch nicht des Harpalos Verrat und Flucht, auch nicht der gewaltige, unglaubliche Sieg bei Issos, der im Winter in den Schänken erörtert wurde.

Die Archonten der Stadt, von den Zünften und Gruppen vorgeschlagen und von allen erwachsenen Männern gewählt, regten im Herbst an, endgültig den alten Namen, Epidamnos, aufzugeben und den Ort hinfort nur noch Dyrrhachion zu nennen. Der Anlaß hierfür war die Mitteilung, daß man in Pella vom Verwaltungsbezirk Epidamnos sprach. Es war eine Gebärde des Trotzes, die nichts eintrug, aber auch nicht schadete.

Im Lauf der Zeit lernte Dymas, ohne große innere Teilnahme, die Nachbarn kennen, die Geschäftsfreunde und -feinde des Deliers, die Werkstätten, Läden und Schänken des Viertels. Nach und nach machte er sich mit der Stadt vertraut, die zunächst aussah wie zwangsläufig alle auf See, Fischfang und Handel ausgerichteten Hafenstädte, deren innere Vielfalt sich erst langsam erschloß.

Aus dem fruchtbaren Flachland der Küste reckte sich wie ein Arm die große Landzunge nach Westen. Gewissermaßen in der Achselhöhle hatten vor Jahrhunderten Auswanderer aus Korkyra und Korinth den Ort begründet; so hieß es, und ohne Zweifel hatten sie dabei einheimische Fischer getötet oder vertrieben, an die heute nichts mehr erinnerte. Im unmittelbaren Stadtbereich errichtete man zunächst oberhalb des flachen Strandes einen mächtigen Uferwall, trug später den Strand ab und mauerte bis zu einer auch für große Boote schiffbaren Tiefe eine breite Kaianlage auf, mit Werkstätten, Werften, Lagerhallen, Fischverarbeitung, alles im Ernstfall ungeschützt. Fast genau in der Mitte der Seemauer gab es eine schmale Lücke, Durchfahrt zum rechteckigen inneren Hafenbecken mit den alten Häusern der Handwerker und Händler. Die Einfahrt konnte notfalls durch eiserne Gittertore versperrt werden; von der Zugbrücke aus blickte man nach Südwesten, aufs Meer. Am Kopfende des Beckens stieg der Boden zur Festung an, zur Akropolis, in der die Makedonen saßen. Jenseits der Stadtmauern lagen die Marktgärten und ausgedehnten Felder der Bauern; nur im Süden, wo das Gelände felsiger war, fand eine andere Nutzung statt – dort lagen die Kot- und Abfallgruben, die Dymas zu dumpf erinnertem Ekel gereichten.

Das Meer, das ihn als Trümmerhaufen aufgenommen und als menschenähnliches Wesen ausgespien hatte, zog ihn immer wieder an. Bei seinen langen Wanderungen über die Kaistraßen, die Strände im Westen und Süden, manchmal auch über die Seemauer empfand er durchaus so etwas wie Dankbarkeit, außerdem eine Art Wiedersehensfreude; und allmählich zunehmendes Fernweh, die Seesucht des Weitgereisten. An Nachmittagen, wenn er nichts für Aristippos zu tun hatte, hockte er oft bei den schwitzenden Männern, die am Südende des Kais – der vorherrschende Westwind trieb den Gestank ins Land statt in die Stadt – in hochgemauerten Steinöfen mit langen Rinnen die Fichten des Hinterlandes zerkleinerten und Blasebälge traten und Teer kochten; oder er trieb sich auf dem mittleren Kai herum, sah den Frauen der Fischer beim Ausnehmen der Tiere zu, lauschte den Geschichten von Wind und Wetter und Fischzügen, aß in einer der zahllosen Garküchen, trank abends in den Schänken mit Seeleuten und Handwerkern, immer auf der Suche nach jenem *es,* das er nicht benennen konnte. Keiner konnte *es* liefern – weder der ägyptische Möbelschreiner (dessen Zwei-Monats-Truhen ihn an die eigene jugendliche Sklavenarbeit in Karchedon erinnerten, dessen Drei-Monats-Truhen Wunderwerke der Schnitzkunst, dessen Vier-Monats-Truhen unbeschreiblich waren, auf lange Vorbestellung hin angefertigt zum Preis von 750 Drachmen), noch der ebenso kunstfertige Lederwerker, ein Skythe, der vor Jahrzehnten als Sklave seinem athenischen Herrn entflohen war, noch die Segelmacher und Tauschläger, Verfertiger von Brot und süßem Gebäck, Fleischhändler, Wurstmacher, Fischräucherer, Silberschmiede, nicht einmal die Saitenzieher und Instrumentenbauer. Mit einem von ihnen, dessen Großeltern aus Euboia hergekommen waren, erörterte Dymas eine helle Nacht hindurch bei sehr viel Wein die Idealform – Platons Archetypos – einer Kithara. Auch das war nicht *es;* auch die Lieder und wilden Erzählungen der makedonischen Krieger, abends in den

Schänken unterhalb der Akropolis, waren nicht *es*, so wenig wie die grellroten Hüftschärpen der Dirnen oder die Beinstümpfe des Krüppels, der vor dem Apollontempel seinen Stammplatz hatte und diesen notfalls mit dem Messer verteidigte, und auch nicht das Rätsel der jungen Frau, die jeden Morgen und jeden Abend mit verschleiertem Gesicht auf die Seemauer stieg, den Göttern der Winde und des Meeres ihre Brüste entblößte und dann, wieder verhüllt, zu einer Hütte nordwestlich der Mauern ging.

Einmal loderte etwas in Dymas auf; das war, als Aristippos ihn bat, ihn zu der Stelle zu begleiten, wo die Schinder ihre Abfälle fortwarfen und tote Hunde und Katzen die Würmer und Aasvögel ergötzten. Der Delier trug ein unförmiges Bündel unter dem Arm. Als sie den stinkenden Ort der letzten Scheußlichkeiten erreichten, packte er es aus, hielt den halbverwesten, nur noch aus Fratze und Fetzen bestehenden Kopf seines treulosen Verwalters hoch, betrachtete ihn mit einem seltsamen Glimmen in den Augen und schleuderte ihn wortlos zwischen die Kadaver. Aber was immer dies Lodern gewesen sein mochte, es starb schnell wieder unter der Asche der Gleichgültigkeit.

Dann kam jene Nacht, eine der ersten Frühlingsnächte des neuen Jahrs. Dymas und Aristippos hatten mit einem etruskischen Händler zu Abend gegessen, in einer Schänke am Hafenbecken. Der mit etwa sechzig Menschen vollbesetzte Raum roch nach Körpern und Schweiß, nach den Duftwässern der Dirnen, nach Wein und Essig und Braten und Fisch, nach Kräutern und Öl in den Tischlampen und nach dem Harz der Kienfackeln, die in Eisenfäusten an den Wänden flackerten. Ein trunkener Philosoph – immer wieder unterbrochen durch Dirnen und Männer, die die schmale Treppe benutzten, auf der er stand und schrie – verkündete der Welt, aller Kampf sei unnütz, aller Krieg ein Greuel, nicht einmal die Freiheit oder das Leben jener, die man liebt, einer Verteidigung wert; einzig die Enthaltung von allem finde in den Augen der Götter Gnade. Jemand schrie: »Dann enthalte dich doch des Geschwätzes!« Unter Gejohle wurde der Denker von anderen hinausgeschoben. Ein paar Musiker, auf dem leicht erhöhten Sockel der Treppe, spielten mit Barbiton, Flöten und Trommeln wilde und schwermütige Tänze. Dymas bemerkte irgendwann, daß seine Finger auf der Tischplatte herumtasteten, als lägen dort Saiten, und er bemerkte, daß Aristippos ihn aufmerksam beobachtete, während der Etrusker sich in Wein zu ertränken suchte.

Flötenspieler und Trommler begannen ein neues Stück, etwas leiser; der Barbitonspieler trat einen Schritt vor, strich über die offenen Saiten, schlug eine aufsteigende Reihe schnarrender Einzeltöne – Dymas entsann sich der Metallkuppen, mit denen er saubere Töne ohne schnarrende Geräusche hervorgebracht hatte, damals, lange her – und trug einen Gesang vor, der den Philosophen widerlegen sollte, oder ihm jedenfalls widersprach.

Das ist mein größter Schatz: ein Speer, ein Schwert,
ein runder Schild; und Mut, der mich beschützt.
Ihm dank ich, daß ich sing und pflüg und ernte,
ihm, daß ich Beeren keltern kann und trinken,
ihm, daß ich frei bin zwischen all den Sklaven.

Doch die sich scheuen, Speer und Schwert zu tragen
und runden Schild, die fallen unbeschützt
und mutlos auf die Knie, sobald es donnert,
und preisen mich als ihren guten Nachbarn.
Bei heitrem Himmel nennen sie mich Schlächter.

Es gab lauten Beifall; ein paar Makedonen, die in der Nähe der Tür saßen, trampelten und hämmerten mit den Fäusten auf den Tisch. Einer von ihnen, älter und offenbar zumindest Dekadarch oder sogar ein höherer Offizier, knallte eine Münze auf den Tisch und brüllte nach Wein für die Musiker.

Diese dankten, verbeugten sich und begannen ein weiteres Tanzstück. Plötzlich wurden sie unterbrochen; von oben hörte man einen gellenden Angstschrei, dann Poltern und einen zweiten Schrei, ein Kreischen äußersten Schmerzes. Eine dunkelhäutige Dirne tauchte auf der Treppe auf, verlor den Halt, stürzte herab, zwischen die Musiker, raffte sich auf, drängte sich wimmernd und kreischend, die Arme wie zum Flug ausgebreitet, zwischen den Tischen zum Ausgang. Sie war nackt; mit der seltsamen Klarsicht solcher Momente bemerkte Dymas das grelle Weiß der aufgerissenen Augen und die Haarlosigkeit der Scham.

Dymas, Aristippos und der Etrusker saßen an einem der vier Tische, die einen Halbkreis am Fuß der Treppe bildeten. Die Schwarze streifte seine Schulter; er spürte etwas Heißes, blickte auf und sah die lange, von der Schulter bis zum Gesäß reichende Schnittwunde, aus der das Blut strömte. Oben auf der Treppe erschien der Verfolger, ein halbnackter makedonischer Hoplit, baumlang, mit Muskelwülsten und tropfendem Schwert. Halb trampelnd, halb rutschend schoß er die Treppe herab, prallte gegen die Musiker, die der Dirne mühsam hatten ausweichen können, hieb nach dem Auleten, öffnete ihm mit der Schwertspitze die rechte Brust, rammte dem Sänger den Ellenbogen ins Gesicht, zertrat das am Boden liegende Barbiton, brüllte immer wieder »Glatze! Glatze!«, wollte der Frau folgen, fand die Durchgänge zwischen den Tischen von Gästen und Musikern versperrt, stieß einen Wutschrei aus und begann sich wie ein Kreisel zu drehen, Arm und Schwert ausgestreckt. Der Barbitonspieler, mit dem Gesäß an der Kante des Tischs von Dymas und Aristippos, ächzte einmal; dann fiel unendlich langsam sein Kopf auf die Tischplatte und rollte in den Schoß des Deliers. Der übrige Körper zuckte, machte einen Tanzschritt halb nach vorn, halb zur Seite, wurde zu einem torkelnden Springbrunnen heißen Bluts und fiel vor die Füße des Mörders, der sich weiter drehte und brüllte.

Alles schrie durcheinander; die meisten waren aufgesprungen, viele versuchten zum Ausgang zu gelangen. Der Wirt tauchte mit einem Bratspieß aus der Küche auf; der makedonische Offizier, der aufgestanden war und eingreifen wollte, wurde von Flüchtenden umgerannt. Irgendwie sah Dymas den trunkenen Etrusker selig lächeln, das Gesicht in schaumigem Blut und Wein, auf der Tischplatte; Aristippos hatte die Finger gespreizt und betrachtete den Kopf in seinem Schoß mit einem Ausdruck milden Staunens, der sich zu verzerren begann. Irgendwie nahm er all das wahr, was im Raum geschah, wußte es aber erst später. Es war, als ob kochendes Öl sein Inneres erfüllte; es war, als ob eine Eisenfaust ihn packte und vorantriebe. *Es* ließ ihn auf den Tisch steigen, es berechnete die Drehungen des wahnsinnigen Mörders, es schnellte ihn durch die Luft. Er prallte gegen den Makedonen; mit dem restlichen Schwung von Springen und Drehen krachten sie gegen die unteren Stufen der Treppe, die zerbrachen. Das Schwert klirrte zu Boden. Die rechte Hand des Makedonen, dessen Augen plötzlich klar waren, wollte zum Gürtel, aber Dymas lag auf ihm, spürte den Griff des Dolchs unter seiner Hüfte, spürte die Arme, die Muskelwülste, die sich um ihn legten und ihn zu zerquetschen drohten, hieb immer wieder mit der Stirn gegen die Nase des Mörders, bis sie brach und die Klammer der Arme einen Moment nachgab, ließ die Stufe los, an der er sich mit beiden Händen festgekrallt hatte, legte die Arme wie zur Liebkosung um den Hals des Mannes, preßte dessen Kinn gegen seine rechte Schulter und brach ihm das Genick.

Taumelnd versuchte er aufzustehen. Über sich, auf der Treppe, sah er die nackten Beine der Mädchen; durch die verebbende Brandung in seinen Ohren hörte er wie einen Windstoß die Stille, die die Schänke erfüllte, das Wimmern der schwarzen Frau, das erstickte, heisere Stöhnen des Auleten, hörte ein Würgen, wie von innen, krümmte sich und erbrach Speisen und Wein, Kraft und Ohnmacht, Gedärm und Gemüt am Fuß der Treppe. Dann wurden die Feuerräder und Schlieren vor seinen Augen zu Sandalen und Füßen und Beinschienen. Starke Hände griffen unter seine Achseln und stellten ihn auf die Beine.

Die Makedonen, die am Eingang gesessen hatten, völlig nüchtern und ernst, bildeten einen Halbkreis um ihn. Dahinter sah er eine verschwimmende Wand aus Gesichtern. Der Offizier, der wie seine Männer das blanke Schwert in der Hand hielt, ohne das die Besatzer ungern die Akropolis verließen, musterte ihn ruhig, mit einem Ausdruck leichter Verblüffung um die Augen. Dann steckte er das Schwert in die Scheide und legte die rechte Hand auf die linke Brust.

»Die Hochmütigen zähmen, die Schwachen schützen, die Ängstlichen aufrichten, die Tapferen preisen«, sagte er langsam. »Das sind die Befehle von Alexander und Antipatros. Ferner sagen sie, ein makedonischer Krieger, der sich an Bewohnern einer befreundeten Stadt vergreift, soll von den Speeren seiner Kameraden durchbohrt werden. Du hast ihm und uns einiges erspart. Sag mir deinen Namen, damit ich dich als tapferen Mann preisen kann.«

Dymas starrte ihn an, öffnete den Mund, brachte aber nur ein Krächzen heraus. Aristippos schob sich sanft, aber nachdrücklich zwischen zwei Hopliten hindurch; in der Hand hielt er, an den Haaren gefaßt, den Kopf des Musikers wie einen beliebigen, geringfügigen Gegenstand.

»Argos«, sagte er.

Später, als Dymas einen Becher mit beiden Händen hielt und zitternd zum Mund hob, als die Makedonen gegangen waren, mit dem Leichnam des Toten, als die Trümmer und Blutspuren und der Rumpf des Sängers entfernt worden waren, setzte der Delier leise hinzu:

»Morgen nennst du mir deinen wahren Namen, Freund.«

In dieser Nacht des Grauens und des Jubels lag Dymas in einer engen Kammer über einer anderen Schänke zu mehrfacher Lust bei der Akarnanierin. Am Morgen brachte er dem alten Instrumentenbauer die Metallteile – Stimmwirbel und Joch – und streichelte die fertige Kithara, die ein Wunder war und die er nachmittags endgültig würde abholen können. Mit Aristippos führte er ein langes freundschaftliches Gespräch und bat ihn, die Gewinngutschrift an den Instrumentenbauer auszuzahlen – etwas mehr, als die Kithara kosten sollte. Im Beutel, den er bei seinen Sachen hinter der Lagerhalle aufbewahrte, waren über zweihundert Drachmen, mit denen er reisen wollte, soweit das Geld reichte; Aristippos beschimpfte ihn und half ihm, seine Habseligkeiten an Bord des Frachtseglers zu bringen, der dem halbwegs ernüchterten Etrusker gehörte. Als sie mit dem abendlichen Landwind aus dem Hafenbecken glitten, hielt er die Kithara im Arm und sah auf der Seemauer die Verschleierte, deren Rätsel er ungelöst als Kostbarkeit zu hegen gedachte.

Der Etrusker wollte nichts von Bezahlung wissen; Aristippos habe ihm Fürchterliches angedroht. Er lief Korkyra an, wo Dymas von Bord ging, da ihn nichts nach Italien zog. Zwei Monde und elf Schiffe später, im späten Frühsommer, ging er in Kenchreai an Land, dem Hafen von Korinth.

Als am Himmel, den Astrologen zufolge, der Löwe dem Mädchen wich, kehrte Dymas nach Korinth zurück, wo er sich nur wenige Tage aufhielt. Die Sommermonde hatte er in den nördlichen Landen der Peloponnes verbracht – heiße Monde unter dem Brandhimmel, von Grillen umsungen und von Staub gesättigt. Er war steinige Wege über dürre Hochebenen gewandert, hatte im Schatten von Eichen und Ölbäumen geruht, auf Feldsteinwällen gesessen, mit Hirten Brot und Wasser geteilt, in Argos und Megalopolis und Dutzenden anderer Städte die Kithara gespielt. Der unmittelbare Machtbereich des spartanischen Königs Agis weiter im Süden hätte ihn verlockt, wenn nicht die Gefahr zu groß gewesen wäre: Spartas seit Jahrhunderten als verschlagen und kunstfertig bekannte Politiker – die so oft mit Schlichen und Verträgen erreicht hatten, daß ihr Heer gar nicht erst eingesetzt werden mußte – mochten längst wissen, daß ein Kitharist namens Dymas lange für die Makedonen gekundschaftet hatte.

Von Korinth wanderte er nach Nordosten, in die Megaris. Wenn es Agis tatsächlich gelänge, ein Bündnis gegen Makedonien zustande zu bringen, oder wenn Antipatros beschlösse, gegen Sparta vorzugehen; wenn Botschafter zwischen Sparta und Athen unterwegs wären oder Gesandte des Dareios Gold in Hellas zu verteilen wünschten: Alle würden ihren Weg über Megara nehmen müssen. Und dort hatte sich Alexanders Jugendfreund und ehemaliger Schatzmeister Harpalos der Hinkende niedergelassen. Außerhalb der Mauern, südlich der Stadt, saß er in einem weißen, reichlich mit Marmor und Sklavinnen versehenen Landhaus zwischen kühlenden Bäumen, mit Blick auf die große Straße und das Meer. Bei gutem Wetter sah man im Süden einen Zipfel der Insel Salamis, im Osten die Hügel bei Eleusis. Es war eine vorzügliche Lage, allen schäbigen Vorhaben günstig, und offen gleichermaßen für sämtliche denkbaren Zweifel wie für deren Widerlegung. Dies machte Dymas mißtrauisch.

Gute Musik in vielen Schänken hatte seinen Beutel gefüllt; in Megara begab er sich zu einer Niederlassung jenes Bankhauses, das die Geschäfte des edlen Demaratos betrieb. Dort erfuhr er den Namen eines mit dem Korinther befreundeten Handelsherrn, mit dem er schwierige Geschäfte bereden könne, die Pella und dortige Guthaben beträfen. Der Handelsherr deutete an, Gespräche mit Harpalos seien möglich.

Am nächsten Morgen wanderte Dymas über die Felder südlich der Stadt. Der größte Teil der Ernten – vor allem Getreide – war eingebracht; es hatte lange nicht geregnet. Ein schwerer Ruch überreifer, ausgedörrter, von der Sonne versengter Dinge lag auf dem Land, auch in Meernähe herrschte Windstille. Als Dymas nach kurzer Rast unter einer Pinie weiterging, drehte er sich noch einmal um, da er etwas hatte rascheln hören. Der Boden war dort, wo er gesessen hatte, von seinem Schweiß befeuchtet; auf diesem feuchten Platz wand sich eine kleine Schlange wie in höchstem Genuß.

Das Anwesen des Harpalos gehörte nicht dem Hinkenden; er hatte es gemietet. Jener mit Makedonien befaßte Handelsherr, sagte man in Megara, habe einen Freund bewogen, dem berühmten Flüchtling Obdach zu gewähren, gegen gutes Geld. Die weißen Mauern, die das weiträumige Haus umgaben, waren verstärkt worden; Harpalos mochte seinem Glück vertrauen, schloß aber offenbar gern gewisse Zufälle aus. Mehr als fünfzig Bewaffnete – teils in Hütten, teils in Zelten, teils im Haus – hatten vermutlich die Aufgabe, derlei Zufälle zu verscheuchen; diejenigen, mit denen Dymas sprach, kamen eindeutig aus dem Norden, aus makedonischen Gebieten. Auch das ergab Sinn; wer würde sein Leben Söldnern anvertrauen, die es veruntreuen mochten, wenn jemand ihnen mehr zahlte?

Harpalos empfing den Musiker. Zwei fast nackte Sklavinnen, die vermutlich irgendwo aus den Steppen jenseits Byzantions stammten, nahmen ihm Kithara und Gepäck ab, führten ihn treppab in einen Raum mit Liegen und mehreren gemauerten Badebecken, halfen ihm beim Entkleiden, tauschten in ihrer Sprache Anzüglichkeiten und Gekicher aus; nachdem er sich in einem Becken mit lauwarmem Wasser entspannt und gereinigt hatte, kneteten und salbten sie ihn, brachten ihm einen frischen Leibschurz, einen blütenweißen frischen Chiton, neue Sandalen, rieben mit lockeren Fingern Öl aus Rosen, assyrischer Narde und anderen Kostbarkeiten in sein Haar und brachten ihn schließlich zu Harpalos.

Baldachine und von Kletterpflanzen bewachsene Holzgerüste füllten den Innenhof mit köstlichem Schatten; der halb mannshohe Brunnen in der Mitte, vielfach verziert mit Darstellungen von erhabener Scheußlichkeit, ließ aus vier zahnlosen Löwenköpfen Wasser rinnen, das sich in einem viereckigen Becken sammelte und von dort in Beete sickerte, die tausend bunte duftende Pflanzen bargen. Um den Innenhof trugen Reihen schlanker, schmuckloser Säulen aus hellem Stein den hölzernen Umgang vor dem Obergeschoß, zu dem an jeder der vier Seiten eine Treppe hinaufführte. Halb im Schatten des Säulengangs, halb im Schatten eines Baldachins lag Harpalos auf einer gepolsterten, sahnefarbenen Kline. Er war nackt, und er war feister, als Dymas ihn in Erinnerung hatte. Neben der Liege kniete eine braunhäutige Sklavin, die Kopf und Nacken gleitend und kreiselnd bewegte, um eine üppige Schwellung unterhalb von Harpalos' Leibesmitte zu beheben. Der Makedone öffnete die Augen, blinzelte, deutete auf eine zweite Kline und schloß die Augen wieder. Dymas mischte Wein und Wasser in einem Silberbecher, ließ sich nieder, trank und betrachtete die Säulen und Kletterpflanzen, bis Harpalos grunzte und etwas murmelte. Die Sklavin breitete ein mit Goldfäden durchwirktes Leinentuch über ihn und entfernte sich in einem halb rollenden, halb schwebenden Gang.

»Es wird gleich eine Winzigkeit zu essen geben«, sagte Harpalos. »Da mir dein Kommen nicht angekündigt wurde, wirst du mit dem bescheidenen Mahl vorlieb nehmen müssen, das vorgesehen war. Woher kommst du?«

»Ich habe mich ein wenig zwischen Argos, Megalopolis und Korinth herumgetrieben.«

Harpalos rümpfte die Nase. »Heiße Gegend – im Sommer.« Er gähnte. »Die Nacht war kurz und voller Papyros; vergib, daß meine Frische geringer ist als der Wunsch, einen weitgereisten Gast zu unterhalten.«

Sklavinnen und ein Koch unterbrachen sie. Zwischen beiden Klinen wurde ein Tisch aufgestellt; es kamen Schalen mit Obst, Platten mit Brot und eine riesige Tonform mit dem bescheidenen Mahl des Harpalos: Thunfischstücke, zunächst in Wein gedünstet, dann mit einer Kruste aus Wein, Honig, Sesam, Brotbröckchen und geriebenem Käse gebacken, dazu Lauch und kleine Zwiebeln.

Beim Essen beschrieb Dymas, ohne Einzelheiten zu nennen, seinen Weg seit dem Granikos; Harpalos wußte viele Dinge, die der Musiker nie erfahren oder während seiner wirren Monde vergessen hatte. Olympias war kurz nach Dymas' Aufenthalt in Pella ebenfalls von dort abgereist: nach Epeiros. Ihr Bruder Alexandros, mit Alexanders Schwester und Olympias' Tochter Kleopatra vermählt, hatte die Herrschaft seiner Frau und Nichte übergeben und sich mit einem Heer nach Süditalien aufgemacht, um Ruhm und Reichtum dort zu ernten, da ihm durch Antipatros' Besetzung der taulantischen Lande die Ausdehnung nach Norden verwehrt war. Olympias habe es aufgegeben, sich mit Antipatros zu messen, der alle Ränke durch Gegenränke und alle Gemeinheiten durch erhabene Gleichgültigkeit zunichte machte. Im übrigen, sagte Harpalos, befasse Antipatros sich eben damit, Aufstände in Thrakien niederzuwerfen.

»Das war zu erwarten. Aber sag, Freund Alexanders – was hat dich zur, ah, Flucht hierher gebracht?«

Harpalos lächelte unendlich mild. »Neugier, Kitharode. Die unersättliche Neugier des Harpalos. Und ein gewisser ... sagen wir: Überdruß. Dies hier« – er beschrieb einen Halbkreis mit der Rechten – »ist mir weitaus zuträglicher als die kargen Feldlager und staubigen Eilmärsche, mit Brot, das aus madigem Mehl gebacken wurde, und Fleisch von Rindern, die zu alt waren, um dem einbeinigen Schlachter zu entlaufen, und Wein, den Menschen feineren Geschmacks nicht einmal als Essig bezeichnen würden.«

»Und deine Freundschaft zu Alexander? Deine Treue, als Makedone, zum König, und als Hellene zum Auftrag des Bundes?«

Harpalos betrachtete ein Stückchen Fisch, wie ein Seher die Leber eines Opfertiers betrachten mochte. »Wahre Freundschaft, mein Freund, ist erhaben über leichte Mißhelligkeiten; und sinnvoller Umgang mit Treue ist oft nur einen Lidschlag entfernt vom Verrat.« Er leckte die Finger ab. »Weißt du Neues über das Wohlergehen deiner Gönner?«

Dymas verschluckte sich. »We ... welcher Gönner?« Er hustete.

»Demaratos«, sagte Harpalos, wie nebenher. »Hamilkar.

Bagoas. Nicht zu vergessen Antipatros, der in Pella Münzen an dich vergeudet hat.« Er ließ sich auf die Kline sinken und blickte hinauf zum Rand des Baldachins. »Tekhnef hat deine fünfzigtausend Drachmen nicht angetastet. Es geht ihr gut, nebenbei bemerkt.«

Dymas spülte, was immer in seinem Mund sein mochte, mit einem langen, tiefen Schluck hinunter. Nach kurzem Schweigen sagte er: »Diese Gegend, durch die jeder ziehen muß, der etwa von Athen nach Sparta will – es sei denn, er besäße ein Schiff –, hat ihre Vorzüge, nicht wahr?«

Harpalos rollte sich auf die Seite, zupfte das Tuch zurecht und betrachtete den Musiker. Dann kicherte er, aber seine dunklen Augen waren scharf und kalt. Eisig kalt.

»Vor allem für feiste, dem Wohlleben ergebene Verräter, ja. Wer weiß, daß du hier bist?«

Dymas erwähnte den Kaufherrn in Megara und einen Mann im Bankhaus.

»Sehr umsichtig … Man könnte ja über eine Schwertspitze stolpern, ohne daß jemand weiß, wo das Grabmal zu errichten ist. Hmf. Doch, du hast recht und wohl getan. Bist du gesättigt?«

»Mehr als das; ich platze gleich.«

»Gut, gut.« Harpalos klatschte in die Hände. Als die Sklavinnen alles weggeräumt hatten, setzte er sich auf den Rand der Kline; mit den Füßen tastete er nach den weichen Schuhen aus Teppichstoff.

»Eine bestimmte Sache … Ich muß einen Brief an den guten Tauriskos beenden, damit er noch heute befördert werden kann. Gewisse Kenntnisse sollten morgen in Athen sein. Es wird vielleicht eine Stunde dauern; magst du dich bis dahin mit einer meiner Sklavinnen ergötzen? Lustwandeln? Ruhen? Oder vielleicht lesen?«

»Hast du feinen Lesestoff?«

Harpalos schnaubte, stand auf, ließ das Tuch fallen und ging zu einem Bogen, der in einen großen hellen Raum führte. »Komm mit.«

Durch die weiten Fensteröffnungen blickte man auf den Garten, die Mauern und jenseits des sinkenden Uferstreifens das Meer. An den weißgeschlämmten Wänden standen Gestelle mit Rollen, davor Liegen, Scherenstühle, Tische. Der Boden, aus hellem Marmor mit rötlichen Adern, war hier und da mit kostbaren, fetten Teppichen belegt. Harpalos ging zu einem Schreibtisch aus beschnitztem Holz, wühlte zwischen Rollen, Tafeln und Schreibzeug, kam mit zwei dickeren Rollen zu Dymas und deutete auf die Liegen und Stühle.

»Setz dich, setz dich. Ich will ein wenig Kleidung über mein Fett streifen und den Brief beenden. Du kannst hier sitzen und lesen, oder draußen, im Hof, wie du willst.«

»Was sind das für Rollen?«

Harpalos grinste. »Eine wurde verfaßt von einem aufmerksamen Königsknaben, der auch bei Nacht im Zelt des Königs weilt, auch wenn der König nicht allein ist und die Wachen fortschickt. Der zweite stammt von Aristoboulos, dem trefflichen Baumeister für Straßen und Befestigungen. Er beschreibt die Belagerung und Eroberung der Stadt Tyros.«

Dymas zuckte zusammen. »Ich wußte nicht, daß sie beendet ist ...«

»Es kam vor zwei Tagen. Entschuldige mich.«

Harpalos wandte sich ab, ließ sich Kleidung bringen und ging zu seinem Tisch; Dymas holte Becher und Mischkrug aus dem Innenhof, setzte sich vor eines der Gestelle und begann zu lesen.

Parmenion ließ eine Besatzung in Damaskos zurück; mit der ungeheuren Beute, die ein nach des Großkönigs Flucht zu Kämpfen weder williger noch gerüsteter persischer Verwalter ihm samt der Stadt übergeben hatte, zog Parmenion dem König entgegen, der durch die phönikische Küstenebene südwärts vorrückte.

Es war eine unübersehbare Vielzahl von Dingen, die den Winternachmittag füllte, zum Staunen der Kämpfer, zum Unglauben der Offiziere. Tausende von Karren, Packpferden, Lastkamelen, Eseln, Maultieren; die zehntausend Reiter und Hopliten Parmenions; zahllose Gefangene zu Fuß, auf Karren, auf Reittieren; noch einmal lange Karrenzüge mit Vorräten, Tierfutter, Waffen; Staubwolken bis zum Himmel, wo sie von der sinkenden Sonne blutig gefärbt wurden. Abends war erst ein Teil des gewaltigen Zuges untergebracht; überall loderten Feuer in der Ebene. Vor dem prächtigen Zelt, das Alexander seit Issos benutzte, saßen der König und die Gefährten und Offiziere; sie tranken und murmelten und lachten und staunten, während lange Reihen von Sklaven und Gefangenen Dinge vorbeitrugen, zu denen Parmenion – beraten von mehreren Listenschreibern – ungeflügelte Worte der Kenntnis sprach.

»Dies ist vielleicht das Beste, Alexander. Die Kisten« – schwere Holzkisten mit Metallbeschlägen; es mußten Tausende sein – »enthalten gemünztes Gold und Goldfinger. Insgesamt etwas über zweitausendsechshundert Talente.«

Eumenes stöhnte, wie in unendlich qualvoller Lust. »Mal zwanzig, Freunde, mal zwanzig! Ahhh! Und darin baden! Zweiundfünfzigtausend Talente Silber – zweiundfünfzigtausendmal sechstausend Silberdrachmen! – dreihundertzwölf Millionen Drachmen – ein halbes Jahrhundert makedonischer Staatseinkünfte – das ist, das ist ...«

»Viel Geld. Weiter.« Alexander winkte; er streifte Eumenes mit einem spöttischen Blick, schien aber doch beeindruckt von der unvorstellbaren Menge, dem jähen Reichtum, der alle Sorgen und alle Kargheit endgültig zur Vergangenheit machte.

Parmenion deutete auf den nächsten Zug: Sklaven mit Handkarren. »Ein bißchen ungemünztes Silber. Wir haben es noch nicht genau gewogen, Freund – vielleicht fünfhundert Talente.«

Der nächste Zug – Sklaven und Gefangene, mit Pferdekarren und Handwagen, einige mit Tragstangen.

»Ein paar Waffen«, sagte Parmenion, als spräche er über zwei Messer und eine zerbrochene Lanze. »Ausreichend für zwei Heere von der Größe des unseren.« Schwerter; an vielen glitzerten im Feuerschein verzierte Knäufe, dunkelgrüne, hellrote, gelbliche Steine. Bündel über Bündel von Lanzen; Berge einfacher oder vergoldeter oder goldener Brustpanzer, Beinschienen, Helme; Gürtel; Messer; krumme Säbel mit Schmuckgriffen und von Reichtum geradezu verkrusteten Scheiden; kurze und längere Bogen aus Holz, aus Horn, aus Metallteilen, oder auch aus allen dreien zusammengesetzt, dazu Köcher mit Myriaden Pfeilen; Rohstoff für die Waffenschmiede: Finger, Barren und Luppen aus Eisen, Bronzeplatten, Kupferbarren ...

»Einige wenige Sklavinnen und freie Frauen – bis vor kurzem freie Frauen, genauer.« Vom Heer, von den Zehntausenden im Halbdunkel mit Rufen, Gejohle und jenem unbeschreiblichen Gurren der Begierde und des Begehrens begrüßt, zogen lange Reihen Frauen und Mädchen vorüber; die meisten trugen nicht viel Kleidung.

»Lockeres Marschgepäck, meine Anweisung, König der Makedonen – damit du diesen Teil des Heeres besser betrachten kannst.«

Eine große Gruppe von Mädchen mit Harfen, Flöten, Trommeln, Lyren, Schalmeien, allerlei seltsamen Saiteninstrumenten.

»Dreihundertzwanzig Musikerinnen, Alexander; bis vor kurzem persönlicher Besitz des Großkönigs. Und das« – er wies auf die grinsenden Männer, die ihre Waffen abgelegt hatten und riesige Gold- und Silberplatten, Amphoren, Krüge, ganze Bänke voller Speisen und Getränke herbeischleppten – »wurde von anderen beweglichen Teilen seines persönlichen Besitzes aus unbeweglichen Teilen bereitet. Unter scharfer Aufsicht, natürlich. Denn, o König und Freund, ich bringe dir auch dreihundertundsechs Köche, dreizehn Zuckerbäcker, siebzig Weinbewahrer und Vorkoster, mit denen ich nun deine Augen nicht behelligen mag. Ferner haben wir vierzig kenntnisreiche Meister der Salben und Kräuter und Düfte mitgebracht, die deinen edlen Leib pflegen werden, wenn du dessen bedarfst.«

Eumenes zählte immer noch Gold und Silber, im Geiste. Er murmelte etwas von »und all die Rüstungen und Edelsteine und Sklaven und überhaupt ... alles verkaufen ... Alexander, es ist unvorstellbar! Es bedeutet, es bedeutet ...«

»... daß wir alle Schulden bezahlen und sogar noch ein wenig übrigbehalten, für die nächsten Jahrzehnte, nicht wahr?« Alexander grinste. »Genug, um etwa ein paar Geschenke zu machen.«

»Geschenke?« Eumenes stierte ihn an. »Für wen?«

»Für die, die es verdienen. Die in den Kämpfen besondere Tapferkeit bewiesen haben. Nicht für feiste Schreiber aus Kardia, Eumenes, die bei den Kämpfen zusehen.«

Ptolemaios stieß Perdikkas an und flüsterte ihm etwas zu, beide lachten. Der Taxiarch wandte sich an den König.

»Vielleicht wiederhole ich mich, Alexander, aber – wenn du so viele Geschenke machen willst, was behältst du dann für dich noch übrig?«

Alexander lachte und breitete die Arme aus, als ob er das ganze ungeheure Lager umarmen wolle. »Ich brauche nichts. Ich habe meine Gefährten.«

Parmenion hüstelte. »Ach, ein bißchen mehr darf es schon sein, Freund. Zwei Dinge habe ich nur für dich mitgebracht.« Er winkte einer Gruppe von Hopliten, die eine gewaltige Kiste und eine Sänfte trugen. Parmenion ließ die Kiste öffnen und holte ein Wunderwerk feinster Handwerkskunst heraus: eine kleinere Kiste aus Ebenholz und Elefantenbein, mit Gold und Silber beschlagen, mit verzierten Schnitzflächen, mit Edelsteinen besetzt.

Alle beugten sich vor; viele standen auf, um das wunderbare Kunstwerk zu betrachten. Parmenion und ein Kämpfer hielten es Alexander hin, der ganz langsam die Hand ausstreckte und versunken, verzückt die Kiste befühlte, betastete, liebkoste.

Hephaistion seufzte laut. »Soviel Schönheit hab ich nie auf einmal gesehen. Was willst du darin aufbewahren, Alexander?«

Der König hatte den Deckel zurückgeschlagen. Innen war die Kiste mit Seide bespannt; die Köpfe der Nägel oder Stifte, die sie hielten, schienen wiederum aus edlen Steinen zu bestehen.

Alexander lächelte, winkte Kallisthenes herbei, flüsterte ihm etwas ins Ohr. Der Hellene verschwand im Zelt und kam sofort zurück.

»Was sollte ich in Asiens kostbarstem Kunstwerk aufbewahren, wenn nicht das kostbarste Kunstwerk, das Hellas je hervorgebracht hat?« Mit langsamen, beinahe feierlichen Bewegungen legte er eine dicke Papyrosrolle hinein: die von Aristoteles und seinen Schülern bereitete Fassung der Werke des göttlichen Homeros.

Er stand auf und umarmte Parmenion. »Die Festung Damaskos, einen geschützten Rücken, unermeßliche Schätze und dieses Wunderwerk – wie kann ich dir je danken, Parmenion mein Vater?«

Parmenion löste sich von ihm, hielt ihn einen Moment an den Schultern, winkte dann den Sänftenträgern und langte mit der Linken hinein, als ob er jemanden darin zurückhalten oder stützen müßte.

»Danken? Kein Dank ist nötig, mein König und mein Freund, außer einem – daß du dieses zweite Geschenk annimmst.«

Aus der Sänfte stieg mit anmutigen, fließenden Bewegungen eine Frau. Sie trug Gewänder aus Seide und feinstem Leinen; in einem Ohr glänzte ein hauchfeiner Goldring mit einem grünlich schimmernden Stein, am vierten Finger der Rechten trug sie das Gegenstück. Mehr Schmuck brauchte sie nicht, und aller Schmuck wurde nebensächlich, als sie sich aufrichtete und den König anlächelte, ehe sie vor ihm kniete. Sie mochte acht oder neun Jahre älter sein als er. Vielerlei Leben hatte ihr Gesicht bereichert, statt es zu zeichnen; als sie lächelte, wurden wie durch Magie die Spuren der Zeit um die vollen Lippen, die gerade Nase und die leuchtenden dunklen Augen zu Zeichen der Jugend, ohne Erfahrungen und Leid zu leugnen. Kallisthenes murmelte etwas über Halbmonde der Brauen und braunsüße Sahne der Seidenwangen und derlei Unfug; sehr leise sagte Ptolemaios etwas zu Perdikkas, der mit aufgerissenen Augen neben ihm stand, etwas über Olympias, Feuer und Eis, und dann: »Diese da ist Wärme und Licht und Liebe ... Aber – kennen wir sie nicht?«

Alexander beugte sich vor, ergriff ihre Hand und half ihr auf. Dabei schien er ihr Gesicht mit den Augen zu trinken.

»Ich kenne dich ... aber ...«

Mit warmer, kehliger Stimme sagte sie in makellosem Hellenisch, immer noch lächelnd: »Es ist siebzehn Jahre her, Alexander. Mein König. Damals war ich fünfzehn, und du warst – sechs?« Das Lächeln veränderte sich; ein wenig liebevoller Spott war nun darin. »Man kann sagen: Du bist gewachsen.«

Alle lachten. Alexander schüttelte den Kopf, immer noch verwundert. »Barzhiyan, Tochter des überaus edlen Artabazos, dem ich so viel verdanke. Barsine. Dies ist wirklich ein königliches Geschenk, Parmenion. Und eine königliche Überraschung.«

Viel später lag Barsine, von Sklavinnen entkleidet, zwischen den hellen Decken auf Alexanders Bett. Ihr langes dunkles Haar, zu sanfter Brandung gelöst, floß über die Tücher. Im Licht der Fackeln und Lampen stand Alexander neben dem Lager, wie ein gleichzeitig ungeduldiger und unsicherer Junge. Zwei Königsknaben nestelten an seinem Gurt, den Gewändern, den Riemen der Sandalen. Er blickte auf die Frau hinunter, mit einer zweifelnden Miene.

»Da Parmenion dich gewissermaßen in mein Zelt geführt hat, kann ich dich nicht gut wegschicken, oder?«

Sie lächelte. »Ich habe das Kind gekannt und mich oft gefragt, wie es dem älter gewordenen Knaben wohl gehen mag. Ich hätte ihn gern wachsen sehen. Jetzt möchte ich den König vergessen und den Mann kennenlernen, aber das hat Zeit.«

Die Königsknaben hatten ihn entkleidet und zogen sich geräuschlos in die Schatten neben dem Eingang zurück; sie würden dort sitzen und schweigen und den Schlaf des Königs hüten. Das Zelt war erfüllt von einem schwebenden bittersüßen Duft. Man hörte die beiden Posten vor dem Eingang miteinander flüstern, draußen, in der Nacht der phönikischen Ebene. In der Ferne schrie eine Frau; ein paar Pferde wieherten, und näher warf jemand polternde Holzstücke in ein Feuer. Etwas klirrte – Becher oder Waffen. Die Posten auf der anderen Seite des Durchgangs zum großen Zeltteil waren stumm.

Alexander ließ sich auf dem Bett nieder, auf den Decken; er lag auf der Seite, auf dem linken Ellenbogen, und betrachtete die edle Perserin.

»Laß uns einfach reden, Barsine. Ich fühle mich nicht nach anderen Dingen. Wo warst du all die Jahre?«

Sie zuckte mit den Schultern; ein schwermütiges Lächeln huschte über ihre Züge. »Hier und da. Wie du wohl weißt, aber da du es von mir hören willst ... Als mein Vater und der Großkönig sich aussöhnten, haben wir Pella verlassen. Damals. Es gab, wie du weißt, zwei bedeutende Männer aus Rhodos, Hellenen, Brüder, große Krieger und Männerführer. Wie gerade du sehr wohl weißt ... Mentor und Memnon. Sie haben die hellenischen Söldner des Großkönigs geführt, Ägypten für Artaxerxes zurückerobert, Phönikien gesichert, die Drohung namens Hermias ausgeschaltet. Man hielt es für weise, ihnen persische Frauen zu geben. Ich wurde nicht befragt, aber du weißt ja, wie diese Dinge sind.«

Alexander nickte. Er streckte eine Hand aus, spielte mit einer ihrer schweren dunklen Strähnen. »Und wie war das, mit Mentor vermählt zu sein?«

Sie schloß die Augen, schien nach innen zu lächeln. »Er war ein guter Mann. Aber er ist früh gestorben, und Iran hielt nichts davon, zwei Frauen zu vergeuden, wenn eine ausreicht. Also wurde die Tochter des königlichen Vetters, Satrapen und Fürsten Artabazos mit Memnon vermählt, als Mentor starb. Ich habe beiden Kinder geboren. Und nun ist auch Memnon tot – wie du weißt.«

Alexanders Finger verirrten sich zu ihrer Wange. »Ich weiß. Ich habe ihn sehr geachtet, sogar gefürchtet, und ich war froh, daß nicht er am Granikos den Befehl hatte. Später – nun ja; das war eben später. Wo sind deine Kinder? In Damaskos? Oder draußen?«

Sie seufzte, müde und traurig. »In Susa, wo sonst? Sie sind Geiseln, aus vielen Gründen. Da ich edler Geburt bin, mußte ich Darayava'ush begleiten, als Pfand für meines Vaters Treue. Und die Kinder blieben in Susa, als Pfand für meine Treue. Artabazos, mein Vater, gedenkt deiner in Zuneigung. Er hat geweint, als der Krieg begann, und seitdem hofft er, daß die Waffen Irans siegen, daß du aber heil die Schlacht überlebst.«

Alexander lächelte. »Ich denke sehr gern an ihn. Er hat mir viele Dinge beigebracht, und es war angenehm, mit ihm zusammenzusein.«

Barsine rollte sich auf die Seite und sah ihn an. »Weißt du, ich war froh, damals, vor so vielen Jahren, als wir Pella verlassen konnten. Ich – wir haben im Palast gewohnt, dieser finsteren Burg, und ich konnte den ewigen Krieg zwischen deinen Eltern nicht ertragen. Wie furchtbar, so aufzuwachsen.« Sie legte sich wieder auf den Rücken und blickte ins Dunkel hinauf. »Dein Vater … ein großer Fürst, Krieger und Führer; vielleicht war es seine größte Leistung, Olympias all die Jahre zu bändigen. Falls er sie wirklich gebändigt hat. Aber manchmal hat er seinen Verstand im Weinbecher verloren und dann zwischen den Beinen jeder beliebigen Frau gesucht.« Sie kicherte. »Nutzloses Unterfangen, nebenbei. Schau ruhig nach, zwischen meinen Beinen, wenn du willst. Vernunft ist da nicht, und auch kein Grund, deinen Verstand zu verlieren.«

Alexander klackte mit der Zunge; er lächelte. Barsine lag ganz ruhig da. Seine Hand, wie aus eigenem Antrieb, spielte mit ihrem Haar, glitt über Brauen und Wangen, streichelte die Lippen, das Kinn, den Hals, näherte sich den Brüsten.

»Und wenn ich du wäre«, sagte sie; ihre Stimme wurde dunkler, »würde ich jeden treten, der sagt, ich sollte eine Frau finden und mich vermählen und Kinder zeugen – einen Sohn – einen Thronerben. Wenn ich unter der Schreckensherrschaft deiner Mutter gelebt hätte, würde ich jede Frau fliehen und Knaben in mein Bett nehmen, oder Männer. Oder vielleicht eine Sklavin, für immer nur eine Nacht. Aber nie einen Sohn haben, um den es mit der Mutter Streit gibt. Kein Zetern und Zerren, einfach nur etwas Leichtes, Warmes, Gutes, die Freuden des Fleischs, vielleicht ein gutes Gespräch, aber nicht mehr.«

Alexanders Gesichtsausdruck, zuerst müde, dann zerstreut, wechselte bei ihrer Rede zu immer größerem Erstaunen, dann Verblüffung, schließlich Achtung und Zuneigung.

Sie fuhr sich mit der Zunge über die Lippen. »Ich bin froh, daß Parmenion mich in Damaskos gefunden hat. Ich bin froh, daß ich hier bin. Ich werde nicht weinen oder zetern, wenn du mich morgen früh fortschickst – oder jetzt sofort, wenn du willst. Ich habe nichts dagegen zu bleiben, und die Art, wie deine Finger mir Dinge erzählen, mag ich sehr. Aber da ist keine Gefahr ... Ich habe Kinder geboren, ich kann Lust geben und annehmen, und als Perserin und zweifache Hellenenwitwe weiß ich, daß du weißt, daß du, König, dich niemals mit mir vermählen kannst, und das macht mich fröhlich. Und frei.«

Seine Hände hatten wie selbständig ihren Körper erwandert; nun beugte er sich über sie, küßte ihre Brüste und nahm sie in die Arme. Sie lächelte.

»Kluge Frau«, sagte er heiser. »Sei still. Ich will dich.«

Am Morgen erwachte Alexander, setzte sich jäh auf, sah sich um, blickte dann Barsine an, die bereits wach war und ihn mit einem warmen Lächeln betrachtete. Er schüttelte den Kopf, sehr erstaunt.

»Du hast mich zum Schlafen gebracht.«

Sie nickte. »Man sagt, wenn wir lieben, sterben wir immer einen kleinen Tod. Tod und Schlaf sind Zwillingsbrüder. Warum solltest du also nach einem kleinen Tod nicht einen großen Schlaf genießen?«

»Aber ich fühle mich sehr lebendig!«

Der Bericht des Aristoboulos begann mit einer eher wirren Erörterung der Vorbereitungen des Demaratos, dessen Leute den letzten lebenden Abkömmling der alten Könige von Sidon gefunden hatten. Alexander schickte Hephaistion, als »den anderen Alexander«, in die ehrwürdige phönikische Hafenstadt, um dort liebenswürdig und höflich aufzutreten, den von Dareios bestimmten Rat der Stadt im Einvernehmen mit den freundlich gestimmten Bürgern aufzulösen und ihnen, ohne ein Wort zuviel zu sagen, durch kluge Fragen die Wahl jenes Nachfahren, Abdalonymos, zum neuen und guten König nahezulegen. Während Hephaistion sich dieser Aufgabe glänzend entledigte, führte Demaratos, der mitgekommen war, ein langes Gespräch mit Abdalonymos, der als Gärtner arbeitete, und traf mit ihm gewisse Vereinbarungen. Schließlich schlug einer der reichen Handelsherren von Sidon – zur allgemeinen Überraschung und offenbar zu des Hephaistion grenzenloser Verblüffung – einen namenlosen Gärtner, Nachfahren der Könige, als neuen Herrscher vor, und Hephaistion stimmte nach wohlerwogenem Zögern zu.

Es folgte ein nicht besonders fesselnder Bericht aus dem Lager des Königs, in dessen Zelt Barsine zu allgemeiner Freude verweilte. Zusammen mit Sisygambis, die ihn wie einen Sohn behandelte und von ihm als Mutter angesprochen wurde, gelang es Barsine sogar, ihn zu mehr Schlaf, zu Essen und Wein zu bewegen. Er sei, schrieb Aristoboulos, weniger rastlos, was seine Tatkraft und seinen Scharfsinn noch erhöhe.

Mit Sidon, Byblos, Berytos und andern Städten hielt Alexander den größten Teil Phönikiens. Dareios würde lange brauchen, ein neues Heer aufzustellen; aber die Makedonen konnten nicht nach Ägypten vorstoßen, solange Tyros als Hafen für die gegnerische Flotte verfügbar war.

Der Baumeister und Belagerer Aristoboulos beschrieb nun in kargem Stil, was Homeros zu einem gewaltigen Epos oder Aischylos zu einer erschütternden Tragödie gereicht hätte.

Gesandte kamen ihm entgegen. Die Tyrer seien Willens, sich den Befehlen Alexanders zu fügen. Er lobte die Stadt und befahl den Gesandten – es waren dies Mitglieder der angesehensten Klassen, unter ihnen der Sohn des Herrschers, denn Azemilkos selbst befand sich bei der Flotte des Autophradates –, sie sollten den Tyrern daheim melden, er wolle in die Stadt kommen und dort dem Herakles opfern.

In Tyros nämlich steht das älteste Heiligtum des Herakles. Denn bevor Kadmos, aus Phönikien kommend, Theben besetzte und dessen Tochter Semele geboren wurde, die wiederum dem Zeus den Dionysos gebar, gab es einen Kult des Herakles in Tyros.

Diesem wollte Alexander opfern. Doch als die Gesandten von dieser Absicht in Tyros berichteten, beschloß man, den übrigen Befehlen Alexanders zwar nachzukommen, in die Stadt selbst aber weder einen Perser noch Makedonen einzulassen. Dies schien die sicherste Verhaltensweise, war doch der Ausgang des Krieges vorerst immer noch unklar. Auf die Meldung von dieser Entwicklung schickte er die Gesandten wieder fort, versammelte Hetairen, Truppenführer und Berater und hielt folgende Ansprache:

»Freunde und Mitkämpfer! Ich weiß nicht, wie unser Marsch nach Ägypten gesichert vor sich gehen könnte, solange die Perser das Meer beherrschen. Und wie wollen wir ohne Gefahr Dareios verfolgen, wenn wir hinter uns dieses Tyros zurücklassen, dessen Haltung ungeklärt ist, während die Perser Ägypten und Kypros in ihrer Hand haben? Vielmehr muß ein solcher Zustand Gefahren selbst in Hellas heraufbeschwören, denn es steht zu fürchten, daß die Perser erneut das Küstengebiet besetzen und, während wir gegen

Dareios ziehen, mit einer noch größeren Streitmacht zur See den Krieg nach Hellas hinübertragen. Dann werden die Spartaner den Krieg gegen uns beginnen, ja selbst Athen. Sollte es uns hingegen gelingen, Tyros zu nehmen, so ist ganz Phönikien in unserer Hand, und der größte und beste Teil der persischen Flotte, der der Phöniker, wird zu uns herüberwechseln. Denn die Phöniker werden nicht länger auf dem Meer für andere den Kopf hinhalten, wenn ihre Städte von uns besetzt sind. Dann werden wir auch Kypros ohne Schwierigkeiten in unsere Hand bringen und beherrschen ungestört das Meer. Der Zug nach Ägypten wird eine Kleinigkeit sein. Haben wir aber erst einmal Ägypten, dann wird es auch in Hellas nichts mehr geben, was wir zu fürchten hätten, und von der Heimat her gesichert, wird unserem Marsch nach Babylon ein viel größerer Ruf vorausgehen, da wir die Perser von jeglichem Meer abgeschnitten haben werden und auch von dem Land, das diesseits des Euphrat liegt.«

So war es nicht schwer, sie zum Angriff auf Tyros zu überreden. Auch veranlaßte ein göttliches Zeichen Alexander zu diesem Entschluß, denn in der Nacht hatte er ein Traumbild gesehen: Er selbst rücke gegen die Mauern von Tyros heran, Herakles aber nehme ihn an der Hand und führe ihn in die Stadt hinein. Dies hatte Aristandros so ausgelegt, daß es nicht ohne Mühe abgehen werde, Tyros zu nehmen, habe doch auch Herakles seine Taten nicht ohne Mühe vollbracht. Aber ohnedies war zu erkennen, daß die Belagerung von Tyros schwierig werden würde. Die Stadt liegt auf einer Insel und ist an jeder Seite durch eine hohe Mauer befestigt. Zur See schienen die Tyrer überlegen, denn noch immer beherrschten die Perser das Meer, und auch sie selbst hatten eine große Zahl an Schiffen zur Verfügung.

Alexander beschloß, einen Damm vom Festland bis zur Stadt aufzuwerfen. Zwischen Insel und Festland befindet sich eine verschlammte Durchfahrt, wobei das Wasser in der Nähe des Festlandes seicht und schlammig, vor der Stadt aber die Fahrrinne am tiefsten ist. An Steinen und Holz, das man über die Steine zu schichten gedachte, war kein Mangel, in den Meeresboden ließen sich Pfosten leicht einrammen, und der Schlick selbst konnte als Bindemittel für die Steine verwendet werden, um diesen einen festen Halt zu geben. Der Eifer der Makedonen wie auch Alexanders bei der Sache war groß; er selbst war stets anwesend und leitete an Ort und Stelle die einzelnen Arbeiten, ermunterte die Leute oder förderte durch besondere Geschenke die, die sich vor den anderen auszeichneten. Solange man in der Nähe des Festlands am Dammbau arbeitete, ging das Werk leicht vonstatten; man brauchte nicht sehr tief aufzuschütten und wurde von niemandem behindert. Als man sich größerer Tiefe näherte und in Reichweite der Stadt kam, setzte die Beschießung von der hohen Stadtmauer aus ein, und man hatte schwer zu leiden, war man doch mehr im Arbeitsgewand als zum Kampf gerüstet. Auch fuhren mit ihren Trieren die Tyrer bald hier, bald dort an die Baustelle heran: Sie hatten ja noch die Herrschaft zur See und versuchten, den Makedonen das Weiterbauen unmöglich zu machen. Daher stellten diese zwei Türme am Dammende auf, das weit ins Meer vorangetrieben worden war, und brachten auf diesen Wurfmaschinen an; auch hingen von diesen Türmen Blenden aus Leder und Tierfellen, um Feuerpfeile von der Mauer abzuwehren und den Arbeitenden Schutz gegen Pfeilschüsse zu geben. Zugleich sollten von den Türmen aus die Tyrer, die unaufhörlich die Schanzenden zu belästigen suchten, beschossen und verjagt werden.

Dagegen erfanden die Tyrer folgendes: Sie füllten einen Frachter mit Reisig und anderen leicht brennbaren Stoffen, brachten am Bug zwei Masten und rundum eine möglichst weite Brüstung an, um die Fassungskraft an Stroh und Brennmaterial noch zu erhöhen. Auf das Ganze schütteten sie Pech, Schwefel und alles, was dazu dient, einen großen Brand anzufachen. An den Mastbäumen zurrten sie doppelte Rahen fest und hängten daran Gefäße mit Stoffen auf, die beim Herabfließen die Flamme ganz besonders zum Auflodern bringen mußten. Das Achterschiff wurde mit Steinen beschwert, damit der Bug sich aus dem Wasser hob. Man wartete, bis der Wind in Richtung auf den Damm wehte. Dann nahmen die Trieren das Schiff ins Schlepp. Als man sich Damm und Türmen näherte, entzündete man die Brennstoffe, brachte den Brander mittels der Verbindungsleinen zu den Dreiruderern auf volle Fahrt und ließ ihn an der

Dammspitze auflaufen. Seine Mannschaft sprang, als das Fahrzeug schon in Brand stand, über Bord und schwamm davon. Das Feuer griff mit aller Gewalt auf die Türme über, die abbrechenden Rahen ergossen ihren Brennstoff ins Feuer, und zugleich schoß man von den Dreiruderern, die nahe bei dem Bauwerk vor Anker lagen, nach den Türmen, so daß die, die Löschmittel heranbringen wollten, sich ihnen nur unter Lebensgefahr nähern konnten. Und während die Türme in Flammen standen, kamen die Gegner in Massen aus der Stadt gelaufen, sprangen in Kähne und landeten von allen Seiten am Damm, wo sie die Palisadenwand einrissen und die übrigen Maschinen in Brand setzten.

Nun befahl Alexander, bei Neubeginn den Damm gleich vom Festland her breiter anzulegen, damit eine größere Anzahl Türme aufgenommen werden könne, und die Techniker hatten den Bau neuer Maschinen in Angriff zu nehmen. Er selbst zog während dieser Bauarbeiten mit den Hypaspisten und den Agrianen nach Sidon, um dort zusammenzuziehen, was sich an Trieren bereits in seinem Besitz befand; solange nämlich die Tyrer die See beherrschten, schien die Belagerung ihrer Stadt aussichtslos.

Während dieser Zeit erfuhren Gerostratos, der König von Arados, und Enylos, der König von Byblos, daß ihre Städte in der Hand Alexanders seien. Sie ließen Autophradates im Stich und begaben sich mit ihren Schiffen zu Alexander. Zugleich mit ihnen kamen auch noch die Trieren aus Sidon, und so sammelte sich bei Alexander eine Flotte von nicht weniger als 80 phönikischen Schiffen. In diesen Tagen trafen auch zehn rhodische Schiffe ein, dazu aus Soloi und Mallos drei, zehn aus Lykien, ein Fünfzigruderer aus Makedonien mit Proteas an Bord. Kurz darauf landeten in Sidon auch die kyprischen Könige mit 120 Schiffen, nachdem sie von der Niederlage des Dareios bei Issos gehört hatten und Angst bekamen, da die ganze phönikische Küste in Händen Alexanders war.

Um die gleiche Zeit wurden die Belagerungsmaschinen fertiggestellt, die Schiffe rüsteten sich zum Angriff auf die Stadt und zu einer Schlacht auf See. Alexander selbst zog mit Reitern, Hypaspisten, Agrianen und Bogenschützen in Richtung Arabien zum Antilibanon, einem Gebirge, unterwarf dort eine Reihe von Einwohnern mit Gewalt und brachte andere durch Abmachungen auf seine Seite. Nach zehn Tagen kehrte er wieder nach Sidon zurück, wo er Kleandros antraf, der 4000 Söldner mitbrachte.

Nachdem die Flottenrüstung beendet war, ließ er für den Fall, die Seeschlacht entwickle sich weniger zu einem Gefecht der Schiffe als zum Nahkampf der Besatzungen, die Decks der Fahrzeuge mit einer genügenden Anzahl Hypaspisten besetzen. Dann brach er von Sidon auf und segelte nach Tyros, er selbst auf dem rechten Flügel nach dem offenen Meere zu, zusammen mit den kyprischen sowie den phönikischen Stadtkönigen außer Pnytagoras; dieser befehligte zusammen mit Krateros die linke Hälfte. Die Tyrer hatten vorgehabt, sich zum Kampfe zu stellen. Nun sahen sie eine riesige Menge von Schiffen; sie hatten noch nichts davon gehört, daß sich bei Alexander nun auch die Masse der kyprischen und phönikischen Schiffseinheiten befand. Die Schiffe Alexanders ankerten vor Annäherung an die Stadt noch auf hoher See, um die Tyrer zum Kampfe herauszufordern; dann aber, als niemand herauskam, griffen sie unter großem Getöse an. Die Tyrer riegelten die Hafeneinfahrten ab, indem sie Triere an Triere nebeneinanderstellen. Kein feindliches Schiff sollte in der Lage sein, in einem ihrer Häfen vor Anker zu gehen.

So fuhr Alexander, da sich kein gegnerisches Schiff zeigte, gegen die Stadt. Auf gewaltsames Eindringen in den nördlichen Hafen verzichtete er wegen der Enge der Einfahrt und der Sperre. Drei ganz außen an der Einfahrt ankernde Trieren konnten durch die Phöniker versenkt werden, wobei die Besatzung ins Wasser sprang und sich schwimmend an das heimatliche Ufer rettete. Dann ging Alexanders Flotte nahe dem künstlichen Damm vor Anker, wo man vor den Winden geschützt schien. Am nächsten Tag ließ Alexander die Kyprer mit ihren Einheiten unter Andromachos auslaufen und die Stadt von Norden einschließen, während an der anderen Seite des Dammes die Phöniker das gleiche am südlichen Hafen tun sollten. Dort in der Nähe hatte auch er sein Zelt.

Da aus Kypros und ganz Phönikien eine große Anzahl Techniker zusammengezogen und viele Maschinen gebaut waren, konnte man sie jetzt zum Teil auf dem Damm aufstellen, zum Teil auf den Frachtern anbringen sowie auf den Trieren. Und nachdem alles vorbereitet war, schob man von den Maschinen die einen auf dem Damm nach vorn, die anderen mittels der Schiffe; an allen Seiten vor der Stadt gingen sie vor Anker, und man begann die Mauern sturmreif zu schießen.

Die Tyrer hatten auf den Verteidigungsmauern gegenüber dem Damm hölzerne Türme errichtet, um sich von diesen herab zu wehren, und suchten sich auch an anderen Stellen mit Hilfe von Geschossen zu verteidigen, oder sie schossen Brandpfeile direkt auf die Schiffe hinab.

Die Mauern waren an der dem Damm gegenüberliegenden Stelle bis zu 150 Fuß hoch, und man hatte riesige Felsbrocken durch Gips miteinander verbunden. Darüber hinaus wurde den Schiffen, die Maschinen an die Mauer bringen sollten, auch dadurch die Annäherung erschwert, daß man Felsbrocken ins Meer geworfen hatte. Alexander mußte sie aus dem Meer herausbringen; dies war sehr schwer, da man die Arbeit von Schiffen und nicht von festem Boden aus verrichten mußte. Dazu rüsteten die Tyrer auch noch besonders geschützte Boote aus und führten diese an die Anker der Trieren, deren Taue man durchschnitt, um den gegnerischen Schiffen das Festliegen unmöglich zu machen. Alexander rüstete eine große Anzahl Dreißigruderer in gleicher Weise und stellte sie quer vor die Anker, um mit ihnen die heranfahrenden Boote abzuwehren; aber nun schnitten Tiefseetaucher die Ankertaue durch. Jetzt verwendeten die Makedonen eiserne Ankerketten, so daß die Taucher nichts mehr ausrichten konnten. Nunmehr legte man Taue um die Steine und zog sie auf diese Weise vom Damm aus aufs Trockene, um sie dann durch Maschinen hochzuheben und ins tiefere Wasser zu versenken, wo sie keinen Schaden anrichten würden. Und wo man das Meer von Felsbrocken gereinigt hatte, konnten die Schiffe unmittelbar an die Mauer heranfahren.

Die Tyrer entschlossen sich zum Ausfall gegen die kyprischen Schiffe, die vor dem nördlichen Hafen lagen. Vorher tarnten sie die Einfahrt mit Segeln, damit die Einschiffung verborgen blieb, und eines Mittags, als Alexanders Seeleute sich zerstreut hatten, um Verpflegung zu fassen, und auch

Alexander in sein Zelt gegangen war, liefen plötzlich drei vollbesetzte Fünfruderer, ebenso viele Vierruderer und sieben Dreiruderer mit ausgewählter Mannschaft und zum äußersten entschlossenen Kämpfern aus dem Hafen aus. In Kiellinie fuhren sie ruhig dahin und bewegten ohne Taktruf ihre Riemen. Nachdem sie gegen die Kyprer eingeschwenkt und so nahe waren, daß man sie deutlich erkennen konnte, gingen sie zum Angriff über.

Alexander hatte sich zwar zu seinem Zelt begeben, war aber bald wieder zur Flotte zurückgekehrt. Die Tyrer, die sich auf die Schiffe stürzten, trafen einen Teil von diesen völlig leer an, andere bemannte man während des Angriffs mit den Leuten, die gerade zu Verfügung standen. Beim ersten Anlauf wurde der Fünfruderer des Königs Pnytagoras versenkt, dazu das Schiff des Androkles von Amathus und das des Pasikrates von Kurion; darauf drängte man die anderen an das Ufer und suchte sie dort zu zerstören.

Alexander ließ die Mehrzahl der Einheiten, so wie sie gerade besetzt waren, vor der Hafeneinfahrt ankern, damit nicht noch weitere tyrische Schiffe ausliefen. Er selbst fuhr mit seinen Fünfruderern sowie lediglich fünf Trieren, die in der Eile am ehesten zu bemannen waren, um die Stadt herum gegen die ausgelaufenen Tyrer. Und so konnte man von der Mauer aus beobachten, wie die Feinde herankamen, sah auch Alexander persönlich an Bord und versuchte durch lautes Rufen die Leute auf den eigenen Schiffen zur Rückkehr aufzufordern; diese jedoch hörten nichts.

Erst als sie Alexander und seinen Verband auf sich zulaufen sahen, wandte man sich zur Flucht und suchte den Hafen zu erreichen. Indes entkamen nur wenige Schiffe, über die Mehrzahl fielen Alexander und seine Leute her und machten sie fahrunfähig; einen ihrer Fünfruderer sowie einen Vierruderer enterte man noch unmittelbar vor der Hafeneinfahrt. Von den Besatzungen wurden wenige getötet; sobald diese sahen, daß die Schiffe nicht entkommen konnten, schwammen sie in den Hafen zurück.

Nun führten die Makedonen ihre Maschinen bis unmittelbar an die Mauer heran. Zwar hatten die auf dem Damm vorgeschobenen Geschütze kaum Wirkung wegen der Stärke der Mauer, es gelang jedoch, einige Schiffe mit Maschinen an die Nordseite der Stadt zu bringen. Als man auch da nicht weiterkam, fuhr man weiter bis zur südwestlichen und schließlich zur südlichen Seite, um überall den Versuch zu unternehmen, und dort gelang es schließlich, ein größeres Stück Mauer so schwer zu erschüttern, daß sie teilweise auseinanderbrach und einstürzte. Darauf suchte man, soweit der durch den Einsturz gewonnene Raum dies zuließ, eine Brücke anzulegen, und unternahm einen kurzen Landungsangriff. Doch wehrten die Tyrer diesen ohne große Mühe ab.

Zwei Tage später, nachdem er eine Windstille abgewartet hatte, führte Alexander die Maschinen auf den Schiffen an die Stadt heran. Es wurde ein Stück Mauer niedergeworfen, und als die Bresche genügend breit schien, ließ er die Frachter zurückfahren, um zwei andere Einheiten nach vorne zu bringen, auf denen er Zugbrücken hatte einbauen lassen. Diese wollte er auf die Mauerruinen auflegen. Dazu befanden sich auf dem einen der Schiffe Hypaspisten unter Admetos, auf dem anderen Pezhetairen des Koinos sowie er selbst mit seiner Leibwache, um mit zu landen, wo die Mauer dies zuließ. Die Trieren hatten Befehl, beide Häfen anzulaufen und die Einfahrt zu erzwingen, sobald die Tyrer sich gegen ihn und seine Leute wandten. Zugleich sollten sämtliche Schiffe mit Schußmaschinen und Bogenschützen so nahe an die Befestigungsmauer heranfahren, wie die Wassertiefe es zuließ. Auf diese Weise mußten die Tyrer, von allen Seiten beschossen, kopflos werden.

So liefen die Schiffe die Stadt an, ihre Zugbrücken gingen auf die Mauern nieder, und die Hypaspisten drängten mit Gewalt in die Befestigung, wobei Admetos Großartiges leistete; Alexander selbst nahm am Kampf teil, dabei zugleich Zeuge für die anderen, wer von ihnen sich durch besondere Tapferkeit auszeichnete. Dort, wo er stand, geriet zuerst die Mauer in makedonische Hand – die Tyrer von dieser Stelle zu vertreiben machte kaum Schwierigkeiten, sobald die Makedonen nicht mehr abschüssigen Boden unter den Füßen hatten. Dabei wurde Admetos, der als erster die Mauer erstiegen hatte, durch eine Lanze getroffen und starb auf der Stelle; unmittelbar darauf aber hatten Alexander und seine

Hetairen die Mauer fest in ihrer Hand. Sobald mehrere Türme und Zwischenstücke genommen waren, drang er allen voran durch die Schutzwehren zum königlichen Palast vor; von dort aus schien ihm der Angriffsweg in die tiefergelegene Stadt leichter zu sein.

Die Phöniker vor dem südlichen Hafen waren inzwischen auch zum Angriff angetreten, hatten die Sperre durchbrochen und waren dabei, die Schiffe im Hafen zu zerstören, indem man die einen im Wasser angriff, die anderen an Land schob. Die Kyprer wiederum, die auf den nördlichen Hafen zusegelten, fanden eine Sperre gar nicht mehr vor, liefen ein und besetzten an dieser Stelle die Stadt. Als die Masse der Tyrer sah, daß die Mauern besetzt waren, gab man diese auf, rottete sich im sogenannten Agenorion zusammen und wandte sich von dort zum Gegenstoß gegen die Makedonen. Gegen diese Tyrer ging Alexander mit seinen Hypaspisten vor, tötete viele im Kampf und setzte den Fliehenden nach. Da bereits die Seeleute vom Hafen her in der Stadt Fuß gefaßt hatten und auch die Abteilung des Koinos in die Stadt eingedrungen war, kam es zu einem gewaltigen Gemetzel, in dem die Makedonen ihren Zorn austobten, wütend über den durch die Belagerung erzwungenen Aufenthalt und auch deshalb, weil die Tyrer einige ihrer Kameraden gefangen und auf die Mauer gestellt hatten; dann waren sie niedergehauen und ins Meer geworfen worden. So kamen von den Tyrern an die 8000 Mann um, von den Makedonen starben Admetos und mit ihm 20 seiner Hypaspisten. Die Verluste während der ganzen Belagerung betrugen 400 Mann. Alle, die sich ins Heiligtum des Herakles geflüchtet hatten, erhielten Gnade von Alexander – es waren dies die Angesehensten der Tyrer, König Azemilkos und dazu einige Karchedonier. Der Rest wurde zu Sklaven gemacht, und so gelangten an die 30 000 Menschen zum Verkauf, Tyrer und Fremde, die man dort gefangen hatte.

Alexander brachte nun Herakles die Opfer dar und hielt dem Gott zu Ehren einen Festzug mit dem Heer in vollen Waffen ab, und auch die Schiffe nahmen teil.

Die Maschine, mit der man die Mauer niedergeworfen hatte, weihte Alexander im Tempel des Herakles sowie auch das heilige Heraklesschiff der Tyrer, das man beim Einlaufen erbeutete.

Noch während Alexander mit der Belagerung von Tyros beschäftigt war, kamen zu ihm erneut Boten von Dareios mit dem Auftrag zu melden, dieser biete ihm für Mutter, Gattin und Kinder 10 000 Talente. Es solle dazu Alexander alles Land westlich des Euphrat gehören bis zum Meer, ferner möge Alexander eine seiner Töchter heiraten sowie in ein Freundschafts- und Bundesverhältnis mit ihm eintreten. Als man dies im Rat bekanntgab, sagte Parmenion, wäre er Alexander, er würde sich damit zufriedengeben, den Krieg beenden und keine weiteren Gefahren auf sich nehmen. Alexander antwortete, wenn er Parmenion wäre, würde er in der Tat dies auch tun; aber da er nun einmal Alexander sei, werde er Dareios antworten, so wie er ihm dann auch antwortete. Er ließ ihm nämlich melden, er brauche von einem Dareios weder Geld, noch gedenke er einen Teil des Landes anstelle des Ganzen zu nehmen. Denn im Augenblick habe er bereits beides in seinem Besitz, das Geld wie das Land. Und falls er sich mit der Absicht trage, eine Tochter des Dareios zu nehmen, so werde er dies tun, und zwar auch ohne daß er sie ihm erst zu geben brauche. Wenn Dareios Freundschaft erwarte, so möge er zu ihm kommen.

»Woher hast du das?« sagte Dymas, als Harpalos grunzend sein Schreibzeug weglegte und nach heißem Wachs zum Versiegeln brüllte.

»Was? Dieses leblose Geschreibsel von Aristoboulos?«

»Wie kommt Harpalos der Verräter, der außerhalb von Megara seine Ränke schmiedet, flicht oder verzupft, an einen Bericht aus dem Lager des Königs vor Tyros?«

Harpalos hob die Brauen. »Ach, das hat sich so ergeben.«

Dymas grinste. »An einer Stelle hätte ich beinahe gelacht: da, wo der versoffene Spaßmacher Proteas als Schiffskapitän genannt wird.«

»Ah, du weißt vieles nicht, Sänger.«

»Das stimmt. Zum Beispiel ...« Er zögerte.

»Ich könnte dir vielleicht einen Rat geben, wenn ich wüßte, um was es geht.«

»Erzähl mir von Proteas.«

Harpalos gluckste. Er preßte seinen Ring in das heiße Wachs, das eine Sklavin auf den Verschluß des Tonröhrchen geträufelt hatte, und winkte sie aus dem Raum. »Proteas«, sagte er dann, »hat viele gute und schlechte Eigenschaften, und bisweilen gefällt es dem König, die Vorzüge seiner Gefährten durch milden Zwang zu fördern. Er hat Proteas nach Makedonien geschickt, zu Antipatros, mit irgendwelchen Aufträgen. Antipatros wollte den redseligen Trinker loswerden, möglichst ehrenhaft und auf Dauer. Immerhin, er ist ja der Neffe des edlen Kleitos. Deshalb fiel es dem trefflichen Strategen ein, Proteas an Bord eines der nicht eben zahlreichen Kampfschiffe Makedoniens zu senden. Vielleicht hatte er die Hoffnung, Proteas möchte es gelingen, das von den Persern und Phönikern beherrschte Meer leerzutrinken, so daß die gegnerische Flotte keinen Schaden mehr anrichten kann. Proteas hat etwas anderes getan – er hat mit seinem Kampfverband in einer wilden Nacht, und vermutlich waren alle Mann besoffen, eine kleinere persische Flotte angegriffen und ihnen zehn Schiffe weggenommen. Er ist jetzt so etwas wie ein großer Nauarch ehrenhalber.«

Dymas wackelte mit dem Kopf. »Die Welt ist voller Wunder.«

Harpalos lehnte sich in seinem Scherenstuhl zurück, die Hände auf der Tischplatte gefaltet, und starrte an die Decke. »Wie gesagt, bisweilen gefällt es dem König, seine Freunde zu erproben. Proteas ist nicht der einzige.« Er riß sich mit einer merklichen Anstrengung von der Deckenbetrachtung los; sein kühler Blick streifte Dymas, kletterte das Rollengestell hinter dem Musiker empor, fiel wieder herunter. »Andere sind, soweit ich weiß, zur Zeit damit befaßt, die Zustände in Hellas zu, ah, untersuchen und möglicherweise zu beeinflussen. Wie wir alle wissen, sind die Dinge meistens nicht so, wie sie aussehen.«

»Kannst du ein wenig deutlicher werden?«

Harpalos schnaubte; seine Finger trommelten auf die Tischplatte. »Deutlicher? Hmf. Nun ja, warum nicht?« Er grinste. »Nehmen wir ein Beispiel, das ganz in der Nähe liegt. Vorhin, draußen, im Hof, hat die Mauretanierin mich angenehm erleichtert. So dienen auch die Königsknaben den edlen Makedonen, wenn denen gerade danach zumute ist, oder nach einem knackigen Arsch. Wie du, als gelegentlicher Besucher der hohen Kreise, wohl weißt.«

»Ich weiß. Und?«

»Derlei Dinge ... Man spricht nicht darüber, man handelt nicht davon in hehren Tragödien, man tut sie einfach. Dichter und Bildhauer und Amphorenmaler preisen die Liebe zwischen Mann und Frau, von vorn und von hinten; und die unerfüllten Sehnsüchte; und die Philosophen rühmen das edle Beisammensein reifer Männer mit prägbaren Knaben. Dichter beklagen die Sprödigkeit des jungen Gespielen, der nur nach langem Flehen und gegen Geldgeschenke bereit ist, seine Vorderseite zum erleichternden Lendenstoß hinzuhalten und dabei selbst nichts empfindet, außer vielleicht Überdruß. Dinge, die man als niedrig empfindet, werden durch Verzierungen und rankendes Gerede erhöht, damit sie, wertvoll begründet, durchführbar sind. Aber nur Philosophen, die derlei ausbrüten, glauben den Unfug – den eigenen. Acht Zehntel der Männer und Knaben und Frauen und Dirnen in Hellas betreiben andere Dinge, um zu Lust zu gelangen und nicht noch mehr Kinder zu zeugen; nur braucht man nicht darüber zu reden, da es ohnehin jeder weiß. Und daß ein Dichterlein mit fliehendem Kinn, Mundgeruch und wirren Augen dem angebeteten Knaben Geldgeschenke machen muß, heißt noch lange nicht, daß etwa ein kräftiger, machtbewußter, wohlgestaltiger Mann mehr tun müßte als mit den Fingern zu schnippen.«

Dymas kratzte sich den Kopf. »Deshalb erforscht Harpalos nun das Geschlechtsleben der Hellenen?«

Der feiste Makedone lachte. »Harpalos tut nichts dergleichen. Es war dies nur ein Beispiel. Ein anderes wäre die Tugendhaftigkeit und für die Oikumene vorbildliche Gestaltung der athenischen Demokratie. Mit Demen und Phylen und Archonten und dem Areopagos, mit dem Prytaneion und dem Volksgericht. Die zehn Phylen, deren jede fünfzig Männer in den Rat der Fünfhundert entsendet, wo jeden Mond eine andere Phyle den Vorsitz hat, wo über die Dinge entschieden wird ... Alles Unfug. Wie du weißt. Ein Problem wird beraten, sagen wir mal so; wenn es dabei um nichts geht, wird eben einfach beraten und entschieden. Wenn es aber um wichtige Dinge geht, die zum Beispiel die Anliegen reicher Kaufherren oder großer Grundbesitzer oder hehrer Amtsträger berühren, so gibt es viele Wege, diese Anliegen mit Nachdruck zu vertreten. Man kann, wenn man selbst nicht gut redet oder nicht im Rat sitzt, dort gegen treffliche Bezahlung einen trefflichen Redner sein Anliegen trefflich vertreten lassen. Man kann einem, der anderer Meinung ist, Geschenke machen; man kann durch zündende Worte die an diesem Anliegen Unbeteiligten aufwiegeln. Ein Mann, der seine Mutter verehrt, die in einem Mietshaus des Politikers Talantokrates wohnt, wird möglicherweise nicht gegen ein Anliegen des Talantokrates abstimmen, wenn dieser ihm bedeutet, daß seine Mutter entweder in eine bessere Wohnung oder auf den Abfallhaufen ziehen könnte.«

Dymas knurrte leise.

»Es kommt zwar gelegentlich vor«, sagte Harpalos mit öliger Stimme, »daß die Versammlung etwas gegen starke Anliegen beschließt. Aber das ist eher die Ausnahme. Vor, ah, sechzehn Jahren hat Philipp versucht, getreu den Gedanken des greisen und inzwischen ins jenseits entrückten Isokrates einen Hellenischen Bund zustande zu bringen, mit Makedonien als gleichberechtigter Macht neben Athen, Sparta und Theben.«

»Vergiß nicht, daß er auch andere Anliegen hatte – neben der edlen Gleichberechtigung und dem heiligen Bund.«

Harpalos machte eine wischende Handbewegung. »Natürlich, das gehört dazu. Friede ist der waffenlose Ausgleich widerstreitender Anliegen. Damals, und in den folgenden Jahren, wäre es im besten Sinne aller Hellenen gewesen, diesen Bund und Ausgleich anzustreben, der ja auch von vielen gewünscht wurde. Aber dazu hätten alle auf das eine oder andere verzichten müssen – Philipp darauf, in Hellas gewaltsam Einfluß zu gewinnen; Athen darauf, in den eigenen Augen Herz, Kopf und Leber von Hellas zu sein. Eubulos wollte dies – zumindest einige Zeit. Aber andere wie Hypereides oder Demosthenes wollten es nicht. Sie haben Philipp vorgeworfen, er maße sich etwas an, was nur Athen zustehe; keiner von ihnen hat je gesagt, was Philipp tut, sei Unrecht.

Sie mußten so reden und handeln, weil sie sich nur auf diese Weise von Eubulos und den anderen abheben, öffentliche Gestalten mit Einfluß werden konnten.«

»Und deiner langen Rede kurzer, hinkender Sinn?«

Harpalos zwinkerte, aber seine Stimme blieb feierlich und ölig. »Macht, Freund Dymas, nicht das Gemeinwohl; Macht, gestützt auf Reichtum und Worte. Wer die Macht will, muß den anderen ihren Reichtum nehmen und sie knebeln. Oder er muß reicher und lauter sein als sie. Alles andere ist ein seliger Traum.«

»Und deine Aufgabe?«

Harpalos blinzelte. »Aufgabe?«

»Nun denn – dein auftragsloses Anliegen?«

»Besser, Freund, viel besser. Mein Anliegen ist vielfältig. Als wir in Gordion waren, zog Dareios ein gewaltiges Heer zusammen; Memnon rückte mit der Flotte und zahlreichen Truppen nach Norden vor, eroberte die Küste zurück, schickte Gold und gute Worte nach Hellas. Sparta, Arkadien, Achaia, Athen, Teile von Thessalien, dazu die Gebiete im Norden – Thrakien, der ganze Kram – hätten sich ihm angeschlossen, gegen Makedonien. Und ganz Asien. Dann, durch der Götter erbarmungslose Gnade, hmf, starb Memnon. Er war, um ein gräßliches Bild zu verwenden, der angelbewehrte Pfosten, um den die Tür sich drehte, die Hellas und Persien Alexander ins Gesicht rammen wollten. Baah. Aber Agis von Sparta gibt nicht auf. Er hat persisches Gold bekommen, sammelt ein Heer, Kreta wird sich ihm anschließen, seine Flotte wird verstärkt werden durch das, was im Frühjahr noch von der persischen Flotte übrig ist. Die peloponnesischen Nachbarn Arkadien, Achaia, Elis werden ihm folgen. Alle Nachrichten, die zwischen Sparta und Athen, oder Boiotien, oder Thessalien, also Hellas insgesamt und in allen Teilen hin und her gehen, kommen durch Megara, ebenso alle Truppen, wenn sie denn kommen. Deshalb ist dies ein guter Platz. Nicht weit von Korinth, wo viel Geld sitzt und vor sich hin murmelt; nicht weit von Athen, wo immer noch die wichtigsten Entscheidungen getroffen werden.«

»Was ist mit Demosthenes? Ist er – hat er noch die Macht?«

Harpalos lächelte, aber das Lächeln endete unterhalb der Augen. »Demosthenes war nie ein Träumer; er wollte immer Macht, und er wollte Reichtum. Vor allem wollte er überleben. Er hat seinen Pflegesohn Aristion zu Hephaistion geschickt, um die Beziehungen zu Alexander unauffällig zu verbessern. Er hat gleichzeitig persisches Gold angenommen und wurde dann krank; ihn befiel eine Lähmung der Wangenmuskeln, die ihn daran hindert, öffentliche Reden zu halten. Ohne seine Reden aber wird sich Athen nicht der wagemutigen Sache des Agis von Sparta anschließen.«

Dymas stand auf und ging zum Schreibtisch, hinter dem Harpalos wie ein feistes Ungeheuer saß und zu ihm aufblinzelte. »Ich danke dir, edler Makedone, für vielerlei Auskünfte. Du hast mir eine Entscheidung ermöglicht.«

»Das entzückt mich über die Maßen.« Harpalos verzog keine Miene. »Wolltest du die Seite wechseln, oder was? Die Freiheit des Dymas von den Zudringlichkeiten der Herren Demaratos, Antipatros, Bagoas und Hamilkar suchen, indem du dich in die Knechtschaft der frei sein wollenden Hellenen begibst?«

Dymas zeigte die Zähne. »Abgesehen von allem anderen würde es mich kaum von Bagoas und Hamilkar befreien, nicht wahr?«

»Wo willst du nun hin?«

Er zuckte mit den Schultern. »Zurück nach Megara, dann – Athen? In den Schänken spielen? Ich weiß nicht.«

»Der Verräter Harpalos, der Macht und Reichtum genießt, genösse gern heute abend deine Musik, Dymas. Mit Wein und feinen Speisen und biegsamen Sklavinnen. In drei Tagen geht ein Schiff nach Ägypten. Bis es dort eintrifft ist Ägypten nicht mehr persisch, sondern makedonisch.«

Dymas spitzte die Lippen, schaute auf Harpalos hinab, schloß die Augen und pfiff leise. Dann nickte er.

»Ich danke dir; die Gastfreundschaft deines Hauses drei Tage zu genießen wird mich für die Mühsal der Seereise stärken.«

8. DER HEILER UND DAS AMULETT

Drakons Zähne waren etwa ein Jahrzehnt jünger als er, aber auch nach viereinhalb Jahrzehnten noch weiß und kräftig. Der Arzt hatte bei Myriandros Alexanders Befehl, die Bärte zu schaben, getrotzt; der gestutzte, an Kinn und Wangen sorgsam ausrasierte Bart war längst grau, wie das dichte Haupthaar. Und wie der Staub, der sich in den Runzeln und Falten abgelagert hatte. Stadtstaub, Landstaub, zerstäubter Nilschlamm, verwehter Wüstensand. Der Spiegel aus glänzendem Silber verzerrte die Züge, aber Drakon kannte sich zu lange, als daß er noch überraschende Entdeckungen im getreuen Abbild hätte machen können. Mit einem feuchten Tuch reinigte er sich das Gesicht, legte frische Kleidung an, suchte aus der Schale neben dem Nachtlager eine ihm nun gerade genehme Kaukugel – ein großes Weinblatt, gefüllt mit zerhackter Minze, Thymian, einem Hauch Silphion und zwei Dutzend anderen Kräutern –, schob sie in den Mund und verließ das Gebäude am Ufer des großen Flusses.

Zerstreut sah er die Sammlung der tausend Völker, die in Men-nufre lebten, arbeiteten, handelten oder einfach weilten. Seit die Perser vertrieben waren und die Stadt offen war, kamen sie wieder von überall. Die Anzahl hellenischer Frachter an den Flußkais von Memphis hatte sich zumindest vervierfacht gegenüber dem Zustand vor wenigen Monden – als Alexander in die Stadt der Pharaonen einzog, umjubelt von den Ägyptern, Befreier von der grausamen zweihundertjährigen Herrschaft der gottlosen Fremden (sechzig Jahre der Selbständigkeit nicht gerechnet). Auch nach dieser langen Zeit hatte niemand die Geschichten vergessen, die Großkönig Kambyses betrafen: wie er die Verwandten des besiegten Pharao verstümmeln und ermorden ließ, die Priester der uralten Götter aus den Tempeln jagte, Getreide für seine Pferde auf den Altären ausstreute, mit dem eigenen Schwert den göttlichen Apis-Stier schlachtete. Die Krieger des Artaxerxes, elf Jahre zuvor, hatten Schändungen und

Plünderei wiederholt, im Namen ihrer unwirklichen Götter und ihrer Gier. Alexander dagegen kam als Gefäß des Ammon, ehrte die Götter, opferte dem Apis, ließ Tempel wieder aufbauen, wurde *König des Südens und des Nordens, Setep-en-Amun-meri-re, Sohn der Sonne, Herr der Aufgänge, Arksandres,* Liebling des Horos, angenommener Sohn des Amun, Pharao, durch göttlichen Willen rechtmäßiger Beherrscher der Welt, und noch ein paar Dinge mehr.

Dies war vor fünf Monden geschehen; die Nachrichten hatten sich sehr schnell verbreitet. Hellenen, früher spätestens in Naukratis aufgehalten, segelten ohne Behinderung weiter flußaufwärts; Händler aus Kreta, aus Kyrene, aus Karchedon, aus den sikeliotischen Städten, aus Phönikien; bärtige Nabataier in weißen wallenden Gewändern, die Herren der Wüste jenseits von Petra; arabische Kaufleute aus dem fernen Süden, dem mythischen Reich der Sabaier. Am Vorabend hatte Drakon einen Mann mit verzierten Säbeln, zwei Ringen an jedem Finger, ockerbemalter Stirn und goldener Vogelmaske vor dem unteren Gesicht gesehen, vermutlich Gesandter des Herrn von Kane, des Räuberfelsens, der im äußersten Süden Arabiens sogar den Persern getrotzt hatte und letzter Hafen, sagte man, auf dem Weg nach Indien sei. Dazu all die Ägypter, Kuschiten, Garamanten, Maken, Aithiopier; und einige tausend Makedonen, nicht zu vergessen, die das willkommene Gefühl, willkommen zu sein, um das nützliche Gefühl der Sicherheit ergänzten.

Aber all dies sah Drakon nicht wirklich, weder die tausend verschiedenen Arten der Be- und Entkleidung, noch die Boote und Barken und Flöße und Lastkähne und Frachtsegler und Kampfschiffe, noch auch das aufgeputzte breite Boot einer Gruppe von Gauklern, Musikern und Schlangenmenschen. Blind ging er vorbei am Laden eines Mannes, der *sha*-Messer schmiedete und schliff – jene geschwungenen, oft wundersam verzierten Klingen, mit denen die Schreiber ihr Ried spitzten und die Papyrosmacher das Mark in Streifen schnitten; blind für den Holzwerker, der Schiebekästen zur Aufbewahrung von Schreibried und Tinte verfertigte; blind für den breiten niedrigen Tisch des Verkäufers erlesener Töpfereien – Spindelfläschchen für Duftwässer, spitze oder kegelförmige Rhytone mit wulstigem Rand, aus denen Ägyptens Bier so gut mundete, Bauchgefäße für Weihrauch; blind für Perlarmbänder und Elfenbeinschnitzer und Goldschmiede, für Brotverkäufer und Dirnen und Kamelscherer. Selbst den Gruß der Wachen, die ihm den Eingang zum Königspalast freigaben und den er erwiderte, nahm er nicht wirklich wahr, die Standbilder von Göttern und Königen und Löwenmännern, die Säulen und die verzierten Bögen ... Später schrieb er alles getreulich auf, als habe er es gesehen an diesem Nachmittag; er hatte es oft gesehen, und schließlich kam es nicht darauf an, ob das Bild, das er Aristoteles übermittelte, diesem Tag entnommen war oder einem anderen.

Nach kurzer Rückkehr aus der westlichen Wüste hatte Alexander sich nur kurz in Memphis aufgehalten. Drängende Nachrichten aus Syrien, wo man erfahren hatte, daß Dareios ein neues, noch weit gewaltigeres Heer zusammenzog; lästige Nachrichten aus Hellas, wo es dem Spartaner Agis gelungen war, die gesamte Peloponnes bis auf Megalopolis hinter sich zu sammeln und den von Antipatros entsandten Strategen Korragos zu besiegen; dazu der Wunsch – das Sehnen Alexanders –, vor dem Aufbruch nach Asien noch einmal die von ihm und dem Baumeister Deinochares entworfene neue Stadt und die ersten Bauabschnitte zu sehen: All dies hatte den König getrieben, neben seiner gewöhnlichen Unruhe. Er hatte einige Stunden mit Barsine verbracht, die der Schonung und Behandlung bedurfte, nach einer Fehlgeburt, zu früh und blutig. Er hatte Drakon zurückgelassen, der sich um das Wohl der Iranerin kümmern sollte; aber er hatte ihm gewisse Dinge nicht gesagt – Dinge, die Barsine nun wissen wollte.

Und in der Nacht, nach langer Untersuchung, nach umständlicher Zubereitung von Heiltränken und Kräuterumschlägen und Flüssigkeiten zur Reinigung des wunden Leibes, war dem Arzt beinahe eine Schale mit dem schmerzstillenden, beruhigenden Gebräu aus Silphion, Sesamöl, Kinnamon, dünnem Wein und anderen Zutaten aus der Hand geglitten, als Barsine eine Frage stellte, die sie nicht hätte stellen dürfen. Nicht hätte stellen können dürfen sollen ... Sisygambis, Mutter des Dareios, bei der Behandlung anwesend und der Tochter des Artabazos offenbar liebevoll zugetan, hatte keine Miene verzogen; auch sie wußte.

Die halbe Nacht hatte Drakon damit verbracht, Demaratos zu suchen, und mindestens eine weitere Stunde darauf verwendet, den alten Korinther halbwegs nüchtern zu bekommen. Er trieb, als Drakon ihn kurz vor dem Morgengrauen fand, lallend und grölend in einer Papyrosbarke flußabwärts, schon zwei Parasangen unterhalb von Memphis, von Wehmut, Wein und Wahnsinn erfüllt, bellte in den nicht mehr ganz vollen Mond, die Füße auf dem Schoß eines sohlenkitzelnden Eunuchen, den Kopf auf den Knien einer fleischigen Kuschitin. Alle, die außer Demaratos um Rat hätten gefragt werden können, waren weit – Nearchos und Antigonos der Einäugige in ihren Satrapien, mit der Sicherung der Wege und des Nachschubs befaßt, Antipatros irgendwo zwischen Pella und Megara unterwegs; Seleukos und Leonnatos und Laomedon wo auch immer, einer in Syrien, der andere in Phönikien, der dritte – oder erste, je nachdem – wahrscheinlich bei Alexander, wie auch Ptolemaios der Lagide, der als einziger der in diesem Zusammenhang wichtigen Männer den Ritt zur Oase, zum Ammoneion mitgemacht hatte. Als einziger neben Drakon.

In dieser Klemme hätte der Arzt notfalls sogar Aristandros befragt, aber der listige Telmessier, dessen Orakeldeutungen immer großartiger wurden, war mit der Taxis des Perdikkas bereits nach Phönikien aufgebrochen. Drakon schnaubte, als er der glänzenden Leistung des Sehers auf dem Boden dessen gedachte, was die große Stadt Alexandreia an der ägyptischen Küste werden sollte. Dort hatten Alexander und Deinochares nördlich des alten Dorfs Rhakotis einen symmetrischen Plan in den Boden geritzt, mit Straßenzügen, die einander im rechten Winkel so schnitten, daß die frischen Winde möglichst viele Teile erreichen konnten. Alexander hatte Kalk genommen, um die Mauern und Plätze und Hauptstraßen zu kennzeichnen, bis ihm der Kalk ausging; man brachte ihm Körbe mit Gerstenkörnern. Als er diese nun ausstreute, erschienen aus allen Richtungen tausend Arten von Vögeln, die das Korn vertilgten. Der König war ergrimmt, die abergläubischen Krieger waren entsetzt; Aristandros verkündete ohne Zögern, die neue Stadt werde nach dem Willen der Götter Menschen aus allen Weltteilen und Völkern anziehen und ihnen Arbeit, Unterkunft und Nahrung geben.

Er seufzte mehrmals tief; auch der Einfallsreichtum des Telmessiers konnte ihm nicht helfen. Langsam durchquerte er einen Säulenhof, dann den nächsten; überall standen Wachen – Männer aus der Taxis des Krateros; auch sie würden in den nächsten Tagen abmarschieren und durch andere ersetzt werden; überall huschten Sklaven umher; der lange Gang, dessen Boden aus gelblichen Quadern bestand, hallte von seinen Schritten, und das Echo schien seltsam gebrochen durch die Standbilder von Fürsten und Ungeheuern.

Und was hatte Demaratos schließlich gesagt: »Sieh zu, daß du erfährst, was die Frauen wissen; dann sag ihnen, was du für sinnvoll hältst. Und gib mir schnell Bescheid.«

Drakon murmelte »baah«; dann betrat er die Gemächer Barsines. Hinter ihm schlossen Diener die Tür. Die iranische Fürstin hatte in einem der Palasttürme gewohnt, mit wunderbarem Blick über Stadt und Fluß, und mit entsetzlicher Hitze. Drakons Anweisungen waren sofort widerspruchslos ausgeführt worden: Umzug in ein helles, luftiges Geviert von Räumen an einem Innenhof mit Brunnen und Pflanzen. Schlechterer Blick, aber bessere Luft. Vermutlich hatte Alexander, drei Tage früher in Memphis eingetroffen als die meisten seiner Begleiter und längst abgereist, als Drakon ankam, unbedingten Gehorsam gegenüber dem Arzt befohlen.

Barsine entließ ihre Dienerinnen, als Drakon eintrat. Sie sah besser aus als in der Nacht, hatte tief geschlafen bis zum Mittag, das Fieber war gesunken, und die von einem samischen Metzeler, dem man die Hände abhacken sollte, bei der Ausschabung angerichteten Wunden schienen zu heilen, statt weiter unangenehme Flüssigkeiten und Hitze abzusondern.

»Ich danke dir, Herr der Wundertränke.« Barsine lächelte matt, als Drakon sie wieder bedeckt hatte und einen weiteren Trank zu bereiten begann.

»Es ist mir eine Freude, dir zu helfen, Fürstin – und eine Pflicht. Also dank nicht mir. Wo ist Sisygambis?«

»Sie wird bald kommen.«

»Dann laß uns mit der, hm, Erörterung der schwierigen Dinge warten, bis die Mutter des Großkönigs bei uns weilt. Es erspart uns Wiederholungen.«

»Was hast du mit dem Mann aus Samos angestellt?«

Drakon verzog das Gesicht. »Dieser Zermetzeler gesunder Körperteile wird seine Tage auf der Elefanteninsel beenden. Der Nauarch Hegelochos brachte neben Nachrichten auch einige besonders hartnäckig makedonenfeindliche Politiker von den Inseln vor Asien mit – Chios vor allem. Alexander hat sie auf diese Nilinsel verbannt.« Er kicherte. »Vielleicht bringt der Samier einige von ihnen um, in der Ausübung seiner angeblichen Heilkunst. Dann könnte man ihn begnadigen.«

»Erzähl mir von den Dingen in Hellas.«

Drakon hob die Schultern; er schnüffelte an dem Napf, dessen Inhalt sich bräunlich färbte. »Agis hat einen von Antipatros entsandten Strategen besiegt. Das wußtest du schon? Ah. Viel mehr ist nicht zu sagen. Die Peloponnes, mit wenigen Ausnahmen, ist in Aufruhr; Agis wird das bundestreue Megalopolis belagern, so heißt es jedenfalls. Aber wichtiger ist, daß Athens Ohren taub sind. Demades, der jetzt die Staatseinkünfte hegt, hat seinen Mitbürgern klarmachen können, daß es eine sinnlose und blutige Vergeudung wäre, Athens mächtige Flotte den Spartanern zu Hilfe zu schicken. Er hat wohl einiges Gelächter geerntet mit der Bemerkung, die letzten Jahrhunderte hätten erwiesen, daß Sparta mit athenischen Schiffen immer sorglos umgeht, selbst wenn der mögliche Gegner nicht alle Flotten von Asien und Phönikien aufbieten kann.«

Barsine ließ ein leises Lachen hören; es schien ihr keine Schmerzen im Leib mehr zu bereiten. »Und euer besonderer Freund Demosthenes, Vorkämpfer der hellenischen Freiheit?«

»Demosthenes der Windweiser, der immer in die Richtung zeigt, wo für ihn der größte Einfluß zu holen ist, schweigt mit erstaunlicher Verbissenheit und schielt übers Meer in des Königs Lager, wo sich sein Pflegesohn Aristion aufhält. Er scheint zu finden, daß der zweimal gegen persische Heere siegreiche Alexander, König und Gott Ägyptens, Beherrscher der Phöniker und vieler Asiaten, mehr Macht und Reichtum verheißt als der Spartaner, der bisher nur mit einem Unterstrategen des Antipatros zu tun hatte.«

»König und Gott ...« Barsines Stimme zerfaserte; sie räusperte sich. »Er hat sich verändert.«

Drakon lachte gepreßt. »Er verändert sich unausgesetzt, seit ich ihn kenne.«

»Deine Lügen wären eine Wohltat, wenn ich sie nicht durchschaute.«

Drakon hob die Hände. »Ah, nichts schlimmer als eine kluge Frau; sie entblößt die Dummheit der Männer.«

Mit einem Schwarm von Dienerinnen trat Sisygambis ein. Nach den Begrüßungen ließ sie Wasser und Wein bringen, verscheuchte ihre Begleiterinnen und setzte sich auf Barsines Bett.

»Sprich, Heiler der Leiber, damit wir wissen.« Sie war mild und liebenswürdig, wie immer, aber in ihrer Stimme steckte Stahl.

Drakon verschränkte die Arme und lehnte sich an den Fenstersims. Im Hof sangen Vögel; etwas wie der Geruch von Geißblatt drang ein.

»Was wollt ihr wissen, edle Frauen?«

»Laß uns beginnen mit eurem Ritt. Und mit den Auskünften des Gottes.«

Drakon begann zu erzählen; dabei schloß er die Augen, um Bilder aus dem Gedächtnis hervorzuholen. Alexanders Suche nach dem besten Platz für die neue Stadt, die Hauptstadt des Reichs werden und den Handel anziehen sollte – Hauptstadt eines Reichs, über das er mit seinen Makedonen noch würde streiten müssen, jedenfalls mit den älteren. Der Aufbruch nach Westen, mit einer Ile Hetairenreiter unter Amyntas, dazu ein paar Diener, Königsknaben und andere Begleiter wie Aristandros. Sie ritten nach Westen, zwischen der brennenden libyschen Wüste und dem gleißenden Meer, das die Sonne spiegelte, über die uralte Karawanenstraße nach Paraitonion, wo Gesandte aus dem hellenischen Kyrene ihre Freundschaft sowie Streitwagen und 500 gute Pferde anboten, was Alexander gnädig annahm. Von Paraitonion brachen sie mit einheimischen Führern nach Süden auf, ritten tagelang durch sengende Sonne und blendende Sandstürme, über glühenden Sand und erhitzte Schieferflächen, die unter den Hufen barsten, und endlich erschien ihnen, wie die Elysischen Gefilde und alle persischen *paradeisos*-Gärten vereint, das ewige Leben in tödlicher Wüste: die langgestreckte Senke der 280 Quellen, mit Ölbäumen und Dattelpalmen, mit steingefaßten Brunnen und kleinen kühlen Seen im Schatten der Bäume, mit Tempeln und gepflasterten Straßen, mit den Häusern der Einheimischen, der Burg des Königs von Siwah, den Weideflächen für Karawanentiere, den Zeltplätzen für viele und den Gasthäusern für wenige Fremde.

Sisygambis unterbrach. »Laß mich zwei Fragen stellen, Drakon. Es heißt, unser Großkönig Kambuzhya, den ihr Kambyses nennt, habe vor zweihundert Jahren nach aller Schändung des Nillandes auch noch das Ammoneion von Siwah zerstören wollen. Weiß man dort etwas darüber?«

»Nur, daß man sich selbstverständlich göttlichen Schutzes erfreut.« Drakon lächelte spöttisch. »Der König, dieses Schutzes gewiß, erhebt würgende Zölle von den Karawanen; die Bewirtung ist für Fremde teuer; der Tempel des Amun-re erwartet Geschenke und Weihgaben, die seiner Bedeutung zumindest entsprechen; und wie das Beispiel des Kambyses zeigt, ist der göttliche Schutz zuverlässig. Man erzählt dort die gleiche Geschichte wie hier und bei euch in Iran, Fürstin: Fünf Zehntausendschaften, auf dem Weg von Memphis nach Siwah, wurden durch Amuns Zorn bei einer mittäglichen Rast von einem Sandsturm überrascht und unter Sandbergen begraben. Niemand hat sie je gefunden.«

»Dein spöttisches Lächeln«, sagte Barsine. »Ist da noch etwas?«

»Fürwahr. Jener, der zu unser aller Freude dein Lager teilt, König und Gott Ägyptens, Herrscher der Makedonen, Hegemon des Hellenischen Bundes und demnächst, so das Orakel, Herr von ganz Asien ...«

»Hat das Orakel dies gesagt?« Sisygambis' Stimme war flach.

»Es hat – soweit ich weiß. Jener also, Alexander, kam in

guter Begleitung. Die Preise für die Bewirtung waren, wie wir hörten, ungewöhnlich niedrig, und die Anwesenheit von zweihundertsechsundfünfzig Hetairenreitern mäßigte die Gier des Oasenkönigs zu überschäumender Gastlichkeit.«

Sisygambis blieb ernst, während Barsine leise kicherte.

»Die zweite Frage ist: Hat Alexander die Begleiter ausgesucht? Dich, zum Beispiel, und den Ilarchen Amyntas?«

Drakon runzelte die Stirn. »Er hat, Fürstin – er weiß immer alles, was vor sich geht, und meistens kümmert er sich auch um derlei Kleinigkeiten. Übrigens sollte ich zunächst gar nicht mitreiten, aber Philippos, sein Freund und Arzt, wurde am Ufer des Mareotis-Sees, bei der neuen Stadt, von einer Schlange gebissen und bedurfte der Erholung. So kam ich dazu, Arzt für alle zu sein und den König zu begleiten. Ich habe es genossen, auf dem Weg lange Gespräche mit meinem Sohn zu führen, Peukestas, der als Königsknabe dabei war. Man sieht sich sonst selten ...«

»Ist es ungewöhnlich, daß Alexander diesen, mhm, Amyntas mit der Leitung der Ile betraut hat?«

Drakon zögerte. »Ein wenig, ja, aber nicht so sehr. Ich hätte erwartet, daß er von den verfügbaren Leuten – es waren ja nicht allzu viele dabei, dort, wo Alexandreia gebaut werden soll – einen der ehrwürdigen älteren Freunde nimmt, Kleitos den Schwarzen. Aber dem übertrug er die Sicherung der Gegend, bis auf weiteres.«

»Wie ging der Besuch des Ammoneions vor sich?«

»Schnell.« Drakon lachte. »Wir sind angekommen, haben uns gelabt und die Pferde getränkt. Alexander hat mit dem König gesprochen und, ah, gewisse Vereinbarungen getroffen. Die Männer haben Zelte aufgeschlagen, ein paar von uns wurden in Gasthäusern untergebracht; dann ist er zum Tempel gegangen.«

»Was sind das für Vereinbarungen?«

Der Arzt seufzte. »Du bist sehr gründlich, Mutter des Dareios. Siwah liegt an der südlichen, der älteren Handelsstraße von Ägypten nach Libyen. Südlich von Kyrene, bei den Philainischen Altären, kommen die Küstenstraße und der Wüstenweg zusammen. Der Handel mit dem großen, mächtigen und reichen Karchedon benutzt meist die Südstrecke; sie berührt auch die Länder – wenn man die Wüsteneien so nennen mag – der Maken, Augilen und Garamanten, wo das kostbare Silphion gedeiht, unbezahlbar als Würze und noch teurer als Arznei.«

Er sprach nicht weiter; Barsine sagte langsam:

»Dann wird wohl von hier aus jemand auf Dauer nach Siwah geschickt, um mit Billigung des Oasenkönigs Handelsmöglichkeiten zu erforschen, vor allem aber Nachrichten über Karchedon zu sammeln?«

Drakon hob die Schultern. »Wie ihr wißt, hat jede Handlung Alexanders mehrere vorher erwogene Zwecke.«

»Hat Alexander bereits Anweisungen hierzu gegeben?«

»Er hat Demaratos einen Brief hinterlassen; der Korinther sucht geeignete Leute aus.«

»Der König hat also nicht mit ihm gesprochen, seit er aus Siwah zurückgekehrt ist?« sagte Sisygambis.

»Nein. Worauf wollt ihr eigentlich mit diesen Fragen hinaus?«

Die Königsmutter winkte ab. »Wir wissen noch nicht genug, um es zu sagen. Ich verspreche dir aber beim Lauteren Feuer, daß du es heute noch erfährst – so viel, wie überhaupt zu sagen ist.«

»Na gut.« Drakon knurrte etwas Unverständliches; dann beschrieb er die Sonnenquelle, deren Wasser immer die gleiche Wärme hatte, und schließlich den Tempel des Amun, das eigentliche Ammoneion.

»Ein Tempel wie jeder andere, nur älter und ehrwürdiger. Kroisos hat das Orakel befragt, ebenso Perseus und Herakles, Alexanders großer Ahnherr. Pindar hat es besungen und ihm einen Tempel in Theben geweiht. Aber das wißt ihr. Es ist das älteste und heiligste aller Orakel. Bei feierlichen Umzügen wird die Barke, in der der Gott weilt, herumgetragen, und manchmal nickt sie oder bewegt sich seitlich. Für den König und Gott Ägyptens hat man das alles etwas ... inniger gestaltet.«

Der Oberste Priester des Heiligtums erwartete den König vor dem Tempel; er begrüßte ihn als *Sohn des Amun, Guter Gott, Herr der beiden Lande.* Es war die zeremonielle Begrüßung für den Pharao; es war aber auch mehr, viel mehr. Das wichtigste Heiligtum des ältesten der großen Götter hatte die Handlungsweise der Priester und Fürsten von Memphis bestätigt: Alexander trug die Doppelkrone des Pharao, den Krummstab und den Dreschflegel, war Gott und König, Verkörperung und Sohn des Amun-re und des Osiris; er war der Goldene Horos, Mächtiger Fürst, geliebt von Amun, Beherrscher des Oberen und Unteren Ägypten; er war dies durch die Macht seiner Waffen, durch den Ratschluß der Priester und Fürsten Ägyptens. Und nun wußte er, wußten alle, daß er es auch durch göttlichen Willen war:

»Rechtmäßiger Pharao, Gefäß und Sohn des Ammon, der Zeus ist, und somit selbst ein Olympier.«

»Was bedeutet das genau, für euch Hellenen?« sagte Sisygambis. »Ist er unsterblich? Allmächtig? Unfehlbar?

»Er wird eines Tages sterben wie jeder von uns, aber nach seinem Tod zu den Göttern gehen und ewig leben, während wir vergehen wie die Blumen, wenn sie verblühen, und allenfalls im Gedenken der Nachkommen noch ein wenig überleben.«

»Ist denn eure Unterwelt nicht ewig?«

Drakon kaute auf der Unterlippe. »Ich weiß es nicht. Es gibt viele gegensätzliche Aussagen. Nur Helden und Halbgötter leben im Schattenreich, sagen die einen; und alle Toten, die dies nicht sind, verschmelzen mit den Schatten, wobei sie in diesen aufgehen, oder untergehen, und nicht mehr selbst sind. Aber es gibt da viele Meinungen. Bis hin zu jener, die sagt, all dies sei von Menschen erfunden, um die Angst vor dem endgültigen Tod zu überwinden.«

Nach längerem Schweigen sagte Barsine: »Wie war das, als der Priester die Begrüßung sprach? Wart ihr dabei? Habt ihr es gehört? Wie hat es auf Alexander gewirkt?«

»Es war«, sagte Drakon tonlos, »als wäre im heißen Spätnachmittag mit einem unvorstellbar gewaltigen Katapult ein riesiger Eisblock auf uns geschleudert worden und zwischen uns eingeschlagen. Wir waren starr. Fassungslos. Alexander taumelte, als ob ... als ob Atlas sich in nichts auflöst und die Last des Himmelsgewölbes auf Alexanders Kopf stürzt, dröhnend und unerträglich. Er hat mit den Armen gerudert, sich an einer Säule festgehalten.«

Dann führte der Oberste Priester ihn in den Tempel; die anderen blieben verwirrt zurück. Einige wanderten umher, versuchten, verwickelte Gedankenstränge aufzuriffeln oder das zerknitterte Gewebe ihres Gemüts zu glätten; andere betranken sich in den Schänken; wieder andere saßen mit Kameraden um ein Feuer, oder sie lagen unter dem gefräßigen Himmel und suchten zwischen den Sternen die Trümmer ihrer Seelen. Sie aßen Datteln, Brot und Fleisch, tranken Palmwein, hielten ihre Gesichter in den sanften, kühlenden Nachtwind, hörten das Zischeln und Keckern fremder Vögel in den Bäumen, das wispernde Wasser der Brunnen, rochen die Tiere und Pflanzen und Menschen des Oasenreichs. Als der Lärm der Schänken starb, die Feuer niederbrannten und das Wegelicht auf dem höchsten Turm der Königsburg als einziges noch mit den Sternen sprach, wurde die Wüstennacht kalt, und der kalte Hauch schien vom Tempel zu kommen, wie eine ferne Ahnung von heiserem Flüstern; und hin und wieder ein Ton, als berühre jemand den Rand eines großen Bronzegongs mit einem frisch aus der Brust geschnittenen, zuckenden Herzen.

Sie alle wußten, daß sie gestorben waren – alle, auch jene, die nicht an Götter glaubten; daß die Nacht ewig währen mußte; daß ein schleimiges Ungeheuer, halb Schlange, halb Qualle aus der Burg kommen würde, mit dem blutroten Kopfputz des Oasenkönigs, um sie alle zu verschlingen; und daß nur Alexander sie ins Reich der Lebenden zurückführen konnte. Drakon suchte irgendwann den Seher, aber Aristandros war nicht zu finden.

Im Morgengrauen verließ Alexander den Tempel. Er taumelte, schien sich an einen Luft-*daimon* zu klammern. Die Augen lagen tief in den Höhlen, als habe er nicht eine Nacht, sondern eine schlaflose Woche im Tempel verbracht. Ehe er zum Gott ging, hatte er sich wie alle gereinigt und frische Kleidung angelegt; nun waren seine Wangen von Stoppeln bedeckt, der Chiton war fleckig, hier und da zerrissen, und der König stank nach Schweiß, nach Kot, nach erbärmlicher Angst.

Sie umringten ihn, drängten sich in einem großen Kreis um ihn her, riefen durcheinander, wollten ihn berühren, schrien Fragen.

Alexander schüttelte sich, wie einer, der aus einem weglosen Traum erwacht. Er lächelte mühsam, blickte in die Gesichter und sagte:

»Der Gott hat mir gesagt, was ich zu wissen begehrte.«

Dann taumelte er wieder, streckte den Arm aus, hielt sich am Zweig eines Dornenstrauchs fest und murmelte: »Ich bin ein Gott.« Mit einer Grimasse betrachtete er die Risse in seiner Hand, die Spuren der Dornen; Blut sickerte heraus. Er lächelte schräg. »Oder doch nicht?«

Drakon beendete seinen Bericht mit ein paar Sätzen über die Rückreise, den langen Ritt über die südliche Handelsstrecke, von Quelle zu Quelle, zum Oasensee von Shedet – wo die meisten sich einige Tage ausruhten, während Alexander sofort weiterritt – und dann nach Memphis.

Barsine hatte die Augen geschlossen; ihre Hand krampfte sich um einen Zipfel der dunkelgelben Decke.

Sisygambis räusperte sich; mit kalter Stimme sagte sie: »Du lügst, edler Makedone. Jedenfalls insofern, als du wichtige Teile der Wahrheit ausläßt.«

»Was willst du hören? Die Feier am Tag nach dieser Nacht, als das Bild Ammons in der Barke herumgetragen wurde und durch Nicken, Schwenken und Zurückweichen Fragen der Krieger beantwortet hat? Die Anzahl der Weihegeschenke, die Alexander machte?«

»Andere Dinge. Wie du weißt, Drakon, denn du redest geschickt um sie herum. Warum willst du uns glauben machen, du, der kühle, vernünftige, skeptische Drakon – du seist der Magie der Nacht unterlegen? Eine schöne Beschreibung, gewiß, aber aus deinem Mund unglaubwürdig. Zumindest was dich angeht. Wo war Aristandros? Wann ist er wieder erschienen?«

»Hab ich mich verplappert?« Drakon breitete die Arme aus. »Er war einfach wieder da, am nächsten Tag.«

»Pah. Warum hast du in deinem Bericht nicht ein einziges Mal Ptolemaios erwähnt, den Sohn des Lagos?«

»Ah!«

»Ja, ah! Und die anderen Fragen, die Alexander dem Gott gestellt hat – wie hat er sie gestellt, wie wurden sie beantwortet? Vor allem aber« – sie beugte sich vor und starrte in seine Augen – »das *ankh* mit dem Horosauge. Das Amulett.«

Drakon ging durch den großen Raum, wandte den Frauen den Rücken zu. »Machen wir einen Handel?« Er nahm einen leichten Stuhl und setzte ihn neben Barsines Bett.

»Was für einen Handel?«

»Ihr sagt mir, was ihr wißt; und warum ihr wissen wollt, was ich weiß. Dann werde ich antworten – vielleicht.«

»›Vielleicht‹ reicht nicht«, sagte Sisygambis.

Drakon seufzte. »Ich könnte es versprechen und mich nicht an das Versprechen halten.«

»Sprich – Mutter.« Barsine flüsterte eher, als daß sie sprach. »Oder laß mich beginnen.« Sie versuchte sich ein wenig aufzurichten, gegen die Kissen gelehnt; zuerst blickte sie Sisygambis an, deren Gesicht regungslos blieb; dann wandte sie sich an Drakon.

Es war die Geschichte, die er kannte; was ihn verblüffte und ein wenig erschütterte war lediglich, daß Barsine so viele Einzelheiten wußte – Dinge, die Demaratos und seine verschwiegensten Leute in langen Jahren ermittelt hatten. Dinge, die aus guten Gründen so nicht einmal an Alexander weitergegeben worden waren. Und was immer Philipp gewußt haben mochte, ließ sich nicht mehr erraten. Die Verbindung der alten Symbole für Leben und Scharfblick, ewiges Leben und ewigen Verstand; auf karge Formen zurückgeführt eines der Zeichen für *Gott* in der Keilschrift Mesopotamiens; Unsterblichkeit war eine der Bedeutungen, die andere faßte das Erraten oder Weissagen göttlichen Willens zusammen, im vielleicht nur scheinbaren Widerspruch zum gottlosen, sich selbst genügenden Verstand. Barsine wußte, daß der Halbägypter Ptolemaios von Aloros, Beischläfer von Philipps Mutter Eurydike, das Symbol als Amulett getragen hatte; daß ein hellenischer Händler einige Zeit vor Alexanders Geburt, vielleicht sehr lange vorher, in einem verfallenen Tempel Ägyptens ein derartiges Amulett erhalten hatte, das aus Siwah kam, zusammen mit dem Auftrag, es in den Norden zu bringen, zu den Heiligtümern von Dodona und Samothrake; daß der große Himmelsmond des Widdergottes Ammon-Zeus noch nicht vollendet war, daß aber – ehe der

Herr der Fische auftrat – Ammon ein neues Gefäß, einen neuen Pharao zur Wiedererrichtung seines Reichs suchen mußte und es im Norden erwartete; daß die Herrscher, die Ägypten von den Persern befreit hatten, vor nunmehr siebzig Jahren, den Priestern von Siwah als unrein, ungeeignet erschienen; daß die molossische Königstochter Olympias zunächst im Heiligen Hain von Dodona, dann im Tempel zu Samothrake als Priesterin und *hetaira* ausgebildet worden war, und daß die Unterweiser, zu denen ein Ägypter gehörte, ihr gesagt hatten, sie werde das neue Gefäß des Ammon gebären; daß Aristandros all dies wußte und dafür gesorgt hatte, daß Philipp zur Aussöhnung mit den Göttern Samothrake aufsuchte, wo er Olympias sah, begehrte und zur Frau nahm; daß – dies wußte Drakon nicht – vor elf oder zwölf Jahren, als Rtakhshassa – Artaxerxes – Ägypten zurückholte ins Persische Reich, die Priester von blutigem Widerstand abgeraten hatten, weil das neue Gefäß des Ammon bereits lebe und bald kommen werde; daß dieses ägyptische Zeichen seit etlichen Jahren zunächst in Mesopotamien und Phönikien, erst später, nach der erneuten Eroberung, in Ägypten als Zeichen jener verwendet wurde, die insgeheim Widerstand gegen Iran zu leisten versuchten. Und daß Bagoas der Heile, Lenker und Planer der geheimen Aufklärungsdienste des Großkönigs, das Zeichen ebenso kannte wie Hamilkar, sein Gegenspieler in Karchedon, wo das Zeichen, auf die letzten einfachen Formen beschränkt, Symbol der Stadtgöttin Tanit sein konnte.

»Wir haben lange gesprochen, seit Parmenion mich in Alexanders Zelt brachte. Ich liebe deinen König, Drakon; ich teile sein Lager, sooft es möglich ist, und gern würde ich ihm Kinder gebären. Kinder der Liebe, die keinen Anspruch auf seine Macht und sein Erbe haben.« Ihre dunklen Augen schwammen; einen Moment tastete sie mit der Rechten nach ihrem Leib, den Verbänden. Sie schluckte mehrmals, ehe sie fortfuhr. »Er war ein Gefäß voll Feuer und Schwärze. Nach der Rückkehr aus der Oase habe ich ihn nur kurz gesehen, und ich hatte Schmerzen und Fieber. Aber – was ich gesehen habe, war kein Fieberwahn, sondern eine furchtbare Wahrheit. Das Gefäß ist undicht geworden, Drakon; Feuerzungen schlagen heraus, und Schwärze sickert in die Welt. Es ist ... Er hat mir die Worte des Aristoteles berichtet, von dem System aus Waagen und Balken und Schalen im Inneren eines Menschen. Es ist, als ob dieses System in ihm, in Alexander, jetzt nicht mehr ausgewogen wäre.« Sie zögerte. »Als ob ...« Ihre Hände wollten Wörter, Begriffe aus der Luft pflücken.

»Als ob«, sagte Sisygambis, hart, »die Trennwand im Gefäß, die Feuer und Schwärze auseinandergehalten hat, ebenso rissig geworden wäre wie die Gefäßwand nach außen. Er hat sich geändert. Verändert. Verwandelt. Ich habe es auch gesehen; ich, ohne Fieber.«

»Was weiß er?« Drakons Stimme war belegt, die Kehle wie rissiger Uferschlamm ohne Aussicht auf eine Nilschwelle. Er hustete, schluckte, leerte seinen Becher und füllte ihn neu aus dem Krug, dessen Griff zwei kleine zusammengebogene Widderhörner waren. Hörner des Ammon, aus zerbrechlichem Ton.

»Alles.«

»Alles? Bist du sicher?«

Barsine nickte. »Alles, was ihr ihm verheimlichen wolltet. Seine Mutter hat es ihm gesagt, kurz vor dem Aufbruch.«

»O ihr Götter!« Drakons Hand zitterte; aus dem übervollen Becher flossen ein paar Tropfen auf seinen hellen Chiton und färbten ihn wie Blut. Er trank wieder, tief, wischte sich den Mund und blickte die beiden Frauen an.

»Drei Enkelkinder habe ich«, sagte Sisygambis; plötzlich klang sie müde. »Stateira, Drypetis, Ochos. Ihre Mutter war meine Tochter und Schwiegertochter Stateira, gestorben im Lager vor Tyros, der Vater ist mein Sohn und Schwiegersohn Dareios. Nun habe ich eine weitere liebe Tochter, Barsine; und einen sehr teuren Sohn, Alexander. Ich wünschte, nie einen Mann gekannt und nie Kinder geboren zu haben. Was ich liebe, taumelt in einen schwarzen Abgrund; was ich hasse, kann ich nicht benennen.«

Barsine preßte die Lippen zu einem Strich. »Stateira starb bei einer Fehlgeburt, ich habe eine überlebt, Mutter. Dein Sohn, der Großkönig, ist in Susa und hält meine Kinder als Geiseln gefangen; deine Enkel wenigstens sind bei dir. Mäßige deine Klage.«

Drakon blinzelte; plötzlich schien Sisygambis uralt und zerbrechlich, die geschwächte Barsine die stärkere von beiden. Er holte tief Luft und schüttelte den Kopf.

»Laßt uns nicht um Kinder und Enkel klagen. Wir haben noch zwei oder drei Dinge zu bereden. Ein rissiges Gefäß. Feuer und Schwärze ... Vielleicht seht ihr mehr als ich, oder ihr seht anders. Vielleicht sollten Frauen und Männer nicht die gleiche Welt und nicht die gleiche Sprache verwenden. Es ist mir zu – mystisch. Aber: Hat er etwas gesagt, als ihr darüber gesprochen habt, Barsine?«

Sie hob die Brauen. »Natürlich; wie hätten wir sonst gesprochen?«

Drakon ächzte. »Nimm bitte meine Rede über die Sprache nicht so wörtlich, daß du mir nun meine Rede zerpflücken müßtest.«

»Er hat nicht geklagt. Er klagt nie. Er war sehr ruhig, gelassen, als ob all dies etwas wäre, was er längst bei sich beschlossen hat. Er sei von Olympias zu einem Werkzeug gemacht worden, von Philipp zu einem anderen, und Ammon – oder dessen Priester – hielten ihn wohl für eine Puppe, die über die Jahre und Parasangen hinweg an Fäden tanzt, wenn man zieht. Entweder, sagte er, gibt es die Götter, oder es gibt sie nicht. Vielleicht hat man einen übersehen – jenen, dem die Athener vorsichtshalber einen Altar geweiht haben, den Unbekannten Gott. Vielleicht ist dieser Unbekannte auch der Gott hinter den Göttern, der diese wie Puppen tanzen läßt.«

Drakon wartete, aber sie sagte nichts mehr.

»Komm, Fürstin, das kann nicht alles gewesen sein. Ich kenne ihn zu gut, um das anzunehmen. Er ehrt die Götter, an die er nicht glaubt, befragt Orakel, die Aristandros auf seinen Befehl hin gezielt auslegt; all dies, ja. Aber er wird nicht nachts, mit dir und einigen Wächtern ohne Augen und Ohren allein, von den Göttern reden und dann abbrechen.«

»Bist du sicher, daß du es wissen willst?«

Er raufte sich die Haare. »Bin ich sicher? Götter, war je ein Sterblicher sicherer?! Ich muß wissen, damit ich wägen kann.«

»Damit Demaratos wägen kann, nicht wahr?«

Drakon starrte sie wortlos an; Barsine lächelte dünn.

»Nun denn«, murmelte sie, »wenn du unbedingt willst ... Er hat gesagt, als Mann, als König, werde er diesem ungeheuren Sehnen folgen, die Rückseite des Windes zu suchen und die Unterkante der Welt, und wenn er dazu die ganze Welt erobern müsse, werde er genau dies tun. Sollte sich aber erweisen, daß er mehr als ein gewöhnlicher Sterblicher sei, nicht nur Krieger, sondern auch Gott, dann müsse er eben die Götter herausfordern, ihnen die letzten Antworten entreißen, die er bei Menschen nicht finden könne – wenn es Götter gibt.«

Drakon fühlte, daß er blaß geworden war. Mit dumpfer, flacher Stimme berichtete er von den Vorbereitungen, die alle Zufälle hatten ausschließen sollen.

Von Memphis aus, vor dem Aufbruch zur Suche nach Alexandreias Bauplatz, waren Boten durch die Wüste nach Siwah geschickt worden, um die Ankunft des Königs zu melden. Demaratos, der nicht mit nach Norden ritt, hatte diesen Boten seinen besten »Ägypter« nachgesandt, einen klugen Makedonen namens Simmias, der sich in Ägypten Si-amun nannte, Sohn des Ammon. In Siwah hatte Alexander ihn gesehen, ein wenig empört, ihn dann aber zu seinem bevollmächtigten Statthalter dort gemacht. Unabhängig von allem, was der Oasenkönig Wenamun oder die Priester des Tempels meinen mochten, war das Ammoneion nun Teil von Alexanders Reich. Simmias/Si-amun würde am Westrand der Oase in der Nähe eines alten Grabhügels ein großes Haus bauen lassen und Karchedon, Kyrene, die Maken und Garamanten sowie die Oase beobachten. Er würde Truppen erhalten, und ausreichend Geld.

Drakon hatte nur wenig von dem Palmwein getrunken, den man den Begleitern Alexanders einschenkte. Es hatte ihm mißfallen, daß der Wein aus einem Nebengebäude des Tempels kam, kurz nachdem Aristandros dieses Nebengebäude betreten hatte. Die Nacht sei zweifellos von seltsamen Dingen erfüllt gewesen; Drakons Schilderung entspreche jedoch dem, was die anderen empfunden hatten. Seine Empfindungen seien gewöhnlich gewesen, abgesehen von einer leichten Beklommenheit.

»Demaratos«, sagte er, »weiß, wie das Orakel vor sich

geht. Nicht nur das mit der Barke, das die gewöhnlichen Besucher befragen können, sondern das hohen Fürsten oder dem Pharao vorbehaltene Verfahren. Im Innersten des Tempels ...«

»Woher weiß der Korinther das?« sagte Sisygambis.

»Auch Priester sind bestechlich. Oder schmerzempfindlich ... Im Tempel, im Innersten, liegt der Raum, wo das große Standbild des Ammon sich befindet, der auch Zeus ist. Der Kopf des goldenen Gottes ist hohl. Hinter ihm ist die Wand, dahinter eine winzige Kammer, die durch geheime Gänge mit Räumen unter dem Tempel verbunden ist. Der Fragende – ein Fürst, ein König – wird von einem Priester begleitet; bei Alexander war es der Oberste Priester des Heiligtums. Der Fragende spricht laut mit dem Gott, stellt seine Fragen. Nach einiger Zeit nimmt der Priester, der ihn begleitet, aus dem Mund des Gottes einen Papyros, auf dem die Antworten stehen.«

Barsine und Sisygambis wechselten einen langen Blick.

»Das heißt«, sagte Drakon, »daß jemand in der Kammer hinter dem Gott die Fragen hört. Er kriecht in die Gemächer unterhalb des Tempels, wo die übrigen Priester – oder die klügsten von ihnen – warten. Er nennt die Fragen; dann wird beraten, schließlich schreibt man die Antworten auf, und der Lauscher kriecht zurück in die Kammer, von wo er den Papyros in Ammons Mund schiebt.«

»Und?« sagte Sisygambis. »Die Fragen?«

Drakon schnitt eine Grimasse. »Bevor wir dazu kommen, müssen wir über Ptolemaios reden. Alexander wollte ihn dabeihaben, von Anfang an. Er hat ihn losgeschickt, sobald wir die Oase erreicht hatten. Ich habe danach mit ihm gesprochen – wir dienen ja beide den gleichen Herren, Alexander und Demaratos. Ptolemaios hat sich zuerst geziert, dann aber gesagt, daß er durch einen Luftschlitz in den Tempel, dann in den Geheimgang eingedrungen ist. Er hat gesehen – ohne selbst gesehen zu werden, er war gut verborgen –, wie jemand in die Kammer hinter dem Gott kroch; er hat die Fragen und Stimmen aus Räumen unter dem Tempel gehört; dann hat er sich entfernt und ist nach Westen geritten, dorthin, wo Simmias als Si-amun wohnen wird und bereits sein

Zelt aufgeschlagen hatte. Sie haben Aufträge des Königs besprochen, und Aufträge von Demaratos; aber Simmias hat ihn die ganze Zeit so merkwürdig angeschaut. Schließlich hat er ihn gefragt, was eigentlich los ist, und da hat Simmias nach einigem Widerstreben eine Fackel genommen – es war mitten in der Nacht – und ist mit Ptolemaios zu dem alten Grabhügel gegangen.

›Ich hatte nichts zu tun‹, sagt er, ›seit ich hergekommen bin; abgesehen von den Dingen, über die wir gesprochen haben. Aus Langeweile habe ich nachts, damit keiner etwas bemerkt, ein wenig an dem Hügel herumgebuddelt. Und einen Eingang gefunden.‹

Ptolemaios sagt, der Eingang sei nicht zu sehen gewesen; Simmias hatte alles gut verdeckt. Sie haben es geöffnet und sind unter die Erde gestiegen. Da war eine halb ausgegrabene, noch mit viel Sand und Erde verstopfte Kammer; daneben eine weitere, uneröffnet. In der ersten Kammer« – Drakon stockte, räusperte sich, schloß die Hände um den Becher, bis sich die Knöchel weiß abzeichneten – »waren Nischen, und in den Nischen lagen kleine Gestalten aus Stein, gemeißelt, mit sehr feinen Zügen.«

Die Frauen starrten ihn an, warteten, warteten lange.

»Ptolemaios behauptet«, sagte Drakon mit brüchiger Stimme, »es seien genaue Abbilder aller Herrscher Ägyptens gewesen. Er hat sie nicht gezählt, aber es waren viele. Am Ende der Reihe lagen einige, deren Züge er erkennen konnte, weil er die Abbilder von Münzen oder Bildern oder … Beschreibungen kennt. Nektanebos war da, den Artaxerxes vor zwölf Jahren vertrieben hat. Daneben lag ein Bild, eine Steinfigur mit den Zügen des Artaxerxes, der ja auch Herrscher Ägyptens war. Daneben Arses, wie sein Vorgänger von Bagoas dem Hurtigen, dem Eunuchen, ermordet. Daneben … Dareios. Und daneben, als letzter in der Kammer, Alexander.«

»Das ist unmöglich«, sagte Sisygambis heiser.

Drakon hob die Schultern. »Simmias zufolge war alles vom Dreck der Jahrhunderte voll und kann nicht erst vor kurzem angelegt oder ergänzt worden sein. Sie sind herausgekrochen und haben den Eingang zugeschüttet; am Tag waren sie bei uns und Alexander, und Ptolemaios ist mit uns zurückgeritten.« Drakon machte eine kurze Pause; dann sagte er, beinahe flüsternd: »Ptolemaios sagt, erst später, auf dem Heimritt durch die Wüste, habe er sich noch einmal gründlich mit seiner Erinnerung befaßt, mit den wahrgenommenen Dingen. Und da sei es ihm so vorgekommen, als ob die zweite Kammer ... Er sagt, es habe so ausgesehen ... Also, er meint, Simmias hat die zweite Kammer eröffnet, hineingeschaut und wieder zugeschüttet.«

»Das Große Spiel wird immer verwickelter«, murmelte Sisygambis. »Iran. Karchedon. Ägypten. Makedonien. Und nun das – die Bilder der früheren Herrscher Ägyptens – und der künftigen?«

»Die Fragen!« Barsine hatte die Augen geschlossen; Drakon war nicht sicher, ob er unter den Lidern Tränen sah.

Er rieb sich die Augen. »Nun wird es noch verwickelter«, sagte er mürrisch. »Zu verwickelt für den Geist eines kleinen makedonischen Heilers, um es genau zu sagen. Demaratos hatte Simmias eine Liste der wahrscheinlichen Fragen mitgegeben – wir wissen ja, was Alexander immer wieder begrübelt. Die Liste enthielt auch Vorschläge für erwünschte oder sinnvolle Antworten. Wenn man« – nun klang seine Stimme in den eigenen Ohren grimmig – »den Zufällen vorbeugt, soll man die Belange der Götter achten, die sich zu allen äußern müssen.«

Ptolemaios hatte die Fragen gehört, die Alexander im Tempel stellte; sie befanden sich sämtlich auf der Liste des Demaratos. Ist Alexander von Makedonien Pharao und Sohn Ammons – Ist das Orakel von Gordion zutreffend – Welche Götter soll Alexander in Asien ehren – Wird die neue Stadt gedeihen an förderlicher Stelle – Sind alle Mörder von Alexanders Vater bestraft worden.

Ptolemaios hatte noch gehört, wie der Priester den König bat, die letzte Frage anders zu stellen, da – wie bereits in der Begrüßung festgestellt – Alexander Amuns Sohn sei (damit war die erste Frage beantwortet) und man einen Gott nicht ermorden könne. Alexander fragte also nach den Mördern Philipps von Makedonien; dann hörte Ptolemaios Geräusche wie von einem näher kriechenden Menschen und zog sich zurück.

»Und die Antworten?«

»Er hat einen Papyros erhalten. Er hatte ihn, als er den Tempel verließ, nicht bei sich. Wahrscheinlich hat er ihn in den Mund des Gottes zurückgelegt. Aber« – Drakon bleckte die Zähne in einem höhnischen Grinsen – »ich habe Aristandros beobachtet, als er wieder zu beobachten war. Ein anderer Priester hat ihn noch einmal zurück in das Nebengebäude geholt; Alexander rief nach ihm, deshalb mußte er sofort wieder ins Freie kommen, und da hatte er einen Papyrosfetzen in der Hand. Er hat ihn gelesen, im Gehen; seine Beine sind weggeknickt, fast wäre er gefallen. Als er zu Alexander kam, war er bleich. Er hatte den zerknüllten Fetzen in der Hand. Ich stand neben dem König, als er mit dem Seher gesprochen hat. Ich habe die Hand ausgestreckt; Aristandros hat sich stumm verweigert. Plötzlich« – Drakon sog scharf die Luft durch die Zähne – »sagt Alexander zu ihm: ›Gib es Drakon. Für die Welt reichen Kallisthenes und seine Lügen.‹ Der Seher gibt mir den Papyros; ich glätte den Knäuel, lese, und Alexander nimmt den Fetzen aus meiner Hand, geht zu einem Kochfeuer und wirft ihn hinein. Dann drückt er mir seinen Siegelring auf den Mund.«

»Wo war Kallisthenes?«

»Besinnungslos betrunken. Er wird schreiben, oder hat schon geschrieben, was Alexander ihm zu schreiben auftrug. Die Antworten lauten demnach: Alexander ist Pharao und Sohn des Gottes; das Orakel von Gordion ist zutreffend, also Alexander wird der Herr Asiens sein; dort soll er alle Götter ehren, besonders die der Erde und der Gewässer; die neue Stadt steht an bester Stelle und wird groß und mächtig sein; die Mörder Philipps sind bestraft.«

Barsine richtete sich auf; sie stützte sich auf die Ellenbogen. »Jetzt kommt der Handel, nicht wahr?«

Sisygambis schloß die Augen und drehte das Gesicht zur Wand.

»Kein Handel«, sagte Drakon heiser. »Mein Mund ist versiegelt. Alexander hat mir gestattet, Demaratos einzuweihen; und – mit einem spöttischen Lächeln – Aristoteles, ›weil der es ohnehin nicht glauben, aber bis nach meinem Tod verschweigen wird‹.«

Barsine verzog keine Miene, nur ein Wangenmuskel zuckte. »Demaratos? Dann hat er aufgegeben, oder er weiß mehr, als auf dem Papyros stand. Vielleicht ... vielleicht hat der Oberste Priester noch etwas gesagt. – Waren das die Antworten, die ihr vorgegeben habt?«

Drakon nickte. »Bis auf den ›Gott‹ – das war ein Keulenschlag – und die Sache mit Erde und Gewässern; das kam von Ammon. Den Priestern. Ich weiß nicht so recht, was er bedeuten soll.«

»Wahrscheinlich hat ihm der Oberpriester noch etwas dazu gesagt. *Ich* kann *dir* etwas dazu sagen – wenn du willst.«

Drakon biß die Zähne zusammen; kaum vernehmbar knurrte er: »Kein Handel, Fürstin.«

Barsine lachte; es war kein fröhliches Geräusch. »Ich sage dir noch etwas anderes. Du magst nicht fragen, weil du fürchtest, auch das würde Teil des Handels. Wieso ich gesagt habe, Alexander hätte gegenüber Demaratos aufgegeben oder wüßte mehr.«

Drakon machte ein undeutbares Geräusch in der Kehle.

»Demaratos und seine Mitarbeiter haben ihm etwas verschwiegen, was er längst weiß, nicht wahr? Weil Olympias es ihm gesagt hat. Deshalb mißtraut er ihm – euch, Drakon. Zumindest ein wenig. *Und* er hat sich verändert. Das Spiel der geheimen Dienste hält sich an Verstand und Gegenverstand, List und Gegenlist. Was Alexander, aus dem Feuerzungen und Schwärze in die Welt gehen, als Gott beschließt, entzieht sich euch. Er muß geahnt haben, daß im Ammoneion etwas geschehen würde, was jenseits des Spiels von Demaratos, Bagoas und Hamilkar ist. Wer könnte, wenn er dabeiwäre, zuviel begreifen?«

Widerwillig sagte Drakon: »Demaratos. Laomedon. Leonnatos. Seleukos. Nearchos. Antigonos. Antipatros. Kleitos. Ptolemaios. Simmias. Ein paar andere, vielleicht.«

»Du hast Drakon vergessen«, murmelte Sisygambis.

Drakon riß die Augen auf. »Du meinst ... Aber wieso dann der Lagide?«

»Wer hat ihn für den Dienst des Demaratos vorgeschlagen?«

Drakon hielt einen Moment die Luft an. »Alexander selbst«, sagte er dann schwach.

Barsine lächelte müde. »Sechs junge Männer, gute Freunde, werden von Philipp nach Illyrien verbannt – Alexander, Ptolemaios, Erigyios, Laomedon, Nearchos, Harpalos. Erigyios ist Führer der thessalischen Reiter – sie sind Parmenions Leibtruppe, und Parmenion ist der einzige Mann im Heer, der Alexanders Macht beenden könnte, wenn er der Meinung wäre, der König mißbrauchte sie. Laomedon kennt sich mit fremden Sprachen und asiatischen Gebräuchen aus; es ist natürlich, daß Alexander ihm die Befragung und Betreuung der Gefangenen anvertraut – und die Bewertung ihrer Aussagen. Nearchos hält euch den Rücken frei, als Satrap, und besorgt Nachrichten. Harpalos hält sich in Hellas auf; als Verräter? Demaratos hat sie damals in Illyrien aufgesucht und die Versöhnung mit Philipp bewirkt. Du, Drakon, hast schon für Philipp gearbeitet, wie Antigonos und Kleitos. Alexanders Freunde Leonnatos und Seleukos sind von Demaratos ausgesucht worden. Ptolemaios hat der König vorgeschlagen. Weil er sich auf ihn bedingungslos verlassen kann? Weil der Lagide ihm all das sagen wird, was der Korinther möglicherweise verschweigen würde?«

»Aber ...« Drakon sprach nicht weiter.

»Sie sind weit weg, bis auf wenige. Alexander will Philippos mitnehmen, aber der wird von einer Schlange gebissen. Alexander ist empört, als er Simmias in Siwah findet. Alle erwarten, daß er sich von Kleitos dem Schwarzen begleiten läßt, aber für den erfindet er einen anderen Auftrag. Simmias konnte er nicht erwarten; das war eine Überraschung. Dich mußte er mitnehmen, weil der einzige andere Arzt krank war, und ganz ohne Heiler durch die Wüste reiten ...?«

»Das hieße«, sagte Drakon langsam, »daß ... o nein.«

»O doch. Der Palmwein sollte *dich* ausschalten. Und den Papyros hat er dir gegeben, weil nicht alles darauf stand. Und, wie ich ihn kenne, als Zeichen der ... Versöhnung, Freundschaft? Daß er das Spiel durchschaut, daß er besser spielt als ihr, daß er keinem zürnt und in Zukunft vollkommen aufgeklärt werden will.«

Drakon preßte die Handflächen gegen die Schläfen. »Es zappelt und tanzt in meinem Kopf ... Was ist mit den asiatischen Erd- und Wassergöttern?«

Barsine blickte Sisygambis an. »Mutter – weißt du es? Ich kann nur raten.«

Die alte Fürstin seufzte. »Mithra wird in einer Höhle mit finsteren Orgien gefeiert. Erde? Aber ursprünglich ist er ein Gott des Lichts, der Luft. Erd- und Wassergötter, Drakon, gibt es in Iran nicht, jedenfalls keine von Bedeutung. Es könnte sein, daß ...« Sie verstummte, schüttelte den Kopf, schien aber eher unwillig denn ratlos.

Barsine blickte hinaus in den Innenhof; die Sonne war fast versunken, und lange Schatten lösten sich auf.

»Ich denke«, sagte sie leise, »an die Götter. Ammon ist Zeus, aber er ist auch Marduk – sagt man. Wenn Alexander sein Gefäß ist, sein Sohn, wird der Gott nicht wollen, daß dieses Gefäß den Bereich des Gottes verläßt. Hat es nicht geheißen, er soll das Reich der Perser beenden und das des Ammon wieder errichten? Dieses Reich endet dort, wo Persien beginnt. Wahrscheinlich ... wahrscheinlich hat der Oberste Priester ihm dies gesagt, oder gedeutet. Bleib dort, wo Ammon herrscht, geh nicht dorthin, wo der wichtigste Gott Licht und Feuer ist. Aber wenn du dorthin gehst, zerstör seine Altäre.«

»Möglich.« Drakon stöhnte auf. »Es ist ein wildes und grausames Spiel, und zu verwickelt für einen einfachen Sterblichen. Dennoch danke ich euch. Ihr habt eure Seite des Handels eingehalten; ich habe euch hinsichtlich der Götterfrage mehr gesagt, als ich eigentlich durfte. Mein Schweigen, das Siegel, ist zur Hälfte gebrochen. Ich danke euch, mehr kann ich nicht sagen. Morgen, Barsine, will ich nach deinem Leib sehen.« Er stand auf.

Sisygambis deutete auf den Stuhl, den er eben verlassen hatte. Barsine hob die Brauen.

»Willst du das Wichtigste nicht wissen?«

Er sackte wieder auf seinen Sitz, ächzend. »O ihr Götter! Noch mehr? Was ist es?«

»Die erste Erwähnung, wahrscheinlich der Ursprung des Symbols das *ankh* mit dem Horosauge.«

Drakon starrte sie stumm an.

»Vorher, Makedone, wirst du uns versprechen, dem König von der Kammer der Herrscherbilder zu berichten. Und du wirst uns sagen, was noch in den Antworten war – etwas, das nicht mit den von Demaratos vorgeschlagenen Antworten übereinstimmt.«

Er stöhnte dumpf auf. »Ihr kennt die Herkunft des Symbols?«

Die Frauen schwiegen.

Drakon raffte sich auf. »Nun gut. Ja, ich will Alexander von der Kammer berichten. Und die geheimnisvolle Antwort ist die auf seine letzte Frage. Die Mörder Philipps.«

»Was sagt das Orakel?«

»Drei, sagt es, leben noch und sind nicht bestraft. So lege ich die Antwort jedenfalls aus. Sie bestand nur aus drei Wörtern.«

»Wie lauten sie?«

»Tekmon. Athen. Nebenan.«

»Wie deutest du das?«

Drakon lächelte, aber es war ein Lächeln der Verblüffung, des Staunens, der Ratlosigkeit. »Athen, das ist Demosthenes; wir konnten nie genau sagen, wie er in die Sache verwickelt war, aber ... Nun gut. Nebenan – im Tempel – das muß Aristandros sein. Und Tekmon? Es gab mir Rätsel auf, und die sind eher noch größer geworden, seit ich die Antwort kenne.«

»Wo oder wer oder was ist Tekmon?«

»Ein kleiner Ort in Epeiros.« Er schloß die Augen; seine Stimme sank zu einem knurrenden Murmeln. »Ein schnelles Schiff brachte vor drei Tagen unter anderem die Nachricht, daß Olympias nach einem Streit mit ihrer Tochter, der epeirotischen Königin Kleopatra, die das Land lenkt, solange ihr Gemahl in Italien weilt ... daß Olympias die Hauptstadt Passaron verlassen hat und sich nun in Tekmon aufhält.« Er hob die Lider, blickte Barsine an, dann Sisygambis, dann wieder Barsine.

»Nun stellst du dir zwei Fragen, nicht wahr?« sagte Alexanders Geliebte. »Woher wissen die Priester die Namen der an Philipps Ermordung Beteiligten, und wie konnten sie so früh, ehe die Nachricht nach Memphis kam, vom Umzug der Olympias nach Tekmon wissen.«

»Ich frage mich eine dritte Frage. Gibt es jenseits käuflicher

Priester wirklich ein Orakel? Gibt es Ammon, hat er da gesprochen?«

Sisygambis sprach. Ihre Stimme knarrte ein wenig. »Vor Dareios und Arses gab es Artaxerxes, den ihr Ochos nennt. Er herrschte sechzehn Jahre lang. Vor diesem herrschte sechsundvierzig Jahre lang ein anderer Artaxerxes; ihr nennt ihn Mnemon. Gegen ihn erhob sich Kurush, den ihr Kyros nennt; über die Erhebung und ihr Scheitern und den langen Rückmarsch hellenischer Söldner hat euer Xenophon ein Buch geschrieben.«

Drakon nickte; er beugte sich vor, stützte die Ellenbogen auf die Knie, das Kinn auf die Fäuste. »Weiter!«

»Vor diesem herrschte ein anderer Dareios, der zweite dieses Namens; mein Sohn ist der dritte. Unter diesem Dareios begann das Reich zu bröckeln; die Hellenen Asiens begehrten auf, Ägypten erhob sich. Unter Artaxerxes Mnemon ging Ägypten verloren; ein Heer unter dem Spartanerkönig Agesilaos zog durch Asien. Zu dieser Zeit gab es einen anderen Kurush; er lenkte die Aufklärung des Großkönigs.«

»Weiter, weiter!«

Sisygambis' Stimme wurde immer dunkler, leiser, schwerer; Barsine lächelte wie verloren.

»Kurush ... Er war vielleicht fünfzehn Jahre älter als ich, die ich nun neunundsechzig Jahre zähle. Er starb, oder verschwand, wie so viele, als Artaxerxes Ochos mit Blut und Eisen seine Herrschaft festigte, nach dem Tod des Artaxerxes Mnemon. Kurush hatte einen Plan entworfen. Es war ein geheimer Plan; ich weiß nicht, ob er je beraten wurde. Angeblich wußte außer Kurush nur der Großkönig davon, und der soll lange gezögert haben. Es war ein Plan, von dem ich nur weiß, daß er sich über viele Jahre und Länder erstreckte und viele tapfere, verschwiegene Männer vieler Völker benötigte. Eine Art Verschwörung, Drakon; ihr Zeichen war die Abwandlung eines Symbols ... Du kennst die Brücke des Erwählers?«

Drakon sagte heiser: »In eurem Glauben gehen die Seelen der Verstorbenen zu einem unendlichen Abgrund, über den eine schlanke Brücke führt. Jenseits der Brücke steht der Erwähler, der die Seelen über den Abgrund läßt oder in die Finsternis stürzt, je nach ihrem Verdienst.«

»Er braucht ein Auge, das alles durchdringt, Makedone, alle Lüge und Heuchelei. Ein Auge, das unfehlbar erkennt, wer den rechten Sinn und die Tugend besaß. Das Auge des Erwählers. Kurush fand, daß es sich auch mit anderen Zeichen und anderen Symbolen darstellen ließ – ägyptischen, babylonischen, phönikischen, westphönikischen Zeichen.«

Drakon schlug die Hände vors Gesicht. »Der Plan eines Toten, ausgeheckt vor Jahrzehnten, unter einem toten König, in einem fernen Land … Alle aus der Ferne gelenkt von Iran? Aber wenn, wie du sagst, Kurush verschwunden oder gestorben ist – bist du sicher, daß dieser Plan noch verfolgt wird? Oder hat sich da etwas selbständig entwickelt, nachdem der Erfinder und der Förderer nicht mehr waren?«

Sisygambis schwieg.

»Wie steht es – sagt es mir!«

Barsine lächelte immer noch. »Der Plan? Es gibt ihn, armer sterblicher Makedone. Ich weiß nicht, was sein Ziel ist, aber es muß etwas sein, das Asien stärkt und Europa schwächt; was auch immer es sein mag, wann auch immer es erreicht wird.«

»Aber … wie kannst du sicher sein, daß es den Plan noch gibt?«

»Weil es einen Mann gibt, der ihn verfolgen kann. Einen, der weiß. Einen, der lenkt.«

Drakon hauchte den Namen nur. »Bagoas der Heile?«

»Bagoas der Heile, Herr der Aufklärung, Lenker der geheimen Dienste Irans.«

Drakon holte tief Luft; dann lachte er lang und laut. »Wenn es das Ziel des Bagoas ist … Dann arbeiten seine Dienste nicht gut. Oder Dareios hört nicht auf sie.«

»Mein Sohn hört auf viele, und auf viele nicht.« Sisygambis redete die Wand an.

»Es gibt zwei Dinge, die du nicht weißt, Mutter«, sagte Barsine leise. »Von einer Sache habe ich nur zufällig erfahren … Das heißt, ich habe, als Memnon noch lebte und den Krieg in Asien führen sollte, ein Flüstern gehört, und ich habe es Memnon gesagt, und er hat getobt.«

»Was war dies Flüstern?«

»Es sagte, Bagoas der Heile habe Bagoas den Huldreichen,

den Fetten, absichtlich mit Schätzen von den Makedonen aufgreifen lassen, weil sie ohne dieses Geld nicht dorthin gelangen würden, wo Bagoas der Heile sie haben wollte.«

Drakon war sprachlos; mit offenem Mund starrte er Barsine an. Sisygambis hatte die Hände flehend erhoben.

Barsine zog die Decke ans Kinn, als ob sie fröstelte.

Endlich brachte Drakon wieder etwas heraus. »Das ... wir werden es bedenken müssen. Alexander muß es erfahren!«

Barsine schüttelte den Kopf; sanft sagte sie: »Er weiß es schon. Ich habe es ihm gesagt.«

»Immerhin ... Es könnte doch sein ... Bist du denn sicher, daß dies etwas mit dem Plan zu tun hat? Mit dem Auge des Erwählers? Mit Kurush?«

»Bagoas ist der Sohn von Kurush.«

Drakon schwieg, erschüttert.

Sisygambis sagte, mit kaum hörbarer Stimme: »Und *das* darf Alexander niemals erfahren. Daß er eine Puppe ist, zu welchem Zweck auch immer, deren Fäden vor fünfzig Jahren oder mehr gesponnen wurden.«

Drakon stöhnte.

Barsine lächelte immer noch. »Er weiß es schon. Ich habe es ihm gesagt.«

Als er am nächsten Abend, nach Untersuchung und weiterer Rede, Barsine verließ, loderte ein Feuer in der Mitte des größten Palasthofs. Einen wahnsinnigen Moment lang war Drakon überzeugt, man röste dort Gefangene, oder Priester, oder eine Götterstatue. Wahrscheinlich hätte ihn nichts überrascht. Er taumelte nicht, er war Herr seiner Sinne, aber seine Gedanken tanzten und kreiselten; die Räderwerke des Inneren und des Äußeren griffen nicht ineinander. Sobald er dies begriff, blieb er stehen, zwischen zwei Säulen, die im Flackerlicht gelbschwarz anliefen und zu tanzen schienen. Am Fuß der einen hob sich aus einer Bildplatte der Umriß eines Streitwagens, mit schäumenden Pferden, peitschendem Fahrer und einem Bogenschützen, der auf den Makedonen zielte. Drakon schloß die Augen, atmete mehrmals tief durch, ging in die Knie, stemmte sich hoch, klatschte in die Hände. Vom Feuer stank es nach angesengtem Fleisch, erbrochenem Wein, dem Schweiß vieler Männer in Lederpanzern und Metall.

Schwere Schritte. Drakon öffnete die Augen; die Welt war wieder zusammengekommen, die Räder griffen ineinander. Ein Offizier und drei Hopliten gingen unter den Bögen; sie schienen zu den Gemächern der Frauen unterwegs. Drakon rief sie an.

»Ho, Freunde, die Nacht ist voller Braten, und ihr schleicht hungrig durchs Zwielicht? Was gibt es?«

Der Offizier erkannte ihn; etwas wie Erleichterung breitete sich auf dem kantigen Gesicht aus. Er schob den Helm in den Nacken und entließ die drei Kämpfer.

»Drakon. Gut dich zu sehen. Krateros sucht dich. Das war die Ehrenwache – falls wir dich bei den Frauen hätten holen müssen.«

»Ich will baden, mich kneten lassen, in Wein ertränken und kluge Gedanken denken«, sagte Drakon; er bemühte sich, Ablehnung und Überdruß nicht allzu deutlich zu zeigen. »Was will Krateros von mir?«

»Er will dich kluge Gedanken denken hören.« Der Offizier grinste spöttisch. »Kneten wird er dich nicht, verlaß dich drauf, aber er hat sicher genug Wein. Komm.«

Sie durchquerten zwei Höfe voller Geister und Götterbilder, mehrere lange Gänge, in denen ein *daimon* den Hall der Schritte verhundertfachte, stiegen Treppen hinauf, deren Stufen in Jahrhunderten ausgetreten worden waren, und noch mehr Gänge. Überall – in Nischen, hinter Vorsprüngen, auf Absätzen – standen Posten.

»Fürchtet Krateros um sein Leben?«

»Krateros fürchtet nichts. Er will nur sicher sein, daß kein Lauscher sich an Wörtern und kein Dieb sich an Gold vergreift.«

Der Taxiarch befand sich auf einer weiten Terrasse, zehn Mannshohen über der Stadt, die summte und glitzerte. Auf dem Fluß bewegten sich beleuchtete Lustkähne, Musikerboote: Abendausflüge. Vom Tempel des Ptah war schriller Gesang zu hören, den endlich aufkommender Wind zerfetzte. Glimmende Becken mit Holzkohle und Weihrauch mochten die Fliegen vertreiben, die von den Fackeln und Lampen angezogen wurden, aber sie mehrten den Gestank. Überall standen Offiziere und Schreiber, gingen in Gruppen langsam auf und ab, saßen an Tischen, wo sie sich über Wachstafeln und Papyrosstapel beugten. Trotz des leichten Nachtwinds war es stickig. Der sechs Fuß große, breitschultrige, am ganzen Leib dunkel behaarte Krateros trug nur einen hellen Leibschurz. Schweiß hatte etliche Brusthaare zu Stacheln, Büscheln und witzigen Säulchen verklebt; die zahllosen Narben glänzten wie seichte Seen.

Drakon kannte die Vorzüge des Bären. Er war ein überragender Kämpfer, tapfer und umsichtig; die Männer liebten ihn und folgten ihm blind – »lieber ein Eilmarsch mit Krateros als ein Festmahl mit Hephaistion«. Er hatte seine 1500 Raufbolde im Griff, und daß Alexander ihm bei Issos alle Fußtruppen von Parmenions Flügel unterstellt hatte, machte ihn nach dem König und dem Strategen zum dritten Mann des Heers, vor Parmenions Söhnen Philotas, der die Hetairenreiter befehligte, und Nikanor, Lenker der Hypaspisten. Flüchtig dachte Drakon an Parmenions dritten Sohn, Hektor, der vor wenigen Monden im Nil ertrunken war, als das Boot, in dem er saß, kenterte und ihn unter Wasser einschloß. Ebenso flüchtig dachte er an viele andere, die nicht mehr dabeiwaren, und an all die, die noch sterben würden. Aber das erwartete jeden, früher oder später. Er seufzte und drängte sich durch die Männergruppen.

»Edler Krateros, du siehst mich überrascht.«

Der Bär schob einen Griffel hinters Ohr, rülpste, patschte auf das Wachstäfelchen. »Inwiefern etwa, Vergifter der Kranken?«

»Der Bär zerfleischt Persiens beste Kämpfer – gut; der Bär leert eine Amphore auf einen Zug – gut; der Bär zerschlägt eine Schänke und verwöhnt danach drei Frauen – auch gut; aber der Bär bei Schreibarbeiten? Baah.«

Krateros grinste und betrachtete seine behaarte Pranke, als wäre sie frisch gewachsen und insgesamt eine unwillkommene Überraschung. »Schon recht, Gliederrenker. Aber wenn der König es will …« Er stand auf und wandte sich an die neben ihm sitzenden Leute des Stabs. »Macht weiter; ich komme bald zurück. Wir haben etwas zu bereden.«

Er nahm Drakons Arm und zog ihn zum Nordrand der Terrasse, oberhalb der Palastgärten.

»Was, sei es nun lausartig oder löwenmütig, krabbelt harten Fußes über dein Gemüt, Freund?« sagte Drakon.

Krateros wühlte in seiner Brustbehaarung. »Ah, baah, vieles. Wir haben eine Verabredung.«

»Ach, haben wir? Wer wann wo mit wem?«

Krateros spuckte ins Dunkel. »In viereinhalb Monden, nachmittags, am Euphrat. Mit den anderen und Dareios.«

Drakon kicherte. »Weiß Dareios das? Er könnte sich verspäten.«

Der Bär knurrte. »Lassen wir die blöden Scherze, Drakon. Ich hab mir das nicht ausgesucht, aber jetzt muß ich es machen.« Er wies mit dem Daumen hinter sich, zu den Tischen und Männern und Schreibwerkzeugen. »Alexander hat seine Anweisungen gegeben und ist losgeritten, um seine neue Stadt noch einmal zu sehen. In Ägypten bleiben zwei Satrapen, für das Obere und das Untere Land, und zwei Strategen, und ein Schatzhüter, und Richter und Schreiber und überhaupt alles, was einem das Leben erschwert. Ich weiß, wer wohin soll, um was zu tun, und wieviel Krieger und Schiffe und Waffen zurückbleiben – insgesamt. Die Einzelheiten darf ich jetzt ausarbeiten.« Er schüttelte sich. »Das gleiche in Phönikien und Syrien und überall dazwischen und dahinter. Wer bleibt wo zurück, wer geht mit wie vielen Männern nach Mesopotamien. Es werden fünf Marschgruppen werden; alle brauchen Vorräte und Geld und Tierfutter und Nachschub an Heilkräutern und Verbänden. Bah.«

»Hast du mit einem Schleppnetz nach mir gesucht, damit ich heute abend auf dieser deiner Terrasse Arzneien aufzähle?«

»Ich weiß, daß deine Leute gut sind; da habe ich keine Sorgen. Nein; es ist was anderes.«

Plötzlich hatte sich die Stimme des Bären verändert. Drakon wartete, mit einem unguten Gefühl.

Krateros ließ das Geländer los, ächzte, wandte sich dem Heiler zu und legte die Hände auf Drakons Schultern.

»Demaratos ist nicht zu finden; deshalb brauch ich dich.«

»Ich habe heute früh noch mit ihm geredet; er kann nicht weit sein.«

»Er ist heute vormittag mit einem Schnellsegler flußab, wahrscheinlich nach Pelusion.«

»Na gut. Er wird seine Gründe haben. Vielleicht will er einen kleinen Vorsprung, weil er fürchtet, es sonst bis zu jenem Nachmittag nicht zu schaffen. Der Euphrat ist weit, und er hat alte Füße.«

»Er wird reiten«, knurrte Krateros. »Hör auf mit dem Gefasel. Es ist ernst. – Was ist in dieser Scheißoase geschehen?«

Drakon bleckte die Zähne; es hätte ein Lächeln werden sollen. »Was weißt du?«

Krateros hob die Hände. »Alles, soweit es von Kallisthenes aufbereitet worden ist; und ein bißchen darüber hinaus. Ich will nicht wissen, was ihr da gegessen habt, nur … Er hat sich verändert, und im Heer gibt es Unruhe.«

»Die Veränderungen Alexanders begleiten ihn, und uns, seit er laufen kann. Wieso Unruhe?«

Krateros wandte sich ab, starrte wieder in die Dunkelheit der Gärten. »Gaza«, murmelte er. »Das war das erste. Batis hat die Stadt tapfer verteidigt. Wir schätzen tapfere Gegner; Feiglinge und Verräter gibt es mehr als genug. Warum hat Alexander ihn mit den Füßen an einen Streitwagen binden lassen und zu Tode geschleift? Das ist … das war … nicht makedonisch, verstehst du? Er hätte das früher nie getan; das war ein Alexander, den wir alle nicht kannten.«

Drakon schwieg einige Zeit; schließlich sagte er zögernd: »Ich weiß … und ich weiß nicht.« Er dachte an die befestigte Stadt; an die Mauern, die nicht zu untergraben waren; an den feinen Sand, der immer wieder nachgab, wenn die Belagerungstürme und Katapulte in Stellung gebracht werden sollten; an den Pfeil, der Alexanders Schulter und eine Hauptader durchbohrt hatte, an den gewaltigen Blutverlust, die Ohnmacht und die lange Schwäche des Königs; an den Wall aus Erde, Sand und Steinen, den sie schließlich um die ganze Stadt errichtet hatten, hoch wie die Mauern Gazas; an die Mühsal, die schweren Katapulte auf den Erdwall zu schaffen; an den Beschuß und die Bresche und den wahnsinnigen Kampf Mann gegen Mann von Haus zu Haus …

»Zorn? Göttliche Empörung ob der dreisten Verwundung? Nein, das paßt nicht zu ihm. Zorn, ja; er wollte nach Ägypten, konnte Gaza nicht in seinem Rücken lassen, Batis wollte die Stadt nicht übergeben, obwohl er keine Aussicht hatte, sie lange zu halten – gegen Heer und Flotte, ohne persische Unterstützung. Außerdem war Batis häßlich; und Alexander mag keine häßlichen Menschen.«

»Das überzeugt dich selbst doch genausowenig wie mich.« Krateros wischte mit der Hand über das Geländer, wieder und wieder. »Wir haben Dareios besiegt, wir haben Tyros genommen, und ihr Götter, wenn es je eine Belagerung gab, die einen Homeros als Chronisten verdient hätte, dann diese. Die Phöniker haben die persische Flotte verlassen; es kam die Nachricht aus Phrygien, daß Antigonos Einauge drei Schlachten gegen gute Reitertruppen gewonnen und das Land gesichert hat. Alexander hätte zufrieden sein können, trotz der Wunde und des Zeitverlusts. Und trotz der Verluste vor Tyros. Wir wissen ja, daß es mehr als die vierhundert Mann waren, von denen Kallisthenes und Aristoboulos schreiben durften. *Was,* Drakon, was hat ihn da besessen?«

»Ich weiß es nicht, mein Freund. Auch Demaratos und seine Leute wissen nicht alles.«

»Am schlimmsten« – Krateros sprach jetzt eher zu sich als zu Drakon – »ist etwas anderes. Wenn einer von uns ihn aufhalten oder seine Meinung ändern will ... Du bist fest entschlossen, du gehst zu ihm, und er schaut dich nur an, und – dann möchtest du ihm die Füße küssen und gibst ihm in allem recht.«

Drakon fühlte sich unbehaglich. Darmverschlüsse, abgetrennte Beine, das Aushecken verwickelter Ränke, all dies war leicht und harmlos im Vergleich zum Versuch, Einblick in Alexanders Geist zu gewinnen. Er seufzte.

»Du hast von Unruhe geredet.«

»Haben die ihn in Siwah wirklich zum Gott erklärt? Oder war das nur« – er schnippte – »heiße Luft für Hellas?«

»Nein; es stimmt schon. Das Ammoneion hat ihn zu Ammons Sohn, König und Gott erklärt. Das war unerwartet; nicht ... geplant. Ich weiß nicht, was ich davon halte; was ich davon glaube. Aber – nun gut; was hat das mit der Unruhe zu tun?«

Halblaut, schnell, als stolperten die Wörter hastig von seiner Zunge, sprach Krateros vom Friedensangebot des Dareios, und der Ablehnung. Alle Länder westlich des Euphrat, Gold, Friede und Freundschaft – mehr, als Philipp je geträumt, mehr, als der Korinthische Bund je gewünscht hatte. Eigentlich sei der gesamthellenische Rachefeldzug beendet – das Nahe Asien, Phönikien, Syrien, nun auch noch Ägypten; mehr könne man eigentlich diesseits der Unterwelt nicht erreichen. Es werde nun alles zu einem Eroberungszug Alexanders – einem persönlichen Eroberungszug – losgelöst von Hellas, losgelöst auch von den Anliegen Makedoniens. Deshalb Parmenions Widerspruch, als Alexander das Angebot abschlug; und der Widerspruch werde von vielen im Heer geteilt. Auch von vielen Makedonen, nicht nur von hellenischen Kämpfern.

»Aber Parmenion hat doch inzwischen zugegeben, daß Alexander recht hat – als Stratege«, sagte Drakon. »Daß Persiens eigentliche Macht jenseits des Euphrat beginnt. Daß der Friede erst sicher ist, wenn die Mitte der persischen Macht getroffen wird. Daß Dareios hinter dem Euphrat jahrelang rüsten und dann, wenn es für ihn am günstigsten ist, mit einem wirklich guten, riesigen Heer bis nach Hellas vorstoßen kann.«

Krateros hieb auf die Brüstung. »Ja, ja, ja. Stimmt schon; aber – das dumpfe Gefühl bleibt. Und jetzt wird es zur Unruhe.«

»Warum, bei allen Göttern?«

»Weil er sich verändert ... Weil, ach, sagen wir's doch geradeheraus. Er ist jetzt ein Gott, was? Nicht daß ich viel von Göttern hielte, aber es geht um die Männer. Die alten Kämpfer, die erfahrenen Offiziere, die jahrelang unter Philipp gedient und den König verehrt haben. Sie lieben und verehren Philipps Sohn, sie folgen ihm; ein Blick, ein Wort von ihm, und sie schwimmen durchs Meer oder waten durch Feuer. All das, ja; weil er Alexander ist, weil er *so* ist, weil seine Augen so sind. Weil er Makedoniens König ist. Aber« – Krateros packte Drakon an den Schultern und schüttelte ihn –

»jetzt ist er ein Gott, ja? Sohn des Ammon, wie? Pharao, bah. König und Gott. Wir, verstehst du, sind Makedonen. Wenn er ein ägyptischer Gott werden will, fein, soll er; wir gehen dann mit Parmenion nach Hause. Das sagt nicht Krateros, Freund, das sagen die Männer. Nicht alle, aber viele. Und sie sagen noch etwas. Wenn er Sohn Ammons ist – der mag auch Zeus sein, aber letzten Endes ist er ein ägyptischer Gott – also, wenn Alexander Sohn Ammons ist, dann ist er nicht mehr Sohn Philipps! Er lästert und verleugnet den großen König, dem so viele so lange gefolgt sind. Er ist Makedoniens Herrscher, weil er gewählt wurde; er wurde gewählt, weil er gut und fähig ist – und Philipps Sohn. Wenn er nicht Sohn Philipps, sondern Sohn Ammons ist, entzieht das allem die Grundlage! Verstehst du? Verstehst du das, Mann? Weiß er, weiß Demaratos, weiß Hephaistion – ah, der weiß nichts! –, weiß der engste Kreis, daß Alexander im Begriff ist, barfuß über Lanzenspitzen zu gehen?«

»Ich will versuchen, es ihm zu sagen.« Drakons Stimme war hohle Schwärze und Müdigkeit.

9. ZWISCHEN DEN STRÖMEN

In einem der entlegenen Täler, die dem Lagos gehörten, hatte Ptolemaios als Junge etwas gesehen, das ihm immer häufiger wieder einfiel. Oberhalb der Hütten – vielleicht ein Dutzend – erstreckte sich der Berghang in den Himmel, wie es dem Jungen erschien; von der gegenüberliegenden Seite war es nicht mehr so gewaltig, aber immer noch beeindruckend. Es mußte dort einmal ein Wald gestanden haben, im Lauf der Jahrzehnte abgeholzt, zu Bauholz und zum Feuern verwendet, bis auf einige kränkliche Stämme, die wie vergessene Posten am Hang standen, oder lehnten. Ziegen und Schafe hatten den kleineren Bewuchs entfernt – Unterholz, Schößlinge, allerlei Gesträuch –, bis nur noch eine graugrüne Fläche blieb, mit ein paar Stümpfen und hier und da helleren Felsbrocken. Es war ein nasser Winter gewesen; die Erde glich an vielen Stellen einem unermeßlichen Schwamm. Er erinnerte sich an das quaatschige Gefühl zwischen seinen bloßen Zehen, als er an jenem fernen Morgen den Westhang erstieg, um über dem östlichen Kamm die Sonne aufgehen zu sehen. Das alte Steinhaus der Familie lag außerhalb des Taleingangs, etwas erhöht, auf einer Felskante. Er stieg und stieg, durch die grauen Morgennebel, immer höher, durch lichten Wald – die Westseite des Tals war nicht abgeholzt worden; sie gehörte den Lagiden unmittelbar – hinauf zum Bergrücken, über den Nebel, in die klare Morgenluft. Im Osten war der Himmel bereits rötlich angelaufen, aber die Sonne stand noch unter dem Land. Als sein Atem sich beruhigte, das Pochen in den Ohren nachließ, bemerkte er die Stille – kein einziger Vogel, kein Tier. Wo waren die Schafe und Ziegen? Er sah nichts, obwohl zu seinen Füßen der Nebel dünner wurde, hörte weder Gesang noch Blöken, fühlte sich unbehaglich, wie in einem Angsttraum, bevor der Grund für die Angst erkennbar wird.

Dann ging die Sonne auf, stieg, der Himmel wurde grüner und schließlich blau, der Nebel im Tal löste sich auf. Unten, winziger als Käfer, liefen ein paar Menschen von den Hütten zum Talausgang. Was wollten sie so früh beim Haus des Vaters?

Ein tiefes Seufzen war zu hören, und immer noch kein Vogel. Dann schüttelte sich die Erde; Ptolemaios stürzte zu Boden. Es war nur ein kleiner Erdstoß, aber er reichte aus, den ganzen Osthang, abgegrast, abgeholzt, aufgeweicht, vom felsigen Untergrund zu lösen. Langsam, wie ein Schiff mit schwacher Brise aus dem Hafen gleitet, rutschte der Hang bergab. Die einzelnen Bäume bewegten sich nahezu hoheitsvoll, als schauten sie verächtlich auf alles hinab, und er erinnerte sich, daß er ein wenig gelacht hatte. Dann wurden sie schneller, kippten, rasten mit dem Hang auf die Hütten hinab, begruben alles.

Damals hatte er zugesehen; jetzt ritt er den Hang. Die Erdscheibe war gekippt, Alexander hatte sie den Göttern entrissen, hatte die Oikumene und die Berge und das Meer in eine Schräglage gebracht, ließ die Flüsse bergauf schäumen, hatte den Erdrutsch losgetreten, der über die blankgescheuerten Gebeine der Welt schrappte und malmte, und dann hatte er sich an die Spitze gestellt, um die Richtung zu bestimmen. Es gab kein Halten, kein Absteigen, keine Ruhe; nur die Gewißheit, daß die rasende Bewegung nicht enden würde, solange Alexander auf dieser Weltwoge ritt, und vielleicht nicht einmal dann, wenn er – irgendwann – gestorben sein würde.

Selbst der Stillstand, die Ruhe in Babylon war ein Traum, Gaukelei, Selbsttäuschung. Sie bewegten sich nicht im Raum, aber in der Zeit; sie galoppierten auf der Stelle, tanzten berauscht auf einer Nadelspitze. Nachschub kam, und Nachrichten, während die Vorhuten schon wieder aufbrachen; Myriaden Dinge gleichzeitig zu erledigen.

Immerhin gelang es ihm hier, ein paar Briefe zu schreiben. An die Verwandten, an halbvergessene Freunde in einer anderen Welt, die ein Jahrhundert und hunderttausend Parasangen zurücklag. Und an Aristoteles, der wie üblich alles und ein bißchen mehr wissen wollte. Irgendwann unterwegs, vielleicht in Pelusion, oder Phönikien, oder Syrien, hatte ihn ein Schreiben des Philosophen erreicht – von Athen nach Kanopos, von dort nach Naukratis, von dort nach

Memphis, von dort mit dem nächsten Nachrichtenschub dem Heer nachgesandt. Grüße, und ob er die genaue Anzahl der Quader der untersten freiliegenden Schicht der größten Pyramide sowie die Abmessung der Steine nennen könne; welche Farbe ihm vor das innere Auge trete, wenn er frisches Papyrosmark zerreibe und daran rieche; ob der Goldschmuck der Frauen von Siwah eingeführt oder von Handwerkern in der Oase verfertigt werde, und aus welchem Gold; in welchen Abständen eine Kamelstute brünstig werde, und wie sich dieser Zustand im Verhalten äußere …

Außerdem fragte er nach den bedeutendsten Sinneseindrücken, Erlebnissen oder Anblicken, sowie nach tausend Einzelheiten der Länder und Städte und Pflanzen und Arzneien. Ptolemaios hatte lange gezögert, ehe er sich zu einer Antwort aufraffte. Eigentlich war es der zweitgrößte Eindruck, aber er konnte ihn beschreiben – jenes grüne, satte, feiste Tal im phönikischen Hinterland, wahrhaft elysisch, ohne *paradeisos* zu sein, mit Baumgruppen und tausend blühenden Büschen und Blumen, einem kleinen See, der von zwei klaren Bächen gespeist wurde und zum Talende abfloß, wo abends in wenigen Augenblicken Koppeln und Latrinen angelegt wurden, während allenthalben Zelte aus dem Boden schossen und Kochfeuer aufflammten und die Dirnen in den Troßkarren Luft zum späteren Quieken und Kreischen holten, wie dann morgens, unter rotglühenden Wolkenstreifen, die weißen und fleckigbraunen Zelte und auflodernden Feuer und Tausende von Pferden aller Farben sich vom satten Grün abhoben und Alexander von einem Hügel das Tal überblickte, lächelte und sagte, dies sei die gefährlichste Stunde, falls ein Angreifer in der Nähe sei, denn es war jener Moment, da vierzigtausend Männer ausschwärmten, um zu scheißen.

Ptolemaios schrieb es mit einem Grinsen nieder; er wußte, Aristoteles würde es mit einem Grinsen lesen. Es hatte andere Momente gegeben, die sich der Beschreibung entzogen, weil sie unbeschreiblich waren, oder weil sie im Inneren tobten, ohne äußerlich sichtbar zu sein. Wie der Abend am Meer bei Pelusion, als Demaratos, Kleitos der Schwarze und Drakon der Arzt ihn zum Strand schleppten, um die Sonne vom Himmel zu trinken und ihm die Geschichte des Amuletts zu erzählen, von Kurush und Bagoas und der Brücke des Erwählers, und auch die Geschichte von der Unterredung des Demaratos, der zu diesem Zweck eilig nach Pelusion gereist war, mit seinem karchedonischen Gegenspieler Hamilkar, der behauptet hatte, Karchedon habe die Mutterstadt Tyros absichtlich im Stich gelassen, weil man sich von Alexanders weiterem Zug ins Innere Asien mehr verspräche als von Empfindsamkeiten und wehmütiger Erinnerung; und überdies habe Bagoas der Feiste vor seinem eiligen Ende zugegeben, daß Bagoas der Heile ihn zur Unterstützung der Makedonen ausgeschickt habe. Offenbarungen, Erschütterungen, aber nichts, was sinnlich wahrnehmbar oder gar zu beschreiben gewesen wäre.

Kaum zu beschreiben, da der Vorgang sich über lange Zeit erstreckte und aus hundert Einzelschritten bestand, war auch die Genesung des Heers von einer beginnenden Spaltung. Der König selbst hatte die Heilung bewirkt; auf dem Weg ins nördliche Phönikien, wo alle Marschgruppen zusammentrafen, war er jeden Tag mit einer anderen Einheit seines Heeresteils beisammen gewesen, reitend, marschierend, mit guten Worten für jeden, Aufmunterungen und Scherzen; auf dem Weg zum Tigris hatte Alexander dies mit den übrigen Einheiten wiederholt. Ptolemaios konnte viele Namen nennen, von Kämpfern, vor allem aber von erfahrenen Offizieren, die sich innerlich immer weiter von Alexander entfernten, aber sofort seiner Magie erlagen, wenn sie ihm gegenüberstanden. Je näher die Schlacht – vielleicht die Schlacht aller Schlachten – rückte, desto unwichtiger wurden die Risse, desto geringer die Unterschiede zwischen Makedonen und *xenoi* – und diese »Fremden« waren alle anderen, Hellenen ebenso wie Odrysen und Paionen oder Kreter.

Wichtiger als dieser Unterschied zwischen Makedonen und anderen war jene Spaltung, die Alexander so ausdauernd zu heilen oder zumindest für den Augenblick zu überkleben versucht hatte, die Spaltung innerhalb der makedonischen Verbände. Ptolemaios, Sohn des Fürsten Lagos, aus uraltem Adel, wußte, um was es ging; er hatte sich bedingungslos auf die Seite Alexanders gestellt, der König war, Kampfgefährte und Freund. Andere, nicht nur ältere, folgten dem Gefährten und gehorchten dem König, schienen aber insgeheim auf den Tag zu warten, an dem Alexander etwas tat, was mit dem makedonischen Königsamt nicht mehr vereinbar war.

Da war die Frage des Kriegsziels, dem die Strategie untergeordnet war als Mittel zum Zweck, wie die Taktik ein Werkzeug der Strategie sein mußte. Männer, die Xenophon und Thukydides gelesen, Epameinondas und Philipp begrübelt (und teils noch mit eigenen Augen gesehen) hatten, priesen Alexanders Kriegskunst und Männerführung als einzigartig und den großen Vorbildern zumindest ebenbürtig, wenn nicht gar heute schon überlegen. *Was* er tat, begeisterte sie; *wie* er es tat, riß sie hin; sie fragten allein, *warum* er es tat. Der große Epameinondas hatte Theben zur Großmacht vor Athen und Sparta machen wollen, und für ein paar flüchtige Jahre war ihm dies gelungen. Philipp wollte zunächst den Trümmerhaufen Makedonien zu einem starken Staat, dann diesen zu einer hellenischen Großmacht machen, schließlich dieses neue Hellas gegenüber Persien und den ewigen Einmischungen der Großmacht Asiens sichern.

Aber was wollte Alexander? Der von Philipp erreichte oder erzwungene Auftrag des Korinthischen Bundes, einen gesamthellenischen Sühnefeldzug zu unternehmen und die Schändung hellenischer Heiligtümer durch Xerxes vor hundertfünfzig Jahren zu rächen – nun ja, nicht einmal die hellenischen Bundestruppen nahmen das besonders ernst. Daß der König Makedoniens auch *tagos* von Thessalien und *hegemon* sowie *strategos autokrator* des Bundes war, sicherte ihn irgendwie – aber sehr »irgendwie« – rechtlich ab; Philipp und Alexander hatten nicht unbedingt die Thessalier – deren nachbarschaftlicher Dank für Befreiung von kleinen Tyrannen eine Rolle spielte –, jedenfalls aber die Hellenen zu diesen Ernennungen gezwungen. Den Feldzug führte Makedoniens König mit einem makedonischen Heer, in dem der Anteil hellenischer Bundestruppen geringer war als die Anzahl hellenischer und fremder Söldner, die nicht dem Bund, sondern dem König unterstanden. Alexanders Rolle in der hellenischen Politik, ausgeübt durch seinen Vertreter Antipatros, war die des Herrschers, nicht des gleichrangigen Bundesmitglieds; Hellas sollte Ruhe bewahren, damit Makedonien Nachschub an Kämpfern schicken konnte. So einfach?

Aber selbst wenn der hellenische Rachezug ernstgemeint wäre – wo sollte er enden? War es nicht genug der Rache oder Sühnung, daß man das persische Großreich gestutzt und auf die eigentliche Heimat Iran zurückgeworfen hatte? Die hellenischen und halbhellenischen Lande Asiens, das Hinterland, die Küsten, Phönikien, Syrien, Ägypten, nun auch Mesopotamien – wieviel Rache noch? Andere sagten, da Athen das Herz von Hellas sei, müsse – wie Xerxes Athen geschändet hatte – nun das Herz Persiens geschändet werden: Susa, oder Persepolis, oder Pasargadai; wo immer das Herz liege, und am besten alle drei Städte. Dann wäre das Ziel erreicht.

Die Makedonen dagegen sahen die Dinge anders. Hellas sollte stillhalten, unbeeinflußt nach innen, einflußlos nach außen; Makedonien war die Vormacht; der Feldzug diente der Sicherung des Erreichten, der Ausweitung der Macht, der Stärkung und Mehrung des Schatzes, Umleitung der Handelswege, Erschließung und Anbindung neuer Märkte, Beschaffung von Gefangenen und Sklaven zur Ausbeutung der Bergwerke in Europa, all dies und mehr. Dazu war es – nach dem Sieg, oder den Siegen – vor allem nötig, die Städte Asiens an Makedonien zu binden, oder zu ketten, makedonische Verwaltungen und Besatzungen einzurichten, befestigte oder jedenfalls gesicherte Grenzen gegenüber Persien zu erreichen. Phönikien war wichtig; solange diese Gebiete persisch waren, standen dem Großkönig die großen Schiffe und guten Seeleute der Phöniker zur Verfügung. Aber schon Ägypten ... Ein uraltes Land, mit unheimlichen Tempeln und Bauwerken, deren Sinn keiner verstand; ob der Reichtum des Landes wirklich so groß war, daß er mehr einbringen konnte, als Eroberung und Besetzung kosteten? Und nun auch noch Mesopotamien. Und überall übernahm der König persische Verwaltungen, zwar mit Truppen und Offizieren aus Makedonien oder Hellas, aber mit Einheimischen oder Persern oder Ägyptern als Satrapen. Oder sogar Hellenen; na gut, einige waren ganz brauchbar, ein paar Offiziere, oder der fette Kardier Eumenes mit seiner Buchführung, ein paar Wissenschaftler und Baumeister, der listige Kreter Nearchos, der alte Korinther Demaratos, aber insgesamt? Und wo sollte es enden? Wo sollte die neue Grenze zwischen Großmakedonien und Persien sein?

Hinzu kam, viel stärker, als Ptolemaios dies erwartet hätte, das Problem der Göttlichkeit. Die Kämpfer hatten von Anfang an gewußt, daß ein Halbgott sie führte; ein Heros, der sie zu unerhörten Taten hinriß, zu unmöglichen Siegen führte, Gold auf Gold und Triumph auf Triumph türmte, den weder Berge noch Wüsten noch Meere aufhalten konnten. Die Ahnenreihe der Mutter begann mit Achilles, die des Vaters mit dem zeusgezeugten Herakles. Als Sohn Philipps war er zum König gewählt worden; als Sohn Philipps stammte er vom fernen Zeus ab, und Zeus mochte auch Ammon sein und Marduk und tausend Götzen jenseits der Meere. Wenn er nun aber kein Halbgott war, sondern ein Gott – wenn er unmittelbar Sohn Ammons war –, dann war er nicht mehr Sohn Philipps, nicht mehr durch Geburt und Wahl König der Makedonen, sondern nur noch durch Wahl unter falschen Voraussetzungen. *Dann war er nicht mehr König.* Und Pella war und blieb die Hauptstadt des Reichs, wie weit es sich auch ausdehnen mochte; was wollte er dann mit diesem Alexandreia, an der ägyptischen Küste, angelegt als Hauptstadt und Hauptumschlagplatz? Wenn er als Sohn eines ägyptischen Gottes, dessen Wesenseinheit mit Zeus eine Behauptung der Priester war – und Priester behaupten viel –, jetzt Ägypter werden wollte, mit einer ägyptischen Hauptstadt und vielleicht einem Ausflug zu den persischen Grenzbergen, fein; sie würden die Beute genießen und mit Parmenion in die Heimat marschieren, denn sie waren keine Ägypter, sondern Makedonen. Dies zuerst und vor allem.

Ptolemaios wußte, weil es seine Aufgabe war; die Männer mochten ihn und hatten keine Geheimnisse vor ihm. Er fragte sie auch nicht aus, nannte keine Namen, gab nur Einschätzungen der Stimmung weiter. Allerdings hätte er keinen Augenblick gezögert, in einer wirklich gefährlichen Lage einen wirklichen Aufrührer oder Rädelsführer mit eigener Hand zu töten.

Er wußte auch, daß Alexander alles wußte. Sie hatten es beredet; obwohl man es nicht wirklich »beredet« nennen konnte. Drakon, Kleitos, Demaratos, Ptolemaios und Alexander – es war ein Berichten gewesen, ein Fragen ohne genaue Antworten. Ein Rätselraten über den uralten persischen Plan, über Kurush und Bagoas und das Amulett, über die Hintergründe des Entschlusses in Karchedon, die stärkste Flotte der Oikumene nicht zum Schutz der Mutterstadt Tyros einzusetzen. Auch nach der Verstärkung der Makedonen durch übergelaufene phönikische Einheiten hätte Karchedons Flotte alle Alexander unterstehenden Schiffe innerhalb eines Tages von der See fegen können. Aber vielleicht – es gab da viele »vielleicht« – wollten sie der Mutterstadt nicht helfen, um einen Wettbewerber im Handel loszuwerden, und Geld zählte mehr als Gefühle; vielleicht rechneten sie damit, Alexander könne die Perser zurückwerfen, aber kein dauerhaftes Reich errichten, so daß die östlichen Küsten des Meers bald politisch und wirtschaftlich frei und für Karchedon unbeschränkt zugänglich wären; vielleicht wollten sie sich einfach heraushalten; vielleicht hatten sie eigene Probleme; vielleicht hatten sie den Entschluß der Tyrer, Alexander nicht in den Tempel zu lassen, für Dummheit gehalten, deren Folgen die Tyrer selbst zu bewältigen hätten, oder sie hatten angenommen, Tyros werde keinesfalls lang genug Widerstand leisten können und beim Eintreffen einer Hilfsflotte schon untergegangen sein, oder Tyros sei uneinnehmbar, oder oder oder.

Alexander hatte die Erörterungen beendet, indem er sich dem Versorgungswesen zuwandte. Nachschub für das Heer, neue Pferde, Getreide, Metall für Waffen, Holz, Leder ... Eine seltsame Anweisung war dabei: an die Satrapen Ägyptens. Sie sollten im kommenden Jahr anlegen – und durch Zahlungen an Kyrene auch dort anlegen lassen – riesige Getreidevorräte, mehr als eine Million Medimnen, zur Lieferung an Hellas. In Hellas gab es aber keinerlei Hungersnot; und wenn, dann würde die Lieferung, die frühestens im folgenden Herbst erfolgen konnte, nicht mehr helfen.

Dieser rätselhaften Besorgnis um künftige Dinge in Hellas stand gegenüber eine fast vollkommene Loslösung von Europa. Was in Alexanders Geist vorging, ließ sich nicht sagen; er gab selbst keine Antworten, wenn jemand ihn zu fragen wagte, außer vielleicht Hephaistion, dessen Auskünften Ptolemaios jedoch ebenso mißtraute wie den zurechtgeschneiderten Mitteilungen, mit denen Kallisthenes Athen und Umgebung versorgte. Bei aller Veränderung, allem gottgleichen Brüten, dem zunehmenden Weingenuß – Alexanders Geist war scharf, vielleicht schärfer denn je. Seine Anordnungen für die größte aller Schlachten hatten in ihrer Klarheit, Kühnheit und wahrhaft göttlichen Kälte selbst Parmenion den Atem geraubt. Seine Maßnahmen und Schritte, ob er diese nun allein bedachte oder im Kreis der Berater, berücksichtigten die winzigste Kleinigkeit und verfolgten wie immer mehrere Ziele gleichzeitig, größtmögliche Sparsamkeit des Aufwands und höchste Wirksamkeit. Vielleicht war er tatsächlich ein Gott, unfehlbar, durch nichts aufzuhalten. Gerade deshalb hätte Ptolemaios mehr als den linken Arm gegeben, wenn Alexander bereit gewesen wäre, über die letzten Ziele des Kriegszugs zu sprechen, über das Amulett, überhaupt über Dinge, die in ihm vorgingen.

Und zu gern hätte er gewußt, wie sich die rätselhafte Besorgnis um die künftige Getreideversorgung von Hellas mit jener Loslösung vertrug, die drei Tage früher, vor der Nachschubplanung, an den Tag trat, als Harpalos in Syrien zu ihnen stieß, berichtete und ohne jede Reibung seine alte Stelle als Schatzhüter wieder einnahm.

Die Einzelheiten des Berichts hatte Ptolemaios nicht gehört, da er erst spät zur Beratung kam. Einzelheiten über schäbige Geschäfte des alten Demosthenes, deren Kenntnis Harpalos zu einer besonderen Art von Knebel genutzt hatte; Einzelheiten über die Zustände und Stimmungen in Athen und den anderen wichtigen Gegenden von Hellas. Einzelheiten, nicht zuletzt, über den großen Sieg des Antipatros, der bei Megalopolis das Heer des Agis vernichtet hatte. Der Spartaner war eines würdigen Todes gestorben, wie es einem lakedaimonischen König zukam. Schwer verwundet, kniend, bot er den makedonischen Lanzen die Brust, da er weder Flucht noch Gnade wollte. Die strategische Bedeutung des Siegs war allen klar – Hellas war beruhigt, das Meer und die Küsten waren in makedonischer Hand.

Und Alexander wandte sich dem Papyros zu, auf dem er und Deinochares die Neue Stadt entworfen hatten, Alexandreia, und sprach halblaut von »Mäusekriegen«. So lange war Sparta unbesiegbar gewesen, hellenische Vormacht, Großmacht immer noch; Agis hatte eines der größten Heere zusammengebracht, die je für Sparta ins Feld gezogen waren, und Antipatros hatte einen glänzenden Sieg errungen, würdig, in Jahrzehnten noch besungen zu werden. Alexander sprach von »Mäusekriegen«, und Parmenion stand auf und verließ schweigend die Runde.

Parmenion gab dem Lagiden ein weiteres Rätsel auf. Er hatte mit Philipp das Heer geschmiedet, die furchtbare Waffe, die nun in Alexanders Hand lag – und in Parmenions. Der alte Stratege näherte sich der Vollendung seines siebten Jahrzehnts; besser als jeder andere – Antipatros vielleicht ausgenommen – wußte er, daß die graue Vorzeit, da Makedonien ein von allen Seiten bedrohter, nach allen Seiten offener Trümmerhaufen gewesen war, nicht einmal dreißig Jahre zurücklag. Er war schon vierzig Jahre alt gewesen, als er und Antipatros dem jungen Philipp geholfen hatten, die Fetzen zu vernähen, die Halme zu Garben zu binden und den zerbrochenen Lanzen neue Schäfte zu geben. Was mußte er, mit seiner Erinnerung an eine Handvoll Krieger in den Bergen des Nordens, in der Ebene von Gaugamela empfunden haben? Was mochte er, Freund und Weggefährte Philipps, von dessen Sohn halten, der zum Herrn Asiens wurde und zum Gott Ägyptens? Aber Parmenion schwieg hierzu; kein Wort gegen den König, den er beriet und dem er folgte, mit dem er lachte und zechte, mit dem er die verwickelte, verwirrende, für niemanden mehr zu durchschauende Aufstellung vor der Schlacht entworfen hatte, vor dem er dann sprachlos stand, als Alexander die zwei kühnen, unglaublichen Änderungen vorschlug.

Dies, die Schlacht von Gaugamela, in Wahrheit das unglaublichste Erlebnis, höchster Rausch und tiefstes Entsetzen, hätte er dem Aristoteles beschreiben sollen. Aber wie es beschreiben? Als vielseitiges, vielschichtiges, verwirrendes Meisterwerk der Vorbereitung, durchschaut nur von Alexander und Parmenion, die auf dem Marsch durch Syrien schon mit den Männern der Phalanx, den 9000 Mann der sechs Taxeis geübt hatten, wie ein scheinbar geschlossener Truppenkörper, ein von Sarissen starrender Block, seitlich ausweichen und Gassen bilden kann, um sich Augenblicke später wieder zu schließen, ohne in Unordnung zu geraten? Mit langwieriger Beschaffung merkwürdiger Gegenstände wie jener Dreizack-Speere, deren Verwendungszweck keiner ahnte, bis zum Abend vor der Schlacht? Als Spiel mit feinsten Einzelteilen, die zu einer mächtigen Maschine zusammengesetzt wurden? Als Plan, der die unterschiedlichen Fähigkeiten und Bewaffnungen so vieler verschiedener Truppenteile bestens, wie aus göttlicher Höhe betrachtet, zu vereinigen wußte – ein Plan, zu dessen Ausführung in einzelnen Schritten immer nur wenige Augenblicke blieben, in denen Triumph und Untergang näher beieinanderlagen als die zwei Seiten einer Münze; zu dessen Ausführung ein eisiger Kopf im heißesten Getümmel nötig war, das unbedingte Vertrauen der Krieger zu ihren Führern, der Führer zu ihren Strategen, der Strategen und aller zu ihrem König und dessen grenzenloses Vertrauen in die Standfestigkeit seiner Männer, bis hin zur Zuverlässigkeit der Meldereiter und Hornbläser? Wunderwerk eines halbgöttlichen Kriegskunstwerkers, der noch Boden, Wetter, Sonnenstand und Seelenlage des Gegners berechnet hatte?

Oder als das, was es war, solange es währte: Blutrausch und Wut, ein Morden und Metzeln, Jubel und Ekel, der von geronnenem Blut zu Kügelchen verklebte Staub, geblendetes Hauen und Würgen und Schlitzen und Stechen, Leichenberge, Kot und Gedärme, durchgehende oder kreischend zusammenbrechende, schäumende Pferde, das Rasseln der Streitwagen mit ihren Sichelachsen, wütende und dann klägliche Trompetenstöße von Elefanten, die über die eigenen schleifenden Gedärme stolperten, aufgerissene Augen, weiße Augen, rote Münder, verzerrte Gesichter, ein Rasen und Hacken und Sterben? Weit über 2000 Makedonen gefallen, die Toten des Gegners nicht gezählt, später starben viele noch an den Wunden – Kallisthenes würde ohne Zweifel die eigenen Gefallenen auf ein Viertel der wirklichen Zahl vermindern und eine große Menge toter Gegner erfinden; fast alle Offiziere verwundet, zum Teil mehrfach, Alexander von drei Säbeln getroffen und wie durch ein göttliches Wunder nicht völlig zerschlitzt?

Ptolemaios versuchte mehrmals, diese Unbeschreiblichkeiten zu beschreiben; schließlich gab er zähneknirschend auf und begnügte sich mit einer kühlen, rückblickenden Aufzählung von Einzelschritten. Er war bei Alexander gewesen, an der Spitze des Keils der Hetairenreiter, neben Philotas und Hephaistion und den anderen. Den Überblick gewann er erst hinterher.

Die Aufklärer brachten Zahlen und Einzelheiten, noch ehe man den Tigris erreicht hatte. Zwanzig Zehntausendschaften aus allen Teilen des unermeßlichen persischen Reichs: Kamelkämpfer aus Baktrien, indische Krieger zu Fuß und mit Elefanten (sie sahen ähnlich aus wie die Riesentiere, die man aus Ägypten kannte, nur die Ohren waren anders, und der Geruch, ein seltsam breiiges Stechen), Krieger aus Arachosien, Skythen, Sogdianer, Meder, zahllose andere Namen, die hellenischen Söldner des Großkönigs, Hunderte Kampfwagen, schwer gepanzerte Reiter – allein von diesen soviel wie Alexanders ganzes Heer, das aus 40 000 Fußkämpfern und 7000 Reitern bestand. Aber sie hatten Alexander, und Parmenion; die drüben hatten Dareios in der Mitte, also nichts, auf dem linken Flügel Bessos, auf dem rechten Mazaios, den Satrapen von Babylonien.

Die Perser lagerten zwischen den Hügeln, nordöstlich der Ebene. Diese Ebene, das Schlachtfeld, hatten sie ausgesucht und bestimmt, und sie hatten den Boden geglättet, wahrlich gekämmt, von Hindernissen befreit – für ihre Streitwagen, für die Elefanten, für die Tausende von Reitern. Jemand berichtete von Fallen, Fußangeln, anderen Dingen, die Makedoniens Reiter behindern sollten, aber das war Unsinn, denn es hätte ja auch die Perser straucheln lassen.

Am westlichen Rand der Ebene, die fast zwei Parasangen durchmaß, lagen ebenfalls Hügel; dort gab es einige Quellen, Gras für die Tiere, der beste mögliche Lagerplatz. Dort ließ Alexander lagern – und zahlreiche Feuer entzünden. In der Nacht, noch recht früh, schickte er die Karren mit den Waffen und wichtigsten Vorräten, Heilkräutern, Verbänden vor, und das Heer. Die Männer hatten gegessen, redeten über einen Nachtangriff, um die vierfach überlegenen Gegner zu überraschen. Dort brach eine Art Panik aus; vermutlich schlief in dieser Nacht kein Perser – wohl aber die Makedonen, mit Waffen, auf blanker Erde, bewacht von vorgeschobenen Posten. Sie wären bei einem persischen Angriff sofort einsatzbereit gewesen, die Perser in ihrem ausgedehnten Lager umgekehrt nicht. Selbst Alexander schlief; morgens mußte man ihn wachrütteln.

Die Karren mit den Waffen und Vorräten – weit vor dem eigentlichen Lager, wo der Troß blieb – wurden zu einer kreisförmigen Burg zusammengefahren; hierhin sollten sich Verwundete begeben oder bringen lassen, hier sollten Gefangene während des Kampfs abgeliefert werden, wenn es denn welche gäbe. Diese Karrenburg, nachts vorgeschoben, befand sich in der Mitte des von den Persern eingeebneten Landes, mitten auf dem vorgesehenen Schlachtfeld; und noch näher bei den Persern hatten die meisten Kämpfer geschlafen.

Im Morgengrauen begann der Aufmarsch der Perser, das eigene Lager im Rücken, Hügel zur Rechten und zur Linken. Sie waren am Rand der Ebene; der betaute Boden blieb liegen, kaum stieg Staub auf. Die Reihe drüben wurde immer länger, immer länger; die Mitte der makedonischen Aufstellung, die sechs Taxeis der Phalanx, gab kaum ein Fünftel dieser Länge her. Die Zange der persischen Flügel war nicht zu vermeiden, gleichgültig, ob die Makedonen angriffen oder sich auf eine Verteidigung beschränkten.

Alexander und Parmenion hatten alles erwogen. Man wußte von vornherein, daß die Perser ihre gewaltigen Mengen an Reitern in die erste Reihe stellen würden – zum Angriff, unterstützt von Streitwagen und Elefanten. Die Fußkämpfer, darunter die hellenischen Söldner, bildeten die zweite Reihe. Die Perser mußten gezwungen werden, schnell anzugreifen; die Fußkämpfer würden nicht so schnell folgen können, Lücken würden aufreißen. Würde, könnte, sollte, müßte. Den Angriff sollte Parmenion auffangen, der den linken Flügel befehligte. Er bestand aus zwei der sechs Taxeis, beide unter Krateros, den hellenischen und thessalischen Reitern, achaiischen Hopliten und kretischen Bogenschützen.

Alexander übernahm den rechten Flügel: zur Mitte hin die vier übrigen Taxeis unter Polyperchon, Meleagros, Perdikkas und Koinos, daneben die Hypaspisten, daneben die Hetairenreiter, vor ihnen Agrianen, makedonische Bogenschützen, Speerwerfer. Und überall die Männer mit den Dreizack-Speeren, in kleinen Gruppen verteilt. Zwischen Polyperchons und Krateros' Taxeis sollte eine Lücke aufreißen, geplant, aber für den Gegner würde es aussehen, als wäre es ein Erfolg des Angriffs.

Hier kam der erste der beiden kühnen Züge Alexanders, die selbst Parmenion die Sprache verschlagen hatten: Hinter der Phalanx stand eine zweite, aus Söldnern, verstärkt durch einige makedonische Ilen. Sie schirmten die Karrenburg ab; und wenn die persische Flügelzange sich um die scheinbar gespaltene Phalanx schloß, würde diese zweite Phalanx wiederum die Perser einschließen.

Zurückgebogen wie Haken standen hinter den makedonischen Flügeln noch einmal Leichtbewaffnete, Speerkämpfer, Bogenschützen, Reiter: neben Alexander Paionen, Agrianen, Söldnerreiter, neben Parmenion Hellenen, Odrysen, Thraker.

Sie rückten vor, als die Sonne vom Osten in den Südosten wanderte und stieg; sie blendete die Makedonen, wie die Perser es gewollt hatten, aber Alexander wußte, daß es bald ohne Bedeutung sein würde. Sie rückten immer schneller vor, schräg, bis der linke Flügel – Parmenion – fast gegenüber der persischen Mitte stand und Alexanders Flügel dem von Bessos befehligten linken Flügel der Perser nahte. Parmenion war jedoch doppelt so weit von den persischen Reihen entfernt wie Alexander; wenn die Perser jetzt nicht handelten, verloren sie das letzte Stück der vorbereiteten Ebene, und die Makedonen würden in die Hügel eindringen, wo die Vielzahl der Reiter kaum noch Vorteile brachte und die Streitwagen nicht eingesetzt werden konnten. Jetzt mußten sie angreifen. Und sie griffen an.

Ptolemaios erinnerte sich, daß er in diesen lähmenden Momenten der Stille, ehe das Chaos losbrach, überlegt hatte, was wohl in Dareios vorgehen mochte. Der Großkönig wußte, daß die Hetairenreiter die Besten der Besten waren, der Angriffskeil, der die beiden großen Schlachten ebenso entschieden hatte wie vor Jahren den Kampf bei Chaironeia. Diese schärfste Angriffswaffe war nun weit vorgerückt, weit rechts (oder links, von Dareios aus), nicht imstande, die Unsterblichen um den Großkönig sofort anzugreifen, was zu erwarten gewesen wäre, sondern dem wuchtigen Angriff der Panzerreiter des Bessos ausgesetzt. Er malte sich aus, wie Dareios und seine Berater versuchten, einen Sinn darin zu suchen, und auch darin, daß die Makedonen zwar den größten Teil der Ebene hinter sich gelassen, dann aber darauf verzichtet hatten, anders als gegen die blendende Sonne vorzurücken, was am Anfang möglich gewesen wäre.

Aber die Sonne hatte fast eine Stunde Zeit gehabt, sich des betauten Bodens anzunehmen. Als Bessos den Angriffsbefehl erhielt, dauerte es nur Momente, bis Staub aufwirbelte, die Sonne verfinsterte und die Blendung nahm. Die Staubwolken behinderten Perser und Makedonen; mehr jedoch die Perser, deren überdehnte Reihen nicht mehr zu überblicken waren.

Die Skythen und Baktrier des Bessos. Ein vieltausendköpfiger Wirbelsturm in einer Staubwolke. Sie sollten die Hetairen zerschmettern, aber da stiegen andere Wolken auf: Pfeile und Lanzen; dazu rückten die Hetairen plötzlich ein wenig nach links vor und boten den Angreifern die Flanke.

Und dies war Alexanders zweite Kühnheit, die entscheidende, und die gefährlichste, denn sie verlangte blitzschnelle Entscheidungen immer im richtigen Moment. Er ließ den Angriff der Panzerreiter durch Pfeile und Lanzen ein wenig zur Seite lenken und schickte ihnen leichte Söldnerreiter entgegen, nach Zahl und Bewaffnung hoffnungslos unterlegen. Sie wurden zersprengt, zurückgedrängt; dann erschienen, im einzig möglichen Augenblick vor dem Zusammenbruch, die Paionen; als diese nicht mehr standhalten konnten, eine weitere Gruppe hellenischer Söldnerreiter. Dazu die Bogenschützen und Speerkämpfer, die vor den Hetairen gestanden hatten und nun Skythen und Baktrier sozusagen von unten angriffen. Der wuchtige Stoß der Panzerreiter des Bessos verschob sich immer weiter von der Phalanx weg, nach Süden und Südwesten. Und wo der linke persische Flügel an die von Dareios befehligte Mitte angegrenzt hatte, entstand eine Lücke.

Was in den anderen Abschnitten geschah, erfuhr Ptolemaios erst später, in den Stunden und Tagen nach der Schlacht.

Dareios ließ angreifen, weil er mußte – überall. Streitwagen rasten auf die Phalanx zu, in der sich plötzlich Gassen öffneten; Wagenlenker wurden mit Pfeilschüssen aus ihren Korbwagen geholt, Speerkämpfer töteten die Pferde, Wagen überschlugen sich oder rasten führerlos und außer Gefecht durch die Ebene. Elefanten, ohne Verbindung zu den indischen Fußkämpfern, die sie hatten abschirmen sollen, standen nicht, wie geplant, Reitertruppen gegenüber, deren Pferde durch die Trompetenstöße und vor allem den Geruch der Riesentiere in Panik geraten sollten; sie wurden vor der Phalanx abgefangen von den Männern mit Dreizack, die unter die Elefanten tauchten und mit den seltsamen Waffen die Bäuche zerschlitzten und die Beinsehnen durchtrennten. Der rechte Flügel der Perser, unter Mazaios, rückte vor, um Parmenions Flanke aufzurollen, aber da standen die leichten Truppen des zurückgebogenen Hakens und fingen den ersten Stoß auf. In der Mitte brachen persische Verbände durch die Phalanx, durchstießen sogar die zweite Linie, erreichten das Karrenlager und wurden dann von den Söldnern eingeschlossen und aufgerieben. Die Sarissenträger stemmten sich den Wellen asiatischer Reiterei entgegen – alle Taxeis waren nun im Kampf. Die unter Parmenion und Krateros fingen den gewaltigen Stoß des persischen Heers auf.

Die vier Taxeis auf Alexanders Flügel und die Hypaspisten folgten den Hetairenreitern, die einen Keil bildeten, geführt von Alexander. Sie galoppierten in die Lücke, die durch Bessos' weiten Vorstoß entstanden war; Hypaspisten und Hopliten strömten in den Trichter, erweiterten ihn, drängten immer schneller nach. Einen Moment lang glaubte Ptolemaios in dem Wahnsinn und Geschrei das angstverzerrte Gesicht des Großkönigs zu erblicken, zu sehen, wie das maskenstarre Antlitz der Hoheit in winzigen Schritten zerfiel zu Überraschung, Staunen, Furcht und schließlich Entsetzen. Denn seine Unsterblichen starben, wurden zerschmettert vom Keil der Hetairenreiter. Es war, als ob Alexanders Augen einen Kampf mit denen des fast in Reichweite auf seinem goldenen Streitwagen stehenden Dareios ausföchten. Dann drängten sich wieder persische Reiter zwischen die beiden; und als Ptolemaios seinen Speer aus dem

Leib eines von allzu vielen Gegnern gerissen hatte und wieder sehen konnte, wendete Dareios den Wagen und floh.

Die Fußkämpfer drängten die persische Mitte immer weiter zurück, preßten sie zu einem Knäuel, trieben sie gegen die Reihen der nun endlich eingesetzten asiatischen und hellenischen Fußtruppen, die sich mehr gegen ihre eigene Reiterei als gegen die Makedonen zu wehren hatten. Die Hetairen, Alexander an der Spitze, setzten nicht etwa dem fliehenden Dareios nach; dazu war alles noch viel zu unklar. Sie schwenkten nach rechts und fielen über den immer noch vorrückenden, immer noch kampffähigen Flügel des Bessos her. Dann kam der Meldereiter von Parmenion, der dringend um Hilfe bat, da die Phalanx zusammenzubrechen drohte. Noch wußten die vielen Zehntausende des Mazaios nicht, daß der Großkönig geflohen war.

Später schrieb Kallisthenes, Alexander habe sich auf der Verfolgung befunden und sei ergrimmt gewesen, daß Parmenion ihn zurückgeholt habe. Wie hätte denn aber ein galoppierender Meldereiter den galoppierenden König einholen sollen, zeitig genug für einen Hilfsvorstoß, umgeben von Trauben fliehender Perser?

Noch jetzt, einen Mond danach, in Babylon, in den Armen einer duftenden, gurrenden Frau, hörte Ptolemaios das Stöhnen und Schreien und Kreischen der Verwundeten, der Sterbenden, roch den entsetzlichen Gestank, den die Sonne aus Leichenbergen, Pferdekadavern und jenen unglaublichen Fleischbergen holte, die einmal Elefanten gewesen waren. Wie sollte er für Aristoteles im fernen Athen jenen Bogen beschreiben, einem blutigen Regenbogen gleich, der in der atemlosen Stille vor dem Angriff des Bessos begann und endete, als Ptolemaios nach dem letzten Angriff der Hetairen den eisgrauen Parmenion sah, zu Fuß, ohne Helm, das von Blut und Hirn und Gewebe verkrustete Schwert gesenkt in der Rechten. Parmenion, der sich zu einem Sterbenden aus der Abteilung des Krateros bückte, damit dem Tapferen das Lob des Strategen als letzte Wahrnehmung zuteil werde. Parmenion, der die linke Hand auf Alexanders blutenden Oberschenkel legte und zweifellos geflügelte, aber unhörbare

Worte sagte. Parmenion, der strahlte, als er den Führer der Hetairen sah, seinen Sohn Philotas, bedeckt mit eigenem und fremdem Blut, mit Schweiß und unsterblichem Ruhm, lebendig, und Philotas sagte, auch der andere Sohn lebe, Nikanor, der Führer der Hypaspisten. Parmenion vor dem Hügel aus Leibern toter Perser, Fürsten ebenso wie Bauern – Parmenion, der aufschluchzte, das Schwert fortwarf und die tapferen toten Feinde ehrte, indem er die Arme nach ihnen ausstreckte und das Gesicht und die Tränen dorthin wandte, wo die Perser ihren höchsten Gott vermuteten, zum Himmel. Wie all das beschreiben – Kühnheit, Tapferkeit, Gier, Rausch, Wahnsinn: höchsten Triumph und äußerstes Grauen?

»Hat dich der *daimon* des Tötens wieder fortgerissen?« sagte Thais. Sie stand am Fenster zum Innenhof, wo ein paar nasse Vögel unter die Kübelpflanzen gekrochen waren, um Schutz vor dem Regen zu finden, der seit drei Tagen aus dem grauen Himmel niederging, die Lehmziegel der Häuser aufweichte und Babylons Straßen zu klebrigem Brei machte. Ihre einzige Kleidung war die Schönheit, ihr einziger Schmuck der silberne Becher, den sie an die immer geschwollenen – oder schwellenden? – Lippen hob. Die dunklen Augen tasteten Ptolemaios' Gesicht ab.

Er rollte sich vom Lager. »Es wird dauern«, murmelte er. »Aber es geht vorüber. Alles geht vorüber.« Er kleidete sich an.

»Alles?« Die Athenerin hob die Schultern. »Vor allem wäre es schön, wenn *etwas* bald aufhörte. Du weißt ...«

Ptolemaios versuchte ein Grinsen. »Du bist aus Athen nach Ägypten gegangen und seitdem beim Heer, weil dir, teuerste *hetaira,* stramme makedonische Offiziere ersprießlicher erschienen als fette attische Händler. Was willst du? Ist er nicht gut?«

»Philotas? Doch; und hin und wieder ... rauh. Aber ich mag dieses Spiel nicht mehr spielen.«

»Ich bin noch nicht ausreichend wiederhergestellt, um allein mit dir fertigzuwerden. Jede Nacht und jede Nacht und jede Nacht.« Er gluckste. »Und ich muß wissen, was Philotas sagt, wenn keiner von uns dabei ist.«

»Immer das gleiche, Lagide. Immer das gleiche. Daß der

König mehr und mehr zum Asiaten wird; daß er zwar feine Einfälle hatte, die Schlacht aber von Makedonen entschieden wurde, daß er aufhört, Makedone zu sein; daß, wenn er endgültig aufhört, Makedone zu sein, die alten Offiziere und die Jungen, die echten Makedonen, die Pflicht haben werden, das Heer und die Welt von einem Tyrannen zu befreien.«

»Hmf. Immer das gleiche; fürwahr, edle Frau, nichts Neues unter der Sonne seines Hochmuts. Aber noch nennt er keine Zeiten, oder? Und was ist mit seinem Vater?«

Thais stellte den Becher ab. Aus dem nassen Hof kam ein kühler Hauch; sie schauerte und ging zu dem Schemel, auf dem ihre Kleider lagen. Während sie sich anzog, sagte sie langsam, nachdenklich:

»Das ist … unklar. Er will – ich meine Philotas – auf jeden Fall noch die Schätze Persiens mitnehmen. Und er ist manchmal mürrisch, weil Parmenion nichts von allem wissen will.«

Ptolemaios nickte. »Der edle Stratege, Verkörperung Makedoniens und makedonischer Treue? Der Vater des Heers …«

»Das ist er. Er wird im Zweifelsfall eher seinen Sohn in Ketten legen … Solange Alexander nicht wahnsinnig wird.«

Ptolemaios betrachtete sie eindringlich. »Thais, ich weiß, das Spiel ist unwürdig. Aber …« Er breitete die Arme aus.

Sie seufzte. »Ja, ja; die Dirne Thais hatte immer viele Kunden an einem Tag, warum regt sie sich jetzt so auf?« Sie befestigte den Umhang über der linken Schulter mit einer Silberspange, einer bis zu den Schuppen feinstens gearbeiteten Schlange, die sich in den eigenen Schwanz biß. »Weil ich bei dir sein will, Lagide. Auch wenn der *daimon* dieser furchtbaren Schlacht noch ein paar Tage, oder auch Monde, stärker ist als deine Manneskraft, Herr.«

»Habe ich das verdient?« sagte Ptolemaios leise.

»Kein Mann verdient die Zuneigung einer Frau. Alle Männer verdienen im Schlaf den Dolch. Aber erst dann, wenn es etwas Besseres gibt, um sie zu ersetzen.«

Er hatte Babylon – *Bibili,* die Pforte der Götter – unter einem strahlenden Himmel gesehen, an dem Tag, da der Satrap Mazaios, tapferer Gegner bei Gaugamela, die Tore öffnen ließ, um die Stadt, das Land, die Menschen und den Schatz zu übergeben. Er hatte die auf gewaltigen, schiffähnlichen Pfeilern ruhende Steinbrücke über den Euphrat beschritten, die vier Parasangen lange, zehn Männer hohe äußere Mauer bestaunt, mit ihrer Beschichtung aus bunten, glasierten Ziegeln, verfugt mit Asphalt, bemalt mit Stieren und Drachen. Die mit Ziegeln gepflasterte Straße der Götter, die vom Ishtar-Tor zum Tempelbezirk führte, zum großen Tempel des Bel, der Marduk war und Ammon und Zeus, mit der seltsamen Stufenpyramide, die *siqurat* genannt wurde, oder jedenfalls klang es so ähnlich. Die Kanäle mit ihren Verzweigungen und Treidelpfaden, die bewässerten Felder, die Haine der Dattelpalmen und Feigen und Kitrosbäume, die ordentlichen Obst- und Gemüsegärten mit Lauch, Zwiebeln, Knoblauch, Melonen, Gurken und etlichen Pflanzen, deren Namen er nicht kannte und deren Eßbarkeit er bezweifelte. Die zweigeschossigen Häuser der Wohlhabenden, mit Innenhöfen und Sickergruben; die Dachterrassen, auf denen in den heißen Monden die halbe Stadt saß und trank und schlief; die Häuser der Ärmeren, eng und schmucklos; die Plätze mit Brunnen; die Gehege, in denen Störche und Kraniche gemästet wurden; die Karawanenhöfe und Schänken und Lusthäuser … Und den Palast: von einem alten König, der auch einen Gang unter dem Euphrat hatte anlegen lassen, auf den Ruinen älterer Burgen und Paläste errichtet, von den persischen Satrapen erweitert und befestigt, mit Steinen, die aus weiter Ferne herangebracht werden mußten, mit Türmen und Ganglabyrinthen und Geheimtreppen und verlorenen Gemächern, und die unendlichen, üppigen Traumgärten, halb über der Stadt, auf Gewölbeschichten hängend, bei diesigem Wetter scheinbar schwebend.

Es gab viel zu sehen; zu viel. In der Stadt, in der Umgebung; Händler aus Indien und Arabien, Eselmänner, mit denen er gern gezogen wäre, morgens, bevor der Verstand wieder in die gewöhnlichen Bahnen zurückgefunden hatte.

Aber hinter, vielleicht unter allem war etwas Abstoßendes. Etwas, das gleichzeitig zu fressen und auszuspeien schien. Ptolemaios konnte es weder benennen noch abschütteln. Die Babylonier – die meisten sprachen ein geläufiges Aramäisch, neben den heimischen chaldäischen Zungen, und die Verwaltungssprache des persischen Reichs beherrschten inzwischen die meisten Offiziere wenigstens teilweise – erzählten von den anderen alten Städten des Lands zwischen den Strömen, von Ur und Uruk und Lagash und, weiter stromauf, den versunkenen Städten der grausamen Assyrer; sie erzählten von furchtbaren Kriegen und unfaßlichem Reichtum, von den Gesetzen der alten Könige und der ewigen Gesetzlosigkeit einen Steinwurf außerhalb der Mauern; nicht alle Geschichten hatten mit Babylon zu tun, aber alle kamen früher oder später auf Babylon zu sprechen. Pforte der Götter, Thron der Könige, Grab der Geschlechter ...

Vielleicht war es genau dies, und alles, was sich daraus ergab. Das Wissen der Leute, in der ältesten aller Städte zu leben; als die anderen großen Orte geblüht hatten, mochte Babylon nur ein Dorf, eine Siedlung, vielleicht ein Flußhafen gewesen sein, aber Babylon war noch immer da, Ur und Uruk waren Legende, vom Schlamm des Flusses begraben und von den Schilfwäldern erstickt. Außerhalb der Reichweite, hinter der nächsten Ecke, in den Mienen der Bewohner, in ihren Gebärden und ihrem Zwinkern und ihren Anspielungen, lauerten die Jahrtausende – wie eine gestaute Zeitbrandung, die jeden Moment über den Makedonen zusammenschlagen und sie wegreißen, verspülen mochte, bis nichts blieb als wieder ein paar Geschichten oder, wahrscheinlich, nicht einmal das Vergessen. Zweitausend Jahre, oder dreitausend, oder viertausend? Ein Abgrund der Wunder und Verbrechen, darüber eine dünne Schicht aus Schwemmland und Gesetzen; darauf hatten die Menschen in Jahrtausenden ihre Häuser aus Lehmziegeln errichtet, die fast immer den Namen des jeweiligen Herrschers als Brandsiegel trugen. Ein Aufruhr, ein Krieg, ein Brand, oder ganz einfach der Regen, der die Lehmziegel auflöste und durch die Stadt schwemmte; auf der Schicht aus Lehm und Asche und Blut baute man die nächste neue alte Stadt, und all die Städte der Vergangenheit mit ihren Geistern und Göttern waren da, unter jener, in der die Makedonen sich als Herren fühlten.

Abends gab es im Palast eines der zahlreichen Feste. Parmenion war da, Hephaistion, Philotas, Demaratos, fast alle höheren Offiziere und Berater; Barsine und Sisygambis und viele andere Frauen – Makedoninnen, Helleninnen, Ägypterinnen, Babylonierinnen, Perserinnen. Thais bemühte sich, die mürrische Miene des Philotas aufzuhellen. Ptolemaios hockte Schulter an Schulter mit Kleitos dem Schwarzen auf dem Boden, fast zu Füßen Alexanders, wo auf dicken Teppichen bärtige Männer saßen. Und während überall gegessen, getrunken, gegrölt, getanzt wurde, paarweise Männer mit Frauen oder mit Knaben verschwanden und wiederkehrten, Wein und Kinnamon und Bratenduft der Atem des Palasts wurden, erzählten die Bärtigen, Alexanders »Männer der Nacht«, ihre Geschichten von Fürsten und Frauen, Verrat und Vergeltung, List und Tod. Von einem König, der in einem Labyrinth aus Mauern und blinden Gängen starb, in dessen Mittelpunkt eine ungeheure Spinne saß; von einem anderen König, der in einem Labyrinth aus Sonne und Wüste starb, wo es keine Wände gab.

Eine Geschichte schien Alexander besonders zu fesseln. Es war die vom Helden und Halbgott Gilgamesh, dem Stärksten, der Uruk beherrschte, und die Götter schufen einen ebenso Starken mit Namen Enkidu, daß er mit Gilgamesh ringe und Uruk so Ruhe finde. Aber nachdem sie gekämpft hatten, küßten sie einander und schlossen Freundschaft. Und da nun Enkidu sich matt fühlte, zogen sie aus, große Taten zu tun, Kraft zu gewinnen und gewisse Auskünfte von den Göttern zu erhalten. Den Zedernberg bestiegen sie, wo sie den Ungeheuer-Löwen Chumbaba erschlugen und die Zedern fällten; sie töteten den Himmelsstier und schnitten sein Herz heraus; aber Enkidus Kraft nahm durch den Willen der Götter weiter ab, und er starb. Da weinte Gilgamesh bitterlich um den Freund und zog los, ihn neu zu finden, sich zu verlieren oder das Rätsel des Ewigen Lebens zu lösen. Und er tötete die Gewaltigen Hunde in den Bergpässen, und er ging zum Mashu-Berg, wo die Skorpionmenschen halb über und halb unter dem Boden leben und Furcht verbreiten. Sie wiesen ihm den Weg durch die Finsternis, zwölf Doppelstunden weit, ins neue Licht, wo er Edelsteinbäume fand, den Karneol-Weinstock und den Blausteinstrauch. Und weiter ging Gilgamesh bis zum Rand des südlichen Meers, zur Schänke der Jungfrau Wirtin Siduri. Bei ihr fand er Urshanabi, den Schiffer des Entrückten, den Schiffer des Uralten Utnaphishtim, der einst, als Fluten die Erde ertränkten, das Schiff gebaut hatte, das Tiere und Früchte barg, bis die Wasser schwanden: Utnapishtim, der nicht sterben kann. Und zu diesem fuhr Gilgamesh mit Urshanabi, über das Meer und die Wasser des Todes; einen Mond und fünfzehn Tage lang fuhren sie. Und als sie zu Utnapishtim kamen, da klagte Gilgamesh ihm sein Leid ob des Todes von Enkidu. Utnapishtim aber sagte: »Teilen Brüder denn für alle Ewigkeit? Von Anbeginn gibt es nichts Beständiges. Wie gleicht doch der Schläfer dem Toten, zeichnen beide doch des Todes Bild! Die Götter bestimmen Tod und Leben, aber des Todes Tag enthüllen sie nicht.« Die Götter hatten ihm und seiner Frau gewährt, wie die Götter ewig zu leben, und er nannte Gilgamesh, als dieser aus todgleichem Schlummer erwachte, jene Dornenpflanze, die dem, den sie sticht, das Leben gibt, das immer währt. Und Gilgamesh fand die Pflanze, doch als er zum kühlen Wasser eines Brunnes hinabstieg, kam eine Schlange, roch den Duft der Pflanze und stahl sie ihm, und schon warf sie die Haut ab und war neugeboren. Den Gilgamesh, weinend und klagend ob der Vergeblichkeit, brachte Urshanabi von Osten heim nach Uruk, das er gen Westen verlassen hatte.

»Schlaf und Tod sind Brüder«, murmelte Alexander, als die Männer der Nacht den rhythmischen, wiegenden Gesang beendet hatten. »So schrieb auch Homeros, nicht wahr? Und die Flut ... Ist Utnapishtim Deukalion?« Leiser, an Hephaistion gewandt, setzte er hinzu: »Ist Patroklos auch Enkidu?«

Hephaistion, halb betrunken, sagte etwas über einen Dornbusch, aus dem Flammen schlügen und den Alexander vor den Schlangen hüten solle.

Einer der Bärtigen hob die Hand. »Die Geschichte, Herr, ist alt; sie handelt von Göttern und Helden der Vorzeit. In den Einzelheiten« – auf die Ptolemaios kaum geachtet hatte – »sind unsere Götter und Sagen verschlüsselt. Es ist aber noch etwas darin: eine wahre Reisegeschichte. Man sagt, der Held sei nicht nach Westen aufgebrochen, sondern zuerst nach Norden, über die Berge nach Elam und Iran, dann in einem großen Halbkreis ans syrische Meer, von dort südwärts zu dem Meer, das Ägypten von Arabien trennt. Auf diesem Weg seien alle Dinge geschehen – der Zedernwald sei irgendwo in Armenien, König, und dort soll Chumbaba getötet worden sein. Südlich von Phönikien, im Land der Juden, liegt ein tödlicher See aus Salz, an dessen Südufer die Skorpionmenschen gewohnt haben, und die Edelsteinbäume, so sagt man, entsprechen den Felsen und dem Reichtum der alten Stadt Petra. Von dort ans Meer, zur Schänke der Siduri; von dort braucht man bei bestem Wind mit einem guten Schiff eineinhalb Monde, um Arabien zu umsegeln und die Inseln des Meers zwischen Iran und Arabien zu erreichen. Auf einer dieser Inseln soll Utnapishtims Schiff gestrandet sein, als die Fluten sanken; dort soll auch ein seltsamer Dornbusch wachsen. Und von dort gelangte Gilgamesh zurück zur Mündung der Ströme, wo sich die Schlange häutete, die vielleicht der böse Urwurm ist.«

Ein chaldäischer Priester, der mit Aristandros getuschelt hatte, wandte sich an Alexander.

»Kundige Männer haben die alten Geschichten zusammengetragen und neu geschrieben, König Asiens und Sohn des Marduk, der Ammon und Zeus ist. Kundige Männer haben die alten Geschichten mit Reiseberichten verbunden, und mit etwas anderem. Denn es ist Gilgameshs Wanderung auch die Bewegung der Sterne und Sternbilder, Jungfrau und Himmelsstier und Löwe und Skorpion, ihr Steigen und Fallen unter den Horizont.«

Alexander schwieg; mit zusammengekniffenen Augen starrte er den Chaldäer an. Aristandros streckte die Arme aus; mit starrem Gesicht, geschlossenen Augen und hohl dröhnender Stimmte sagte er:

»Ein Traum … Leben und Tod, festgesetzt von den Göttern … Auch göttliche Helden sollten den Bannkreis nicht verlassen, die Grenzen achten, die die Götter gezogen haben. Zeus für Hellas, Ammon für Ägypten, Marduk für das Stromland. Wenn Gilgamesh tatsächlich über die Berge nach Persien gewandert ist, so begann damit sein Untergang, und der des Enkidu.« Er ließ die Arme sinken, öffnete die Augen und suchte Alexanders Blick. »Vielleicht wird auch dir solch ein Traum zuteil, Herr; dann sag ihn mir, daß ich ihn dir deute.«

Wieder versuchte Ptolemaios, in Alexanders Gesicht zu lesen, in der Hoffnung, nicht nur einen Blick in den Geist des Freundes zu tun, sondern auch eine Erklärung für all den mysteriösen Unfug zu erhalten. Aber Alexanders Gesicht war eine Maske aus Hochmut und Ablehnung, und Ptolemaios war zu betrunken, um auch nur zu ahnen, worauf diese Regungen sich beziehen mochten.

Einige Zeit später – er mußte wohl eingenickt sein – stellte der Lagide fest, daß die Priester verschwunden waren, ebenso die Männer der Nacht. Schnarchende oder leise redende Makedonen, ein paar Frauen, in der Mitte Alexander, an den Rücken des schlafenden Hephaistion gelehnt, eine Hand in der von Barsine. Der König trank unverdünnten Wein, ohne betrunken zu werden. Parmenion, mit geradem Blick und schwankender Zunge, hob seinen Becher.

»Jetzt trinkst du, wie dein Vater Philipp getrunken hat. Ich habe immer gemeint, du verschmähst den Wein – wegen der Dinge, die du gesehen hast, als du jung warst.«

Alexander trank ihm zu, mit einem kleinen Lächeln. »Das stimmt, Parmenion mein Vater. Aber ich habe lange gebraucht, um zu verstehen, warum er so viel und so sehr getrunken hat.«

Parmenion stieß einen welterschütternden Rülpser aus. »Die ... ah, Olympias ist nicht hier, also sag es ruhig.«

Die Männer, die noch lachen konnten, lachten schallend. Alexander grinste flüchtig.

»Olympias verlangt von mir eine hohe Miete für die neun Monde, die ich in ihr gewohnt habe, aber sie ist meine Mutter, und ich ehre sie. Im übrigen hat das nichts damit zu tun.«

»Also was ist der Grund? Ist nicht Wein der einzige Grund, Wein zu trinken?«

»Wenn du Wein ausgießt für die Götter, Parmenion mein Vater, mußt du nicht daran glauben, daß die Götter diesen Wein trinken. Die Gebärde, die Feier ist das, was zählt. Wenn du mit deinen Freunden Wein trinkst, mußt du nicht an den Wein glauben. Es sind meine Freunde, mit denen ich trinke; und es sind meine Freunde, die mich warmhalten.«

Früh am nächsten Morgen – es hatte aufgehört zu regnen, aber der Himmel war fett und grau, als ob er sich für die nächste Flut vorbereite – begab sich Ptolemaios mit schmerzendem Schädel in den Palast, wie nachts vom König befohlen. Alexander, Parmenion, Kleitos, Demaratos, Philotas und ein paar andere sichteten die in den vergangenen Tagen von Schreibern und Geographen, Schatzhegern und Philosophen zusammengetragenen Dinge – Berichte, Karten, Listen, Unterlagen.

Parmenion und Philotas beschäftigten sich mit einer Aufstellung der von persischen Truppen angelegten Vorratslager auf dem Weg nach Susa. Alexander und Hephaistion waren über Karten gebeugt, auf denen die Wege ins Innere Arabiens verzeichnet waren. Ptolemaios, Kleitos und Drakon saßen an einem Tisch in einer Ecke des großen, von Gestellen und Rollen und Tischen und Schreibzeug übervollen Raums. Sie hatten Abschriften gefunden – Abschriften von Berichten, in denen es um Kenntnisse, Verrat und Gold ging. Sie waren nicht verschlüsselt, nannten aber keine Namen; zu jedem dieser Berichte gab es Anmerkungen in einer anderen Handschrift. Die Männer versuchten, aus den undeutlichen Angaben die Lebensumstände, Berufe, Orte der Verfasser herauszufinden, auf diese Umstände zu schließen; und einige der Anmerkungen schienen von einem Mann mit höchsten Vollmachten zu stammen, vielleicht Bagoas selbst, dessen genauen Aufenthaltsort zu kennen Demaratos beide Beine wert gewesen wäre, wie er behauptete.

Irgendwann blickte Alexander auf. »Genug mit Arabien. Die Karten von Persien scheinen ungenau, aber immerhin …« Er sah sich um. »Wo steckt Eumenes?«

Koinos, der mit einigen Schreibern Soldlisten durchging, hob die Hand. »Er ist gestern abend abgestürzt, Alexander. Der siebzehnte oder achtzehnte Becher Wein hat ihn vom Pfad der Geradlinigkeit abgebracht.«

»Holt ihn her; sofort.«

Koinos schnitt eine Grimasse und winkte einen Helfer herbei. Während sie auf den fetten Kardier warteten, ließ sich Alexander Wein und Wasser bringen. Demaratos stand auf und ging zu ihm.

»Eines – ehe ich es vergesse.«
»Was ist es, Freund?«
Der Korinther steckte den rechten kleinen Finger ins Ohr. »Man flüstert dir Dinge ein, Herr – und Freund. Diese Geschichten gestern, und Aristandros' Gerede von Träumen. Ich habe gehört, daß die Chaldäer Träume schicken können, wenn sie wollen.«
Alexander nickte. »Ich weiß; ich werde auf meine Träume achten.«
Eumenes torkelte herein; er sah furchterregend aus. Die Kleidung, bestenfalls halb übergestreift, schien aus Schleppnetzen und Fallstricken zu bestehen, die Augen hatten den Sonnenuntergang eingefangen und bewahrt, der Kopf schien inwendig Risse zu haben.
Alexander betrachtete den Hellenen ohne sichtbare Regung. »Willkommen im Rat, Eumenes. Es ist mir gleichgültig, wie du deine Nächte verbringst, aber ich will, daß du morgens zur Stelle bist, wenn ich dich brauche.«
Eumenes nickte, ächzte, schwieg.
Alexanders Arm beschrieb einen Halbkreis, der den größten Teil des Raums einzuschließen schien. »Das ist dein Reich, Hüter der Wissensschätze. Du wirst alles betrachten, alles ordnen, alles abschreiben lassen, und dann wirst du mir sagen, was wo zu finden ist. Ich will alle Karten zehnfach abgemalt haben; das zweitwichtigste sind die Steuerlisten. Du weißt schon.«
Eumenes brachte immer noch kein Wort heraus; er nickte lediglich, sehr vorsichtig, und rülpste leise.

Die Luft war unerträglich feucht; es war schwül und klamm, immer wieder kam von irgendwo ein kalter Hauch und ließ die verschwitzten Körper schaudern. Über der Stadt und dem Land gluckte der Bleihimmel, Drakon sprach von einer gräulichen Beule der Fäulnis, die schwoll und dräute und nicht platzen wollte.
Der Nachmittag glich einem kranken Dämmerzwielicht. Alexander hatte mit Schreibern Pläne entworfen, in allen Einzelheiten: Ausbau bestehender Straßenverbindungen, Anlage neuer Siedlungen und Städte, Unterbringung von

Handwerkern, Grabungsarbeiten als Vorbereitung für den Bau großer Schiffswerften am Euphrat, Umsiedlung halber Völkerschaften. Ptolemaios war einmal zu ihnen gegangen, hatte sich auf die Schulter des Königs gestützt und die Pläne überflogen; ihn schwindelte ob der Ausmaße, der Ungeheuerlichkeit des Vorhabens. Der Herr Europas und Asiens veränderte die Welt, da sie ihm so, wie die Götter und Zufälle sie eingerichtet hatten, nicht gefiel. In den Plänen war kein Raum für Grenzsicherungen gegenüber Persien.

»Wer nicht den Mut hat, Großes zu denken, wird nur Kleines erreichen«, sagte Alexander leise. »Geh, Freund; dies alles ist Zukunft. Dein Geschäft ist die Gegenwart.«

Stunden oder Jahre der Stickigkeit später hörte er den König ächzen. Alexander stand auf, schwankend; sein Gesicht war das eines Fünfzigjährigen, grau, von einer klebrigen Schicht bedeckt. Er tastete nach alten Wunden, Narben in der Schulter, im Oberschenkel, über dem Nabel, in denen das erwürgte Feuer des babylonischen Herbstes raste.

»Es ist genug. Macht weiter. Ich ...« Er hustete, rieb sich die Augen und sah sich um. Der Blick flackerte.

Momente später war er wieder der König, beherrscht, fünfundzwanzig Jahre alt, ein wenig verschwitzt, aber wohlauf. Er wandte sich an einen Helfer, schickte ihn los, um Hephaistion zu suchen, dann kam er an den Tisch, an dem Kleitos, Demaratos und Ptolemaios arbeiteten.

»Ein Gang durch die Stadt«, sagte er; die Stimme war rauh. »Luft, falls es die hier gibt. Kommt jemand mit?«

Drakon, Kleitos und Ptolemaios schlossen sich ihm an; auf dem Gang kam ihnen Hephaistion entgegen. Einige Königswächter, vom Wachoffizier aufgeboten, fielen zurück, als Alexander abwinkte.

»Du kannst nicht allein gehen, Herr«, sagte ein Unterführer der Hypaspisten, der auf dem Hof, den sie durchquerten, ein paar Leichtverletzte wieder an Bewegungen gewohnen wollte.

»Ich bin nicht allein, Freund.« Alexander wies auf seine vier Begleiter.

»Aber ... die Stadt ist voller Dolche. Es ist unsere Aufgabe, dich zu schützen. Wer soll uns führen?«

Alexander legte ihm die Hand auf die Schulter. »Parmenion. Aber keine Sorge; Könige werden selten von fremden Bettlern umgebracht, eher von den eigenen Fürsten und Strategen.« Er lachte, sah sich um, winkte einigen Männern, die unter den Bogengängen saßen, tranken und den Käfig mit bunten, schnatternden Vögeln betrachteten.

»Das sind Leute aus der Taxis des Krateros – keine Königswachen!« Fast klangen die Worte des Offiziers wie ein Tadel gegenüber einem aufmüpfigen Knaben.

»Ich weiß. Alketas, Philoxenos, Sokos, Zoilos, und Emes, der Dekadarch. Kommt ihr mit?«

Die Männer strahlten: Weil der König sie wählte, und weil der Halbgott ihre Namen kannte – die Namen einfacher Hopliten.

Ptolemaios blinzelte dem langen Emes zu. »Keine Sarissen, Freund – Schwert und Schild genügen.«

»Gesindel«, murmelte Hephaistion.

Alexander warf ihm einen vorwurfsvollen Blick zu. Laut sagte er: »Die Größten, Tapfersten, Kühnsten und Besten. Kommt.«

Kleitos, kaum hörbar, bemerkte: »Manchmal frage ich mich, ob du ihre Treue und Zuneigung verdienst, Junge.«

Alexander lächelte knapp. »Niemand *verdient* das, Kleitos. Vielleicht verdient man Erfolg oder Reichtum, aber Treue und Liebe sind Geschenke, die man nur annehmen kann, ohne zu fragen.«

Sie verließen das Palastgelände; die ersten Tropfen lösten sich aus dem übervollen Himmel. Alexander blieb stehen, breitete die Arme aus, bot dem Himmel das Gesicht dar.

»Endlich. Es wäre eine Erquickung und Erlösung.«

Die Farbe der Wolken hatte sich von Bleigrau zu einem fauligen Grauschwarz gewandelt. Um sie her begannen die Menschen zu laufen, die Straßen wurden zu Rennbahnen: Man wollte heim, unter die Dächer, ehe die Wolken barsten. Auf dem kleinen Platz, den sie eben erreicht hatten, löste sich ein Markt mit Karren und Ständen, mit Gemüse, Geflügel und Flußfischen auf wie das Bild eines Traums, wenn man erwacht. Vor einem Tempel beendeten ein paar schwarzgekleidete Priester eine Erörterung und verschwanden.

Die Tropfen fielen immer noch zögernd, als ob sie auf etwas warteten. Einer der Hopliten seufzte vernehmlich, als sie aus dem besseren Wohnviertel kamen und durch eine ärmliche Straße gingen, in der jedes fünfte Haus eine billige Schänke war. Sie rochen Bratfeuer, hörten Mädchen kreischen und Makedonen grölen.

Alexander blieb stehen. »An den Kanälen droht uns kein Unheil, Freunde. Vergnügt euch – und seid morgen früh nüchtern.«

Die Männer lachten und legten die Fäuste an die Brust. Nur Emes schien zu zögern.

»Ein schlimmer Stadtteil, vor uns, Herr«, sagte er. »Bist du sicher ...«

»Ich bin sicher, getreuer Emes.«

Emes lächelte. »Dann erlaube mir, dir dennoch zu folgen, Herr, um deine Sicherheit zu teilen.«

Plötzlich brach der Regen los. Sie hasteten voran, standen unter einer verkrüppelten Palme, liefen weiter, suchten einen Moment Zuflucht im bröckelnden Bogengang eines der tausend Häuser der Lust. Aus dem Innenhof und den Räumen zogen Schwaden eines Holzfeuers; sie hörten Geschrei und Gekreisch und Gekicher, schrilles Gestöhn, dazwischen jäh das Geräusch von Peitschenhieben und dann wieder klirrende Becher. Eine scheußliche Gestalt erschien im Hof: ein Mann, verwachsen, mit der Maske eines gräßlichen dreiäugigen *daimon* oder eines Gottes und Hörnern auf der Stirn. Der Körper war nackt; er schien vor allem aus schwellenden Muskeln und einem aufgedunsenen Phallos zu bestehen.

Der Mann, wenn es einer war, verließ den Hof, ohne sie zu beachten. Er spielte auf einer dünnen Holzflöte eine wehmütige, lockende Melodie. Zwei Mädchen versuchten ihn zurückzuhalten, aber er schüttelte sie ab.

Ptolemaios sah den Falkenkopf, ein Brandzeichen, über dem linken Schulterblatt; er zupfte an Drakons Chiton. Der Arzt wehrte ab: Auch er hatte das Brandzeichen gesehen.

Der Regen fiel, hing zwischen den schäbigen Lehmhäusern wie ein halb durchsichtiger Vorhang, aber Ptolemaios bemerkte ihn nicht mehr. Wie im Traum bewegten sich seine Füße, durch breiigen Lehm und Kot und Abfall, Pfützen und

Rinnsale; sie folgten dem Mann, oder den Tönen. Sie alle: Alexander, Hephaistion, Kleitos, Drakon, Emes. Rechts und links wurden die Häuser immer erbärmlicher, niedriger, angefressen von Zeit und ausgewaschen von Regen. Regen, der zunahm an Wucht und Rauschen, bisweilen fast ein Trommeln zur Flöte der seltsamen Gestalt. Die Töne wurden immer schriller, immer schneidender. Und wie das Wasser den Häusern zusetzte, schien es auch den Flötenspieler zu vermindern. Von hinten sah es aus, als ob die Maske sich auflöste, herabströmte wie schlechte Schminke. Farbstriemen zogen sich über den Körper, wuschen auch die Muskeln weg und den Buckel; der Mann schien kleiner zu werden. Der eingebrannte Falkenkopf blieb; im Auge des Vogels lagerte sich Ocker ab.

Sie traten zwischen den Häusern heraus ans steile Ufer eines alten, schlammigen Kanals, auf den Treidelpfad, der geborstene Brandziegel war und wucherndes Unkraut. Weiter rechts führten ausgewaschene, ausgetretene Stufen hinab zur Wasserlinie und zu einem versunkenen Anleger. Der *daimon*-Mann wandte sich um; sie sahen sein verfärbtes, gestriemtes Gesicht. Er war alt, verschrumpelt, wie eingelaufen; die Zähne, die er in einem Grinsen entblößte, ehe er weiterblies, waren schwarze Stümpfe, und die Augen überkrustet von einem glasig-weißen Schimmel. Er setzte die Flöte wieder ab; in seinen Händen wurde sie zu einer kleinen Schlange, die er fallen ließ. Sie wand sich und sickerte zwischen zwei Bodenplatten in die Erde.

Emes legte die Hände vor die Augen. Kleitos und Hephaistion zuckten, wie bei einem unbehaglichen Gedanken, der den Halbschlaf stört, ohne den Schläfer ganz zu wecken. Drakon warf etwas in den Kanal, aber die Hand war leer gewesen. Ptolemaios klammerte die Rechte um Alexanders Arm.

Der König schüttelte ihn ab; er schien sich als einziger wirklich bewegen zu können. Mühsam, als müsse er mit der Zunge Felsbrocken beseitigen, sagte er auf Hellenisch:

»Wer bist du, alter Mann?«

Der *daimon* öffnete den verfallenen Mund. »Ich war einmal ein Fürst; jetzt bin ich niemand.« Er sprach Aramäisch.

»Wie ... kannst du von nichts zum Fürsten und dann zu niemand werden?«

Ohne sichtbare Regung sagte der *daimon,* der nun Iranisch verwendete: »Dies ist der Platz, wo alle Dinge enden, König der Makedonen.« Er ging zur verfallenen Treppe an der steilen Kanalwand. »Kommt.«

Alexander zögerte. Die anderen folgten dem alten Mann oder *daimon,* mit den Bewegungen von Puppen. Alexander zischte und zog das Schwert, ehe er ebenfalls folgte.

Ein paar Fuß oberhalb der Wasserlinie, oberhalb des versunkenen Anlegers, kroch der *daimon* in eine Art ausgewaschener Höhlung mit einer kleinen Öffnung. Er wandte sich um, winkte ihnen, sie folgten. Im Dunkel unter der Erde hörten sie vor sich seine Stimme dröhnen.

»Vor dreitausend Jahren wurde Babylon erbaut, aus Lehm und Geistern. Regen und Fluten zerstören den Lehm, damit neue Geister eine neue Stadt bauen können. Aber alle alten Städte sind noch da, jede unter der, die ihr folgte. Und die alten Geister sind hier.«

Es wurde ein wenig heller, als ob von irgendwo Licht durch Öffnungen oder Löcher einsickerte. Sie kamen in ein unterirdisches Labyrinth von vielen Ebenen. Manchmal erstiegen sie eine Treppe oder Leiter, manchmal rutschten sie einen schlammigen Hang hinab; sie sahen die Mündungen von drei Gängen übereinander, sie sahen zahllose Gänge und Durchstiege, die aus all den kahlen Hallen fortführten, abzweigten, sich verzweigten. Immer folgten sie dem alten Mann mit den silbrig verkrusteten Augen. In einer tiefgelb glimmenden Halle fiel zischend eine kleine Schlange – *die* kleine Schlange? – von oben um seinen Hals; er setzte sie an die Lippen, und wieder war sie Flöte. Ein unheimlicher Klageton drang aus ihr und füllte die Hallen und Gänge.

Sie kamen vorüber an zerbrochenen Liegen, morschen Tischen, einem dreigeteilt verrottenden Königsthron, einer großen Beratungs- oder Festtafel mit zwei Löwenbeinen; sie wateten durch eine Flut fiepsender Mäuse; sie umrundeten eine abgesunkene Pfütze, die von Schlangen wimmelte. Aus den glimmenden, triefenden Wänden starrten Augen nach ihnen, Augen, die zu keinem Gesicht gehörten: Augen auf Stengeln, die sich bewegten, bogen, wanden. In einem langen Gang wurde es heller; Menschenarme, die aus den Wänden wuchsen, hielten Kristallbälle voll von tiefrotem inneren Feuer, aber die Menschenarme endeten in ungeheuerlich aufgedunsenen Händen mit Krallen oder drei Fingern oder zwei Riesendaumen oder sich windenden Tastfäden. Sie kamen vorüber an einer Schar verkrüppelter Bettler, deren fehlende Körperteile abgenagt schienen; sie sahen einen Mann mit dem Silbergesicht des Aussatzes und leeren offenen Augenhöhlen; sie sahen eine Frau mit vier Brüsten und zwei Köpfen; einen sechsbeinigen Stier mit Schwingen; einen wundersam liebreizenden Knaben, dessen Gemächt ein Dreizack aus zischelnden Vipern war; das Standbild eines gelbhäutigen Kriegers mit Krummsäbel und schmalen, geschlitzten Augen; das Standbild eines schwarzen Pharaonen; das Standbild eines anderen Kriegers mit rotem Helmbusch und einem Adler als Feldzeichen auf der Lanzenspitze; das Standbild eines ausdruckslosen Mannes, der eine lange graue Tuchhose trug, eine graue Tuchjacke mit Knöpfen, einen schwarzen Knotenstrick um den weißen Tuchhals; das Standbild Alexanders; das Standbild des bärtigen Zeus; das Standbild der Liebesgöttin, den Unterleib vorgereckt, die Pforte der Lust voller Löwenzähne.

Verwaschen, vergrößert, entrückt und doch nah sah Ptolemaios die Gesichter der anderen: Emes, erfüllt vom Grauen eines vielgestaltigen, unentrinnbaren Albtraums, angeklammert an sein Schwert und seine Tapferkeit und sein Vertrauen zu Alexander; Kleitos mit schmalen Augen, ein gesunder Mann, der schreckliche und gefährliche Gesichte bekämpft, an denen er keinen Anteil haben will; Drakon, starr, gefroren, die Züge wie aus Eis gemeißelt, das gleich schmelzen wird; Hephaistion, ein Schlafwandler, der durch Irrsinn watet, die Augen voll von einem unwirklichen Glühen, dem Glühen, das ein innerer *daimon* angefacht hat; Alexander – Alexander – Alexander mit dem unglaublichen, rettenden, kräftigenden, kühlen Gesicht des Herrn, dessen Miene einer Horde von Knechten sagt: *Versucht nicht, mich zu erschrecken, sonst bringe ich wirkliches Entsetzen über euch;* der aber gleichzeitig alles durchaus fesselnd findet und versucht, ein führender Teil des Ganzen zu werden.

Die Geräusche vervielfachten sich: das Kreischen der Flöte, Schaben und Krabbeln und Kriechen von kleinem Getier und Mäusen und Würmern; irgendwo in der Ferne, in einer unermeßlichen Echohalle, das dröhnende Pochen eines Herzens; tausend Stimmen – jung alt Männer Frauen – wispernd und murmelnd und redend und schreiend, nah und fern; das Hohngelächter eines Ertrinkenden, der nichts mehr weiß; das Gurgeln eines Erwürgten; das Rascheln und Reißen von Papyros; knisterndes Feuer, jaulender Wind. Gerüche von verwesenden Menschenleibern, von Garküchen und Abfällen; von junger Haut gesalbt mit Nardenöl; von Kinnamon auf den Lippen eines Lustknaben; von Salz und Sand, überreifen Feigen, nassem Leder am Feuer, blutigen Klingen; der stechende, beklemmende Geruch eines namenlosen Ungeheuers, das im Dunkeln lauert.

Sie kamen durch eine Halle, in der unvorstellbarer Reichtum aufgetürmt, zerstreut, zertrampelt war: riesige Standbilder von Ishtar und Marduk aus lauterem Gold; Mosaiken aus weißen und grünen Edelsteinen, blutbespritzt von den Schlachten, die sie darstellten; umgestürzte Stapel von Münzen; feinste Goldschmiedearbeiten, zertreten unter dem Fuß eines Unholds; Bäche von roten, grünen, gelben, blauen Steinen. Emes bückte sich, um einen Rubin aufzuheben, aber in seiner Hand wurde der Stein zu Sand, und das kostbare Schwert eines göttlichen Schmieds, das Hephaistion ergriff, zerrann zu einer Myriade Ameisen mit glühenden Füßen.

Lärm und Gestank blieben zurück, schwanden, verschwanden, als sie einen weiteren Gang betraten. Der *daimon*-Mann, immer ein paar Schritte vor ihnen, hörte plötzlich mit dem Flötenspiel auf, blickte sie über die Schulter an, grinste und trat um eine Biegung. Als sie ihm folgten, ihn suchten, war er nicht zu sehen; auch die Biegung war nicht da, der schimmernde Gang führte geradeaus. Vorsichtig, erschöpft, entsetzt gingen sie weiter, diesmal nicht hinter dem Alten her, sondern hinter Alexander, der das Schwert in der Hand hielt und die Zähne zusammenpreßte.

Die nächste Halle: ein Labyrinth aus schwarzem Sand, aufgetürmt zu Wällen, die nicht die Form verloren, wenn man sie berührte, obwohl man Sand händeweise fortnehmen konnte, und die das Licht schluckten, ohne die Helligkeit zu vermindern. Alexander fand den Weg zum Mittelpunkt.

Dort saß, mit dem Rücken zu ihnen, ein offenbar uralter, gebeugter, chaldäischer Priester auf einem Haufen Goldmünzen. Sein schwarzer Umhang war übersät mit Göttersymbolen, die hohe schwarze Mütze mit Sternen, in der Hand hielt er einen Papyros mit Sternbildern des Zodiakos und mit Schicksalsberechnungen. Als sie ihn umrundeten und von vorn sahen, grinste ein Totenschädel unter der Mütze, und die Hand mit dem Papyros war die eines weißgewaschenen Gerippes.

Plötzlich senkte sich der Boden, kippte; sie rutschten eine Art Rampe hinab und landeten in einer weiteren Halle, trocken, gut beleuchtet, gefegt und geschmückt mit Zierbildern, die bunt und vielgestaltig waren, aber keinerlei erkennbare Gegenstände der Natur zeigten. Mitten in der Halle standen drei Männer mit ledernen Leibschurzen.

Erst beim zweiten Blick sahen sie, daß es keine Männer waren. Der erste *daimon* wich vom Menschlichen ab durch sein linkes Auge: Die Augenhöhle war senkrecht. Der zweite *daimon* hatte eine Brust aus Glas, mit einem Türchen; dahinter wogte und pochte das Herz. Der dritte *daimon* sah von hinten aus wie von vorn; er hatte ein Gesicht im Nacken, die Arme und Beine verfügten über Doppelgelenke, und die unmöglichen Füße wiesen in beide Richtungen.

Sie standen an einem Tisch mit allerlei Schreib- und Schneidegeräten und vielen Papyrosrollen. Der erste *daimon* ergriff einen langen Streifen Papyros, verdrehte ihn einmal in sich und klebte die beiden Enden zusammen, nachdem er mit viereckiger Zunge daran geleckt hatte. Der zweite nahm ein flammendes Schreibried, blies Asche fort, öffnete die Tür über seinem Herzen, tauchte das Ried hinein, schrie grauenhaft auf und malte mit dem blutigen Ried einen Strich auf die Außenseite des Papyros, die zur Innenseite wurde, die wieder Außenseite wurde, bis der Strich auf beiden Seiten zusammenkam und nur einer war. Der Blutstrich fing Feuer, als der *daimon* noch einmal auf das Ried blies. Er packte den brennenden, in sich geschlungenen Streifen und zerriß ihn der Länge nach; dann hielt er ihn hoch und zeigte ihn den

Männern. Sie sahen, daß nicht zwei Streifen daraus geworden waren, sondern einer mit doppelter Länge. Der dritte *daimon* nahm eine Schere und schnitt den Streifen der Länge nach, hielt ihn hoch, und nun waren es zwei ineinandergedrehte Schleifen. Der erste *daimon* keckerte hoch und schrill; der zweite berührte den Papyros mit dem brennenden Ried, der dritte ließ ihn fallen.

Klebriger schwarzer Rauch füllte die Halle. Keuchend und hustend suchte Alexander nach einem Ausweg; die anderen folgten. Als sie aus Rauch und Würgen entronnen waren, fanden sie sich in einer weiten Sandwüste wieder; in der Nähe des Horizonts hing etwas wie ein schwarzer Fleck.

Sie marschierten darauf zu, sie marschierten und marschierten. Der schwarze Fleck kam nicht näher. Emes berührte Alexanders Arm.

»Ist das ... ein Traum oder eine Bestrafung, Herr? Sind wir vielleicht schon gestorben?« Seine Stimme klang wie erstickt unter ungeweinten Tränen.

Alexander lächelte und drückte die Hand des Kriegers. »Was immer es sein mag, Freund, ich habe euch hineingeführt und führe euch auch wieder hinaus.«

Kleitos, mit einem halbherzigen Kichern, sagte plötzlich: »Wenn dieses Papyrosstück so endlos ist, wie es den Anschein hatte, dann muß auch der Rauch, der beim Brand entsteht, unendlich sein. Er wird die ganze Welt ersticken.«

Ehe jemand antworten konnte, bewegte sich der Boden; sie taumelten, hielten einander fest; der schwarze Fleck raste ihnen entgegen. Es war der alte Mann-*daimon;* er saß auf einem Felsen, aber der Felsen war schwarzes Glas, vielfach gebrochen und glitzernd; schwarzes Licht zuckte heraus. Vor ihnen hielt der Glasfelsen an, oder der Boden bewegte sich nicht mehr zu ihm hin. Der Alte stieg ab, mit steifen Beinen, wandte sich in eine andere Richtung und winkte ihnen. Er tat einen Schritt und war verschwunden, wie durch eine unsichtbare Tür.

Alexander knirschte mit den Zähnen und folgte. Ein einziger Schritt, und sie waren in einem halbdunklen Gang, an dessen Ende das Gerippe eines Löwen eine Treppe hütete. Der Löwe beugte sich über das Gerippe eines Menschen, dessen Schädel er zwischen den Zähnen hielt. Ein Knochensplitter fiel heraus, als sie die Treppe betraten.

In einer langen Spirale stiegen sie aufwärts; sie kamen in eine große, fast völlig dunkle Halle, die aus Spiegeln bestand – Spiegeln, die wisperten und sich verschoben. Im unsicheren Licht sahen sie tausend verschiedene Gestalten, die sich in den Spiegeln bewegten: Alexander kopfunter, Kleitos aufgedunsen zu einer zappelnden Kugel, Ptolemaios mit Stabnase und Krötenbeinen, Hephaistion ohne Bauch – Hals und Beinansatz flossen ineinander –, Drakon eine winzige Qualle, Emes ein zuckender Pfosten. Der Alte – wieso gab es von ihm keinerlei Spiegelbild? – stand in der Mitte der Halle.

Emes hustete und sagte. »Ich hatte Zunder und Feuerstein in der Tasche; vielleicht sind sie trocken geblieben. Da drüben liegt eine verkohlte Fackel.«

Alexander hatte fast den Mann-*daimon* erreicht; Hephaistion und Ptolemaios waren bei ihm. Ptolemaios streckte die Hand aus und berührte Alexander an der Schulter.

Emes schlug Feuer und entzündete die Fackel. Die tausend Spiegel vervielfachten das Licht; alle waren für Momente geblendet. Je mehr Licht in der Halle leuchtete, desto unsicherer wurden die Umrisse des Alten. Er trat in einen Spiegel; Kleitos stieß einen Fluch aus.

Im Spiegel sahen sie den muskelbepackten, buckligen Flötenspieler mit der Drei-Augen-Maske; einen Moment blickte er sie über die Schulter an, grinste, dann wandte er sich ab und ging, im Spiegel, wurde kleiner, verschwand.

Emes kam, mit der Fackel, stand neben Drakon und Kleitos. Alexander machte einen Schritt, stand in der Mitte der Halle, genau dort, wo eben noch der Mann-*daimon* gestanden hatte. Dann hörten sie ihn schreien wie in Todesnot – ein furchtbarer, schriller, langer Klagelaut. Sie liefen zu ihm, erreichten ihn, standen neben ihm, konnten ihn berühren, hörten den Schrei immer noch; aber Alexanders Gesicht war ruhig, sein Mund geschlossen. Rings um ihn verzerrten die Spiegel das Bild: gerade, starr, verbogen, entstellt, fett, auf dem Kopf, waagerecht schwebend. Eine Reihe eiförmiger Spiegel zeigte andere Bilder; Ptolemaios faßte sich ans Herz und ächzte.

Er sah, alle sahen, in den Spiegeln Alexander als Säugling an Lanikes Brust, als Knabe, als Jüngling in Mieza, als junger Krieger unter Koinos' Führung in einem Sumpf, als junger König, als Mann mit Furchen im Gesicht und den Widderhörnern des Gottes Ammon über den Schläfen, als todgeweihten, eingefallenen Mann, als schnell zerfallenden Leichnam. Es war der Leichnam, der diesen gräßlichen Schrei ausstieß.

Hephaistion und Kleitos griffen nach Alexanders Armen. Emes trat zu ihnen, mit der flammenden Fackel, und wie von einem schwarzen Blitz getilgt verschwanden alle Spiegelbilder des Königs. Einen Moment lang zeigten die Spiegel eine Leere, umstanden von Kleitos und Hephaistion, deren Hände ins Nichts gereckt waren, dahinter Drakon und Ptolemaios, ein wenig zur Seite Emes mit der Fackel. Plötzlich verschwand auch Hephaistion aus den Spiegeln, obwohl er und Alexander immer noch leiblich da standen. Kleitos sagte halblaut: »Was, beim Kot aller Götter ...«, aber es war, als würde seine Stimme zu einem fettigen schwarzen Wind, der die Fackel ausblies. Der Boden kippte, sie taumelten, rutschten, krachten in ein paar Spiegel, rutschten immer schneller, schossen durch ein Loch in der steilen Uferwand des Kanals und klatschten ins lehmige Wasser.

Es war dunkel geworden, die unsichtbare Sonne gesunken, und es regnete noch immer. Sie begannen zu schwimmen, suchten die Kanalwand nach Treppen ab. Die obere Uferkante, von Regen durchtränkt, geriet ins Rutschen; Schlammschlieren glitten die Uferwand hinab und bedeckten, verschlossen, verbargen den Ausgang der Unterwelt.

Bei der nächtlichen Beratung begann Kleitos zu niesen; er fühlte sich fiebrig. »Wenn wir das alles nur geträumt haben, dann war es der unangenehmste feuchte Traum, den ich je hatte.«

Hephaistion lachte. »Vielleicht sind wir wirklich nur zum Kanal gegangen, haben dieses Gesicht gehabt und sind reingefallen, wie?«

Ptolemaios und Drakon wechselten einen langen Blick; der Lagide sagte verdrossen: »Ich glaube nicht an Träume; gebt mir Tatsachen.«

»Mein Niesen. Mein Fieber. Die Erkältung, die ich morgen haben werde; sind das nicht Tatsachen genug?« Kleitos wischte sich die Nase.

Aristandros verwendete eines seiner seltenen feinen Lächeln; Alexander schnitt eine Grimasse. Der Seher räusperte sich.

»Tatsachen für dich, Kleitos; für uns sind es nur *phainomena.* Etwas, was man sieht, ohne es glauben zu müssen. Vielleicht hat dich einfach etwas befallen.«

»Wenn es denn ein Gesicht war, eine Botschaft«, sagte Alexander, »wie ist deine Deutung?«

Aristandros stand von seiner Kline auf und fuchtelte mit den Armen, bis die Musikerinnen zu spielen aufhörten. »Eine Botschaft? Nun ja ... Sie sagt viele Dinge, glaube ich. Die Wirklichkeit ist ein riesiger Turm, ein großer, weiträumiger Turm, den alle Menschen aller Jahrhunderte erbaut haben. Du kannst niemals erwarten oder hoffen, diesen Turm zu verändern oder zu zerstören, denn alle, die ihn bauten, und alles, was sie gesehen, gedacht, gewußt und geträumt haben, all das ist in diesem Turm, kraftvoll und lebendig. Du kannst darin wohnen, du kannst kleine Teile ändern, umbauen, neu einrichten, aber selbst wenn es dir gelänge, den ganzen Turm abzureißen, würden die Menschen sich an ihn erinnern und ihn wiedererrichten, durch Worte und Gedanken.«

Parmenion machte ein Geräusch, als ob er ausspucken wollte. »Kannst du das auch so sagen, daß ein dummer alter Krieger es versteht?«

Aristandros wandte sich ihm zu. »Du verstehst nur zu gut, edler Parmenion. Babylon ist die Welt, die Menschheit, innerhalb und außerhalb der Oikumene. Alles was war, was ist und was sein wird – alles ist hier, gleichzeitig, zusammen, unauflösbar verwickelt. Wer die Welt beherrschen will, sollte versuchen, mit Babylon in Eintracht zu leben. Alles andere ist eitel. Das ist es, was die Botschaft sagt – das Gesicht, Alexander. Du wirst keinen anderen Ort finden, wohin du auch ziehst, zu Wasser oder zu Lande. Diese Stadt ist überall.«

Alexander bleckte die Zähne. »Du willst also, daß ich hier bleibe? Nicht weiterziehe? Ein Babylonier werde? Diesen alten Lehmhaufen zu meiner Hauptstadt mache?«

Niemand antwortete. Kleitos nieste wieder. Demaratos schien seine Finger zu zählen, Drakon starrte an die ferne düstere Decke des Saals. Schließlich hob Philotas die Hand.

»Vielleicht nicht der schlechteste Vorschlag, Alexander. König der Makedonen, *hegemon* der Hellenen – das Ziel, der Auftrag ist, die Perser für alte Schmach zu strafen, Makedonien zu stärken, den Athenern ein paar Heiligtümer und Standbilder zurückzubringen, die, ah, Xerxes geklaut hat. Nicht daß mir etwas an ihnen läge, aber ... Warum nicht Babylon zur östlichen Hauptstadt machen? Eine Grenze ziehen? Eine Grenze, die wir von hier aus gut überschreiten können – nach Persien gehen, den Kern der persischen Macht zerstören, Standbilder suchen, dann zurückkommen. Ein oder zwei Jahre hier, Alexander, alles ordnen, dann ein oder zwei Jahre Pella, dann wieder hier. Wäre das so schlecht?«

Einige nickten, andere schwiegen; fast alle beobachteten Alexander, dessen Gesicht keine Regung zeigte.

Demaratos sagte halblaut: »Diese Botschaft, euer Traum ... Vergeßt nicht: Alexander war der einzige, der sich dagegen wehren konnte. Gegen die Götter – oder gegen den, wer immer es sein mag, der diesen Traum geschickt hat.«

Alexander schloß die Augen; er nickte leicht. »Ja, Philotas, es wäre so schlecht. Der *hegemon* der Hellenen soll die Perser strafen. Nicht daß jemand bei Erteilung des Auftrags geglaubt hätte, daß das Heer weiter als bis, sagen wir, Sardeis kommt. Der König der Makedonen möchte vielleicht Persien zu seiner Provinz machen, statt es nur zu plündern. Und Alexander – Alexander ist noch etwas anderes neben *hegemon* und König. Alexander möchte vielleicht den Rand der Welt sehen, den Saum des Nichts, die Säulen der Nacht.«

Philotas grunzte leise. »Freund«, sagte er dann, »die Hellenen im Heer werden dem *hegemon* folgen, bis das Ziel erreicht ist; dann werden sie heimkehren wollen.«

»Und die Makedonen, Philotas?« Alexanders Stimme war hart und schneidend geworden.

Parmenion hielt seinen Sohn mit einem Blick zurück; der alte Stratege sagte sanft: »Die Makedonen folgen ihrem König, Alexander.«

Krateros räusperte sich. »Das ist vielleicht genug. Vielleicht ist es aber auch zu wenig. Wer folgt dem *hegemon*, wer folgt dem König, alles ganz nett. Aber ...«

Koinos betrachtete die Gesichter ringsum – junge Gesichter zumeist, gezeichnet von Entbehrungen und Triumphen: die Gesichter junger Männer, die er, als Jünglinge, vor nicht einmal zehn Jahren in Beroia ausgebildet hatte.

»Ja, Freunde, aber«, sagte er. »Dies Aber zählt. Aber wer folgt, wenn *hegemon* und König verblassen – wer folgt dann Alexander?«

»Ich«, sagte Hephaistion. »Über den Rand der Welt.«

»Ich – ich – ich – wir!« Perdikkas, Krateros, Ptolemaios, Eumenes, Kleitos, Koinos, Leonnatos, Seleukos. Das Wir schrie der lange, dünne Polyperchon. Es gab allerdings auch viele, die nichts sagten oder lediglich nickten.

Alexander lächelte sie alle an; dann wandte er sich an Parmenion, Philotas und den jüngeren Bruder Nikanor, der die Hypaspisten befehligte, die besten der Fußkämpfer, und der bisher geschwiegen hatte.

»Parmenion, mein Vater« – Alexanders Frage klang plötzlich wie ein Flehen –, »was ist mit dir? Und mit deinen Söhnen? Du warst immer Philipps rechte Hand, hast seinen Rücken geschützt, und meinen. In den Kämpfen hast du die Feinde gehalten, damit Philotas und Nikanor, mit den Hetairen und Hypaspisten, sie zerschmettern konnten. Was ist mit dir?«

Ptolemaios fühlte sich elend; er war sicher, daß er entweder rot oder blaß wurde, aber niemand schien es zu bemerken. In diesem Moment begann der Lagide zu hassen. Sein Freund, sein König, sein unbegreiflicher und unvergleichlicher Herr erniedrigte sich, um die stärksten Vertreter des Makedonentums zu beschwichtigen. Es stimmte ja: Parmenion, Vater des Heeres, hatte in den Kämpfen mit den ihm unterstellten Truppen den Amboß gespielt, auf den furchtbar der persische Hammer niederging – damit Alexander den Arm abschlagen konnte, der den Hammer führte. Nikanor und Philotas hatten die wichtigsten Einheiten befehligt, ja; aber erdacht hatte dies alles Alexander, und geführt hatte dies alles Alexander, galoppierend an der Spitze der Hetairen. Das Göttliche – oder ein bestimmter Gott – mochte sich einmal in tausend Jahren in einem Menschen verkörpern; wenn ein solcher Stern aufstrahlte, wäre es dann nicht lästerliche Schmach, seinem Licht nicht zu folgen, bis ans Ende, da alles Grauen, alle Scheußlichkeit und alle Ruchlosigkeit geheiligt wurden durch den Willen der Götter, das Strahlen des Sterns und das unvorstellbare Ziel? Das Flehen des Königs, die Erniedrigung, das Buhlen um Zustimmung, Gunst oder auch nur Duldung, mochte in diesem Sinn geheiligt sein; zweifellos war es politisch sinnvoll; ebenso unbezweifelbar wurde es dem König aufgezwungen durch Engstirnigkeit, lästerliche Dummheit. Höchster Ruhm, unvergängliches Überdauern im Gedenken der Jahrtausende, nicht zu vergessen reichste Beute und äußerste Macht – all dies verworfen, weil es nicht mit Erinnerungen an makedonische Bergdörfer, mit überkommenen Gepflogenheiten und herkömmlichen Gesetzen übereinstimmte?

Er knirschte mit den Zähnen, ballte die Fäuste, wollte aufspringen – wollte vorschlagen, daß man den Aufbruch nach Persien um ein paar Tage verschiebe, um Babylons Untergrund aufzugraben, die unterirdischen Labyrinthe niederzubrennen und einige allzu makedonische Offiziere in Asche und Scheiße zu ersticken, ehe man alles wieder zuschüttete. Dann spürte er die Hand des alten Korinthers auf seiner Schulter; Demaratos drückte nur leicht, aber es war eine ausreichende Warnung. Er bemerkte, daß Drakon ihn anstarrte und offenbar zu verwirrt war, um wie gewöhnlich auf etwas zu kauen oder ihm auch nur zuzuzwinkern; er suchte die Augen des Schwarzen Kleitos, aber der hing wie gebannt an dem Schauspiel in der Saalmitte.

Parmenion war aufgestanden, ging zu Alexander, zog ihn von der Kline hoch, legte ihm die Hände auf die Schultern. »Ich bin ein alter Mann, Junge. Du kennst das noch nicht, aber irgendwann wirst auch du die Last spüren, die so viele Jahre des Kämpfens sind. Ich bin Makedoniens Schwert gewesen, in der Hand des Königs. In der deines Vaters, der mein Freund war, und in deiner, Freund und Sohn eines Freundes. Was, wenn nicht Schwert, sollte ich sein? Wo, wenn nicht in deiner Hand? Wie, wenn nicht von dir gelenkt? Wenn ich Makedoniens Schwert bin, dann auch Makedoniens Treue; solange meine alten Füße mich tragen.«

Er küßte Alexander auf die Stirn; Alexander umarmte den alten Strategen. Die Offiziere johlten und klatschten.

Ptolemaios klatschte nicht. Er beobachtete Nikanor und Philotas; auch sie stimmten nicht ein in den Chor. Nikanor stieß den älteren Bruder an; Philotas verzog kaum merklich das Gesicht, stand auf und ging zum König.

»Und du, Freund und Sohn eines Freundes?« sagte Alexander.

Philotas legte eine Hand auf Alexanders Arm. »Wer wären wir, Nikanor und ich, dem Vater zu widersprechen und dem Freund zu trotzen? Wir werden dir folgen, König der Makedonen.« Er versuchte ein schwaches Grinsen. »Immerhin ist es ja nicht nur dein Heer, sondern auch unseres.«

Am letzten Tag vor dem Aufbruch brachte Alexander wie jeden Morgen Opfer dar, ehrte die Götter an verschiedenen Altären im Palastgarten und ließ sich nach einem Bad von seinem Salbmeister kneten und einreiben. Bei einem kurzen Vormittagsmahl erörterte er mit Harpalos und Eumenes Fragen der Verwaltung, der Einnahmen und des Nachschubs; anschließend versammelte er einige ausgewählte Berater, die ihn zum Tempel des Bel-Marduk begleiten sollten. Kleitos lag mit hohem Fieber in seinem Haus am Ufer des Euphrat; der König, der ihn mit in den Tempel nehmen wollte, hatte ihm selbst einen Kräutertrank gemischt und befohlen, er solle bis zur völligen Genesung in Babylon bleiben, Verstärkungen abwarten, die aus Makedonien unterwegs seien, und diese dann nach Persien führen. Kleitos nieste und versprach unbedingten Gehorsam.

Die Priester, bei denen Aristandros und ein seit Memphis mitgezogener ägyptischer Magier sich schon mehrere Stunden aufhielten, erwarteten den König und seine Begleiter auf der Spitze des *siqurat*, das neben dem Tempel in den Himmel ragte. Alexander, Hephaistion und Ptolemaios, geführt von niedrigeren Chaldäern, stiegen die endlosen Treppenrampen hinauf; der alte Demaratos folgte langsamer, prustend und keuchend.

Auf der obersten Plattform des Bauwerks befanden sich mehrere Tempelräume; im größten, vor einem goldenen Marduk, standen drei uralte Priester an einem kahlen, weißen Altar. Hinter dem Bildnis des Gottes bedeckten goldene und silberne, an vielen Stellen mit Edelsteinen besetzte Sterne und Sternbilder die schwarzgefärbte Wand.

Ptolemaios ging hin und her, betrachtete Alexanders Weihegaben, die neben anderen auf einem die ganze Seitenwand abmessenden Tisch prangten – Münzen, Geschmeide, edelste Gefäße, Säcke voller Weihrauch, noch mehr Münzen, Zierwaffen, Beutel mit Münzen, Kisten mit Münzen, Münzstapel –, und achtete nicht besonders auf die Begrüßungen. Er trat hinaus, um über die Stadt zu schauen, die in der Herbstsonne brodelte. Als er wieder in den Tempelraum ging, beendete Alexander eben seine Anweisungen – falls man den Ältesten der Priester Anweisungen erteilten durfte.

»Deshalb will ich, zum Glanz der Stadt, zur Ehre des Gottes und natürlich zu eurem und meinem Ruhm, daß der von Xerxes zerstörte alte Tempel des Marduk wieder errichtet wird. Ihr werdet die Hälfte der dafür notwendigen Gelder aus eurem reichhaltigen Schatz aufbringen; das übrige erhaltet ihr von Harpalos oder seinem Vertreter – gegen übersichtliche und glaubwürdige Rechnungen. – Und nun zu dem, was ihr mir sagen wolltet: der Botschaft der Sterne.«

Ptolemaios' Gedanken wanderten wieder zu Parmenion, den Makedonen, den Sternen über Pella; als er sich beim Dösen ertappte, riß er sich zusammen und versuchte, den Ausführungen der Priester zu folgen. Der nun sprach, war der Allerälteste der Alten; seine Stimme war tief wie ein Brunnenschacht und rauh wie illyrischer Karstboden.

»Du siehst also, großer König, die Götter hatten uns von deinem Kommen erzählt, lange vor deiner Geburt. Alle Sterne, die Zeus, Ammon und Bel-Marduk teuer sind – und diese drei sind einer, wie du weißt –, haben es gesagt. Diese Sterne ...« Er wies auf die schwarze Wand; Alexander unterbrach ihn.

»Was sagen sie über die Zukunft?«

Der Alte lächelte schräg. »Willst du es wirklich wissen, König der Makedonen?«

Alexander nickte. Ptolemaios hörte Demaratos schnaufen; der Korinther saß auf einem Schemel nahe der Tür.

»Sie sagen, du wirst die Herrschaft wieder errichten – die Herrschaft des Ammon, der Bel ist und Zeus. Du wirst die Perser vertreiben, und ihre Priester, die das Feuer verehren. Unter deiner Herrschaft werden alle Menschen die Wahrheit der wirklichen Götter preisen.«

Alexander nickte wieder. Seine Stimme war kalt. »Die Sterne lügen. Oder du kannst sie nicht lesen.«

Eisiges Schweigen folgte. Die Worte, ohne Nachdruck gesprochen, waren wie ein Peitschenschlag ins Gesicht des Ehrwürdigsten gewesen.

Die Priester wechselten Blicke; schließlich sagte der Alte, mühsam beherrscht: »Wie kannst du es wagen, solche Worte zu sprechen?«

Alexander hob die Schultern. »Ich weiß, daß die Perser vieles zerstört und euch einige Zeit die alten Götter und ihre Verehrung untersagt haben, und jetzt hofft ihr darauf, alles vertrieben und verboten zu sehen, was irgendwie mit iranischen Dingen zusammenhängt. Ich werde jedoch *keine* Art der Götterverehrung verbieten. Wenn du also in den Sternen liest, daß ich die Feuerhüter, die Ahura Mazdah dienen, aus dem Land zwischen den Strömen vertreibe, dann lügen entweder die Sterne, oder du kannst sie nicht lesen, oder … du lügst.«

Hephaistion kicherte kaum hörbar; wieder wechselten die Priester Blicke. Der Älteste hüstelte.

»Vielleicht haben wir einen Fehler begangen; es ist selten, aber nicht auszuschließen. Wir wollen die Sterne abermals lesen, besser und gründlicher.«

Alexander lächelte ohne Wärme. »Tut das. Und laßt mich wissen, was sie über die Zukunft sagen.«

Aus einem der anderen Räume erschien Aristandros, eine Rolle in der Hand. Mit ihm kamen ein Chaldäer, der etwas Unverständliches murmelte, und der ägyptische Magier.

»Alexander«, sagte Aristandros, mit einer kleinen Grimasse, »ich habe alles gehört, und vermutlich sollten wir die Sterne noch einmal befragen. Eines aber kann ich dir jetzt schon sagen.«

»Dann sag es mir, weiser Aristandros.«

Der Tonfall ließ Ptolemaios' Nackenhaare sich sträuben; Aristandros schien alles ganz gewöhnlich zu finden.

»Der große Gott, dem wir alle dienen, gleich welchen Namen wir ihm geben, hat dich zu seinem Gefäß gewählt. Das haben die Sterne lange vor deiner Geburt verkündet.«

Alexander schwieg; etwas wie ein verächtliches Lächeln spielte um seine Augen.

Aristandros deutete auf den Ägypter. »Wie dir die Heiligen Männer aus dem Nilland sagen können, haben die Sterne vor langer Zeit Ammons Wiederkehr in einem Gefäß aus dem Norden angekündigt – in deinem Leib. Der Gott hat dich erwählt, seinen Willen zu gestalten. Deine Mutter wußte es, dein Vater wollte es nicht hören, deine Mutter und ich haben es dir so oft gesagt.«

Alexander nickte wieder; seine Stimme war nun nicht mehr kühl und höflich, schneidender Hohn lag darin. »Das macht mich wozu? Zu etwas, das geringer ist als ein Priester und weit weniger bedeutend als ein König, oder? Bloßes Werkzeug eines *daimon,* der irgendwo in mir steckt. Wo, nebenbei? Könnte ich ihn loswerden, wenn ich mir ein Bein abschnitte? Oder sitzt er in meinem Herzen, meiner Leber, meiner Milz?«

Der Ägypter fuchtelte mit den Händen. »Das ist unwichtig. Und unehrerbietig, Herr der Makedonen. Wie du in der Heiligen Oase vernommen hast, bist du Ammon, Ammons Sohn, die Verkörperung von Ammons Geist.«

»Ach ja, bin ich das? Da du von Ehrerbietung redest, Magier – warum kniest du nicht vor *mir* statt vor deinen Altären? Wenn der Gott, der *daimon,* der Geist in mir ist, wenn ich der Gott bin, könntest du ihn so ein wenig ehren.«

Der Älteste der Chaldäer versteifte sich; er knurrte: »Wir knien nicht vor Sterblichen.« Langsam näherte seine Rechte sich dem Gürtel, wo er wie die anderen sein langes, sichelähnliches Opfermesser trug.

Ptolemaios öffnete den Mund, aber Alexander schnitt ihm das ungesprochene Wort ab.

»Dann besitzt du mehr Stolz als ich. Wie ihr alle wißt, knie ich sogar vor Steinbrocken, vor totem Stein, und zwar nicht einmal, um die Kunst der Steinmetze zu ehren, sondern weil ich diese Steine als symbolische Vertretung von etwas nehme, das größer ist als ich. Sie sind Teil des Unbekannten Gottes, der alles beherrscht. Wie in der Person des Königs alle Krieger und Fürsten und Strategen Makedoniens aufgehen, so sind auch Zeus, Ammon, Bel und die übrigen nur Teile dieses einen Götterkönigs. Vielleicht ... wenn wir die ganze Welt erfassen und alles über alle Götter erfahren könnten, wären wir vielleicht fähig, mehr über den Unbekannten Gott zu wissen, zu begreifen. Du wirst mir nicht sagen wollen, daß ich nichts tun kann, es sei denn, es stünde in den Sternen der minderen Götter geschrieben, oder? Mein Wille ist stärker als eure Sterne.«

Er hatte nicht laut gesprochen; er war nicht gewachsen; aber einen Moment schien seine Stimme den ganzen Tempelraum zu erfüllen, und die hochgewachsenen Priester schienen vor ihm zu schrumpfen. Endlich holte Aristandros tief Luft.

»Hybris, Alexander – törichter und tödlicher Hochmut eines Sterblichen, dem Willen der Götter zu trotzen. Oder die Götter herauszufordern. Wenn du die Grenze überschreitest, die die Götter dir gezogen haben, wirst du sterben. Du bist zum Untergang verurteilt.«

Alexander lächelte; es war eher ein Zähnefletschen. »Daran zweifle ich nicht, weiser Aristandros. Am Ende ist der gesamte Kosmos zum Untergang verurteilt; es ist daher belanglos. Du hast aber den Sinn meiner Worte nicht verstanden. Ich sage, daß ihr, die Priester, nicht wißt, nicht wissen könnt, wo diese Grenze gezogen ist. Ich aber werde es wissen, denn ich werde es herausfinden. Und jetzt« – seine Augen wurden zu Schlitzen, die Stimme drohend – »wollt ihr endlich knien?«

Aristandros schüttelte langsam, wie verzweifelt, den Kopf und beugte ein Knie; die Chaldäer und der Ägypter zogen ihre Messer und stürzten sich auf den König. Alexanders Schwert flog hoch und trennte die Hand eines Chaldäers ab; sie klirrte, geschlossene Faust und langes Messer, auf den Boden aus harten Brandziegeln. Hephaistions Schwertspitze lag an der Kehle des Ägypters, der sein Messer fallen ließ;

Ptolemaios packte den Ältesten und hielt ihn so, daß die Klinge des dritten Chaldäers ihn treffen mußte, sollte er Alexander angreifen.

Der verstümmelte Priester sank langsam in die Knie; Blut spritzte aus dem Handgelenk vor den Altar. Der Ägypter senkte den Kopf und kniete neben Aristandros. Als Ptolemaios den Ältesten losließ, kniete auch dieser. Der letzte der Priester warf sein Messer in die Blutpfütze, hob die Hände und stieß kehlige Laute aus, ehe er sich den übrigen anschloß.

Am Morgen des folgenden Tages verließen sie Babylon; Teile des Heeres waren in den letzten Tagen bereits vorangezogen. Beim Opfer in jenem Teil des hängenden Gartens, der dem Ufer des Euphrat am nächsten lag, standen Aristandros und der König nebeneinander. Als die Feier beendet und der Gott mit Früchten, Wein und Fleisch gesättigt war, wandte Alexander sich ab; dabei fiel sein Blick auf Demaratos, in dessen Gesicht offenbar eine Frage stand.

»Nun, was trübt dein weises Auge, edelster aller Korinther?«

»Unwissenheit, liebster aller Herrscher.« Demaratos kratzte sich den Kopf, der immer kahler wurde. Ptolemaios musterte ihn von der Seite; was wollte der Korinther?

»Unwissenheit?« Alexander machte ein klickendes Geräusch mit der Zunge; er grinste. »Sie lastet auf uns allen, aber nur wenige verspüren sie so stark, daß sie davon betrübt sind.«

»Ich – und deine Berater und Freunde – wir alle wüßten gern, ob Aristandros zu einem letzten Schluß gekommen ist, was euer nasses Erlebnis und die Sterne angeht.«

Alexander wandte sich seinem Obersten Seher zu. »Sprich, Telmessier.« Gesicht und Stimme waren ohne jede Freundlichkeit.

Aristandros verschränkte die Arme vor der Brust. »Sprechen? Nun gut, ich spreche. Dies sage ich, und da wir unter uns sind, ohne leicht zu beeinflussende Krieger von schlichtem Gemüt, sage ich, was ist, nicht, was sein sollte.» Er schloß die Augen; seine Stimme klang müde und hohl. »Es ist der Wille der Götter, vor allem des einen Gottes, der Zeus und Ammon und Bel-Marduk ist, daß Alexander, Herr der Makedonen, *hegemon* des Korinthischen Bundes, Sohn und Gefäß Ammons, das Reich des widdergehörnten Gottes festige und verwalte. Von Pella aus, oder Memphis, oder Babylon, oder der neuen Stadt, die seinen Namen tragen soll – Alexandreia. Dieses Reich, und nur dieses. Es ist der Wille des Gottes, daß Alexander die Länder des Gottes lenke: Hellas, das nähere Asien bis zum Tigris-Fluß, Phönikien, Ägypten, Babylonien. Es ist der Wille des Gottes, daß die persischen Berge die Grenze seien, und daß Alexander diese Grenze nicht überschreite. Wenn er sie überschreitet, soll er nicht länger als drei Monde dort verweilen – genug Zeit, um Persepolis zu nehmen und Dareios noch einmal zu besiegen. Bleibt er länger, wird er dem Gott untreu; wird er dem Gott untreu, wird der Gott ihn vernichten.«

Demaratos nickte. »So ähnlich hätte ich es mir auch ausgelegt – wenn ich du wäre und deine Anliegen hätte. Aber sag, Telmessier: Wann wird der Gott ihn vernichten?«

Ptolemaios verkniff sich ein Grinsen, das sich trotz allen Ernstes in seine Züge drängeln wollte.

Aristandros betrachtete den Korinther aus halbgeschlossenen Augen: der Blick eines trägen Krokodils, das zu satt ist, um der Beute mehr als oberflächliche Aufmerksamkeit zu widmen. Der Blick sollte einschüchtern, aber Demaratos gluckste nur.

»Wann? Bald, Demaratos. Bald – für die Götter. Nur eines ist sicher: Wenn Alexander nun Babylon verläßt und lange jenseits der Grenzberge verweilt, wird er nicht lebend nach Babylon heimkehren.«

Am Nachmittag wand sich der lange Heereszug an den Toren des *paradeisos* entlang, den Großkönige und Satrapen angelegt hatten: ein ungeheurer Garten, umfriedet, mit einem kleinen Palast irgendwo in der Mitte, mit einem Altar und Feuerturm zur Hege der ewigen Flamme, und mit Wild für tausend Jagden. Alexander zügelte Bukephalos, sah sich um, winkte Hephaistion und Ptolemaios zu sich; dann befahl er Koinos, den Zug weiterzuführen.

Die drei Männer ritten durch das Tor, das ihnen ein paar Hopliten öffneten; sie würden es verschließen und die Rückkehr des Königs erwarten.

Ptolemaios ritt ein wenig hinter den beiden; er sah die fremden Bäume, die seltsamen Pflanzen, die Formen der letzten Blüten; er hörte zahllose Vögel singen, die er nicht hätte benennen können; er betrachtete die wogende Landschaft, ein grünes Meer, das einem weißen Punkt in der Ferne zustrebte. Irgendwann hörte er ein Grollen, gedämpft; der Löwe war nicht in der Nähe.

Sie ritten durch eine feuchte, schwüle Senke. Hephaistion sah sich um. »Nett«, sagte er. »Ziemlich sumpfig. Jederzeit gut für ein feines Fieber.«

»Und für Getreide und Kräuter.« Alexander blickte zurück, als sie den jenseitigen Hang erklommen hatten; er deutete auf eine Reihe von Obstbäumen, deren apfelähnliche Früchte erst jetzt, im Herbst, reiften. »Die Äpfel da sehen aus wie der Arsch von Parmenions Pferd.« Er grinste. »Ist es nicht seltsam, wie oft Dinge dem Teil gleichen, aus dem sie kommen?«

Hephaistion schnaubte. »Wie die gespaltenen Reden der Priester, die gespaltene Zungen haben. Alle.«

Alexander hob die Schultern; er trieb seinen Hengst wieder an. »Ich halte mir Aristandros nicht wegen der Schönheit seiner Zunge. Er hat tief in die Seelen der Menschen geschaut, um darin Spuren der Götter zu finden. Und um den Menschen das, was sie glauben wollen, zu bestem Nutzen für Aristandros zu erzählen. Manchmal ist sein Rat sehr gut. Manchmal nicht.«

»Glaubst du eigentlich an diesen Götterspruch von heute früh?« sagte Ptolemaios.

Alexander blickte ihn an, über die Schulter, mit einem nicht zu deutenden Lächeln.

»Glauben? Natürlich glaube ich; da ich ja, wie ich hörte, selbst ein Gott bin. Und zwar glaube ich, daß die Dinge, die Aristandros genannt hat, jene sind, die den Priestern am besten gefallen.«

Sie ritten durch dichten Wald; plötzlich öffnete sich eine weite Lichtung vor ihnen, und dort standen der Turm, in dem das Feuer gehegt wurde, und der nackte, weiße Altar, auf dem Körner und Früchte dargebracht wurden, auf dem Priester Datteln und Feigen schlitzten, daß der Gott des Lichts sich am Duft erfreue.

Ein alter Mann mit grauem Umhang stand vor dem Altar; er wandte ihnen den Rücken. Mit tiefer, harter Stimme sagte er, ehe noch einer von ihnen einen Laut von sich gegeben hatte:

»Willkommen, größter der Könige. Willkommen, Freund der Freunde, Hephaistion. Willkommen, Lagide.«

Sie blickten einander verblüfft an; Alexander sagte:

»Wußtest du, daß wir kommen?«

»Ich habe euch kommen sehen.« Der Priester wandte sich zu ihnen um; seine Augen waren weiß und blind.

Alexander sog Luft zwischen den Zähnen ein. Halblaut sagte er: »Ich bin nicht gekommen, dein Heiligtum zu zerstören. Dareios ist besiegt, die Herrschaft der Perser in Babylonien beendet, aber was den Iranern heilig und unberührbar war, soll auch von mir geheiligt sein. Ich komme um Rat und Weisheit.«

Der Priester regte sich nicht. Sein Gesicht, beherrscht von den blinden Augen, war eine Wüstenlandschaft. »Du hast den Garten des Heiligen Feuers betreten. Wie alle Gärten, in denen die Könige zu jagen pflegen, hat auch dieser einen Schrein: den Umkreis des Feuers. Wenn du lang genug im *paradeisos* bleibst, wirst du die Fragen finden zu allen Antworten, die du zu kennen meinst, und Antworten zu Fragen, die keiner stellen kann.«

Alexander kaute auf der Unterlippe; seine Stimme wurde rauh, fast heiser. »Ich habe keine Zeit, lange im *paradeisos* zu bleiben, und deine Rätsel ermüden mich. Sag mir, was ich unmittelbar tun soll, Hüter der Flamme.«

»Die Großkönige haben die Flamme und den Priester genährt.«

»Die Anweisung hierzu ist bereits ergangen. Du wirst Nahrung und Münzen erhalten, und Gaben für das Feuer.«

»Ich weiß, König der Makedonen. Das war nicht meine Besorgnis. Wirst du selbst die Flamme nähren? Mit deinen Gedanken und Taten?«

Hephaistion schüttelte den Kopf, unwirsch. »Sein Leben lang hat er nichts anderes getan, alter Mann.«

»Das weiß ich, Hephaistion. Wird er aber darin fortfahren, oder wird er dieses Feuer als äußerlich vergessen, wenn die schwarzen Flammen in ihm zu lodern beginnen?«

Alexander seufzte. »Ruhig, Hephaistion. – Diese Flammen, die du schwarz nennst, sind das gleiche wie dein Feuer. Die Innenseite ist nicht anders als die Außenseite.«

Der Priester legte den Kopf fast auf die linke Schulter; es war, als ob er fernen Stimmen lauschte. »Du bist immer vorwärtsgegangen, größter der Könige. Manchmal wie ein Pfeil, manchmal wie eine Schlange. Das ist dein Los, und dein Verhängnis. Geh weiter voran, voraus, immer. Du kannst den eigenen Pfad, die eigene Fährte kreuzen, solange dein Ziel sich vorwärtsbewegt. Du mußt suchen und wandern.«

Alexander verzog das Gesicht. »Das ist meine Absicht. Aber eines Tages will ich zurückkommen nach Babylon, bald, oder später.«

Der Priester schüttelte den Kopf; seine Stimme klang nun beinahe wie ein düsterer Gong. »Es gibt nur einen Ort, zu dem du heimkehren kannst. Dieser *paradeisos* hier. Wenn du hierher zurückkommst, wirst du den Garten besitzen und alle Länder und Städte. Wenn du zurückkehrst in die Stadt Babylon, wirst du alles verlieren, und diesen Garten.«

Alexander stieß einen Laut des Unwillens aus; der Priester wandte sich ab.

»Du sagst, ich soll weiter gehen und nicht zurückkehren nach Babylon. Andere Priester anderer Götter sagen, ich soll Babylon nicht verlassen, oder ich trage Babylon immer mit mir, oder Babylon ist überall. Ich bin eurer Götter und Reden überdrüssig!«

Die letzten Worte schrie er fast. Der Priester wandte ihnen immer noch den Rücken zu, ging mit schnellen Schritten fort, vorbei am Altar, zum Rand der Lichtung, einen Abhang hinunter.

Sie folgten ihm und spähten den Hang hinab; er war kahl, der Priester war nirgendwo zu sehen.

10. DIE FEUER VON PERSEPOLIS

Nacht der Götter, Nacht des Glanzes, Nacht der Vollendung. Der König im Zenit; o die Sterne, herabgesunken, dienstbar gemacht und untertänig, glimmendem Golde gleich zu seinen Füßen, gleißend geflochten zu Kränzen des Ruhms! Wein und Wonne, Erguß und Ergötzen, Geschrei und …

»Geschwätz!« Kallisthenes zerriß den Papyros und warf das zerkaute, zerfaserte, verschmierte Ried von sich. Mit hohlen, brennenden Augen blickte er über die Stadt, die nicht mehr war. Von den Hügelketten fiel eine Wolke, vom Himmel plumpste Sonnenlicht, titschende Hitze zwischen verschollenen Häusern. Die geborstenen Säulen, der Burgberg wie schale Krumen; leichtsinnige Geier mit versengten Krallen. Es schlich ein weitgereister Wind umher, stöberte in Mauerresten nach dem Ruch der Verwesung und fand reichen Lohn; stahl sich Schuttrampen hinauf, die gestern noch Treppen und Auffahrten waren, rührte auf den hundert Ebenen des Palastes der Großkönige Aschewölkchen auf, zupfte hier und da eine eingerollte Flammenzunge in die Höhe.

Der Hellene hustete; die Lungen schmerzten noch immer von all dem Feuer und Rauch, und brandige Schmerzfransen tobten durch den Schädel. Mit bebender Hand griff er nach dem Becher, im Halbschatten des hochgestellten Zelteingangs, trank lauwarmen Wein, füllte kühles Wasser aus einem umwickelten Tonkrug nach, leerte den Becher abermals.

Er hatte nicht geschlafen; aber wer, außer ein paar besinnungslos Betrunkenen, hätte in dieser Nacht denn schlafen können? Nicht einmal Parmenion und seine Leute, Barbaren aus dem Norden, sture Hinterwäldler, unfähig zu loderndem Jubel, allzu ehrerbietig gegenüber den Bauwerken und der Geschichte eines anderen Barbarenvolkes; ah ja, und besorgt ob der Manneszucht ihrer Kämpfer.

Die Perserin hatte geweint, als er im zuckenden feuertriefenden Morgen zum Zelt getaumelt kam, trunken von Worten und Wein und Gewalt. Eine barbarische Sklavin, angenehm warmes Tier in den Nächten, nicht mehr und nicht weniger; er hatte eine Aufwallung von – was? Sorge, Kummer, Teilnahme? Irgendwas hatte er gespürt –, zurückgedrängt, es dem Rausch zugeschrieben. Sie hatte stundenlang gewimmert, während er vor dem Zelt saß und trank und die auf die Stadt gestürzten Himmelsfeuer zu beschreiben suchte.

Wieder nahm er ein Ried, tunkte es in die schwarze Tinte, starrte auf den leeren Papyros, das Pult, die Maserungen der Holzplatte. Zu früh, vielleicht zu nah? Worte kamen zu schnell, rempelten einander in seinem Hirn; er sah Aristoteles spöttisch lachen, hörte ihn eine neue, nüchternere Fassung verlangen.

Vielleicht ... Wenn er die letzten Schreiben noch einmal läse, die Abschriften der Briefe, die längst unterwegs waren, und die noch nicht abgeschickten, mochte das helfen; vielleicht konnte er anknüpfen, die gemessene Sprache des hellenischen Berichters wiederfinden. Aber er war ja längst mehr als nur Berichter; in den letzten Monden, gezeichnet von Wein und Schlafmangel und zunehmender Entfremdung gegenüber den herben Makedonen, hatte Alexander ihn immer öfter in die Beratungen geholt, seine Meinung gehört, ihm Geschenke gemacht. Kallisthenes nickte; und stöhnte, als der eingeschlafene Schmerz, durch die Bewegung geweckt, wieder alle Nischen des Schädels erkundete und scharfkantige Meldungen über die Zustände machte.

Er legte das Ried in die Aussparung am oberen Rand des Tragpults, mischte kühles Wasser und warmen Wein, trank; dann nahm er sich die Rollen der letzten Monde vor.

Der Aufbruch aus Babylon. Nebensächliches – ein Streit zwischen Hephaistion und Perdikkas; eine lange Unterhaltung mit Barsine, schön und klug und sanft, aber Barbarin; die Plünderung eines Dorfs mit Burg, unterhalb der Persischen Tore, und die Auspeitschung – vor dem Heer – der dafür verantwortlichen Dekadarchen; die Hinrichtung zweier Hopliten, die andere zum Verlassen des Heeres hatten aufwiegeln wollen; die Beratung vor den Persischen Toren ...

Hier waren ihm zwei Rollen durcheinandergeraten. Zuerst kam Susa, Verwaltungshauptstadt der Großkönige und des Reichs; die Beschreibung der Stadt, ihrer Tempel und Gärten und Paläste und Straßen; friedlich übergeben gegen Zusicherung von Schonung und Gnade, aber keine Gnade für den Schatz – fünfzigtausend Talente, unvorstellbar wie die Rückseite des Mondes. Die Unterstellung von Susa unter den Satrapen Babyloniens, Mazaios – ein persischer Satrap, ein hellenischer Schatzverwalter, ein makedonischer Stratege, drei Völker für das eine Reich, das sich abzeichnete und von dem die Makedonen nichts hielten. In Susa blieben auch die Frauen zurück – Sisygambis (und ihre Enkelkinder), Barsine, deren Bauch sich zu runden begann und die hoffte, diesmal Alexanders Kind lebend zur Welt zu bringen.

Dann der Vorstoß nach Südosten, ins Herzland der Großkönige, Parsa das Land – Persis – und Parsa die Stadt – Persepolis. Und Pasargadai, wo Alexander das Grab des von Xenophon gepriesenen Kyros sehen und bekränzen wollte, aber das lag noch in der Zukunft. Die steilen Berge, die kargen Hochflächen vor dem üppigen Garten der Persis: Berge, in denen harte Männer wohnten, Uxier genannt, ein wildes Volk, das jahrhundertelang den Großkönigen getrotzt und von ihnen Tribut verlangt hatte, Zoll für die Benutzung der Pässe, der Persischen Tore. Das unwegsame Land ... Man erzählte blutige Geschichten über gescheiterte Versuche, die Uxier botmäßig zu machen; schließlich hatten die Großkönige beschlossen, den Tribut zu zahlen, da er geringer sei als die Kosten weiterer Eroberungsversuche.

Alexander hielt nichts davon. Er ließ unterhalb der Pässe lagern, forderte die Unterwerfung, die die Uxier höhnend verweigerten. Unmöglich, die Persischen Tore zu stürmen; ein paar Männer mit Pfeil und Bogen, Mauern aus Bergtrümmern, von den Hängen und Gipfeln herabrollende Felsen – die Uxier konnten ein riesiges Heer abwehren, ohne selbst Schaden zu nehmen.

Alexander schickte Hephaistion mit ausgewählten Truppen in die Berge. Sie erklommen Steilhänge; sie rutschten felsige Flächen hinab; sie wanderten über Pfade, die es nicht gab, und über Grate, von denen eine Bergziege schwindelnd in die Tiefe gestürzt wäre. Vor den Toren, den Pässen, warteten die übrigen auf das Zeichen, drei Brandpfeile im Nachthimmel.

Ein Bild, eingeprägt wie mit Flammenschrift: Alexander steht neben einem kleinen Feuer, trinkt Wein aus einem versilberten Horn, starrt in die Flammen. Er hat Anweisungen erteilt und wartet. Aristandros der Seher, ein Ägypter, ein Chaldäer, ein Perser verlassen die Nacht und treten zum König. Aristandros' Gesicht ist eine Maske der finsteren Feierlichkeit.

»Die Persischen Tore«, sagt der Telmessier.

Alexander blickt auf. »Was ist mit ihnen?«

»Hier endet Ammons Reich. Selbst der persische Priester sagt das.«

Alexander nickt, mustert die Gesichter. »Und?«

Aristandros richtet sich auf, der Rücken ist steif; er blickt hinab auf den kleineren König. Er versucht, seiner Stimme jene Festigkeit zu geben, die einem obersten Strategen der Seelen zukommt.

»Ammons Gefäß darf diese Berge nicht überschreiten. Der Versuch wäre tödlich.«

Alexander nickt wieder, sehr kühl. »Dann sterbe ich eben beim Versuch. Ein Tod ist so gut wie der andere.«

Aristandros hebt beschwörend die Hände. »Aber der Gott, der in dir ist, wird nicht dorthin gehen!«

Alexander zuckt mit den Schultern, gießt Wein aus dem Horn auf den Boden, für die Götter, legt das Trinkhorn auf den kleinen Tisch und pfeift durch die Zähne. Aus dem Dunkel taucht Perdikkas auf, mit gerüsteten Hopliten. Sie tragen Stücke einer Sturmleiter.

»Fertig?« Alexander berührt sein Schwert.

Perdikkas nickt nur und betrachtet die Priester, mit einer Miene der Abscheu.

»Wir gehen dann«, sagt Alexander, beinahe freundlich.

Aristandros packt ihn an den Schultern, hält ihn, schüttelt ihn. »Geh nicht, Alexander! Ammon will es nicht!«

Alexander schiebt ihn von sich. »Was ist ein Gott, dessen Reich da endet, wo ich weitergehe?«

Im Morgengrauen brennt der Berg; der Paß ist voller Geschrei und Gemetzel. Hephaistions Männer fallen den Uxiern in den Rücken, Alexander stürmt an der Spitze der Belagerer. Im Paß umarmen einander Leben und Tod.

Zwischendurch Nachrichten aus der Ferne – Sparta ist dem Korinthischen Bund beigetreten, Antipatros nach Pella zurückgekehrt, des Königs Schwager und Onkel Alexandros von Epeiros wurde in Bruttium, im Süden Italiens, auf seinem Feldzug erschlagen. Mazaios, dem Alexander das Münzrecht gab, schickte neue Silberstücke, groß und schwer wie Tretradrachmen, aber mit aramäischen Schriftzeichen.

Alexander sandte ein Schreiben an Antipatros, in dem er den Strategen Europas anwies, des Königs Schwester Kleopatra, nunmehr Witwe und Beherrscherin von Epeiros, in Pella alle Ehre zu erweisen und sie zu schützen. Als einer der Berater verblüfft fragte, was Kleopatra, Königin von Epeiros, in Pella zu suchen habe, antwortete Alexander, da er seine und Kleopatras Mutter Olympias kenne, die sich in Epeiros aufhalte, zweifle er nicht daran, daß Mutter und Tochter in Streit geraten würden, und dieser Streit werde vermutlich damit enden, daß Olympias die Herrschaft an sich ziehe und Kleopatra irgendwo Zuflucht nehmen müsse. Das Gelächter, das der Antwort folgte, war dünn; zu viele im Lager kannten und fürchteten die Molosserin.

Kallisthenes trank den Becher leer und füllte ihn wieder. Behutsam, des Schädels eingedenk, nickte er; dieser Weg war der richtige gewesen. Er fühlte sich nun der Schilderung gewachsen, in einem Ton, der nicht zu Aristotelischem Hohn Anlaß geben würde. Abermals glättete er den Papyros; dann nahm er das Ried, tunkte es ins Tintentöpfchen und schrieb.

Persepolis wurde nicht verteidigt; als erstes Zeichen guten Willens schickte der Herr der Stadt alle hellenischen und makedonischen Gefangenen dem König entgegen.

In der Ebene wuchsen, wie Wüstenpflanzen nach heftigem Regen, die Zelte des makedonischen Heeres. Vortrupps näherten sich der Stadt, um die Tore und Mauern zu besetzen und die Übergabe der Burgbesatzung zu überwachen. Aber die Burg, ein Ungetüm aus schwarzen Quadersteinen, nahm sich von fern winzig aus, ein schwarzer Fleck im helleren Meer der Häuser und Gärten – winzig im Vergleich zum Palast der achaimenidischen Herrscher: heller Stein, bunte Kacheln, verzierte Friese, ragende Säulen, Stufendächer, windungsreiche Götter- und Königswege, hohe Hallen, die tausend satten Grüntöne des ausgedehnten Palastgartens, Hügel um Hügel gemeißelt aus Stein und verkleidet mit Stein und gestützt mit Holz, riesige Herrscherbilder in Hügelwänden oder frei als Standbilder.

Und der Zug der Gefangenen, der Freien, die aus der Stadt strömten. Nein, sie strömten nicht; sie rollten und krochen und hinkten und humpelten, stützten und trugen einander, wankten. Viele waren nackt, keiner trug mehr als einen Schurz. Man hatte ihnen die Schädel geschoren, die Körperhaare abgesengt, nur die Bärte durften wachsen, zottig und verfilzt. Hellenen aus den Städten an Asiens Küste; Makedonen aus Parmenions Hellespont-Heer; Spartaner, Athener, Achaier, Thessalier, Boiotier, Korinther, Lokrer, Kreter; Männer aus der Fürstenwache des unglücklichen Hermias von Atarneus; Krieger, die vor zwei Jahrzehnten den Satrapen als Söldner gegen Artaxerxes gedient hatten; Kämpfer, die vor zwölf Jahren im Sold des Nektanebos Ägypten gegen die Perser hätten halten sollen. Junge Greise, alte Greise.

Rechts und links der Königsstraße, die nicht erst in Susa begann und nicht schon in Sardeis endete, strömten die Männer von Alexanders Heer zusammen. Hier und da wurden Namen gerufen, wenn jemand einen Gefangenen erkannte oder wiederzuerkennen glaubte; Kenntnisse wurden verlangt und gegeben – man hatte die Gefangenen einfach freigelassen, sie sollten zu den Hellenen gehen. Welche Hellenen? Ein hellenisches Heer vor Persepolis? Wo war der Großkönig? Welches Heer konnte so weit vorgedrungen sein – ein Bündnis, hellenische Söldnertruppen des Dareios, denen man als Zeichen der Freundschaft die alten Kameraden auslieferte? Was, Makedonen? Philipp? Parmenion? Philipps Sohn Alexander?

Sie näherten sich der Stelle, wo die meisten Berater und Offiziere sich um Parmenion sammelten; Alexander war nicht zu sehen. Je näher der Zug kam, desto dichter wurde das Schweigen, das ungläubige Verstummen der Hopliten und Peltasten und Hypaspisten und Hetairen.

Sie hatten die Männer zerschnitten. Sie hatten jeden Fluchtversuch verhindert, jede aufwendige Bewachung überflüssig gemacht, indem sie die Gefangenen zu Werkzeugen verstümmelten und ihnen nur die Körperteile ließen, die zum Überleben und für die jeweilige Arbeit unabdingbar waren. Schreiber, ohne Beine, auf niedrigen Plattformen mit vier Rädern, bewegten sich vorwärts, indem sie die Hände wie Ruder oder Staken benutzten. Starke Männer mit gewaltigen Muskeln, Lastträger wahrscheinlich, in langer Reihe aneinandergeschmiedet durch eiserne Halsringe und eine vielgliedrige Kette, alle mit leeren Augenhöhlen, geführt von einem Sehenden ohne Arme. Andere Armlose mit dunkelrot verfärbten Füßen; sie hatten aus Phönikien als Tribut nach Persepolis gebrachte Purpurschnecken zertreten. Männer ohne Augen, ohne Ohren – manche hatten durchaus die Ohrmuscheln noch, aber man hatte ihnen durch glühende Nadeln das Hören genommen. Fiepende, gurgelnde Laute von einer großen Gruppe – Münzzähler? Schatzwächter? –, deren Münder keine Zungen mehr hatten.

Kallisthenes stand am Rand der Gruppe um Parmenion; rechts neben ihm unterhielten sich Hopliten aus der Taxis des Krateros. Der lange Mann – Emes? Kallisthenes erinnerte sich nicht genau – sagte etwas; der kleinere neben ihm hob die Schultern.

»Werkzeuge, klar? Damit sie nicht abhauen ...«

»*Zu* vernünftig, wenn du mich fragst.« Emes deutete auf einen Gefangenen aus der ersten Gruppe, die sich Parmenion näherte. »Ist das nicht ... Menelaos?«

»Was für ein Menelaos?«

»War bei Parmenion und diesem Schwein Attalos, ganz am Anfang. He, Menelaos!«

Der Krüppel – ein Bein, Krücke – wandte den Kopf, schnüffelte wie ein Hund, der eine Fährte sucht, humpelte weiter; er hatte keine Augen mehr.

Die erste Überraschung über den unerwarteten Anblick hatte sich gelegt; hier und da wurde geredet, gelacht, gekichert. Einige Kämpfer hinkten übertrieben neben den Befreiten her, ahmten ihre Bewegungen nach. Kallisthenes, der nichts von derlei Gebräuchen geahnt hatte, fand die Vorstellung fesselnd, Menschen ihren Tätigkeiten anzupassen; er verstand nicht, weshalb einige der älteren makedonischen Offiziere Trauer und Zorn zeigten. Was konnte denn Trauer und Zorn auslösen? Menschen, schnell gezeugt und zur Verwendung durch Leben und Tod gedacht; Menschen, denen man die Hände abschlug, wenn sie stahlen – warum nicht auch, wenn sie die Hände nicht gebrauchen sollten?

Er sah Philotas, Perdikkas, Polyperchon, Leonnatos, Ptolemaios, ein paar andere, auf der anderen Seite; ihre Gesichter waren finster. Die Mienen der vor und neben ihm Stehenden konnte er nicht sehen.

Parmenion trat vor. Der Anführer der Freigelassenen, ein alter Mann mit einem Arm, einem Bein, einer Krücke und einem Auge bellte etwas. Der ganze Zug hinter ihm hielt an; alle versuchten irgendwie, Haltung anzunehmen. Die auf den rollenden Plattformen schwenkten tatsächlich, drehten sich, bis die Reihe wie eine Kampflinie stand. Kallisthenes unterdrückte ein Gelächter.

Der Anführer, die Krücke in die Achselhöhle geklemmt, legte die verbliebene Hand auf die Brust.

»Heil, Parmenion«, sagte er. Hinter ihm sprachen es all jene nach, die noch Zungen hatten: »HEIL, PARMENION.«

Es war ein lauter Chor, gestört durch allerlei Gegurgel und Gezischel. Immerhin, sie gaben sich Mühe.

Parmenion legte die rechte Hand auf die Brust und ging langsam die Reihe entlang. Sein Gesicht war zerknittert, gefurcht, vergrämt; Kallisthenes sah den Versuch des Strategen, Grimm und Trauer zu beherrschen, und verstand den Makedonen noch weniger als je.

Hin und wieder blieb der Stratege stehen, musterte ein Gesicht, bückte sich zu einem Beinlosen, murmelte Namen, wie eine Frage – Aristomenes? Menelaos? Myres? Myron? Aristeides? Xenokrates? Philinos? Er berührte ein paar Männer an den Schultern, ging dann schließlich zurück zum Anführer.

»Xanthippos, mein alter Freund.« Parmenions Stimme war ein Würgen, aber sein Gesicht war nun wieder ganz beherrscht. »Was haben sie mit euch gemacht!«

Xanthippos' Hand rutschte von der Brust, zupfte an einer Franse des schmierigen Schurzes, stieg wie ein irrender Vogel zum zottigen Bart; er schwankte. Parmenion stützte ihn. Kallisthenes verzog das Gesicht; er hatte nie begriffen, wozu edle Führer die Namen ihrer Untergebenen kennen sollten, und daß man derlei ... Zeug anfaßte, ließ ihn schaudern.

»Sie haben Werkzeuge aus uns geschnitzt, Parmenion mein Vater.« Der Mann sah älter aus als der Stratege; seine Stimme war hohl und unendlich müde.

Parmenion blickte die lange, zuckende Reihe entlang. »Ohne Haltung, Freunde.« Sie sackten zusammen, aber sie brachen nicht.

Vielleicht war es dies, aber der Hellene, der nie das Schwert als Gleicher unter Gleichen geführt hatte, begriff es nicht. Auch die Gesichter jener Kämpfer, die eben noch die Gangart oder das Gezischel der Verstümmelten nachgeahmt und verspottet hatten, waren nun ernst, gefroren, finster. Etwas Unheimliches, ein tödliches Schweigen lag über der Menge.

Xanthippos sprach wieder; die Stimme war eine schartige Feile in Kallisthenes' Kopf.

»All die Jahre hat uns nur eines am Leben gehalten, Parmenion.«

Der Stratege nickte. »Ich weiß, Freund. Die Hoffnung, unter der Sonne zu sterben, frei, in Würde.«

»Ja.« Xanthippos' Wort wurde übertönt von einem vielstimmigen, knirschenden, röchelnden, gräßlichen Geräusch, mit dem die anderen es bestätigten.

»Ja«, sagte er noch einmal. »Unter der Sonne, nicht in einem Gewölbe. Frei, nicht als Sklave bei den Barbaren. In Würde, nicht wie Vieh. Gib uns, was wir begehren, Parmenion unser Vater.«

Die anderen Verstümmelten, sofern sie überhaupt Laute ausstoßen konnten, stießen ein durchdringendes, schrilles, klagendes Jaulen aus. Kallisthenes' Haare sträubten sich.

Einer schrie: »Hilf uns sterben, Parmenion!«

»Gib uns aus deiner Gnade einen Tod, der schnell ist und rein, Parmenion.«

Das Sausen eines jähen Sturms, betäubendes Klirren. Fassungslos starrte Kallisthenes die Straße hinab, wo Tausende Makedonen wie ein einziger Kämpfer die Schwerter gezogen hatten, sie hochreckten und langsam, rhythmisch, dann schneller die Klingen gegen die Schilde schlugen: Zustimmung, und zugleich höchste Ehre. So hatten sie Alexander und Parmenion gegrüßt, als sie nach den Schlachten am Granikos, bei Issos und bei Gaugamela in vollem Waffenschmuck angetreten waren.

Eine Reitergruppe kam näher – Hetairen, die unter Alexander und Hephaistion die Stadt umrundet und die Umgebung erkundet hatten. Alexander ritt an der Spitze. Er sprang von Bukephalos, starrte die Reihe der Verstümmelten hinab, hob den rechten Arm. Schlagartig verstummten die Schwerter und Schilde; die Stille schmerzte.

»Seht euren König!« sagte Parmenion.

Wieder nahmen die Freigelassenen Haltung an. Xanthippos legte die Hand auf die Brust.

»Heil, Alexander, König der Makedonen«, sagte er.

Wieder das unbeschreibliche Röhren und Raunen und Grunzen und Gurgeln der übrigen: »HEIL ALEXANDER!«

»O meine Brüder und Väter, was hat man euch angetan?« Alexanders Gesicht war weiß, in den Augen nistete Entsetzen.

»Laß uns sie töten, wie sie es begehren.« Perdikkas' Stimme war belegt, auch er bleich; seine Hand umklammerte den Schwertgriff.

Alexander blickte sich um, sah die Offiziere und Berater, sah Parmenions graue Züge, wandte sich den Verstümmelten wieder zu.

Und dann geschah etwas, wieder einmal, eine von Alexanders unbegreiflichen Regungen, die Kallisthenes nicht ausloten konnte, die an Athen und an Aristoteles zu melden viele Biegungen, Beugungen und Einschübe von ihm verlangen würde. Er selbst sah Fleisch, geschnitzt und geschunden: zweckdienlich gemacht eigentlich im gleichen Sinn, in dem die Muskeln eines Schmieds für dessen Beruf zweckdienlicher sind als die eines Töpfers oder Schneiders, und in dem der Körperbau eines Ruderers der untersten Sitzreihe einer Triere sich unterscheiden muß von dem eines Läufers oder eines Lastträgers. Hatten denn nicht alle Menschen einen Zweck zu erfüllen, sei es zum eigenen Broterwerb oder zur

Förderung des Gemeinwesens, dem sie angehörten? Ob sie auf Geheiß gewählter Führer im attischen Silberbergbau als Sklaven geschunden oder auf Befehl des Großkönigs zu Werkzeugen verstümmelt wurden? Hatten nicht die makedonischen Könige Bauern zu Kriegern gemacht, aus den einzelnen Kriegern eine Gesamtwaffe geschmiedet, die sie als Werkzeug benutzten? Fleisch, nur Fleisch, unterschieden lediglich durch die Menge des in ihm wohnenden Geistes, mit den hellenischen Philosophen als Krönung. Würde? Ein Denker, ein Fürst, ein wegen seiner Verdienste und Größe gewählter Führer konnte von Würde sprechen; aber was tat es denn, ob diese da in einer Schlacht, in einer Grube, in einem Gewölbe oder in einem Bett starben?

Alexander jedoch, der Verräter hinrichten und Dieben die Hände abhacken ließ – Alexander ging mit kleinen, fast ängstlichen Schritten die Reihe entlang. Er brach in Tränen aus, schluchzte, umarmte Xanthippos, berührte das, was einmal Männer gewesen waren, Fleischfetzen und Geschwüre und Dreck, er weinte, bückte sich, umarmte noch die Beinlosen.

»Töten? Euch töten?« rief er. »Nein, ihr werdet leben – wenn ihr das Leben wählt statt des Todes. Wir werden euch ein Dorf erbauen, eine Stadt am Meer, mit persischen Sklaven, die euch waschen und nähren und umsorgen. Dann, wenn ihr dieses neue Leben geschmeckt habt, sollt ihr mir sagen, ob ihr leben oder sterben wollt.«

Kallisthenes wanderte zum hundertsten Mal durch den unermeßlichen Irrgarten des Palasts, durch die weitläufigen Hallen und Tempel und Gewölbe, die Gänge und Säulensäle. Überall sah er Makedonen und Hellenen, Krieger; die wenigsten waren mit Packarbeiten oder Bewachung befaßt, die meisten liefen einfach umher und staunten. Kallisthenes kicherte leise; erst in diesen unglaublichen Gebäuden war ihm Alexanders Klugheit in einer anderen Sache aufgegangen. In Susa hatte der König befohlen, junge Perser anzuwerben oder zu verpflichten; sie sollten ähnlich den Hetairen oder den Thessaliern eine neue Kampfgruppe schwerer Reiter bilden. Es waren bereits drei- oder viertausend, ehe das Heer Susa verließ, um Persepolis zu nehmen. Die Makedonen murrten über Barbaren im Heer und Verwässerung des Geistes und ähnliche Dinge, gaben aber zu, daß die Kampfkraft der Asiaten – mit makedonischer Ausbildung, Ausrüstung und Härte – eine große Verstärkung wäre. Die halb ausgebildeten Ilen – Alexander schien hier neue Einteilungen zu planen; statt der herkömmlichen Ilen begrübelte er offenbar Tausendschaften, die er Hipparchien nannte – hätten auf dem Zug geschliffen und ins Heer eingefügt werden können; Alexander ließ sie mit den Besatzungstruppen in und um Susa zurück.

Erst hier begriff Kallisthenes den Grund. Den Palast der Achaimeniden zu plündern, wenn auch wohlgeordnet, war eine Aufgabe, die frischen persischen Truppen nicht zugemutet werden mußte.

In einer der Hallen, in denen die Funde aus den Kammern und Gewölben und Speichern und Nebenhäusern und Geheimgemächern gestapelt und gesichtet wurden, traf er auf Alexander und Krateros. Beaufsichtigt von makedonischen Wachen arbeiteten Sklaven und Gefangene mit Dingen, die auch den Besitzer einer schnellen scharfen Zunge sprachlos machen konnte. Die Männer waren nackt, bis auf Schurze; die Oberkörper glänzten von Schweiß. Berge von Münzen, Pyramiden von Goldbarren, wirre Haufen Silberfinger, Hügel kostbarer Steine waren zu verpacken; es gab nie genug Kisten oder Säcke. Die Zimmerleute des Heers hatten zunächst einheimische Handwerker zugezogen, aber im Lauf der letzten Tage waren die meisten Bewohner von Persepolis verschwunden, nach und nach im Land versickert; die Stadt leerte sich. Also hatte man begonnen, die leeren Häuser nach Holz und anderen Werkstoffen zu durchsuchen; Truppen durchkämmten das Land, um Pferde, Ochsen, Esel, Maultiere und Kamele für die Beförderung der Reichtümer aufzutreiben; und Karren, oder Baustoffe für Karren.

Das ganze gewaltige Gebäude schien von einer einzigen Fackel erhellt; ihr Licht wurde zurückgeworfen und vervielfacht von den Massen edler Metalle, von goldenen Spiegeln, gold- und silberbeschichteten Statuen; es wurde gebrochen und verfärbt von den Steinen und Perlen, die aus Indien oder von den sonstigen Enden der Welt gekommen waren.

Alexander beugte sich über die Rollen; an mehreren Tischen saßen Schreiber, die alles aufzulisten hatten. Krateros wippte auf den Fußspitzen, pfiff leise und betrachtete einen goldenen Berg Dareiken.

Aus einem der Gewölbegänge erschien Eumenes, verschwitzt, das Gesicht voller Staunen und Gier.

»Also, wir haben jetzt eine grobe Schätzung, Alexander.« Er wischte sich die Stirn und schüttelte den Kopf, als ob er dies alles selbst nicht glauben könne.

»Wieviel?« Alexander schien unberührt von all dem Reichtum, den die Großkönige aufgehäuft hatten.

»Also, wie gesagt, grob und vorläufig.« Eumenes breitete die Arme aus, wie um das ganze Gebäude zu umarmen; ein paar Rollen, unter die Achseln geklemmt, knisterten zu Boden. Er bückte sich, hob sie auf, entrollte eine. »Also, in Susa, Freund und König, das waren fünfzigtausend Talente, das meiste in Gold. Hier ... ich kann es nicht glauben.«

Krateros grinste. »Ich versuch's nicht mal zu glauben. Spuck's schon aus!«

Alexander nickte nur, als wäre die ganze Angelegenheit nicht sehr bedeutend.

Eumenes warf einen Blick auf seine Liste. »Ungemünztes Gold, Münzgold. Silbermünzen, und ungemünztes Silber. Rubine. Saphire, diese blauen Steinchen. Smaragde. Kisten, Türme von Kisten voll mit diesem und jenem.« Er schnaufte. »Insgesamt, grob, um die hundertzwanzigtausend Talente. Das Gewicht von fünfzigtausend kräftigen Männern. Wenn es nichts als Silber wäre, dann wären das allein ungefähr hundert Jahreseinkünfte des makedonischen Staats, König der Makedonen. Aber es ist viel Gold dabei, sehr viel Gold – zwanzigmal der Wert von Silber. Und ...

Alexander unterbrach ihn. »Wo ist es?«

Eumenes wies in alle Richtungen. »Das meiste unterwegs nach Susa; der Rest? Hier, und da, und dort. Wo soll es eigentlich endgültig hin? Babylon?«

»Ich weiß noch nicht. Man wird sehen.«

Eumenes kniff die Augen zu Schlitzen. »Sollten wir, eh, zur Vorsicht, das Ganze nicht *noch* besser bewachen?«

Alexander lächelte. »Wozu? Die Sklaven sind fast nackt; in

ihren Schürzen können sie nicht viel wegschleppen. Und die Kämpfer rühren es nicht an.«

Eumenes starrte, sein Unterkiefer hing. »Bi ... bist du sicher?«

»Wenn ich ihnen mein Leben anvertraue, wie sollte ich ihnen dann mißtrauen bei ein bißchen Metall?«

Am nächsten Morgen, als er sein Zelt verließ, begegnete Kallisthenes wieder einmal dem langen Hopliten, ah, Dekadarchen aus der Taxis des Krateros. Nach einigem Grübeln besann er sich auf den Namen – Emes, kurz und scheußlich, wie der Mann lang und scheußlich war. Eine junge Perserin und zwei dunkle Sklaven verstauten seine Besitztümer auf einem Eselskarren. In den Bergen Makedoniens war er vermutlich barfuß gelaufen und hatte einen Knüppel besessen; nun war er reich. Wie lange?

Zeltstoff; Waffen; ein goldenes Zierschwert; Silbergefäße; Decken; Vorräte. Die Perserin stand auf dem Karren und streckte die Hand aus.

Emes stand neben dem Karren, versonnen; er hielt einen schweren Beutel, in dem es klirrte.

»Worauf warten?« sagte die Frau. »Geben her.«

Emes klirrte abermals mit dem Beutel. »Zwei Jahre Sold.« Er grinste. »Alles auf einmal. Ich glaub, das behalt ich bei mir, Frau.«

Sie schnitt eine Grimasse. »Warum nicht geben? Besser auf Wagen.«

Emes schüttelte den Kopf. »Ich hab für dich bezahlt, ich hab den Karren gekauft und fast alles, was drauf ist, und den Esel. *Und* die Sklaven. Ich hab das Gefühl, ich bezahl zuviel und behalte zu wenig.«

Sie schüttelte den Kopf. »Nicht verstehen. Was sagen?«

»Weiß ich nicht so genau. Hör mal, wir gehen jetzt nach Susa, dann weiter nach, wie heißt das Kaff?«

»Hagmatan.«

»Richtig, Ekbatana. Immer durch Persien, die Tore, die Käffer. Könnte doch sein, daß du irgendwo verlorengehst, was?«

Sie schüttelte wieder den Kopf. »Du nicht trauen?«

»Vielleicht triffst du deinen Bruder. Oder nen anderen Mann.«

»Du, Mann mit viel Geld, vielleicht andere Frau.«

»Guter Vorschlag. Danke. Wir sehen uns in Ekbatana.« Er grinste, gab den beiden Sklaven ein Zeichen, der Wagen setzte sich in Bewegung, ohne ihn. Die Frau blickte nicht zurück.

Abends loderten zahllose Feuer in den Straßen und auf den Plätzen der Stadt, unterhalb der Burg und auf dem Palastgelände. Die meisten Einheiten waren seit Tagen abgezogen, in einer endlosen Karawane, zur Bedeckung der unermeßlichen Reichtümer. Ein paar hellenische Verbände, Parmenions Thessalier, die Hälfte der Hetairenreiter, die Taxeis von Perdikkas und Polyperchon, Söldner und die Reiter und Fußkämpfer aus dem Norden – Agrianen, Thraker, Odrysen, Triballer – sowie die Hypaspisten hielten sich noch in Persepolis auf, insgesamt etwa 12 000 Mann. Kallisthenes irrte von Feuer zu Feuer; endlich fand er die höheren Offiziere und Berater versammelt zu Füßen der titanischen Statue des Großkönigs Xerxes.

Der Hellene murmelte eine Begrüßung; er ließ sich neben Eumenes nieder. Die beginnende Nacht roch nach den Blumen und Gräsern der Ebene, nach Männern und Pferden und Eisen, Leder und Schweiß, wie immer; nach Wein und angesengtem Fleisch, nach Fett, das von den Rinderhälften, Lämmern und Vögeln in die Feuer tropfte.

Eumenes, bereits halb betrunken, schob ihm mit dem Fuß einen Becher hin, ein silbernes Gefäß mit erhabenen Ranken und winzigen feinen Vögeln.

»Da, auf den da.« Er trank, wies nach oben, wo der Kopf des Xerxes unheimlich glühte im Licht der Feuer. Eumenes rülpste. »Der hat bestimmt nicht geglaubt, daß wir uns alles wiederholen und noch ein bißchen dazu, was?«

Irgendwo kreischten Frauen. Ptolemaios seufzte und bettete seinen Kopf in den Schoß von Thais.

»Gute Nacht, das hier.« Er schloß die Augen; ihre Finger krochen durch sein Haar. Die Athenerin lehnte an einem Stapel aus Tierfellen, deren Verkauf in Athen etwa den Gegenwert von zehn jungen Sklavinnen erbracht hätte.

Parmenion hatte einen Rundgang gemacht; er kam nun zurück, setzte sich auf den Boden, goß Wein in einen Hornbecher und nahm die Silberplatte mit gebratenem Huhn entgegen, die ein Sklave ihm brachte.

»Nette kleine Orgie.« Er grinste, trank, hustete und wischte sich den Mund mit dem Handrücken. »Alle in guter Laune, außer den Freigelassenen; die trauern irgendwie.«

Einige der Verkrüppelten hatten sich, aus welchen Gründen auch immer, nicht von dem Ort ihrer Erniedrigungen losreißen können und darum gebeten, bis zum Schluß bleiben zu dürfen; sie würden am Morgen mit den übrigen, den letzten Truppen aufbrechen. Alexander hatte besser gefederte Karren für sie fertigen lassen.

Parmenion blickte zum König hinüber, der neben Hephaistion saß, sehr schnell sehr viel trank, kaum aß und im Feuer die Muster seines Lebens zu suchen schien.

»Was machst du eigentlich mit all dem Gold und Silber, Alexander? In Susa oder Babylon oder Ekbatana horten?«

Alexander blickte auf. Im Flackerlicht wirkte er plötzlich wie ein grinsender *daimon;* etwas Unheimliches lag in seinem Ausdruck.

»Nein, Parmenion mein Vater. Wir werden alles ausmünzen.«

Der alte Stratege zwinkerte ungläubig. »Das meinst du doch nicht wirklich.«

Hephaistion berührte Alexanders Schulter. »Du weißt, was dann geschieht, ja?«

Alexander blickte in die Runde; alle waren schlagartig ernüchtert. »Sag es mir, Patroklos.«

Hephaistion sprach ganz langsam, überbetont. »Eine Münze entspricht einer bestimmten Menge Arbeit; oder dem, was durch diese Arbeit erzeugt wurde. In einem Staat oder einem Land, oder Reich, muß das Geld, die Menge der Münzen, der Menge an geleisteter Arbeit und hergestellten Waren entsprechen. Die Geldmenge muß gleich der Warenmenge sein, oder der Arbeitsmenge.«

Alexander nickte; noch immer lächelte der *daimon* mit den Augen des Königs. »Und sagt mir, Freunde, was geschieht, wenn eine so große Menge Gold und Silber, wie wir sie gefunden haben, ausgemünzt und in Umlauf gebracht wird?«

Parmenion beugte sich vor. »Willst du das wirklich? Aber ... das ist eine Katastrophe! Du wirst viel mehr Geld haben als Waren, oder Arbeit, und das bedeutet, daß alles entwertet wird ... Die Preise werden hochschießen wie, wie, wie ein freigelassener Falke!«

Alexander verzog keine Miene. »Und das bedeutet?«

Parmenion ächzte. »Spiel keine sokratischen Hebammenspiele mit einem alten Mann, Junge. Das bedeutet, daß überall die Preise steigen, das Geld seinen Wert verliert, die Menschen das Fünf- oder Sechsfache für alles zahlen müssen – fünf- oder sechsmal soviel wie bisher für Brot, für das Leben!«

Alexander lächelte. »Das werden sie nicht, Parmenion. Nicht in den Ländern, mit denen wir befaßt sind. Wir werden Getreide nach Hellas schicken, und nach Makedonien.«

Ptolemaios fuhr aus Thais' Schoß auf, wie von einem Tier gebissen. »Hah!« sagte er; dann sank er wieder zurück.

Parmenion starrte den König an. »Ich begreife dich nicht.«

Plötzlich begann Hephaistion zu kichern; dann lachte er, brüllte vor Lachen. Die anderen schauten verstört oder verwundert zu ihm; nur Eumenes nicht: Er schnarchte, selig betrunken. Einzig Perdikkas schien etwas zu begreifen und begann ebenfalls leise zu lachen.

»Das ist wahrlich eine gewaltige Idee, Alexander«, sagte er.

Parmenion schüttelte immer noch, immer wieder den Kopf. Eumenes, vom Schweigen geweckt, stierte in die Runde, sagte »Was?« und schloß wieder die Augen.

Kallisthenes hob die gefalteten Hände, als ob er von einem Gott große Gnade zu erflehen hoffte. »Warum, Alexander? Warum zuerst den Wert des Geldes zerstören und dann Getreide verschenken?«

Alexander wandte sich ihm zu. »Sag mir, wer hat die Macht, in Athen, in Korinth, in Milet? Die wirkliche Macht! Nicht die Philosophen, edler Neffe des trefflichen Aristoteles. Nicht die Männer, die abstimmen oder sich dessen enthalten. Nein – die Reichen, die Stimmen kaufen können und dies tun. Die Reichen, die über Krieg und Hunger und Frieden entscheiden, wie es für ihren Reichtum am besten ist. Die Reichen, die dafür sorgen, daß die Städte in Hellas ewig miteinander Krieg führen, damit der Preis der Früchte ebenso steigt wie der der Waffen, die sie herstellen und liefern. Die Reichen, die niemals etwas hinnehmen werden, was all das ändern würde. Und ich, edler Kallisthenes, bin dabei, dies alles zu ändern. Die Oikumene zu ändern. Wir alle, Freunde, haben sie bereits verwandelt. Wir sind dabei, ein Reich aus vielen Ländern und Völkern zu bauen, in dem gearbeitet und gehandelt und gelebt und gestorben werden kann, wie alle Menschen sterben müssen, aber ohne Bruderkriege, unter einer Herrschaft. Ein Reich, das nur Bestand haben kann, wenn wir den Reichtum und die Macht der Reichen zerstören, ehe sie das Reich übernehmen können. Sie fürchten immer um ihren Reichtum und ihre Macht, und sie haben Grund zur Furcht; was sind sie denn, verglichen mit dem, was wir erbauen?«

Langes Schweigen; Eumenes rülpste und sagte: »Was?«

Gelächter. Als es sich gelegt hatte, fuhr Alexander fort. »Dies ist ein Krieg gewesen, der Unrecht beenden und Schmach tilgen sollte – bis jetzt. Als Xerxes die Hellenen mit Krieg überzog, hat er vieles zerstört, wie wir, wie alle Krieger. Aber er hat auch Dinge zerstört, die nicht zerstört werden dürfen: heilige Dinge, Haine, Tempel, Altäre. Er hat die Bildnisse der Tyrannenmörder aus Athen entfernt, und ich, den sie einen wahnsinnigen Tyrannen nennen, schicke ihnen die Standbilder zurück. Nun haben wir Rache genommen. Wie man es uns ... befahl.« Er grinste flüchtig. »Der Auftrag des Korinthischen Bundes ist erfüllt. Heute. Wir haben das heilige Persepolis geplündert, die Schmach ist getilgt.«

Parmenion schloß die Augen. »Ich fürchte mich vor dem, was du als nächstes sagen wirst«, murmelte er.

Alexander streifte ihn mit einem Seitenblick. »So? Kein Grund dafür, Parmenion mein Vater. Ekbatana ist besetzt worden, wie wir aus Susa hörten. In Ekbatana trennen sich die Wege. Wir werden alle Hellenen heimschicken, in Ehren und mit Geschenken; nur jene, die sich freiwillig melden, um weiter bei uns zu bleiben, sollen dies tun. Die gestellten Truppen der Städte des Bundes gehen heim, der hellenische Teil des Zugs ist beendet, alles weitere ist für uns. Für den König von Makedonien und Asien, und für sein ruhmreiches Heer, seine Freunde und Gefährten.«

Parmenion sagte, sehr langsam: »Makedonen, ja, und persische Reiter in Susa – und vielleicht andere Asiaten?«

Alexander entblößte die Zähne. »Makedonen, Ägypter, Babylonier, Perser, sogar Hellenen, wenn sie wollen, und Phöniker und Meder und Kappadokier. Aber nicht als Truppen eines fernen Bundes oder Leihgaben eines fremden Fürsten, nein. Als Krieger des Reichs.«

Im Schweigen, im gebannten und fassungslosen Schweigen setzte sich plötzlich Thais auf. »Als Athenerin in diesem edlen Kreis«, sagte sie laut, »finde ich, es ist ein Grund zum Feiern – die Geburt eines riesigen Reichs. Und für diese Feier brauchen wir mehr Licht.«

Ptolemaios richtete sich ebenfalls auf; er starrte sie an. »Was meinst du?«

Thais deutete auf die riesige Statue des Xerxes, auf die mächtigen Hallen und Tempel und Mauern des Palasts. »Ihr meint, ihr hättet eure Rache gehabt? Sie haben meine Stadt niedergebrannt, Athen!«

Drakon hatte an einem Haufen von Taschen und Beuteln gelehnt und seinen Becher mit einer dunkeläugigen Perserin geteilt. Er schaute auf, suchte das Gesicht von Kleitos dem Schwarzen, dem an diesem Abend Schweigsamen, blinzelte und räusperte sich.

»Rache für Athen?« sagte er. »Ja, beim Auge des Falken und den Eulenaugen der Pallas! Rache, warum nicht?«

Alexander zuckte zusammen, sagte aber nichts.

Kleitos schrie plötzlich, völlig überraschend, ganz im Gegensatz zu seiner sonstigen Besonnenheit: »Rache? Ja, Rache!«

Alexander hob die Arme. »Langsam, langsam, schreit nicht so. Was meint ihr?«

Drakon schnaubte. »Der Krieg zur Beendigung allen Unrechts, ja? Sie haben unsere Tempel geplündert – plündern wir ihre! Xerxes hat unser Land niedergebrannt, wir …«

»… brennen dieses Land hier nicht nieder, denn es ist nun

unseres.« Alexanders Stimme war scharf, aber Kallisthenes hörte – und glaubte es nicht – irgendwo ein Zaudern darin. Fast eine Frage.

Von den näheren Feuern waren zahllose Kämpfer aufgesprungen; sie drängten sich hinter dem König und den Offizieren. Kallisthenes hörte Ptolemaios murmeln:

»Ich wollte, Demaratos wäre hier!«

Es war ihm rätselhaft, wieso der Lagide unbedingt nun den Korinther suchte, der in Susa weilte, oder in Ekbatana, oder wo auch immer. Drakon hatte plötzlich einen Halm in der Hand, schob ihn in den Mund, kaute darauf, sprach um das zerkaute Ende herum.

»Die Tempel, und die Paläste, und das Geld. Wunderbar. Soll ich euch was sagen?« Er wandte sich eher an die Männer im Halbdunkel, hinter Alexander, als an den König oder die Offiziere. »Erinnert ihr euch an die armen Kerle, die die Perser sich zurechtgeschnitten haben, damit sie arbeiten, aber nicht entfliehen und nichts verraten konnten?«

»Was ist mit ihnen?« Parmenion war aufgestanden; eine verhüllte Drohung lag in Stimme und Miene des Strategen. »Laß die verstümmelten Tapferen aus dem Spiel, Heiler.«

Drakon lächelte, ohne den Halm aus dem Mund zu nehmen. »Nichts gegen sie, Parmenion mein Herr. Im Gegenteil. Die Heiler und Ärzte haben alles getan, um aus einigen, die lebende Tote waren, halbtote Lebende zu machen.«

»Was ist mit ihnen?« schrie Perdikkas, wütend und mehr als halb betrunken.

Drakon schaute sich um. »Ah. Wartet einen Moment.« Er drängte sich durch die Menge, ging zu einem der nächsten Feuer, wo noch Männer saßen, während die meisten anderen sich um den König gesammelt hatten. Er bückte sich zu einem Sitzenden, schien etwas zu murmeln oder zu sagen, half ihm in die Höhe und reichte ihm die Krücke. Drakon und Xanthippos kamen zurück zu Alexanders Feuer.

»Ihr wißt, wie sie die Männer zugerichtet haben«, sagte Drakon laut. Kleitos schüttelte den Kopf und schlug die Hände vors Gesicht. Die Regungen einiger Makedonen wurden für Kallisthenes immer rätselhafter.

»Ihr wißt es, nicht wahr? Gründliche Arbeit war das. Ich

sehe keinen Grund für uns, nicht ähnlich gründlich zu sein. Habt ihr je gesehen, wie er pißt?«

Xanthippos sah viel besser aus als am ersten Tag. Er war gewaschen, rasiert, neu gekleidet worden, hatte seit vielen Tagen gut gegessen. Drakon stützte ihn, während der Verstümmelte, dessen eine Augenhöhle unwirklich zu glühen schien, unter dem Chiton herumtastete, mit seiner einen Hand, dann den Schurz löste, fallen ließ und ein heiseres Kichern ausstieß.

Die anderen ächzten.

»Gute Arbeit, was?« sagte Drakon. Er streifte den Chiton hoch, damit man besser sah.

Der Unterleib war von Schnittnarben und Brandwunden übersät. Man hatte ihm das Körperhaar abgesengt, ohne zu löschen; zwischen den Schenkeln baumelte aus einer gräßlichen roten Narbenfläche eine Art Schlauch aus Tiergedärm. Verknotet. Mit seiner einen Hand löste Xanthippos den Knoten; der Schlauch bebte, füllte sich, schien zu steigen, gerade, wie ein Phallos, und in einem dampfenden Strahl leerte Xanthippos seine Blase. Er schüttelte den Schlauch und verknotete ihn wieder.

Thais, das Gesicht verzerrt von Wut und Mitleid, legte die Hand in Ptolemaios' Schoß. »Armer Mann«, sagte sie. Dann sprang sie auf, riß einen brennenden Zweig aus dem Feuer. »Beendet die Arbeit«, schrie sie; ihre Stimme gellte über die Feuer, hallte wider von den Mauern. »Vollendet die Rache! Brennt Persepolis nieder!«

Die Männer zögerten keinen Moment; überall wurden Äste und Zweige aus Feuern gerissen, Fackeln entzündet; tausend Füße und Stimmen, Geschrei und Hasten.

»Brennt alles nieder! Die Paläste! Die Tempel! Feuer! Rache!«

Ein wahnsinniges Heer hüpfender Flammen verteilte sich, ein Meer getrennter Glut, die sich bald vereinigen würde. Kreischend rannte Thais in den Palast; die anderen folgten, oder suchten größere, bessere, fernere Ziele.

Ptolemaios saß immer noch am Feuer; er schüttelte langsam den Kopf, ein wenig stolz, ein wenig verwundert. »Was für eine Frau!«

Parmenion schaute zu Alexander, aber der König rührte sich nicht. Hephaistion stand auf, als ob er alle aufhalten oder zurückholen wollte, dann hob er die Hände. Xanthippos starrte in die Nacht, die immer heller wurde; in seinem einen Auge tanzten Flammen. Kleitos kauerte an seinem Platz, immer noch die Hände vor dem Gesicht. Drakon nickte, ging hinüber zu seiner Perserin, die fassungslos ins Feuer sah, legte den Kopf auf ihre Schulter und begann zu schluchzen.

Kallisthenes murmelte, ohne jemanden anzusehen: »Wahnsinn, makedonischer Wahnsinn!«

Überall zerfetzten Schreie, gellendes Gelächter, dumpfes Knirschen, erstickte Hilferufe und das beginnende Grauen die Nacht. Männer rannten hin und her. Eines nach dem anderen begannen die großartigen, innen mit wunderbaren geschnitzten Hölzern verkleideten Gebäude zu brennen.

Parmenion, Hephaistion und Alexander starrten einander an. Plötzlich setzte sich Eumenes auf; er rülpste.

»Is das schon Morgen?« sagte er; dann übergab er sich.

Parmenions Gesicht war voll von Bedauern, Ekel und Ehrfurcht ob der Unermeßlichkeit der Zerstörung, die nicht mehr aufzuhalten war. Die Nacht wurde heller und heller; die ersten Dächer brachen ein, erschlugen die Umherlaufenden.

»Sie brennen nieder die Mauern der Nacht, Bollwerk des Dunkels.« Es klang wie ein ruhiges Gebet des alten Strategen; Kallisthenes sah Tränen in Kleitos' Gesicht, als der Schwarze zu Parmenion aufblickte. »Sie füllen den Wehrgraben des Morgens mit Schande. Kein Schatten wird bleiben, unsere Schuld zu verbergen.« Er ging zu Alexander, streckte die Hand aus, zog den König hoch. »Du wirst es bedauern, Junge. Du hättest sie aufhalten müssen. Ich auch.« Er pfiff; ein paar Männer, die ihre Posten nicht verlassen hatten, kamen angerannt. Parmenion deutete auf Eumenes, einen feisten betrunkenen Kadaver.

»Bringt ihn raus, vor die Stadt, zu den Karren. Ihr auch, alle raus. Gleich brennt hier alles.«

Erst jetzt wurde den anderen klar, in welcher Gefahr sie sich befanden. Der milde Nachtwind reichte vollkommen aus, die Flammen zu einem alles verschlingenden Meer anzufachen. Der Palast, zahllose Gebäude neben- und ineinandergebaut, lag in einem weiten Rund anderer Häuser; das Feuer würde von Dach zu Dach springen und die ganze Stadt verheeren – die Stadt, durch die sie gehen, laufen, rennen mußten, um die Ebene und die Zelte und die Wasservorräte zu erreichen.

Kallisthenes sah Alexander neben dem riesigen Xerxes stehen, hinaufschauen; er hörte den König sagen:

»Khshayarshā, König der Könige, Licht des …«

Teile eines nahen Gebäudes krachten nieder und verschluckten die weiteren Worte; Kallisthenes duckte sich, als Mörtelbrocken und Steinsplitter durch die heiße, rauchige, überhelle Luft sausten. Er krümmte sich, von Husten geschüttelt. Dann war nur noch Feuer da, Lärm, Geschrei, sengende Hitze, Rauch Rauch Rauch, die eigenen Füße; und der unsterbliche Glanz.

11. DER SPIELER IM WESTEN

Elf Jahre, oder waren es zwölf? Kanopos hatte sich nicht sehr verändert; Dymas fand sich in den Gassen sofort wieder zurecht. Ein paar Häuser fehlten, Lücken waren nicht geschlossen worden. Die Schänke ... Er erinnerte sich an die Nacht des Aufbruchs, an Wein und Musik, Tekhnefs Doppelaulos, ein Lied, das er nie wieder gesungen hatte, das Messer, das sich in die Kithara bohrte, Brand und Mord und Entsetzen, die zu Tode gepeinigte Kleonike, die Kriegsruderer aus Karchedon. Die Schänke war niedergebrannt, ein neues Gebäude zu gleichem Zweck an ihrer Stelle errichtet, aber der Wirt war ein anderer. Kleonikes weitläufiges altes Steinhaus hatte, wie ihm ältere Kanopier erzählten, jahrelang den Befehlshaber der persischen Besatzungstruppen und seinen Stab beherbergt – einen Hellenen, was sonst? Eine Tausendschaft zur Sicherung der Küste und des Landes am kanopischen Nilarm – Meder, Kappadokier, Lydier, Baktrer, Babylonier, Araber und fünf oder sechs Arten von Hellenen. Sie hüteten, indem sie gelegentlich weit herumritten, die Küstenstraße nach Westen, auf der der Landhandel mit Kyrene abgewickelt wurde; sie besetzten die Pharosinsel und das alte Rhakotis am Mareotis-See, hundertzwanzig Stadien westlich von Kanopos, wo guter Wein gedieh; der Hauptteil, in der Festung auf dem Ostufer des Mündungsarms, bewachte die Küste und die Kanäle zwischen dem kanopischen Land und dem nächsten Hauptarm des Nils, an dem, flußauf, der große Umschlaghafen Naukratis lag.

Vergangenheit. Im Haus der Kleonike wohnte nun der makedonische Unterstratege im Rang eines Pentekosiarchen. Die etwas mehr als fünfhundert Mann, die ihm unterstellt waren, hatten die gleichen Aufgaben wie vor ihnen die Vielvölkertruppe der Perser – Pharos, Rhakotis, Küste, Straßen, Kanäle. Es waren fünf oder sechs Arten von Hellenen, ein paar Makedonen, Thraker, Illyrer, Kappadokier, Lydier, dazu neuerdings einige Dutzend Einheimische: Ägypter, Hellenen, Mischlinge, drei dunkle Aithiopier, zwei aus der Wüstenheimat verbannte Augilen.

Der beginnende ägyptische Winter glich einem milden makedonischen Sommer. Nur die Ausläufer von Stürmen auf dem Meer und die Tatsache, daß sich wegen der wilden Winde der Jahreszeit nur wenige Frachtsegler über die hohe See nach Kanopos wagten, unterschieden diese Monde von anderen.

Mit leichtem Schaudern, mit Wehmut, mit dem Gefühl des Verlusts, und mit vielen Fragen dachte Dymas zurück an jenen Winter in Thessaliens Bergen. Die Burg, der Schnee, Tekhnef und Jason ... Das letzte Nachtgesicht war unauslöschlich, wie ein Brandzeichen; danach verschwamm alles. Jemand, der nicht Dymas war, irrte durch verschneite Landstriche, erlebte Fieberträume und erwachte ... Nein, das war ein anderer, der in Dyrrhachion erwachte, im Hof des Aristippos. Wieder ein anderer; nicht der Dymas von früher, nicht der Kranke, Verirrte, Ausgeraubte.

In den Schänken von Kanopos, später an Bord von Nilschiffen und auf dem Rücken eines Kamels in der ägyptischen Wüste grub er sein Inneres um, immer wieder, obwohl er nicht zur Innenschau neigte. Vermutlich würde er niemals begreifen, was eigentlich geschehen war. Je mehr er die Dinge bedachte, im Kopf hin und her wendete, desto weniger konnte er die Rätsel lösen, und desto mehr näherte er sich einer Haltung, die er verabscheute, weil er nichts von dem glauben mochte, was zu ihr gehörte. Jene Haltung, die unbegreifliches Heil oder Unheil auf das Wirken dunkler Mächte, olympischer oder anderer Gottheiten zurückführt. Welcher Gott hätte ihn denn wozu mit was strafen sollen?

Dann tastete er sich weiter zurück in die Vergangenheit. Wenn am Unterlauf des Flusses das Wasser über die Ufer tritt, liegt der Schluß nahe, daß es am Oberlauf geregnet hat. Auf der Suche nach Oberlauf und Regen kam er bis zur Nacht kurz vor der Schlacht am Granikos. In dieser Nacht hatten er und Tekhnef vielleicht die beste Musik gemacht, die sie spielen konnten. In dieser Nacht hatte Tekhnef den König verschmäht. In dieser Nacht hatte Alexander ihn – ja, was? Verzaubert, verwandelt, zur Puppe gemacht? War es

Alexander gewesen oder ein *daimon*, der den König behauste und den es ebenso wenig gab wie die olympischen Götter? Oder war der König Mensch und *daimon* zugleich?

In dieser Nacht, so Dymas' letzter Schluß, hatte der König ihn genommen – im Geiste, so wie er mit dem Körper Tekhnef nicht genommen hatte. Er hatte ihn genommen wie ein Spielzeug aus mehreren Holzteilen; er hatte das Spielzeug auseinandergenommen, die Einzelteile wie ein Gaukler in die Luft geworfen, mehrfach neu zusammengesetzt, mit verwirrenden Ergebnissen (verwirrend für das Spielzeug, nicht für den Gaukler), und schließlich hatte er das Spielzeug wieder so zusammengefügt, wie es sich gehörte. Aber ... etwas fehlte, etwas war vielleicht auch zuviel. Von dieser Nacht an hatte sich alles verändert, unmerklich zunächst, dann immer stärker. Die Musik verfiel; bis zu jenem Punkt, in Larissa, da Dymas nicht einmal mehr imstande war, einfache Tanzmelodien so zu spielen, daß einfache Landleute zuhören oder ihn wenigstens erdulden mochten. Dymas verfiel; Kitharist, Sänger, Reisender, geheimer Kundschafter, Mann, bis er nicht mehr reiste, sondern getrieben wurde, bis die Machenschaften der Spitzel und ihrer hohen Herren ihn mit Furcht und Abscheu erfüllten, bis ihn Mut und Manneskraft verließen, bis zuletzt nur ein wimmerndes Wesen irgendwo in ihm übrig war und das schnöde Geschäft des bloßen Überlebens betrieb.

Dann dachte er an Olympias: Königin, Priesterin, Hexe – wie man sagte. *Hetaira.* Todesspinne, Meisterin der üblen Ränke. Dies und mehr. In jedem Menschen gab es mehrere Wesen – auszubilden oder zu unterdrücken, zu spalten oder harmonisch zusammenzufügen, zu nutzen oder zu mißbrauchen. Fünf, sieben, zehn: vielleicht mehr, vielleicht weniger. Wie viele Seelen, wie viele Wesen war Arridaios gewesen, bis Olympias den kleinen Knaben vergiftete, um seinen möglichen Herrschaftsanspruch auf Alexander zu übertragen?

Arridaios mochte den Schwachsinnigen spielen, um zu überleben, aber er war etwas anderes: ein einziges scharfsinniges Wesen, hart, unbeugsam, ohne Schatten und Nischen, und dieses Wesen wollte dauern. Hatte Olympias die anderen Wesen, die Arridaios einmal besessen hatte, wie den Thronanspruch auf Alexander übertragen?

Alexander, König der Makedonen, Herr der zehntausend Wesen, alle mit Lichtseiten und Schattenseiten – zweimal zehntausend, nein, mehr, denn alle besaßen Abstufungen, Abtönungen, überraschende Feinheiten, konnten mit anderen zusammenschmelzen. Beherrschte er sie, beherrschten sie ihn?

Hatte der König Dymas auseinandergenommen und wieder zusammengesetzt, um dabei etwas zu entfernen, etwas, das er selbst brauchte, oder von dem er mehr brauchte als alle anderen? Eine geheimnisvolle, körperlose Sache, einen Stoff, die zehntausend Wesen zu beherrschen? Einen Stoff, dessen Fehlen dazu führte, daß die fünf oder sechs Wesen, die Dymas ausmachten, nicht mehr zu beherrschen waren, sich voneinander trennten wie die Räder einer Maschine, wenn man den einen Bolzen löst, der sie verbindet?

Diese wahnsinnige Überlegung führte zu anderen, denen Dymas nicht nachgehen wollte, die sich aber wie selbständig entwickelten. Von Hephaistion sagte man, er sei immer schon hochmütiger Sohn aus makedonischem Adel gewesen, in den letzten Jahren aber immer hochmütiger geworden. Von anderen jungen Männern, *hetairoi* des Königs, Offiziere des Heeres, sagte man, sie veränderten sich schneller, als es selbst bei gewaltigen Erlebnissen in solch kurzer Zeit üblich sei. Was machte Alexander mit seinen Gefährten – was geschah mit Hephaistion, wenn er des Königs Lager teilte – was machte Alexander aus den Männern des Heers?

Wieder und wieder dachte Dymas diese Gedanken, bis er sich wie eine aufgeblähte Kuh fühlte, die keinerlei Gedärm besitzt und dazu verflucht ist, all das ewig wiederzukäuen, was andere nach geziemender Zeit ausscheiden und vergessen. Er wußte, als Handwerker der Töne und Wörter, daß man ein beliebiges Wort – *Mond,* zum Beispiel – so lange wiederholen kann, bis es nichts mehr bedeutet, bis nicht mehr die wachsende und schrumpfende Leuchtscheibe der Nächte, sondern nur noch hohle Töne bleiben. Hatte er denn nicht selbst zwischen Abydos und Larissa millionenmal *Dymas* gesagt, bis nichts mehr blieb?

Etwas gab es, das er als Ton- und Wortwerker kannte und gemäß der Verwendung schätzte oder mißbilligte: Symmetrien. Der gleichmäßige Aufbau und Abbau eines Verses, die Umkehrungen und Spiegelungen und Wiederholungen der Töne, die Wiederkehr von Grundmustern in einer Geschichte? In einem Bild, einem kunstvollen Teppich?

Ja, aber nicht in Wirklichkeit. Zu vielschichtig, zu verwickelt, zu viele Menschen und Umstände. Ähnlichkeiten, aber keine genauen Wiederholungen. Oder doch? Waren all die Dinge, die er erfahren, erlebt, erlitten hatte, an die er sich klar oder verschwommen erinnerte, die er sich gegenüber zugab und Aristoteles gegenüber schriftlich niedergelegt hatte, tatsächlich geschehen, tatsächlich *so* geschehen, oder hatte sein erfindungsreiches Gedächtnis sie verändert, damit sie den symmetrischen Gewohnheiten des Ton- und Wortwerkers entsprachen? Ein Makedone, von einer schwarzen Frau verschmäht, nimmt das Räderwerk namens Dymas auseinander, setzt es nicht ganz richtig wieder zusammen, und die Dymas-Maschine erfüllt nicht mehr ihren Zweck, zerbricht – und all dies beginnt im Osten; es endet im Westen, ebenfalls in einer Nacht, in der ein Makedone eine dunkle Frau, die ihn geschmäht oder gekränkt haben mag, mißhandelt; und die Dymas-Maschine tötet den Makedonen, und in der gleichen Nacht greifen die Räder wieder ineinander – Wahrheit, Wirklichkeit, Wahnsinn?

Das Nilland barg auch all die bittersüßen Erinnerungen an Tekhnef, den Beginn und zwangsläufig das Ende. Sie war nicht verändert worden – vielleicht hatte Alexander nicht versucht, sie zu verwandeln, sie wirklich zu beeinflussen; vielleicht wirkte seine Magie nur bei Männern; vielleicht waren Frauen überhaupt widerstandsfähiger. Aber sie hatte einen Menschen namens Dymas geliebt, Musiker, Mann, Spitzel, was auch immer, und aus diesem Mann war eine geborstene Maschine geworden, in der nichts mehr seinen Zweck erfüllte. Hätte er die Gabe der Musik verloren, hätte jemand ihn zum Eunuchen gemacht, wäre sie bei ihm geblieben bis zum Ende, dessen war er sicher. Aber da war nichts mehr gewesen, eine leere Hülle bestenfalls; Nichts, oder Niemand. Und kein Mensch kann mit Nichts oder Niemand leben, ohne selbst zunichte zu werden. Aber all diese Gedanken, langsam gewachsen und langsam gehegt, blühten erst im Lauf der langen Monde auf, die Dymas im Nilland verbrachte, und als sie in voller Blüte prangten, entstieg ihnen kein Duft, sondern widerlicher Gestank.

Zunächst hatte er aus guten Gründen der wandernde Musiker Argos sein wollen. Aber in der ersten Schänke, die er in Kanopos besuchte, erkannte ihn jemand als Dymas, den Sänger und Kitharisten, der vor über einem Jahrzehnt verschwunden war. Es ließ sich nicht vermeiden, daß makedonische Offiziere ihn hörten und seinen Namen erfuhren; daher beschloß er, nicht allzu gut zu spielen, damit sie keinen Grund fänden, ihn landauf zu rühmen. Der König, den er keinesfalls wiedersehen wollte, hielt sich in Memphis auf, wo man ihn zum Pharao gemacht hatte.

Nach zwei Monden langweilte Kanopos ihn; Dymas begab sich an Bord eines langsamen Lastenseglers, der den kanopischen Nilarm aufwärts und dann durch einen der zahllosen Kanäle nach Osten, zum naukratischen Mündungsarm fuhr. Es war ein guter Aufbruch, wie er später erfuhr. Während er an den endlosen Schilfwäldern und Lehmdörfern vorüberglitt, hatte der König beschlossen, seinen Kriegsumhang nicht weit von Kanopos zu Boden zu werfen und eine Stadt getreu den Umrissen der ausgebreiteten *chlamys* bauen zu lassen, die seinen Namen tragen sollte: Alexandreia. Er besuchte Kanopos, ritt die Landzunge nach Westen ab, trank Wein aus den am Mareotis-See angebauten Reben, genoß den frischen Seewind. Das alte Rhakotis würde Vorort, später vermutlich Teil der neuen Stadt werden, und die Insel Pharos sollte durch einen Damm mit dem Festland verbunden sein, wodurch zu beiden Seiten große Hafenbecken entstanden. Es war ein guter Plan, ein kühner und großartiger Entwurf, und für Dymas hatte er ferner die treffliche Eigenschaft, in Abwesenheit des Musikers entstanden zu sein.

Naukratis … Hier hatte er Kleonike und Tekhnef und den schwermütigen Verwalter kennengelernt, dessen Namen ihm nicht einfallen wollte. Er blieb nicht lang, erinnerte sich des Gesangs, den ihm Ruderer auf dem Nil beschert hatten, sang ihn in der Schänke, in der er damals gespielt hatte. Der Wirt, älter geworden, erinnerte sich; die Mädchen – andere als damals, furchterregend jung – schätzten die Musik, und eine von ihnen, eine Kreterin mit dunklem Haar und grünen Augen, besaß kühle Füße, die ihn etliche heiße Nächte hindurch erfreuten.

Totentanz Ruderhand
fahr ich zur Unterwelt
ruh ich mich endlich aus
brech ich den Rudergriff
tanz ich den Totentanz
Totentanz Ruderhand ...

Es brachte weitere düstere Erinnerungen an den kanopischen Totentanz; er verdrängte sie. Die auch in Naukratis anwesenden Makedonen sagten, Alexander begebe sich auf der Küstenstraße nach Westen, um von Paraitonion aus die Ammonsoase zu besuchen. Dymas nahm dies zum Anlaß, mit einem Getreidehändler flußauf zu fahren, nach Memphis, wo er jedoch nicht ankam. Eine Tagesfahrt unterhalb der Hauptstadt hörte er, Alexander werde dort am nächsten oder übernächsten Tag zurückerwartet. Er hatte mit seiner Musik nicht gut, aber auch nicht schlecht verdient; es reichte, um sich von einem Flußfischer aufs östliche Nilufer bringen zu lassen und dort ein – schlechtes – Pferd zu kaufen. Daß er die Tempel, die Schänken und die Pyramiden nicht zu sehen bekam, nahm er Alexander persönlich übel. Dafür sah er andere Dinge: das Leben und Arbeiten und Sterben am Fluß; einen tausendfarbigen Sonnenuntergang in verwehenden Gewitterwolken über dem Ackerland, das durch den sommerlichen Beginn der Nilschwelle zum unendlichen See geworden war; das schlechte und dazu dumme Pferd, zerrissen von zwei Krokodilen; den schaukelnden Horizont vom Rücken eines Kamels, und abends die Verästelungen der Flammen im Feuer, das mit Kameldung gespeist wurde; tausend andere Tempel und Städte; den Beginn vom Ende der großen Befreiung, als die Ägypter zu begreifen schienen, daß die Makedonen weniger grausam, weniger tiefgreifend das

Land veränderten als die Perser, daß aber auch sie eine Fremdherrschaft errichten würden; die jähen, fast dämmerlosen Übergänge zwischen Tag und Nacht, die er in den Jahren fast vergessen hatte und die ihn immer wieder betäubten. Sein Ägyptisch, so lange unbenutzt, belebte sich mit jedem neuen Tag mehr; die Sonne brannte ihn schwarz, bleichte seine Haare aus und ließ die Erinnerungen an thessalische und andere Winter verglühen – fast.

Überall, auch in den entlegenen Dörfern des oberen Ägypten, drehten sich die Räder der Verwaltung, eingerichtet vor Jahrhunderten, verfeinert, verfallen, erneuert, von Ägyptern und Aithiopiern und Kuschiten betrieben, dann lange Jahre von Hellenen und Arabern, gegen Sold, dann wieder von Ägyptern, die den Persern dienten, von Persern, wieder von Ägyptern, hin und wieder Hellenen oder anderen Fremden, abermals von Persern und ihren ägyptischen Knechten, und nun von Hellenen und Makedonen, die die alten Wege und Verfahren übernahmen – nachdem sie alle Perser entlassen oder entfernt hatten. Und weil überall makedonische oder hellenische Steuereinnehmer unterwegs waren, oft geschützt von kleinen Truppenteilen, erfuhr Dymas die wichtigen Dinge: Alexanders Aufbruch nach Babylonien, die Erhebung der Peloponnes unter Spartas König Agis gegen Makedonien.

Als der Herbst begann, schloß er sich einer Karawane von Eselmännern an, die durch die Wüste nach Nordwesten zogen: Männer aus Arabien, aus Saba, aus Kusch. Sie brachten Weihrauch für die Tempel und für die Kohlebecken der reichen Handelsherren ins Reich der Karchedonier. Nicht nach Karchedon selbst; ein Händler in Sabrata, wo die Westphöniker Truppen und Zöllner unterhielten, kaufte ihnen die Lieferungen ab und ersparte ihnen den restlichen Weg sowie den Zoll. Und, vermutete Dymas, einigen Gewinn, denn in Karchedon oder einem anderen großen Ort des Kernlands hätten sie wohl ein Mehrfaches dessen erzielen können, was der Händler ihnen zahlte.

Von Sabratas Hafen nahm ihn ein für die Musik empfänglicher Hellene, dessen Familie seit fast einem Jahrhundert in Karchedon lebte, mit in die größte Stadt der Oikumene. Die Fracht seines Küstenseglers bestand aus kyrenischem Wein,

ein paar Ballen mit Silphion und einer großen Menge des Weihrauchs, den Dymas bis Sabrata begleitet hatte.

Es war eine seltsame Art von Heimkehr. Mit sieben Jahren hatte er als Sklave das Land der Libyphöniker betreten, östlich der großen Stadt. Manchmal versuchte er, sein Leben und die Ereignisse in der Oikumene zeitlich zu verknüpfen; Beginn der Sklaverei (und Tod seines Vaters) mußten drei oder vier Jahre vor Philipps Machtübernahme in Makedonien geschehen sein – vielleicht im letzten Lebensjahr des großen Thebaners Epameinondas. Er hegte noch immer verschwommene Erinnerungen an die weiten, fruchtbaren Landstriche der karchedonischen Ostküste bei Hadrymes: die Gemüse- und Obstgärten, mit zahllosen Obstarten, die man in Hellas nicht kannte, und mit kunstvollen Bewässerungssystemen, von denen Hellas nur träumen konnte; die weißen Landhäuser, im Schatten der Zypressen und Pinien, gelassenes Alter und selbstverständliche Anmut nach außen, prunkender Reichtum und Schwelgerei von innen; die gefüllten Speicher; die wogenden Getreidefelder, die Ölbäume und Weinberge; die grünen Ebenen voller Rinder und Schafe, die Weiden, die von Pferden wimmelten ... Zwei Jahre hatte er auf den Feldern eines großen Guts verbracht, weitere zwei Jahre in den Werkstätten, wo er feinste Truhen und Kistchen fertigen und beschnitzen mußte. Dann noch einmal zwei Jahre der Handwerksarbeit und der Musik zwischen den Herrenhäusern und Palästen, den Mauern und Hecken, den Wiesen, Gärten, Zedern und Zypressen der reichen, grünen Vorstadt nördlich von Karchedon, der Megara, wo Adherbal wohnte, wenn er nicht in der Welt umherreiste, um Karchedons Belange zu fördern und seine tausend Kundschafter zu lenken. Davon hatte Dymas nichts gewußt; erst allmählich war ihm klar geworden, daß Adherbal kein einfacher, wiewohl reicher und mächtiger Grundherr war. Der Herr der Pferde ... Er hatte – oder seine Leute, was auf das gleiche hinauslief – Dymas' Gaben erkannt, unauffällig gefördert, ihn an den Korinther Demaratos verkauft, der natürlich ebenfalls nur Händler war. Mit dreizehn Jahren; in dem Jahr, da Philipp sich mit Olympias vermählte? Ein Jahr vor Alexanders Geburt?

Dann, fünf oder sechs Jahre später, als Philipp die Phoker niederrang, eine erste Heimkehr – denn es war Heimkehr; an das schäbige Herakleia, wo er als Sikeliot geboren worden war, gab es kaum Erinnerungen – und die erste Begegnung mit dem Nachfolger des sterbenden Adherbal, Hamilkar, der ihn mit Bagoas dem Heilen, Herr der persischen Aufklärer, zusammenbrachte. Damals war der Perser etwa dreißig Jahre alt gewesen, er mußte nun einundfünfzig oder zweiundfünfzig sein, und sein karchedonischer Gegenspieler fünf oder sechs Jahre jünger.

Dymas seufzte; weil auch er bald vierzig sein würde. Seit mehr als zwanzig Jahren hatte er Karchedon nicht mehr gesehen, aber die Stellen, die er damals besucht, erlebt, in sich aufgenommen hatte, waren unverändert. Fast 500 Jahre bestand die Stadt; seit fast 300 Jahren beherrschte sie das westliche Meer, den Westteil Siziliens, das wilde Sardonien, den Norden Libyens bis zu den Säulen des Herakles – hier sprach man von den Säulen des Melqart –, wo das Meer endete und der Okeanos begann, den Süden Iberiens, irgendwelche finsteren Küstenländer, wo es Gold und Elefantenzähne gab, am Okeanos selbst, und möglicherweise noch entlegenere Gegenden, von denen die Kaufherren schwiegen, damit keiner außer ihnen den Weg dorthin suchte. Die Säulen der großen Tempel, die Grundmauern des Ratsgebäudes, die ersten Herrenhäuser waren errichtet worden zu einer Zeit, als Athen ein befestigtes Dorf mit vielleicht 5000 Bewohnern war und die Könige Spartas noch jeden Schweinehirten ihres Landes mit Namen kannten.

Das schiere Alter Karchedons bewies dem Musiker, daß auch er älter geworden war. Er entsann sich seiner Gefühle, damals – die üppige, gleichwohl strenge Megara hatte er geliebt, die Stadtviertel der hellenischen Metöken, der Libyer, der tausend anderen Völker geschätzt. Die alten Teile der Stadt, die den Karchedoniern nicht unbedingt vorbehalten waren, in denen aber nur Karchedonier wohnten, waren ihm als düster, bedrohlich, abstoßend erschienen. Allen Nicht-Phönikern flößte die unmittelbare Umgebung des Baal-Tempels mit dem uralten *tofet* Unbehagen ein, selbst wenn dort seit über hundert Jahren das *mulk*-Opfer nicht mehr mit lebenden Kindern gefeiert wurde, sondern mit Totgeborenen oder früh an Krankheiten Verstorbenen. Aber es war ein Ort, den nur Karchedonier betreten durften, ein Brunnen schwarzen Lichts, der für Fremde alles ringsum verfinsterte.

Diese Finsternis war immer noch greifbar, aber die anderen alten Teile, damals fast ebenso düster, erschienen Dymas nun beinahe schön. Er suchte im Geist nach Wörtern für seine Empfindungen: Gelassenheit, Beherrschtheit, Ehrwürde oder Würde des Alters, Erbaulichkeit ob strenger Formen ... Erst nach und nach ging ihm auf, daß die veränderte Wahrnehmung an ihm lag, nicht am Wetter oder an baulichen Veränderungen, die es nicht gab. Er war älter geworden und konnte alte, dauerhafte Dinge, die Ausprägung von Geschichte schätzen, die ihn damals abgestoßen hatte – damals, als er jung war und das Junge, Aufbrechende, Sprießende suchte.

Vor der engen Hafeneinfahrt ließ man sie warten, einen halben Tag lang. Endlich kam ein Vertreter der Zollbehörden an Bord, überzeugte sich davon, daß alle Siegel und Stempel in Ordnung waren, daß der Schiffseigner Wohnrecht in Karchedon besaß, daß man für die Waren bereits in Sabrata die vier Hundertstel des Warenwerts an Zoll entrichtet hatte. Noch ein Stempel, noch ein Siegel; dann durften sie in den Handelshafen, ein großes rechteckiges Becken mit Lagerhäusern, Werkstätten, Werften und Geschäftshäusern. Nördlich des Beckens lag die verbotene Durchfahrt zum runden Kriegshafen, über und unter Wasser durch Bronzetore gesperrt.

Dymas nahm sein geringes Gepäck – einen Ledersack mit Kleidung und anderen Habseligkeiten, den Münzbeutel und die Felltasche mit der Kithara – und ging an Land. Er atmete den Schweiß der Lastträger, den Ruch der Dirnen, die unglaubliche Mischung aus nassem Holz, Brackwasser, lebenden und toten Fischen, Pech, Leder, Segeltuch, Metallen und Feuer, die Gerüche aus den Läden und Lagern, wo Nahrungsmittel aller Art und tausend Handelsgüter gestapelt waren. Es war der Geruch der Heimat – seltsam, nach all den Jahren; und der Geruch trieb ihm Tränen in die Augen.

Bei einem karchedonischen Wechsler – es gab in dem Gewerbe auch Hellenen und andere Metöken, aber die wurden nicht vom Rat beaufsichtigt – tauschte Dymas seine Münzen. Er besaß noch fast 1200 Drachmen, eine stattliche Menge, aber nichts im Vergleich zu früherem Wohlstand. Nach Abzug der üblichen Gebühren erhielt er dafür nicht ganz 700 *sigloi;* er ermahnte sich, ab sofort wieder das Westphönikische zu sprechen (und zu denken) – *shiqlu* statt *sigloi* –, steckte die Münzen ein und verließ den Hafen.

Tagelang berauschte er sich an der Stadt, den Plätzen, den Schänken, den Wasserverkäufern mit ihren schläuchetragenden Eseln, den Käfigen voll gemästeter Hunde, den von Hühnern wimmelnden Höfen (ihretwegen kamen Wiesel oder Marder in die Stadt), den hellen und dunklen Häusern aus Ziegeln und Holz oder auch Stein, der hellgrauen, fast weißen Seemauer mit den dunkelroten Fugen, der gewaltigen dreifachen Isthmosmauer, die Karchedon gegenüber dem Hinterland unangreifbar machte, den zahllosen Hautfarben und Zungen und Trachten. In einer billigen Schänke in der Südstadt, am kleinen Hafen des Sees von Tynes, fand er ein kleines, erträglich schmieriges Zimmer, zahlte zehn *shiqlu* für einen Mond und erwanderte die Stadt. Südlich des Byrsa-Hügels, in der Nähe der Agora, spielte er später dem Wirt des Hauses der Weinhändler vor und einigte sich mit ihm auf ein helles Zimmer im vierten Stockwerk, gutes Essen und reichlich Wein; dafür würde er jeden Abend im Schankraum die Kithara spielen und hoffen, daß die reichen Kaufherren ein paar Münzen in die Bronzeschale legten.

Es war ein milder Winter, und eine gute Zeit. Er spielte jeden Abend, nie mehr als eineinhalb oder zwei Stunden; jeden Abend hinterließen die Gäste – nicht nur Karchedonier, nicht nur Weinhändler – Silbermünzen in seiner Schale, im Schnitt jeweils etwa zwei *shiqlu.* Er aß und trank gut, schlief lange, trieb sich tagsüber in der Stadt herum, entwickelte neue Melodien, erdachte neue Verse, die er nie aufschrieb, oder er las in den Rollen, die von den Bücherhändlern zu haben waren. Einige Nächte – nach der Musik – verbrachte er mit einer Elymerin, geboren in einem Dorf bei Lilybaion, die bei einem karchedonischen Fleischer arbeitete und ihm einmal zeigte, mit welcher Geschwindigkeit sie gemästete Hunde schlachten, ausnehmen und zerteilen konnte. Irgendwie stieß ihn dies ab; sie schieden friedlich.

Einige Gäste kamen häufiger, darunter ein Waffenhersteller namens Baalyaton, der ihn einmal für den Abend vom Wirt »auslieh«, damit Dymas in seinem Stadthaus eine Feier mit Geschäftsfreunden durch Musik verfeinere.

Hin und wieder kamen Nachrichten aus dem Osten, die Dymas aber nur am Rande berührten. Es hieß, Alexander habe eine große Schlacht gewonnen und Babylon eingenommen; vielleicht werde er sogar nach Persien selbst vorstoßen. Derlei Berichte erregten die Hellenen der Stadt, die Karchedonier dagegen sprachen häufiger von Dingen aus anderen Weltteilen – etwa den neuen Streitigkeiten zwischen Händlern und Adligen einerseits und Demokraten andererseits in Syrakus; man befürchtete, bei einer Machtübernahme der Demokraten könne das mühsam erreichte Gleichgewicht, kaum acht Jahre alt, zwischen dem karchedonischen Westsizilien und den hellenischen Sikeliotenstädten verlorengehen. Dymas ließ auch dies kalt. Er rechnete damit, früher oder später von Hamilkar zu hören; in gewisser Weise wollte er dies sogar herbeiführen, sonst hätte er sich in den nichtkarchedonischen Vierteln versteckt, statt in einem Versammlungshaus vor allem karchedonischer Händler unüberhörbar Musik zu machen. Bis zu diesem hoffentlich fernen Zeitpunkt wollte er jedoch alles, was mit seinen alten Nebengeschäften zu tun hatte, möglichst nicht zu genau wissen.

Dann kaufte der Wirt eine neue Schanksklavin, eine junge Ibererin namens Tyuga. Sie kam aus dem Hinterland von Gadir, hatte dunkles, hüftlanges Haar, warme Augen und die schönsten Ohrläppchen, die Dymas je gesehen hatte. Der Name, sagte sie, bedeute in der Sprache ihres Volks Bussard. An diesem Abend wechselte Dymas ein paar Worte mit dem Wirt, um zu erkunden, welche Arten der Nutzung von Besitztümern dem Karchedonier am Herzen lagen. Während er Musik machte – gute Musik, wie er unbescheiden selbst befand –, beobachtete er die Frau, die Speisen und Getränke zu den Tischen brachte, abgebrannte Fackeln durch neue ersetzte, Öl in den Lampen nachfüllte; sie schien Vergnügen an der Musik zu empfinden. Er blieb länger als gewöhnlich im Schankraum, auch als kaum noch Gäste dort waren, und unterhielt sich mit der Ibererin, deren Westphönikisch nahezu so makellos war wie ihre Zähne, ihre Haut und ihr Atem.

Am nächsten Abend sang Dymas ein neues Lied, das von den Gästen mit Beifall aufgenommen wurde und bei Tyuga, der gadirischen Bussardin, ein langes Lächeln auslöste. Die Musik war angelehnt an die eines lydischen Tanzlieds; die Melodie begann munter, wurde immer schwermütiger, kippte schließlich in dröhnende, tiefe Töne von einer gewissen gestelzten Albernheit ab, um sich am Ende aufzuschwingen wie ein Vogel. Dymas spielte die Melodie zunächst einstimmig, dann zweistimmig, unterlegte sie mit angenehmen, dann mit verblüffenden Harmonien.

Nie mehr werden Maiden mit lieblichen Stimmen,
heimlicher Haut und zündelnden Zungen mich locken.
Eisvogel möchte ich sein, in Windwällen wühlen;
Bussard werden, im Luftrausch die Wolken verhöhnen,
Bussardweibchen im feurigen Fluge begatten.

Auf der heißen Luft halberloschener Feuer und Lichter in Schankraum und Küche stieg die Bussardin in dieser Nacht in die Höhe, zu seinem Zimmer im vierten Geschoß; vor dem wahrlich feurigen Flug setzte sie sich ein biegsames Scheibchen aus Harz und Fischhaut ein, um, wie sie sagte, den Folgen des Begattens zu wehren. Am nächsten Tag beschaffte sie Kräuter und Pflanzensamen, die sie in Wasser, wenig Wein und ein paar Tropfen Sesamöl kochte. Der Sud, immer wieder erhitzt, verlor nach ein paar Tagen alle tödliche Tugend und mußte neu angesetzt werden, damit Tyuga Schwämmchen hineintauchen und in ihre Scheide schieben konnte. Aristoteles wäre zweifellos an der genauen Zusammensetzung gelegen, dachte Dymas; aber derlei Gebräu kannte man auch in Hellas, und als er sich von Tyuga die Namen der Kräuter nennen ließ, vergaß er die Hälfte, bevor er in die Nähe von Schreibwerkzeug kam. Jedenfalls roch und schmeckte es süßlich und regte zu jenem Tun an, dessen Folgen es verhinderte.

Es war eine leichtherzige Verbindung, jederzeit ohne Schaden zu beenden. Die Ibererin – eher Lerche denn Raubvogel – genoß und gab Genuß, aber entweder besaß sie keine Tiefen, oder sie hielt sie verborgen. Dymas hatte seine Tiefen, die ihm labyrinthische Abgründe waren, gegen die darin schlummernden Ungeheuer mit Dornenverhauen bewehrt und gegen sich und andere mit einem Gewölbe glatter Unverbindlichkeit übermauert.

Auch der Wirt war mit allem einverstanden, nach kleinerem Gezappel. Kinder einer ihm gehörenden Sklavin hätten seinen Wohlstand und Besitz gemehrt; der Vater dieser möglichen Kinder hätte, da freier Mann, ihm diesen Zuwachs gerichtlich bestreiten können; besser, das Wachstum fand nicht statt. Besser eine muntere Sklavin, die er für drei Minen – 180 *shiqlu* – gekauft hatte und die wohlgelaunt und wohlgenährt seine Gäste bediente und so seinen Wohlstand förderte; besser als Streitereien und üble Stimmungen ein zufriedener Musiker, dessen Töne die Gäste anregten, länger zu bleiben und mehr zu trinken.

Als der Frühling mit zunehmender Hitze kam – in Hellas der Beginn des neuen Jahres, in Karchedon, das den alten babylonisch-phönikischen Kalender verwendete, Jahresmitte –, fühlte Dymas sich als Teil der Einrichtung des Weinhändler-Hauses, wie die Tische und Kochfeuer. Mehr als drei Monde spielte er nun schon hier; fast drei Monde teilte die Ibererin seine Nächte. Mit den veränderten Gerüchen der Welt, mit der Zunahme der fremden Hochseefrachter nach dem Ende der Winterstürme, mit fremden Gesichtern am Hafen – den er nun häufiger aufsuchte – und vor allem mit der Feststellung, daß er seit Monden das Salz des Meeres zwar gerochen, aber nicht bemerkt hatte, kam die Unrast. Zeit, etwas Neues zu beginnen, zu wandern, zu reisen, Tage und Abende anders zu gestalten; wenn es irgendwie möglich wäre, die Nächte beizubehalten …

Seine Musik litt keineswegs unter der Unrast; im Gegenteil, sie wurde genauer, schärfer, wilder, bisweilen auch wehmütiger. An einem dieser ersten Frühlingsabende, als die meisten Gäste bereits gegangen waren, bat der Waffenhändler Baalyaton den Musiker an seinen Tisch, wo er mit einem fetten Karchedonier, der mehrere Wollwebereien besaß, und einigen Bergwerksfachleuten die Möglichkeiten erörtert hatte, alte Eisenfundstätten in einer libyschen Oase neu zu erschließen, die Kosten zu teilen und die Gewinne zu verdoppeln. Dymas nahm die Einladung an, trank den feinen Wein, tauschte mit den anderen Geschichten über die Wildnis der menschlichen Seele, die Steppen des Geistes und die Oasen des Umsatzes aus. Nach und nach gingen die übrigen; schließlich war er mit Baalyaton allein.

Der Karchedonier, kaum angetrunken, musterte ihn eine Weile schweigend.

»Musiker«, sagte er dann, halblaut, »Mann mit vielen Gaben und mehreren Vergangenheiten: Hamilkar ist wieder in der Stadt und will dich sprechen.«

Dymas nickte nur; irgendwann hatte es geschehen müssen, und warum sollte er sich darüber wundern, daß der Waffenhändler mehr – und anderes – war, als er schien?

»Wann? Wo?«

»Morgen. Er hat Besprechungen im Ratsgebäude und sähe dich gern gegen Mittag auf der Agora, vor dem Haupteingang zum Rat.«

Sie erkannten einander sofort, trotz der vielen Jahre, die seit der letzten Begegnung vergangen waren. Hamilkar trug den üblichen wadenlangen Wollrock und eine goldbestickte Mütze; der Purpursaum und die Feinheit der Fäden zeigten, daß er zu den Wohlhabenden gehörte, und der breite Ledergürtel, der das weite Gewand um die Leibesmitte einschnürte, ließ keinerlei Verfettung erkennen. Die dicken Korksohlen der Sandalen machten den Karchedonier noch größer und schlanker. Mit seinen flachen Sandalen, dem einfachen Chiton und ohne die in Karchedon bei Männern üblichen Ohrringe kam Dymas sich fremd und ärmlich vor.

Hamilkar nickte und umklammerte kurz Dymas' rechtes Handgelenk; das war alles an Begrüßung.

»Danke, daß du gekommen bist. Wir haben zu reden – wo?«

Er sah sich um, zögerte, streifte Dymas mit einem abschätzenden Blick, dann hob er die Schultern.

»Ach, warum nicht? Komm mit.«

Er machte kehrt und ging die Stufen zum Ratsgebäude

wieder hinauf, die er eben erst herabgestiegen war. Dymas folgte, mit gemischten Gefühlen. Fremde, sofern sie nicht Gesandte waren, hatten nichts im Ratsgebäude zu suchen; eigentlich war nicht einmal Metöken und anderen Einheimischen, die nicht Karchedonier waren, das Betreten gestattet. Hamilkar mußte wahrlich bedeutend sein, wenn er sich über derlei Vorschriften hinwegsetzen konnte.

Im ersten Stockwerk des uralten, innen fast kahlen Gebäudes führte der Karchedonier ihn in ein helles, zweckmäßig eingerichtetes Arbeitszimmer – Gestelle mit Rollen, zwei Tischen, zwei Liegen, mehrere Scherenstühle, das übliche Zubehör an Schreibwerkzeugen. Als sie sich gesetzt hatten, legte Hamilkar die gefalteten Hände auf die Schreibtischplatte.

»Ich nehme an, du hast ein wenig mittäglichen Hunger. Wenn wir hier fertig sind, sollst du mein Gast sein. Zuerst aber die wichtigeren Dinge, bei denen ich nicht belauscht werden möchte.«

Dymas nickte und wartete.

»Was weißt du von den Vorgängen im Osten?«

»Nicht viel – ein paar Gerüchte. Ich bin Musiker, wie du weißt, kein, ah, bezahlter Aufklärer, der sich um Politik zu kümmern hat.«

Hamilkar lachte. »Läßt sich ändern, Hellene. Allerdings ändern sich manche Dinge nie. Wer einmal das Große Spiel gespielt hat, kann nur selten die Finger ganz davon lassen.«

»Das bleibt abzuwarten.«

»Na gut; mal sehen. Ich war ein paar Monde unterwegs. Im letzten Sommer hatte ich eine längere Unterhaltung mit dem alten Demaratos.«

»Wo?«

»In Pelusion.« Hamilkar lehnte sich zurück und sprach knappe Sätze, die nur das Wesentliche enthielten.

So erfuhr Dymas, daß Antipatros den Krieg auf der Peloponnes siegreich beendet und »ganz Hellas und Umgebung« in seiner eisernen Hand hatte – von Thrakien bis Tainaron. Alexanders Satrapen im näheren Asien, vor allem Antigonos und Nearchos, sorgten für Ruhe, Nachrichtenfluß und Nachschub; die Inseln und Küsten bis Kyrene, die Länder zwischen Hellespont, Babylon und Ägypten gehörten und gehorchten dem König der Makedonen und seinen Beauftragten. Aus den engen Dörfern und Städten von Hellas und Makedonien, aber auch aus den Orten Asiens und der Inseln hatte sich eine gewaltige Wanderung aufgemacht; Krieger, Künstler, Händler, Dirnen, Bauern, Handwerker, Forscher, Verwalter und natürlich auch Beutejäger strömten in die neu eroberten Länder, um dem König zu helfen und sich dabei reichlich zu nützen.

Alexander hatte in Babylonien zum dritten Mal ein Heer, das größte, der Perser aufgerieben, Babylon besetzt, Susa genommen, die unbezwinglichen Uxier, Herren der Persischen Tore, zu seinen Knechten gemacht und – dies die letzte Meldung, wenige Tage alt – Persepolis geplündert und niedergebrannt.

Hamilkar klang ungewöhnlich ernst, fast entsetzt, als er es berichtete. Dymas dachte an die zweimal zehntausend Wesen aus lichtem und schwarzem Feuer; an die Nacht in der Nähe des Granikos; an Philipps und Parmenions Heer, das dem hellen oder dunklen *daimon* diente.

»Mehr, als ihr erwartet hattet, oder?«

Hamilkar schnalzte leise. »Mehr, als irgendwer hätte träumen können – in guten oder bösen Träumen.«

Dymas rümpfte die Nase. »Habt ihr es euch vielleicht ein bißchen selbst zuzuschreiben?«

»Ein bißchen, vielleicht. Aber nicht mehr. Er ist einfach zu ... tja, zu was?«

»Was war denn euer Anliegen? Das, was offensichtlich ist, oder noch etwas anderes?«

Hamilkar rieb sich die Schläfen mit den Fingerspitzen. »Hm. Was ist für dich offensichtlich?«

»Das Dreieck der großen Mächte. Karchedon; Persien; und wer immer gerade in Hellas wichtig ist. Dazu natürlich Syrakus, aber die zählen eigentlich nur für, oder gegen, euch. In diesem Fall, sagen wir, Karchedon und Persien und Makedonien. Solange Persien alles zwischen Hellespont, Ägypten und Indien bestimmt, ist Persien zu stark; also muß man es schwächen. Ich nehme an, ihr habt gedacht, wenn ihr Alexander ein bißchen helft, oder einfach nur wegschaut, wenn er zum Beispiel Tyros angreift, schwächt ihr Persien und stärkt euch. So ungefähr?«

»So ungefähr. Vor allem: Solange Hellas ganz auf den Osten ausgerichtet ist, können wir uns ungestört mit dem Westen befassen; und wenn es Ärger mit Syrakus geben sollte, stünde Syrakus allein, ohne Hilfe etwa von Korinth.«

»Und nun?«

»Scherben. Er ist das Wunder der Oikumene, Dymas; der größte Stratege und Männerführer, den es je gab – wahrscheinlich. Wenn alles sich so entwickelt, wie wir im Moment befürchten, wird er nicht mit Susa und Persepolis aufhören. Den Gerüchten zufolge plant er, in Ekbatana die Hellenen heimzuschicken, den Rachefeldzug für beendet zu erklären und mit der makedonischen Eroberung Ernst zu machen. Nicht als ob er das nicht bisher schon getan hätte. Und das heißt, es gibt nur noch zwei Mächte – ihn, und uns. Und er hat mehr in der Hand, als das uneinige Hellas und das immer bröckelnde Persien vorher zusammen waren.«

Dymas dachte angestrengt nach. »Ich verstehe das, natürlich; aber was habe ich dabei zu tun? Du hast mich doch sicherlich nicht hergebeten, um mit mir die strategischen Probleme Karchedons zu erörtern.«

Hamilkar grinste flüchtig. »Kennst du Kleon?«

»Den toten Athener?«

»Den lebenden Korinther, der die Geschäfte des edlen Demaratos hegt und hütet, solange dieser anderweitig beschäftigt ist.«

Dymas nickte.

»Du könntest eine längere Reise unternehmen.«

»Ah ja. Wohin?«

»Dyrrhachion. Korinth. Athen. Pella. Memphis. Babylon.«

Dymas stöhnte. »Damit bin ich mehrere Jahre eingespannt; unter deinem Joch, und vermutlich gegen keineswegs ausreichende Bezahlung. Von der Frage, ob ich überhaupt will, gar nicht zu reden.«

Hamilkar legte die Fingerspitzen aneinander und berührte sie mit der Nase, wie um den Ruch zu prüfen, in dem er und seine Finger bei Dymas standen.

»Ich weiß, daß es nicht ganz billig ist.« Er knurrte leise. »Aber feilschen wir später. Es geht um mehrere Dinge.«

Karchedon erwartete einen demokratischen Umsturz in Syrakus, der vermutlich jemanden an die Macht bringen würde, der zur Sicherung der eigenen Stellung nach innen einen großen Erfolg nach außen brauchte. Da lag es nahe, den alten Feind im Westen anzugreifen und die mühsam gefundenen Friedensbedingungen zu verwerfen. Korinth, Mutterstadt von Syrakus, war Teil des Bundes, hatte aber von Antipatros freie Hand erhalten, was Sizilien anging.

»Oder überhaupt alles, was keine makedonischen Dinge berührt. Innere Autonomie – solange kein Makedonenfeind gewählt wird; hatten sie versprochen, und sie halten sich daran.«

Dymas hob die Brauen. »Du solltest es nicht für Menschenliebe halten, Hamilkar.«

Der Karchedonier grunzte. »Nichts auf der Welt geschieht ohne Eigennutz. Aber es ist weniger Aufwand, für Antipatros und alle, wenn er sich nicht um jeden Furz einzeln kümmern muß.«

»Er leidet nicht an Blähungen, glaube ich. – Also Korinth, und Kleon.«

»Du bist nicht der einzige, der für uns unterwegs sein wird. Andere reden mit anderen, aber da Kleon dich kennt …«

»Klar. Ich halte mich nicht für unersetzlich, oder einzig. Was soll ich ihm sagen?«

»Erwähne die Wichtigkeit friedlichen Handels; sag ihm, wenn nach einem Umsturz in Syrakus die edlen Handelshäuser von Korinth Einbußen erleiden und Korinth daraufhin beschließt, sich in Syrakus einzumischen, wird Karchedon das nicht als feindliche Handlung betrachten. Sollte es zu Mißliebigkeiten zwischen Syrakus und Karchedon kommen, wäre das lediglich unser Versuch, die alten Zustände zwischen den Gebieten wieder herzustellen. Wir wollen keinen zusätzlichen Einfluß, keinen Fingerbreit Boden.«

Dymas sah ihn lange an; schließlich sagte er: »Was werdet ihr eigentlich tun, wenn …«

»Wenn das neue große Reich der Makedonen die alten

Feindseligkeiten zwischen Hellas und Karchedon erneuert – meinst du das? Wir werden uns zurückziehen.«

»Wie weit? Philainon Bomoi, die Altäre der Brüder, die Kyrenes Ausdehnung nach Westen mit ihrem Leben aufgehalten haben …«

»Das ist eine alte Geschichte. Da ist die Grenze, in der östlichen Syrte. Sollte Alexander je aus dem Osten zurückkehren und tatsächlich seine Hauptstadt in diesem neuen Alexandreia machen, wird es dort losgehen. Dann?« Hamilkar hob die Schultern. »Dann werden wir uns langsam zurückziehen, vielleicht bis Sabrata oder sogar weiter, bis zur westlichen Syrte. Und die Flotte wird einen Riegel zwischen Karchedon und Sizilien bilden. Aber das liegt in der Zukunft, Dymas. Sieben Jahre in der Zukunft.«

»Wieso sieben Jahre?«

Hamilkar lächelte schief. »Vor drei Jahren, als Alexander in der Klemme steckte, in Gordion saß – du erinnerst dich vielleicht. Als Memnon die ganze Küste beherrschte, lange vor Issos. Damals haben wir mit einem der Männer des Demaratos verhandelt, gewisse Dinge geregelt und dafür andere Dinge erhalten. Friede, zum Beispiel, für zehn Jahre. Und einen fetten Perser namens Bagoas, den die Makedonen kurz nach der Schlacht am Granikos erbeutet hatten.«

»*Der* Bagoas?«

Hamilkar schüttelte den Kopf. »Den hätten sie uns nicht gegeben.«

»Was ist mit diesem fetten Bagoas?«

»Nichts. Nichts mehr, genauer. Er hat uns ein paar Fragen beantwortet.«

»Meine Neugier peinigt mich, Hamilkar. Als ich zuletzt mit Antipatros, später mit Harpalos dem Verräter sprach …«

»… der nach erfolgreichem Verrat zu Alexander heimkehrte und wieder dessen Schätze hütet und mehrt.«

»Das überrascht mich zutiefst.« Dymas grinste. »Beide, und vermutlich auch Demaratos und seine Leute, haben damals nach der Bedeutung des Amuletts gesucht. Du weißt schon, dieses *ankh* mit dem Horosauge.«

Hamilkar nickte langsam. »Da gibt es Neues, aber nichts, was das Rätsel endgültig aufklären könnte.«

»Darf ich wissen, was du weißt?«

Der Karchedonier zögerte. »Nun ja ... Wenn es deine Laune hebt und deine Bereitschaft kräftigt, für uns gewisse Dinge zu tun.«

»Es würde mich nicht nur erheitern, sondern beinahe begeistern.«

Hamilkar lachte. »Na gut. Dieses Zeichen ... Für uns, wenn man ein paar Einzelheiten wegläßt, wird es zum Symbol der Göttin Tanit – Liebe, Wohlstand und Friede bei unverminderter Macht. Für die Ägypter ist es langes Leben und ewiger Scharfblick. Für die Babylonier ist es eines der alten Keilschriftzeichen für Gott, irgendeinen Gott, wahrscheinlich den höchsten – Marduk, der angeblich auch Ammon und Zeus ist. Für die Iraner ... Kennst du die Geschichten vom reinen Feuergott?«

Als Dymas nickte, berichtete Hamilkar vom Auge des Erwählers, von einem angeblich vor Jahrzehnten in Persien ausgeheckten Plan, von einem alten Mann namens Kurush, der im Verlauf der Machtkämpfe bei Regierungsantritt des Artaxerxes gestorben oder verschwunden war.

»Wir wissen aber immer noch nicht, was dieser Plan gewesen sein mag. Nur, daß er vermutlich gescheitert ist.«

»Also Bagoas der Heile ist der Sohn dieses Kurush?« sagte Dymas nachdenklich. »Warum sollte er denn den Makedonen Geld für die Fortsetzung des Feldzugs zukommen lassen?«

Hamilkar breitete die Arme aus. »Wir wissen es nicht. Niemand weiß es – abgesehen von Bagoas und seinen Leuten. Persiens Geheimdienst heckt einen Plan aus, dessen Symbol zum Widerstand gegen Persien genutzt wird. Bagoas liefert Alexander Geld, damit der Makedone Krieg gegen Persien führen kann. Alles sehr wirr. Wir gehen der Sache nach, aber bisher?« Er hob die Schultern. »Die einzige undeutliche Ahnung, die ich habe, ohne ihr zu trauen, hat Ähnlichkeiten mit gewissen, sagen wir, Überlegungen, die wir vor Jahren angestellt haben. Du weißt, oder wenn nicht, wird es dich vermutlich nicht überraschen zu erfahren, daß wir – Adherbal, nach ihm ich – über Demaratos Geld in die Kriegsschätze der Makedonen haben fließen lassen.«

Dymas pfiff. »Wußte ich nicht ... Aber du hast recht, es überrascht mich nicht, jetzt, da du es sagst. Makedonien war etwas Neues, etwas, das die uralten Feindschaften und Machtverhältnisse aufbrechen konnte, nicht wahr? Philipp stärken, um Athen und Sparta – und Syrakus – zu schwächen; später Alexander stärken, um Persien zu schwächen? Und jetzt habt ihr die Katze gemästet, bis sie zum Löwen geworden ist, den ihr nicht mehr beherrschen könnt.«

»So etwa. Es könnte sein, daß die Perser Ähnliches wollten. Was Athen und Sparta schwächt, kann Persien nur nützen. Vielleicht wollten sie mit dem Geld Alexander tiefer nach Asien hineinlocken – oder ihm die Fortsetzung des Feldzugs überhaupt möglich machen. Je stärker er in Asien ist, desto schwächer müssen Athen und Sparta werden. Und irgendwann, wenn Athen und Sparta ausgeschaltet sind, weil Makedonien sie sehr klein gemacht hat – irgendwann dann, im Herzen Asiens, wollten sie die makedonischen Eindringlinge zerquetschen.«

»Und dann?«

»Das Gebäude der makedonischen Eroberungen bricht zusammen. Die hellenischen Städte werden Schwerter und Speere, wenn sie überhaupt noch genügend Männer zum Kämpfen haben, gegen Pella richten, Rache für die Unterdrückung nehmen, und Persien kann die Trümmer in Asien leicht, schnell und gründlich aufräumen, ohne hellenischen Widerstand.«

Dymas blies die Wangen auf. »Puuh. Waghalsige Theorie, Karchedonier. Wozu dann Memnons Gegenstoß und die Goldmengen für Athen und Sparta, in diesen Jahren? Aber selbst wenn ... Dann hätten sie, genau wie ihr, alles furchtbar unterschätzt, nicht wahr?«

»Memnon und die anderen Unternehmungen könnten bereits der Gegenstoß gewesen sein – *könnten*, sage ich. Aber allerspätestens Gaugamela hätte das Ende bringen müssen, wahrscheinlich schon Issos. Wenn es so wäre, hätten alle das von Philipp und Parmenion aufgebaute, von Alexander und Parmenion geführte Heer unterschätzt.«

»Und du glaubst das alles – wirklich?«

Hamilkar seufzte; mit dem rechten Zeigefinger tippte er

sich an die Stirn. »Wenn ich lange und gründlich darüber nachdenke, Musiker, ist das die einzige vernünftige ... na ja, verständliche Erklärung. Alle anderen setzen zu viele schräge Dinge voraus – Götter, zum Beispiel. Ohnehin sind mir zu viele Priester beteiligt – Siwah, Samothrake, Dodona, was du willst. Aber lassen wir das; es ist fesselnd, führt jedoch zu nichts. Kommen wir zurück zu deiner Reise.«

In Dyrrhachion, unter den Nasen der makedonischen Besatzer, sammelten sich unzufriedene, entmachtete Stammesfürsten des Nordens, oder deren Mittler. Dymas wies den Karchedonier darauf hin, daß er zwar Kenntnisse beschaffen und Botschaften überbringen wolle, keinesfalls aber bereit sei, sich an irgendwelchen Verschwörungen zu beteiligen; Hamilkar hob die Schultern und leugnete derartige Absichten. Es gehe lediglich darum, festzustellen, wer die Fürsten seien und welche Pläne sie ausbrüteten; er habe auch nichts dagegen, daß Dymas die Ergebnisse seiner Reise in Pella an Antipatros weitergebe. Mit dem solle er vorsichtig ausloten, ob eine Übereinkunft zwischen Pella und Karchedon möglich sei. Schließlich Athen, wie üblich Brutstätte aller Ränke und Gerüchte von Hellas; was denkt Demosthenes, was macht Hypereides, wohin geht Athen, wenn Alexander nicht aus Asien heimkehrt, derlei. Ägypten, Phönikien, Babylonien – überall mehr oder minder das gleiche.

Dymas lehnte sich zurück; mit zusammengekniffenen Augen musterte er den Karchedonier. »All das kannst du genausogut, oder besser, von anderen Leuten erledigen lassen.«

Hamilkar kicherte. »Gut, daß du es weißt; du bist nicht unersetzlich, vielleicht macht dich das billiger.«

»Über den Preis reden wir später. Nein, Hamilkar; da ist noch etwas. Du hast Spitzel, Kundschafter, Vertrauensleute; von ihnen sind einige Händler, andere Krieger, andere Gaukler oder was auch immer. Wozu brauchst du mich?«

»Reisende Musiker fallen nicht auf. Wenn ich, sagen wir, einen ägyptischen Gerber nach Dyrrhachion schicke, werden sich alle fragen, was er da will.«

»Du hast genug andere Leute; nach Dyrrhachion brauchst du keinen Ägypter zu schicken.«

»Ich habe Hunger. Wollen wir in einer der Schänken drüben an der Agora deinen Preis bereden?« Hamilkar stand auf.

Dymas blieb sitzen. »Ich bin nicht sicher, ob das, was ich noch zu sagen habe, für andere Ohren bestimmt ist. Und du könntest mir, wegen möglicher Lauscher, in der Schänke nahelegen, nichts zu sagen, bis ich es vergesse.«

Hamilkar hob die Hände über den Kopf und ließ sie wieder fallen. »Na schön. Was denn noch?«

»Man hört viel, wenn man gute Ohren hat und ausgebildet ist, Dinge nicht zu überhören. Ihr habt auf Sizilien, in Lilybaion, einen neuen Strategen. Auch er heißt Hamilkar; er hat sich vor zehn Jahren bei den Kämpfen gegen Timoleon bewährt. Und ihr habt Söldner angeworben, in Libyen; dazu ein paar Numider.«

Hamilkar setzte sich. »Aha. Und?«

»Ihr rechnet also auf Sizilien mit Auseinandersetzungen. Wahrscheinlich läuft da schon etwas ab, bevor ich Korinth erreicht habe.«

»Möglich, möglich; das ändert aber nichts an der Wahrhaftigkeit jener Dinge, die du dem geschätzten Kleon mitteilen sollst.«

»Alle, um die es geht – Kleon, Antipatros, der eine oder andere Athener, die Perser sowieso –, wissen, daß ich nicht nur der reisende Musiker Dymas bin, sondern in den vergangenen Jahren und Jahrzehnten – Götter, man wird alt! – für Karchedon und Pella und Susa Kenntnisse gesammelt habe.«

»Deshalb wird man dir überall glauben, wenn du sagst, daß du eine Botschaft aus Karchedon ausrichten sollst.«

»Was für dich zwei angenehme Seiten hat, nicht wahr? Wenn die Botschaft mißfällt, wurde sie eben nur von einem Sänger und Kitharisten überbracht, der nicht mit der Zunge des Rats und der Sufeten spricht. Es ist dann nicht amtlich und kann Karchedon nicht schaden.«

Hamilkar grinste. »Das ist überaus tückisch gedacht und ebenso wahr, mein Freund.«

»Was heißt, Karchedon will dies und jenes erreichen, zieht aber gleichzeitig, gewissermaßen vorbeugend, den Kopf zurück. Nett, und möge Homeros mir vergeben – vorbeugend den Kopf zurückziehen ... Ihr beginnt also eure Absetzbewegung schon sieben Jahre vor dem Ende des vereinbarten Friedens, ja?«

Hamilkar blinzelte. »Wir möchten allen Beteiligten deutlich machen, daß Karchedon sich aus dem Osten heraushält. Unsere Anliegen sind rein wirtschaftlich; wir wollen keine Länder erobern oder Städte besetzen, wir wollen in Frieden Handel treiben. Hier, im Westen Siziliens, auf Sardonien und Kyrnos, den Inseln der Schleuderer weiter westlich, in Iberien und Libyen. Alles, was östlich davon geschieht, berührt uns nicht. Möge nichts von alledem *uns* berühren. – Können wir jetzt gehen?«

Dymas hob die Hand und spreizte die Finger. »Ich sprach von zwei angenehmen Seiten, die meine Reise für dich hätte.«

Hamilkar ächzte. »Was ist die zweite?«

»Ich bin ein wandelndes Signalfeuer. Dymas, der ruhmreiche Kitharode, von Fürsten empfangen, die seiner Musik lauschen und seine Geheimbotschaften entgegennehmen wollen. Solange ich an einem Ort bin, wird dort niemand auf deine anderen Leute achten, die in dieser Zeit das tun können, worauf es dir und Karchedon wirklich ankommt.«

Hamilkar kaute auf der Unterlippe; dann lachte er. »Nun ja, warum soll ich es leugnen? Du hast recht; das ist der Vorteil deiner Reise.«

»Was hast du vor? Was wird hinter meinem dafür hingehaltenen Rücken geschehen?«

»Nichts, was dich gefährdet; das sichere ich dir zu. Nichts, was die Sicherheit Makedoniens oder der Hellenen berührt. Gewisse Dinge, die Karchedons künftige Sicherheit und Freiheit betreffen.«

»Mehr sagst du nicht?«

»Mehr sage ich nicht. Nur dies: Wenn Alexander je aus dem Osten zurückkehrt, werden wir uns treffen. Das heißt, du mußt überleben, um diese Verabredung einhalten zu können.«

Dymas lachte heiser. »Mach dich nicht lächerlich. Es würde dich keinen Lidschlag lang betrüben, wenn ich durch ein

Messer oder ein Schwert daran gehindert würde, die Verabredung einzuhalten.«

Hamilkar nickte. »Das stimmt; du willst dich überhaupt nicht beruhigen lassen, wie?«

»Ich weiß nicht, was ich will. Ich will reisen, ja; die Unrast ... Ich will wieder mit anderen Musikern zusammen spielen, um weiterzukommen; die Kithara allein habe ich ausgelotet. Und – ja, du hast recht, wer einmal bei eurem Spiel mitgemacht hat, kann nicht einfach aussteigen; ich will wissen, wie es weitergeht. Aber es ist teuer.«

»Wieviel?«

»Tausend Tage, etwa, werde ich für dich reden und lauschen, nicht wahr?«

Hamilkar zuckte mit den Schultern.

»Leben, essen, trinken, schlafen; Seereisen sind teuer.« Er grinste. »Man weiß ja nie – vielleicht verdiene ich nichts mit der Musik.«

»Denkbar. Was willst du haben – einen *shiqlu* am Tag?«

Dymas lachte laut. »Drei, Hamilkar, und ein bißchen für bessere Unterkunft und Verpflegung auf den Schiffen. Sagen wir dreitausendsechshundert – ein Talent.«

Hamilkar verzog das Gesicht. »Hmf. Viel Geld – für was?«

»Für meinen Rücken, hinter dem du deine wichtigeren Geschäfte abwickeln kannst. Und noch etwas.«

»Noch mehr Geld?«

»Ja. Aber« – er stand auf – »das können wir unterwegs und in der Schänke bereden.«

Hamilkar öffnete die schwere, bronzebeschlagene Tür zum Gang. »Na gut. Was denn noch?«

»Sagen wir, zehn Minen und ein paar einflußreiche Worte.«

»Noch mal sechshundert? Nicht zu reden vom Preis meiner Worte?« Hamilkar klackte mit der Zunge und legte die rechte Hand auf die Schulter des Musikers, der neben ihm den langen, kahlen, düsteren Gang hinabschritt. »Und alles nur zur Beruhigung deiner empfindsamen Seele?«

»Was meinst du?«

Hamilkar kicherte. »Ich nehme an, ich soll deine Ibererin freikaufen und ihr einen Laden oder eine Garküche oder sonst etwas einrichten, wie?«

»Das weißt du also auch?«

»Mein Freund, es ist mein Geschäft, alles zu wissen.«

»Kauf sie frei und schick sie nach Hause.«

Der Karchedonier wiegte den Kopf; sie erreichten die gebogene Treppe und stiegen hinab.

»Das wird sie nicht wollen. Wenn sie heimkehrt, kann sie jederzeit wieder zur Sklavin gemacht werden. Hier, in Karchedon, wird sie als Freie eingetragen und ist sicher.«

»Wie du meinst; und wie *sie* will.«

Sie aßen gedünsteten Fisch; in einer Kruste aus Honig, Feigenmus und schwerem Wein gebratenen Hund; mehrere säuerlich eingelegte Gemüsearten; Brot und Früchte; dazu tranken sie milden, würzigen Wein aus der Byssatis.

Irgendwann räusperte Hamilkar sich und setzte ein schräges Lächeln auf.

»Deine ... Gefühlsduselei, Hellene, ist ansteckend wie die meisten schlimmen Krankheiten. Sie bewegt mich zu guten Ratschlägen.«

»Ich lausche dir hemmungslos, edler Karchedonier.«

»Das solltest du auch.« Hamilkar lachte leise; er sah sich um, aber die übrigen späten Mittagsgäste saßen weit genug entfernt.

»Du solltest dein Geld nicht mitnehmen – jedenfalls nicht ganz. Nimm, soviel du zunächst brauchst, und laß dir für den großen Rest Schuldverschreibungen ausstellen; ich regle das. Verschreibungen, die nicht auf Münzen, sondern auf Waren lauten. Elefantenzähne, Leopardenfelle, Weihrauch, Silphion, was du willst.«

Dymas starrte ihn schweigend an.

»Du könntest dir, zum Beispiel in Athen, bei einem der großen Bankhäuser den dann gültigen Gegenwert für, sagen wir, einen halben Scheffel Weihrauch in Drachmen auszahlen lassen.«

Dymas legte den Hornlöffel beiseite, lehnte sich zurück und verschränkte die Arme. »Wozu dieses, Herr der Pferde?«

»Eines der Dinge, die hinter deinem Rücken geschehen, wenn du in Hellas bist, ist der ... ah, die Auflösung aller mit Münzen arbeitenden Handelsgeschäfte zwischen Karchedon und eurem Teil der Oikumene.«

»Gibt es dafür einen Grund?« sagte Dymas, heiser und ungläubig. »Das ist doch für alle Beteiligten ein ... eine Katastrophe!«

»Die wirkliche Katastrophe steht uns noch bevor. Alexander hat im letzten Jahr in Kyrene und Ägypten Getreide horten lassen, sehr viel Getreide; es soll demnächst nach Hellas geschickt werden, als Geschenk des besorgten Königs.«

»Aber warum denn? Die Ernten waren gut, es gibt keinen Hunger!«

»Er wird die unermeßliche Beute aus Susa und Persepolis ausmünzen lassen und in Umlauf bringen; oder hat schon damit begonnen.«

»O ihr Götter«, murmelte Dymas; er fühlte, wie er blaß wurde. »Weiß er ... Natürlich weiß er, was er tut; das weiß er immer. Aber warum?«

Hamilkar hob den Becher und ließ den Wein kreisen; ein paar Tropfen spritzten auf den Tisch. »Die Preise werden sich vervielfachen. Die Reichen werden arm und verlieren ihre Macht. Die Armen, die in den Demokratien die Stimmenmehrheit haben könnten, wenn sie ihre Stimmen abgäben, werden den König preisen, der ihnen Getreide schenkt. Und Karchedon wird sich mit der hellenischen Oikumene auf Tauschhandel beschränken. Vielleicht ... da ja der Preis, der Wert von Gold und Silber verfallen wird, vielleicht werden wir neue Münzen schlagen müssen, aus anderem Metall, oder aus Mischungen.«

»Er vernichtet die Arbeit der Jahrhunderte ... Aber ihr seid doch tausendfach mit Hellas und dem Osten verknüpft; könnt ihr denn die Fäden so einfach kappen, oder alles auf Tauschhandel umstellen?«

Hamilkar verzog das Gesicht; er blickte finster. »Freund, was die edlen und reichen Kaufherren von Karchedon im Lauf der Jahrhunderte aufgetürmt haben, ist mehr als alles, was Alexander in Susa und Persepolis gefunden hat.«

»Was?!«

»Nicht in anfaßbarem Edelmetall; wir haben es nicht in Kammern gehortet, sondern angelegt – in Schwelgereien, natürlich, das auch; aber vor allem in Orten, Gebäuden, Kenntnissen, Einfluß, und – Möglichkeiten. Es wird sehr schwierig werden, und sehr teuer, die Tür zu eurem Teil der Oikumene teilweise zu verschließen. Aber es gibt nichts, was Karchedon nicht erreichen kann, wenn Karchedon es erreichen will. – Hast du in den letzten Tagen die Isthmosmauer gesehen?«

»Vor ein paar Monden«, sagte Dymas schwach. »Warum?«

»Auf Beschluß des Rats wird sie ausgebessert und verstärkt.«

»Habt ihr Ärger?«

»Noch nicht. Aber wenn Alexander je aus dem Osten heimkehrt, den er dann beherrscht, wird er auch den Rest der Welt wollen. Vor allem den Rest der Reichtümer. Er wird Karchedon plündern und niederbrennen wollen wie Persepolis. Deshalb.«

»Wahnsinn«, murmelte Dymas. »Wahnsinn.«

»Ihr habt ein schönes Wort; oder mehrere.« Sie sprachen immer noch Westphönikisch. »Alle die feinen Bildungen mit *megalo-*.«

»Was meint du – *megalobremetes?*«

»Nein, nicht ›der Lauttosende‹; auch nicht, daß er von großer, erhabener Gesinnung sei – *megalognomon* –, wie man sagt.«

»Sein Hang, große Geschenke zu machen – *megalodoria*?«

Hamilkar runzelte die Stirn. »Vielleicht gibt es das Wort doch nicht, an das ich denke; man müßte es aber bilden können. Kann sein, daß mein Hellenisch nicht so gut ist, wie ich immer dachte. Die eigene Größe wahnsinnig überschätzend – so etwas. Ich dachte an *megalomania.*«

Dymas bleckte die Zähne. »Gibt's nicht; ein neues Wort. Kann man bilden, durchaus. Aber ... was, wenn er sich gar nicht überschätzt? Was, wenn er tatsächlich so groß ist?«

»Das«, sagte Hamilkar kalt, »wird sich dann an der Isthmosmauer und an unserer Sperrflotte zeigen. Und an ein paar anderen Vorbereitungen. Er selbst liefert uns die Waffen – er und sein Heer, das immer erneuert werden muß.«

»Was meinst du nun schon wieder?«

»Du wirst es sehen – wenn es soweit ist.«

12. BOTSCHAFTEN VOM RAND DER WELT

»Was meint der Karchedonier – Alexander und das Heer würden die Waffen liefern?« Peukestas ließ den Papyros sinken und blickte hinüber zur Liege, wo Aristoteles die Augen geschlossen hatte und immer schneller, flacher atmete, dann zum Gestell, wo nur noch wenige Rollen darauf warteten, gelesen zu werden. Oder verbrannt.

Pythias hatte abermals den Feuerrost gesäubert und neu genährte Flammen neu angefacht; sie stand auf, wischte Staub und Asche von den Knien und ging zur Küche, den kleinen Kübel mit Asche und Resten in der Hand. Sie kam sofort zurück, beugte sich über ihren Vater, befühlte ihn sacht.

»Er ist kalt, bis zur Brust.« Ihre Stimme bebte; die Augen waren dunkel vor Trauer und Müdigkeit.

Peukestas trat neben sie, bückte sich, betrachtete den Philosophen, roch die säuerlichen Dünste, den säuerlichen Atem, roch die Frau.

»Er geht noch nicht – noch nicht gleich«, sagte er leise. »Ich habe viele Männer sterben sehen. Das ist der leichte Schlaf vor dem letzten Erwachen.«

Einen Moment hielt sie den Atem an, stieß dann die Luft in einem tiefen Seufzer aus. »Hast du Hunger, Durst?« Sie lächelte matt. »Dumm, ich weiß; aber ich muß irgend etwas tun, sonst ...« Sie hob die Schultern.

Peukestas deutete auf den Tisch; dort standen immer noch Früchte und Brot, und der Krug. »Das genügt, Pythias, danke. Aber vielleicht kannst du mir sagen ... Was ist mit den übrigen Rollen? Alexander ...«

Pythias runzelte die Stirn. »Viel kann ich dir nicht sagen. Aber du brauchst doch nicht viel mehr zu wissen, oder? Seit wann warst du dabei?«

»Lange schon, als Königsknabe. Und in Susa, als die ersten jungen Perser ins Heer aufgenommen wurden, wurde ich einer der Hetarenreiter.« Stolz klang aus seiner Stimme, aber auch so etwas wie jäher Zweifel.

»Warst du in Persepolis?«

»Ich habe den Brand gesehen.«

»Und dann?«

»Fast alles, bis auf die Jagd nach Dareios.«

Pythias nickte, als hätte er etwas bestätigt, dessen sie ohnehin sicher gewesen war.

Peukestas suchte etwas in ihrem Gesicht, dann im fast leeren Rollengestell. Er streifte die Feuerstelle mit einem beinahe traurigen Blick. »So viele wissenswerte Dinge ...«

Pythias setzte sich auf die Kante von Aristoteles' Lager. Sein Atem kam und ging, kam und ging, rasselnd, röchelnd. Das Gesicht mit den eingefallenen Wangen und der Lederhaut, die sich über den Knochen spannte, glich immer mehr einer Totenmaske.

Sie tastete nach der Hand des Sterbenden. »So kalt ...« Sie seufzte; dann sagte sie leise: »Ich kann nichts tun als neben ihm sitzen und warten. Wir könnten ebensogut reden. Worte, Worte, Worte; Klang, der nichts mehr bedeutet, das wichtig wäre. Aber es vertreibt die Schatten ein wenig.«

Peukestas schob den leichten Tisch zurück und hockte sich zu ihren Füßen auf den Boden, den Rücken an die Liege gelehnt. Ihre Augen. Fast so scharf und forschend wie die ihres Vaters, aber neben Trauer und Müdigkeit war da noch etwas, etwas Sengendes, in das er nun nicht blicken mochte. Später vielleicht; wenn alle Fragen beantwortet oder alle Antworten verstummt waren.

»Was geschieht mit dir, wenn er nicht mehr ist?«

»Er hat vor langer Zeit seinen letzten Willen niedergelegt. Alle Sklaven sind darin erwähnt, die ihm je gut gedient haben und noch leben. Seine Schule, ein paar Freunde. Und einige Wünsche.« Sie schien zu lächeln; ihre Stimme klang weicher. »Der übrige Besitz soll an seinen Pflegesohn Nikanor fallen; und er wünscht, daß Nikanor und ich die Ehe eingehen. Dann gibt es noch einen Brief an Nikanor; für den Fall, daß wir uns nicht vermählen, soll er den Besitz teilen und mir eine Hälfte des Erlöses geben.«

»Nikanor ... *Der* Nikanor, der die Botschaft nach Athen zu überbringen hatte?«

Sie lachte leise. »Eine furchtbare Botschaft, nicht nur für Athen.«

Peukestas dachte zurück an die Versammlung, an Alexanders Worte, die ihm als großherziger, weiser und kluger Beschluß erschienen waren. Er erinnerte sich auch daran, daß Nikanor ein wenig blaß geworden war, ehe er tapfer genickt und den Auftrag bestätigt hatte.

»Was war daran denn so furchtbar? Die Heimkehr der Verbannten ... Eine neue Zeit, eine größere und freiere Oikumene, Aufhebung alter Strafen – ist das furchtbar?«

»Das kommt darauf an, ob du es so siehst, oder ob du die Einzelheiten betrachtest, Makedone. Die großen Städte in Hellas sind zu voll; zu viele Söhne – und Töchter –, die zu wenig Raum haben und die ererbten Güter zerstückeln müssen. Auswanderung ist immer wichtig gewesen, die Besiedlung ferner Gegenden. Und Verbannung von Missetätern; selbst wenn die Taten nicht so schlimm waren. Jeder, der wegging, ließ den anderen Platz zum Atmen und Arbeiten und Leben.«

Peukestas nickte, langsam und nachdenklich. »Es gehörte aber zu den Ratschlüssen des Königs. Perser, Meder, Inder, Babylonier, Phöniker, Hellenen aller Gegenden, Makedonen, alle Menschen sollten gleich sein unter seinem Gesetz; dazu gehörte die Aufhebung alter Strafen.«

Pythias schwieg einen Moment; mit veränderter, härterer Stimme sagte sie: »Ich kann und mag nicht glauben, daß ein Hetaire des Königs, der viele Jahre die Welt und die Kämpfe und die Menschen gesehen hat, derart einfältig ist.«

»Einfältig? Weil ich glaube, daß es ein guter und großer Plan war?«

»Weil du weder die Gründe noch die Folgen siehst.«

»Dann hilf mir, all das zu sehen, was du zu sehen meinst.«

Sie überhörte seinen spöttischen, ein wenig herablassenden Tonfall; ernst und eindringlich sagte sie:

»Für jeden, der verbannt wurde, hat einer, der zurückblieb, den Boden bestellt oder eine Werkstatt betrieben. Als auf Beschluß des Rats von Athen, und zur Bestrafung, viele Bewohner der Insel Samos ihr Land oder ihre Stadt verlassen mußten, zogen Athener dorthin, siedelten, gründeten Familien. Wenn nun alle verbannten Samier heimkehren, mit Anspruch auf Wiedereinsetzung in alte Rechte, was geschieht dann mit denen, die inzwischen diese Rechte besessen und wahrgenommen haben? So nicht nur in Samos und Athen, sondern überall in Hellas. Weißt du, wie viele Verbannte es waren, die da plötzlich heimkehren sollten?«

Er hob die Schultern. »Ein paar tausend?«

»Mehr als hunderttausend Männer, Peukestas! Hunderttausend Männer, die in der Fremde gelebt und sich eine neue Heimat geschaffen hatten; Männer, die nur zum Teil mit ihren Frauen verbannt worden waren – viele junge Männer, die noch gar keine Frauen und Kinder hatten, als man sie verbannte. Sie haben in der Ferne Familien gegründet. Und plötzlich sollen sie alles, was sie aufgebaut hatten, wieder aufgeben und heimkehren an Plätze, wo inzwischen andere Menschen neue Dinge errichtet haben. Hunderttausend Männer, Makedone, viele davon mit Frauen und Kindern. Heimkehr nach Athen, nach Samos, nach Chios, Lesbos, Kos, Rhodos, nach Sparta und Korinth und Megara und Megalopolis und an zahllose andere Orte; auch nach Chalkis. Dieses helle Haus auf dem Hügel haben wir nicht gebaut; es hat einem Verbannten gehört – einem, der mit euch, Peukestas, mit den Makedonen war, vor vielen Jahren, als Philipp noch lebte, und den dann die Parteigänger Athens aus dem Land gejagt haben.«

»Aber ...« Peukestas starrte ins Feuer; plötzlich fröstelte er im überhitzten, stickigen Raum. »Wirklich, so viele? Aber der König muß es doch gewußt haben!«

Pythias lachte – ein bitteres, harsches Geräusch. »Natürlich hat er es gewußt. Es war sein Traum, sein entsetzlicher Traum, in seinem unermeßlichen Reich Millionen Menschen umherzuwirbeln, umzusiedeln, zu Wanderungen zu zwingen, bis am Ende das Reich die einzige Heimat wäre. Es sollte keine Athener mehr geben, keine Lakedaimonier, keine Babylonier und keine Makedonen; nur noch umgesiedelte, entwurzelte Bewohner der von Alexander neugestalteten Oikumene.«

»Ein Traum.« Seine Stimme war belegt; seine Augen brannten. Mit bebenden Händen goß er verdünnten Wein aus dem Krug in die Becher. Als er einen, ohne hinzusehen, der hinter ihm, über ihm sitzenden Pythias reichte, tropfte etwas auf seine Schulter.

»Ein Traum«, wiederholte er, immer noch heiser, »von der Bruderschaft aller Menschen unter einem König. Ist es ein schlimmer Traum? Ist es nicht ein gewaltiger Traum, den nur er, der Gewaltige, überhaupt träumen konnte?«

»Perser als Vollbürger in Athen, Makedonen als Vollbürger in Syrakus, Kappadokier als Pferdezüchter in Thessalien, Phöniker als Bauern in Epeiros, Babylonier und Ägypter als Schafhirten in Arkadien oder als Flußfischer in Akarnanien? Hellenen, die unter sengender Sonne Schilf schneiden am Nil und dabei den Göttlichen Herrscher preisen? Ist das dein Traum, Peukestas?«

»Etruskische Schneider in Arabien ... Warum nicht? Wenn es denn nur *ein* Reich unter einem Herrscher geben soll, muß es am Ende auch ein einziges Volk sein. Solange aber Athener in Athen wohnen und die Stadt für den Nabel des Kosmos halten; solange Spartaner und Thebaner und Babylonier und die Bewohner von Sidon und Ekbatana und Pattala und, ah, von mir aus Rom ihre jeweilige Heimat für bedeutend und heilig und anders und einzig halten, solange kann es den Frieden der Oikumene, die Gleichheit aller unter dem Gesetz des Einen nicht geben.«

»Auch nicht nach Durchführung deines Traums«, sagte sie nüchtern. »Bedenke, Peukestas: Alle werden umgesiedelt, unter schrecklichem Zwang, unter Tränen und Verlusten; du mußt Widerstand brechen mit Gewalt, Blut wird fließen, Ströme von Blut. Nimm an, irgendwo entsteht eine Stadt – sagen wir, das neue große Alexandreia. Diese Stadt wird besiedelt mit Menschen aus allen Ländern und Städten und Völkern. Was dann? In wenigen Jahren, selbst wenn es vorher anders gewollt und angeordnet war, werden die Bewohner des ersten, gemischten Stadtviertels mit den Menschen anderer Viertel die Häuser und Wohnungen getauscht haben; du wirst in Alexandreia einen Straßenzug haben, wo nur Athener wohnen; ein ägyptisches Viertel, einen babylonischen Wohnblock. Du wirst aber auch Büttel und Nachtwächter und Ratsherren brauchen, die dafür sorgen, daß die Gewalt nicht überhandnimmt unter den Teilen. Diese Hüter der Ordnung – woher nimmst du sie? Wahrscheinlich nimmst du zunächst einmal Makedonen, da du ja Herr der Makedonen bist und ihnen am ehesten vertrauen kannst. Mit ein wenig Glück, und unter dem Zwang makedonischer Schwerter, halten die übrigen Bewohner deiner Traumstadt untereinander den Frieden. Mit sehr viel Glück vermischen sie sich in den folgenden Jahrzehnten. Und was hast du dann? Eine Stadt mit einer makedonischen Herrenschicht und einer gemischten Bevölkerung von Knechten. Und was wird diese Stadt sein, was werden ihre Bewohner sagen? Sie werden sagen: Wir leben in der feinsten und besten aller Städte, wir sind die Feinsten und Besten, unsere Stadt ist der Nabel der Oikumene. Und sie werden gegen die anderen Städte genau so kämpfen, wie Athen und Sparta gegeneinander gekämpft haben.«

Peukestas schwieg. Er hörte den röchelnden Atem des sterbenden Philosophen, sah die zuckenden Flammen, die sich durch Holz und Papyros fraßen, fühlte plötzlich die Hand der Frau auf seiner Schulter.

»So, nicht anders, Peukestas. Die große Heimat, die du träumst – nenn sie Reich oder Oikumene oder meinetwegen Kosmos –, ist zu groß für die Menschen. Sie werden sich überall eine neue kleine Heimat machen und diese über alle anderen Heimaten aller anderen Menschen stellen. Alle verehren andere Götter, essen andere Speisen, denken andere Gedanken, sprechen andere Sprachen.«

»Wenn man nun aber – mit Gewalt, weil es anders nicht geht – neue Götter einführte? Oder aus vielen alten Göttern einen neuen machte, der die Eigenschaften der alten verbindet?«

Pythias gluckste. »Nun denkst du nicht mehr in Jahren, sondern in Jahrhunderten, nicht wahr? Wer soll das lenken? Alexander, wenn er nicht schon tot wäre, hätte vielleicht noch – wie lange? Zwanzig Jahre? Dreißig? Ein paar Jahrzehnte gelebt hätte er; und dann? Es wäre *dann*, nach seinem Tod, das gleiche Chaos entstanden, das jetzt kommen wird. Du hast ihn gekannt, nicht wahr? Er war einzigartig. Selbst wenn er nun einen erwachsenen Sohn hätte – meinst du, einer, der nicht Alexander ist, könnte dieses ungeheure Reich zusammenhalten? Außerdem – dein einer Gott, den man erfinden müßte: eine hübsche Idee. Was glaubst du, wie lange es dauert, bis die Gläubigen sich entzweien? Bis eine Gruppe eine besondere Form der Verehrung vorschreibt, der die anderen Gruppen nicht folgen, weil sie eigene Vorstellungen haben? Und hat denn die Tatsache, daß alle Hellenen Zeus verehren, die tausend Kriege in Hellas verhindert?«

»Du trampelst auf dem herum, was mir ernst und heilig ist.« Aber als er dies sagte, glaubte er es schon selbst nicht mehr. »*Willst* du den Frieden in der Oikumene nicht?«

Sie lachte gepreßt. »Ich habe zu lange teilhaben dürfen am Wissen und Denken von Aristoteles. Friede? Wo gibt es den Frieden? Zwischen Thrakern und Babyloniern herrschte Friede, weil sie weit entfernt voneinander waren. Es war ein Friede der fehlenden Berührung. Seit Alexanders Heer mit Thrakern nach Babylonien kam, ist das vorbei. Im westlichen Meer herrscht Friede, weil Karchedon übermächtig ist. In Hellas gab es ein paar Jahre des Friedens, weil Makedonien alles beherrscht hat. In Persien gab es lange Zeit deinen Frieden, weil der Großkönig seine verschiedenen Untertanen dazu gezwungen hat.«

»Kein Friede aus Einsicht, sondern nur unter Zwang? Glaubst du das ernsthaft, Pythias?«

»Ich *weiß* es. Die Bewohner der schönen und reichen Stadt Chalkis, wenige Stadien entfernt, würden einander die Kehlen zerschlitzen und ausplündern, wenn es nicht Gesetze gäbe, die das untersagen. Über diese Gesetze würde man sich hinwegsetzen, wenn man nicht fürchten müßte, dafür bestraft zu werden. Wir haben uns diese Gesetze selbst gegeben; und wir haben beschlossen, Richter und Büttel und Räte einzurichten, die uns durch Androhung von Strafen zwingen – in unserem Auftrag, weil wir uns selbst nicht genügend vertrauen. Uns selbst, und einander. Warum, Peukestas, nicht eine Richterin? Weil ihr nicht einmal euren Frauen traut – es sei denn, sie wären Töchter oder Witwen von Herrschern. Athens Demokratie, betrieben von erwachsenen Männern – ohne Frauen, ohne all jene, die seit Jahren in Athen leben, aus der Fremde zugereist, Metöken, vielleicht ebenso klug oder ebenso dumm wie Demosthenes, aber nicht in der Stadt geboren und deshalb von der Politik ausgeschlossen. Wie … Aristoteles, der große und gerühmte und weise Aristoteles. Geboren in Stageira, deshalb in Athen wie in Chalkis ein Niemand – Metöke, ohne Bürgerrecht, ohne Stimme in der Versammlung. Da dies aber so ist; da nicht einmal er, nicht einmal in Athen oder hier zu wichtigen Fragen gehört wird, soll ich glauben, in deinem Traumreich könnte jemals jeder zu Wort kommen? Verlangst du wirklich, daß ich deinen Traum ernst nehme?«

Er schwieg, starrte auf seine Finger, trank.

Sie berührte ihn wieder mit der Hand. »Nicht zu reden vom Mißtrauen, von den Unterschieden. Wenn Chalkis weiß, daß die Stadt sich Gesetze geben und diese mit Zwang durchsetzen muß, damit nicht alles in Mord und Brand untergeht, wie soll es dann zwischen Städten und Staaten anders sein? Nur – wer gibt den Staaten die Gesetze, wer setzt sie notfalls durch? Dein Alexander? Wer hat ihn dazu ermächtigt? Die Götter, an die er selbst nicht glaubte, oder das Schwert? Nicht zu reden auch von den völlig andersartigen Wurzeln des Traums.«

»Was meinst du mit Wurzeln? Ist der Traum nicht groß genug? Ich sage nicht, daß er durchführbar ist; aber wenn er es wäre, müßte man dann seine Wurzeln untersuchen? Ist nicht eine mächtige Eiche so schön, daß man auf die Untersuchung der Wurzeln und der einen Eichel verzichten kann?«

»Der Vergleich ist nett, aber er ist auch falsch. Eine Eiche entspringt immer einer Eichel; Boden, Wasser und Sonne kommen dazu, und Verschonung durch grasende Tiere. Das ist bekannt. Ist denn aber bekannt, aus welchen Wurzeln Alexanders Traum kommt – dein Traum?«

»Die Sehnsucht nach Friede, nach Weite, nach Eintracht.«

Sie lachte. »O Peukestas, Hetaire des Königs, tapferer und einfältiger Reiter! Alexander wollte Friede und Eintracht? Gut. Dazu mußte er zunächst Sicherheit erschaffen und Philipps Werk vollenden – die Unterwerfung aller, die Eigennutz und Zwietracht vorziehen; die Beseitigung aller inneren und äußeren Drohungen. Dazu mußte er, ohne Zweifel, hellenische Feinde besiegen und persische Heere schlagen. All dies, meinetwegen. Aber mußte er dazu Persepolis niederbrennen? Mußte er dazu den Vater des Heeres ermorden lassen – Parmenion, Freund Philipps, Freund des Aristoteles, Lehrer, Lenker und Vorbild für so viele? Philotas, Kleitos, Kallisthenes, Hunderttausende in Asien, seine eigenen Männer in der Wüste? Meinst du nicht, o Peukestas, daß all die feine Träumerei aus der Notwendigkeit geboren wurde? Sehnsucht nach Weite, o ja; hätte er da nicht mit friedlichem Handel ein Vermögen machen und mit einer Handvoll von Freunden oder Gefährten ans Ende der Welt reisen können? War es nicht doch eher der Wille, alles zu beherrschen – Macht, Machtgier, Gier nach Unermeßlichkeit, der er Hunderttausende geopfert hat? Als er mit ein paar makedonischen Kämpfern in Asien stand und sah, daß er diese Unendlichkeit so nicht würde beherrschen können – hat er da nicht vielleicht Perser ins Heer aufgenommen und später zu seinen Brüdern erklärt, weil er nur so die Macht behalten konnte; weil die paar Makedonen allein nicht ausreichten, seine unersättliche Gier zu befriedigen? O ja, er hat Getreide verschenkt, als Hellas hungerte; aber Hellas hungerte, weil er durch Ausmünzung der Perserschätze den Wohlstand, die Preise, die Werte zerstört hat, um sie umwerten zu können. O ja, er träumt von einem einigen Reich, daher zwingt er die Menschen zu massenweisen Wanderungen und Neuansiedlungen, und zu Vermischung, die Brüderlichkeit erzeugen soll – aber erzeugt sie nicht vor allem ein wüstes Land, in dem niemand mehr ausreichend gefestigt ist, ihm noch widersprechen zu können? Ein Reich, in dem alle, die ihm bisher widersprochen haben, hingerichtet wurden und alle anderen nichts mehr sind als Spielfiguren ohne Willen, ohne Würde, ohne Möglichkeiten?«

Sie hatte immer lauter, immer erregter gesprochen. Plötzlich endete das Röcheln des Sterbenden; Peukestas fuhr zusammen, als er die spröde Greisenstimme hörte.

»Laß es gut sein, meine geliebte Tochter. – Ich habe nicht geschlafen, nur geruht; es war das Sammeln der letzten Kräfte. Ich habe gehört, was ihr zu bereden hattet. Hast du alles gelesen, Sohn Drakons?«

Peukestas war aufgestanden; ungläubig starrte er den Sterbenden an. Aristoteles war ein Leichnam – ein Leichnam mit glühenden Augen und lederner Haut; ein Leichnam, der bereits nach innerer Verwesung stank; ein hautbezogenes Gerippe, das sich noch einmal aufrichtete, auf die Ellenbogen stützte und Wörter sagte. Ein *daimon,* ein ungeheurer, alles übersteigender Wille hielt das Leben fest; mit Entsetzen erinnerte sich Peukestas an jenen anderen furchtbaren Leichnam, dessen Wille es war, zehn Tage lang nicht zu sterben, obwohl er bereits tot war, in Babylon.

Alles, was er Pythias hätte erwidern können, entgegnen sollen, fragen wollen, war ausgelöscht. Er stand gebannt vor dem Untoten, von dessen ausgezehrtem Hals immer noch das Amulett hing.

»Ich ... ich habe gelesen, Aristoteles.« Es war mühsam, Wörter zu sprechen und dabei in diese Augen zu sehen.

»Bis wohin, Sohn Drakons?«

Warum nannte er immer wieder den toten Vater? War der Heiler für diesen Leichnam gegenwärtiger als der Krieger?

»Ich habe den Bericht des Dymas gelesen, als letztes; sein Gespräch in Karchedon mit Hamilkar, ehe er vermutlich wieder nach Korinth und Dyrrhachion aufbrach.«

»Persepolis?«

»Auch das; vorher.«

»Nun weißt du alles – bis auf eines.«

Peukestas ging beinahe in die Knie; flehend hob er die Hände. »Ich weiß alles? Nichts weiß ich, Aristoteles. Sieben, nein, sechseinhalb Jahre fehlen, tausend Dinge. Dareios; Bessos; Roxane; Indien; die Hochzeit von Susa; der Tod in Babylon; das Amulett – wenn es denn wirklich eine Bedeutung hatte. Ich weiß kaum den Anfang der Dinge.«

Aristoteles stieß ein gräßliches, schepperndes, knirschendes Geräusch aus; es sollte wohl ein Lachen sein, klang aber wie der nie gehörte Todesschrei eines morschen Baums, an dem Äxte und Würmer ihre Arbeit getan haben.

»Du warst doch dabei, bis zum Ende, nicht wahr?« Die Stimme klang fast gewöhnlich, fast menschlich, noch schlimmer durch den Gegensatz zu jenem Lachen.

»Ich habe auch vieles gesehen, was vorher war, aber aus den Rollen unendlich viel erfahren, was ich nicht wußte – oder so nicht wußte. Neue Möglichkeiten, bekannte Dinge zu sehen, anders zu sehen.«

Der Sterbende ließ sich wieder in die Kissen sinken. »Ah. Gut. Aber wenn du bis Persepolis und Karchedon gekommen bist, dann hast du alle Stränge in der Hand und weißt, zu welchem Knäuel sie werden müssen.«

»Hast du denn nicht gesagt, daß es immer mehrere Wahrheiten gibt, wie die Wahrheit meines Erinnerns und die der Berichte anderer? Gibt es dann nicht auch mehrere Arten, den Knäuel zu wickeln; oder ihn zu sehen? Und waren diese Jahre nicht mehr als die zwangsläufige Vollendung vorher begonnener Dinge?« Er fühlte Bitterkeit in sich aufsteigen, Bitterkeit, die er auf der Zunge schmecken konnte. »War ich – waren wir alle nicht mehr als nebensächliche Darsteller einer Tragödie, oder Komödie, oder vielleicht eines aufgeführten Epos – einer Geschichte, deren Ende feststand, als wir aufbrachen? Haben wir denn nichts dazugetan? Nur – Spielsteinchen?«

Aristoteles grinste; das Grinsen eines Totenschädels. Pythias wandte das Gesicht ab.

»Gibt es wirklich nicht mehr Rollen?« sagte Peukestas. »Rollen, die du mir überlassen könntest, für die Geschichte?«

Aristoteles stieß ein schrilles Keckern aus. »Rollen? Es gab sie, Sohn Drakons, aber ich habe sie verbrannt, bis auf wenige.«

»Warum? Wieviel Wissen, Aristoteles! Welche Schätze hast du verschleudert!«

»Keine Schätze, Sohn Drakons. Bis auf wenige, die aus bestimmten Gründen nicht mir gehören durften.«

»Was ist mit Kallisthenes? Dein Neffe hat unausgesetzt geschrieben, solange er lebte. Ptolemaios? Mein Vater?«

»Ptolemaios, ja. Ein großer Kopf. Ich werde nicht sehen, was aus ihm wird, aber ich nehme an, er wird Ägypten lange Zeit beherrschen.«

»Ägypten?« Peukestas rang die Hände. »Sie streiten doch noch um das Erbe. Es ist der Streit, den sie vielleicht abzuwenden hoffen, wenn du … wenn du einen Brief hättest, in dem glaubwürdig zu lesen steht, was Alexander für seinen Tod – für die Zeit nach seinem Tod vorgesehen hatte.«

»Du wirst lesen, dann wirst du verstehen. Einiges wirst du noch lesen können, Sohn Drakons. Aber was die Dinge angeht, die verbrannt sind – Ptolemaios, wie du dich erinnern wirst, begann irgendwann, Haß auf die alten Makedonen zu empfinden, nicht wahr? Jene, die die hohen Ziele und die Ausmaße des Neuen nicht begreifen konnten oder wollten. Von dem Tag an ändern sich seine Berichte. Daß jemand einen Gegenstand anders sieht als sein Nachbar, das ist gewöhnlich; aber der Lagide hat seit diesem Tag alles absichtlich entstellt.«

»Wie denn? Kann man Tatsachen berichten und gleichzeitig entstellen? Verzerren? So verdrehen, daß die Wahrheit nicht mehr sichtbar ist?«

»Erinnerst du dich an die Belagerung von Massaga?«

Peukestas nickte langsam, jählings schwunglos geworden. »Ich erinnere mich – ungern. Es war ein schwarzer Tag.« Im Geiste sah er die Stadt, die Burg, von indischen Söldnern verteidigt, schwer oder gar nicht einzunehmen. Alexander sicherte den Söldnern freien Abzug zu; als sie abmarschierten, ließ er sie abschlachten.

»Ptolemaios schreibt hierzu sehr geschickt, man habe erfahren, sie wollten sich in der Nacht heimlich davonmachen, jeder nach seiner Heimat, um nicht gegen andere Inder kämpfen zu müssen. Sie hätten aber das Ende der Belagerung nur dadurch erreicht, daß sie sich verpflichtet hatten, künftig unter Alexander zu dienen. Also planten sie Verrat, also mußte er diesem Verrat zuvorkommen, um nicht wenige Tage später erneut gegen die gleichen Krieger kämpfen zu müssen.«

Peukestas zögerte. »Ich weiß es nicht ... Vielleicht wußte Ptolemaios Dinge, die wir nicht erfahren haben. Uns hat man gesagt, sie hätten nach einem vorgetäuschten Abzug kehrtmachen wollen, um uns nachts zu überfallen.«

»Und es waren schon so viele Männer hingerichtet worden, die laute Zweifel an Alexander geäußert haben, daß ihr es vorgezogen habt, zu hören, zu glauben und zu gehorchen, nicht wahr?«

»Wer hätte uns denn heimführen können, wenn nicht Alexander?« Peukestas entsann sich der immer wieder in Empörung und Müdigkeit auflodernden Verzweiflung. »Genau wie in Indien, als wir nicht mehr weitergehen wollten. Die Meuterei am Hyphasis ... Es hat immer wieder Männer gegeben, die sagten, wir müssen all dem ein Ende machen; laßt uns den König töten und heimgehen. Aber ... sie verschwanden plötzlich; und vor allem war ja keiner da, der uns aus den Labyrinthen der Fremde hätte heimbringen können. Keiner außer Alexander. Parmenion hätte es gekonnt, aber der war tot.«

Mit deutlichen Bildern und unvermindertem Entsetzen kamen die Erinnerungen. Die endlosen Märsche durch steinige Wüsten; Männer, die an Durst und Hunger starben; Stadtgründungen, die nur dem Ziel dienten – und keiner, der es nicht begriffen hätte –, Aufbegehrende und Verwundete, die den Vormarsch behinderten, zurücklassen zu können. Andere Gründungen gab es auch – sinnvolle, Wehrdörfer, Burgen zur Beherrschung der eroberten Gebiete; dort wurden Freiwillige angesiedelt. Aber das war nur ein Teil ... Dann die entsetzlichen Tage in Indien, der endlose heiße Regen, die erstickenden Nächte in Dschungel und Morast, vergiftete Pfeile aus dem Dickicht, jeden Morgen ein Dutzend Krieger oder mehr, die nicht aufstanden, weil sie von Schlangen gebissen worden waren; der Leichnam eines Freundes, mit offenem Mund, aus dessen Schlund ein widerliches schwarzes Reptil kroch, als Peukestas den vermeintlichen Schläfer wecken wollte; das Getier, das Wasser, die Sümpfe; Männer, die den Helm fortwarfen, das Gesicht zum Himmel wandten und stehend, wahnsinnig, im Regen ertranken; Männer, die morgens aus einem nassen Loch krochen, besetzt von wimmelnden Egeln; Männer, die plötzlich auf Armen und Beinen liefen und mit Gebell im Dschungel verschwanden.

»Was war mit den anderen erfahrenen Leuten? Koinos, zum Beispiel?« sagte Aristoteles lauernd.

Koinos, Lehrmeister des Königs, Offizier schon unter Philipp, treu bis zum Ende ... Koinos, der harte grauhaarige Taxiarch, der am Hyphasis das Schwert gezogen und es dem König gereicht hatte mit der Forderung, Alexander möge es zerbrechen, es stehe nicht für weiteren Irrsinn zur Verfügung. Koinos, der das Heer aufgerichtet und zusammengehalten hatte, als der tobende, zürnende Alexander sich drei Tage lang in sein Zelt zurückzog und die Männer wankten, zweifelten, ob sie nicht doch weiter ihrem König, diesem Halbgott, dem Unbesiegbaren folgen sollten, wenn er nur endlich aus dem Zelt käme und die Sonne seiner Gegenwart wieder strahlen ließe. Koinos, der drei Tage lang die anderen Offiziere und einfachen Kämpfer beschwor, bedrohte; dem am dritten Tag etwas gelang, was die Heere des Dareios nicht geschafft hatten: Er siegte, Alexander gab auf, ließ Altäre errichten und erlaubte dem Heer, umzukehren.

»Koinos starb bald danach, nicht wahr?«

Peukestas riß die Augen auf. »Es war ...« Er stockte. »Es war eine Vergiftung; verdorbenes Essen.«

»Ist nicht auch Parmenions Sohn Nikanor so gestorben? In der Nähe des Königs, den ich im Unterscheiden von guten und bösen Kräutern unterwiesen habe?«

»Berichte«, sagte Peukestas tonlos. »Was gab es noch an Berichten?«

»Du weißt es längst, nicht wahr?« Wieder keckerte Aristoteles schrill. »Berichte? Nun ja, Berichte. Von Kallisthenes, zum Beispiel. Mein wertloser Neffe ... Albern, hochfahrend, dumm. An den Bericht über den Brand von Persepolis hat er noch eine halbe Rolle angehängt, voll von Gedanken über die Größe der Rache und die Herrlichkeit der Nacht – derart unsagbarer Unfug, solch unaussprechliche Dummheit, daß ich die Rolle damals schon verbrannt habe – die halbe. Als Alexander, um seine größeren Ziele zu erreichen, Perser ins Heer eingliederte, die erschöpften Kämpfer, die mit der reichen Beute in die Heimat wollten, die murrenden, unzuverlässigen alten Offiziere versetzte, an die Seite schob oder einfach umbringen ließ – als er bei all dem Hilfe brauchte und schöne, gedrechselte Berichte für Hellas, da hat er sich der scharfen Zunge und der listigen Einfälle des Kallisthenes bedient. Als der König dann, um die Asiaten nicht zu befremden und als Stütze seiner Macht zu behalten, den asiatischen Fußfall, die *proskynesis* einführte, hat Kallisthenes sich geweigert, wie so viele – hat sich geweigert, als freier Mann und Hellene vor einem König zu knien, den Boden zu küssen vor einem, den er unterrichtet hatte, der nach makedonischer Auffassung Erster unter Gleichen war, aber nicht Gottkönig. Da, Peukestas, hat Alexander Kallisthenes umbringen lassen, wie zuvor Philotas und die anderen. Kleitos, Bruder von Alexanders Amme, Lebensretter des Königs am Granikos – ihn hat er eigenhändig getötet, und Ptolemaios hat kluge Worte darüber geschrieben. Diesen Brief habe ich aufbewahrt. Er ist kunstfertig; man kann ihn als Lehrbeispiel für die Verdrehung von Wahrheit im Dienst eines Mächtigen nehmen.«

Aristoteles hatte immer schneller geredet; nun schwieg er einen Moment, schien aber keineswegs erschöpft. Es war, als ob er das restliche vorhandene Leben, alle noch nicht verflogene Energie in einem großen Schlußfeuer verbrennen wollte.

»Deshalb«, sagte er dann, »habe ich die meisten Berichte verbrannt. Sie waren nutzlos, verstehst du? Geschwätz von Kallisthenes; Drechseleien von Ptolemaios, mit einer Feinheit, die ausreichen würde, den Mond zum Apfel zu erklären und Demosthenes in der Versammlung verstummen zu lassen. Briefe von Nearchos gab es, die schiere Wahrheit, ohne Zutaten, aber es standen viele wichtige Dinge darin, die ein sehr guter Freund dringend wissen mußte, die sonst keiner wissen durfte. Ich habe sie Antipatros gegeben, wie es sich geziemte. Vielleicht haben sie dazu beigetragen, daß er am Ende dem Befehl des Königs, zu ihm nach Babylon zu kommen, ausgewichen ist. Deshalb lebt er noch.«

»Trümmer Trümmer Trümmer.« Peukestas preßte die Handflächen gegen die Schläfen. »Bin ich denn einem Gott gefolgt oder einem Wahnsinnigen?«

Pythias schüttelte den Kopf; etwas wie Trauer und Mitleid lag in ihrer Stimme. »Ihr Männer immer mit eurem entweder – oder. Du bist, ihr alle seid einem wahnsinnigen Gott gefolgt. Er war beides.«

»Gibt es nichts mehr, das Gnade vor deinen Augen gefunden hätte? Ich will wissen, ich muß wissen!«

Aristoteles bewegte den Kopf; Pythias ging mit einem leisen Seufzer zum Gestell und kam mit einigen Papyrosrollen zurück. Eine lag nun noch in dem Fach, aus dem sie die übrigen genommen hatte.

»Zwei Briefe«, sagte der Philosoph; plötzlich klang seine Stimme wie die eines Sterbenden, nicht mehr wie die eines glühenden Leichnams. »Ein kostbarer Brief von Parmenion, meinem lieben alten Freund. Und einer von deinem Vater, Sohn Drakons. Dazwischen der gedrechselte Bericht des Lagiden Ptolemaios über den Tod des Schwarzen Kleitos. Die dickeren Rollen können warten. Lies – lies vor allem, was nicht in den Wörtern ist, sondern zwischen und hinter ihnen.«

Pythias gab dem Makedonen die drei Schriftstücke. Wertlose schwarze Kritzeleien auf nicht besonders wertvollem Papyros; und unbezahlbar.

»Parmenion, Sohn des Philotas, an Aristoteles, Sohn des Nikomachos – Gruß und Gedenken, Freund. Die greise Nacht nistet in den seltsamen Bäumen von Ekbatana. Der Stratege ruht, aber der alte Mann kann nicht schlafen; möge der Philosoph lesen, aber der Freund antworten.

Dies sind die wichtigen Dinge, von denen Hellas durch die gewundene Feder des Kallisthenes bereits erfuhr. Als der Winter zum Frühjahr wurde, brannte Persepolis. Die folgenden Tage verbrachten wir mit der Befriedung Mediens und der Besetzung Ekbatanas. Als die Sommerhitze begann, entließ der König die hellenischen Bundesgenossen, von denen nur wenige freiwillig als Söldner blieben. Harpalos, Hüter der Schätze, blieb in Ekbatana, als der König das Heer teilte. Mit dem größeren Teil brach er auf, Dareios zu verfolgen und die östlichen Satrapien zu unterwerfen; der kleinere Teil verblieb mir. Zwei Nabelstränge kommen hier zusammen, die ich zu einem großen Nabelstrang zu fügen habe – Nachschub und Nachrichten aus Makedonien, über die Königsstraße, durch die Gebiete der edlen Satrapen Antigonos und Nearchos; Nachschub und Nachrichten aus Ägypten, Phönikien und Babylonien. Dies will erwogen und mit feinen Fingern gefügt sein.

Nie habe ich einen Mann so sehr geliebt wie deinen Schüler, den Herrn der zehntausend Lichtwesen; denn er war tapfer und großherzig, verwegen und einfallsreich. Nie gab es solch einen König und Männerführer, klugen Verwalter und göttlichen Strategen. Wenn es die in Herrlichkeit und Grauen, in Planung und Durchführung vollkommene Schlacht gibt, so hat er sie bei Gaugamela geleitet. Noch in zehntausend Jahren werden Krieger sie untersuchen und staunen; mein Anteil war nichtig, aber Teil des Wunders, und so wird mein baldiger Tod mich nicht gänzlich auslöschen.

In Babylon geschahen viele Dinge, wie Du weißt; sie haben die Vergangenheit beschlossen und der Gegenwart die Zukunft entzogen. Nicht länger dein Schüler, nicht länger vieles andere, hat der König begonnen, die Nächte mit Wein zu füllen. Die Nacht aber ist der Gipfel, und die Weinströme fließen bergab, wo sie die Lichter des Tages, die Flammen der zehntausend Lichtwesen löschen. Was noch zu erreichen wäre, könnte durch Licht gesichert sein; was er noch erreichen will, liegt jenseits der Helligkeit, und so ringt er mit den zehntausend Schatten, daß sie ihm helfen. Er selbst ist der Preis, fürchte ich, und wir alle mit ihm.

Hektor, mein Sohn, starb ohne Nachkommen, ertrunken im Nil. Nikanor, mein Sohn, hinterließ Söhne in Pella, in der Obhut unseres besten Freundes. Nikanor starb an vergifteter Speise, in der Nähe des Königs, dessen Kräuterwissen und Giftkenntnisse gerühmt sind, aber nicht zu Hilfe genügten. Philotas, mein Sohn, wird Söhne hinterlassen, wenn auch er geht – Söhne, die ebenfalls Antipatros hütet. Philotas ist bei Alexander; er hält die scharfe Klinge der Hetairenreiter in Händen.

Wenn der ersehnte Nachkomme geboren wird, Freund, hüten Amme und Arzt den Nabelstrang, solange es nötig ist, und durchtrennen ihn dann vorsichtig, wenn das neue Geschöpf reif ist dazu. Sollte aber das Geschöpf ein schwärzliches Ungeheuer voller Grauen und künftiger Entstellung der Welt sein, wäre es dann nicht besser, den Nabelstrang zweifach zu durchtrennen, mit scharfer Klinge?

Dies schreibt Dir Parmenion im brennenden Mond, dessen Name Metageitnion ist – in Athen; in Makedonien ist er Gorpiaios, im Zeichen des himmlischen Löwen, der Alexanders Geburt herbeibrüllte, vor sechsundzwanzig Jahren. Ich umarme Dich.«

Peukestas ließ den Brief sinken, legte ihn auf den Tisch; mit leisem Zischen rollte der Papyros sich ein. Pythias beugte sich über den Sterbenden, flößte ihm Wasser und Wein ein.

Der Makedone stöhnte lautlos; seine Gedanken rasten. Philotas, Führer der Hetairenreiter, Sohn Parmenions ... Königsknaben, aus undurchsichtigen Gründen, hatten angeblich einen Mordanschlag auf Alexander vorbereitet; einer der Knaben bereute und wollte den König warnen, wandte sich an Philotas, mehrmals, aber Philotas gab die Warnung nicht weiter – weil er es für kindische Albernheit hielt. Schließlich drang der Knabe bis zu Alexander vor; und Alexander klagte Philotas der Mitwisserschaft, ja der Mittäterschaft an und ließ ihn von der Versammlung der Hetairen zum Tode verurteilen. Und da es Parmenions Sohn traf, Parmenion in Ekbatana den Nachschub, die Versorgung, das Geld und ein schlagkräftiges Heer in der Hand hielt – Parmenion, Vater des Heeres, der einzige, dem die Männer ebenso blind folgen würden wie dem König ... Peukestas erinnerte sich an den bleichen Morgen, als Polydamas mit ein paar Gefährten aufbrach, auf Kamelen, um die Wüsten und steinigen Hochebenen zu durchqueren, statt die Straßen zu nehmen. Sie erreichten Ekbatana; sie sprachen mit Offizieren; sie überreichten Parmenion mehrere Briefe, und während er las, erstachen sie ihn.

Die edelsten der Makedonen, die mächtigsten Männer des von Philipp und Parmenion geschmiedeten Heers ... Und Alexander teilte die Hetairenreiter; die eine Hälfte befehligte hinfort Kleitos, die andere Hephaistion.

Kleitos der Schwarze, Bruder von Alexanders Amme Lanike, Lebensretter des Königs am Granikos. Auch er einer von Philipps Offizieren, alter Freund des Parmenion, edler Makedone, der Fortführung des Feldzugs gegenüber eher ablehnend, aber dem König in Liebe, Treue und Verehrung ergeben. Bis Alexander immer unmakedonischer wurde, persische Königstracht trug, die Gefährten – deren er der Erste unter Gleichen war – nicht mehr jederzeit zu sich ließ, sondern asiatische Hofmeister mit der Anmeldung oder Ablehnung betraute; bis zu jener Nacht des übernächsten Jahres – im zweiten Sommer nach der Hinrichtung des Philotas, nach der Ermordung Parmenions.

Peukestas nahm die Rolle mit dem Bericht des Lagiden. Der große Ptolemaios, kluger Stratege, beim Heer beliebt wie neben ihm nur Krateros – ein Wortedrechsler, Verfasser erlesener Lügen? Er las; und er erinnerte sich an die Mühen des Jahres. Die aufreibenden Gefechte des immerwährenden Kleinkriegs gegen den Satrapen Spitamenes; die Vorstöße in die skythische Steppe, in die sogdianischen Ebenen, die baktrischen Berge, an den Rand der Welt. Die erste Niederlage, als es Spitamenes gelang, am Fluß Polytimetos weit über 2000 Makedonen zu töten. Alexander war nicht dort gewesen, dennoch war es Alexanders erste Niederlage; war denn nicht seine Unbesiegbarkeit auf all seine Männer übergegangen? Es gab Unzufriedenheit im Heer, das immer wieder aus dem Hinterhalt angegriffen wurde und durch Gegenden zog, in denen weder Beute zu machen war noch sonst wichtige Dinge auf dem Spiel zu stehen schienen. Sie wollten nicht mehr, sie wollten heim, sie schrieben Briefe, die erst abgeschickt werden durften, nachdem Offiziere sie gelesen hatten; und manche Briefschreiber verschwanden plötzlich, oder sie wurden aus ihren Einheiten genommen und besonderen Truppen zugeteilt, die höchsten Ruhm und edlen Tod bei unmöglichen Aufgaben errangen. Erst im Winter, nach der Ermordung des Kleitos, ordnete Alexander das Heer neu, richtete kleine bewegliche Einheiten ein, besondere Truppen mit besonderer Ausbildung und Ausrüstung für den Kampf in den Bergen oder die schnelle Verfolgung des listigen Gegners im Kleinkrieg; erst im folgenden Frühjahr gelang es, den letzten Widerstand zu brechen.

Hatte es da vielleicht auch anderen Widerstand gegeben? Mit einem Frösteln erinnerte sich Peukestas des jähen Verstummens vieler Männer; der unbehaglich schweigenden Runden am Winterfeuer; der Angst oder Beklemmung in den Gesichtern furchtloser Kämpfer; erst im Frühjahr, als Alexander wieder siegte und bewies, daß seine einfallsreichen Neuerungen, seine geschickten Maßnahmen das gleiche göttliche Feuer besaßen wie früher, schlug die Stimmung wieder um.

Ptolemaios berichtete: aus dem Lager, im Sommer des Unheilsjahres, in Marakanda. Eines der immer häufigeren Gelage; alle waren betrunken (Peukestas erinnerte sich an das Gegröle, das er in seinem Teil des Lagers noch hatte hören können), und einige der Gäste überboten sich in Zoten, andere in Lügengeschichten oder groben Liedern, wieder andere in erfindungsreichen Schmeicheleien. So behaupteten sie, die Halbgötter Kastor und Polydeukes, ja selbst Herakles – keiner von all den großen Gestalten der Überlieferung halte einen Vergleich mit Alexander aus.

»Kleitos war schon länger sein Ärger über Alexanders Wendung zum Barbarischen anzumerken gewesen, und das Geschwätz der Schmeichler nährte seinen Grimm. Er verbat sich, selbst vom Wein erhitzt, die Schmähung der alten Heroen und wollte es nicht zulassen, daß man dem König zuliebe die Taten der Vorfahren herabsetzte. Alexanders Taten seien keineswegs so großartig und wunderbar, wie sie sich in der Übertreibung nun ausnähmen; überdies habe er bei aller Großartigkeit seine Wundertaten nicht ganz allein vollbracht, sie seien auch das Werk von einigen zehntausend Makedonen. Diese Reden verärgerten wiederum Alexander, der seinen alten Freund zur Mäßigung aufforderte. Als aber einige begannen, nach den Dioskuren und Herakles nun auch Philipp herabzusetzen, als ob dieser nichts Großes oder Bewundernswertes vollbracht habe, sondern allenfalls ein schwächlicher Vorläufer seines göttlichen Sohnes gewesen sei, konnte Kleitos sich nicht mehr halten; und er begann, Philipps Ruhm zu verkünden und Alexanders Taten zu verkleinern. Erregt und bezecht sprang er auf und schrie den König an, der ebenfalls aufsprang und zurückschrie. Kleitos sagte unter anderem, ohne das von Philipp und Parmenion erschaffene, einzigartige Heer der Makedonen wäre Alexander nicht einmal bis zum Granikos gelangt, so daß er – Kleitos – gar nicht in die Lage gekommen wäre, ihm das Leben zu retten; oder ob er denn meine, mit dem Geschwätz von Ammonspriestern und den Giften, Ränken und Mordanschlägen der Olympias würde er all das erreicht haben, was Kleitos' Hand und die Hände der anderen Makedonen errungen hatten. Da wollte Alexander zornig und berauscht sich auf ihn stürzen, wurde aber von anderen Gefährten zurückgehalten. Er schrie, nun sei es mit ihm wohl auch so weit gekommen wie mit Dareios in den Händen des Bessos – der König Gefangener im eigenen Zelt, in den Händen seiner Offiziere. Diese ließen ihn daraufhin los; inzwischen hatte Ptolemaios, Sohn des Lagos, den schäumenden Kleitos aus dem Zelt gezerrt. Kleitos riß sich jedoch los, da er als makedonischer Fürst und *hetairos* des Königs wahrlich weder etwas zu fürchten noch seine Zunge zu hüten habe, und kehrte ins Zelt zurück, kaum beruhigt, um den ebenfalls kaum beruhigten Alexander abermals anzugehen. Der König entriß daraufhin einem der Wächter die Lanze und tötete Kleitos.«

Es folgte die ergreifende Beschreibung der Trauer und Reue des Königs: Er habe die Lanze gegen die Wand gestemmt, um sich selbst das Leben zu nehmen; als die Freunde ihn daran hinderten, habe er sich drei Tage und Nächte jammernd und wehklagend in sein Zelt zurückgezogen, ohne Nahrung zu sich zu nehmen.

Drei Tage ... Peukestas dachte an die drei Tage am Hyphasis, als der König durch Schweigen versuchte, die meuternden Krieger umzustimmen; er scheiterte am Willen des Koinos, der bald darauf starb. Drei Tage nach dem Tod des Kleitos kehrten Drakon und Demaratos von einer der immer geheimnisvollen Erkundungen zurück; bald darauf starb Demaratos, Freund des Kleitos, mit dem er eng zusammengearbeitet hatte. Der Korinther starb an Alter und Erschöpfung; einen Tag, nachdem er lachend vom Pferd gesprungen war. Abends nahm er an einem Gelage teil; Alexander selbst mischte Wasser, Wein und Honig, gab Gewürze zu, reichte besonders zu ehrenden Freunden eigenhändig die Becher. Demaratos war einer dieser besonders zu Ehrenden, und am nächsten Tag war er tot, betrauert von vielen, geehrt abermals von Alexander, der ihm ein prächtiges Denkmal errichten und den einbalsamierten Leichnam heimschaffen ließ nach Korinth.

Drei Tage in Opis, am oberen Tigris, im Jahr vor seinem Tod: als der Satrap Peukestas (der junge Makedone mochte den Mann nicht und hatte immer bedauert, den gleichen Namen zu tragen) dem König 30 000 makedonisch ausgebildete und ausgerüstete junge Perser zuführte und Alexander 11 000 altgediente Makedonen entließ, um sie in die Heimat zu schicken, unter dem Befehl des Krateros. Emes, der lange, graue, treue Emes, machte sich zum Wortführer der Kämpfer, die nicht so weggeschickt werden, nicht das von ihnen eroberte Reich den Barbaren übergeben wollten, denen sie es blutig entrissen hatten. Drei Tage verschanzte Alexander sich auch diesmal; am Schluß feierte er eine seltsame Versöhnung mit den Männern, die diesmal zwar den getreuen Emes, aber keinen Koinos hatten und nichts erreichten außer Umarmungen und Freundlichkeit.

Und zwischendurch so viele, so unendlich viele und unendlich verworrene Ereignisse. Der Zug über den Rand der Oikumene, nach Indien, verstärkt durch persische, baktrische und sogdianische Kämpfer sowie fast 22 000 Männer aus Hellas und Makedonien, deren Begeisterung lauter war als Überdruß und Müdigkeit der alten Krieger. Das unermeßliche Heer, das nach Indien zog, mit Frauen und Kindern und Troß mehr als 150 000 Menschen. Die schöne Baktrerin Roxane war dabei, die Alexanders zweiten Sohn gebar – der erste, Herakles, weilte mit seiner Mutter Barsine in Susa – und ihn wenige Tage nach der Geburt in Indiens Sümpfen sterben sah. Die Schlacht gegen König Poros, vielleicht ein noch größeres Kunstwerk als jene von Gaugamela – Poros erwartete einen befreundeten Herrscher und dessen Heer; er sperrte den Übergang über den Indos; Alexander teilte seine Kämpfer, ließ die eine Hälfte unter Krateros am Fluß zurück, marschierte mit der anderen flußaufwärts, setzte in der Nacht über den gewaltigen Strom und griff am Morgen Poros an; der Inder konnte nicht auf Verstärkung warten, er konnte nicht abziehen, ohne von Alexander und Krateros in die Zange genommen zu werden, er mußte sich zur Schlacht stellen, wohl wissend, daß Krateros' Männer nicht mehr am Überschreiten des Flusses zu hindern waren, weil alle Inder zur Verteidigung gegen Alexanders Angriff benötigt wurden – und gleichzeitig von unendlicher Sinnlosigkeit, denn es gab nichts zu gewinnen und nichts, außer dem Leben, zu verlieren. Der Vormarsch nach Osten, abgebrochen in Regen und Morast und Dschungel, der große Sieg des klugen Koinos über den drei Tage zürnenden König. Die geplünderten Städte, die hingemetzelten Männer und versklavten Frauen und Kinder. Der wahnsinnige Angriff auf die Stadt der Maller, als selbst die Hetairen nicht mehr kämpfen mochten und der wutschäumende König allein die Mauer erstieg und in die Stadt hinabsprang, tapfer, verwegen und verrückt. Nearchos' Ankunft mit neuen Verstärkungen, und die Übernahme der geheimen Dienste durch Nearchos und Ptolemaios. Der Bau der großen Flotte, die den Indos hinabfuhr. Alexander und Hephaistion, die an der Mündung des Stroms hinaussegelten auf den Okeanos und sich in einem großen, verpichten Faß, in dessen Seite eine mit Schweinsblase durchsichtig verschlossene Öffnung war, auf den Boden des Meeres begaben. Die Teilung des Heeres – ein Teil blieb als Besatzung zurück, ein Teil zog unter Krateros weiter nördlich über die Bergpässe nach Persien, ein Teil segelte mit Nearchos und Onesikritos die Küste entlang nach Westen, der größte Teil marschierte unter Alexander durch die tödliche Wüste Gedrosiens, und von diesem Teil überlebte nur etwa jeder dritte. Noch jetzt, im Haus des Aristoteles, fragte Peukestas sich, ob dieser Zug eine weitere Herausforderung des Halbgotts Alexander an die Götter gewesen war, oder eine Bestrafung der Männer, die es gewagt hatten, ihn herauszufordern durch Trotz; oder ein Versuch des Königs, der ja ebenfalls Durst und Hitze leiden mußte, sich selbst zu strafen. Galt sein Sehnen nicht mehr der Weite, sondern der Weite jenseits aller Grenzen, dem Tod? Oder war es, wie ein Babylonier gesagt hatte, der zwanghafte Versuch, mit Hephaistion zusammen, als Gilgamesh und Enkidu, einen großen Kreis um die Welt zu beschreiben, der in Babylon begann und endete, um irgendwo die Steinbäume, die Götterwirtin und die Dornen des ewigen Lebens zu finden? Er dachte an die sengende Hitze, die Sandflächen und Steinsteppen, die kargen dürren Dornbüsche, Tage und Nächte ohne Wasser und Nahrung und Brennstoff, als sie Tragtiere und Reittiere töteten, um deren Blut zu trinken und das Fleisch roh zu verschlingen, ehe es verdarb; an die Wasserstellen – nicht Gilgameshs Brunnen –, in denen sich Kadaver türmten: Männer, die sich ausgedörrt ins Wasser stürzten und tranken, bis sie von Krämpfen geschüttelt starben.

Die Heimkehr nach Persien, das Strafgericht für säumige Satrapen, die dem Zug hätten Nahrung und Wasser liefern sollen – aber war es vielleicht nur Alexanders Zorn, eine Ablenkung von der Katastrophe, die er gewollt und verschuldet hatte und für die er nun Schuldige brauchte, damit die Überlebenden des Heers ihm weiter folgten?

Die Hochzeit von Susa, wo Alexander sich mit Dareios' Tochter Stateira und dazu Parysatis, der jüngsten Tochter des Artaxerxes Ochos, vermählte; Hephaistion erhielt Stateiras Schwester Drypetis; Krateros eine Nichte des Dareios; Perdikkas und Ptolemaios und Eumenes und Nearchos und Seleukos und Leonnatos (Peukestas sah im Geiste das Bild:

die Männer und ihre Frauen in langer Reihe nebeneinander, beginnend mit Alexander, dann Hephaistion, dann Krateros, dann Perdikkas, und so fort) und an die hundert andere Offiziere und Hetairen wurden mit Töchtern des persischen Hochadels vermählt, ebenso mehrere tausend Männer des Heeres mit den Perserinnen, mit denen sie seit langem zusammenlebten und Kinder hatten. Die Kinder der heimgeschickten alten Krieger – Mischlinge, in Makedonien zweifellos unwillkommen – nahm der König als die seinen an, um sie für den Dienst am Reich erziehen zu lassen – das Mischlingsheer der Zukunft?

Ein langer, wirrer, wilder Traum; und mitten darin – oder fast noch am Anfang? Vier Jahre vor Alexanders Tod, drei Jahre nach dem Tod Parmenions, ein Jahr nach Kleitos' Ermordung – die unglaubliche Erstürmung der Burg des sogdianischen Fürsten Ariamazes, in der auch der wichtigste noch freie Baktrer, Oxyartes, seine Familie untergebracht hatte. Bei der Erstürmung der Felsenburg waren mehr als dreißig Makedonen an den glatten, außerdem von Schnee und Eis bedeckten Hängen abgestürzt; zu denen, deren Leichen man nicht fand und nicht bestatten konnte, hatte Peukestas' Vater gehört, Drakon, Heiler und einer der Lenker der geheimen Aufklärer.

Und nun hielt er einen Brief Drakons in der Hand, vermutlich kurz vor jener Erstürmung geschrieben, das letzte Lebenszeichen eines Toten. Peukestas warf einen Blick auf den sterbenden Philosophen; Pythias hatte ihn notdürftig gereinigt, diesmal ohne ihn zum Verlassen des Raums aufzufordern. Sie tat zweifellos wichtige Dinge in der Küche; Aristoteles lag auf dem Rücken, atmete flach und starrte an die Decke.

Peukestas las. Der Anfang des Schreibens, mit Gruß und dem Beginn der Dinge, fehlte. Ein unvollständiger Satz war der Anfang dessen, was Peukestas in der Hand hielt. Und bereits bei diesem halben Satz erstarrte Drakons Sohn.

»... des Ariamazes war keine dieser grausamen und sinnlosen Metzeleien, wie sie in letzter Zeit immer häufiger angeordnet und ausgeführt wurden. Er wollte die dort untergebrachten Verwandten der baktrischen Fürsten lebendig, als Geiseln. So hat er Übergabe und gute Behandlung angeboten. Der Vertraute des Ariamazes brach in schallendes Gelächter aus und sagte etwa dies:

›Fürst des Westens, der du durch den Osten irrst, betrachte den Berg. Er ist steil und abschüssig wie eine Wand, auf allen Seiten. Eine Stelle gibt es, von der du in die Burg hinabsteigen oder hinabspeien könntest, die Ostseite, aber sie ist die steilste von allen. Mein Herr läßt dir zweierlei sagen. Es gibt Nahrung für drei Jahre in der Burg, und eine reichlich fließende Quelle im Hang innerhalb der Mauern. Wenn du nicht drei Jahre in jammervoller Belagerung zubringen willst, zieh ab; denn wisse, nur geflügelte Krieger könnten die Burg einnehmen. Dies ist das erste, was mein Herr dir sagen läßt. Das zweite aber ist dies: Solltest du an einem der nächsten Tage einen Angriff wagen, so möge dieser Tag des Angriffs dein größter und strahlendster sein. Die Sonne und dein Ruhm mögen prächtiger glänzen denn je zuvor, und alles um dich soll herrlich und wunderbar sein. Weil es dein letzter Tag sein wird, Herr der Makedonen.‹

Alexander war in den letzten Monden oft unangenehm zu betrachten, ausgezehrt von Mühsal und gleichzeitig aufgebläht vom Wein; Du kennst derlei Anblicke, und sie sind bei einem König noch unersprießlicher als bei einem gewöhnlichen Sterblichen. In den vergangenen Tagen hatte er jedoch gut geschlafen, anstrengende Ritte zurückgelegt und kaum getrunken; als er die Worte des Boten hörte und lachte, war er wieder jener junge, mitreißende Führer, den alle geliebt hatten, und für Momente konnte auch ich die schwarzen Tage vergessen. Er sagte, für diese hochherzigen Worte wolle er Ariamazes ehren, nach der Gefangennahme, und entließ den Boten.

In der Nacht begann der Angriff, und es war ein Unternehmen, wie keiner außer Alexander es hätte ersinnen können. Perdikkas und seine Hopliten, unterstützt von Bogenschützen und Speerwerfern, griffen mit lautem Getöse, mit Fackeln und Leitern und Brandpfeilen die Vorwerke der Burg am Westhang an, natürlich ohne jede Aussicht auf Erfolg. Alexander selbst, Hephaistion und etwa dreihundert ausgewählte Kämpfer, denen der König hohe Belohnungen versprochen hatte, erklommen die beinahe senkrechte, verschneite und vereiste Ostseite, und zwar in dieser Weise: Die Männer nahmen neben Schwert und Speer dreierlei mit – Eisenpflöcke, Leinen und Hämmer. Die Pflöcke wurden in den Berg getrieben, die Leinen gespannt, die nächsten Männer kletterten nach und schlugen eine Mannslänge oberhalb der vorigen die neuen Pflöcke ein.

So stiegen wir – ich war dabei, da Philippos nicht schwindelfrei ist, der König aber nicht ohne Arzt in den Kampf gehen soll. Mehr als dreißig von uns stürzten ab, lagen zerschmettert oder gänzlich unauffindbar am Fuß des Hangs in der ostwärts ausgedehnten Schlucht. Während des Aufstiegs begriff ich, daß dies etwas war, worauf ich gewartet hatte.

Ich blieb ein wenig zurück, als die anderen den höchsten Hang erklommen und von dort in die Burg eindrangen – sie sprangen, oder ließen sich an Seilen hinab. Natürlich öffneten sie zuerst die kleinen Tore an dieser Seite; die Verteidiger befanden sich nahezu alle auf der anderen Mauer, um den vergeblichen Versuchen des Perdikkas zuzusehen. Es dauerte nicht lange, bis es zum Kampf kam; immer mehr Makedonen klommen an den Pflöcken und Seilen bergauf und stürzten sich ins Gemenge. Ich blieb im Schatten, in der Nacht; keiner hat mich gesehen.

Alexander war wie immer an der Spitze der Männer, die in die Burg eindrangen. Mit dem Schwert verwundete er Ariamazes, der sich ihm entgegenstellte; dann drang er in einen erleuchteten, mit Teppichen ausgelegten Gang ein. Ich folgte. Man hatte gesagt, erzählt, berichtet, des Oxyartes edle Tochter Raukhshana, Roxane, sei die schönste Frau Asiens, und natürlich wollten alle sie sehen – alle, auch der König.

Mit dem Schwert tötete er zwei Wachen, die ihn aufhalten wollten; eine alte Frau, die vor der Tür des Gemachs kauerte, kroch wimmernd beiseite.

Hinter der Tür gab es schwere Vorhänge, die mich verbargen; mich, und die alte Frau, die mein Messer an der Kehle spürte und nicht einmal zu wimmern wagte. Im Raum loderte ein Feuer; zahlreiche Fackeln und Lampen und glatte

Silberflächen erhellten das Gemach. Es war kostbar eingerichtet, mit bunten Wandteppichen aus Seide, mit schweren weichen Knüpfarbeiten auf dem Boden, mit Gold und Silber und tausend duftenden Hölzern, mit einem breiten Bett und prächtigen Truhen.

Mitten im Raum, den Rücken zum Feuer, stand die schönste Frau Asiens. Sie trug keinerlei Schmuck; das köstlichste Geschmeide hätte sie geschändet, Aristoteles. Nichts trug sie als ein feines weißes, fast durchsichtiges Gewand. Die Strahlung der Brüste, die durch das hauchdünne Tuch brannten, hätte Herakles die Besinnung geraubt und die Äpfel der Hesperiden schrumpfen lassen. Die Farbe geschmolzenen Goldes in der Münze, vor dem Erkalten; flüssiges Feuer in einem Gefäß der vollkommensten Anmut; hüftlanges offenes Haar, wie feingesponnen von den Fingern der Moira aus Stoff, der beim Entstehen der Welt unverbraucht blieb, da er den Göttern zu wertvoll erschien für die Mitternacht; Bewegungen wie die einer jungen Löwin, die schnurrt vor dem Sprung; lendenversengend gefräßiges Feuer der Augen; das schimmernde Gehege der Zähne, wogendes Schwellen der Lippen … Und noch etwas war zwischen den Brüsten, aber dies sah ich erst später.

Erinnerst Du Dich, Aristoteles, an die Beschreibungen, die Berichte, die ich Dir mündlich und schriftlich gab – die Tage von Samothrake, als Philipp sich mit den Göttern aussöhnen sollte und im Tempel Olympias traf? Den heißen Sturm, der beide erfaßte und für lange Zeit die Pläne der Priester verwirbelte?

So ähnlich, ja … nur stärker. Götter, ich habe Frauen gesehen in meinem langen Leben, aber nur eine wie Raukhshana. Sie hielt ein langes dünnes Messer in der Hand. Es glitzerte wie der Zahn einer Schlange.

Und er? Wie durch reichen Schlaf, mangelnden Wein und harte Arbeit genesen, magisch verjüngt durch den Aufstieg, strahlender Heros, der auf den Schwingen der Nacht reitet, das blutige Schwert in der Hand, unbezwinglicher Eroberer der Welt – er ließ das Schwert fallen und ging zu ihr, mit langsam gleitenden Schritten. Er streifte den Helm und den Panzer ab, ehe er sie noch erreichte. Der Chiton fiel wie Laub im Herbstwind, Aristoteles, wie sinnloses Laub, das den aufstrebenden Stamm daran hindert, sich in die heiße Höhlung des letzten Sommerglühens zu recken. Als er sie erreichte, trug er nur noch den Schurz; und seine Narben.

Sie lachte; ein kehliges, warmes Lachen. Dann stieß sie zu mit dem Dolch, verwundete ihn an der Schulter. Er packte ihre Hand, hielt sie, hielt sie jedoch sanft, als wolle er sie durch die Kraft der Augen überzeugen, nicht durch die Kraft der Hand bezwingen. Ich sah – ich sah, wie sich ihre Haltung und ihr Blick wandelten. Ich sah, wie er die Hand der Baktrerin losließ. Sein Blut an ihrem Dolch; sie führte ihn an die Lippen. Mit ihrer Zunge – nie gab es solch eine Zunge – leckte sie Alexanders Blut von ihrem Stahl. Sie beugte sich vor, trank das Blut aus der Wunde, die sie seiner Schulter zugefügt hatte, bot ihm dann die Lippen zum Kuß, zum gemeinsamen Bluttrunk.

Raukhshana – noch einmal löste sie sich von ihm, ehe der Taumel begann. Sie trat einen Schritt zurück, zerriß ihr Gewand, ließ es fallen. Sie kniete vor ihm, um seinen Schurz zu lösen, und ich verließ den Raum, schleppte die wimmernde Alte mit.

Denn ich hatte, ehe sie kniete, das Amulett gesehen zwischen ihren Brüsten. Das *ankh* und das Auge des Horos. Achtzehn Jahre alt ist Raukhshana, wie mir die Alte sagte. Nicht leibliche Tochter des Oxyartes, der wie so viele Satrapen und Fürsten ein Eunuch ist. Sie wurde von ihm angenommen, als sie zwölf war, oder dreizehn. Ausgewählt, o Aristoteles, und Oxyartes als Tochter auferlegt hat in dem Jahr, da Alexander bei Issos siegte, nach langer Suche im ganzen Reich sie ein anderer: Bagoas der Heile. Er hat auch Oxyartes angewiesen, wo er unter welchen Umständen wann sich aufzuhalten habe; zuletzt vor wenigen Monden, sagte die Alte, ehe ich sie endgültig verstummen ließ.

Bin ich von Sinnen? Ich habe mit dem blutigen Messer in meinen Arm geschnitten und den Schmerz gespürt, das Blut gesehen; ich habe die Mauern berührt und sah die Sterne tanzen. Und dennoch fühle ich mich eingekerkert in einem gräßlichen Traum – in jener unendlichen Papyrosschleife des Traumbilds von Babylon, eingesperrt zwischen Spiegeln, die einander gegenüberstehen und mich hin und her und hin und her schleudern, unendlich verkleinern, wiederholen und zuletzt auflösen.

Denn ich weiß nicht, wozu Bagoas Raukhshana ausgewählt hat; noch immer ist mir der alte Plan ein Rätsel. Ich weiß aber, warum er *sie* unter allen Töchtern Asiens gesucht haben muß. In Samothrake wurde dem Gott ein Opfer dargebracht, das Bildnis der von Philipp getöteten Mutter, Eurydike; und Olympias sah aus, als wäre die lynkestische Hexe wiedergeboren in ihr. Auf dem Felsen des Ariamazes, o edler Philosoph, sah ich Olympias: jung, überwältigend, mit dunklerem Haar und dunklerer Haut, verjüngte asiatische Zwillingsschwester von Alexanders Mutter.

Ich will nicht länger Teil eines Spiels sein, dessen Regeln und Ziele ich nicht kenne. Ich bin angewidert vom Dienst an einem König, der zehntausend Götter ist und dann zehntausend Ungeheuer, der Männer hinreißt und abschlachtet, Völker begeistert und auslöscht, den Göttern trotzt und ein Gott sein will.

Ich habe den Helm und den Umhang und die Rüstung und die Waffen eines Gefallenen angelegt; niemand erkannte mich, als ich vor dem Morgengrauen den Berg hinabstieg und durchs Lager lief. Ich ließ alles zurück, was mein ist und auffällig fehlen könnte; nur Münzen und Waffen begleiteten mich. Und Vorräte, Wasser, irgendein Pferd. Es ist meine Trauer, daß auch Peukestas mich für tot halten wird, zerschmettert am Fuß des Berges; aber mein Sohn ist dem König verfallen, und wie sollte ich ihm von meinem weiteren Leben sprechen, da doch alle mich tot wähnen sollen?

Ich bin jetzt ein reisender Heiler, im westlichen Teil Baktriens. Händler aus Byzantion nehmen das Schreiben mit, das Du hüten und verheimlichen solltest. Nur Antipatros darf wissen, nur Antipatros muß wissen. Ich umarme Dich.«

Fassungslos, verblüfft, entsetzt und doch voller Freude ließ Peukestas den Papyros sinken.

»Keine Fragen«, sagte Aristoteles. Seine Stimme war kaum zu vernehmen.

»Aber … mein Vater, das Amulett, all die …«

»Keine Fragen.« Langsam, müde, fast leblos kroch die linke Hand des sterbenden Philosophen unter den Fellen hervor und wies auf die beiden dicken Rollen, die noch auf dem Tisch lagen.

»Lies. Du wirst wissen. Laß mich letzte Kraft sammeln für … danach.«

Peukestas streckte benommen die Hand aus, nahm die Rollen auf und betrachtete die Zeichen der ersten.

»Ich kenne die Schrift … aber da sind Teile gestrichen, Teile in anderer Schrift überklebt …«

»Dymas war geschwätzig. All seine Erlebnisse in Jahren. Ich …« Aristoteles hustete; das Knirschen von Winterwind auf einem verharschten Hang. »Ich habe zusammengefaßt und gestrafft; nichts Wichtiges fehlt. Lies. Das zweite Schreiben ist … von Nearchos. Lies; und laß mich Kräfte sammeln.«

»Aber …«

Aristoteles regte sich nicht; er hielt die Augen geschlossen. Pythias, längst wieder im Raum, sagte halblaut:

»Vielleicht kann ich es dir sagen, Makedone.«

Peukestas deutete auf die fortgelegten Rollen. »Mein Vater … Und wieso hat Ptolemaios kunstfertig gelogen, mit seinem Bericht über Kleitos?«

Pythias hob die Schultern. »Die Einzelheiten und Andeutungen. Wenn er schreibt, Kleitos sei schon länger verärgert gewesen, legt er damit nahe, daß Kleitos diesem Ärger absichtlich in irgendeiner Form nachgehen wollte. Er beschreibt seine Rede, die aus lauter Wahrheit besteht und nicht beleidigend ist, als wäre sie beleidigend, und verschweigt die Beleidigungen, die Alexander vielleicht gesagt hat. Er übertreibt Rausch und Erregung des Königs, damit er den Mord als Tat verminderter Besinnung ansehen kann. Reicht das?«

Peukestas knurrte, schwieg, starrte vor sich hin. »Und Drakon?« sagte er schließlich.

»Ist in Memphis. Vielleicht wartet er auf dich. Nun lies!«

13. DER TEMPEL DER TOTEN GÖTTER

Ein karchedonischer Dreidecker brachte Dymas zur Südspitze der Peloponnes, ans Vorgebirge Tainaron, wo nach der Niederschlagung der spartanischen Erhebung wieder Tausende Söldner in Zelten und Hütten hausten und auf Angebote warteten. Dymas bereiste gemächlich die Gegenden, die ihm bei seinem letzten Aufenthalt wegen der Kriegsgefahr und Wirren wenig verlockend erschienen waren. In Sparta traf er einen einsamen Auleten, mit dem er einige Male gut zusammenspielte; der Mann stammte aus dem fernen Massalia und begleitete ihn nach Korinth. Dort, im Spätsommer, erledigte Dymas behutsam die Aufträge Hamilkars; Kleon und andere wichtige Männer der reichen Stadt deuteten an, daß Korinth die Umsturzpläne der »schäumenden Demokraten« in Syrakus mit Mißfallen betrachtete und keinesfalls beabsichtigte, ein Kriegsabenteuer gegen Karchedon auch nur zu erwägen. Man habe Verständnis für Karchedons Wünsche, den augenblicklichen Zustand zu bewahren, und man werde die Entwicklungen beobachten. Solange Maßnahmen der Libyphöniker ersichtlich nur dieser Bewahrung, nicht aber der Ausdehnung ihrer Macht dienten, wolle Korinth nichts unternehmen. Im übrigen sei es durchaus möglich, daß Korinth selbst zugunsten der alten Freunde und Verwandten gewisse Maßnahmen gegen die »Schäumenden« ergreifen werde.

Noch im Herbst, ehe Dymas Korinth verließ, tauchten dort die ersten neuen Münzen auf, vor allem silberne Didrachmen mit dem Bild Alexanders. Mit Erstaunen vermerkte Dymas, daß die klugen und reichen Händler die von Hamilkar umrissene Gefahr der allgemeinen Geldentwertung nicht einmal ahnten. Mit dem Auleten und einer aus Korkyra stammenden Tympanistin reiste Dymas nach Westen. Einige Wochen spielten sie sich von Ort zu Ort an der Küste, ehe sie kurz vor Beginn des Winters ein Schiff bestiegen und Korkyra aufsuchten. Die Stadt, mit über 100 000 Bewohnern drittgrößte der hellenischen Oikumene – nach Athen und Syrakus –, war ein angenehmes Winterlager mit gutem Essen, aufmerksamen Zuhörern und silberner Wertschätzung für Musik. Die zweimal verwitwete Tympanistin, kaum jünger als Dymas, bot ihm eine willkommene, dankbar angenommene Liebschaft, deren Leidenschaftlichkeit nicht zu Bindungswut entartete.

Zu den wichtigen und unwichtigen Nachrichten, die im Winter Korkyra erreichten, gehörten erste Andeutungen des beginnenden Preisverfalls in den Städten der asiatischen Küste und in Athen; ferner die nur für Eingeweihte fesselnde Botschaft aus der Schule des Aristoteles, daß es dem Mathematiker und Astronomen Kallippos mit Hilfe des allseits bewanderten Philosophen gelungen sei, die himmlischen Sphären abzustecken und die Bahnen der Planeten zu berechnen. In Athen hatte der Fürst der Odrysen, Rhebulas, ein Bündnis gegen Makedonien erreichen wollen, war aber am beredten Widerstand von Demosthenes und an den Besorgnissen der übrigen gescheitert. Die zahlreichen Makedonenfeinde Korkyras – etwa neun Zehntel der Bevölkerung, wie überall in Hellas – spöttelten über die Nachrichten aus dem fernen Osten: Widerstand des Adels gegen Alexanders Barbarisierungspolitik, Hinrichtung des Philotas wegen einer Mordverschwörung, Ermordung seines Vaters Parmenion; gleichzeitig nahm man mit zähneknirschender Bewunderung zur Kenntnis, daß der junge König sich offenbar durch nichts aufhalten ließ, das persische Großreich weiter zügig eroberte und unterwarf, die Satrapien Areia, Drangiane und Arachosien botmäßig machte – Gegenden, von deren Lage man bestenfalls verschwommene Vorstellungen hatte. Genauer waren die Kenntnisse, was näherliegende Landschaften und Verhältnisse anging; so löste es durchaus Unbehagen aus, daß Alexanders Schwester Kleopatra fluchtartig unter den Mantel des Antipatros heimgekehrt war – die epeirotische Nachbarschaft Korkyras stand nun unter der herben Herrschaft von Olympias, über die man sich zahllose grimmige Geschichten erzählte, allesamt vermutlich erfunden, allesamt im Kern jedoch wahr.

Diese Änderung bewog Dymas dazu, die vorgesehene

Landreise nach Dyrrhachion aufzuschieben und erst im Frühjahr mit einem Frachtsegler die Hafenstadt aufzusuchen, wo er gestorben und wiedergeboren war. Es gab dort kaum Änderungen; Aristippos ächzte wie viele über den Verfall des Geldes und die Teuerung des Lebens. Dennoch schien Dyrrhachion nicht so schwer getroffen wie etwa Athen; es mochte an der Entfernung liegen und daran, daß ein großer Teil des Handels hier mit dem illyrischen Hinterland als Tauschgeschäft abgewickelt wurde, ohne Geld. Aber seit im Vorjahr Antipatros, der die Hände wieder einigermaßen frei hatte, mit einigen Reitern und Hopliten bei den Taulantiern zu Besuch gewesen war, lag Dyrrhachion der übrigen Oikumene näher als je zuvor: Die Straßen waren frei von Räubern, es gab nur noch die von Pella festgesetzten Abgaben, keine Wegezölle für struppige Bergfürsten, und Aristippos erzählte mit leisem Kichern, die Hexe von Epeiros habe die Ausdehnung der makedonischen Ordnung sehr unwirsch aufgenommen, da sie einer Ausdehnung ihrer Unordnung nach Norden den Vorzug würde gegeben haben.

Dymas mied die epeirotische Grenze; seine Erinnerungen an Olympias und ihre wechselnden Mienen legten ihm die Entfernung nahe. Langsam, meist allein, manchmal mit Händlern oder kleineren makedonischen Streiftrupps, wanderte er in Schlangenlinien nach Osten und erreichte im Herbst makedonisches Kernland. Über Beroia, Aigai und Aloros kam er nach Pella.

Von Antipatros hörte er Einzelheiten über jene asiatischen Todesfälle und erfuhr Neues. Bessos, Satrap von Baktrien und Sogdiana, hatte im vergangenen Jahr den fliehenden Dareios ermordet und sich unter dem Namen Artaxerxes zum neuen Großkönig gemacht – ein Titel, den Alexander selbst anstrebte. Nach allerlei Kleinkrieg, Vorstößen und Rückmärschen war es einer Heeresabteilung unter Führung des Lagiden Ptolemaios gelungen, Bessos' Truppen aufzureiben, ihn selbst zu fangen und Alexander zu übergeben, der ihn nach Ekbatana sandte, wo er auf des Königs Befehl zu Tode gefoltert wurde.

»Er ist jetzt König von Makedonien, Großkönig von Asien, immer noch *hegemon* des Bundes. Im Moment treibt er sich, soweit ich weiß, am Nordwestrand der Welt herum, in der skythischen Steppe. Er hat die Flüsse Oxos und Jaxartes überschritten, von denen wir eigentlich nur wissen, daß sie irgendwo fließen. Da soll es einen Ort geben, Sa-Marakanda oder so ähnlich, wo hin und wieder gelbhäutige Händler mit schmalen Augen Seide verkaufen.« Der Stratege hob die Schultern. »Früher oder später werden wir mehr wissen; seine Geographen sind sehr gründlich.«

Dymas zögerte mit der Frage, die er vor allem stellen wollte. Antipatros betrachtete ihn unter herabgezogenen Brauen.

»Na, spuck's aus, Kitharode.«

»Wenn du willst ... Ich habe mich seit langem gefragt, was der Stratege von Europa, der edle Makedone Antipatros von den Unternehmungen des Königs halten mag. Wie sich die Treue des Antipatros ... nein, anders: Ob es zwischen dem Ausmaß der Treue des edlen Antipatros und den verschiedenen Todesfällen in Asien eine Wechselwirkung geben mag.«

Der Stratege schnaubte; er kratzte sich den kahlen Schädel und blickte zur Fensteröffnung. Er schien auch die Fensteröffnung anzureden, als er sprach.

»Man muß gewisse Dinge trennen. Mein Sohn Kassandros, der sich mit Alexander nie gut vertragen hat, taugt nicht viel, wie ich immer wieder feststelle, wenn ich ihm größere Aufgaben übertrage. Aber er ist mein Sohn. Ich möchte, daß er lange lebt und ruhig stirbt.« Er seufzte. »Wechselwirkung? Sicher nicht; Dinge in Asien wirken auf meine Treue ein, aber nicht umgekehrt – oder doch? Ich sorge für Ruhe und Frieden und schicke Verstärkungen; das ist eine Wirkung der Treue. Aber« – nun wandte er sich Dymas zu, als ob er das Fenster lange genug betrachtet hätte – »ich halte mehr Macht in Händen als je ein Hellene; oder Makedone – außer *ihm* natürlich. Solange er den Rand der Welt erforscht, ist dies mein Reich: von Dyrrhachion bis Byzantion, von Thrakien bis zur Südspitze der Peloponnes. Kein Athener, Spartaner oder Thebaner, nicht einmal mein Freund Philipp hat je soviel Macht besessen, Dymas. Und überall ist Friede, erzwungen durch mein Schwert. Ich lasse den Städten ihre Freiheit nach innen und schreibe ihnen nicht vor, mit wem sie Handel treiben sollen. Ich setze schlechte Richter ab; ich habe fast alle Wegelagerer getötet. Trotz der Teuerung muß niemand wirklich hungern; Alexanders Getreide wird sorgfältig verteilt, und meine Leute sorgen dafür, so gut es geht, daß keiner sich durch Horten und späteren Verkauf bereichert.«

»Eine feine Rechtfertigungsrede für etwas, das keiner Rechtfertigung bedarf, Stratege. Aber keine Antwort.«

»Er ist wahnsinnig; was seine unvergleichlichen Fähigkeiten nicht mindert. Parmenion war mein bester und ältester Freund; was soll ich seinem Mörder gegenüber empfinden?«

Dymas nickte sanft. »Manchmal frage ich mich, ob ein Teil seiner Fähigkeiten des düsteren Wahnsinns bedarf, um bestens angewendet zu werden.«

Antipatros hob die Schultern. »Das ist Mystik. Mein Geschäft ist die Wirklichkeit. Das beste Heer der Oikumene unter Führung eines wahnsinnigen Mörders, der zufällig König und größter aller Strategen ist, erschließt dem Handel und der Auswanderung Länder, von denen keiner je gehört hatte. Die Welt wird verwandelt; selbst mir fällt es heute schon schwer, den Anfang, den Philipp mit mir und Parmenion und einer Handvoll Krieger machte, das zertrümmerte und hilflose Makedonien ... selbst mir erscheint es wie ein ferner, böser Traum, Dymas, und wer von denen, die heute fünfzehn oder zwanzig sind, soll es glauben?«

»Und deine Treue?«

Antipatros stand auf, schob den Stuhl mit den Knien zurück und stützte sich auf die Tischplatte. »Meine Treue? Den Frieden hüten, damit die Menschen in ihren Betten schlafen und zur festgesetzten Zeit sterben können. Meine Treue gilt Makedonien – und Hellas; das hängt zusammen. Der König verkörpert Makedonien; insofern gilt meine Treue ihm. Aber er ist weit. Er schickt Gold, ich schicke Männer; er erobert Neues, ich hüte das Alte.«

»Könntest du ...«

Antipatros hob die Hand. »Sprich nicht weiter; es gibt Dinge, die nicht einmal hier, unter uns, gesagt werden müssen. Wer wird sich gegen einen wahnsinnigen Gott auflehnen, der dabei ist, Herr der Welt zu werden? Die Möglichkeit, den Nabelstrang des Nachschubs abzuschneiden, die Parmenion vielleicht erwogen hat, ist vorbei. Er hat Asien; er braucht makedonische Kämpfer, weil sie die besten sind. Aber wenn er sie nicht bekäme, könnte er auch mit Asiaten weitermachen. Früher oder später wird er mit Asiaten weitermachen. Ich will nicht, daß er eines Tages, falls er je vom Rand der Welt heimkehrt, mit asiatischen Kriegern Hellas und Makedonien erobern zu müssen meint. Es wäre das Ende ... Deshalb, Dymas, meine Treue.«

»Und wenn er doch eines Tages aus dem Osten zurückkäme? Wenn er dann beschlösse, dich zu sich zu rufen, Pella einem anderen zu übertragen?«

Antipatros bleckte die Zähne. »Und mich Parmenion hinterherzuschicken, nicht wahr – das meinst du doch? Ich bin ein alter Mann, Dymas; voriges Jahr war ich siebzig. Alte Männer werden manchmal sehr krank; so krank, daß sie nicht reisen können.«

Lieder und Liebschaften; das war für Dymas der Winter in Pella. Im Frühjahr reiste er über Land nach Byzantion, von dort im Sommer mit einem musikliebenden Handelsschiffer nach Athen. Die Nachrichten aus dem Osten waren wirr; man hörte vom erfolgreichen Kleinkrieg eines Fürsten namens Spitamenes und den wachsenden Schwierigkeiten des Königs. Der Verfall der wirtschaftlichen Werte in der Oikumene nahm immer noch zu; Preise und Mieten hatten sich verdreifacht und stiegen weiter. Im Spätsommer und Herbst liefen in Athen die wildesten Gerüchte um: Verluste des Heeres im Osten, Schwierigkeiten Alexanders mit seinen Offizieren und Männern, die Ermordung des Strategen Kleitos durch des Königs eigene Hand, Aufstände und Erfolge der Barbaren, Unruhe in den näheren Satrapien, von Antigonos dem Einäugigen und den anderen Zuständigen nur mit Mühe unterdrückt. Hypereides, den Antipatros ebenso gewähren ließ wie alle anderen, redete von Freiheit und Erhebung gegen das Joch; ausgerechnet Demosthenes sprang seinem alten Widersacher Demades bei, als dieser Hypereides im Rat angriff. »Daß du dies sagen kannst, Hypereides, zeigt deine Freiheit; bist du gefesselt? Geknebelt? Nein, du läufst herum und redest Unsinn. Und du machst gute Geschäfte, trotz der Teuerung. Ist es denn nicht wahr, edler Hypereides, daß deine Werft im letzten Jahr elf Trieren für Antipatros gebaut hat, gegen gutes Gold?«

Demosthenes, der wie üblich mehr wußte, unterbrach an dieser Stelle Demades. »Nicht nur das, nicht nur das. Es gibt da zwei Waffenschmieden, nicht wahr, Hypereides? Sie gehören einem Hippias, soviel ich weiß – dem Mann deiner Nichte. Hippias hatte aber nie das Geld, große Waffenschmieden zu betreiben. Kann es sein, o Hypereides, daß du es ihm geliehen hast, damit deine Nichte nicht hungern muß? Daß er eigentlich nicht Herr, sondern Geschäftsführer von Betrieben ist, die dir gehören, edler Mann – und die gute Schwerter, Pfeilspitzen und Lanzenköpfe liefern: nach Asien, Freunde, Nachschub für Alexanders Heer!«

In einer Schänke des Kerameikos-Viertels, wo die Vorherrschaft einheimischer Dirnen und Schläger vom Zustrom mindestens ebenso kundiger Frauen und Männer aus den Städten Asiens bedroht wurde, traf Dymas den riesigen Luwier wieder, den er vor Jahren im Hafen von Pella gesehen hatte. Nhiyar erinnerte sich natürlich nicht an den einen neugierigen Zuschauer von damals; Dymas überlief es kalt, als er das kleine Mädchen sah, das schon damals mit dem Riesen gegaukelt und Musik gemacht hatte und ihm in einem wirren Traum als Zwerg erschienen war. Der Riese und die Zwergin ... Und sie war genau dies, eine alte, runzlige Frau, immer noch beweglich, immer noch musikalisch; sie starrte aus Augen wie Zeitbrunnen in die geisterhafte Gegenwart, sprach nicht viel, schlug die Trommel zur Sackpfeife des Riesen, lief mit einer Mütze oder Schale herum, um Münzen einzusammeln, während er seine entsetzlichen, unbeschreiblichen Klänge hervorbrachte. Es war eine Sackpfeife, wie Dymas sie noch nie gesehen hatte: nicht mit dem Mund aufgeblasen, sondern mit einem Blasebalg unter dem Arm aufgepumpt. Die drei Flöten für Dauertöne ließen sich verstellen; die Melodieflöte hatte nicht wie üblich vier, sondern sechs Löcher (und eines für den Daumen) und ließ sich ebenfalls durch Drehen und Ziehen auf andere Tonlagen stimmen.

Zwei Monde lang, im Winter, spielten sie zusammen: die Zwergin mit der Trommel, der Luwier mit der Sackpfeife,

Dymas mit der Kithara. Niemand konnte je das Zusammenspiel mit Tekhnef und dem Doppelaulos ersetzen, aber abgesehen von dieser Erinnerung entstand im athenischen Winter die beste und zweifellos schrägste Musik, an der Dymas je beteiligt gewesen war.

Im Frühjahr trennten sie sich, widerstrebend. Die Zwergin hatte in den vergangenen Monden nicht mehr als vielleicht zwei Dutzend Wörter gesagt; Nhiyars Reden beschränkten sich auf Bemerkungen zum Wetter, zum Essen, zur Musik, hin und wieder unterbrochen oder verzerrt durch vollkommen unbegreifliche und finster-fremdartige Geschichten oder Geschichtsfetzen aus dem Osten, den er irgendwann durchwandert haben mußte. In seiner Erinnerung, oder jedenfalls in seinen Äußerungen, vermengten sich grausige Berichte über Könige verschollener Völker mit Entstellungen babylonischer Sagen und vollendet irrsinnigen Ortsbeschreibungen – unter Athens Akropolis ein Asphodelenhain, in dem der letzte Minotauros Seelen aß und eine schwarze Sonne anbetete; Memphis am Nil, errichtet auf der Grundfläche einer umgedrehten Pyramide, deren Spitze, tief in der Erde, die Götter der Vorzeit in den Kopf der Weltenschlange getrieben hatten, um diese zu lähmen; unter Babylon ein Irrgarten der Zeit mit Falltüren in verschiedene Vergangenheiten und Zukünfte, sowohl wirkliche als auch bloß mögliche; in einer Wüstenstadt ein Tempel der Toten Götter; im Inneren Ägyptens eine Schlucht der giftigen Träume und ein Berg aus süßem Kristall mit einer luftlosen Kammer, wo eine Chimaira im Leeren schaukelte und sich von Hintergedanken ernährte; ein indischer Palast aus grünem Edelstein, dessen Bewohner Giftschlangen und dessen Wände mit gegerbter Menschenhaut verkleidet waren.

Aber die Musik war gut gewesen; und obwohl Dymas oft empfunden hatte, daß er es mit Wesen aus einem anderen oder zumindest geringfügig verschobenen Kosmos zu tun habe, schied er doch mit Bedauern. Als er an Bord eines Schiffs ging, das ihn nach Mytilene bringen sollte, schenkte die Zwergin ihm einen kleinen Stein von sengender Schwärze, glatt und auch nachts zu sehen, der sich in seinen Träumen unerträglich vervielfachte, so daß er ihn kurz vor Lesbos ins Meer warf; der Luwier gab ihm eine Münze aus seltsamem Metall, schwerer als Gold. Sie zeigte keinerlei Prägung; beide Seiten waren leer. »Gesicht von Wind«, sagte Nhiyar. »Winddrachme. Weht uns zusammen, wenn du hochwirfst.«

Mytilene, Sardeis, Klazomenai, Ephesos, Milet; Zuhörer, die ihr Vergnügen durch Silbermünzen von stetig sinkendem Wert ausdrückten, andere Musiker, andere Schänken, Frauen, Gerüche, Speisen; im Sommer eine Begegnung mit Antigonos Monophthalmos, von dem er über Alexanders Neuordnung des Heeres hörte, die Erfolge der selbständigen kleinen Einheiten, die endgültige Unterwerfung des östlichen Iran, die Vermählung mit der unvergleichlichen Roxane, den Widerstand von Hellenen und Makedonen gegen fortschreitende Barbarisierung und Einführung der *proskynesis* sowie andere Feinheiten persischer Hofgebräuche – Widerstand, gebrochen durch Hinrichtung des scharfzüngigen Kallisthenes und anderer Männer, dann Aufbruch über die Grenzen der Oikumene nach Indien. Antigonos sprach vorsichtig; seine Aufgabe sei es, die Dinge in Phrygien zusammenzuhalten, zu verwalten, die Verbindungen zu ermöglichen, Nachschub zu senden. Er erwarte nicht, den König je wiederzusehen, dessen unbändiges Sehnen nach dem Randsaum des Kosmos man kenne. Wenn, wie manche sagten, die Erde keine Scheibe, sondern eine Kugel sei, werde Alexander eines Tages, im Osten verschwunden, von Westen wieder auftauchen; bis dahin gelte es, die Ordnung zu hegen, den Wohlstand zu mehren und die Sicherheit des Besitzes zu hüten.

Wie alle anderen Satrapen, Festungsherren und sonstigen Gebietsstrategen war Antigonos längst dazu übergegangen, eigene Söldner zu werben und in Phrygien waffentüchtige Männer auszuheben.

»Die Anzahl der Menschen in Makedonien ist begrenzt«, sagte der Einäugige. »Sie sind durch Überlieferung, Erziehung, Ausbildung und Veranlagung ohne Zweifel die besten Kämpfer, aber Antipatros braucht einige, die übrigen schickt er dem König, und was für uns bleibt, reicht nicht.«

»Was macht ihr – du und die anderen – eines Tages, wenn Alexander tatsächlich zurückkommen sollte und sein Heer entläßt oder auf die Satrapien verteilt?« sagte Dymas. »Dann hättet ihr doch zu viele – Söldner und andere.«

Antigonos winkte ab. »Wenn, wenn, wenn. Söldner kann man mieten und entlassen; darüber werde ich nachdenken, wenn es soweit ist. Falls es je dazu kommt.«

Im Herbst reiste Dymas weiter nach Norden, zur Küste des Euxeinischen Meers; den Winter verbrachte er in Sinope. Nachrichten aus Indien rissen nicht ab, aber irgendwie mochte niemand ihnen Glauben schenken. Es lag jenseits der Grenzen der von bekannten Völkern bewohnten Welt; Händler und Krieger waren bekanntlich unzuverlässig, was ihre aufgeblasenen Geschichten anging; goldhaltige Flüsse, Kämpfer auf Elefanten, nackte Philosophen, die ihr Leben lang auf einem Bein standen, Bernsteinpaläste, sprechende Schlangen – nett, wie der Bericht des Homeros über Odysseus in der Unterwelt. In Wahrheit war der König längst tot, oder zu den Göttern entrückt, oder in einem Weinfaß ertrunken samt seinem Heer, außerdem hatte er sich mit einer hundertbrüstigen Barbarin vermählt, die ihm zweifellos bald einen dreiäugigen Sohn gebären würde, und seine Satrapen hätten sicher gute Gründe, bestimmte Dinge zu erzählen und die Leute zu Gehorsam, Arbeit, Ruhe und Entrichtung von Abgaben zu zwingen.

Mit einem Wollhändler und seinem langsamen Frachter segelte Dymas im Frühjahr über das Meer zum sagenhaften Kolchis, nördlich des Kaukasischen Gebirges, wo er feiste Schafe vorfand und wohlgenährte Menschen, aber keine goldenen Vliese. Zu Schiff kehrte er zurück nach Sinope, von dort durchquerte er das sommerheiße Kappadokien nach Süden. In Gordion bedachte er, daß der König, wenn er denn noch lebte, nun im unglaublichen Indien seinen dreißigsten Geburtstag begehen mochte, und ihn schauderte bei der Überlegung, daß Alexander wie Parmenion siebzig werden oder, wie Antipatros, die siebzig überschreiten könnte. Vor zehn Jahren – wirklich erst vor zehn Jahren, nicht vor einem Jahrhundert? – war in Aigai Philipp ermordet worden. Athens Flotte, das persische Großreich bis zum Hellespont und zum Nil, Theben und Thrakien und Sparta, Phönikien und Babylon – und Alexander hätte noch viermal zehn Jahre?

Im Herbst erreichte er Tarsos; zwei Tage nach seiner Ankunft wurde er in den Palast geholt, wo Harpalos Herbst und Winter verbrachte. Der hinkende Makedone hatte sich verändert und war doch gleich geblieben. Der eiskalte Kopf, der dem Wohlleben ergebene Leib, wahrhaft asiatisches Schwelgen in allen Dingen – aber etwas war anders. Es dauerte lange, bis Dymas auch nur in Umrissen begriff, daß es Angst war.

Der Hüter der Schätze ... Sein eigentlicher Sitz war Babylon, aber vermutlich mißfielen ihm die dortigen Winter, oder es gab gute Gründe, einen Teil des Jahres in anderen Gegenden des Riesenreichs zu verbringen und die Steuerpächter und Zolleinnehmer zu prüfen.

Harpalos bewirtete ihn, lauschte der Musik und den Liedern, immer zusammen mit seiner Gefährtin, einer ehemaligen athenischen Dirne namens Glykera. Von ihrer Vorgängerin, der verstorbenen Pythionike, hatte er einen Sohn. Dymas erinnerte sich an das Haus außerhalb von Megara; welche Kniffe, welche unerhörten Kunstfertigkeiten mußte Glykera besitzen, mußte Pythionike besessen haben, um Harpalos zu binden? Es gab andere Frauen im Palast, Sklavinnen und Freie, und Harpalos bot sie Dymas ebenso an, wie er selbst Gebrauch von ihnen machte; er genoß es, Glykera gelegentlich beim Treiben mit stämmigen Sklaven oder anderen Frauen zuzusehen; aber wenn sie mit den Fingern schnippte, sprang er. War es Angst? Angst vor Glykera?

Dymas verbrachte den Winter in Kilikien, meistens in Tarsos, reiste allenfalls ein wenig an der Küste umher. Die Erträge der Musik waren vorzüglich; Karchedons Schuldverschreibungen hatte er nie antasten müssen und hegte sie. In einer stürmischen Frühlingsnacht, die er wieder in Harpalos' Palast verbrachte, kam es zu einer merkwürdigen Halbenthüllung.

Laßt mich, Götter, im achtzigsten Jahr, nach wüstem Gelage,
lustvoll erschlafft schon vor Tisch durch ergötzliches Spiel mit
zwei Dirnen,

satt vom köstlichsten Braten, taumelnd vom edelsten Wein,
reichlich gelabt auch durch witzige Worte und wildes Gelächter
mit einer Schrift in der Hand schleunig beim Scheißen
verrecken.

Dymas sang dies nach wüstem Gelage, ergötzlichem Spiel und sattem Taumel; Glykera kicherte schrill und stieß Harpalos beinahe von der breiten Liege. Der Makedone setzte sich auf; er war nackt bis auf den Leibschurz, und wieder sah Dymas die mühelosen Bewegungen, das Spiel harter Muskeln unter dem täuschenden Fett.

»Im achtzigsten Jahr?« murmelte Harpalos. »Beim Scheißen? Fürwahr, Freund, ein göttlicher Wunsch. Die Erfüllung wird nicht vielen beschieden sein.«

»Du sprichst so ernst – als ob du an dich dächtest. Was sollte dein Fortleben verhindern?«

Harpalos schwieg; Glykera legte ihm eine Hand auf die Schulter.

»Sein Fortleben?« sagte sie, plötzlich nüchtern, mit harter Stimme. »Harpalos, Sohn des Machatas, aus climiotischem Fürstenhaus, edler Makedone, vermählt mit einer athenischen Dirne – willst du fortleben? Wie andere edle Makedonen? Parmenion, zum Beispiel, oder Philotas, oder Nikanor? Kleitos der Schwarze, Lebensretter des Königs? Weiterleben wie des Aristoteles' Neffe Kallisthenes? Es gab viele kluge Männer, Dymas, wie du weißt – wie ganz besonders du weißt. Männer, die unter der Leitung des listigen Korinthers schon für Philipp gearbeitet haben, die für Alexander unschätzbare Kenntnisse beschafft, die durch das richtige Wort und die richtige Münze tödliche Hindernisse beseitigt haben. Antigonos – er zittert in Phrygien, hofft, daß Alexander nie heimkehrt. Nearchos – er ist aufgebrochen mit Verstärkungen; lebt er noch? Ptolemaios – er ist beim König, träumt Alexanders Träume, hütet Alexanders Rücken, wie Seleukos und Leonnatos und Laomedon. Sie sind sicher; noch sind sie sicher. Sie denken seine Gedanken, das macht sie gewaltig und winzig und läßt sie leben. Wer andere Gedanken denkt, eigene, mag noch so gewaltig gewesen sein, er ist jetzt tot. Parmenion. Philotas, Führer der Hetairen. Nikanor, sein Bruder, Führer der Hypaspisten. Kleitos, vielleicht der beste Mann des Heeres nach Parmenion, vielleicht der beste Mann des Demaratos. Demaratos, jählings an Alter gestorben. Erigyios, Bruder Laomedons, mit Alexander von Philipp verbannt, an einer rätselhaften Krankheit gestorben zu der Zeit, da auch Kallisthenes starb, hingerichtet. Drakon der Heiler, kluger Kopf, Freund des Demaratos, verschollen? Sterben alle, die mehr wissen, als der König gestattet? Überleben nur die, die ihm morgens und abends die Füße küssen und ehrfürchtig seine Worte wiederholen? Die Jugendfreunde, die Verbannten, schienen sicher, nicht wahr? Alexanders Liebe und Treue, oder? Ptolemaios, Laomedon, Harpalos, Nearchos, Erigyios. Einer fehlt schon – Erigyios, der den Satibarzanes im Zweikampf tötete und so die Satrapie Areia rettete. Ah, auch er wollte nicht knien, nicht den Boden küssen vor dem König der Könige.«

»Ist es so?« sagte Dymas; er beobachtete den Makedonen.

Harpalos verzog keine Miene. Die kalten Augen tasteten in weiter Ferne nach etwas, das Dymas nicht benennen konnte; es mochte durchaus die Idee eines achtzigsten Lebensjahrs sein.

»Ich habe seine Schätze gemehrt und verwaltet«, murmelte er plötzlich, immer noch scheinbar ohne Regungen. »Ich habe seinen Rücken gesichert und Babylonien gehegt. Ich habe, wie er es wollte, Getreide nach Athen geschickt, als dort der Hunger drohte, und nun hat mir zum Dank dafür Athen das Bürgerrecht verliehen. Wenn Alexander wiederkehrt, wenn ich vergesse, daß ich Freund und Gefährte bin, Makedone wie er – wenn ich mich erniedrige und *proskynesis* vollziehe, seine Füße lecke – wird es mich retten vor der Last des Wissens, vor dem Makel, Athener durch Verleihung geworden zu sein?«

»Was wirst du tun?«

»Man trifft Vorkehrungen.« Harpalos lächelte; es war das Lächeln eines Raubfischs. »Man verhandelt mit diesem und jenem, bespricht sich mit anderen, die in ähnlicher Lage sind. Es gibt ... Söldner, die nicht vom Reich, sondern von Personen bezahlt werden, verstehst du?«

»Wie viele Söldner?«

Harpalos hob die Schultern. »Elftausend hat Antigonos.

Ich bin bescheiden; ich habe sechstausend, hier und da, gut verteilt; ein paar Schiffe; ein paar Münzen. Man wird sehen. Wahrscheinlich kommt er ohnehin nicht zurück – oder in zwanzig Jahren von Westen.«

Aber dann *kam* er zurück, irgendwann, als Dymas die Eigenheiten kretischer Schänken und Frauen erforschte. Die Berichte überstürzten sich – abgesetzte oder gleich hingerichtete Satrapen; die Flottenfahrt des Nearchos, der Wüstenmarsch der sterbenden Krieger, die in Indien gewagt hatten, dem König zu trotzen; wüste Geschichten aus indischen Dschungeln, wo Alexander sich nachts in einen Tiger verwandelt und aufsässige Offiziere gefressen hatte. Harpalos, mit Glykera und seinem Sohn von Pythionike, mit 6000 Söldnern und 5000 Talenten, mit 30 Trieren: Er verließ Tarsos, fuhr nach Kypros, nach Kreta; jemand wollte wissen, er habe auf hoher See mit Karchedoniern verhandelt, die jedoch nichts tun wollten, was Alexanders Aufmerksamkeit oder Zorn hätte erregen können. Harpalos fuhr nach Athen, aber Demosthenes, immer schon Verfechter der makedonischen Sache, wie er nun behauptete, brachte den Rat dazu, Harpalos das Betreten der Stadt, ja selbst das Einlaufen in den Hafen nicht zu gestatten. Später hörte Dymas, der listige Makedone habe seine Schiffe und seine Söldner nach Tainaron geschickt; unbewaffnet – außer mit Geld – durfte er dann Athen betreten. Dreifach wurde seine Auslieferung verlangt: Olympias wollte ihn in Epeiros haben, Antipatros in Pella, Alexander in Babylon; Demosthenes wollte ihn festnehmen lassen und sein Geld beschlagnahmen, aber Harpalos kannte zu viele Athener mit zu vielen dunklen Seiten und hatte zu viel Geld; als er Athen verließ, blieben nur etwa 350 Talente zurück. Aber auch diese verschwanden, geheimnisvoll; Demosthenes feierte ein teures Fest und wußte nichts. Noch später erfuhr Dymas das Ende der Geschichte: Harpalos begab sich nach Tainaron, wo aber nur noch ein Teil seiner Söldner wartete. Mit diesen fuhr er nach Kreta, und dort wurde er aus unbekannten Gründen von einem seiner Offiziere namens Thibron ermordet.

Nach dem Ende von Alexanders Rachegerichten in Susa

und den Ruinen von Persepolis beschloß Dymas, sich in den Osten zu begeben. Seine Beweggründe waren ihm selbst nicht ganz klar. Mehr als zehn Jahre lag jene schreckliche Nacht vor dem Granikos-Kampf zurück; der Makedone hatte die Welt verändert; wenn Hamilkar sich nicht irrte, würde es nun einen Zug nach Westen geben, der noch furchtbarer und blutiger werden mußte als der asiatische. In Karchedon saß kein zaudernder Dareios. Dymas verspürte den undeutlichen Wunsch, den König noch einmal zu sehen, am liebsten aus der Ferne; und den sehr deutlichen Wunsch, weit im Osten zu sein, wenn Alexander in den Westen zog.

Etwa eine Tagesstrecke vor Sidon, auf offener See, geriet der Segler in eine Flaute. Dymas stand an der Bordwand und betrachtete, verzückt und versunken, das Spiel der Delphine, die in verwirrenden Kreisen um das Schiff zogen, sich näherten, über- und untereinander hinwegtauchten, immer wieder die Köpfe hoben, aus dem Wasser sprangen; sie schienen ihn anzulachen. Er riß sich von dem Anblick los, ging zum Koch, nahm einen Holzeimer mit Essensresten und Abfällen, stopfte sich die auf seinen Chiton genähten Taschen voll mit Brotstückchen und verbrachte eine selige halbe Stunde damit, die wunderbaren Tiere zu füttern. Mit der letzten Handvoll Brotkrümel, die er ins Meer warf, flog jene seltsame Scheibe, die der Luwier ihm gegeben hatte. Dymas bemerkte es zu spät; er sah das Blitzen des Metalls, nicht aber den Einschlag im aufgewühlten Wasser.

Phönikien war in diesem Herbst ein brodelnder Topf, überfließend von Menschen, Gerät, Meinungen, Gerüchten und Geld. Harpalos' Flucht war nahezu grenzenlos unbedeutend, verglichen mit anderen Ereignissen und Nachrichten. Alexander hatte in Susa, oder Ekbatana, oder Opis, oder irgendwo sonst erste Anweisungen für die kommenden Jahre gegeben. Ägypter sollten in Syrien angesiedelt werden, Hellenen in Phönikien und Babylonien, Phöniker – vor allem Baumeister, Werftarbeiter, Tauschläger, Segelmacher – zu Tausenden nach Babylon gehen. Innerhalb eines Jahres wollte der Makedone, Asiens Herr, nicht weniger als 1000 Dreidecker bauen lassen, etwa zur Hälfte in Phönikien, auf Kypros und anderen Inseln, zur anderen Hälfte von phönikischen Fachleuten in Babylon. Neben den 1000 Trieren wurden, den Anweisungen gemäß, Riesenmengen kleinerer Einheiten benötigt, Lastschiffe, Versorgungsschiffe, Aufklärungsschiffe, neu zu bauen oder in gutem Zustand zu stellen oder zu erwerben, von den verschiedenen Verwaltungen. Alle Verbannten außer den Thebanern sollten in alle Heimatstädte heimkehren; alle, denen es dort nun zu eng wurde, sollten nach Persien und Babylonien kommen. Aus dem heimgekehrten Heer wurden Tausende Söldner entlassen; Alexander hatte ebenso die Satrapen angewiesen, ihre eigenen Söldnerheere aufzulösen – die Sicherheit des Reichs sei durch Niederwerfung aller Feinde gegeben, die zahllosen kleinen Heere nicht mehr nötig. Ganze Ortschaften zogen um, brachen auf zu langen Märschen, und Fremde, die nie etwas von dem Ort gehört hatten, wurden von makedonischen Beamten dort angesiedelt. Der Warenaustausch zwischen Osten und Westen, Hellas, Babylonien, Persien und Ägypten hatte sich verzehnfacht; gleichzeitig nahm die Zahl der für Karawanen verfügbaren Pferde immer stärker ab, da das neue Heer des Königs Reit- und Lasttiere brauchte. Als Dymas in Sidon an Land ging, hörte er von mehreren großen Tierfängerzügen, die im Inneren Arabiens Kamele für Heer und Handel beschaffen sollten.

Männer, die aus dem Osten kamen, berichteten von den zwiespältigen Stimmungen in Alexanders Umgebung. Es gab, sagten sie, auch unter den Kämpfern viele, die den grauenhaften Marsch durch die gedrosische Wüste als gewollte Strafe, als Mordanschlag Alexanders ansahen; aber je länger der Marsch zurücklag, desto stolzer wurden die Überlebenden: Sie hatten, mit ihrem göttlichen Führer, die größte und schrecklichste aller Herausforderungen bestanden und fragten nicht mehr, wer da wen oder was herausgefordert haben mochte. Von der Massenhochzeit zu Susa wurde berichtet, von der zwangsweisen Vermählung auch einfacher Kämpfer mit asiatischen Frauen und Mädchen. Vom Schuldenerlaß – Alexander beglich alles, was seine Krieger den Händlern und Geldverleihern schuldeten, aber dazu mußten Listen angefertigt werden, und die Hopliten waren zunächst mißtrauisch. In Asien hatten sie zu oft erlebt, daß andere Listen angefertigt wurden, daß Männer, deren Namen auf derlei Listen standen, spurlos verschwanden oder zu Unternehmungen gesandt wurden, die nur mit ruhmreichem Tod enden konnten. Vielleicht war ja auch diese angebliche Schuldenübernahme nichts als eine weitere Todesliste. Später priesen sie dann wiederum den Herrscher, der wirklich alle Schulden übernahm, alle Kinder – Mischlinge – zu versorgen versprach, die alten Kämpfer reich beschenkte.

Dann kamen die Geschichten von der Meuterei der Makedonen, die nicht in die Heimat geschickt werden wollten; von der Versöhnung; vom Abmarsch der Elftausend unter Krateros. Mit gemischten Gefühlen hörte Dymas – da spielte er in den Schänken von Berytos –, daß Krateros in Pella die Nachfolge des alten Strategen für Europa antreten sollte, und daß Alexander Antipatros nach Babylon bestellt hatte.

Die nächste Katastrophe, im späten Herbst, als Dymas von Jerusalem zurück nach Sidon reiste: In Ekbatana starb Hephaistion, offenbar an Erschöpfung und Trunksucht, nach mehrtägigem Gelage. Da niemand sonst im Heer den Tod des Hochmütigen beklagen mochte, trauerte Alexander desto mehr und desto maßloser um Patroklos und Enkidu, schloß sich wieder tagelang von allen ab und brach anschließend, um die gestaute Trauer und Energie abzulassen, zu einem überflüssigen Feldzug gegen das Bergvolk der Kossaier östlich von Susa auf, die er in wenigen Tagen fast vollständig ausrottete. Dazu schickte er zwei Gesandtschaften los; die eine sollte im Ammoneion zu Siwah erfragen, ob Hephaistion als Gott zu verehren sei, die andere sollte in Athen göttliche Ehren für Alexander verlangen. Wie man erzählte, enthielt sich Demosthenes jeglicher Äußerung; Demades hingegen soll gesagt haben, wenn es den Makedonen erfreue, als Gott bezeichnet zu werden, so wolle man ihm diese kleine Freude machen – Athen könne es nicht schaden, und den Göttern sei es gleichgültig.

In Sidon wußte man, daß Alexander nunmehr Susa und Ekbatana verlassen und sich zur Vorbereitung des Westzugs nach Babylon begeben würde; Dymas hörte es am dritten Tag in der Schänke, in der er einen kleinen Schlafraum und einen Platz für Musik fand, als er zu Beginn des Winters die

Stadt wieder erreichte. Er ließ sich auf das schmale Lager – Strohsäcke und Felle – fallen, dachte eine Weile nach, folgte den wirren Wanderungen einer Schabe mit den Augen, stand auf, erschlug sie und ging zum Hafen. Er war unentschlossen; eigentlich hätte er nun nach Persien aufbrechen können, um in den Osten zu gelangen, in Alexanders Rükken. Andererseits fragte er sich, ob nicht dem flüchtigen Blick auf den Makedonen ein Ausweichen nach Norden vorzuziehen wäre, nach Hellas, nach Makedonien, nach Thrakien – oder Illyrien. Dyrrhachion ... Etwas wie Heimat steckte für ihn im Namen des Orts, in dem ohne zwangsweise Umsiedlung hundert verschiedene Völker zusammenlebten. Von dort vielleicht in italische Länder, oder weiter nach Norden, zu den Kelten, zu den Völkern der Bernsteinlande ...

Aber im Hafen hörte er, es werde viele Tage lang kein Schiff nach Hellas oder zu den Inseln fahren. Es war die Zeit der Winterwinde, und die meisten Frachtschiffe hatten ohnedies mehr als genug zu tun, des Königs Nachschub von Küstenstadt zu Küstenstadt zu befördern und sich mit den neuen schweren Silberzehnern, Dekadrachmen mit Alexanders Bild, bezahlen zu lassen.

Ein arabischer Karawanenmann, der Kamelfüllen zu einem Händler in Sidon gebracht hatte und um deren geringe Last – Weihrauch – nun mit einem kyprischen Handelsschiffer feilschte, bohrte dem Sänger einen Finger in die Brust.

»Was willst du auf dem Wasser, Fremder? Es ist salzig; man kann es nicht trinken; wenn die Götter gewollt hätten, daß wir dort reisen, hätten sie uns Kiemen gegeben.«

»Das stimmt, Vater der Herden. Aber die salzige Weite ist gut, wenn man sich verlieren will.«

Der Araber lachte. »Wenn du verlorengehen willst, so ist durch den Ratschluß der Himmlischen die Wüste dein Ort. Nirgends kannst du gründlicher verloren sein, und kaum ein Ort macht das Wiederfinden so unmöglich.«

»Die Wüste?« Dymas kratzte sich den Kopf. »Auch Salz und Weite, wie? Und Sand.«

Der Araber hob die Hände. »Herr, Freund, Fremder – du weißt nicht, was du sagst. Golden spiegelnde Verheißungen von Wasser, die sich wie die Güte des Menschen auflösen, wenn du dürstest. Alles Gold, alle Edelsteine der Welt gleißen von der Stirn der Nacht, unerreichbar dem Gierigen und doch in der lauteren Luft zum Greifen nah. Felsen in tausend Farben, geformt wie die Ungeheuer der Tiefe oder die Todesschiffe deines Königs. Wogen – hoch wie deine Gedanken, schwungvoll wie deine Hoffnungen, öde wie deine Aussichten. Alles Salz aller Meere, aus dem Boden gebrannt in tödlichen Senken von mordender Sonne. Die erhabene Unendlichkeit des tausendfachen Sterbens, o Mann der sich verlieren will. Aber auch die Erhabenheit der rettenden Inseln, leuchtend grüne Kleinode mit Quellen und Palmen und Gras. Die Gastlichkeit der Zelte, die Anmut der Wüstentöchter! Ah! Was treibt mich in dieses öde Häusermeer, wozu habe ich die Köstlichkeit aufgegeben um den Anblick von Horden? Weh!« Er fuhr sich mit beiden Händen über das Gesicht; dann grinste er.

»Wie findet man den Ort, wo man sich verliert?«

»Zufällig trifft es sich, daß ich dorthin heimkehre – nicht ganz heimkehre, aber doch ein wenig. Und nichts könnte mich mehr entzücken, als einem weitgereisten Mann, der sich verlieren will und deshalb, da er nie wieder Münzen brauchen wird, alle Welt durch seine Freigebigkeit überwältigt, den Rücken eines Reittieres zu vermieten.«

»Laß uns einen Schluck trinken, Herr der Karawanen. Das sieht nach längerem Feilschen aus, und derlei Dinge betreibt man besser im Sitzen.«

Sie tranken Wein auf der erhöhten Terrasse vor einer Hafenschänke, betrachteten die Masten, die eingerollten Segel, die schaukelnden Rümpfe der Schiffe, sahen das Gewimmel der Menschen um die Stände mit Fisch und Getreide und Früchten, rochen Salz und See und Fisch und Pech und tausendfachen Schweiß.

Die Karawane – Esel, Kamele und zwei Dutzend Männer – hatte Kamelfüllen, Weihrauch und Steinsalz nach Sidon gebracht; mit kyprischem Wein und phönikischem Purpurtuch würde sie in drei oder vier Tagen nach Damaskos ziehen, von dort mit Schwertklingen, Dolchen, Pfeilspitzen und Lanzenköpfen nach Babylon.

»Durch die Wüste, die große syrische Wüste, ahhh. Nichts Göttlicheres als die Wüste, Fremder.«

»Warum gehst du nicht nach Norden, bis zum Euphrat, und dann flußab? Ist das nicht sicherer?«

»Für wen? Auf der breiten Straße wimmelt es von Menschen und Tieren; entlassene Söldner und lausige Händler treiben sich dort herum. Sicher? Ich ziehe die Sicherheit des grellen Himmels, der Sandfluten und des schmalen Weges vor. Außerdem ist er kürzer.«

»Du scheinst den Weg zu kennen.«

Der Karawanenmann hob die Brauen; das helle Tuch auf seinem Kopf tanzte, als ob er mit der gesamten Kopfhaut wackelte. »Jeden Stein, jeden Platz, an dem ein Strauch überflüssig wäre, jede Wasserstelle, und jedes Versteck, das man meiden sollte, weil dort Vipern oder entlaufene Krieger lauern.«

»Auf einem Kamel oder Esel durch die Wüste ...«

»Nachts, Herr – aber auch tags; im Winter ist dies möglich.«

»Wie lange dauert es?«

»Hmt. Drei Monde? Dreieinhalb? Ich weiß nicht, wie lange wir in Damaskos brauchen. Vielleicht bricht sich unterwegs ein Tier den Hals, und man muß die Ladung neu verteilen. Zwischen drei und vier Monde, sagen wir.«

»Was braucht man?«

Der Araber lachte. »Das kommt darauf an, wie sehr und wie bald du dich verlieren willst.«

»Angenommen, ich wollte mich jeden Tag verlieren, jede Nacht wiederfinden und am Ende Babylon sehen.«

»Du brauchst, was du immer brauchst – Decken zum Schlafen, deine übrigen Dinge.«

»Vorräte? Waffen?«

»Ah, bah. Waffen wirst du nicht brauchen, jedenfalls nicht sehr. Vielleicht ein kleines Schwert, einen Bogen, einen Köcher, ein Messer? Vorräte – ich weiß nicht viel über deine Vorlieben, aber wenn du nicht jeden Tag verdorbene Muscheln essen und zu diesem Zweck mitnehmen willst, kannst du dich aus den Vorräten laben, die wir für alle mitführen. Getreide, getrocknete Früchte, Salzfleisch, Wasser, ein wenig Wein.«

»Kommen wir zur schwierigsten Frage. Wieviel?«

»Das ist die einfachste aller Fragen, Herr. Drachmen oder *sigloi?*«

»Drachmen.«

»Hm. Ein gutes Reitkamel kostet soviel wie zwei Sklaven. Die Preise, ach, die Preise; alles ist teurer geworden. Vor fünf, nein sechs, nein sieben Jahren wären es fünf Minen gewesen; heute sind es fünfundzwanzig. Nahrung – für jeden Tag vier Drachmen. Meine Kenntnisse dazu, noch einmal eine Drachme; ich bin heute großmütig, Freund. Sagen wir, hundertzwanzig Tage? Sechshundert, und die Minen ... Dreitausendeinhundert Drachmen.«

Dymas nickte, lächelte, trank seinen Wein aus und stand auf. »Ich wünsche dir eine gute Reise, Herr der Wüstenräuber.«

Der Araber blieb sitzen. »Was ist dein Geschäft, Mann? Kannst du durch irgendeine Fertigkeit zum besseren Gelingen der Reise beitragen?«

»Ich bin Musiker. Kitharist. Und Sänger.«

»Musiker.« Der Karawanenmann knurrte leise. »Es reisen schon Musiker mit; immerhin, vielleicht könnt ihr zusammen ein wenig die Öde lindern. Hm. Sagen wir, für dein gutes Gesicht erlasse ich dir hundert, und für deine Musik ... noch einmal hundert?«

»Ich mache dir ein anderes Angebot. Die zweifellos köstliche Verpflegung soll mir eine Drachme am Tag wert sein; also hundertzwanzig. Dein Kamel will ich nicht kaufen, sondern mieten; sagen wir, noch einmal hundert. Deine Kenntnisse erfahren durch meine Anwesenheit keinerlei Abnutzung, sondern eher eine Bereicherung, denn ich kann dir viele Dinge erzählen. Dafür, und für die Musik, ziehen wir zwanzig ab. Ich biete dir zweihundert Drachmen für den Weg nach Babylon.«

»Ich wünsche dir gutes Gelingen, Fürst der Taschendiebe«, sagte der Araber. »Du vergißt, daß ich teure Lasten verschmähe, damit du reiten kannst – Lasten, die ich in Babylon gewinnbringend verkaufen kann.«

»Du würdest also entweder ein teures Reitkamel durch eine Packlast schänden, oder mich beleidigen, indem du mir ein Packtier zum Reiten anbietest?«

»Ich bin zerknirscht; es war gedankenlos. Dennoch ist dein Angebot eine schlechte Vermengung von zwei Teilen Hohn, einem Teil Schamlosigkeit, einem Teil Plünderei und zehn Teilen stinkenden Geizes. Zweihundert Drachmen! Zweihundert Sandkörner!«

Dymas setzte sich wieder; sie tranken weiteren Wein und feilschten eine weitere Stunde lang. Schließlich schrie der Karawanenmann ihn an:

»Meine Enkel, o meine zahnlosen Vorfahren! Wie soll ich sie gebührend ernähren und bestatten? Du plünderst mich aus, du stiehlst mir das Weiße aus den Augen, du rollst mir die Zehennägel auf! Vierhundertfünfundzwanzig – oder verlier dich auf dem Meer!«

Dymas seufzte und nickte. Daß er immer noch zuviel bezahlt hatte, wußte er nicht erst, als der Araber lächelte und sagte:

»Es ist ein Genuß, mit feinfühligen Männern Geschäfte zu machen. Wo wohnst du?«

Sie verabredeten, daß am Abend vor dem Aufbruch ein Bote Dymas benachrichtigen würde; dann deutete der Händler auf einen der Marktstände.

»Da drüben, die anderen Musiker, die mitreisen. Sie zahlen sechshundert – für zwei.«

Dymas nickte ihm hastig zu, sprang auf und drängte sich durchs Gewimmel. Die Zwergin reichte eben dem Luwier einen großen Fisch, den sie gekauft hatte.

»Dymas! Hast du geworfen Windmünze?« Nhiyar strahlte breit, und die Zwergin Ay streichelte Dymas' rechte Hand.

»Aus Versehen – ich hatte Brot geworfen, um Fische zu füttern, und die Münze hat mich dabei verlassen. Wie kommt ihr hierher?«

»Später. Wo wohn?«

»In einer Schänke, an der Karawanenstraße. Und ihr?«

Nhiyar hielt den Fisch hoch. »Schänken jetzt alle voll. Lager südlich von Stadt. Mitkommen, mitessen?«

Dymas begleitete sie. Vor der Stadt, wo all jene Händler lagerten, die keinen Platz mehr gefunden hatten, stand das geflickte Zelt, neben einem kleinen sauberen Wasserlauf. Nhiyar verschwand und kehrte mit Holz und Laub zurück.

Während er Feuer machte, nahm Ay den Fisch aus, und Dymas erzählte von seinen Reisen. Plötzlich schrie die Zwergin leise; in den zitternden Fingern hielt sie den Geisterstein, den Dymas weit im Norden, vor Lesbos, über Bord geworfen hatte. Und das zerschlitzte Gedärm des Fischs.

Von Damaskos nach Tadmor. Tags blendende Sonne und blinder Sand, nachts heiße Feuer des Lagers und eisige Feuer im Himmel. Was Ay und Nhiyar durch die Wüste trieb, hatte Dymas noch immer nicht erfahren. Sie hatten ihm Orte genannte, Plätze, an denen sie in den vergangenen Jahren gewesen waren, um Musik zu machen und zu überleben. Mehr konnte er nicht aus ihnen herausholen. Später versuchte er, ein gewöhnliches Gespräch für Aristoteles aufzuzeichnen. Es ging etwa so –

Dymas: Aber warum habt ihr Hellas verlassen, ausgerechnet jetzt?

Nhiyar: Mondwind, Mondwind.

Ay: Huii. Ho.

Dymas: Mondwind? Was bedeutet Mondwind?

Ay: Grün. Grüner Mondwind. Götterfurz.

Nhiyar: Sternberste, heißt immer Gott berste, tot.

Dymas: Also, ein Stern ist geborsten, das heißt für euch, ein Gott ist gestorben?

Nhiyar: Barragukh. Brrrm.

Dymas: Und wenn ein Gott stirbt, müßt ihr Hellas verlassen und in die Wüste reisen?

Ay: Hnnn.

Nhiyar: Umwegig denken. Tote Götter sehen.

Dymas: Wo? In der Wüste?

Ay: Wüst, wüst, o wüst.

Nhiyar: Taubs Gegurre, Fischens Geplatsch. Nhiyars Fußgang, ha. Ay berste.

Dymas: Was ist mit Ay?

Nhiyar: Berste, schrumpel. Nix mehr da. Fein. (Er lacht.)

Dymas: Ay – heißt das, du willst sterben?

Ay: (Nickt, lacht, klatscht in die Hände.)

Dymas: Stirbst du gern? Freust du dich?

Ay: Jedemal, immerlich.

Nhiyar: Immer berste, immer wiederkomm. Nhiyar nur einmal, aber langes Gelbes, langes … uh, lang Sein, dann berste.

Dymas: Ihr macht mich wahnsinnig. Ein Stern birst, ein Gott stirbt, Mondwind weht euch übers Meer, Ay stirbt oft und gern, kommt immer wieder, Nhiyar stirbt nur einmal, nach langem Leben?

Ay: Hnnn.

Nhiyar: Berste Ay, berste Ay, wo bei Götter Mondwind. Nhiyar später, Schlangenpalasten.

Dymas: Der liegt in Indien, wenn ich mich an deine Geschichten erinnere. Wollt ihr nach Indien?

Nhiyar: Nhiyar allein, später. Ay Götterberste, Tempel. Brennung. O Pyramidezeit. Du jetzt Kithara!

Ay: Hnnn.

Das uralte Tadmor – immer wieder neu erbaut aus den Steinen des kargen, kahlen Bergrückens nordwestlich der Stadt. Der niemals versiegende Quell des Aphqa, in Becken aufgefangen, in Zisternen gespeichert, in tausend Gräben und Kanälen verzweigt und verteilt, hatte Gras, Gemüse, Getreide und Palmen wachsen lassen, in deren Schatten die hellen Häuser standen: Wohngebäude, Läden, Werkstätten, Ställe, Handelslager, Gasthäuser für die Karawanen. Es gab kleinere Tempel, eine niedrige Mauer, außerhalb der Stadt hohe Grabbauten, in der Mitte eine Agora mit Ratsgebäude, Springbrunnen und Grünfläche. Und es gab im Südosten, auf einer flachen Anhöhe, die wie ein Sockel wirkte, den ältesten Baal-Tempel überhaupt, ein mächtiges, burgähnliches Bauwerk aus riesigen Steinquadern.

Ay und Nhiyar waren in den letzten Tagen immer stiller geworden, ihre wenigen Äußerungen noch rätselhafter. Es schien aber eine innere Sammlung, ein Schweigen der Vorfreude zu sein.

Die Karawane sollte drei Tage in Tadmor bleiben; im Rasthaus gab es genügend Zimmer. Nachmittags hatten sie den Ort erreicht; nach eiliger Reinigung und ein paar Schluck frischen Wassers zerrten Nhiyar und Ay den Kitharisten mit sich, durch den Ort, zum Tempel des Baal.

»Was, bei allen Göttern ... Können wir nicht zuerst etwas essen? Die Agora ansehen? Was sollen wir im Tempel?«

Nhiyar wies in den klaren, heißen Winterhimmel: »Mondwind. Du Geschenk?«

Dymas ächzte, er hatte sein Geld bei sich, das er keinesfalls irgendwelchen Priestern zu geben gedachte. In der Tasche, als er tastete, brannte der schwarze Geisterstein, den Ay ihm ein zweites Mal gegeben hatte, der ihn seither in allen Nächten und allen Träumen plagte. Dymas nickte und kicherte grimmig. »Ja, ich hab ein Geschenk.«

Beim eiligen Gang durch den Ort betrachtete Dymas die Häuser und die Menschen, die mit ihren gewöhnlichen Beschäftigungen befaßt waren. Nichts sah wesentlich anders aus als in vielen ähnlichen Städten; vielleicht ging es insgesamt ruhiger zu, niemand hastete – außer Nhiyar und Ay –, nur hier und da sah er Dinge, die ihn befremdeten. Nicht die weißgekleideten Menschen – Frauen, die Wasserkrüge auf dem Kopf trugen; Männer, die ein Haus bauten; Kinder, die Messer nach einem humpelnden Hund warfen –, wohl aber einige der Läden und Werkstätten. In einer Auslage sah er, oder glaubte zu sehen, fein gemeißelte oder geschnitzte Menschenherzen aus einem tiefroten Stein. Er sah einen Holzschnitzer, der etwas wie einen von innen nach außen gestülpten Menschen herstellte, und vor einem Fleischerladen hing das Gerippe eines Lamms. Es klapperte leicht in der Nachmittagsbrise, und der Schädel wies drei Augenlöcher auf.

Palmen standen am Fuß des Tempelhügels; in ihrem Schatten soffen einige Dutzend Pferde aus Trögen, oder grasten, die Vorderbeine zusammengebunden, auf der weiten grünen Fläche. Die Stufen, die zum Tempel hinaufführten, waren uralt, abgenutzt von Millionen Füßen und zahlreichen Jahrhunderten. Vor zweitausend Jahren, sagte man, hatten in diesem Tempel ein Herrscher von Ur, oder Lagash, oder Kish, und ein ägyptischer Pharao Grenzen und Friedensbedingungen ausgehandelt – eine jener Traum- oder Lügengeschichten, an die Dymas nicht glaubte. Aber die Stufen sahen aus, als wären sie damals schon alt gewesen. Er schaute sich noch einmal um. Etwas störte ihn.

Die Pferde. Reitdecken, Gurte, die Spangen des Zaumzeugs … Es waren Reittiere von Kriegern.

Die Männer, denen die Pferde gehörten, saßen im Schatten der Säulen, im Vorhof. Sie hatten Schwerter, Bogen, Lanzen und Schilde; bärtige, harte Männer, die dort würfelten und tranken, mitgebrachte Vorräte verzehrten und warteten. Sie starrten mißtrauisch zu Ay, Nhiyar und Dymas herüber; einer sagte leise etwas, die anderen brachen in brüllendes Gelächter aus. Phöniker? Was suchten bewaffnete Phöniker im Baal-Tempel von Tadmor?

Um ins Tempelinnere zu gelangen, mußten sie nah an den Männern vorbei. Dymas fing ein paar gemurmelte Worte auf und zuckte unmerklich zusammen. Mühsam beherrschte er sich. Es war Phönikisch, aber nicht das reine Phönikisch der Küstenstädte oder des Hinterlandes – es war das abgeschliffene Phönikisch des Westens, der größten Stadt der Oikumene. Karchedonier.

In der riesigen, kahlen Halle des Tempels stand ein seltsam ausdrucksloser Baal: gigantisch, mit leeren Zügen, aus Gold. Das schräge Dämmerlicht, von dem Standbild gebrochen und vermehrt und versprüht, bildete im Raum Vorhänge, Regenbögen und tanzende Schlieren. Zu Füßen des Gottes, lang ausgestreckt, lag ein Mensch.

Nhiyar kniete – nicht vor dem Gott, wie Dymas annahm. Der Liegende richtete sich auf: ein alter Mann, Priester wahrscheinlich, mit runzligem Gesicht, schwarzen Zähnen, schwarzem Gewand. Nhiyar murmelte etwas; Dymas wollte nähergehen, aber Ay hielt ihn an der Hand zurück.

Nhiyar reichte dem Priester einen Beutel. Der Alte nahm ihn, wog ihn in der Handfläche, drehte sich um und schlurfte zu einem schweren schwarzen Vorhang. Ay zupfte; sie folgten und traten in einen fast kreisrunden Gang, kaum beleuchtet von zwei Fackeln. Der Priester ging voran, zu einer Biegung, dann eine Treppe hinab, die älter schien als die Stufen draußen. Am Fuß der Treppe, die sich zweimal um sich selbst drehte, kamen sie in eine große Kammer mit Tischen, Bänken, Liegen und Öllampen. Drei kaum jüngere Priester hockten auf dem Boden vor einem kleineren Standbild des Gottes.

Der Alte ließ den Beutel klirrend auf einen der Tische fallen und murmelte etwas; dann stieg er ächzend und pfeifend wieder die Stufen hinauf. Einer der drei Priester erhob sich und winkte ihnen.

Der nächste Gang. Sie hatten ihn kaum betreten, als der Priester stehenblieb. Vor ihnen, fünf Schritte breit und eine Mannslänge tief, klaffte ein Loch, das die Gangbreite einnahm. Es roch modrig. Dymas hörte ein Rascheln und Schleifen, beugte sich vor, spähte hinab und würgte.

Das Loch war eine Grube, in der sich Hunderte kleiner, giftiger Schlangen wanden.

Der Priester berührte einen Punkt an der Wand, griff in eine Vertiefung, die sich jäh auftat, und drehte eine Kurbel. Aus vorher unsichtbaren Nischen schoben sich von beiden Seiten Steinplatten über die Grube, vielleicht einen Schritt breit.

Sie gingen hinüber. Ein Stück weiter ließ sich der Priester plötzlich auf die Knie nieder und kroch; durch Winken wies er sie an, ebenfalls zu kriechen. Dymas, als letzter, spähte nach oben und sah im trüben Licht hauchdünne Fäden, und eine Reihe winziger Öffnungen in beiden Wänden. Pfeile? Giftnägel? Dünne scharfe Klingen, von Federn hinausgeschnellt, sobald einer, dem es irgendwie gelungen war, die Schlangengrube zu überspringen, die Fäden berührte?

Noch eine Treppe. Im verzierten Geländer bewegte der Priester etwas, das eine Ranke schien, aber ein Riegel war. Die nächsten fünf oder sechs Stufen knirschten; Dymas nahm an, daß sie, ohne den Riegel, unter dem Tritt eines Menschen zu einer glatten, schrägen Rampe würden. Geradeaus gähnte ein schwarzer, bodenloser Schacht; die Treppe führte scharf nach rechts.

Sie mußten sich mittlerweile unterhalb jener Höhe befinden, auf der draußen die Stadt lag, und sie stiegen immer tiefer. Endlich erreichten sie eine weitere Kammer, wie die vorige mit Tischen und Sitzen ausgestattet. Auf Brettern in einer Nische standen Krüge und Becher. Und ein kleiner Kessel, ähnlich einem Gefäß für brennenden Weihrauch.

Der Priester nahm einen der großen Krüge, dann einen zweiten, einen dritten, füllte sie aus einem verstöpselten Ziegenbalg, der von der Decke hing, stellte sie auf einen der Tische. Dymas schnüffelte; es roch nach schwerem Palmwein.

Der Baalspriester hatte inzwischen den kleinen Kessel geholt, aus dem er mit einem Löffelchen graues Pulver nahm und in die Krüge streute.

»Was ist das?« sagte Dymas halblaut.

Nhiyar grinste ihn von der Seite an. »Pilz. Für Traum, nicht Tod.«

Dymas hob die Schultern.

Der Priester stellte Becher neben die Krüge und deutete darauf. Ay, Nhiyar und Dymas nahmen jeweils einen Krug und einen Becher; dann folgten sie dem Priester in einen weiteren dunklen Durchgang, der vor einer schweren Tür endete.

Der Priester öffnete, ließ sie vorbei, schloß die Tür hinter ihnen. Sie standen in einem unterirdischen Gewölbe. Zahllose dünne, bunte Säulen, wie gedrechselt, trugen das Gewicht der Welt. Überall loderten Fackeln an den Wänden, in rußigen Bronzefäusten. Ein tiefer, grollender Gesang, der aus den Eingeweiden der Erde zu kommen schien, erfüllte die Halle. Es roch betäubend nach Weihrauch, nach schweren süßlichen Blüten, nach allerlei Rausch- und Traumdüften. Auf dem Boden, oder an die Säulen gelehnt, lagen und saßen verhüllte Gestalten, Männer und Frauen; in einer fernen Ecke schienen vier Menschen ein Gespräch zu führen.

Dymas schwindelte von den Treppen, den Gängen, den Fallen, den Gerüchen. Er sah die Säulenreihen entlang, die immer neue Bogengänge, Lichtwirbel, Labyrinthe bildeten. Ihm war, als ob sein Kopf kreiselte.

Ay trat zwischen die Säulen; Nhiyar stieß ihn mit der Schulter an. Sie gingen in eine Richtung, die vorn oder hinten sein mochte, zum Ursprung des grollenden Gesang, zum Quell der berauschenden Gerüche.

Zwei Reihen, zwei Dutzend Priester knieten dort, hockten auf den Unterschenkeln, sangen, wiegten sich vor und zurück. Die Gesichter waren verzerrt, entrückt, fern wie die Sterne. Auf niedrigen, schmalen Tischen standen neben ihnen Krüge und Becher.

Vorn, vor ihnen, Baal. *Der* Baal, nicht das ausdruckslose

Bild des oberen Tempels. Baal, der Herr, der Opfer verlangte von denen, die seine Gunst oder Gnade begehrten. Der alte Gott, der das Leben nur um den Preis eines anderen Todes gewährte. Er war nicht aus täuschendem, verheißungsvollem Gold, sondern aus dem grimmigen Eisen der Wirklichkeit, aus heißem, brüchigem, rußigem Eisen. Zu seinen Füßen tobte in einer gemauerten Schmelzgrube sein Feuer, das die Sonne nährte, Leben gab und alles verschlang. Flammen leckten hinauf zu seinem Gesicht, dem furchtbaren Gesicht Dessen, Der Alles Sieht. Kein Trug, keine Verstellung, keine Lüge vor diesem Antlitz, das voller Hohn war und voller Wissen. Dymas starrte in die dunkel glimmenden Augen des Gottes und wußte, daß seine Musik Stümperei war, sein Leben Pfusch und aufwendige Sinnlosigkeit, sein Mut ein Speicheltropfen im Meer oder eine Kerzenflamme in der Sonne, er selbst kaum Gewürm. Er versank in den Augen, sprach mit dem Gott.

Der Ewige. Baal, der lehrt, daß jeder Schritt einen hohen Preis hat. Daß es kein Heil gibt ohne Grauen, daß zwischen den Rosen immer ein Dolch sein muß. Kein Licht, ohne daß etwas verbrannt wird. Kein Haus ohne Zertrümmerung von Steinen, kein Acker ungedüngt von Leichen, keine Pflugschar ohne Schwert. Kein Leben ohne Tod. Immer steht Baals Löwe am Rand des Feuerkreises, immer liegt Baals Natter unter dem Brautkissen.

Er wußte nicht, wie lange er gestanden und gestarrt hatte, erstarrt. Die Zwergin, die vor ihm stand, preßte ihren Hinterkopf gegen seinen Nabel. Nhiyar seufzte, sagte einen halblauten Satz in seiner alten, toten Sprache, einen Satz wie das Knarren des Waldes, der von einer Lawine zermalmt wird.

Dymas riß sich zusammen. Vorn, neben Baal, bewegte sich etwas. Sie gingen näher, langsam, mit kleinen Schritten. Auf einem Sockel aus schwarzem Holz, verkleidet mit unlesbar beschrifteten Tontafeln, verziert mit den Köpfen scheußlicher Ungeheuer aus bunten Steinen, Metallen und Knochen, saß eine unendlich aufgedunsene, kahlköpfige, fette Frau. Ihre Brüste, von der Seite gesehen, unterschieden sich kaum von den anderen Fettwülsten. Ihre Ohren waren übergroß, die Ohrläppchen baumelten fast auf die Schultern. Sie saß links neben der Feuergrube, atmete den Rauch und die Dünste aus den Opfertöpfen, in denen Weihrauch und tausend andere Dinge glühten.

Ay und Nhiyar zogen Dymas nach rechts. Als er über die Flammengrube hinweg noch einmal die fette, nackte, kahle, unförmige Gestalt anschaute, sah er die abgespreizten Zwergenbeine und zwischen ihnen den behaarten Hodensack und den Phallos.

Der Hermaphrodit blinzelte und stieß einen winselnden Klageton aus; einer der singenden, schaukelnden Priester unterbrach sich, stand auf, füllte einen Becher und reichte ihn dem Zwitter. Das Geschöpf – Mensch oder *daimon* – trank, rülpste donnernd, blinzelte und schloß die Augen.

Sie füllten ihre Becher – Nhiyar und Ay taten es, Dymas folgte ihnen fast willenlos auch hierin. Sie leerten sie auf einen Zug; es schmeckte schwer und süß, aber etwas Geheimes, das die Bitternis der Jahrtausende barg, war darin. Dann gingen sie langsam weiter, vorbei an Baal.

Hinter dem Gott begann ein langgezogener Halbkreis, eine Art Rundgang. Zu beiden Seiten, in drei Schichten vom Boden bis zur Gewölbedecke, standen aus grünlichem, kaltem Stein geschnittene Götterbilder. Ay gluckste und stieß unverständliche Laute aus; Nhiyar lächelte und berührte die Figuren mit den Fingern, vorsichtig, als könnten sie zerbrechen. Dabei murmelte er Wörter – oder Namen, wie Dymas schließlich begriff.

Der Luwier verdrehte den Kopf, schaute zu Dymas zurück, grinste wieder – nein, er lachte; ein glückliches Lachen.

»Du unglaub, was? Götterberste, hierher kommen Mondwind. Tempel – der – Toten – Götter was das etwa.«

Eine heiße Faust griff nach dem Magen des Kitharoden. Er taumelte; vor seinen Augen drehte sich alles. Die Toten Götter, oder der Pilzstaub im Dattelwein? Er zwinkerte, rang nach Luft; langsam klärte sich sein Blick.

Nhiyar hatte sich wieder abgewandt, berührte eine Göttergestalt, die Ähnlichkeit mit gewissen Hermes-Darstellungen hatte.

»Schlitzohr – tot«, sagte er; es klang fast mitleidig, oder nach Bedauern ob eines Verlusts. Noch ein Name.

Lugalbanda: Dymas kannte diesen Gott, oder hatte von ihm gehört – einer der alten Götter der Babylonier oder Sumerer, Herr der Diebe und Kaufleute.

Garshammi: Löwenköpfig, ansonsten vorn ein Mann, hinten ein Tier, mit Schuppenkamm auf dem Rücken und einem Löwenschwanz, der in einer Flamme endete;

Enbelbaqar: ein aufrechtes Krokodil, der Bauch wie von den eigenen Zähnen zerschlitzt;

Nush-agyri: eine Kugel aus Schlangen, mit einem von Schlangen geformten Menschengesicht in der Mitte und dem Ausdruck ungeheuren Hasses;

diese und andere, die Nhiyar nannte, von denen Dymas nie gehört hatte und nie wieder hören wollte; aber auch Zeus und Aphrodite und Athene, Enlil und Ishtar, Lug und Shamash und Hathor und Isis, Poseidon und so viele andere, die noch verehrt wurden – alle tot, alle erledigt?

Sie hatten den Rundgang fast beendet. Auf der anderen Seite, als sie sich dem Hermaphroditen näherten, waren die meisten Nischen noch leer. Die letzten Gestalten allerdings ließen Dymas abermals erstarren.

Ammon, mit Widderhörnern und mildem Lächeln.

Als letztes ein unfertiges Bild, erst zu einem kleinen Teil erkennbar: etwas wie der untere Teil eines senkrechten Balkens.

Davor, neben Ammon, zwischen vielen leeren Nischen, der Makedone: Alexander, Sohn Philipps und der Olympias, Sohn Ammons.

Wieder drehte sich alles um ihn, seine Knie gaben nach. Nhiyar packte ihn, Ay fing den Becher auf. Als Dymas wieder klar sah, ließen sie ihn eben hinter den beiden Reihen von Priestern auf den Boden sinken. Die Zwergin füllte seinen Becher und hielt ihn ihm an die Lippen; Dymas trank gierig.

Das Bild Alexanders war vollendet. Alexander im Tempel der Toten Götter, ebenso nebensächlich und hinter Baals Rücken verstaut wie all die anderen.

Seine Sinne trübten sich; er hörte helle Stimmen und sah huschende Flammenkinder, roch den Hafen von Karchedon, der gleichzeitig ein Blumenmeer war, leerte einen dritten Becher, einen vierten. Irgendwann bemerkte er, daß er kniete und sang, vor und zurück schaukelte wie die Priester, wie Ay, wie Nhiyar. Jemand schob ihn weiter vor; der Hermaphrodit, ein schlanker Jüngling mit lieblichem Lächeln, legte ihm die Hand auf den Kopf und sagte etwas. Dymas verstand nichts, aber in seinem Geist formten sich Klänge: *Du wirst in Babylon sehen, was du mit Entsetzen begehrst, und aus dem Norden hören, was du mit Bangen erhoffst.*

Irgendwer begann zu tanzen, einen Tanz ohne Schritte oder Rhythmus; Dymas tanzte mit, und trank, und trank. Demaratos betrat den Raum, klatschte in die Hände und wurde zu einer hellroten Blutwolke. Alexander drang in den Tempel ein, legte Sarissen über die Schlangengrube, durchtrennte die Fäden, ließ Giftpfeile regnen, ging unverletzt weiter, sprang über die gekippten Stufen, trank einen Becher und umarmte den Gott, der glühendes Eisen war und ihn kreischend aufnahm, mit sich verschmelzen ließ. Kamele sanken in den Boden; vom Sturm getrieben raste ein Segelschiff in den Rundgang und kehrte nicht zurück. Die Statue der Ishtar verwandelte sich in ein Abbild Tekhnefs, dann in die zu Tode gemarterte Kleonike, dann in Olympias. Ein Makedone mit gebrochenem Nacken stürzte einen endlosen Schacht entlang, der nicht in die Tiefe führte, sondern waagerecht verlief. Auf dem Handteller Parmenions stand eine umgedrehte Pyramide. Ay küßte ihn auf die Nase, stand auf und sprang in die Schmelzgrube. Nhiyar weinte und lachte, die Priester sangen, ein Vogel wetzte seinen Flügel an einem Rubinberg. Die vier Männer, die in engem Kreis ein Gespräch geführt hatten, standen auf und schwebten herbei. Ay nahm Anlauf und sprang in die Schmelzgrube; Alexander schritt über Schlangen und Sarissen; Tekhnef ritt auf dem Mondwind, der eine ungeprägte Scheibe war und wie Schnee zerfiel. Ay sprang in die Schmelzgrube und brannte, die vier Männer schwebten näher, und Dymas schrie, schrie, schrie, zerriß den Chiton, zerriß die aufgenähte Tasche, in der das Auge Alexanders, nein die Münze des Mondwinds, nein der schwarze Geisterstein steckte. Ay nahm Anlauf und sprang in die Flammen, und Dymas schrie und schleuderte den schwarzen Stein, der von Baal abprallte und in die Flammen stürzte, und die vier Männer schwebten näher, und drei von ihnen kannte er, und weil er sie kannte, wußte er, wer der vierte war, und Nhiyar stieß ein Gebrüll aus wie die Weltenschlange, der die Götter den Kopf spalteten, und die vier Männer beugten sich über ihn, und Dymas flog und rankte sich um den Mondwind.

Er erwachte mit wehem Schädel. Die Knochen schienen von innen wie mit einer Stahlbürste aufgerauht, das Hirn schwappte wie Bleibrei in einem geschüttelten Behälter, die Kopfhaut flackerte. Etwas, das spitzige Hände hatte, saß hinter seiner Stirn und bohrte Finger in die Rückseite der Augen.

Er atmete tief und lange, bis der Geschmack von Erbrochenem im Mund kein weiteres Würgen mehr auslöste; bis die verblassenden Sterne über dem Palmwipfel ihren hysterischen Tanz einstellten. Dann richtete er sich auf, langsam und mühevoll, lehnte sich an den Stamm der Palme und sah sich um.

Jemand mußte ihn aus dem Tempel und vor die Stadt geschleppt haben. In einen kleinen Palmenhain; er hörte das leise Plätschern eines Kanals, roch verglimmendes Feuer und sah vor dem östlichen Himmel verschwommen die Umrisse von Pferden. Männer, in Decken gewickelt, schnarchten ringsum. An einem der anderen Bäume lehnte ein Wächter; er blickte zu Dymas hinüber, bewegte die Hand zum Mund und weckte einen der Schläfer.

Der Mann stand langsam auf, steif und alt; er murmelte dem Wächter etwas zu und kam, immer noch in die Decke gewickelt, zu Dymas.

»Na, bist du wieder bei uns?«

Dymas starrte in das zerfurchte Gesicht, das er in seinem scheußlichen Tempeltraum gesehen hatte, und er erkannte den Mann, auch ehe dieser etwas in den Mund schob und zu kauen begann. Der Bart war grau, die Jahre hatten tiefe Spuren in die Haut geätzt, aber Drakons Augen waren klar und scharf geblieben, und durchdringend.

»Wo … wieso … ah.« Dymas schluckte, räusperte sich und schnitt eine Fratze; langsam ebbten die Schmerzwellen ab.

»Moment. Ich hab was für dich.« Drakon ging dorthin, wo er gelegen hatte, hob etwas auf, schüttelte es, während er zurückkam. Es war eine Lederflasche.

»Wein, Wasser, Honig, Kräuter. Sollte dir helfen. Trink.« Er hielt die Flasche an Dymas' Lippen.

Der Kitharode trank, würgte, hustete, trank erneut. Die Flüssigkeit war kalt, erfüllte ihn aber mit mildem Feuer.

»Gut?«

Er nickte vorsichtig, trank noch einmal. »Besser, viel besser.«

Drakon hockte sich auf die Fersen und musterte Dymas. »Lange her, was? Ich glaube, ich war jünger, als wir uns zuletzt gesehen haben. Du auch. Elf Jahre?«

Dymas versuchte ein Grinsen. »Als ich elf war, kannte ich dich noch nicht; da war ich in Karchedon.«

»Karchedon? Hm.« Drakon blickte zu den Schläfern hinüber. »Die Oikumene wird immer kleiner.«

»Wir wissen, wer dafür sorgt. Aber – eigentlich müßtest du tot sein; wie ich von Harpalos hörte. Zerschmettert am Fuß eines baktrischen Felsens, oder vergiftet von ... *ihm.*«

»Das ist eine lange Geschichte.«

»Ich will sie trotzdem hören.«

Drakon kniff die Augen zusammen. »Jetzt?« Er blickte in den Himmel, seufzte und hob die Schultern. »Die dröhnenden Hufe des Morges. Gleich wird Eos Schminke auflegen; es ist ohnehin nicht mehr an Schlaf zu denken. Warte.«

Er stand auf und ging zur Feuerstelle, fachte wieder an, stellte eine Bronzekanne in die Glut, wühlte in Beuteln und kam dann mit Brot und kaltem Braten zurück.

»Fang du an«, sagte er. »Wenn der Würzwein heiß ist, übernehm ich.«

Es dauerte noch über eine Stunde, bis die ersten Schläfer erwachten. Dymas und Drakon sprachen leise, schnell, gesammelt. Dymas berichtete von den wichtigsten Erlebnissen und Orten, Gerüchten und Besorgnissen; dann holte Drakon seinen heißen Würzwein, und sie tranken, und der Arzt erzählte.

Er sprach vom Großen Spiel des Demaratos, von der Aufklärung und Kundschaftern, gefangenen und verhörten Spitzeln, von der Suche nach dem immer unauffindbaren Bagoas; von Issos, Ägypten, Siwah, Gaugamela, Babylon, Persepolis, der Teilung des Heers in Ekbatana, der Jagd nach Dareios, später nach dessen Mörder Bessos; von Einöden und Himmelbergen und Eis und brennender Wüste; von murrenden Männern, von merkwürdigen Gerichtsverfahren, Hinrichtungen, Morden; immer wieder von Alexander, der alles sah, alles wußte, alles beherrschte – umgänglich, liebenswert, bester Freund und größter Stratege, klarer Denker, im nächsten Atemzug tückisch, betrunken, argwöhnisch, unzugänglich. Der Herr der zehntausend Wesen – zehntausendfaches Licht, zehntausendfache Finsternis. Herrschaft der Liebe, dann Herrschaft des Schreckens; großherzige Belohnungen und grausame Strafen; Lob für aufrechte Feinde, dann wieder Bespitzelung der eigenen Leute.

»Philotas und Parmenion«, sagte er, »das war noch zu rechtfertigen, wenn auch mühsam – Machterhaltung, Fortführung der begonnenen Politik. Alles an den Haaren herbeigezogen, aber ... na ja. Parmenion war der Vater, der gute Stern des Heers. Viele Männer haben geweint. Kleitos, das war nicht zu rechtfertigen; das war einfach Mord, und *so* sinnlos betrunken war Alexander dabei nicht. All die anderen, die verschwunden sind oder plötzlich krank wurden, nachdem sie mit ihm gegessen oder getrunken hatten. Ein paar neue Gifte hat er wohl auch noch von diesem Eunuchen gelernt, Bagoas.«

Dymas klackte mit der Zunge. »Noch ein Bagoas?«

»Hm. Glatte Haut, glatte Zunge. Nettes Kerlchen; bah. Alexander und Hephaistion haben ihn sich oft nachts geteilt. Der Huldreiche, der Hurtige, der Heile – und dieser war natürlich der Holde.«

»Wie kommt es, daß du bis dahin überlebt hast?«

Drakon spuckte aus. »Alle haben überlebt, bis sie entweder lästig wurden oder ersetzt werden konnten. Er hat keinen umgebracht, den er noch benötigt hätte. Deshalb, und wegen einer anderen Sache, hab ich damals beschlossen, zu, ah, sterben – ehe ich überflüssig werde. Außerdem wurde der Ekel zu groß.«

Die Burg des Ariamazes, der eisige Felsen, Roxane. Das

Amulett. Und Drakon versickerte im weiten wüsten Land, als wandernder Heiler, immer auf der Suche nach weiteren Spuren des alten Plans, immer auf der Suche nach Bagoas.

»Nicht weil es mich beunruhigt hätte, verstehst du? Wenn es ein Plan zur Ermordung des Königs gewesen wäre ... bah, viel Glück. Ich hatte nur immer das Gefühl, daß es mehr ist, daß es mich und die halbe Oikumene betrifft. Deshalb wollte ich *wissen.* Außerdem« – er lachte leise – »hatte ich ja sonst kein Ziel, nur das Überleben.«

»Warum hast du nie versucht, die Sache anders zu beenden?«

Drakon starrte ihm in die Augen, dann nickte er. »Ja. Angst, einerseits. Ich gebe das zu. Ich hatte zu viele sterben sehen, unter Qualen, bei denen er so etwas angenommen hat – oder annehmen wollte. Und ich hätte keine Möglichkeit gehabt. Er hat von mir keine Arzneien mehr genommen. Selbst von Philippos nur, wenn er zugeschaut hatte, welche Kräuter es waren.«

»Und wie kommst du hierher, nach Tadmor?«

»Dreieinhalb Jahre ... Langsam, fast immer zu Fuß, Dymas. Von Baktrien zum Kaspischen Meer, dann in Schlangenwindungen nach Süden. Es gibt überall zu viele Leute, die mich kennen. Der tote Drakon durfte nicht in Ekbatana oder Susa gesehen werden, oder in irgendeiner größeren Festung. Man braucht Zeit, um auf diese Weise zu reisen. Und ich hatte es nicht eilig. Anders als mein Reisegefährte der letzten Monde.«

»Wer?«

Drakon kicherte. »Wer wohl?«

Am oberen Tigris, in der Nähe eines Dorfes ohne makedonische Besatzung, hatte er darauf gewartet, daß der Fährmann am anderen Ufer erwachte und sein Floß aus Ziegenbälgen in Bewegung setzte. Ein paar Bauern warteten ebenfalls, und ein Mann mit dunklem Umhang, der plötzlich leise lachte und den Arzt an der Schulter berührte: Bagoas der Heile.

»Dann habe ich also nicht nur Unsinn geträumt«, sagte Dymas. »Hamilkar und Kurush ... oder war das Traum?«

Drakon deutete auf einen der Schläfer. »Hamilkar. Kurush ist ein uralter Mann; er verläßt den Tempel nicht mehr. Nein, du hast alles wirklich gesehen. All dies, jedenfalls. Welche Träume dir das Pilzgift und die Brandkräuter sonst noch eingegeben haben, weiß ich nicht.«

»Hat sich … hat sich Ay wirklich verbrannt?«

Drakon nickte. »Kurush und Bagoas haben sich länger mit dem Riesen unterhalten.«

Dymas lachte gepreßt. »Kann man das? Mir ist es nie gelungen.«

»Asiaten unter sich … Irgendwie denken sie anders; außerdem wissen Kurush und Bagoas mehr von den alten Völkern als sonstwer.«

»Wo ist Nhiyar?«

»Fort. Ein Teil von Hamilkars Männern ist diese Nacht noch aufgebrochen; sie haben ihn mitgenommen, zum Euphrat. Er will nach Indien, wo, wie er den Persern gesagt hat, sein Volk ursprünglich herkam. Vor tausend Jahren oder mehr.«

Dymas hielt sich den Kopf. »Drakon, Bagoas, Kurush, Hamilkar. Jemand kann mit Nhiyar reden. Ay verbrennt sich. Ich begreife nichts. Alles dreht sich, Drakon. Gibt es da unten wirklich die Bilder der Toten Götter?«

Der Arzt nickte. »Und Alexander ist für Baal und seine Priester schon gestorben.«

Die ersten Schläfer regten sich. Drakon sprach schnell und leise weiter, um die Geschichte zu beenden. Es hatte Tage und Nächte des Abtastens gebraucht, bis er und Bagoas mit dem allmählichen Austausch begannen.

»Zwei alte Männer in Fetzen, zu Fuß, unterwegs von Dorf zu Dorf. Nicht einmal die restlichen Räuber, die die Makedonen noch nicht erledigt hatten, haben sich um uns gekümmert. Daß wir unter den Fetzen mit Goldmünzen gepanzert waren, wußte ja keiner. Jedenfalls – nach und nach haben wir uns aneinander gewöhnt. Er wußte, daß der Plan, der alte Plan, zum Teil gescheitert war. Aber nicht völlig. Und er wußte, daß sein Vater noch lebte; wo er lebte; warum er dort lebte. Deshalb wollte er nach Tadmor; wohin hätte er auch sonst gehen sollen?«

Dymas packte die Schultern des Arztes, bohrte die Finger ins harte Fleisch Drakons. »Was ist der Plan?«

Er hatte zu laut, zu erregt gesprochen; weitere Schläfer erwachten. Einer von ihnen schaute herüber, rieb sich die Augen, nickte und hob die Hand: Hamilkar.

»Der Plan? Ah, ein schöner, schrecklicher, verwickelter Plan, Freund.« Drakon streifte die Hand des Musikers ab. »Warten wir damit, bis Hamilkar wach genug ist.«

»Wo ist Bagoas?«

»Bei seinem Vater, im Tempel. Du wirst ihn nicht sehen; wir brechen nach dem Frühstück auf.«

»Wir? Wohin?«

»Wolltest du nicht nach Babylon? Wir sind schneller als deine Karawane.«

Dymas stöhnte. »Ja. Nein. Ach. Aber wieso du?«

Drakons Gesicht verfinsterte sich. »Es gibt Dinge, die getan werden müssen. Im übrigen sollte ›wir‹ heißen, daß die meisten Karchedonier reiten. Ich breche auch auf, mit drei oder vier Leuten, aber nach Westen.«

»Ich begreife überhaupt nichts, Drakon.«

Der Arzt lachte müde. »Die Grundvoraussetzung aller Erkenntnis, Dymas. Warte ab.«

Dymas wartete ab; bis Hamilkar sich zu ihnen hockte, einen Becher und einen eingerollten Brotfladen mit Fleisch in den Händen.

»Kyros«, sagte Drakon. »Der Kyros, dem Xenophon als Söldner diente, nicht der andere, über den er phantastische Lügen geschrieben hat. Kyros hatte die Idee; er hatte viele glänzende Einfälle, die alle an schlechter Durchführung scheiterten. Kyros wollte etwas ändern, und da er immer groß gedacht hat, wollte er es in großen Zügen ändern. Asien und Europa, Persien und Hellas. Ineinander verkrallt, ewig verfeindet, aber unauflösbar verbunden durch Geschichte, durch Nähe, durch – ah, trennende Gemeinsamkeit. Ich vereinfache jetzt einige sehr langwierige und verwickelte Gedanken, Dymas; sonst wären wir drei Monde beschäftigt.«

»Vier«, sagte Hamilkar. »Vergiß nicht Karchedons Teil. Auch den werden wir zusammenfassen.«

»Gut. Kyros verwendete mehrere Vergleiche, allesamt schräg, allesamt falsch, aber erhellend. Mann und Frau, sagte er, ewig getrennt und unvereinbar, beide füreinander unlösbare Rätsel. Aber etwas zieht sie zueinander, kurze Zeit verschmelzen sie, zeugen neues Leben und neue Rätsel, und so können sie es miteinander aushalten, auch wenn keiner je den anderen begreift. Wie die Nacht, in der Kälte und Finsternis Furcht bewirken, und der Tag mit unerträglicher Hitze und blendendem Licht sich immer wieder in kurzen Dämmerungen vermählen, die dem Denken und der Freundschaft förderlich sind.«

»Vielleicht«, sagte der Karchedonier nachdenklich, »hat er auch an Baal gedacht, den er kannte; Kyros hat sich ja in Babylonien und Syrien herumgetrieben. Baal ist beides: Tag und Nacht, Leben und Tod; unauflöslich und aufeinander angewiesen. Leben *durch* Tod. Weiter, Makedone.« Er hatte sein karges Frühmahl beendet; während Drakon weitersprach, beobachtete Dymas die Finger und den Mund Hamilkars. Er hielt eine winzige, trübe Blase in der Hand, etwa so groß wie der Daumennagel eines Mannes. Die Schwimmblase eines Fischs, oder vielleicht etwas, das aus einer Tierblase gefertigt war. Ein dünnes Röhrchen steckte darin, verschlossen mit einer ans Röhrchen gebundenen Kapsel. Hamilkar nahm die Kapsel ab, preßte die Blase zusammen, daß die Luft entwich, hielt das Röhrchen in seinen Würzweinbecher und lauschte stirnrunzelnd dem Gluckern, als die Blase sich vollsog. Dann verschloß er das Röhrchen – und schob die Blase in den Mund. Vermutlich öffnete er dort, mit der Zunge, oder einfach durch Druck, den Verschluß wieder und preßte die Flüssigkeit mit Hilfe seiner Wangenmuskeln heraus. So etwa wirkte es; zu sehen war jedoch kaum etwas, da der Karchedonier sich bemühte, keine über gewöhnliches Mienenspiel hinausgehenden Muskelbewegungen zu machen.

Drakon fuhr fort. »Die Gedanken von Kyros waren, wie gesagt, sehr verwickelt. Niemand weiß, ob er Hellas gesehen hat als Licht – *logos*, kaum vermindert durch absterbenden Götterglauben – und Asien als tiefe, bauchige Nacht aller Fruchtbarkeit. Es ist auch unbedeutend. Was zählt, ist lediglich dies: Er sah ewige Feindschaft, unermeßliches Leid, unaufhörliches Morden voraus, und er wollte eine Dämmerung, eine Vermählung, eine gegenseitige Durchdringung herbeiführen.«

»Das ist der Ursprung des Plans.« Hamilkar füllte die trübe Blase erneut. »Mach schneller, Makedone; wir müssen aufbrechen.«

Drakon seufzte. »Na gut. So schnell es geht. Kyros hat die Hellenen erforscht, und die Geschichte. Wie wir wissen, hat er Hellenen zu sich geholt, angesiedelt, als Söldner bezahlt. Er wollte nicht die Macht um der Macht willen; er wollte, vor fast siebzig Jahren, den Thron des Großkönigs, um den Plan verwirklichen zu können. Aber wie wir wissen, fiel er bei Kunaxa; Artaxerxes, den wir Mnemon nennen, siegte, und die Hellenen, ahnungslose Werkzeuge, traten mit Xenophon den langen Marsch zum Euxeinischen Meer an. Es gab aber noch einen Kyros – Kurush. Dank der Geschwisterheiraten bei den Achaimeniden war er gleichzeitig Großneffe, Vetter zweiten Grades und jugendlicher Onkel des Großkönigs Artaxerxes. Er geriet in Gefangenschaft, Kyros schleppte ihn mit herum, irgendwie ist eine vorsichtige Freundschaft zwischen den beiden Männern gleichen Namens entstanden.«

»Wie alt war er da – Kurush?«

»Als Kyros fiel, war Kurush achtzehn. Jetzt ist er sechsundneunzig, und er wird bald sterben.«

Hamilkar hatte die Blase wieder im Mund geleert; nun stand er auf. »Aufbruch. Beeil dich, Drakon. Wir haben dein Instrument und deine Sachen aus dem Gasthaus geholt, Musiker. Bis gleich.«

Die Karchedonier brachen das Lager ab, tränkten die Pferde und machten sich bereit; Drakon sprach hastig weiter.

Kurush war es nach und nach gelungen, den Plan, den er für großartig hielt, wenn er auch sonst den Ehrgeiz des Kyros mißbilligte, in Einzelheiten zu erarbeiten und dem Großkönig nahezubringen. Artaxerxes Mnemon gab die Billigung und das Geld; er machte Kurush zum Haupt der geheimen Dienste des Reichs. Und Kurush begann mit dem langwierigen Spiel, das Jahre und Länder und Zehntausende Mitspieler erforderte. Er sah voraus, daß die tiefe gegenseitige Durchdringung in Asien erfolgen mußte, und daß sie der

Vaterschaft eines Kriegs bedurfte. Der erste Dareios war bei Marathon gescheitert, Xerxes vor Salamis, sein Stratege Mardonios ein Jahr später bei Plataiai. In der Bedrohung einigten sich die ewig uneinigen Hellenen, und Hellas war auf diese Weise vermutlich nicht zu nehmen, schon allein wegen der Nachschubprobleme und des Meeres. Es gab aber hellenische Städte in Asien, und immer wieder machte der eine oder andere Stadtstaat den Versuch, sich in Asien auszudehnen. Kurush beschloß, eine hellenische Macht langsam aufzubauen, bis sie Vorrang haben würde. Sparta und Athen ließen einander nie in Ruhe, Theben war ein teurer Fehlschlag, aber es gab andere, und überall waren Kurushs Männer oder Frauen. Man wollte alle stützen, die in Frage kamen, um irgendwann den einen Staat zu finden.

Gleichzeitig überzog Kurush das ganze Reich des Großkönigs mit einem Netz. Widerstandsgruppen und Verschwörer wurden nur noch scheinbar bekämpft, tatsächlich unterwandert, unter dem Auge des Erwählers beherrscht und aufeinander abgestimmt. Alle Orakel aller verfügbaren Götter erhielten Gold, bis Kurush mit ihren Zungen sprechen konnte.

»Siwah«, sagte Dymas ungläubig. »Ammon, der im Norden ein neues Gefäß sucht ... Olympias, ausgebildet, dieses Gefäß zu gebären, von Dodona nach Samothrake geschickt! Ist das alles Kurushs Tun gewesen?«

»Dies alles, und vieles mehr, wovon wir nichts wissen, weil es gescheitert ist oder zurückgezogen wurde. Aristandros, in Indien gestorben, kam aus Telmessos, in Asien. Dort kamen immer schon gute Seher her; einige waren besonders gut, und Kurush mischte sich unauffällig in die Ausbildung ein. Seit langem, schon vor Kurush, sind alle Mysterien von Asien beeinflußt; überall gab und gibt es persische oder babylonische Priester, gleich ob bei den Kabiroi oder Orpheus oder Eleusis. Kurush hat das übernommen und verfeinert Ah, welch ein Kopf – immer noch, obwohl er blind ist und lahm und nicht mehr lange zu leben hat.«

Ein Karchedonier näherte sich mit einem Rappen; die Tasche mit der Kithara, ein Wasserschlauch, ein Vorratsbeutel und Dymas' lederner Reisesack waren mit Gurten auf dem Tier befestigt.

»Eile, Eile.« Drakon verzog das Gesicht. »Also, schnell; weitere Einzelheiten erzählt dir Hamilkar.

Kurush wollte, daß eine große hellenische Macht tief nach Asien eindringt, wozu Jahre notwendig wären, wie er meinte. Dann, wenn große Teile des Reichs hellenisiert sind, oder eine Hellenisierung begonnen hat, sollen die Eindringlinge aufgerieben werden – ihr Heer, das nach den Plänen mehr als zwanzig Jahre brauchen würde, um die ersten Eroberungen abzusichern, Siedler nachzuziehen, sich zu verjüngen und weiter vorzustoßen. Und aus den Gebieten sollte dann ein Mischreich werden: die gegenseitige Durchdringung.«

Die ersten Karchedonier ritten los, langsam. Hamilkar blickte nach dem Stand der Sonne, kratzte sich den Kopf, hob die Schultern und winkte etwa einem Dutzend seiner Leute. Sie ließen sich unter den Palmen nieder und warteten.

Mit großen, eiligen Gedankensprüngen kam Drakon zum Schluß. Philipp der Makedone war nur einer von vielen, auf denen Kurushs Augenmerk lag, Olympias nur eine von vielen Frauen, die für derlei Aufgaben vorbereitet wurden. Aber sehr bald stellte sich heraus, daß Philipp mehr war – er war einzigartig. Und Makedonien kam neu ins hellenische Spiel, hatte keinen Teil am alten Schaukeln zwischen Athen und Sparta. In dem Jahr, da Philipp nach dem Tod seines Bruders Perdikkas die Macht an sich riß, starb der greise Artaxerxes Mnemon; in seinen letzten schwachen Jahren war das Reich in Unordnung geraten. Kurush half dem harten, tüchtigen Sohn, der unter dem Namen Artaxerxes, von den Hellenen Ochos genannt, die Herrschaft antrat. Ein paar Jahre; dann übergab er Wissen und Bürde seinem Sohn Bagoas und verschwand. Nur Bagoas und Artaxerxes wußten, wo er war und daß er noch lebte.

»Jetzt wird es ganz verwickelt«, sagte Drakon; er schielte zu Hamilkar hinüber, aber der saß ruhig an seiner Palme und machte keine Anstalten, sich zu beschweren.

»Noch verwickelter?« Dymas stöhnte.

»Und wie. Es gab weitere Eingeweihte – die höchsten Priester des Lichtgottes. Aber Ahura Mazda verlor immer mehr Anhänger, Mithra und Anahita wurden wieder wichtiger, und deren Priesterschaft wollte keine Verschmelzung von Ost und West.«

»Warum?«

»Weil sie wußten, daß die teilweise düsteren, mystischen Gepflogenheiten in Hellas allenfalls als Mysterien im Untergrund, niemals aber in der Öffentlichkeit überstehen konnten. Anders als der Glaube an den Lichtgott und seinen Dunklen Gegner; das wäre mit der Zeit durchsetzbar oder vermischbar gewesen. Ahura Mazda als *logos*, Ahriman als Tugendlosigkeit, irgend so etwas. Einer von ihnen war Bagoas der Hurtige, der mächtige Eunuch. Bagoas der Heile hat mir einiges über den jahrelangen Kleinkrieg erzählt, die gegenseitigen Mordversuche, die hohe Kunst der Giftmischerei zu politischen Zwecken. Artaxerxes hockte dazwischen; er mußte ja das Reich wieder festigen, abtrünnige Satrapen niederringen, und dazu holte er, gewissermaßen im Vorgriff auf spätere Dinge, die beiden Rhodier ins Land, Mentor und Memnon, Hellenen, und gab ihnen mehr Macht, als je ein fremder Söldnerführer hatte. Bagoas der Heile nahm bald Verbindung zu Demaratos auf, dessen Rolle in Makedonien er früher begriff als die meisten engen Berater Philipps. Oh, Philipp war ein kluger Kopf; er konnte schweigen. Aber weder er noch Demaratos haben gewußt, was die Perser planten. Bagoas hat Makedonien gestützt, heimlich, auf Umwegen; Bagoas der Hurtige hat immer wieder versucht, es zu verhindern. Von ihm floß Geld nach Athen – aber mit Billigung *unseres* Bagoas, der Philipp prüfen und durch Widerstand schärfen wollte.

Dann hat der Eunuch Ochos vergiftet und Arses zum König gemacht; aber Arses wollte nicht mitspielen, nicht so, wie der Eunuch es geplant hatte. Also hat er auch *den* vergiftet und Dareios zum Großkönig gemacht. Aber Dareios war von Bagoas dem Heilen vorbereitet worden; außerdem wollte er nicht vom Gift des Eunuchen abhängig sein, also hat er den Hurtigen umbringen lassen, und das Spiel konnte ungestört fortgesetzt werden. Bis ... bis zum Ende, zum Scheitern.«

Dymas schwieg; sein Kopf schwirrte. Mit dumpfer Stimme sagte er: »Aber – wieso Scheitern? Sie haben es doch erreicht.

Die große Verschmelzung. Der Eindringling im Land. Perser in Alexanders Heer.«

»Ah, es gab eine phantastische Gelegenheit. Sie hieß Memnon, und einen fähigen Strategen kann man nicht planen; man muß ihn ehren, wenn er von den Göttern geschickt wird. Memnon hielt den Schlüssel zu einem schnelleren Erfolg in der Hand, als Alexander noch in Gordion saß. Der große Gegenstoß, mit der Flotte, mit asiatischen und hellenischen Truppen Hellas vom Joch der Makedonen befreien und Freundschaft schließen. Zwangsweise, notfalls – die Flotte beherrscht das Meer, die persischen Befreier das Land, Alexander stirbt irgendwo in Asien: Es wäre die Erfüllung gewesen. Aber zuerst mußte Alexander in Asien eindringen können, sich von der Küste entfernen; überdehnte Verbindungen, all das. Deshalb durfte Memnon am Granikos nicht befehlen; deshalb hat Bagoas der Heile Bagoas den Huldreichen mit seinen Münzen und Barren von den Makedonen aufgreifen lassen – um ihnen den Marsch in die asiatische Falle möglich zu machen. Denn Alexander durfte nicht zurück nach Hellas, was er, bei lebend überstandener Niederlage, getan hätte. Er mußte tief nach Asien eindringen, oder beide Formen des Plans würden scheitern. Das Gift und die verborgenen Waffen? Ich weiß nicht; vielleicht Ablenkung, oder letztes Mittel, falls Alexander alles verwirft, oder der Versuch des Huldreichen, die Pläne des Heilen, dem er sich nicht widersetzen konnte, befehlsgemäß auszuführen und gleichzeitig im Sinne des Hurtigen zu vereiteln, unter Einsatz des Lebens. Oder einfach auf alle Wechselfälle vorbereitet sein. Wie auch immer – Alexander durfte nicht nach Hellas, mit den Resten eines geschlagenen, wieder aufzubauenden Heeres. Die Eroberung von Hellas wäre sehr schwierig geworden, und die asiatischen Hellenen, ohne makedonischen Druck, hätten Memnon verlassen.«

Hamilkar stand auf und klatschte in die Hände. »Kommt, nehmt Abschied. Wir müssen.«

»Woran ist es denn nun gescheitert – und warum erzählst du mir das alles?« Erst jetzt, da sein Kopf sich von Pilzgift und Wein zu klären begann, kam Dymas diese Frage in den Sinn.

Drakon lachte; er hielt das Pferd, bis Dymas aufgesprungen war.

»Gescheitert ist der Plan an zwei Dingen. Am Eingreifen von Karchedon; das wird Hamilkar dir erklären. Und vor allem an einem Umstand, den der beste Plan nicht vorhersehen konnte. Daran, daß Alexander kam. Einzig, göttlich, unbesiegbar. Er hat in zwei Jahren mehr erreicht, als Kurush für zwei Jahrzehnte vorgesehen hatte. Gaugamela, das war die Schlacht, die den Eindringling hätte vernichten sollen. Bessos und Spitamenes hätten retten sollen, was noch zu retten war, denn der Plan sah die Verschmelzung von Hellas und Persien zu etwas Neuem vor, nicht die völlige Vernichtung Persiens. Roxane, das war Bagoas des Heilen letzte Hoffnung, die Frau, die den König bekehren oder töten sollte. Aber ... Alexander hat auch sie erobert. Nein, Dymas, der Plan ist gescheitert. In allen Einzelheiten.«

»Warum erzählst du es mir?«

Drakon grinste; es war ein häßliches, erbarmungsloses Grinsen, und Dymas begann sich zu fürchten.

»Weil etwas getan werden muß, damit nicht die ganze Oikumene versinkt. Du wirst helfen. Bagoas, Kurush, Hamilkar und ich haben es beschlossen. Du weißt nun zuviel. Entweder du hilfst, reitest mit Hamilkar nach Babylon – oder du stirbst.« Er kicherte schrill. »Falls du Ptolemaios in die Hände fällst, biete ihm, für einen schnellen Tod, eine Mitteilung über Kurush an. Sag ihm, der alte Perser trägt ein Brandzeichen, einen Falkenkopf. Sag ihm, er spielt Flöte. Sag ihm, er kennt sich in Magie aus und ist vor Jahren noch einmal nach Babylon gereist. Und grüß ihn von Drakon.«

Dymas wandte sich ab, wortlos, ohne einen Blick oder eine Gebärde. Auf dem langen Ritt durch die Wüste zum Euphrat erfuhr er das übrige. Karchedons Pläne, Persien durch Alexander schwächen zu lassen, kannte er ja; daß Hamilkar nach einem Treffen mit Ptolemaios für Memnons Vergiftung gesorgt hatte, überraschte ihn nicht besonders. Wohl aber die Verwendung, die man ihm zugedacht hatte: Ablenkung, Köder, Fluchthelfer.

»Ich muß mit Alexander speisen. Oder zechen«, sagte Hamilkar. »Ich bin Karchedons Gesandter. Wenn er mich empfängt, heißt das noch nicht, daß er auch mit mir trinkt. Wenn es nicht anders geht, wirst du einen Hymnos auf den König dichten und mich zum Fest laden. Dich kennt er; vielleicht mißtraut er dir, wegen deiner langen Abwesenheit und deiner Arbeit für Demaratos. Aber er wird den Hymnos hören wollen – sein Lob. Und es gibt in seiner Umgebung noch genug Leute, die du von früher kennst. Leute, die dir absichtlich oder unabsichtlich helfen können, Fluchtwege vorzubereiten.«

»Wohin geht Drakon, und was hast du in Tadmor gemacht?«

»Du weißt, wir hatten Bagoas den Huldreichen. Er wußte nicht viel, letzten Endes, aber er hat ein paar dunkle Andeutungen über Orakel gemacht. Hat lange gedauert, bis wir auf Tadmor und Baal gekommen sind. Es war ja auch kein Grund für Eile; Alexander zog in Indien umher, und bis vor eineinhalb Jahren wußte niemand, ob er je zurückkehren würde. Drakon? Der wird versuchen, in Ägypten ein paar Dinge vorzubereiten. Für den Fall, daß wir in Babylon scheitern.«

»Noch einmal – was ist mit Tadmor?«

»Tadmor ist einfach ... gut. Kurush ist nach Tadmor gegangen, weil dort der Tempel ist, zu dem aus der ganzen Oikumene Pilger kommen. Alle Nachrichten, Gerüchte und Verschwörungen laufen dort zusammen; kein Ort wäre besser, wenn man sein Leben dem Lauschen weihen will. Und gleichzeitig liegt Tadmor abseits – anders als Tyros, oder Tarsos, oder Damaskos. Wer würde Tadmor erobern wollen? Und wozu? Zerstört man den Brunnen, wenn man noch einmal durch die Wüste will?«

Nach langem Knirschen gab Hamilkar zu, daß ihn andere Dinge dorthin gelockt hatten. Die Wüstenstrecke, die notfalls einen besseren Fluchtweg darstellte als die belebten Wege am Euphrat; die Nachricht, daß Kurush sich dort aufhielt – nachdem Karchedon einmal den Blick auf Tadmor gerichtet hatte, war dies nicht mehr schwer zu ermitteln; die Annahme, daß Bagoas, wenn er denn noch lebte, früher oder später versuchen würde, dorthin zu gelangen. Und der Tempel selbst. Baal, Herr der Phöniker. Damit auch Herr der Karchedonier – wenn auch vermindert durch Ferne und Zeit.

»Ich glaube nicht an Orakel«, knurrte Hamilkar. »Aber es ist gut zu wissen, daß Alexander dort schon als toter Gott gilt. Da ich zu seiner Vergöttlichung beitragen will ...«

Sie ließen sich Zeit. Als sie den Euphrat erreichten, in der Nähe des assyrischen Dorfs Dura südlich des alten Karkemish, waren sie noch weit von Babylon. Immer wieder stießen sie auf Wanderzüge – Phöniker zum Beispiel, die berichteten, sie sollten eine Stadt an der Tigrismündung bewohnen, Charax oder auch Alexandreia genannt, wo sie den Indienhandel und den Schiffbau zu fördern hätten. Niemand hatte sie gefragt oder gar gebeten, aber die Befehle des Königs zu mißachten sei ebenso zuverlässiger Tod wie der Biß einer Viper. Immer wieder tauchten auch, meist abends, bärtige Männer auf, die Westphönikisch redeten. Sie schienen alle in ähnlich kleinen Gruppen unterwegs zu sein, unauffällig, konnten sich unter die übrigen Wanderer mischen, aber Dymas schätzte nach und nach, daß Karchedon mindestens 1000 Männer nach Babylonien geschickt haben mußte.

Und das ganze Land wimmelte von Pferden, für das gewaltige Heer. Die Zahlen waren phantastisch, aber sie wurden von Einheimischen und Reisenden so überzeugend wiederholt, daß Dymas sie für wahr hielt – für allzu wahr. 1000 Trieren; diese Zahl kannte er. Inzwischen waren es noch mehr geworden; der Makedonier hatte ganze Wälder am Tigris fällen lassen, um die Flotte zu verstärken. Nun ging man von 700 Kampfschiffen oder mehr in beiden Meeren aus – 700 vor der phönikischen Küste, mindestens weitere 700 dort, wo Euphrat und Tigris mündeten. 50 000 Perser, hieß es, seien bereits ins Heer eingegliedert worden – nicht in besonderen Abteilungen, sondern in gemischten Verbänden, als Teile der neuen Taxeis. Makedonen seien natürlich immer noch dabei, dazu hellenische Söldner, Babylonier, arabische Kamelreiter, kretische und kappadokische Bogenschützen ... Insgesamt weit über 100 000 Kämpfer – reine Kämpfer, Troß und sonstige Einheiten wie Belagerer oder Aufklärer nicht gerechnet. Der König habe allen Priestern zum Trotz Babylon wieder betreten, um zu zeigen, daß die bösen Orakel ihn nicht kümmerten; von Babylon aus werde er mit Heer und Flotte die Küsten Arabiens entlangziehen,

Kane und Saba und Maar nehmen, die Weihrauchländer ins Reich eingliedern. An der Mündung des Nils – der alte Kanal des Pharao Necho, der Nil und Arabisches Meer verband, werde instandgesetzt – wolle er beide Flotten vereinigen und dann nach Westen ziehen, gegen Karchedon und bis zu den Säulen des Herakles. Und weiter.

Das Frühjahr verging, der Sommer begann; je näher sie Babylon kamen, desto voller waren die Straßen. Umsiedler, Händler, Krieger, aber auch Gesandte aus fernen Gegenden: aus Iberien (mit einigen konnte Hamilkar sich in einer harten Sprache verständigen), aus dem keltischen Norden, aus zahlreichen Gebieten der Italiker, aus dem aithiopischen Meroë ...

Hamilkars Leute – immer andere – kamen und gingen, brachten Nachrichten, erhielten Befehle. Am Abend, bevor sie Babylon erreichten – es war der dreizehnte Tag des makedonischen Daisios-Monds –, sprachen sie noch einmal über die Einzelheiten des Vorgehens. Irgendwann sagte Dymas, eher nebenher:

»Du wirkst heute lockerer als in den letzten Tagen; fast erleichtert.«

Hamilkar lächelte sanft, aber seine Augen glühten. »Das hat mehrere Gründe. Das lange Warten ist vorbei; morgen sind wir in der Stadt. Dann beginnt ein anderes Warten, aber ansonsten ist alles vorbereitet.«

»Was alles?«

Hamilkar spitzte den Mund. »Das willst du überhaupt nicht wissen, Dymas. Wenn du es nicht weißt, kannst du es nicht weitergeben, wenn man dich eingehend befragt.«

»Ich weiß.« Dymas nickte grimmig.

»Außerdem habe ich gehört, daß ein anderer Teil des Plans vorbereitet ist. Der, den wir hoffentlich niemals verwirklichen müssen.«

»Darf ich *das* denn erfahren?«

Hamilkar lachte. »Bald wird auch der Makedone es wissen; ich nehme an, Ptolemaios, der sich um die Spitzel kümmert, weiß es schon. Erinnerst du dich, daß ich dir gesagt habe, Alexander selbst und sein Heer würden uns die Waffen liefern?«

»Ich erinnere mich. Ich erinnere mich aber auch, daß ich es damals ebensowenig verstanden habe wie jetzt.«

»Bedenke, Musiker – Harpalos. Antigonos. Andere Satrapen. Die Erneuerung des Heers. Die Heimkehr von Verbannten. Nun?«

Dymas zuckte mit den Schultern. »Ich verstehe noch immer nicht.«

»Er hat Krieger angeworben und entlassen, Dymas. Seine Satrapen auch. Immer wieder. Ich rede wohlgemerkt nicht vom klugen Krateros, der mit elftausend alten makedonischen Kämpfern in die Heimat reist und so klug war, irgendwo in Phrygien krank zu werden, so daß er nicht weiterreisen kann, bis ... gewisse Dinge geklärt sind. Ich rede auch nicht von den Makedonen in Hellas, die nach wie vor auf den Befehl des klugen Antipatros hören. Der nach Babylon kommen sollte, aber ebenfalls eine kluge Krankheit erlitt und statt seiner Kassandros schickte, seinen Sohn – den Alexander nicht leiden kann. Ich rede« – er beugte sich vor – »von beinahe achtzigtausend erfahrenen Kämpfern, Dymas. Von makedonischen Offizieren ausgebildet, hart, kampfbereit. Viele von ihnen nicht nur gierig auf Geld, wie alle Söldner, sondern auch mit Groll oder Haß gegen Alexander erfüllt. Der sie geführt und entlassen hat; der ihre Entlassung aus gemütlichen Satrapien befahl. Sie wollen nicht als Bauern heimkehren in Gebiete, in denen ohnehin zu viele Bauern sind. In Hellas kann oder darf keine Stadt sie anmieten. Aber ... Karchedon hat Geld.«

»Achtzigtausend? Und eure Flotte? Und eure uneinnehmbare Mauer?«

»Und ein Karchedonier, der zu allem bereit ist. Und ein Musiker, der ihm helfen wird.«

Am nächsten Vormittag erreichten sie Babylon; es war der vierzehnte Daisios-Tag. Dann schien sich die Zeit zu beschleunigen, wurde zu einem wirren Fiebertraum aus feuchten Händen, wimmelnden Gesichtern, pochendem Herzen und sengender Sehnsucht nach einem Ende des Schreckens. Dymas traf Offiziere, die sich an ihn erinnerten, ehemalige Königsknaben, den einen oder anderen früheren Mitarbeiter des Demaratos, jetzt im Dienste von Ptolemaios und Nearchos. Er erfuhr, daß für den nächsten Abend eine Art Empfang vorgesehen war – Hofbeamte, wahrscheinlich Ptolemaios, sicherlich Perdikkas und Leonnatos, vielleicht sogar der König würden mit den Gesandten sprechen. Nein, Musiker seien bisher nicht vorgesehen, aber es wäre natürlich eine großartige Idee, den gerühmten Dymas, der schon vor so vielen Jahren für den König gespielt hatte ...

Am nächsten Nachmittag sah Dymas zu, wie Hamilkar seine seltsame trübe Röhrchenblase mit einer klaren Flüssigkeit füllte. Zwei seiner Leute, beladen mit Geschenken, begleiteten sie zum Palast. Auf dem Euphrat schwammen tote Fische, und der Himmel war bewölkt – keine Erleichterung in der brütenden Sommerhitze.

»Laß dich von nichts überraschen«, sagte Hamilkar leise, als sie den Festsaal betraten. »Falls er kommt, meine ich. Kann sein, daß er etwas sagt, was ... womit du nicht rechnest. Bleib kühl.«

Dymas holte tief Luft und nickte. Er sah die Leuchter, die Fackeln, die Bratfeuer im Hof, die Gesichter, die schweren Teppiche, kostbare Truhen, Gefäße aus Gold und Silber; er zählte die Sklaven und vergaß die Zahl sofort wieder; er trank einen Becher Wein, ohne etwas zu schmecken.

Dann nahm er die Kithara aus der Felltasche, stimmte und spielte. Tänze, Paiane, Hymnen; lydische und phrygische, hellenische und persische, ägyptische und phönikische Melodien. Er ging langsam von Gruppe zu Gruppe, blieb immer wieder zwischen den Tischen und Liegen stehen, ließ seine mit bronzenen Kuppen und Zupfspangen versehenen Finger arbeiten, dachte sinnlose Fetzen.

Irgendwann erschien Perdikkas, der Chiliarch des Heeres, seit Abmarsch des Krateros höchster Offizier. Ein Mann mit harten Zügen, durchdringenden Augen, den Bewegungen eines zornigen Löwen. Er betrachtete die Versammelten, den Musiker, runzelte die Stirn; jemand flüsterte ihm etwas zu. Perdikkas' Blick richtete sich wieder auf Dymas, etwas wie ein Erkennen oder eine ferne Erinnerung war in den Zügen zu lesen. Dann bildeten sich Menschentrauben um ihn; Gesandte, Bittsteller, Freunde, alle redeten auf ihn ein, fragten nach dem König, nach der Gesundheit, nach dem Heer, nach anderen hohen Offizieren oder Beamten. Eumenes tauchte auf, sah sich um, schnitt eine Grimasse und verschwand, ehe jemand ihn festhalten konnte.

Perdikkas schüttelte die Leute ab, die ihn bedrängten. Ein Sklave reichte ihm einen Becher, nachdem ein anderer, dikker Mann davon gekostet hatte. Perdikkas trank; seine Augen bohrten sich in die von Dymas. Langsam kam er näher.

»Elf Jahre, was?« sagte er. »Nun, wir werden alle älter und kommen in der Welt herum. Sing uns etwas, Dymas.«

»Mit besonderem Vergnügen, edler Chiliarch.«

Dymas stimmte nach, lehnte sich an die Kante eines Tischs, räusperte sich. Perdikkas blieb neben ihm stehen und schaute im Saal umher; schlagartig herrschte Totenstille. Ein kleines, böses Lächeln erschien auf dem Gesicht des Chiliarchen und schwand sofort wieder – das Lächeln des Mächtigen, der mit Befriedigung festgestellt hat, daß die Macht wirkt.

»Ein Gesang, der die Lust am Genuß erhöhen soll«, sagte Dymas, »indem er an die unausweichlichen Folgen erinnert.«

»Das ist gut.« Perdikkas grinste. »Man soll immer die Folgen bedenken.«

Eine eisige Drohung lag in der Stimme; Dymas schloß einen Moment die Augen und sang.

Schlag den Zahn in Haselhühner,
tunk den Thunfisch tief in Knoblauch,
tränk mit Sesamöl das Küchlein,
Honigseim streich auf den Krapfen,
Lammfleisch, rosig, brat mit Kräutern,
dreh das Ferkel überm Feuer,
Ziegenfleisch mit Lauch und Lorbeer
schling herunter, spül mit kühlen
schweren Weinen, denn zum Nachtisch
will dich gut gemästet Charon.

Zweimal sang er die Worte: spöttisch, zu einer leichtfertig hüpfenden Melodie zunächst, dann in einer tieferen Lage begleitet als schwermütigen Totentanz. Er bemerkte, daß gegen Ende des ersten Teils eine leichte Unruhe die versammelten Gäste aus hundert Ländern erfaßte; daß sie ihre Augen auf einen Punkt hinter seiner Schulter richteten. Aber er spielte weiter, denn Perdikkas' Augen rieten es ihm.

Als die Musik endete, lag dicke, fast eisige Stille über dem Saal. Er spürte eine Hand auf seiner Schulter. Eine Stimme sagte:

»Wohlgetan, Dymas. Du hast nicht nachgelassen, trotz der Nähe zu Charon.«

Dymas atmete durch und drehte sich um. Dann erschrak er.

König. Held. Stratege. Eroberer. Gott. Alexander war nicht ganz dreiunddreißig, aber sein Gesicht war das eines sehr viel älteren Mannes. Gezeichnet von Wunden, von wüsten Jahren, von Entbehrungen und Mühsal, aber auch ein wenig aufgeschwemmt von zuviel Wein. Die Augen ... immer noch dieses undeutliche, ferne Forschen, Sehnsucht nach Weite; dahinter wie ein tief eingegrabener Dorn Schmerz: eine namenlose, unsagbare Qual. Kein Flackern, keine plötzlichen Übergänge zwischen den Wesen mehr. Im Bruchteil eines Moments begriff Dymas – oder glaubte zu begreifen –, daß der Herr der zehntausend Lichtwesen seine Ziele, sein Gleichgewicht nur hatte erreichen können, indem er die zehntausend Schattenwesen nicht mehr bekämpfte, sondern annahm. Er beherrschte sie, ohne Zweifel, aber sie hatten ihn verändert, und ... er wußte es.

Mühsam brachte Dymas ein paar Wörter heraus. »Ich danke dir, Herr. Eine große Ehre ...«

Alexander nickte, lächelte. Plötzlich war die unglaubliche Magie wieder da, der Dymas bis ans Ende gefolgt wäre, willenlos und verzaubert.

»Gut, gut. Gib mir die Ehre zurück, Dymas, indem du später mehr für mich spielst. Ich speise nachher bei Freunden. Komm mit.«

Dymas verneigte sich, hingerissen und entsetzt. Perdikkas klatschte in die Hände; die Gäste lösten sich aus der Erstarrung, sprangen auf, kamen näher, redeten, schrien. Alexander legte dem Sänger noch einmal die Hand auf die Schulter, zog ihn an sich, als ob er ihn umarmen wollte.

Ungläubig, fassungslos hörte Dymas ihn flüstern: »Später, Sänger, erzähl mir von der schwarzen Witwe in Thessalien, die auf dich wartet. Ob der Schlangengraben wirklich fünf Schritte breit ist. Und was Kurush gesagt hat, in Tadmor.«

Der König wandte sich den Gästen zu, den Gesandten, den Freunden. Menschen, die sich um ihn drängten, sein Gewand, seine Hand berühren, seinen Blick fühlen wollten.

Dymas lehnte an der Tischkante; er wußte, seine Beine hätten ihn nicht getragen. Als er mühsam den Kopf wandte, sah er weitere hochrangige Männer Alexanders den Saal betreten: Nearchos der Kreter, Ptolemaios, Sohn des Lagos, Lysimachos, über dessen jähen Aufstieg in den vergangenen Monden wilde Gerüchte umliefen, Leonnatos. Bei Lysimachos wußte niemand genau Bescheid, aber die drei anderen lenkten die Spitzel, die geheimen Kundschafter, setzten die Arbeit fort, die Demaratos begonnen hatte. Die Arbeit, an der Drakon und, als winziges Rädchen, Dymas beteiligt gewesen waren. Zufall, daß alle drei nun hier auftauchten? Oder erklärlich – weil die mit den Gesandtschaften zu erörternden politischen Fragen ihre Zuständigkeit waren?

Oder – wußten sie etwas?

Dymas, immer noch fassungslos wegen Alexanders Worten, beobachtete den Lagiden, der ihn mit einem Blick streifte, die Brauen hob, nickte, dann nach links schaute.

Alexander hatte die ersten Begrüßungen hinter sich. Dymas sah ihn von der Seite, sah, wie sich das Gesicht in jähem Schmerz verzerrte. Die Hand des Königs ging zum Bauch. Dann schien der Krampf zu enden; Alexander entspannte sich und schaute nach links, wie Ptolemaios. Dymas dachte an die Qual in den Augen, an die Magie; plötzlich wußte er, daß er abspringen, den Anschlag verhindern mußte. Dort stand ein Wunderwerk der Götter oder der Zufälle, der schärfste und begabteste Kopf der Oikumene. Ein einzigartiger Mann. Eine magische Maschine, die nicht zerstört werden durfte; schlimm genug, daß sie eines Tages von allein stehenbleiben würde.

Einen Moment schloß er die Augen. Mord und Brand, Folter und Verstümmelung, Hunderttausende tot, Hunderttausende vertrieben, umgesiedelt, heimatlos, und noch mehr in den kommenden Jahren, zwischen Babylon und dem Westrand der Welt. Kyrene, Libyen, Karchedon. Aber – hatten nicht alle Philosophen die großen Kriegshelden gepriesen? Sagte man nicht, daß die Götter ihnen zugeneigt waren? Alexander hatte schneller, gründlicher, größer gehandelt; aber wesentlich anders als Agamemnon, Achilles, Miltiades, Themistokles, die Pharaonen, die Großkönige? Er dachte an Dyrrhachion, das friedliche Miteinander von Menschen aus hundert Völkern, die freiwillig Gemeinsamkeit entwickelt hatten; ließ sich denn dies Miteinander nicht doch befehlen, erzwingen – würden sich die fehlenden Gemeinsamkeiten einstellen? Konnte er die engstirnigen Bewohner der hellenischen *polis*, die nicht einmal ihren vertrauten Metöken gleiche Rechte gewährten, zu Weitherzigkeit und kosmischer *polis* zwingen – und wenn nicht er, wer dann? Mußten denn nicht immer viele leiden und sterben, damit andere neu und besser leben konnten? Brandopfer für Baal, Abflämmen alter Stoppeln für neue Ernte? Er wußte es nicht, konnte es nicht entscheiden; da er es nicht wußte, stand ihm die Entscheidung nicht zu. Wem denn auch?!

Er öffnete die Augen und sah, daß sich vom König aus eine Gasse gebildet hatte, nach links. Dort war Hamilkar aufgestanden und näherte sich Alexander.

Jason, in Thessalien, tot ... Alexander, der ihm Tekhnef nicht hatte nehmen können – nur alles, was Tekhnef an ihm geliebt hatte; Alexander, der alles wußte – vielleicht auch, daß Hamilkar Gift im Mund hatte und Dymas ein Mitspieler war; Alexander gab ihm plötzlich eine Hoffnung, die Aussicht auf Rückkehr, auf ein Leben mit Tekhnef; erneuertes Leben statt qualvollen Todes unter den Händen jener, die den Königsmord rächen würden.

Dymas faßte einen Entschluß. Er stieß sich von der Tisch kante ab; seine Finger krampften sich um die Kithara.

14. ENDE UND ASCHE

»Der fünfzehnte Daisios, und wieder ein lausiger Tag. Was willst du so früh hier?« sagte Eumenes.

Nearchos rieb sich die Augen und betrachtete das verquollene Gesicht des Hellenen. »Ich konnte nicht mehr schlafen. Diese Hitze. Und du?«

Eumenes bleckte die Zähne. »Ich hab mich gar nicht erst hingelegt. Bei dem Wetter.« Er kaute auf dem Ried, patschte mit der Linken auf dem Papyros herum. »Der Häuptling hat außerdem wieder Sonderwünsche.«

»Was denn?«

»Geschenke und ein langer Bericht, nach Susa – für Stateira, damit sie die Schwangerschaft besser übersteht. Soll heute morgen abgehen; und solche Berichte schreibt er entweder selbst, oder ich muß das machen. Er wollte aber lieber seiner schwangeren Roxane beiwohnen, also ...«

Nearchos ging zur offenen Tür; über dem vierten Innenhof des Palasts hing schwüle, graue Dämmerung. Ein Sklave brachte lautlos eine Silberplatte mit Brot, Fleisch, Früchten, Wasser und heißem Würzwein. Der regelmäßige Schritt des Postens hallte im Säulengang.

»Was liegt an?«

Eumenes warf einen Blick auf eine Wachstafel. »Für dich? Nicht viel – ein Ausflug, sozusagen. Wettrudern auf dem Fluß; der König wünscht, daß sein kretischer Nauarch mit an Bord geht. Danach empfängt Perdikkas die Gesandten, am späten Nachmittag; Alexander geht vielleicht hin, vielleicht nicht; wir sollten, nehme ich an.«

»Wo steckt Ptolemaios?«

Eumenes grunzte. »Nachdem er erfolgreich die edle Artakame geschwängert hat, kann er wieder die Vorzüge der schwellenden und unersättlichen Thais genießen. Wo wird er also mit was stecken?«

Nearchos legte eine Bratenscheibe auf Brot, rollte es zusammen, goß heißen Wein in den Becher, biß ab. Eumenes betrachtete ihn, als hätte er nie einen Mann frühstücken sehen.

»Wann?« sagte er schließlich; eine Mischung aus Staunen und Mißbilligung klang aus der Stimme.

Nearchos seufzte. »Bald. Fünf, sechs Tage; warum?«

Eumenes schaute sich um; dann lachte er gepreßt. »Hier rede ich mit dem Herrn aller Spitzel und schaue mich nach Ohren um. Bah.«

»Du kannst unbesorgt reden.« Nearchos hob die Schultern. »Ptolemaios und ich, wir tauschen uns da aus; selbst wenn einer seiner Leute lauschen sollte ... Außerdem sieht er gewisse Dinge ähnlich.«

Eumenes legte das zerkaute Schreibried beiseite und verschränkte die Hände hinter dem Kopf. »Wie stehen die Vorbereitungen?«

»Ein Teil des Heers ist schon am Persischen Meer, der größte Teil der Flotte sowieso. Der Rest marschiert, sobald er es befiehlt.«

»Ich beneide euch.« Eumenes' Stimme troff von Hohn.

Nearchos nickte langsam. »Das denke ich mir. Du bedauernswertes Geschöpf mußt in Babylon bleiben, umgeben von Kargheit, während wir schwelgerisch Arabien umrunden.«

»Kommt mir so vor, als ob Gedrosien dagegen ein Vergnügungsmarsch gewesen wäre.«

Nearchos runzelte die Stirn. »Wir haben's überlebt – ihr an Land, ich mit den anderen auf den Schiffen.«

Leise sagte der fette Kardier: »Es ist Wahnsinn, und wir alle wissen es. Die Perser haben das Land zweihundert Jahre lang beherrscht, Tribut gefordert und erhalten, aber sie waren nie so verrückt, ein Heer in die Wüste zu schicken. Außer damals Kambyses, gegen Siwah; und die ägyptische Wüste ist kleiner. Wir haben ihre Landkarten und Wegbeschreibungen, wir kennen die Häfen und Handelsplätze – es gibt da nichts zu erforschen. Es gibt auch nichts zu erobern; alle haben sich freiwillig unterworfen. Und wenn schon – weißt du eine schlimmere Zeit, diesen Marsch anzutreten, als den Beginn des Sommers, die heißeste Zeit – jetzt? Wahnsinn.«

Nearchos schwieg; er aß seine Brotrolle zu Ende, wischte

sich die Hände an einem weißen Tuch, trank einen Schluck aus dem Becher.

Eumenes starrte ihn an. »Und?«

Nearchos schüttelte den Kopf. »Nichts ›und‹. Wir haben das doch tausendmal besprochen, Mann. Mit Perdikkas. Mit Leonnatos. Mit Lysimachos. Mit Seleukos. Mit Ptolemaios. Mit allen, sogar Krateros hat einen vorsichtigen Brief dazu geschrieben. Der alte Antigonos auch; auch vorsichtig, aber eindeutig.«

»Aber wir tun nichts«, sagte Eumenes bitter.

»Was sollen wir tun? Du kennst ihn doch ... Und uns. Perdikkas hat es zehnmal versucht, aber sobald Alexander dich anschaut, sind all deine Zweifel fort. Wie du weißt.«

»Wie ich weiß. Wie ich zu gut weiß. Und dann folgt man ihm eben bis zum anderen Rand der Welt. Scheiße.«

Nearchos nestelte an seinem Waffengurt. »Du sagst es. Ein hartes Wort für eine weiche Masse. Aber wir haben noch ein paar andere Probleme.«

»Reicht das nicht?«

»Was? Die halbe Welt erobern und dann nicht aufhören?« Eumenes knurrte.

»Ptolemaios wird euch heute vormittag ein paar Dinge erzählen«, sagte Nearchos. »Während der kretische Nauarch Nearchos den König der Könige beim Wettrudern auf dem Euphrat begleitet.«

»Was wird er uns erzählen, edler Kreter?«

»Erkenntnisse, edler Kardier. Über die Freude der makedonischen Hopliten, von persischen Dekadarchen befehligt zu werden, zum Beispiel. Perser in der Reihe hätten sie ja noch hingenommen, wenn auch ungern. Aber persische Offiziere ... Nun ja. Dann ist da noch Karchedon.«

Eumenes verdrehte die Augen. »Ich mag es nicht hören. Übrigens ist ein Karchedonier ...«

»Ich weiß.« Nearchos bleckte die Zähne. »Ptolemaios kennt ihn. Hamilkar. Sie schicken keinen kleinen Gesandten, Freund; er ist der Herr ihrer Kundschafter, Spitzel und Boten. Wir werden ihn heute nachmittag betrachten.«

»Der, mit dem Ptolemaios damals Memnon verhandelt hat?« Eumenes pfiff leise. »Gut, gut. Es ist immer förderlich, hohe Besucher gut zu behandeln. – Was war mit Karchedon?«

»Sie haben fast alles angemietet, was wir und die Satrapen in den letzten Jahren entlassen haben. Die Angaben unserer Leute schwanken, aber es dürften eher achtzigtausend als sechzigtausend Kämpfer sein.«

Eumenes kicherte. »Nett. O wie aufregend. Ein Sommerspaziergang durch die Wüste Arabiens, und dann dürfen die guterholten Männer sich mit Karchedons kleiner Flotte, den brüchigen Mäuerchen und ein paar Söldnern messen? Wahnsinn.«

»Vielleicht fällt euch was dazu ein. Ich weiß nicht weiter.«

Eumenes ließ die Mundwinkel sacken; verdrossen sagte er: »Du und ich, wir haben doch nichts zu befehlen. Alle Kreter lügen, alle Kardier sind geistig verfettet. Wenn jemand etwas ändern könnte, dann allenfalls die hohen Herren Makedonen. Aber ich habe nicht den Eindruck, daß Perdikkas und Ptolemaios mehr bei ihm erreichen als wir.«

»Ist ohnehin zu spät. Manchmal ...« Er zögerte. »Manchmal frage ich mich, ob er untergehen *will*. Oder ob er, nun, da sein Enkidu tot ist, Gilgameshs Reise umgekehrt antreten will, mit großem Aufgebot, gleich zu Utnapishtim, um den zu zwingen, daß er den Dornbusch des ewigen Lebens rausrückt.«

Alexander wurde von den Besatzungen der Dreidecker und der flachen Vierruderer mit Jubel begrüßt. Als sie den Hafen verließen, brach der Himmel auf; innerhalb von Momenten verwandelte die Sommersonne den stickig schwülen Tag in einen sengenden Ofen. Gemächlich glitten die Schiffe flußab. Nearchos überließ die Lenkung des Hauptschiffs, auf dem er und der König fuhren, dem Trierarchen Metron. Er selbst hatte einen Schemel an die Bordwand gezogen, starrte ins schmierige Wasser, zählte die aufgedunsenen Hundekadaver, die toten Fische, die bräunlichen Klumpen unterhalb von Babylons Abwasserkanälen, und irgendwann döste er ein.

Erregte Stimmen und heftige Bewegungen weckten ihn. Die Wettfahrt zurück zur Stadt hatte begonnen – um Ruhm und das Lob des Königs und Kränze und Gold. Alexander stand auf dem Achterdeck; er feuerte die Ruderer an. Plötzlich hustete er und hielt sich den Hals. Einer der Offiziere füllte einen Becher mit Wein aus dem Schlauch, der an der Bordwand hing. Alexander dankte, nahm, trank und spuckte aus.

»Der kocht ja fast! Habt ihr nichts Kühleres?«

Mit schnellen Schritten ging er zur linken Seite, nahm einen der Schöpfeimer, mit denen Wasser zur Reinigung des Decks aus dem Fluß geholt werden konnte, und ließ ihn über die Bordwand ab.

Nearchos dachte an den Dreck und schüttelte sich; er sprang auf und ging zu Alexander.

»Tu das nicht, Freund«, sagte er eindringlich. »Flußwasser, unterhalb der großen Stadt ...«

Alexander holte den Eimer ein, setzte ihn an den Mund und trank in langen, durstigen Zügen. Schließlich ließ er das nicht eben königliche Trinkgefäß sinken und blinzelte Nearchos zu.

»Willst du auch?«

Der Kreter schüttelte den Kopf und schnitt eine Fratze.

Alexander lachte. »Du sorgst dich wegen ein bißchen Schmutz, wie? Ah, Nearchos, du bist eben kein Gott.«

Nach der Wettfahrt – natürlich gewann das Schiff des Königs – nahm der erhitzte Alexander ein kaltes Bad, was Philippos, den Arzt, zu einem Kopfschütteln und einer Gebärde der Ohnmacht bewegte. Nearchos mußte beim König bleiben, der mit der Ausrüstung der Schiffe unzufrieden war, vor allem, was Vorräte anging. Während des Gesprächs hustete er mehrmals und griff sich an den Bauch; Philippos riet zu leichter Kost und warmen Kräutertränken. Alexander lachte und sagte, ihm fehle nichts, was nicht kühler Wein geben könne. Nearchos verließ ihn kurz, um frische Gewänder anzulegen und eine Kleinigkeit zu essen; als er zurückkam, ließ Alexander sich eben von seinem Salbmeister kneten und mit Duftölen behandeln. Wieder einmal erstaunte Nearchos die Menge und Größe der Narben all der leichten und der beinahe tödlichen Verwundungen – Narben, die, wie man sagte, die leidenschaftliche Roxane immer wieder zu verzückten Liebkosungen erregten.

Jemand berichtete, der Sänger Dymas, seit so vielen Jahren in der Oikumene gepriesen, sei in Babylon eingetroffen und unterhalte die Gesandten, die Perdikkas empfange. Alexander lächelte seltsam und sagte, dann sei es wohl angebracht, ebenfalls dorthin zu gehen, um sich nicht des Genusses zu berauben.

Nearchos, der den Namen Dymas vor wenigen Tagen in einem anderen Zusammenhang gehört hatte – im Bericht eines zuverlässigen arabischen Spitzels über Vorgänge in Tadmor –, begleitete den König trotz einiger Besorgnisse und Vorbehalte. Auf dem Weg zum Saal, in dem der Empfang stattfand, stießen andere hohe Offiziere zu ihnen. Ptolemaios hielt Nearchos einen Moment zurück.

»Wieder das gleiche«, sagte er leise. »Alle sind dagegen, aber keiner weiß, wie man ihn davon abbringen kann.«

Nearchos nickte. »Das Heer?«

Der Lagide grinste freudlos. »Das Heer folgt dem Gott – auch in der Hoffnung, irgendwo in der Wüste unauffällig die persischen Offiziere ... verlieren zu können.«

Der Kreter stöhnte. »Wie soll das enden, Freund?«

»Wir müssen alle irgendwann einmal sterben. – Ah, bevor ich es vergesse: Krateros hat seine furchtbare Krankheit überwunden und nähert sich mit seinen Leuten dem Hellespont. Und Kassandros hat auf scharfe Fragen zugegeben, daß sein Vater so krank doch nicht ist. Was uns verwundert.«

Nearchos gluckste, ohne Erheiterung zu empfinden. »Kluger alter Antipatros. Was er wohl über die nächsten Schritte denkt?«

»Was wohl! Ah, wozu soll ich es dir verschweigen? Da ist noch etwas. Der Karchedonier ...«

»Was ist mit ihm?«

Ptolemaios zog Nearchos an sich, als ob er ihn umarmen wollte; dabei flüsterte er ihm etwas ins Ohr.

Der Kreter erstarrte.

Ptolemaios klopfte ihm auf die Schulter und schob ihn zum Saaleingang. Als sie eintraten – Nearchos mit schleppenden Schritten und bleich um die Nase –, beendete Dymas eben sein Lied. Sie sahen, wie Alexander ihm etwas sagte, etwas zuflüsterte; sie sahen, wie der Sänger zusammenzuckte.

Dann drängten sich die ersten Gesandten um Alexander; er hörte Begrüßungen, erwiderte sie, lächelte, lauschte. Ganz plötzlich, fast greifbar, entstand eine Spannung im Raum. Wie ein Regenbogen; ein Ende war Alexander, das andere der Karchedonier.

Er hatte sich erhoben, eine Gasse bildete sich, durch die er sich dem König näherte. Zwei Männer folgten ihm; sie trugen Geschenke – kostbare Schnitzwerke aus Elefantenzähnen; ein verziertes, mit silbernen Ranken überkrustetes Straußenei; feinste Glasfläschchen, wie für Duftwässer, deren Bäuche die Gesichter von Alexander, Olympias, Philipp und Roxane waren; eine schlanke, in ihrer Schmucklosigkeit überwältigende Amphore.

Nearchos sagte leise: »Ist er das?« Er betrachtete den schlanken, dunklen Mann, dessen Haar erste Spuren von Grau zeigte, wie der sorgsam gestutzte Bart.

»Das ist er.« Ptolemaios blickte hinüber zu Perdikkas, der die Arme vor der Brust verschränkt hatte; seine Miene zeigte nichts.

Zwei Schritte vor Alexander blieb Hamilkar stehen. Die beiden Begleiter knieten; mit erhobenen Händen boten sie auf Goldplatten die Geschenke dar. Die Amphore hatten sie neben Hamilkar gestellt.

»Karchedons Grüße an den Herrn des Ostens.« Er sagte es mit einer kleinen Verbeugung; sein Hellenisch war makellos, die Stimme tief und voll, die Aussprache allerdings ein wenig verschwommen. So, als hätte er einen Kiesel im Mund, oder vielleicht ein Geschwür.

Alexander musterte die Gaben, strich über das große Ei, nahm das Fläschchen mit Roxanes Gesicht in die Hand, lächelte und stellte es auf die Platte zurück. Er bewegte die Finger; Diener nahmen die Platten mit den Geschenken entgegen.

»Ich danke dir, Karchedonier; es sind kostbare Dinge von allergrößter Kunstfertigkeit.«

Hamilkar neigte wieder den Kopf; auch er lächelte nun. »Die ruhmreichen Handwerker meiner Heimatstadt werden entzückt sein, dies höchste Lob zu vernehmen, Herr. Noch größer wäre ihre Wonne nur, wenn du selbst ihnen freundliche Worte sagen wolltest, etwa bei einem freundschaftlichen Besuch.«

Eisiges Schweigen. Perdikkas sog vernehmlich Luft durch die Zähne.

Alexander lächelte nicht mehr. »Ein solcher Besuch wäre denkbar. Man müßte sich nur über Einzelheiten unterhalten.«

Hamilkar nickte. »Selbstverständlich. Unsere Verwandten in Tyros waren töricht, als sie deinen Wunsch, im Tempel des Melqart zu opfern, nicht geziemend achteten. So soll ich dir im Namen des Rats meiner Stadt versichern, daß wir es als Gunst betrachten würden, dir und den Freunden, die du dessen für würdig hältst, alle Tempel Karchedons zu öffnen.«

»Auch den des Baal, den keiner betreten darf, der nicht aus Karchedon stammt?«

Hamilkar lächelte kühl. »Kein Gesetz, das nicht für den Herrn des Ostens aufgehoben würde. Es wäre uns höchstes Entzücken, dich zum *tofet* zu führen.«

»Wo man Baal Brandopfer darbringt«, murmelte Ptolemaios. »Er hat Mut, bei allen Göttern!«

Alexander schien die doppelte Bedeutung durchaus verstanden zu haben. »Einem Priester oder Gast wäre es zweifellos ein Erlebnis. Aber zuvor sollten wir über andere Dinge reden – die Anzahl der Begleiter, zum Beispiel, und die Art ihrer Kleidung. Vielleicht auch über andere Tempel. Den des Baal in Tadmor.«

Hamilkar nickte, scheinbar ungerührt. »Du ehrst mich, Herr; meine geringen Kenntnisse und Ratschläge seien dein. Aber ...« Er schnippte mit den Fingern; einer seiner Begleiter öffnete den gesiegelten Wachspfropfen der Amphore und hob das Gefäß.

Ein Raunen ging durch den Saal, als Hamilkar unter seinem weiten weißen Umhang einen Becher hervorholte – einen Kelch, würdig aller Könige und Götter. Er schien aus reinem Gold zu sein, mit einem kühlen hellen Trinkrand aus Elefantenbein. Aus Silber und edelsten Steinen geformte Palmen und Pferde, Karchedons Symbole, zierten die Oberfläche; der Fuß – oder Sockel – bestand aus vier kleinen goldenen Elefanten, die mit den Stirnen einen klaren, tiefroten Stein hielten.

Hamilkar ließ den Kelch aus der Amphore füllen. »Unser bester Wein, Herr, in einem angemessenen Gefäß. Beides ist ein Geschenk der Väter von Karchedon, die Freundschaft und Handel zu beiderseitigem Nutzen jeder anderen Verbindung vorziehen.«

Alexander nahm den dargebotenen Kelch nicht an. »Euer Wein ist zweifellos von besonderer Güte, und dieser Kelch ist prachtvoll. Wie alt ist der Wein? Zehn Jahre?«

Hamilkar schüttelte langsam den Kopf. »Was vor zehn Jahren gekeltert wurde, Herr, ist getrunken.«

»Man könnte es erneuern, nicht wahr? Oder auch nicht. Trink du zuerst, Karchedonier. Damit ich deinen guten Willen erkenne und du die Reinheit eures Weins.«

Langsam fiel die Lähmung von Nearchos ab, die ihn gefangengehalten hatte seit den geflüsterten Worten des Lagiden, draußen, auf dem Gang. Er sah, wie Ptolemaios sich versteifte; und er sah, wie der Sänger sich von der Tischkante löste, die Hand um die Kithara gekrampft.

»Er will es verhindern«, hauchte er. »Tu was. Ich ...«

Ptolemaios machte ein paar schnelle Schritte. Seine Hand, die harte Hand des erfahrenen Heerführers und Ränkeschmieds, legte sich um Dymas' Oberarm.

Hamilkar setzte den Kelch an die Lippen und trank, lang und tief. Dann reichte er das Gefäß dem König. Auch Alexander trank nun. Irgend jemand klatschte. Nearchos schlug die Hände vors Gesicht.

Abends traf sich ein erlesener Kreis von Hetairen bei Medios. Perdikkas war dabei, ebenso Meleagros, Leonnatos, der Satrap Peukestas, Ptolemaios, Lysimachos, Eumenes, Philippos der Arzt, Nearchos, Seleukos und einige andere. Dymas, von Alexander angewiesen, spielte etliche Lieder und Tänze; er wirkte ein wenig abwesend, aber seine Musik war vortrefflich. Alexander leerte einen großen Becher gekühlten Weins und klagte über Leibschmerzen; Philippos verzog das Gesicht und sagte, auch ein König solle bisweilen etwas Warmes essen und etwas Warmes trinken. Alexander antwortete, er habe seit dem Morgen nur Wein und Wasser zu sich genommen und wolle diese vorzügliche Gepflogenheit nun nicht durch Kräutersud oder Geflügelbraten schänden. Dann schwankte er leicht; Philippos befühlte seine Stirn und sagte, es sei ein kleines Fieber.

Eumenes' Tagebücher verzeichneten die Vorfälle der folgenden Tage. Der König schlief lange, badete, opferte, speiste dann bei Medios und trank abermals bis tief in die Nacht. Nach dem Gelage badete er, aß eine Kleinigkeit und schlief dabei ein, denn er fieberte nun heftiger. Morgens brachte man ihn in einer Sänfte zu den Altären; er opferte wie jeden Tag, dann ließ er sich in seine Gemächer bringen, wo er schlummerte, bis es Abend wurde. Wieder erwacht, gab er den Strategen neue, eingehende Befehle für den Zug des Heeres und der Flotte: Das Heer solle in vier Tagen, die Flotte mit ihm in fünf Tagen aufbrechen.

Dann wurde er in einer Sänfte zum Fluß gebracht, überquerte diesen mit einem Boot und ließ sich in einen ausgedehnten Garten bringen, badete dort wieder und ruhte dann. Am nächsten Tag badete er abermals und opferte an den Altären, ließ sich dann in sein Schlafgemach bringen und unterhielt sich dort mit Medios. Für den nächsten Morgen befahl er die Strategen und den Nauarchen erneut zu sich. Nach der Befehlsausgabe speiste er ein wenig, wurde wieder in sein Schlafgemach gebracht und fieberte die ganze Nacht. Am Morgen badete und opferte er, dann besprach er sich mit Nearchos.

Am nächsten Tag badete er wieder und brachte Opfer dar. Trotz starken Fiebers empfing er abermals die Strategen und wiederholte seine Befehle. Am Abend badete er, fühlte sich aber schon sehr schwach.

Baden, opfern, schlafen, befehlen … Als die Offiziere aller Tausendschaften und Fünfhundertschaften zu ihm kommen sollten, am Tag nach dem eigentlich vorgesehenen Abmarsch, konnte er sie wohl noch erkennen, war jedoch nicht mehr fähig zu sprechen und lag stumm. Sein Fieber war sehr hoch. Götter und Priester wurden befragt, ohne Hoffnung. Perdikkas wohnte der Opferung eines Widders bei; als dessen Leber Unheil verhieß, zog er das Schwert, zerhackte das

Tier und befahl dem Priester, ein weniger dummes Schaf zu finden.

Am 26. und 27. Tag des Daisios ließen die Offiziere das Heer zum König. Weinend, stumm, wortlos oder klagend zogen die harten Kämpfer – nur Makedonen – an ihrem König und Feldherrn vorüber, der mit Kissen gestützt auf der Seite lag und sie durch Bewegungen der Augen grüßte. In langen Reihen, Tausende. Sie kehrten nicht heim in ihre Unterkünfte, die Zeltstädte vor den Toren; sie blieben in den Höfen des Palasts, in den Gärten, ohne Zelte und Decken, unter dem bleifarbenen Bruthimmel des babylonischen Sommers. Wolken waren ihr Dach, Trauer ihre Speise.

In den ersten Tagen von Alexanders Erkrankung liefen die Dinge wie gewöhnlich, wenn auch beschleunigt wegen des bevorstehenden Aufbruchs. Dann bekam für Nearchos alles die Umrisse und den Geschmack des Albtraums. Die Verwaltung, Heer und Flotte, die Gäste, die Gesandten waren zu beruhigen, hinzuhalten; Alexanders Befehle entgegenzunehmen, halb auszuführen, halb zu hintertreiben; immer wieder trafen sich die maßgeblichen Männer zu Beratungen. Nicht nur die Männer – Roxane sandte einen Boten nach Susa, wo die beiden anderen Frauen des Königs weilten, Stateira und Parysatis. Sie sollten kommen, der König liege im Sterben. Sie reiste ihnen entgegen, trotz der eigenen Schwangerschaft, tötete beide mit eigener Hand und zerstückelte das ungeborene Kind der Stateira; aber davon erfuhr Nearchos erst später.

An einem dieser qualvollen Tage des Wartens hörte er von Ptolemaios, die Karchedonier und Dymas seien abgereist; so, wie der Lagide es sagte, klang es nach Geleitschutz durch seine Männer. Am Abend warteten sie in einem Besprechungsraum, neben den Gemächern des Königs, auf Philippos. Perdikkas gab die wichtigsten Befehle, seit Tagen schon; Perdikkas war es auch, der Philippos anbrüllte, als der Arzt Ausflüchte machte.

»Na schön, Junge, wenn du willst.« Philippos ließ sich auf den Scherenstuhl fallen und stürzte einen Becher Wein herunter. »Wie genau soll es denn sein?«

»So genau wie nötig.« Perdikkas' Gesicht war eine Steinmaske.

»Was ist nötig? Aber … Na gut.« Er zählte langsam, halblaut auf. »Er ist erschöpft – Ritte, Schlachten, Belagerungen, wenig Speise, wenig Schlaf, zu viel Wein, die schlimmen Verwundungen. Das ist eines. Insgesamt ist sein Körper der eines fast doppelt so alten Mannes. Stark, aber abgenutzt – doppelt abgenutzt.«

»Weiter«, knurrte Perdikkas. Plötzlich hob er die rechte Hand und wischte sich über die Augen.

»In Indien hatte er dieses scheußliche Sumpffieber; das hatte er letztes Jahr in Susa noch einmal, und nun ist es wiedergekommen. Er hustet; es kann an diesem eiskalten Bad liegen, das er nach dem Wettrudern genommen hat. Fast wie damals bei Tarsos … Aber so, wie sein Körper jetzt beschaffen ist, kann ich ihm die damaligen Mittel nicht geben; sie würden ihn sofort töten.« Philippos seufzte; sein Blick irrte zu Nearchos. »Wie ich hörte, hat er Flußwasser getrunken; alle toten Tiere und alle Scheiße Babylons … Und alle Absonderungen aller Kranken. Da hatte er schon Leibschmerzen. Vorher. Anschließend hat er auf leeren Magen Wein getrunken, kalten Wein, große Mengen. Der Körper insgesamt; die Lunge; das hohe Fieber, das nicht sinken will; und der Magen, der keine Speise mehr aufnimmt, alles sofort zurückweist. Genau genug, Junge?«

Wieder fuhr sich Perdikkas mit der Hand über die Augen. Eumenes schluchzte plötzlich trocken auf.

»Kann es – Gift sein?« sagte Lysimachos.

Philippos lachte bitter. »Im Fluß dürfte genug Gift gewesen sein. Der Körper ist durch langen Mißbrauch vergiftet. Wein in dieser Lage war Gift. Wieviel Gift willst du noch?«

»Wird er leben?« sagte Perdikkas.

Nearchos betrachtete den harten Strategen, hart schon als Knabe, hart in Mieza, noch härter geworden durch die Jahre und die Entbehrungen und die Kriege. Die harte Stimme … Angst war unter der Härte, Angst vor einem unendlich großen, unersetzlichen Verlust. Und vor der Bürde, die sie alle würden tragen müssen.

»Leben?« sagte Philippos. »Ja, er wird leben. Einen Tag; vielleicht zwei; sicher nicht drei.«

Nach langem, langem Schweigen sagte Ptolemaios leise: »Unvorstellbar. Und ... was dann?«

Wieder Schweigen. Eumenes richtete sich auf und hieb auf den Tisch.

»Die Herren Makedonen schweigen? Dann will der feiste Hellene euch zwei Dinge sagen. Den Westfeldzug und diesen arabischen Irrsinn müssen wir ... müßt ihr sofort abblasen. Mit gellenden Trompeten. Aber laßt die Truppen erst mal, wo sie sind. Oder, besser, zieht sie noch ein bißchen auseinander. All die Kämpfer auf einem Haufen, wenn ... wenn es geschieht, das gefällt mir nicht.«

»Warum nicht?« sagte Ptolemaios, beinahe lauernd.

»Moment. Noch etwas. Trennt die hellenischen und asiatischen Einheiten, löst die gemischten Verbände auf. Oder bildet ihr euch ein, daß die Männer einem von uns, eh, euch gehorchen, unter diesen Umständen? Daß Alexanders Vermischungstraum durchführbar ist – ohne Alexander?«

»Trotzdem«, sagte Lysimachos. »Warum, selbst wenn getrennt wird, nicht alle – getrennt – nach Babylon holen?«

Perdikkas räusperte sich. »Es könnte Unruhen geben, nicht wahr? Gut; ich bin dafür, Eumenes. Aber – was dann?«

Meleagros stöhnte. »Stateiras Kind. Roxanes Kind. Beide ungeboren; vielleicht wird ein zweiter Alexander aus einem der beiden. Oder eine zweite Olympias. Barsines Sohn, Herakles.«

»Ein Bastard, mit dessen Mutter er nicht vermählt war, und zwei Ungeborene? Das Heer wird johlen«, sagte Seleukos.

Wieder ein langes Schweigen; lange Blicke, hin und her, ein Abtasten.

Philippos stand auf, packte seinen schweren Stuhl und schleuderte ihn in den Raum. »Das ist widerlich«, schrie er. »Er atmet noch, und ihr überlegt, wie ihr einander an die Kehle gehen könnt!«

»Kann man ihn noch fragen?« sagte Perdikkas allzu sanft.

Philippos hob die Arme. »Er spricht seit zwei Tagen nicht mehr. Aber – versuch's. Ich« – er wandte sich an die anderen – »würde ihn aber nicht allein gehen lassen. Wer weiß, was er hört?«

Nach kurzer, hitziger Auseinandersetzung sagte Nearchos: »Zählt nicht auf mich, Freunde. Nun ja – Teilhaber. Ich scheide aus; ich bin Kreter, wie ihr wißt. Makedoniens Thron ... Aber ich gehe mit, wenn ihr wollt; als getreuer Zeuge.«

Perdikkas ging; mit ihm gingen Seleukos, Ptolemaios, Philippos der Arzt und die beiden Hellenen, Eumenes und Nearchos.

Alexander lag auf dem breiten, prunkvoll beschnitzten Bett. Zu seinen Füßen und an den beiden Seitenwänden standen Fürstensöhne, Angehörige der Hetairenreiterei. Der König, von Fackeln und Lampen beschienen, wirkte grau und eingefallen; die Nasenflügel waren fast weiß. Er hatte die Augen geöffnet, starrte an die ferne Raumdecke. Die Hände, abgemagert, krochen wie verwirrte Spinnen über die Tücher. Einer der Ringe saß lose auf dem Mittelfinger der Rechten; der große, schwere Goldring mit dem Siegel der achaimenidischen Großkönige. Als sie zum Bett traten, glitt die Hand von der Decke, baumelte über den Rand. Der Ring verließ den Finger.

Perdikkas, als erster neben dem Bett, fing ihn auf, ehe er den Boden berührte.

»Hat er ihn mir geben wollen?« murmelte er.

Eumenes gluckste. »Das glaubt dir keiner!«

Perdikkas beugte sich über den sterbenden König. Die anderen drängten sich um ihn, damit sie hören konnten. Falls es etwas zu hören gab.

»Herr«, sagte Perdikkas leise und eindringlich. Dann schluchzte er auf; dicke Tränen rannen über sein Gesicht und tropften auf Alexanders Stirn. »Freund. Alexander.«

Die hohlen, fieberglühenden Augen bewegten sich, verließen die hohe Decke, huschten über die Gesichter, kippten wieder nach oben.

»Wer, Alexander? Wer soll dein Werk fortführen?« sagte Perdikkas, wie flehend.

Langsam, langsam, als müsse er unendliche Widerstände überwinden, hauchte Alexander etwas; die Lippen bewegten sich kaum.

KRA. Oder *GRA*. Oder so ähnlich. Alle hatten es gehört, keiner mehr als dies; sie fragten, wollten ihn schütteln, aber er regte sich nicht mehr, und schließlich trieb Philippos alle vor sich her, zurück ins Gesprächszimmer.

»Kra, kra, kra«, sagte Meleagros, als sie berichtet hatten. »Krateros? Nachfolger Parmenions als Oberbefehlshaber nach Alexander, jetzt Nachfolger von Antipatros als Statthalter in Europa – Stellvertreter des Königs, auch Nachfolger?«

»Krateros ist nicht hier«, sagte Perdikkas schneidend. »Vergeßt ihn.«

»Ob er sich nicht in Erinnerung bringen wird?« murmelte Eumenes. »Denkt an Susa, an die Vermählung und die Ehren. Er stand als dritter da, vor ihm nur Alexander und Hephaistion. Wir alle nach ihm ...«

»Vergeßt ihn«, sagte nun auch Ptolemaios; er wechselte einen Blick mit Perdikkas und nickte kaum merklich. Perdikkas zwinkerte.

Philippos schwor, es sei nicht *kra,* sondern *gra* gewesen. Vielleicht *graia,* die Alte – Olympias; damit erntete er Hohn und Empörung. Oder *graikos,* bei Sophokles ein Begriff für alle Hellenen? »Irgendwas mit *gramma-* oder *graph-;* vielleicht hat er doch etwas *geschrieben über* die Nachfolge?«

»Bah. Wie wär's mit *grammatephoros* – irgend einen tüchtigen Briefträger werden wir doch finden, oder?« sagte Leonnatos wütend.

»Kra«, sagte Perdikkas nachdrücklich. »Bloß was – *krabbatos?* Ein Ruhebett für den Herrscher, oder ›laßt mich schlafen‹? *Krama* – das Gemischte, wir alle zusammen? *Kranioleios* – der ›Kahlkopf‹ Antipatros? *Kratistos* – der Stärkste, der Beste, der Tapferste?«

»Krateros der Tapfere«, sagte Meleagros.

»Vergiß ihn!« brüllte Perdikkas. »Kra, kra, kra – *kratistos.* Das ist es. Ich bin jetzt ganz sicher, daß er *kratistos* gesagt hat.«

»Ist es dir gelungen, dich dazu zu überreden?« sagte Eumenes mit einer Grimasse. »Und wer soll das sein – der Beste, Tapferste, Stärkste?«

»Das werden wir nach und nach feststellen.«

»Außer mir noch jemand für Krateros?« sagte Meleagros, der sich offenbar auch durch Perdikkas' Gebrüll nicht einschüchtern ließ.

Keiner antwortete.

Nearchos wanderte durch die Schlieren der Schlaflosigkeit im Gewölbe der Nacht umher. Er durchquerte ganz Babylon, oder jedenfalls den größten Teil der Stadt. Kein Stern war zu sehen; die dichten Wolken hatten sich immer noch nicht aufgelöst, sie brüteten über allem wie eine Glucke. Zahllose Menschen waren auf den Straßen und Plätzen, hockten leise murmelnd irgendwo zusammen oder warteten stumm auf etwas, das ebenso gewiß war wie unfaßlich.

Im Morgengrauen kehrte er in den Palast zurück. Etwas zog ihn in den leeren Thronsaal. Es gab keine Wachen, nichts außer dem Thron der Großkönige, von Susa hergebracht, war dort zu stehlen. Er hörte ein fernes, fast unheimliches Geräusch, konnte aber im Zwielicht nichts erkennen. Es klang wie ein Schaben, dann ein Kichern. Er ging dem Ton nach.

Erst als er vor den Stufen des Throns stand, im Schatten zwischen zwei halbhellen Fensteröffnungen, sah er.

Arridaios, Alexanders Halbbruder, Sohn des Philipp und der Philinna. Er trug einen makedonischen Reisemantel. Auf dem Kopf hatte er die doppelte Krone des Pharao, in der einen Hand das Königsschwert Makedoniens, in der anderen Hand des Großkönigs Diadem. Die kalten Augen glitzerten. Nearchos seufzte und winkte; langsam stieg der Mann, den alle für schwachsinnig hielten, vom Thron. Er murmelte etwas wie: »Bist du so sicher?« Nearchos nahm ihm die Herrschersymbole ab und trug sie zurück in den kleinen Rüstraum neben Alexanders Schlafgemach.

Auf dem Gang, der zum größten Innenhof führte, sah er Ptolemaios, im Gespräch mit Simmias, der seinen Horchposten beim Ammoneion in Siwah verlassen hatte, um dem König wichtige Dinge aus der libyschen Wüste und Karchedons Gebiet zu erzählen. Nearchos nickte den beiden zu; im Vorübergehen hörte er Simmias sagen, Ägypten enthalte gewisse Verheißungen, und er hörte Ptolemaios ächzen.

Der 28. Tag des makedonischen Daisios-Mondes wollte nicht richtig hell werden. Schwere dunkle Wolken trieben träge über die Stadt und das Land. Es war schwül, drückend schwül; Nearchos sprach leise mit einigen Offizieren und Hopliten im Hof. Bedeutungslose Worte; alle warteten nur auf eines. Und auf Regen. Dichtgedrängt standen, hockten und saßen sie, mehrere tausend Männer; in den übrigen Höfen und in den Gärten noch mehr.

Das Murmeln, Raunen, Seufzen endete plötzlich, als Gestalten zwischen den Säulen vor dem Thronsaal erschienen. Hetairen, in voller Rüstung, bildeten rechts und links des Eingangs Reihen. Wie die anderen stand Nearchos auf; irgendwo hörte er Männer schluchzen.

Die angesehensten der in Asien weilenden Männer des Heers erschienen: Perdikkas, rechts von ihm Ptolemaios, links Lysimachos. Sie hatten Rüstungen angelegt, trugen aber keine Helme. Lysimachos hielt auf den ausgestreckten Armen ein Kissen mit der Doppelkrone der Pharaonen. Ptolemaios trug Krummstab und Dreschflegel. Perdikkas hielt mit beiden Händen das große Schwert der makedonischen Könige. Vom Schwertgriff hing das Diadem der Achaimeniden.

Perdikkas blieb auf der obersten Stufe zum Hof stehen. Er starrte auf den Boden, nickte und rammte das Schwert in die Fuge zwischen zwei Quadern. Es schwankte, bebte, verhielt.

Der Chiliarch trat einen kleinen Schritt zurück, betrachtete wie blind das Schwert, hob den Blick, sah den übervollen Hof, die unzähligen Köpfe. Dann reckte er die Arme, mit geballten Fäusten, stieß einen langen, qualvollen Schrei aus und wandte das tränenüberströmte Gesicht zum Himmel.

Niemand spürte die ersten dicken Tropfen.

»Und nun zerfleischen sie einander und die Oikumene«, sagte Peukestas dumpf. Er hatte die Rolle fallen lassen und die Hände vor die Augen gelegt. »Perdikkas, Krateros, Antipatros, Lysimachos, Antigonos, Eumenes, Ptolemaios, Seleukos, Kassandros, Leonnatos ... Wenn nicht du den einen Brief hast, von Alexanders eigener Hand, Aristoteles. Vielleicht ... vielleicht halten sie sich nicht daran. Aber vielleicht kannst du alles retten.«

Er hörte ein Knirschen und Ächzen, ein Schluchzen von Pythias. Er wischte sich die Augen, ließ die Hände sinken und schaute zum Lager. Dann sprang er auf, kniete neben der Tochter des Philosophen, die den Sterbenden zu stützen versuchte.

Aristoteles hatte sich aufgesetzt, aufzusetzen versucht. Seine Augen waren riesig; und fern.

»Retten?« Er keuchte, krächzte; der Atem kam und ging in flachen, schnellen Stößen. »Was retten? Mord und mehr Mord? Die Barbaren? Den Plan des Kurush? ... Mondwind. Mein Freund Parmenion. Salz, Freunde, Salz.« Er rang nach Luft, hob den rechten Arm, deutete auf irgend etwas, das nicht im Raum war. »Der Plan, der Plan ... Er hat es durchschaut, Alexander hat es hat alles gewußt hat er es und durchkreuzt hah – – – Er hat ihn erfüllt. Den Plan. Erfüllt. Vollendet. Barbarische Finsternis. Nach Ammon ... nach Ammon kommt der Herr der Fische ... Fische. Salz. Fische. Ein Gott aus Asien wird Kniefall verlangen wird Hellas überfluten mit wirren Geboten mit wüster Tyrannis wird *logos* zersetzen Altäre errichten in alles hineinreden Speisen und Kalender und Beischlaf und Gedanken *er er er* hat die Wälle niedergerissen und ich soll ... retten?«

Pythias weinte. Peukestas faßte nach dem Arm des Sterbenden. »Gibt es den Brief?« schrie er. »Gibt es den Brief?«

Aristoteles' Gesicht verzerrte sich. »Der gleißende Mittag, das gnadenlose Licht«, sagte er. Die Stimme klang voll, klar, herrisch.

Eine winzige Schaumblase auf der Lippe. Die Augen zuckten und brachen. Aristoteles starb, das Gefäß der Vernunft barst. Er reckte sich noch einmal hoch, dann fiel er in sich zusammen, drehte sich zur Seite, lag auf der Schulter. Der linke Arm ruhte auf Pythias' Kopf, der rechte, verdreht wie der einer zerbrochenen Puppe, deutete. Deutete.

Peukestas sprang auf, lief zum Feuer. Dorthin deutete der Arm. Auf dem Rost glomm der letzte Papyros. Peukestas riß ihn von der niedrigen Glut. Vor seinen Augen fraß sie sich weiter. Er sah Alexanders Schrift, sah, wie der Name *Krateros* zu Asche wurde.

Anhang

Namen & Begriffe

Im Prinzip wurde dem Kontext entsprechend jeweils die griechische Fassung verwendet, dies jedoch nicht immer konsequent. Die deutschen Namensformen Philipp und Alexander sind den großen Makedonenherrschern vorbehalten; jeder andere Träger dieser Namen ist ein Philippos oder Alexandros. Die bekanntesten Ortsnamen finden sich in ihrer eingebürgerten deutschen Form (Athen/Piräus/Theben statt Athenai/Peiraieus/Thebai); daß mir Milet (statt Miletos) erträglich, Halikarnaß (statt Halikarnassos) dagegen scheußlich erscheint, ist ebenso subjektiv wie das Gefühl, die griechische »Petersilie« durch den absurden deutschen »Steineppich« ersetzen zu sollen, der im Text weniger modern wirkt. Lateinische Begriffe wie »Grieche« oder »Karthago« sind im Mund eines Hellenen des 4. Jahrhunderts v C unmöglich; ebenso unmöglich, aber wegen seiner Handlichkeit unvermeidlich ist etwa der »Offizier«, dessen griechische Entsprechung (?) *lochagos* im Deutschen genauso ungeläufig ist wie die einzelnen militärischen oder zivilen Rangbezeichnungen der Zeit.

Hinsichtlich der Topographie Makedoniens habe ich mich an die neueren Ausgrabungen gehalten, die Aigai beim heutigen Vergina lokalisieren statt, wie lange angenommen, weiter nordöstlich bei Edessa. Pella, heute im Binnenland, lag damals noch fast an der Küste des seither verlandeten Golfs von Therme (Saloniki). Die Karte zu Teil I zeigt an dieser Stelle den wahrscheinlichen damaligen Küstenverlauf.

Allianzen & Agenten

Nach dem Untergang der alten Reiche Ägyptens und Mesopotamiens gab es von 510 bis 330 v C drei wirtschaftlich und politisch miteinander verflochtene, konkurrierende Großmächte im Mittelmeer: Karthago im Westen, etwa im Dreieck Libyen-Gibraltar-Korsika; Persien im Osten, zwischen Nil, Indus und Hellespont; und die jeweilige griechische Hegemonialmacht, abwechselnd Sparta und Athen mit wechselnden Verbündeten. Sizilien und Kyrene waren ebenso Schauplätze des Engagements von Sparta und Athen wie z. B. Kleinasien; Karthago war durch Handelsinteressen und das Sonderverhältnis zu seiner

Mutterstadt Tyros in den Osten eingebunden; Xerxes ließ die Dardanellen peitschen und wies die Karthager an, keine gemästeten Hunde mehr zu verzehren – zwei ähnlich ergebnislose Unterfangen; wenn Sparta sich mit Persien verbündete, nahm Athen Kontakte zu Karthago auf; als Theben unter Epameinondas kurzzeitig Hegemonialmacht war, holte man sich einen karthagischen Schiffbaumeister für die Flottenrüstung; der von Athen verbannte Themistokles ging ebenso selbstverständlich nach Persien wie später Artabazos nach Pella, nicht zu reden von Gestalten wie Alkibiades, der binnen weniger Jahre athenische, spartanische und persische Kommandoposten innehatte, nicht zu reden auch vom griechisch-karthagischen Dauerkontakt bzw. Dauerkonflikt auf Sizilien.

Nach vielen Auseinandersetzungen verzeichnen die Historiographen Hinrichtung oder Verbannung von Verrätern, Spionen etc. der jeweils anderen Seite; auch der gegenseitige Austausch gefangener Spione ist spätestens zur Zeit Hammurabis nachweisbare Gepflogenheit. Man wird allerdings zwischen realen politischen Gegebenheiten einerseits und Kenntnissen der Historiographen andererseits zu unterscheiden haben, oder überhaupt zwischen Praxis und Theorie. Mit den Kenntnissen, die die antiken Geographen von der Welt hatten, wäre kein Fernhändler je an ein Ziel gekommen; da die genaue Kenntnis von Karawanenwegen, Wasserstellen, Anlegehäfen, Entfernungen etc. Voraussetzung für Handel und Gewinn war – »Wissen ist Macht« – und mindestens ebenso wichtig wie Kapital, kann man wohl davon ausgehen, daß erfahrene Händler und Kapitäne dieses Wissen nur zunftintern weitergaben, auf keinen Fall jedoch zur allgemeinen Verbreitung einem Eratosthenes oder Hekataios verfügbar machten. Zweifellos wußten die jeweils Regierenden der Großmächte nicht nur durch Händler und permanent im gesamten Mittelmeer verschobene Söldnerkontingente Bescheid über Vorgänge in den anderen Ländern; ebenso zweifellos wurden aber die jeweiligen Spionagedienste nicht zu Nutz und Frommen der Historiographen offengelegt. Daß es auch bei guter Fernaufklärung und detaillierten Kenntnissen der Interna des Gegners zu Fehleinschätzungen kommen kann, belegen CIA und KGB.

Philipps »Geheimdienst« scheint sehr effektiv gewesen zu sein und wurde wohl ähnlich professionell gehandhabt wie die einzigartig professionelle makedonische Armee. Abgesehen von

Belagerungen, Scharmützeln und Auseinandersetzungen mit den Phokern im Dritten Heiligen Krieg gab es zwischen Makedonien und den griechischen Staaten genau eine offene Feldschlacht: Chaironeia 338 v C. Alle anderen Erfolge Philipps waren Früchte von Diplomatie, von Manövern, von Bestechungen, von genutzten Detailkenntnissen über Interna. Ähnlich effektiv müssen die gleichen Leute später für Alexander gearbeitet haben, der – soweit sich dies aus den Quellen rekonstruieren läßt – nicht nur vor den militärischen Auseinandersetzungen genau wußte, wo welche gegnerischen Einheiten in welcher Stärke unter welchem Kommando standen, sondern auch lange voraus die Qualitäten persischer Satrapen kannte und wußte, wen er als Verwalter übernehmen konnte und wen besser nicht. Die Aufklärung der Perser, Karthager und Athener war ebenfalls genau genug, um den jeweils besten Adressaten für Bestechungsgelder o. ä. zu kennen. Daß ein Teil der Alexander-Literatur den zunächst ausbleibenden persischen Widerstand nach Alexanders Asien-Übergang als Versagen der persischen Aufklärung oder Fehleinschätzung der persischen Führung deutet, scheint mir unhaltbar; die Abwehr derartiger Invasionen fiel zunächst in die Zuständigkeit der betroffenen Satrapien, eine Mobilisierung der gesamten Heeresmacht nahm mehr Zeit in Anspruch und konnte erst erfolgen, wenn die Satrapien überfordert waren, und schließlich konnten auch frühere griechische Invasoren (z. B. Agesilaos 396f.; vgl. Chronologie) zunächst unbehelligt landen.

Es liegt, wie gesagt, in der Natur der geheimdienstlichen Dinge, daß genaue Namen, Daten etc. hierzu von den antiken Historiographen nicht verzeichnet sind. Bagoas »der Heile« ist fiktiv bzw. aus mehreren realen Persern der Alexandertexte (vor allem Arrian) zusammengesetzt. Der Korinther Demaratos war Händler und Gastfreund Philipps, schenkte Alexander den Hengst Bukephalos und brachte die Versöhnung zwischen Philipp und Alexander zustande; seine Rolle in der Geschichte (er begleitete Alexander bis an die Grenzen Indiens, wo er starb) geht über jene Dinge hinaus, die man einem bloßen Händler und Gastfreund abnehmen würde. Alles andere ist unbeweisbare, aber möglicherweise plausible Spielerei. Der Karthager Hamilkar erscheint in Alexanders letzten Tagen als Gesandter in Babylon; daß in einem Moment, in dem nur noch zwei Großmächte übrig sind, die westliche Großmacht Karthago – nächstes Angriffsziel Alexanders – einen bloßen Händler nach Babylon schicken soll, scheint mir eine viel fantastischere Annahme zu sein als die, daß es sich bei ihm um den Chef der karthagischen Geheimdienste gehandelt haben könnte.

Musik & Mysterien

Über diese beiden wichtigen Bereiche des antiken Lebens ist kaum etwas bekannt. Genaues über die Mysterien wußten offenbar nur die Initiierten, die einer Schweigepflicht unterlagen und schwiegen; der »innere Monolog« der Olympias im 4. Kapitel von Teil I ist der zweifellos unzulässige Versuch, mit Hilfe antiker Sakraltexte aus Griechenland, Ägypten, Mesopotamien und Indien unter Hinzuziehung von C. G. Jung und Erich Neumann eine Unschärfe-Relation des Mysterienkomplexes zu erstellen.

Die Versuche neuerer Musikwissenschaftler, aus den theoretischen Schriften von Pythagoras und Boethius (und den Äußerungen z. B. von Platon und Aristoteles über die Bedeutung der Musik) eine Art Rekonstruktion zu bewerkstelligen, lesen sich wie das hypothetische Unterfangen, aus einem Essay von Descartes und einem von Adorno die gesamte Musik zwischen Bach und Bartok zu destillieren. Überdies stellen die Theoretiker oft die für praktische Belange falschen Fragen. Es ist sicher, daß die Musik (und ihre Bedeutung im Leben) in Griechenland ebenso entwickelt war wie Dichtung, Architektur, Malerei und Plastik; daß es enge Beziehungen zwischen Dichtung und Musik, zwischen Musik, Tanz und Kultus gab. Wir haben jedoch keinerlei Tondokumente, und die wenigen mit Buchstaben verschlüsselten Hinweise auf Melodien reichen nicht aus, wirklich Substantielles zu sagen. Andererseits sind die Dinge längst nicht so kompliziert, wie die Musikwissenschaft sie macht. Wir wissen, daß die Griechen auf Musik ähnlich reagiert haben wie wir – sie konnte Heiterkeit auslösen, Gelassenheit, Schwermut, Ekstase; wir wissen nur nicht, welche Sorte Musik welche Empfindungen auslöste. Was Aristoteles entzückte, wäre für uns möglicherweise Katzenmusik; ihm dagegen könnte ein a-Moll-Akkord äußerst dissonant klingen. Was an der grundsätzlichen Ähnlichkeit des Reagierens auf Musik nichts ändert.

Spätestens im 5. Jahrhundert v C gab es in Griechenland und anderen Mittelmeerländern professionelle Musiker, Virtuosen.

Aus der bildlichen Darstellung antiker Instrumente wie Lyra oder Kithara lassen sich keinerlei Schlüsse auf ihre Stimmbarkeit ziehen; allerdings wäre die Annahme absurd, professionelle virtuose Musik auf Saiteninstrumenten hätte sich darauf beschränkt, unscharf gestimmte Saiten anzureißen, ohne sie durch Greifen zu modifizieren. Das ist nur bei den vielsaitigen Harfen denkbar. Wer einmal versucht hat, eine frei schwingende Saite in der Tonhöhe durch Greifen zu verändern, weiß, daß dabei nur dumpfes Knurren und Schnarren zustande kommt. Die simple Existenz virtuoser Kitharisten zwingt zur Annahme entwickelter Spieltechniken; da die antiken Saiteninstrumente sämtlich nicht über ein Griffbrett verfügten, muß es andere Möglichkeiten des Greifens gegeben haben z. B. mit Hilfe einer Art von Fingerhüten. Ferner muß zur Feinstimmung der Saiten irgendeine Art Wirbel existiert haben, wahrscheinlich auf der Rückseite der immer von vorn dargestellten Instrumente.

Die »Tongeschlechter« Ionisch, Lydisch, Phrygisch und ihre Mischformen unterscheiden sich vor allem durch Art und Umfang der Intervalle – um ein klassisches Definitionsmuster zu verwenden: so ähnlich wie Dur und Moll, nur anders (und schärfer). Was immer über die dekretierte Trennung der Musikarten, die Unmöglichkeit der gleichzeitigen Verwendung bestimmter, verschiedenen Göttern geweihter Instrumente, die »einzig zulässige« Metrik und Form für bestimmte Anlässe etc. geschrieben wurde, geht von der abenteuerlichen Vorstellung aus, Künstler ließen sich zweihundert Jahre lang von Priestern, Sittenwächtern und derlei in ihr Handwerk hineinreden; dann hätte Aischylos keinen zweiten Schauspieler eingeführt, und Aristophanes hätte sich an das athenische Gesetz gehalten, das die Verunglimpfung von Politikern auf der Bühne verbietet. Die Art, wie der erfundene Dymas mit Text und Musik umgeht, scheint mir wesentlich realistischer zu sein.

GLOSSAR

Einige Begriffe, die in ihrer Funktion für den Roman bereits im Text erläutert sind, wurden hier nicht mehr aufgenommen, da z. B. »Ammon: ägyptischer Gott, von den Griechen mit Zeus gleichgesetzt« nicht über die Erklärungen im Text hinausgeht, also lediglich eine Verdoppelung wäre, eine ergiebigere Erläuterung andererseits zum enzyklopädischen Stichwortartikel werden müßte, den man bitte in hierfür zuständigen Nachschlagewerken suche.

Zu Gegenden, Volksstämmen etc. konsultiere man die Karte.

Agora: »Versammlung, Marktplatz«; in griech. Städten der meist zentrale Platz mit Rats- und Verwaltungsgebäuden.

Aulos: Flöte, in der Antike meist als Doppelaulos, wobei eine Flöte die Melodie, die andere einen Bordunton spielt.

Boule: »Wille, Rat, Ratsversammlung«, in Athen und anderswo die institutionalisierte Volksversammlung; sie tagt im *Bouleutherion.*

Chiton: »Unterkleid, Hemd, Gewand«, der gemeinmediterrane Leibrock (bei den Römern Tunika), ursprünglich wohl phönikisch; von Männern meist kurz (Oberschenkel), von Frauen meist lang getragen, mit kurzen Ärmeln und verschiedenen Formen des Gürtens.

Dareike: gr. *dareikos,* pers. Goldmünze zunächst von Dareios I., später allgemein auch für die Goldmünzen anderer Großkönige; entsprach 20 *sigloi* (Silber-Schekel).

Drachme: zunächst Massemaß, daraus Münze, regional und zeitlich unterschiedlich. Die athenische Drachme (zu 6 Obolen) bestand aus ca. 4,4 g Silber und entsprach einem Sechstausendstel eines Talents (ca. 26,2 kg). Die ursprüngliche Unterteilung des babylonischen Massemaßes Talent (1 T. = 60 Minen, 1 Mine = 60 Schekel) wurde in Griechenland teilweise dezimalisiert: 100 Drachmen = 1 Mine, 60 Minen = 1 Talent. Mine und Talent sind keine Münzwerte, sondern nur Rechnungs- und Masseeinheiten. Drachmen wurden zu unterschiedlichen Zeiten auch als Vielfaches geprägt: Zwei- (Didrachmen), Vier- (Tetradrachmen), auch Zehndrachmenstücke (Dekadrachmen) mit entsprechend höherem Gewicht und Feingehalt. Lange Zeit war 1 Drachme der Basissold für Soldaten, der Tageslohn eines qualifizierten Handwerkers etc.

epistates: »Vorsteher, Befehlshaber«, in Makedonien vom König ernannter und diesem verantwortlicher »Bürgermeister« einer Stadt.

Euxeinisches Meer: das Schwarze Meer.

Hegemon: »Führer, Feldherr, Fürst, Gebieter«.

hetairos: »Freund, Gefährte, Kamerad«; *hetaira* ist all dies weiblich sowie später auch »Dirne, Buhlerin«. In Makedonien war der König eine Art *primus inter pares*, die übrigen Fürsten nicht Untertanen, sondern Gefährten, aus denen sich Offizierskorps und Reiterei (Hetairenreiter), aber auch die höheren Verwaltungsämter rekrutierten. Besonders bevorzugte *hetairoi* Philipps oder Alexanders wurden zum *somatophylax* (»Leibwächter«) ernannt.

Kadmeia: angeblich vom sagenhaften Kadmon gegründete Burg/Zitadelle der Stadt Theben.

Karchedon: griech. Name von Karthago, phön. Qart Hadasht, »neue Stadt«.

Kassia: Gewürz; unklar, ob es sich hierbei um eine bestimmte Lorbeerform oder eine spezielle Verarbeitung von Zimtöl handelte.

Kataphrakten: schwere gepanzerte Kavallerie.

Kinnamon bzw. *Kinnamomon:* Zimt.

Kithara: Saiteninstrument mit großem Schallkasten und bis zu elf Saiten; *Kitharist* ist der Musiker, der die Kithara spielt, *Kitharode* jener, der sie zur eigenen Gesangsbegleitung verwendet.

Kitros: zitronenähnliche Frucht.

Klepsydra bzw. *Klepshydra:* Wasseruhr.

koine eirene: »allgemeiner Friede«.

kopron: »Scheißhaus«, Abtritt, Toilette.

kydonische Äpfel: Quitten (nach der kret. Stadt Kydonia).

Logograph: »Redenschreiber«, Verfasser von (meist Gerichts-) Reden gegen Bezahlung.

Lyra: Leier.

Mainade: »Rasende«, berauschte bzw. in Ekstase geratene Frau.

Medimnos: »Scheffel«, ca. 52 l, unterteilt in 48 *choinikes* à 1,08 l.

Metoike, Metöke: »Ansiedler, Beisasse«; Fremder, der Gastrecht genießt, aber keine Bürgerrechte besitzt; »Gastarbeiter«.

Parasange: ca. 5,5 km.

Phyle: ursprünglich »Stamm«, später Bezirk; im 5. Jh. v C bestand Athen aus zehn Phylen, deren jede 50 Abgeordnete entsandte.

Prytaneion: Gemeindehaus, Heimstatt des staatlichen Herdfeuers; hier tagten die 50 Abgeordneten der jeweils für 35 oder 36 Tage zuständigen Phyle; Vertreter der übrigen neun Phylen nahmen an den Beratungen teil.

Stadion: ca. 180 m.

Stater: ursprünglich Massemaß (ca. 8,1 bis 8,7 g), dann auch Gold- oder Silbermünze (z. B. als silberner Didrachmon). Philipps Goldstater und die entsprechenden späteren Prägungen Alexanders hatten den Gegenwert von 20 Silberdrachmen.

Truppenteile, Ränge etc.: sehr unsicher, da von den antiken Autoren nie genau definiert. Basiseinheit scheint die Reihe von 16 (ursprünglich wohl 10) Kämpfern gewesen zu sein, geführt von einem Dekadarchen (»Herr von Zehn«, Zehnerschaftsführer). Bei der Reiterei gab es die vermutlich 16 x 16 Mann umfassende Ile (etwa Schwadron) sowie Unterteilungen (Halb-Ile etc.); ähnliche kleinere Gruppierungen dürfte es auch beim Fußvolk gegeben haben. Die nächste größere Einheit, Pentekosiarchie (»Fünfhundertschaft«) unter einem Pentekosiarchen, bestand aus 32 x 16 Mann, war also eine Fünfhundertzwölfschaft.
Unter Philipp und Alexander bestand das makedonische Kernheer im wesentlichen aus folgenden Teilen: a) der Phalanx der »normalen« Fußtruppen, schwere Hopliten, ausgerüstet mit Schwert, kleinem Schild und der bis zu 6 m langen Sarisse, gegliedert in 6 Taxeis, wobei jede Taxis (oft nach Gebieten rekrutiert) aus 3 Pentekosiarchien bestand, also 6 x 3 x 512, zusammen 9216 Mann, dazu Offiziere, Stäbe, Melder, Troß etc.; b) der »Garde« der Hypaspisten, 3 Taxeis zu je 2 Pentekosiarchien, zusammen 3072 Mann, ausgerüstet mit größerem Schild, Schwert und kurzem Stoßspeer (Xyston), die im Gegensatz zur defensiven Phalanx meist offensive Aufgaben hatten, ebenso wie c) die Hetairenreiterei, ursprünglich aus vom König belehnten Adligen, berittene »Gefährten«. Unter Philipp waren es etwa 800 Mann, von Alexander später verdoppelt; ihre Bewaffnung bestand aus Schwert und Xy-

ston. Daneben gab es zahlreiche spezialisierte Truppenteile – Belagerer, Leichtbewaffnete, Aufklärer, »Gebirgsjäger« –, z. T. rekrutiert aus unterworfenen oder tributpflichtigen Stämmen mit besonderen Kampftraditionen. Einigermaßen undurchschaubar sind die von Alexander in den letzten Jahren vorgenommenen Neugliederungen; es scheint sich um die Bildung von straffer organisierten, selbständigen, z. T. auch gemischten Verbänden gehandelt zu haben, wahrscheinlich als Fünfhundert- und Tausendschaften, letztere bei den Reitern Hipparchie, bei den Fußkämpfern Chiliarchie genannt. Allerdings taucht der Rang eines Chiliarchen mehrfach auf – einmal als »Tausendschaftsführer«, dann aber auch als Bezeichnung/Ehrentitel für Perdikkas im Sinn eines Oberbefehlshabers.

DIE WICHTIGSTEN PERSONEN

Mit vorangestelltem Asterisk (*) markierte Personen sind erfunden, die übrigen historisch gesichert, wenn auch nicht in jeder Einzelheit ihres Verhalten im Roman. Die meisten Lebensdaten sind Mutmaßungen, da die antiken Autoren nur selten präzise Altersangaben machen. Alexanders Daten sind gesichert, ebenso die von anderen wichtigen Personen; z. B. heißt es über Antigonos Monophthalmos, er sei 81 Jahre alt gewesen, als er bei Ipsos fiel, so daß 382 als Geburtsjahr in Frage kommt. Von vielen anderen weiß man, daß sie zumindest ungefähr Altersgenossen Alexanders gewesen sein müssen, da sie als seine Jugendfreunde erwähnt werden – Hephaistion, Harpalos, Nearchos, Ptolemaios etc. Bei Nearchos, Aristandros und anderen ist kein Todesdatum erwähnt; die Angaben in der nachstehenden Liste sind also frei erfunden, wenn auch möglicherweise wahrscheinlich aufgrund der Umstände.

Einige Namen tauchen in den Quellen und im Roman mehrfach auf; von den vielen Trägern etwa der Namen Ptolemaios oder Attalos sind hier nur die wichtigsten aufgeführt.

*Adherbal: karthagischer Kaufherr, Vorgänger von Hamilkar als Leiter des karth. Geheimdiensts.

* Admetos: Vertrauter der Olympias.

* Agathon: athenischer Kaufherr.

* Aischines: athen. Politiker, ca. 389–314, Gegner des Demosthenes.

Alexandros: a) A. II., ältester Bruder Philipps, ca. 390–368, nach einjähriger Herrschaft von seinem Schwager Ptolemaios von Aloros ermordet;
b) Alexandros von Epeiros: Bruder der Olympias, geboren ca. 360, seit 352 zur Erziehung in Pella, ab 342 König von Epeiros, starb 331 auf einem Feldzug in Italien;
c) Alexandros der Lynkeste, Bruder der Verschwörer Heromenes und Arrhabaios; Reiterführer unter Alexander, Ende 334 des Postens enthoben, ca. 330 verhaftet und kurz nach Philotas angeklagt und hingerichtet.

Amyntas: a) A. III. Vater Philipps, König von Makedonien 393–369, ermordet von seinem Schwiegersohn Ptolemaios von Aloros, vermutlich auf Anstiftung der Königin Eurydike;
b) A. IV, Sohn von Phillips Bruder und Vorgänger Perdikkas III., ca. 362–336, von Alexander »beseitigt«.

Antigonos: genannt Monophthalmos, »der Einäugige«, hoher maked. Offizier unter Philipp und Alexander, ca. 382–301. Seit 334 Satrap von Groß-Phrygien; nach Alexanders Tod während der Diadochenkriege zeitweilig »König von Asien«.

Antipatros: maked. Feldherr und Politiker, neben Parmenion wichtigster Helfer und Freund Philipps, unter Alexander Statthalter für Europa; ca. 400–319.

Apelles: der berühmteste Maler der griech. Antike, zeitweilig in Pella und mit Alexander befreundet.

* Apollonios: rhodischer Kaufmann, Geschäftsfreund des Demosthenes.

* Archelaos: königlicher Hausmeister in Pella.

Aristandros von Telmessos: oberster Seher und Priester unter Philipp und Alexander, ca. 385–?.

Aristoteles: der Philosoph, Sohn des früheren Leibarztes von Philipps Vater Amyntas, später von Philipp als Lehrer nach Mieza/Makedonien geholt und dort Erzieher Alexanders (etwa 342–340), danach in Athen; ca. 384–322.

Arrhabaios: lynkestischer Fürstensohn, mit seinem Bruder Heromenes in die Ermordung

Philipps verwickelt und hingerichtet.

Arridaios: oder Arrhidaios, Alexanders schwachsinniger Halbbruder, Sohn Philipps und der Thessalierin Philinna, 358–317; 322 von der maked. Heeresversammlung als Philippos III. Arridaios zum Teil-König gemacht, 317 von Olympias ermordet.

Artabazos: persischer Fürst, ca. 387–325, bekleidete hohe zivile und militärische Ränge, lehnte sich ca. 350 als Satrap gegen Artaxerxes III. auf und verbrachte einige Jahre in Pella.

Arybbas: Onkel der Olympias, seit etwa 360 Regent (für den minderjährigen Alexandros) in Epeiros, 342 von Philipp abgesetzt, ging dann nach Athen.

Attalos: a) maked. Fürst, Schwiegersohn Parmenions, Onkel und Vormund von Philipps letzter Frau Kleopatra, als Beteiligter an der Verschwörung gegen Philipp und Alexander 336 ermordet;
b) vornehmer junger Makedone, Freund Alexanders, dem er angeblich wie ein Zwilling glich; nahm am Asienfeldzug als Offizier teil (328 Taxiarch in Indien Trierarch der Flotte). Er war mit Perdikkas' Schwester vermählt; über sein Ende ist nichts bekannt.

* Bagoas der Heile: persischer Fürst, Leiter des pers. Geheimdiensts.

Bagoas der Holde: schöner pers. Eunuch, Günstling und Liebling Alexanders.

* Bagoas der Huldreiche: pers. Politiker.

Bagoas »der Hurtige«: Eunuch, »graue Eminenz« am pers. Hof; beseitigte 338 Artaxerxes III. Ochos, half Arses auf den Thron, beseitigte 336 auch diesen und stützte Dareios III., der ihn bald darauf töten ließ.

Barsine: Tochter des Artabazos, mit diesem ca. 350–348 in Pella, später vermählt mit dem rhodischen Söldnerführer Mentor, nach dessen Tod mit seinem Bruder Memnon, nach dessen Tod einige Zeit Geliebte Alexanders, dem sie spätestens 328/27 einen Sohn Herakles gebar. 309 zusammen mit ihm von Polyperchon umgebracht.

Demades: athen. Politiker, Gegner des Demosthenes, Makedonenfreund, ca. 380–319.

Demaratos: Kaufherr aus Korinth, Gastfreund Philipps, später auch Alexanders, ca. 400–327.

Demetrios: hoher maked. Offizier unter Philipp und Alexander.

Demosthenes: athen. Politiker, Makedonenfeind, berühmter Redner; ca. 382–322.

Drakon: maked. Arzt.

* Dymas: fahrender Sänger und Musiker.

* Emes: maked. Hoplit.

Erigyios: vornehmer Makedone, Jugendfreund Alexanders, mit diesem in Mieza erzogen, von Philipp mit Alexander verbannt; ca. 356–327.

Eubulos: athen. Politiker, lange Zeit wichtigster Finanzpolitiker der Stadt, ca. 410–330.

Eumenes: Grieche aus Kardia, schon unter Philipp als Verwaltungsmann in Pella, mit Alexander befreundet; ca. 362–316. Verwaltete unter Alexander die »Königlichen Tagebücher« und sonstige Hof-Aufzeichnungen; nach Alexanders Tod anfangs einer der mächtigsten Diadochen in Asien.

Eurydike: a) Gemahlin von Amyntas III., Mutter Philipps; vermutlich 369 an Amyntas' Ermordung beteiligt, ermordete mit ihrem Schwiegersohn Ptolemaios von Aloros 368 sowohl die eigene Tochter, Ptolemaios' Frau Eurynoe, als auch den eigenen Sohn, Alexandros II., herrschte mit Ptolemaios bis zum Regierungsantritt ihres zweiten Sohns Perdikkas 365; angeblich 359 von Philipp getötet;
b) Audata, Tochter des Illyrerkönigs Bardylis, 359 Philipps 2. Frau, Mutter der später mit Amyntas IV. vermählten Kynnane, nannte sich (oder wurde genannt) seit der Vermählung mit Philipp Eurydike;
c) wahrscheinlich eigentlicher Name von Philipps letzter Frau Kleopatra b).
d) Tochter von Amyntas b) und Kynnane/Eurydike b), 322 mit Arridaios vermählt, mit diesem 317 von Olympias ermordet.

Hamilkar: karthag. Kaufherr und Politiker, Leiter des karth. Geheimdienstes.

Harpalos: Jugendfreund Alexanders, Finanzgenie, Schatzmeister zunächst des Heeres, später des Reichs; nach undurchsichtiger »Flucht« 333 zeitweilig in Megara, 331 wieder bei Alexander, der ihn sofort in alter Funktion weiterverwendete. 324 floh er mit Geld und Truppen nach Griechenland, vermutlich 323 auf Kreta ermordet.

* Hasdrubal: phönikischer Händler, Geschäftsfreund des Demosthenes.

Hekataios: Jugendfreund Alexanders, überbrachte den Hinrichtungsbefehl gegen Attalos nach Asien.

Hephaistion: Alexanders *alter ego*, vornehmer Makedone, in den letzten Jahren 2. Mann des Heers, 324 in Ekbatana gestorben.

Hermias: Satrap, Fürst von Atarneus/Kleinasien, Onkel der Frau des Aristoteles, nach Geheimvertrag mit Philipp von den Persern hingerichtet.

Heromenes: Fürstensohn aus der Lynkestis, mit seinem Bruder Arrhabaios in die Ermordung Philipps verwickelt und hingerichtet.

Hypereides: athen. Politiker und Händler, Parteigänger des Demosthenes, ca. 390–322.

Kassandros: Sohn des Antipatros, ca. 356–297; nach dem Tod seines Vaters einer der wichtigsten und mächtigsten Diadochen.

Kleitos: genannt »der Schwarze«, hoher maked. Offizier unter Philipp und Alexander, Bruder von Alexanders Amme Lanike, ca. 367–328. Seit 330 zusammen mit Hephaistion Führer der Hetairenreiter; im Streit von Alexander ermordet.

* Kleonike: halbhellenische Handelsherrin in Kanopos/Ägypten.

Kleopatra: a) Alexanders Schwester, mit Alexandros von Epeiros vermählt, 353–309; auf Befehl des Antigonos ermordet, als sie sich mit Ptolemaios b) vermählen wollte. b) Nichte des Attalos, letzte (7.) Frau Philipps, hieß ursprünglich wohl Eurydike; ca. 354–336.

Koinos: hoher maked. Offizier unter Philipp und Alexander, Taxiarch; erzwang als Sprecher der meuternden Truppen die Umkehr in Indien und starb wenige Tage später (ca. 362–325).

Krateros: Freund Alexanders, mit ihm in Mieza erzogen; beim Asienzug von Anfang an Taxiarch, später Oberbefehlshaber nach Alexander, zuletzt von diesem als Stratege für Europa vorgesehen; fiel im 1. Diadochenkrieg (ca. 358–321).

Laomedon: vornehmer junger Makedone, Bruder des Erigyios, Freund Alexanders, mit diesem von Philipp verbannt. Auf dem Asienzug zuständig für die »kriegsgefangenen Barbaren«, Stabsoffizier; nach Alexanders Tod Satrap von Syrien, 319 von Ptolemaios gefangen. Über sein Ende ist nichts bekannt.

Leonidas: Lehrer Alexanders in Pella.

Leonnatos: Freund Alexanders, mit ihm in Mieza erzogen; hoher Offizier während des Asienzugs, nach Alexanders Tod Satrap des nördlichen (hellespontischen) Phrygien, 322 bei Krannon gefallen.

Lykurgos: athen. Politiker, Antimakedone, ca. 390–324.

Lysimachos: a) Lehrer des jungen Alexander;
b) *hetairos* Alexanders, Stabsoffizier, in den letzten Jahren immer in Alexanders Nähe, nach dessen Tod einer der mächtigsten Diadochen, beherrschte zeitweilig Teile Makedoniens und Kleinasiens sowie Thrakien, fiel 80jährig gegen Seleukos (ca. 361–281).

* Mandrokles: Geschäftsführer der Kleonike.

Medios: a) *hoher Makedonenfürst, Ältester des Staatsrats; b) einer der *hetairoi* Alexanders, Gastgeber beim »letzten Gelage« in Babylon.

Meleagros: Jugendfreund Alexanders, mit ihm in Mieza erzogen; Offizier (Taxiarch); ca. 356–322.

Memnon: rhodischer Söldnerführer in pers. Diensten, ca. 380–333.

Mentor: Bruder Memnons, ebenfalls Söldnerführer, ca 390–340.

Nearchos: Kreter, Jugendfreund Alexanders, unter Alexander zunächst Satrap von Lykien und Pamphylien, dann Kommandeur der indischen Flotte; nach Alexanders Tod wieder Satrap, später mit Antigonos verbündet, nach 314 nicht mehr erwähnt.

Nikanor: a) Stief-, später Schwiegersohn des Aristoteles, mit Alexander befreundet; ca. 358–315;
b) einer der Söhne Parmeninos, Führer der Hypaspisten in Asien, gestorben 330 in Persien durch Krankheit.

Parmenion: maked. Fürst, wichtigster Stratege Philipps und Alexanders, ca. 400–330; nach der Hinrichtung seines Sohnes Philotas in Alexanders Auftrag ermordet.

Pausanias: a) maked. Thronprätendent, von Philipp besiegt;
b) Führer von Philipps Leibgarde, ermordete 336 Philipp in Aigai.

Perdikkas: a) P. III., älterer Bruder und Vorgänger Philipps, fiel 359 gegen die Illyrer;
b) Jugendfreund Alexanders, mit diesem in Mieza erzogen; auf dem Asienzug von Anfang an Taxiarch, später nach

Alexander, Hephaistion und Krateros höchster Mann des Heers. Bei Alexanders Tod übernahm er dessen Siegelring; sein Versuch, das Reich (und seine eigene Macht) zu konsolidieren, löste den 1. Diadochenkrieg aus. 321 wurde er von den eigenen Leuten (im Auftrag u. a. von Seleukos) am Nil ermordet.

* Peukestas: junger Makedone, befragt den sterbenden Aristoteles.

Philippos: Arzt, Freund Alexanders, später sein Leibarzt.

Philokrates: athen. Politiker, handelte 346 mit Philipp einen nach ihm benannten Frieden aus, wurde später deshalb in Athen angeklagt und auf Betreiben von Demosthenes und Hypereides in Abwesenheit zum Tode verurteilt.

Philotas: Sohn Parmenions, Jugendfreund Alexanders, Offizier schon unter Philipp; in Asien Führer der Hetairenreiter, 330 nach einer angeblichen Verschwörung gegen Alexander hingerichtet.

Polyperchon: maked. Offizier; führte seit ca. 333 eine Taxis; 324 zusammen mit Krateros als Kommandeur der Veteranen nach Europa geschickt. Über seine Rolle in den Diadochenkriegen vgl. Chronologie.

Proteas: Sohn Lanikes, Neffe des Kleitos, mit Alexander befreundet und in Mieza erzogen; bemerkenswerter Trinker. Ende 334 von Alexander zu Antipatros geschickt, von diesem als Flottenkommandeur verwendet, ab 332 wieder bei Alexander.

Ptolemaios: a) von Aloros, Schwiegersohn von Amyntas III., den er 369 ebenso umbrachte (umbringen ließ?) wie 368 seine Frau Eurynoe und seinen Schwager Alexandros II.; 365 von Perdikkas III. getötet;
b) P., Sohn des Lagos, Jugendfreund Alexanders und mit ihm zusammen verbannt. Seit ca. 330 hoher Offizier; nach Alexanders Tod erhielt er Ägypten, das die von ihm begründete Dynastie bis 30 v C beherrschte. Lebenszeit ca. 356–282.

Pythias: a) Aristoteles' Frau, Nichte des Hermias;
b) Aristoteles' Tochter, später vermählt mit Nikanor

Roxane; baktrische Fürstentochter, geb. ca. 345, seit 327 mit Alexander vermählt, dem sie postum einen Sohn (Alexander IV.) gebar. Nach Alexanders Tod brachte sie vermutlich eigenhändig seine zweite Gemahlin Sateira (ebenfalls schwanger) um. Ca. 310 ließ Kassandros sie und den 12jährigen Thronfolger töten.

Seleukos: Jugendfreund Alexanders, mit ihm in Mieza erzogen und von Anfang an Offizier beim Asienzug; später Begründer der Seleukidendynastie, ermordet 281/280. Zu seiner Rolle in den Diadochenkriegen vgl. Chronologie.

Sisygambis: Mutter des Dareios, seit 333 bei Alexander; sie starb 323.

* Tekhnef: Nilotin, Musikerin.

CHRONOLOGIE

ca. 1100–700 v C – Herausbildung der griech. Städte und Siedlungsgebiete (Athen, Sparta, Korinth, Theben; Attika, Boiotien, Thessalien etc.); griech. Besiedlung des westlichen Kleinasien; Griechen übernehmen Seefahrt, Handel und Schrift von den Phönikern.

ca. 750 Homer.

750–550 Griech. Kolonisation von der Krim bis zur Provence, Gründungen u. a. in Südfrankreich (Massalia/Marseille, Nikaia/Nizza), Unteritalien (Kyme/Cumae, Rhegion/Reggio, Kroton/Crotone, Taras/Tarent), Sizilien (Syrakosai/Syrakus, Katane/Catania, Zankle/Messana/Messina, Akragas/Agrigent), Nordafrika (Kyrene), Ägypten (Naukratis, Rhakotis) usw.

592 Griech. Söldner in Ägypten.

ca. 540 Ende der griech. Expansion im Westen nach Seesieg der verbündeten Karthager und Etrusker gegen Griechen vor Korsika, wenig später karthag. Siege in Westsizilien und westlicher Kyrenaika: Festlegung der Einfluß- und Siedlungsgrenzen. Gleichzeitig Ende der Expansion nach Osten, als ab 546 Kleinasien unter persische Hoheit gerät.

530f. Perser erobern Ägypten; Perserreich vom Indus bis zum Nil und Bosporos.

521 Beginn der Regierung von Dareios I.

513 Skythen-Feldzug der Perser zur Donau; Thrakien wird pers. Satrapie; Dareios schickt Gesandte bzw. Aufklärer nach Griechenland und Unteritalien.

500 Beginn des »jonischen Aufstands« der kleinasiatischen Griechen gegen Perser; Athen und Eretreia stellen Schiffe, Sparta verweigert Hilfe.

493 Endgültige Niederlage der Aufständischen, Wiederherstellung der persischen Herrschaft, Dareios' Feldherr und Schwiegersohn Mardonios überschreitet den Hellespont, sichert Thrakien; Makedonien unter Alexandros I. (ca. 498–454) pers. Vasallenstaat.

491 Pers. Gesandte fordern symbolische Unterwerfung der Griechen; Athen und Sparta lehnen ab, Ermordung der Gesandten.

490 Pers. »Straffeldzug«, Eroberung der Inseln; Sieg der Athener unter Miltiades bei Marathon, Beginn des Aufstiegs von Athen zur zweiten Macht neben Sparta. Boiotier besiegen Thessalier und vertreiben sie aus Mittelgriechenland.

487 Seekrieg Athen-Aigina.

485 Dareios I. stirbt; Nachfolger Xerxes rüstet für Rachefeldzug (Brückenbau über Dardanellen, Anlegung von Depots in Thrakien etc.).

482 Flottenbauprogramm des Themistokles in Athen.

480 Persischer Angriff; Zug des Xerxes durch Thrakien und Makedonien; Makedonen müssen Heeresfolge leisten. Einnahme der Thermopylen, Besetzung und Verwüstung von Boiotien und Attika, Zerstörung Athens. Griech. Seesieg bei Salamis, gleichzeitig Sieg der Westgriechen (Syrakus, Akragas) auf Sizilien gegen Karthager.

479 Zweite Besetzung Athens; Griechen lehnen Mardonios' Friedensbedingungen ab, Sieg der verbündeten Griechen bei Plataiai (Boiotien), Flottenunternehmen gegen Kleinasien mit Erstürmung des pers. Schiffslagers.

478 Flotte befreit Griechenstädte auf Zypern, Einnahme von Sestos und Byzantion, Öffnung der Handelswege zu den Getreideländern am Schwarzen Meer.

477 Aufforderung der Jonier an Athen, kleinasiatische Griechen gegen Persien zu schützen; Gründung des Attischen Seebunds (Inseln und Kleinasien unter Athens Hegemonie; Bundesgenossen stellen Schiffe oder zahlen Tribut), Athen wird stärkste Wirtschaftsmacht. – Im Westen drängt Hieron von Syrakus (478–467) Etrusker zurück, dehnt sein Reich auf Unteritalien aus, herrscht mittels Geheimpolizei.

471 Themistokles verbannt, flieht nach Persien.

470 Als Folge der Kriege zwischen Syrakus und Etruskern verliert Athen Absatzmärkte im Westen, Preissturz bei attischer Keramik etc.

469f. Offensive Weiterführung des Kriegs gegen Persien, Anschluß weiterer Städte Kleinasiens an den Attischen Seebund. Spannungen zwischen Sparta und Athen wegen athenischen Machtzuwachses.

466 Spartaner siegen gegen Argos und Tegea, festigen ihre Hegemonie auf der Peloponnes.

465–463 Athener belagern vom Seebund abgefallene Insel Thasos, nehmen sie ein und annektieren thasische Besitzungen in Thrakien. Xerxes stirbt, Nachfolger wird sein Sohn Artaxerxes I. (bis 424).

464 Aufstand in Messenien gegen Sparta; Athen sendet Hilfsheer für Spartaner, das 462 von Sparta zurückgewiesen wird.

461 Athen kündigt Bund mit Sparta, verbündet sich mit Argos; Korinth und Aigina bilden Koalition mit Sparta. Neuorientierung der athenischen Außenpolitik unter Perikles mit doppeltem Ziel: Fortführung des Perserkriegs, Schwächung Spartas.

460 König Inaros (Libyer) versucht in Ägypten Aufstand gegen persische Herrschaft, Athen schickt Hilfsflotte.

459 Kapitulation der Messener gegen Sparta; Athens Flottenpräsenz im Golf von Korinth stört die korinthische Stellung im sizilisch-italischen Getreidehandel.

457 Sparta interveniert in Mittelgriechenland, um Thebens Hegemonie in Boiotien gegen Athen zu stützen; Kämpfe zwischen Thebanern und Spartanern einer-, Athenern andererseits.

456 Aigina kapituliert nach 3jähriger Belagerung vor der athenischen Flotte; Piräus übernimmt Aiginas Handel und wird größter Umschlaghafen der hellenischen Weit. Athenische Flotte in Ägypten von Persern blockiert.

455 Athener zerstören spartanische Werften in Gytheion, Höhepunkt der Macht Athens.

454 Zusammenbruch des ägyptischen Aufstands gegen Persien; athenische Flotte im Nildelta vernichtet. In Makedonien Beginn der Herrschaft Perdikkas' II. (bis 413), der die Land-

gewinne und Machtposition seines Vorgängers Alexandros I. nicht halten kann und immer weiter in die griechischen Konflikte einbezogen wird.

453 Athenischer Flottenzug unter Perikles zum Golf von Korinth, Anschluß der Achaier, Ausdehnung der Macht- und Wirtschaftsinteressen Athens nach Westen durch Verträge mit sizilischen Städten. Vereinbarung eines fünfjährigen Waffenstillstands zwischen Sparta und Athen. – Vereinigung der nichtgriechischen Sikuler auf Sizilien zum Kampf gegen sizilische Griechen.

450 Fortsetzung des Seekriegs gegen Persien, athenische Flotte siegt bei Salamis/Zypern.

449 Friedensvertrag zwischen Persien und Athen; kleinasiatische Griechenstädte erhalten Autonomie innerhalb des persischen Reichs, Athen respektiert persisch-phönikische Handelssphäre im Ostmittelmeer und mischt sich nicht mehr in Ägypten ein. Athen ist damit neben Persien und Karthago dritte Großmacht im Mittelmeer.

448 Gesamtgriechische Friedenskonferenz in Athen kommt nicht zustande wegen Widerstands von Sparta. Krieg der delphischen Amphiktyonie gegen Phoker um Unabhängigkeit des Heiligtums (2. Heiliger Krieg).

447 Erhebung in Mittelgriechenland gegen Athen; Boiotien, Phokis, Lokris nach Sieg bei Koroneia unabhängig.

446 Megara und Euboia fallen von Athen ab, Euboia wird zurückerobert. Friede zwischen Athen und Sparta auf der Basis des jeweiligen Besitzstands.

445 Athen gibt nach Friedensschluß Westexpansion auf und orientiert sich nach dem thrakisch-pontischen Norden mit Gründung von Kolonien und zunehmender Intervention in Thrakien und Makedonien.

440 Krieg zwischen Tarent und Thurioi in Süditalien; Samos fällt vom Seebund ab.

439 Samos von Athen erobert.

438 Innere Kämpfe in Epidamnos (illyrische Küste), Streit zwischen Korinth und Korkyra um Intervention.

433 Hilfsgesuch von Korkyra an Athen wegen korinthischer Rüstung; Athen nimmt gegen Korinth und Sparta gerichtete Westpolitik wieder auf, entsendet Hilfsflotte.

432 Poteidaia (korinthische Kolonie auf der Chalkidike) fällt vom Seebund ab, von Athen belagert. Handelssperre Athens gegen das mit Sparta verbündete Megara. Sparta fordert ultimativ Aufhebung der Sperre, Freigabe Poteidaias und Aiginas, volle Autonomie der Mitglieder des Seebunds. Athen lehnt ab. Kriegsbeschluß Spartas.

431 Beginn des Peloponnesischen Kriegs; Sparta verbündet sich mit peloponnesischen, mittelgriechischen, sizilischen Staaten, Athen mit Makedonien und Thrakien. Archidamos II. von Sparta verwüstet Attika, Thebaner überfallen das mit Athen verbündete Plataiai, Plünderungszug der athenischen Flotte gegen Aigina und die Peloponnes.

430 Archidamos wieder in Attika, Flottenzug der Athener unter Perikles zur Peloponnes. Pest in Athen führt zu Friedensgesuch, das Sparta ablehnt.

429 Poteidaia kapituliert vor den Athenern; Archidamos belagert Plataiai; Athener von Olynthiern auf der Chalkidike geschlagen. Flottensieg der Athener bei Naupaktos gegen Peloponnesier. Thraker fallen in Makedonien ein.

428 Lesbos fällt vom Seebund ab, Athener belagern Mytilene; Archidamos wieder in Attika.

427 Lesbos von den Athenern, Plataiai von den Spartanern eingenommen. Bürgerkrieg auf Korkyra, beendet durch Eingreifen der athenischen Flotte; Koalitionskrieg auf Sizilien, Intervention der Athener auch dort. Tod des Archidamos.

426 Athenische Feldzüge in Aitolien und Akarnanien.

425 Agis II. von Sparta fällt in Attika ein; athenische Siege gegen Spartaner und Korinther.

424 Athenische Erfolge in Akarnanien und auf der Peloponnes; Heeresreform des Brasidas in Sparta, Vorstoß von Brasidas gegen Athens Verbündete im Norden, Makedonien unterstützt Sparta. Niederlage der Athener gegen Boiotier. In Sizilien Bündnis der dortigen Städte gegen athenische Einmi-

schung, Abzug der athenischen Flotte. Tod von Artaxerxes I., sein Nachfolger Dareios II. (bis 404), Frieden mit Athen.

423 Erfolge von Brasidas im Norden.

422 Neues Bündnis zwischen Athen und Makedonien.

421 Friedensschluß zwischen Athen und Sparta nicht anerkannt durch Spartas Bundesgenossen Korinth, Megara und Theben; dies führt zu einem Bündnis Athens mit Sparta und einem Bündnis der Peloponnesier mit Argos. Neue Spannungen zwischen Athen und Sparta wegen unvollständiger Erfüllung der Friedensbedingungen.

420 Bündnis Spartas mit Boiotien; Bündnis Athens mit Argos, Mantineia, Elis; Elis schließt Spartaner von den Olympischen Spielen aus.

419 Athen unterstützt Angriff von Argos gegen Epidauros.

418 Spartaner unter Agis II. besiegen Argiver und Athener bei Mantineia, Wiederherstellung von Spartas Hegemonie auf der Peloponnes.

416 Athenischer Flottenzug gegen die spartafreundliche Insel Melos. Hilfsgesuch von Segesta (Sizilien) an Athen gegen Selinus und Syrakus.

415–413 Sizilischer Feldzug der Athener mit 260 Schiffen und 25 000 Mann.

414 Belagerung von Syrakus; Sparta entsendet Hilfsheer.

413 Athenische Niederlage vor Syrakus, Kapitulation. In Makedonien Regierungsantritt von Archelaos I. (bis 399), der nach 40jährigem Niedergang die Königsmacht wieder stärkt, das Heer reformiert und einen Hofkreis griechischer Kulturträger sammelt; zeitweilig halten sich Euripides, Thukydides, der Maler Zeuxis, der Musiker Timotheos u. a. in Pella auf. – Dekeleia in Attika von Spartanern besetzt, Wiederausbruch des Kriegs.

412 Vertrag zwischen Sparta und Persien gegen Athen, persische Hilfsgelder und Flottenunterstützung für Sparta.

411 Athen verliert Euboia; Seesieg der Spartaner vor Eretreia, Seesieg der Athener am Hellespont.

410 Athenischer Seesieg vor Kyzikos (Propontis) schwächt Sparta und ermöglicht wieder Getreidehandel mit Schwarzmeer-Kolonien Athens. – Auf Sizilien wenden sich die nichtgriechischen Elymer aus Segesta um Hilfe an Karthago.

409 Erfolge der Athener unter Alkibiades im Norden, der Spartaner auf der Peloponnes. – Karthager, Elymer und Sikuler greifen sizilische Griechen an, Zerstörung von Selinus und Himera.

408 Einnahme von Byzantion, Chalkedon u. a. durch Alkibiades; spartan. Flottenführer Lysandros befreundet sich mit pers. Prinzen Kyros und erhält wieder Gelder für Sparta. – Stellungskrieg und Rüstungen auf Sizilien.

407 Seesieg der Spartaner gegen die Athener vor der kleinasiatischen Küste.

406 Athenische Flotte im Hafen von Mytilene eingeschlossen. In Athen Einschmelzung von Weihgeschenken, Flottenbau, Bewaffnung von Sklaven und Greisen, Bündnisverhandlungen mit Karthago. – Karthager erobern Akragas; in Syrakus wird Dionysios zum allein bevollmächtigten Feldherrn gewählt. – Seesieg der Athener südlich von Lesbos; die siegreichen Strategen in Athen wegen versäumter Bergung schiffbrüchiger Seeleute hingerichtet.

405 Lysandros stellt mit persischem Geld spartanische Flotte wieder her, Seesieg gegen Athener im Hellespont (3000 Gefangene getötet), Blockade des Piräus, Hungersnot in Athen. – Dionysios, gestützt auf Söldnerheer, macht sich zum Tyrannen von Syrakus; Karthager erobern Gela und Kamarina. Friedensschluß zwischen Karthago und Syrakus unter Anerkennung des neuen Status quo.

404 Athen kapituliert; Korinth und Theben fordern völlige Zerstörung der Stadt, von Sparta abgelehnt. Auf Samos kultische Verehrung des Spartaners Lysandros (erste Vergöttlichung eines Griechen zu Lebzeiten). – Tod von Dareios II., Nachfolger Artaxerxes II. Mnemon (bis 358). Ägypten fällt unter Amyrtaios II. von Persien ab und bleibt bis 342 unabhängig. – Beginn der jahrzehntelangen spartanischen Vormacht in Griechenland. In Syrakus Beginn der Herrschaft des Dionysios I. mit Hilfe von Leibgarde und Geheimpoli-

zei, Befestigungen, Aufrüstung (Verstärkung der Flotte auf 300 Schiffe), Enteignung von Großgrundbesitzern, Einführung einer Vermögenssteuer etc.

402–400 Krieg Sparta-Elis; Elier zum Eintritt in den Peloponnesischen Bund Spartas gezwungen.

401 In Persien Erhebung des Kyros gegen Artaxerxes II. mit Hilfe griechischer Söldner. Nach Kyros' Tod in der Schlacht bei Kunaxa/Euphrat Rückmarsch *(Anabasis)* der griech. Söldner unter Xenophon zum Schwarzen Meer.

400 Satrap Tissaphernes rüstet zur erneuten Unterwerfung der kleinasiatischen Griechen; Sparta verspricht ihnen Hilfe. Beginn des spartanisch-persischen Kriegs (bis 386) mit ersten Feldzügen in Kleinasien.

399 Nach dem Tod des Archelaos Niedergang Makedoniens unter mehreren rasch aufeinander folgenden schwachen Königen. In Sparta Beginn der Herrschaft von König Agesilaos (bis 360). In Athen wird Sokrates wegen Gottlosigkeit und Jugendverführung zum Tode verurteilt.

398 Der athen. Stratege Konon tritt in persische Dienste und erhält Befehl über pers. Flotte.

397 Dionysios erklärt Karthago den Krieg; Eroberung von Eryx und Motye. Karthager gründen Lilybaion (Marsala) als neuen Stützpunkt und starten Gegenangriff.

396 Karthager erobern Motye und Eryx zurück, belagern Syrakus, Ausbruch einer Seuche im Belagerungsheer. – Kleinasienfeldzug des Spartaners Agesilaos.

395 Spartanischer Sieg bei Sardes gegen Perser. Persische Hilfsgelder an griechische Staaten zur Finanzierung eines Aufstands gegen Sparta. Bündnis zwischen Boiotien, Athen, Korinth, Argos, Euboia, Lokris und Akarnanien gegen Sparta mit Bundesrat in Korinth.

394 Agesilaos bricht Offensive in Kleinasien ab; spart. Sieg bei Korinth gegen die Verbündeten. Im Sommer Seesieg der Perser bei Knidos, Untergang der spart. Flotte, Ende der spart. Seeherrschaft in der Ägäis. Perser sichern kleinasiatischen Griechen Autonomie zu.

393 Pers. Flotte verwüstet Spartas Küsten; Wiederaufbau der athen. Befestigungsanlagen mit persischem Geld; Erneuerung des Attischen Seebunds. – Amyntas III., König von Makedonien (bis 370), versucht sein geschwächtes Reich durch wechselnde Bündnisse zusammenzuhalten.

392 Friede zwischen Syrakus und Karthago mit karthag. Gebietsverlusten; Athener ernennen Dionysios ehrenhalber zum Archon von Sizilien. – Sparta bietet Frieden an gegen Abtretung bzw. Aufgabe aller kleinasiatischen Griechenstädte und schlägt allgemeinen Frieden *(koine eirene)* mit Autonomie aller Staaten vor; Athen lehnt ab. Athenisch-spartanische Kämpfe um den Hafen Lechaion bei Korinth.

391 Beginn der Expansion von Syrakus, Übergriffe nach Süditalien. Neuer spart. Feldzug in Kleinasien; Athens Flottenpolitik führt zu Spannungen mit Persien.

389 Athen. Flottenzüge; Bosporos und kleinasiatische Inseln zurückerobert; Athen unterstützt Aufstand auf Zypern gegen Persien.

388 Dionysios erobert Unteritalien; Platon besucht Syrakus.

387 Annäherung Sparta-Persien als Folge der athen. Politik, Sperrung des Hellespont durch spart.-pers. Flotte. – Rom von Kelten erobert.

386 Bündnis zwischen Dionysios und italischen Kelten. – Annahme des von Persien und Sparta ausgehandelten »Königsfriedens«: Griechen in Kleinasien gehören zu Persien, alle anderen griech. Staaten sind autonom, Athens Bündnisverträge werden aufgelöst. Herstellung der Hegemonie Spartas unter persischer Militärgarantie.

385 Dionysios gründet Kolonien an der Adria. – Beginn der gewaltsamen Hegemoniepolitik Spartas in Griechenland. Athenische Söldner unterstützen Ägypten gegen pers. Wiedereroberungsversuch.

384 Flottenzug des Dionysios gegen Etrurien, Anlage eines Hafens in Korsika. Unteritalische Griechenstädte suchen Bündnis mit Karthago gegen Syrakus.

383 Athen. Söldner unterstützen Odrysenkönig Kotys bei Eroberung von ganz Thrakien; makedonische Gebietsverluste.

382–374 Krieg des Dionysios gegen Karthager und südital. Griechen. Beginn des Olynthischen Kriegs: Angriff der Spartaner gegen Chalkidike, Olynth unterworfen und zur Heeresfolge gezwungen. Besetzung der Burg von Theben (Kadmeia) durch Spartaner.

379 Erhebung Thebens gegen Sparta, Bündnis Thebens mit Athen, thebanische Hegemonie in Boiotien. Dionysios erobert Kroton.

378 Zweiter Attischer Seebund, gegen Sparta, unter Wahrung der Bedingungen (Autonomie etc.) des Königsfriedens. Erfolgloser Zug der Spartaner gegen Theben.

377 Maussollos, Satrap von Karien, macht sich unter pers. Oberhoheit selbständig, Hauptstadt Halikarnassos.

376 Athen. Flotte siegt bei Naxos gegen Spartaner, Erneuerung der athen. Seeherrschaft, Wiederherstellung des Chalkidischen Bunds mit Olynth.

375 Weiterer Seesieg der Athener gegen Sparta, Bündnis Athens mit Makedonien, Niederlage der Spartaner in Boiotien gegen Theben. Dionysios besiegt Karthager in Westsizilien.

374 Karthager siegen bei Kronion/Nordsizilien, Friede mit karth. Gebietsgewinnen. – Erneuerung des Königsfriedens, Sparta erkennt Athens Seegeltung an.

373 Thebaner zerstören Plataiai. Perser greifen mit griech. Söldnern Ägypten an, werden von Ägyptern und griech. Söldnern zurückgeschlagen.

372 Athenische Flotte besetzt Korkyra und Kephallenia, Ende der spart. Seemacht auch im Westen. Einigung Thessaliens unter dem Tyrannen Jason von Pherai, Aufrüstung, Plan eines Kriegs gegen Persien.

371 Zusammenbruch der Hegemonie Spartas, spart. Hilfsgesuch an Persien, Annäherung Athen-Sparta auf der Basis des Königsfriedens, Ausschluß der Thebaner unter Epameinondas wegen Verletzung der Autonomie boiotischer Städte. Spartanischer Kriegszug gegen Theben endet mit schwerer Niederlage gegen Epameinondas. Neue Bündnisse Athens gegen Theben. Einführung des Ammonskults in Athen, Gleichsetzung Ammons mit Zeus.

370 Erhebung Arkadiens gegen Sparta; Peloponnes-Zug des Epameinondas beendet Spartas Großmachtstellung. Jason von Pherai ermordet; Ermordung des Amyntas III. von Makedonien, Nachfolger sein Sohn Alexandros II.

369 Bündnis Sparta – Athen, Sperrung des Isthmos; Epameinondas durchbricht Sperre und zieht erneut in die Peloponnes. Thebaner Pelopidas interveniert in Thessalien, Makedonen besetzen Larisa.

368 Letzter Karthagerkrieg des Dionysios, ohne Gebietsveränderungen. Dionysios und seine Söhne erhalten durch Ehrenbeschluß athenisches Bürgerrecht. Bündnis des Dionysios mit Athen. – Ptolemaios von Aloros, Schwiegersohn von Amyntas III., läßt dessen Sohn Alexandros II. ermorden und regiert, mit der Witwe Eurydike, als Vormund für Alexandros' jüngeren Bruder Perdikkas. Der dritte Sohn des Amyntas, Philipp, wird als Geisel nach Theben gebracht.

367 Tod des Dionysios. Epameinondas zieht nach Thessalien (befreit den vom Tyrannen Alexandros von Pherai festgesetzten Pelopidas) und auf die Peloponnes, Anschluß Achaias an Theben. Pelopidas und der Spartaner Antalkidas verhandeln gleichzeitig mit Artaxerxes II. in Susa (»Wettkriechen der Griechen«); pers. Friedensdekret zugunsten Thebens, Selbstmord des Antalkidas.

365 Weitere Expansion Thebens, Widerstand Athens. Epameinondas läßt durch karthagischen Baumeister Nobas Flotte bauen. Der Spartanerkönig Agesilaos dient Persern als Söldnerführer und erhält Geld für Sparta. Ermordung des Ptolemaios von Aloros; Perdikkas III., König von Makedonien, holt Philipp aus Theben heim.

364 Flottenzug des Epameinondas, Anschluß von Byzantion, Chios, Rhodos an Theben; Anschluß von Pydna, Methone und Poteidaia an Athen; Pelopidas siegt und fällt gegen Alexandros von Pherai, Boiotier beherrschen Thessalien.

362 Satrapen-Aufstand gegen Artaxerxes II. Letzter Zug des Epameinondas in die Peloponnes, Sieg und Tod in der Schlacht bei Mantineia gegen Athener und Spartaner. Friedensschluß auf der Basis des Status quo.

361 Agesilaos von Sparta als Söldnerführer in ägyptischen Diensten gegen Persien. Alexandros von Pherai besiegt athen. Flotte.

360 Perdikkas III. besetzt Amphipolis; thrakische Expansion unter Kotys auf Kosten athenischer Besitzungen. Tod des Molosserkönigs Neoptolemos in Epeiros, Regentschaft seines Bruders Arybbas als Vormund für Neoptolemos' Sohn Alexandros.

359 Perdikkas III. fällt gegen Illyrer; Thronwirren in Makedonien; Perdikkas' Bruder Philipp II. setzt sich gegen mehrere von Athen, Thrakien und Gebietsfürsten unterstützte Prätendenten durch, regiert zunächst als Vormund für Perdikkas' Sohn Amyntas IV. Tod Artaxerxes' II., Nachfolger sein Sohn Artaxerxes III. Ochos.

358 Alexandros von Pherai ermordet. Philipp II. und sein Stratege Parmenion besiegen Paionen und Illyrer; Philipp unterstützt Larisa gegen Pherai (Thessalien).

357 Dionysios II. von Syrakus (seit 367) von seinem Schwager Dion mit Hilfe der Karthager abgesetzt, Alleinherrschaft Dions mit Versuch einer Durchführung von Platons Staatstheorie. – Philipp II. vermählt sich mit Olympias, Tochter des Neoptolemos von Epeiros. Eroberung von Amphipolis. – Beginn des athenischen Bundesgenossenkriegs; wegen athen. Hegemoniepolitik fallen Chios, Rhodos, Kos und Byzantion vom Seebund ab und verbünden sich mit Maussollos von Karien.

356 Niederlage der athen. Flotte bei Embata. Philipp erobert athen. Küstenstädte im Norden (Poteidaia, Pydna); Alexander III. (der Große) geboren; Philipp besetzt thasische Stadt Krenides, Umbenennung in Philippoi. – Phoker werden auf Betreiben Thebens in Delphi wegen Kultfrevels angeklagt und verbünden sich mit Sparta. Besetzung Delphis, Aufstellung eines Söldnerheeres aus Mitteln des delphischen Tempelschatzes; Dritter Heiliger Krieg.

355 Niederlage der Phoker gegen Boiotier und Thessalier. Philipp nimmt Königstitel an. Ende des athen. Bundesgenossenkriegs, Athen erkennt Unabhängigkeit der Abtrünnigen an.

354 Angriffskrieg der Phoker unter Onomarchos, Besetzung der Thermopylen. Eubulos, Leiter des Finanzwesens in Athen, reformiert und saniert athen. Staatskasse; Beginn der polit. Karriere des Demosthenes.

353 Onomarchos besetzt Orte in Boiotien und besiegt Philipp in Thessalien.

352 Philipp schlägt Phoker in Südthessalien, Onomarchos fällt. Vertreibung des Tyrannen Lykophron von Pherai, Wiederherstellung alter Stadtrechte in Thessalien durch Philipp. Vorstoß Philipps gegen Phoker nach Süden löst Panik in Griechenland aus; Athener und Peloponnesier besetzen Thermopylen. Philipp zieht ab. Alexandros, Thronfolger in Epeiros (Bruder der Olympias), zur Erziehung an den Hof nach Pella geholt.

351 Weitere Kämpfe zwischen Phokern und Boiotiern. Philipp schließt Bündnisse mit Thrakien und Byzantion.

350 Hermias, Schüler Platons und Freund des Aristoteles, wird als persischer Satrap Tyrann von Atarneus und Assos.

349 Philipp unterwirft chalkidische Städte, bedroht Olynth. Bündnis Athen-Olynth, erste Rede des Demosthenes gegen Philipp.

348 Olynth erobert und zerstört, Euboia fällt von Athen ab. Erfolglose athen. Feldzüge für Olynth und gegen Euboia.

347 Boiotier besetzen Abai in Phokis. Tod Platons; Aristoteles geht an den Hof des Hermias und vermählt sich mit dessen Nichte Pythias. Dionysios II. wieder in Syrakus.

346 Erfolge von Philipps Zermürbungstaktik: Phoker zum Frieden gezwungen, Ende des Heiligen Kriegs, Thermopylen an Philipp übergeben, Delphi wieder unabhängig, Phokis zur Rückzahlung des geplünderten Tempelschatzes verpflichtet, Philipp an Stelle von Phokis in den Amphiktyonen-Rat aufgenommen. »Philokrates-Friede« zwischen Philipp und Athen auf der Basis des Status quo, in Athen verfochten von Philokrates, Eubulos und Aischines, gegen Demosthenes und Hypereides.

345 Beginn der langjährigen Agitation des Demosthenes gegen Makedonien. Artaxerxes III. Ochos erneuert Persiens Groß-

machtstellung, wirft mit Hilfe griech. Söldner unter Memnon und Mentor Aufstände in Kleinasien, Zypern, später Phönikien nieder.

344 Neuer Zug Philipps gegen Illyrer; Philipp zum Archon des Thessalischen Bunds gewählt. Korinth entsendet Söldnerheer unter Timoleon nach Syrakus zur Beseitigung der Tyrannis. Karthager versuchen Blockade; Dionysios ergibt sich und wird nach Korinth verbannt.

343 Philipp erkennt Messenien und Arkadien als selbständig gegenüber Sparta an; Euboia von Parmenion besetzt; in Athen Philokrates auf Antrag des Hypereides verurteilt. Vertrag Philipps mit Artaxerxes: Makedonien verzichtet auf Eingriffe in Kleinasien, Persien überläßt Makedonien Griechenland, Aufhebung der pers. Garantien des Königsfriedens.

342 Timoleon besiegt Karthager bei Segesta, karthag. Gegenoffensive. Rückeroberung Ägyptens durch Perser. Philipp setzt Arybbas als Regent von Epeiros ab und dessen Neffen, seinen Schwager Alexandros, als König ein. Geheimvertrag mit Hermias von Atarneus; Aristoteles kommt als Erzieher nach Mieza/Makedonien. Spartas König Archidamos III. geht als Söldnerführer nach Italien.

341 Athener nehmen Oreos/Euboia ein und gründen proathenischen Städtebund auf Euboia; Kriegsreden des Demosthenes gegen Philipp. Hermias wird nach Verrat des Geheimvertrages gefangengenommen und hingerichtet; Hymnos des Aristoteles auf Hermias.

340 Demosthenes erreicht Hellenischen Bund gegen Philipp; Makedonen belagern Perinthos und Byzantion und kapern athenische Getreideschiffe. Athen erklärt den Krieg.

339 Timoleon/Syrakus und Karthago schließen Frieden bei unverändertem Besitzstand. Athen schickt Flotten nach Perinthos und Byzantion, Philipp zieht ab und unterwirft Thrakien bis zur Donaumündung. Auf Betreiben Philipps beschließt Delphi Vierten Heiligen Krieg wegen Kultfrevels, diesmal gegen Amphissa und Ostlokris; Thebaner besetzen Thermopylen. Philipp wird zum Feldherrn der delphischen Amphiktyonie berufen, umgeht Thermopylen und besetzt Elateia in Phokis; Panik in Athen.

338 Nach Bündnis zwischen Theben und Athen weicht Philipp westlich aus und besetzt Amphissa, Delphi, Naupaktos; Archidamos von Sparta fällt in Italien. August: Schlacht bei Chaironeia/Boiotien, Makedonen schlagen verbündete Athener, Thebaner und Boiotier. Theben besetzt; Alexander als Philipps Gesandter verhandelt in Athen, schonender Friede: Auflösung des Seebunds, Wahrung der athen. Autonomie, Athen behält Heer und Flotte. Zug Philipps durch die Peloponnes bis Gytheion; im Winter Gründung des Korinthischen Bundes mit ewigem Bündnisvertrag zur Wahrung des allgemeinen Friedens bei innerer Autonomie aller Staaten; Philipp bevollmächtigter Bundesfeldherr. Griechen (außer Sparta) garantieren Heeresfolge bei Rachefeldzug gegen Persien. Artaxerxes III. stirbt, Nachfolger Arses.

337 Korinthischer Bund beschließt Straf- bzw. Rachefeldzug gegen Persien wegen Zerstörung von Athen und Schändung griech. Heiligtümer (480/79), Philipp wird mit der Führung des Kriegs beauftragt. Vermählung Philipps mit Kleopatra, Nichte des Gebietsfürsten Attalos (Schwiegersohn von Parmenion); Attalos ficht Alexanders Thronfolgerecht an, Zwist zwischen Alexander und Philipp. Alexander verbannt, geht nicht zur bereits aus dem Land gewiesenen Olympias nach Epeiros, sondern in die illyrische Einöde. Entsendung eines makedonischen Teilheers unter Parmenion und Attalos nach Kleinasien.

336 Persische Truppen unter Memnon drängen Makedonen von Ephesos und Milet zurück bis an den Hellespont. Philipp vermählt seine Tochter Kleopatra mit Alexandros von Epeiros; bei der Hochzeitsfeier in Aigai wird Philipp ermordet. Thronwirren in Makedonien. Alexander III. der Große setzt sich durch, läßt Rivalen und Gegner hinrichten bzw. ermorden, kommt durch schnellen Zug nach Griechenland einer Erhebung zuvor, wird in Thessalien, Delphi und Korinth als Nachfolger Philipps in den jeweiligen Ämtern bestätigt. – Dareios III. Kodomannos (bis 330) nach Ermordung des Arses neuer König von Persien.

335 Balkanfeldzug Alexanders zur Sicherung der Grenzen, Unterwerfung der thrakischen Triballer, Überschreitung der Donau, Sieg gegen die Geten, anschließend Niederwerfung eines Aufstands in Illyrien. In Athen erhält Demosthe-

nes persische Hilfsgelder gegen Makedonien; Erhebung in Theben, Athen und der Peloponnes. Alexander gelangt in Eilmärschen von Illyrien nach Boiotien, Theben verweigert Kapitulation, wird erobert und zerstört. Athen erklärt seine Ergebenheit, verweigert aber Auslieferung des Demosthenes.

334 Alexander überschreitet ohne pers. Widerstand den Hellespont; Beginn seines Asienzugs mit makedonischem Heer, kleinen griechischen Bündniskontingenten, Söldnern und Flotte (ca. 160 Schiffe, davon 20 von Athen gestellt). Sieg am Granikos über pers. Westheer, anschließend Eroberung weiter Teile Kleinasiens. – Sein Schwager und Onkel Alexandros von Epeiros, Bruder der Olympias, setzt nach Italien über, wo er Tarent (im Bündnis mit Rom) gegen unteritalische Stämme unterstützt.

333 Söldnerführer Memnon wird pers. Oberbefehlshaber im Westen, gewinnt Inseln und Teile der Küste zurück, plant Offensive gegen Griechenland und Makedonien; athenische Gesandtschaft bei Dareios. Memnon stirbt während der Belagerung von Mytilene an einer rätselhaften Krankheit. Alexander erobert kleinasiatisches Hinterland, löst Knoten von Gordion, Vorstoß südlich ans Meer, im November Schlacht bei Issos mit Sieg über Dareios' Hauptheer.

332 Eroberung Phönikiens, Parmenion erbeutet Dareios' Kriegsschatz in Damaskos. Im August wird Tyros nach siebenmonatiger Belagerung zerstört. Alexander lehnt Friedensangebot des Dareios (Bündnis und Abtretung der Länder westlich des Euphrat) ab, erobert Gaza und stößt nach Ägypten vor, wird im November in Memphis als Pharao und Sohn Ammons anerkannt.

331 Gründung von Alexandreia; Zug zum Ammonstempel von Siwah; Verwaltungsreform in Ägypten; Aufbruch nach Mesopotamien. Dort Anfang Oktober Sieg bei Gaugamela gegen vielfache pers. Übermacht. Einzug in Babylon; im Dezember Besetzung der pers. Hauptstadt Susa. – Erhebung Spartas unter König Agis III.; auf Drängen des Demosthenes beteiligt sich Athen nicht am Aufstand gegen Makedonien. Nach anfänglichen Siegen unterliegt Agis bei Megalo-

polis gegen Antipatros und fällt. – Alexandros von Epeiros wird bei Bruttium/Italien ermordet.

330 Eroberung der persischen Kernlande, Plünderung und Brandschatzung von Persepolis. In Ekbatana beendet Alexander den panhellenischen Rachefeldzug, entläßt griechische Kontingente; Parmenion bleibt mit einem Teil des Heeres zur Sicherung der Verbindungen in Ekbatana zurück; Alexander verfolgt den fliehenden Dareios. Dieser wird (Juli) von Bessos gefangengenommen und ermordet. Bessos macht sich zum Großkönig als Artaxerxes IV.; ebenso Anspruch Alexanders auf Rechtsnachfolge. Alexander übernimmt Siegel und Diadem des Großkönigs und läßt Dareios feierlich bestatten. Opposition des makedonischen Offiziersadels gegen Orientalisierung wird niedergeschlagen; Philotas (Führer der Hetairenreiterei) wegen angeblicher Verschwörung hingerichtet, sein Vater Parmenion ermordet. Unterwerfung des iranischen Nordostens.

329 Hungersnot in Griechenland, Beginn der Inflation nach Ausmünzung des pers. Goldschatzes; Alexander läßt Getreide nach Griechenland und Makedonien liefern. Er überschreitet den Hindukusch nach Norden; Widerstand der Ostiranier unter Bessos, der von Ptolemaios gefangen und als Usurpator hingerichtet wird. Vorstoß nach Norden bis zum heutigen Samarkand (Marakanda); Aufstand der Sogdier unter Spitamenes, der im Winter Marakanda besetzt.

328 Heeresreform; Einstellung persischer Mannschaften; Neugliederung des Heers in selbständige kleinere Einheiten. Krateros wehrt Vorstoß des Spitamenes ab, makedonische Offensive nach Norden. In Marakanda tötet Alexander im Streit seinen Lebensretter Kleitos. Im Winter wird Spitamenes von Skythen ermordet, Zusammenbruch der Erhebung.

327 Unterwerfung des östlichen Sogdien; Alexander vermählt sich mit Fürstentochter Roxane, versucht persisches Hofzeremoniell einzuführen und bricht Widerstand durch Terror (u. a. Hinrichtung von Aristoteles' Neffe Kallisthenes). Aufbruch von Baktrien nach Indien.

326 Alexander überschreitet Indos, Vorstoß nach Osten; im Juni Sieg am Hydaspes (Jhelum) gegen König Poros; Bau einer

Indosflotte, Unterwerfung des Punjab. Am Hyphasis (Bias) Meuterei des durch Strapazen und Monsun erschöpften Heeres, Umkehr.

325 Unterwerfung der Indos-Ebene, Kampf mit indischen Mallern, lebensgefährliche Verwundung Alexanders. Sicherung der Indosmündung durch Festungsbau, Rückkehr nach Westen in drei Gruppen: Flotte unter Nearchos, nördliche Heeresabteilung unter Krateros über gangbare Straßen, südliche Gruppe unter Alexander durch die gedrosische Wüste. Von Alexanders Heeresgruppe überlebt etwa ein Drittel.

324 Alexander erreicht persische Kernlande, Nearchos' Flotte die Tigrismündung. Hinrichtung unbotmäßiger Satrapen; Schatzmeister Harpalos, Jugendfreund Alexanders, flieht mit Söldnern und 5000 Talenten von Babylon nach Athen. Massenhochzeit von Susa zur Verschmelzung von Makedonen und Persern, Neugliederung des Heeres durch Aufstellung persischer Einheiten. Alexander erläßt Amnestiebefehl für Griechenland und erzwingt Rückkehr aller Verbannten (außer Thebanern). In Opis/Tigris meutern makedonische Veteranen gegen ihre Entlassung; Alexander verkündet Gleichstellung von Makedonen und Persern und verlangt Eintracht und Gemeinschaft. Folgenlose Aussöhnung mit den Veteranen, die – 11 000 Mann – unter Krateros nach Makedonien heimgeschickt werden. Krateros soll Antipatros als Statthalter für Europa ablösen; Antipatros »zum Rapport bestellt« nach Babylon, wohin er jedoch aus »Altersgründen« nicht reist. Hephaistion stirbt in Ekbatana.

323 Alexanders Rückkehr nach Babylon, Hafen- und Flottenbau, Vorbereitung eines Zugs um Arabien mit anschließendem Westfeldzug gegen Karthago und bis nach Gibraltar. Am 29. Mai erkrankt Alexander nach Gelage; am 31. Mai setzt er den Beginn des Arabienzugs für 4. Juni fest; sein Zustand verschlechtert sich. Am 10. Juni (28. Daisios des maked. Kalenders) stirbt er mit nicht ganz 33 Jahren in Babylon.
Makedonische Heeresversammlung in Babylon regelt Nachfolge wie folgt: Alexander IV., nach Alexanders Tod

geborener Sohn Roxanes, und Arridaios, Alexanders Halbbruder, als Philippos III. Arridaios werden gleichberechtigte Könige. Bis zur Volljährigkeit des ersteren Gewaltenteilung und Leitung der Reichsteile durch »vormundschaftliche« Statthalter: Perdikkas als Oberbefehlshaber in Asien, Krateros als Heerführer und »Vorsteher des Königtums« in Asien, Antipatros als Stratege von Makedonien und Griechenland, Lysimachos für Thrakien, Antigonos der Einäugige für Phrygien und Lykien, Eumenes für Kappadokien, Ptolemaios der Lagide für Ägypten, weitere Sonderstellungen für Seleukos, Kassandros (Sohn des Antipatros), Leonnatos, Peithon etc. Alexanders Arabien- und Westfeldzug werden ebenso kassiert wie die Gleichberechtigung der Orientalen.
Unter dem Einfluß von Hypereides und Demosthenes erklärt Athen den Korinthischen Bund für aufgelöst und ersetzt ihn durch Bündnisse gegen Makedonien; Aufstellung eines Söldnerheers unter Leosthenes. Bei den Thermopylen zwingt Leosthenes Antipatros zum Rückzug in die Stadt Lamia, wo die Makedonen eingeschlossen werden. Thessalien und Peloponnes schließen sich Athen an. Aristoteles verläßt Athen vor einer Anklage wegen »makedonischer Gesinnung« und begibt sich nach Chalkis/Euboia.

322 Leosthenes fällt vor Lamia, Antiphilos wird sein Nachfolger. Leonnatos (Satrap des Hellespontischen Phrygien) unternimmt Hilfszug für Antipatros, Belagerung von Lamia beendet. Antiphilos drängt Antipatros nach Norden; Leonnatos fällt. Im Sommer Niederlage der athenischen Flotte gegen Makedonen bei Amorgos; Ende der Seemacht Athen. Krateros kehrt mit Alexanders Veteranen aus Asien zurück; Antipatros und Krateros siegen bei Krannon/Thessalien über griechisches Bundesheer. Athen kapituliert vor Antipatros, Demokratie und griech. Bund aufgelöst, makedonische Besatzung im Piräus. Hypereides wird hingerichtet, Demosthenes flieht und begeht Selbstmord. Aristoteles stirbt in Chalkis. – Politische Intervention von Korinth und Karthago beendet »Demokratenherrschaft« in Syrakus. – Erster Diadochenkrieg (bis 319): Bündnis zwischen Antigonos, Antipatros, Krateros, Ptolemaios, Lysimachos gegen den nach Alleinherrschaft und Reichseinheit strebenden Perdik-

kas; diesen unterstützen Eumenes, Peithon, Seleukos, Olympias. Ptolemaios' Feldherr Ophellas besetzt Kyrene; Karthager verlegen Grenzbesatzung zurück und schaffen »Pufferzone« an der östlichen Syrte.

321 Alexanders Leiche soll zur Ammonsoase gebracht werden; Ptolemaios »konfisziert« sie in Ägypten, setzt sie in Memphis bei, später in Alexandreia. Perdikkas greift Ägypten an, wird nach gescheitertem Nilübergang und Niederlage von Peithon und Seleukos ermordet. In Kleinasien siegt Eumenes gegen Krateros und Antipatros, Krateros fällt. Bei Triparadeisos (Syrien) Neuverteilung der Macht unter den Verbündeten: Antipatros Reichsverweser, sein Sohn Kassandros und Antigonos Heerführer in Asien, Seleukos Statthalter in Babylonien, Peithon erhält die östlichen Satrapien. Einigung mit Ptolemaios, der Ägypten, Kyrene »und was er Richtung Sonnenuntergang als speererworbenes Land hinzugewinnen werde« behalten soll. Karthager verlegen Grenze gegen Kyrene/Ägypten ca. 200 km nach Westen zurück.

320 Antigonos überwirft sich mit seinem Stellvertreter Kassandros und strebt Herrschaft in Asien an; er schlägt Eumenes in Kappadokien und schließt ihn in der Festung Nora ein. Ptolemaios beginnt Verwaltungsreform in Ägypten und gründet synkretistischen Staatskult des Sarapis (Osiris + Apis).

319 Tod des Antipatros, der nicht seinen Sohn Kassandros, sondern Alexanders alten Taxiarchen Polyperchon zum Nachfolger, Kassandros zu dessen Stellvertreter ernennt. Kassandros läßt den athenischen Politiker Demades wegen alter Verbindungen zu Perdikkas hinrichten; Perdikkas' Bruder Alketas in Pisidien von Antigonos geschlagen. Ptolemaios besetzt Syrien und Phönikien. – Beginn des 2. Diadochenkriegs (bis 316): Antigonos und Kassandros erkennen Polyperchon nicht an; dieser verkündet im Namen von Philippos Arridaios die Freiheit aller Griechenstädte und zieht makedonische Besatzungen ab. Olympias unterstützt ihn. Polyperchon ernennt Eumenes zum Strategen von Asien. – Auf Sizilien Putschversuch des Strategen Agathokles, der Syrakus belagert; karthagische Intervention.

318 Agathokles beendet Belagerung, vorläufige Einigung zwischen ihm und Karthago sowie syrakusischen Oligarchen. – Eumenes verliert Kleinasien und Syrien an Antigonos, den Seleukos und Ptolemaios unterstützen. Antigonos stellt Kassandros Flotte zur Verfügung; Kassandros besetzt den Piräus. Polyperchon setzt sich auf der Peloponnes durch, gleichzeitig wird jedoch seine Flotte bei Byzantion von Antigonos vernichtet.

317 Kassandros besetzt Athen, ernennt Demetrios von Phaleron zum Haupt eines oligarchischen Systems. Im Namen ihres Mannes Philippos Arridaios erklärt Eurydike (Enkelin Philipps) Polyperchon für abgesetzt und überträgt Kassandros die Reichsverweserschaft sowie Antigonos den Oberbefehl in Asien. Bürgerkrieg in Makedonien: Kassandros/Arridaios/Eurydike gegen Polyperchon/Olympias/Roxane/Alexander IV. Zunächst Erfolge von Polyperchon und Olympias, die Philippos Arridaios und Eurydike umbringen läßt. In Babylon Vereinigung von Antigonos, Seleukos und Peithon gegen Eumenes, unentschiedene Schlacht in Medien. – In Syrakus erfolgreicher Putsch des Agathokles.

316 Agathokles beginnt mit Aufrüstung und Expansion auf Sizilien, belagert Messana (Messina), bricht die Belagerung jedoch nach karthagischer Intervention ab. – Antigonos siegt bei Susa über Eumenes und läßt ihn hinrichten; Seleukos, von Antigonos bedrängt, flieht zu Ptolemaios. Kassandros setzt sich in Makedonien durch, Hinrichtung der Olympias; Roxane und Alexander IV. »in Gewahrsam«. Antigonos inoffiziell »König von Asien«.

315 Beginn des 3. Diadochenkriegs (bis 311), »völkerrechtliches« Ende des einheitlichen Alexanderreichs durch Übergang von persönlichen zu zwischenstaatlichen Bündnissen. Kassandros, Lysimachos, Ptolemaios und Seleukos verbünden sich gegen Antigonos, der Syrien besetzt und Polyperchon zum Strategen der Peloponnes macht; dafür tritt Polyperchon ihm die de facto bei Kassandros liegende Reichsverweserschaft ab. Polyperchons Sohn Alexandros geht zu Kassandros über und wird von diesem zum Strategen der Peloponnes gemacht, gegen seinen Vater. Antigonos baut weitere Flotten und gründet Bund der Inselbewohner.

314 Kassandros besiegt die mit Antigonos verbündeten Aitoler, dehnt Makedonien bis zur Adria aus.

313 Antigonos erobert Kleinasien; Aufstand in Thrakien gegen Lysimachos. Ophellas, Statthalter des Ptolemaios in Kyrene, macht sich selbständig. Lysimachos setzt sich gegen Odrysen und Thraker durch.

312 Antigonos beauftragt seinen Sohn Demetrios mit Kriegsführung gegen Ptolemaios; Demetrios erobert Syrien und Phönikien zurück, wird dann bei Gaza von Ptolemaios besiegt. Ptolemaios besetzt erneut Syrien; mit seiner Unterstützung gewinnt Seleukos Babylonien zurück – Beginn der Zeitrechnung der späteren seleukidischen Dynastie. Antigonos und Demetrios beginnen Gegenangriff, drängen Ptolemaios nach Ägypten zurück.

311 Demetrios erobert Babylon; Verständigungsfriede auf der Basis des Status quo: Kassandros erhält Makedonien bis zur Volljährigkeit Alexanders IV., Lysimachos behält Thrakien, Ptolemaios Ägypten, Antigonos Asien, Seleukos wird ausgeschlossen. Alexander IV. bleibt in Gewahrsam bei Kassandros. Anerkennung der Unabhängigkeit der griechischen Städte, kein neuer Reichsverweser. Agathokles beginnt auf Sizilien Krieg gegen Karthager.

310 Karthagischer Gegenangriff; Agathokles verliert alle eroberten Gebiete, wird in Syrakus eingeschlossen und startet Verzweiflungsunternehmen: Einschiffung des Heeres, Überfahrt nach Afrika, Belagerung von Karthago, erster Sieg bei Tynes (Tunis). – De facto existieren nun fünf Monarchien im ehemaligen Alexanderreich: Seleukos in Babylonien (»Ausschluß« beim Friedensvertrag berührte seine tatsächliche Position nicht), Antigonos im übrigen Asien, Ptolemaios in Ägypten, Lysimachos in Thrakien, Kassandros in Makedonien. Um den (bei Volljährigkeit von Alexanders Sohn) drohenden Machtverlust zu verhindern, ermordet Kassandros Roxane und den 12jährigen Alexander IV. Seleukos gibt Babylon als Hauptstadt auf und gründet Seleukeia am Tigris. Ptolemaios besetzt Zypern und macht seinen Bruder Menelaos zum Statthalter.

309 Polyperchon erhebt Herakles, Sohn Alexanders von Barsine, bei Volljährigkeit zum Thronfolger; Kassandros bietet Poly-

perchon Beteiligung an der Herrschaft und die Strategie der Peloponnes an. Daraufhin läßt Polyperchon Herakles erdrosseln. Damit ist das makedonische Königshaus in der männlichen Linie ausgerottet. Ptolemaios greift Kleinasien an, will sich mit Alexanders Schwester Kleopatra vermählen, um legitime Dynastie zu gründen. Antigonos läßt Kleopatra in Sardes ermorden. – Zur Unterstützung des Agathokles zieht Ophellas von Kyrene gegen Karthago, wird dort in seinem Lager auf Geheiß des Agathokles ermordet.

308 Freundschaftsvertrag zwischen Kassandros und Ptolemaios; Ptolemaios interveniert in Griechenland, besetzt Sikyon und Korinth, erneuert den Korinthischen Bund. Rückeroberung von Kyrene durch Ptolemaios.

307 Antigonos' Sohn Demetrios besetzt Athen, vertreibt maked. Besatzung, Wiederherstellung der Demokratie. Pyrrhos, Sohn eines illyrischen Königs, wird Herrscher von Epeiros und macht sich unabhängig von Kassandros. – Karthager besiegen Agathokles, der mit den Resten seines Heers nach Syrakus heimkehrt.

306 Demetrios erobert Zypern, bedroht Ägypten von See her; Feldzug des Antigonos scheitert nach Niederlage gegen Ptolemaios im Nildelta.

305 Nach Antigonos nehmen nun auch Ptolemaios, Kassandros, Lysimachos und Seleukos Königstitel an. Vergebliche Belagerung des ptolemaischen Rhodos durch Demetrios. Seleukos unterwirft Baktrien und tritt indische Satrapien an den Maurya-Herrscher Chandragupta ab.

304 Kassandros belagert Athen, wird von Demetrios aus Mittelgriechenland verdrängt; Friede zwischen Rhodos und Antigonos/Demetrios.

303 Erfolge von Demetrios gegen Polyperchon auf der Peloponnes. Pyrrhos von Epeiros verbündet sich mit Demetrios.

302 Antigonos und Demetrios erneuern den Korinthischen Bund und vereinbaren einen allgemeinen Frieden sowie letzten Endes gegen Kassandros gerichtete Bündnisse. Kassandros bringt ein Gegenbündnis mit Ptolemaios, Seleukos

und Lysimachos zustande – 4. Diadochenkrieg. Kassandros geht in Thessalien gegen Demetrios vor, Lysimachos in Kleinasien gegen Antigonos.

301 Demetrios räumt Griechenland, um seinem Vater zu Hilfe zu kommen. Schlacht bei Ipsos/Phrygien: Lysimachos und Seleukos (mit indischen Kriegselefanten) siegen, Antigonos fällt, Demetrios flieht nach Ephesos. Endgültige Aufteilung des Reichs, nicht jedoch Ende der Diadochenkriege. In den folgenden Jahrzehnten entsteht eine Vielzahl kleinerer Fürstentümer in Kleinasien (Pontos, Bithynien, Pergamon, Kappadokien etc.), daneben die hellenistischen Großmächte mit wechselnden Grenzen und fortdauernden Auseinandersetzungen (5. Diadochenkrieg 288–286, 6. D'krieg 282–281, zahlreiche Auseinandersetzungen um Syrien, Griechenland usw.), vor allem das Reich der Seleukiden (311/ 281–63 v C, umfassend etwa Babylonien, Persien, Nordsyrien, östliches Kleinasien), das der Ptolemaier (320–30 v C, Ägypten, Kyrenaika, Sinai, Teile Palästinas), das der Antigoniden (Antigonos Gonatas, Enkel des A. Monophthalmos, wurde nach seinem Sieg über vordringende Kelten 276 als König von Makedonien anerkannt; 167 v C gelangte Makedonien unter röm. Verwaltung). Die ca. 300 v C Lysimachos unterstehenden Gebiete wurden teils von Makedonien übernommen, teils wurden daraus die o. g. kleineren Fürstentümer.

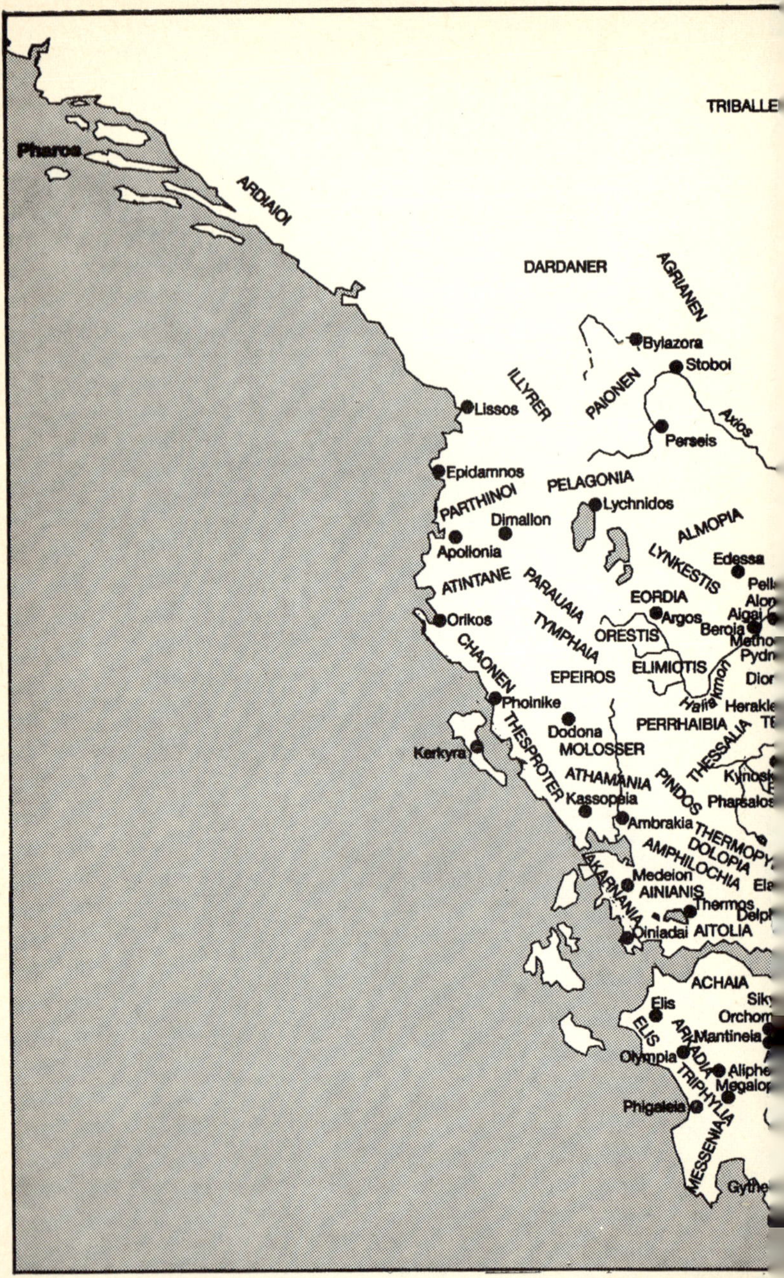
TRIBALLER
Pharos
ARDIAIOI
DARDANER
AGRIANEN
Bylazora
Stoboi
ILLYRER
PAIONEN
Lissos
Axios
Perseis
Epidamnos
PELAGONIA
PARTHINOI
Lychnidos
Dimallon
ALMOPIA
Apollonia
LYNKESTIS
Edessa
ATINTANE
PARAUAIA
EORDIA
Orikos
Argos
Aigai
Beroia
TYMPHAIA
ORESTIS
CHAONEN
ELIMIOTIS
Haliakmon
EPEIROS
Phoinike
Dodona
PERRHAIBIA
Kerkyra
MOLOSSER
THESPROTER
THESSALIA
ATHAMANIA
PINDOS
Kassopeia
Pharsalos
Ambrakia
DOLOPIA
AMPHILOCHIA
Medeion
AKARNANIA
AINIANIS
Thermos
Oiniadai
AITOLIA
ACHAIA
Elis
ELIS
ARKADIA
Mantineia
Olympia
TRIPHYLIA
Phigaleia
MESSENIA

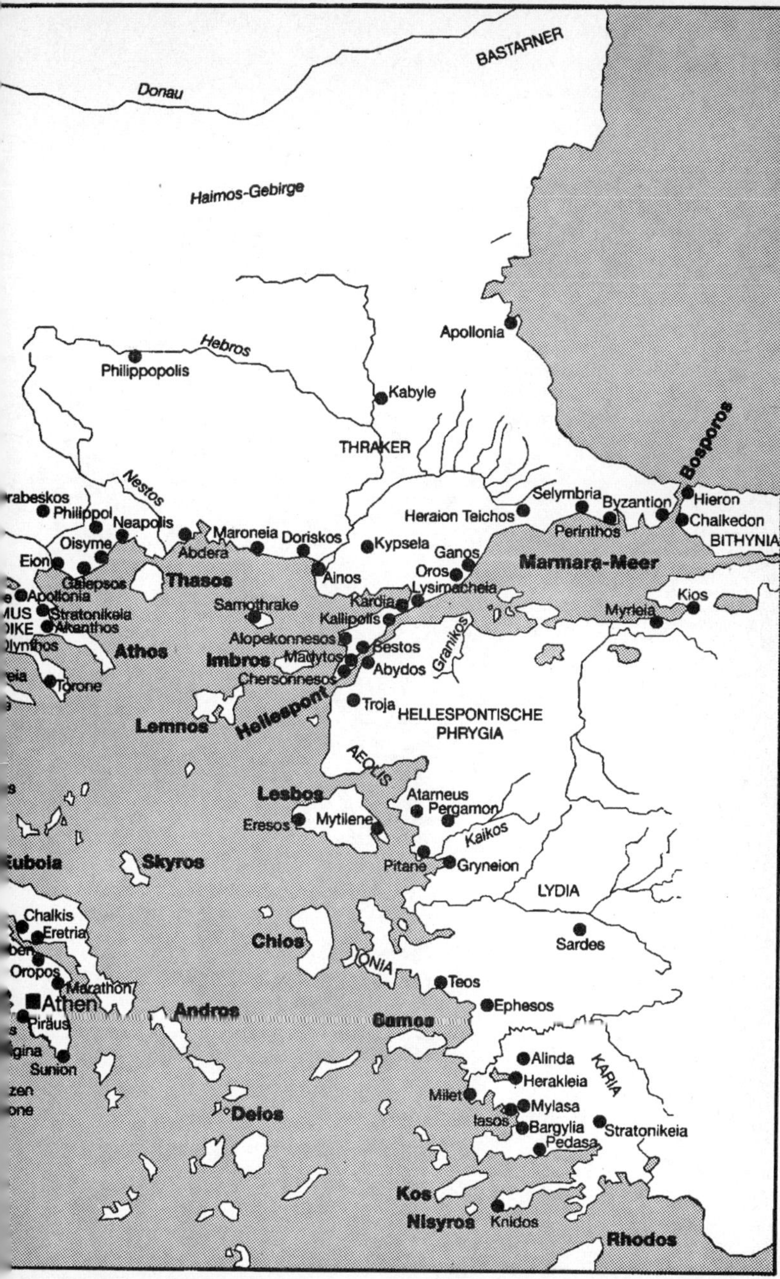
BASTARNER
Donau
Haimos-Gebirge
Apollonia
Hebros
Philippopolis
Kabyle
THRAKER
Bosporos
Nestos
Philippol
Neapolis
Oisyme
Maroneia
Doriskos
Abdera
Eion
Galepsos
Thasos
Ainos
Kypsela
Selymbria
Byzantion
Hieron
Heraion Teichos
Chalkedon
Perinthos
BITHYNIA
Ganos
Oros
Marmara-Meer
Apollonia
Stratonikeia
Akanthos
Samothrake
Kardia
Lysimacheia
Kios
Myrleia
Kallipolis
Alopekonnesos
Sestos
Granikos
Imbros
Madytos
Abydos
Athos
Chersonnesos
Torone
Troja
HELLESPONTISCHE
PHRYGIA
Lemnos
Hellespont
AEOLIS
Lesbos
Atarneus
Pergamon
Eresos
Mytilene
Kaikos
Pitane
Gryneion
Skyros
LYDIA
Chalkis
Eretria
Sardes
Chios
Oropos
IONIA
Teos
Marathon
Athen
Ephesos
Andros
Piräus
Samos
Sunion
Alinda
KARIA
Herakleia
Milet
Mylasa
Iasos
Bargylia
Stratonikeia
Delos
Pedasa
Kos
Knidos
Nisyros
Rhodos

KELTEN
SKYTHEN
Tyras
Chersonesos
TAURIA
Phanagoreia
Istros
Kallatis
Herakleia
Theodosia
Odessos
Apollonia
Pontos Euxeinos
Philippopolis
Philippoi
Apollonia
Pelion
Aigai
Pella
Taras
Kroton
Korkyra
Larissa
Ambrakia
Byzantion
Sestos
Abydos
Daskyleion
Astakos
Herakleia
PAPHLAGONIEN
Sinope
Amisos
PONTOS
Phasis
Dioskurias
Kolchis
Kaukasos
IBERIEN
MYSIEN
LYDIEN
SARDES
Gordion
Ankyra
Gaziura
KAPPADOKIEN
SAKESINEP
Korinth
Argos
Sparta
Chios
PHRYGIEN
ARMENIEN
PISIDIEN
Kelainai
KATAONIEN
Thospitis See
Sagalassos
Isaura
Tyana
Melitene
Amida
Phaselis
Perge
Tauros
Kydonia
Rhodos
Xanthos
Knossos
Kreta
Patara
Soloi
Issos
Kydnos
Tarsos
Alexandreia
Myriandros
MESOPOTAMIEN
Nisibis
Gaugamela
Arbela
Amanos
Chalybon
Kypros
Salamis
Arados
Thapsakos
Nikephorion
PHOINIKIEN
Tadmor
Emesa
Amathus
Kyrene
KYRENAIKA
Dura
Byblos
Sidon
SYRIEN
Damaskos
Tyros
Akkon
PALAESTINA
Is
Opis
LIBYIEN
Paraitonion
Alexandreia
Kanopos
Samareia
Jerusalem
Gaza
Babylon
Naukratis
Pelusion
Ammonion
Memphis
Heliopolis
Petra
Herakleopolis
NABATÄER
Hermopolis
ÄGYPTEN
Chemmis
Thebai
I. Elephantine
Syene
Alexanderzug

ASIATISCHE
SKYTHEN
SAKEN
Chorasmien
CHORASMIER
MASSAGETEN
Alexandreia Eschate
Kyropolis
Baktra
Marakanda
Nautaka
Bagai
SOGDIANE
Branchiden-Stadt
Baktrien
Daher
Alexandreia
MARGIANE
Baktra
Zariaspa
Aornos
Drapsaka
Paropamisos
Dyrta
Alexandropolis
Zadrakarta
HYRKANIEN
TAPURER
Hekatompylos
Susia
Massaga
Aornos
Andaka
Kabura
Nikaia
Taxila
Rhagai
Thara
PARTHIEN
Artakoana
Paropamisaden
Peukelaotis
Pushkalavati
Jamu
ARAIA
Alexandreia
Alexandreia
Ekbatana
Tabai
Arachosien
Sangala
Artakana
Gabai
Phra
DRANGIANE
Alexandreia
Alexandreia
Prophthasia
ARIASPEN
INDIEN
UXIER
Issatis
Alexandreia
Alexandreia
Pasargadai
Karmana
Kala
PARIKANER
Persepolis
PERSIS
Pasargadai
KARMANIEN
Alexandreia
Pura
Alexandreia
Rhambakia
Sindomana
Pattala
GEDROSIEN
Salmus
Harmozeia
Orakta-I.
Oreiten
ICHTHYOPHAGEN
Kokala
Barbarike
Gwadar
Arabiten
MAKER
SYRASTRENE

Einblick in einen weiteren spannenden Roman von Gisbert Haefs erhalten Sie auf der nächsten Seite …
TEXTPROBE VON: HANNIBAL

Die Kunst, der Geist, der Kopf dieses Mannes, den seine Kämpfer anbeteten und liebten, dem sie bedingungslos durch Feuer und Eis, Eisen und Blut folgten, weil er sie führte und voranging, der nur in einem Zelt schlief, wenn auch alle anderen Zelte hatten, der mit ihnen Wasser trank und aufgequollene Körner kaute, statt sich einer Feldherrenküche zu bedienen. In all den Jahren nur ein Verrat – Muttines auf Sizilien, aber es war kein Verrat an Hannibal, sondern die Verzweiflung eines großartigen Reiterführers über den stumpfen Punier, dem er sich dort unterstellen mußte. In all den Jahren nur einmal ein Abfallen von Truppen – die zweihundertzwölf Iberer und Numider, die nach dem üppigen Winterlager in Capua und dem Rückschlag bei Nola zu den Römern überliefen. Zu Marcus Claudius Marcellus, fünfmal Konsul, als erster römischer Befehlshaber ungeschlagen, damals bei Nola – Claudius Marcellus, der Schlächter von Sizilien, vor einem Jahr gefallen in einem Hinterhalt bei Petelia. Roms Schwert, so hatten sie ihn genannt; nun war es zerbrochen. Und Roms Schild, Quintus Fabius Maximus der Zauderer, war brüchig und greise geworden.

In all diesen Jahren der ständigen Bewegung, der blitzartigen Angriffe, des listigen Ausweichens und schnellen Zuschlagens, hatte die Stadt ihren Strategen bewundert und gefürchtet und vernachlässigt. Neun Jahre lang, seit der Schlacht bei Cannae, hatte Hannibal immer gerade genug Kämpfer gehabt, um seine Stellung zu halten. Neun Jahre lang die Möglichkeit des Siegs, neun Jahre lang die reife Frucht und den Baum greifbar, aber nicht genug Arme zum Pflücken. Ein Bruchteil dessen, was die Kornsäcke des punischen Rats in Iberien, auf Sardonien und Sizilien sinnlos vergeudet hatten, wäre genug gewesen für den Strategen – genug, die eroberten oder durch kluge Verhandlungen gewonnenen Gebiete und Städte zu sichern, Roms letzt Heere zu zerschlagen, Roms letzt Festungen zu nehmen.

Durch die nahezu göttliche Ironie des Zufalls konnte das

Ziel jetzt erreicht werden. Es hatte eines Mannes bedurft, des jungen Publius Cornelius Scipio, und seiner Lernfähigkeit. Er hatte Hannibal aus der Ferne beobachtet, die römischen Truppen in Iberien neu, anders und besser ausgebildet, die starre Phalanx aufgelöst, bewegliche kleinere Einheiten geschaffen. Unsinnige Befehle der punischen Ältesten hatten Hasdrubal und Mago gelähmt, ihre Streitkräfte aufgesplittert. Was alle guten Gründe, alle Briefe, alle Ränke, alles Flehen nicht hatten bewirken können, bewirkte die iberische Katastrophe: Endlich kam das große zweite Heer. Es kam auf dem falschen Weg und mit dem falschen Führer, der als einziger vielleicht Iberien hätte bewahren können. Aber es kam, und wenn es Italien erreichte, wenn Hannibal und Hasdrubal sich vereinigten, mochte Iberien getrost verlorengehen; es gäbe dann keinen Senat mehr, den jungen Cornelier zurückzurufen. In Rom, so lauteten die Berichte, herrschte das nackte Entsetzen.

GISBERT HAEFS IM HAFFMANS VERLAG

ALEXANDER
Band I: Hellas
Band II: Asien
Der Roman Alexanders des Großen

HANNIBAL
Der Roman Karthagos

BARAKUDA I: PASDAN
Science-Fiction-Roman

FREUDIGE EREIGNISSE
Geschichten

UND OBEN SITZT EIN RABE
Ein Matzbach-Krimi

DAS DOPPELGRAB IN DER PROVENCE
Ein Matzbach-Krimi

MÖRDER UND MARDER
Ein Matzbach-Krimi

KIPLING COMPANION
Zur Einführung eines weltberühmten Unbekannten

Von Gisbert Haefs neu übersetzt:

AMBROSE BIERCE
Des Teufels Wörterbuch

RUDYARD KIPLING
Das Dschungelbuch
Erzählungen
Das zweite Dschungelbuch
Erzählungen
Genau-so-Geschichten
Erzählungen
Kim
Roman
Stalky & Co.
Erzählungen
Vielerlei Schliche
Erzählungen
Die Vielfalt der Geschöpfe
Erzählungen
Die Ballade von Ost und West
Gedichte

SIR ARTHUR CONAN DOYLE
Die Abenteuer des Sherlock Holmes
Geschichten
Eine Studie in Scharlachrot
Roman
Der Hund der Baskervilles
Roman

GUSTAVE FLAUBERT
Das Wörterbuch der übernommenen Ideen
Nachwort von Julian Barnes

MARK TWAIN
Tom Sawyers Abenteuer
Zeichnungen von Tatjana Hauptmann

MONTY PYTHON'S
Flying Circus – Sämtliche Worte II
Folge fünfundvierzig

Herausgegeben von Gisbert Haefs:

AMBROSE BIERCE
Werke in vier Bänden

HANNS KNEIFEL
Das brennende Labyrinth
Science-Fiction-Roman

GEORG CHRISTOPH LICHTENBERG
Sudelbrevier